U0506870

高等院校 21 世纪人文素质教育教材

中国文学阅读与欣赏

郭纪金　高　楠　赵有声　主编

首都师范大学出版社
CAPITAL NORMAL UNIVERSITY PRESS

图书在版编目(CIP)数据

中国文学阅读与欣赏/郭纪金,高楠,赵有声主编 . —2 版. —北京：
首都师范大学出版社,2008.6(2023.1重印)

高等院校 21 世纪人文素质教育教材

ISBN 978-7-81119-318-3

Ⅰ. 中… Ⅱ. ①郭… ②高…③赵… Ⅲ. 文学欣赏—中国—高等
学校—教材 Ⅳ. I206

中国版本图书馆 CIP 数据核字(2008)第 077508 号

ZHONGGUO WENXUE YUEDU YU XINSHANG

中国文学阅读与欣赏

郭纪金 高楠 赵有声 主编

责任编辑 张慧芳
首都师范大学出版社出版发行
地　　址　北京西三环北路 105 号
邮　　编　100037
电　　话　68418523(总编室) 68982468(发行部)
网　　址　http://cnupn.cnu.edu.cn
印　　刷　三河市博文印刷有限公司
经　　销　全国新华书店
版　　次　2008 年 7 月第 2 版
印　　次　2023 年 1 月第 11 次印刷
开　　本　787mm×1092mm 1/16
印　　张　30.5
字　　数　626 千
定　　价　49.00 元

内 容 提 要

　　本书作为高等学校面向 21 世纪的人文素质教材,编写时依照人文视角,吸取文史哲各科研究最新成果,既简要回顾了我国的文学发展,又对著名作家及经典作品加以重点剖析,并多方阐发了编者的创见。全书力图突破文学史、文学理论、比较文学、作品研究的界限,强调艺术地把握世界的方法和对作品的艺术分析,引导新一代大学生有效的阅读和赏析,以提高审美鉴赏水平、艺术创造能力和整体人文素养,是理想的人文素质教育教材。

中国文学阅读与欣赏

编 委 会

主　编　郭纪金　高　楠　赵有声

副主编　魏　建　刘登阁　杨茂义　黄彩文
　　　　　赵泽洪　徐顺平　阳海洲

编　委　高宏存　韩冬冰　冯建国　牟玉亭
　　　　　徐玉如　沈文凡　张似梅　范必显

高等院校 21 世纪人文素质教育丛书

编　委　会

序

刘凤泰

　　江泽民同志在最近召开的全国教育工作会议上指出："各级各类教育都要把全面推进素质教育，提高受教育者的全面素质，作为教育工作的战略重点。"李岚清同志也提出，全面推进素质教育，是当前我国现代化建设的一项紧迫任务，是我国教育事业的一场深刻变革，是教育思想和人才培养模式的重大进步，必须采取重大举措加快教育的改革和发展，全党全社会要共同努力，为全面推进素质教育创造良好条件。这是党中央关于教育改革的重大决策，为我国下一世纪的教育发展勾画了宏伟的蓝图。人的现代化是现代化中的"最后觉悟之觉悟"，是现代教育的关键。培养和造就高素质人才，是高等教育的根本任务。从未来社会的需要来看，我们也必须培养和造就一大批能适应未来社会需要的高素质人才。

　　可是长期以来，我国在教育观念、教育体制、教育结构、人才培养模式、教育内容和教学方法上相对滞后，高等教育培养的大量专业人才，往往只熟悉本专业的知识，对相关专业的知识知之甚少，更谈不到超越专业知识的更为广泛的文化艺术修养了。爱因斯坦曾说过："用专业知识教育人是不够的，通过专业知识教育他可以成为一个有用的工具，但是不可能成为和谐发展的人。"而当代各国的经验也表明，半个世纪以来，自然科学和社会科学日益呈现出交叉综合的发展趋势，各学科、专业之间的界限越来越不明显。现代高科技总是与现代文化的发展密不可分，现代高层次人才如果只拥有比较狭窄的先进专业知识，那是无法适应现代社会的需求的。

　　时代要求我们必须重视当代大学生的素质教育，改革的大潮推动我们必须尽快展开大学生素质教育。联合国教科文组织认为，"21世纪不仅要求年轻一代要有广阔的胸怀，知天下事，有较高的道德水准，而且在智育、体育、美育和劳动教育方面都要有较高的素质。"并且认为，21世纪的劳动者将是最全面发展的人，将是对新思想和新机遇最开放的人。

　　为此，教育部去年发布了关于深化教学改革，培养新世纪需要的高质量人才的意见，并在普通高校修订本科专业教学计划的原则意见中提出了加强"文化素质教育课程"教学的基本原则，得到了全国各高等院校的积极响应和认真贯彻。目前，在全国教育工作会议的大力推动下，一个以素质教育为核心的高等教育改革热潮正在兴起。

　　在这次全国教育工作会议上，中央还特别强调了美育在推进素质教育中的重要作用。中央《关于深化教育改革全面推进素质教育的决定》中指出，"美育不仅能陶冶情操、提高素养，而且有助于开发智力，对于促进学生全面发展具有不可替代的作用。……高等学校应要求学生选修一定学时的包括艺术在内的人文学科课程。开展丰富多彩的课外文化艺术活动，增强学生的美感体验，培养学生欣赏美和创造美的能力。"十年树木，百年树人。在树人中，树"技"，也就是掌握一两种专业知识，相对容易一些，而树"心"则要困难得多。难就难在培养具有全面文化素质和高尚人生境界的"四有"新人。人文素质是现代大学生的基本素质，人文素质教育是实现人的全面提升、全面解放的必由之路。了解一些文化、历史，特别是了解一些中国传统文化的精髓，努力培养当代大学生审美欣赏、审美创造的能力，这对于继承中华民族辉煌的文明遗产，追求刚健昂扬、超迈博大的人生境界，涵养当代大学生丰富健全的个体人格、高尚充沛的审美素养，甚至对于科学的创新、思维的变革、技术的发明都有积极的作用。

中国人民大学、北京师范大学、山东大学、四川大学、吉林大学、辽宁大学、首都师范大学、深圳大学等国内数十所高等院校贯彻中央关于素质教育的方针，联合编纂了这套跨世纪人文素质教育系列教材。这是一项创新启端、树人养志的伟大事业，功在当代，利在千秋，具有很重要的现实意义。

这套教材不同于以往教材专注于知识性、专业性、体系性的既成模式，力图打破狭窄的专业教育的界限，从广阔的文化背景出发，融会哲学、美学、历史、文学和各门类艺术，立足于蓄志养气、陶冶心灵、崇美扬善、怡情悦性的整体人文素质培养，注重直接的审美感性体验和艺术鉴赏。整套教材锐意变革，着力出新。整体风格多样统一，语言生动丰富。我希望编写组的同志们在各校使用的基础上，征求各方面的意见，不断修改完善，使之更符合未来大学生素质教育的需要。

1999 年 8 月 5 日

目　录

绪论　辉丽万有　东方意境

气之动物，物之感人。故摇荡性情，形诸舞咏。照烛三才，辉丽万有；灵祇待之以致飨；幽微藉之以昭告。动天地，感鬼神，莫近于诗。

——钟　嵘

诗者，志之所之也，在心为志，发言为诗。情动于中而形于言，言之不足故嗟叹之，嗟叹之不足故咏歌之，咏歌之不足，不知手之舞之，足之蹈之也。

——《毛诗序》

阅读和欣赏文学，必须回答的第一个问题似乎应该是：文学是什么？

文学是什么？这是一个人类追问了几千年、有无数答案却又无人给出最终结论的永恒之谜。亚里士多德说，文学是对自然的摹仿；柏拉图说，文学艺术是对理式世界的摹仿；孔老夫子说，诗三百，一言以蔽之，曰思无邪，"诗可以兴，可以观，可以群，可以怨"；《诗大序》上写道："在心为志，发言为诗，情动于中而形于言"……数千年来，人们给文学下出了难以计数的定义或解释，文学是社会的"镜子"，生活的反映；文学是时代的感应，历史的记录；文学是人类心灵的发生发展史，文学是人类情感永恒的传达之途；文学是人类文化的集中体现，文学是世界文明的最丰厚的蕴积之一……马克思则与众不同，高屋建瓴地提出，文学艺术是人类掌握世界的一种方式。

一、文学：艺术地掌握世界

人类掌握世界的方式是多种多样的，马克思曾在 1857 年《〈政治经济学批判〉导言》中提出过人类掌握世界的不同方式：

整体，当它在头脑中作为思想整体而出现时，是思维着的头脑的产物。这个头脑用它所专有的方式掌握世界，而这种方式是不同于对世界的艺术精神的，宗教精神的，实践精神的掌握的。[①]

———

① 《马克思恩格斯选集》第 2 卷，19 页，北京，人民出版社，1995。

在这里，马克思把人类掌握世界的方式区别为理论的，宗教的，实践的和艺术的等多种方式。各种方式有着各自不同的认识、掌握、理解和改造对象世界的范畴、途径与规律。理论的(科学的)掌握世界的方式，是指人类从精神上用概念、范畴、法则、学说、理论体系等抽象思维的方式，去反映客观事物的本质和规律的方式。它是人们的生产实践、社会实践和科学实践的历史经验在观念形态上的反映，其根本特征在于其主观认识方式的抽象性。它的主要指向在于认识和掌握真理，对人们的实践活动具有指导意义。

宗教的掌握世界的方式是人类自童年时期起，从精神上歪曲地认识世界的一种思维方式，对客观世界从总体上采取了非科学反科学的把握途径。远古的神话作为人类童年时期的意识形态，不仅是艺术的源头，也是宗教的源头。恩格斯说，宗教是"人的生活在头脑中的幻想式的反映"。从想象、幻想等假定性角度讲，它与艺术的掌握方式比较接近。但二者在要达到的目的、发展道路和参与方式上有着根本区别。

"实践精神"的掌握世界的方式是指人类日常生产和生活实践对客观世界的直接把握。一般来说，它以直接的实用功利的态度对待客观事物，使自身的日常实践行为切合事物的客观必然性。它的思维是一种日常思维。日常思维是不同于艺术思维与理论思维的常用思维方式，它伴随思维主体的具体行为活动，具有通俗、浅显、直接、易于交流的特点。其思维成果一般不构成特定的精神劳动产品。

包含文学在内的艺术的掌握世界的方式不同于以上各种方式，它是一种主要以审美的态度对待世界上一切事物的方式。其内容是观照以人为中心的社会生活和人的丰富多样的精神与情感，从美的角度观察和看待现实生活。其形式是用想象与幻想等艺术虚构方式创造富于美感内容的感性形象。

从总体上看，文学艺术的掌握世界的方式，是社会意识形态的一个重要组成部分，它同道德、哲学、宗教等一样都具有一般意识形态的共性，同时又具有一些自身独具的特征。

文学艺术是从审美角度出发来把握社会生活的。审美的观照是文学艺术的掌握世界方式的主导特征。这种艺术方式是为满足人类的精神生活需要而发展起来的，它决定于人对现实的审美实践的历时性和共时性的深度与广度。它从内容到形式，从主体到客体，从形象形成到物化手段都具有审美价值。因此，它要求人们以审美的态度和方式观照对象世界。

文学艺术的掌握世界的方式是对社会现实的富于情感的理解和把握。感人心者，莫先乎情，情感是艺术掌握现实的核心。文学艺术的掌握方式中包含着极丰富的情感心理内容，是各种审美心理因素和谐运动的集中形态。

文学艺术还是一种形象的把握世界的方式，它从创作到欣赏，都离不开具体可感、生动丰富的艺术形象。这些艺术形象是从现实生活的形象中选择、提炼、概括出来，经过加工、创造，因而更生动、更典型、更富于个性特征，也更具普遍意义。

　　文学艺术的掌握世界的方式是一种"自由的精神生产"的方式，是人对自身认识、改造世界的本质力量进行全面自我肯定的方式。这种方式由于其虚构性假定性而使人的创作更接近一种"自由自觉的创造活动"，从而成为发挥人的创造个性，深化人的感性世界的自由形式。从某种角度说，艺术的掌握世界的方式反映人类感官不断解放的历史进程。

　　艺术的掌握世界的方式还是一种能够引起人们巨大精神愉悦的方式，它包含从生理到心理的娱乐、休憩、松弛乃至感官享受等不同层次的内涵，因此愉悦性也是艺术吸引世人、历久常新、永葆魅力的基本特性。当然，从纵情纵欲到舒心畅意，从感官快乐到悦志悦神，其间有审美趣味、艺术品位、修养爱好乃至个人偏嗜的不同。

二、东方诗文化：意境高远

　　阅读与欣赏文学，我们要问的第二个问题是：什么是中国文学？它有哪些不同于其他民族与国度文学的显著的特征？

　　中国古代诗文化是中国艺术辉煌时代产生的、无法企及也不可再造的世界艺术的经典文本。中国古代艺术中的以意境为主形态的中国文学意义的生成与运作机制，是中国诗文化的内在精蕴，具有东方艺术精神的某种全息性，也是中国古代文学理论和文学批评关注的核心论题。

　　什么是意境？通常认为"情与景统一，意与象统一，形成意境"。有的同志简单地概括道："意境这个概念并不玄秘，我以为最简单的理解就是情景交融、形神结合。"另外一些同志不满意这种简单的解释，进行了进一步的探索。有的用作家的思想感情与他所创造的艺术形象来界定意境，还有的从典型化角度进一步将意境概括为艺术作品中的形象化和典型化的社会环境或自然环境和深情或深意的完美统一。

　　实际上，中国古代的文学理论家，对中国文学的意境，有过十分深刻的探索与总结。钟嵘在《诗品·序》中认为："故诗有三义：一曰兴，二曰比，三曰赋。文已尽而意有余，兴也；因物喻志，比也；直书其事，寓言写物，赋也。宏斯三义，酌而用之，干之以风力，润之以丹彩，使味之者无极，闻之者动心，是诗之至也。"①无极之所已非字面所在，有余之意常蕴空白之中，诗的最高境界在于无极之味。刘勰认为："隐也者，文外之重旨也"，"夫隐之为体，义主文外，秘响旁通，伏采潜发，譬爻象之变互体，川渎之韫珠玉也。"②他强调了深文隐蔚，余味曲包的含蓄深刻的美。司空图《与极浦书》引戴叔伦语："诗家之景，如蓝天日暖，良玉生烟，可望而不可置于眉

----

①　钟嵘：《诗品序》，见《中国历代文论选》第一册，309页，上海，上海古籍出版社，1979。"干之以风力"中的"干"字，繁体为"幹"。另有版本作"榦"，亦通。

②　刘勰：《文心雕龙·隐秀》。

睫之前也。"①又称"近而不俗，远而不尽，然后可以言韵外之致耳"②。司空图上承庄子，提出"超以象外，得其环中"的诗歌理论，推崇"不着一字，尽得风流"，以"味外之旨"为"全美"：

> 古今之喻多矣，而愚以为辨于味而后可以言诗也。江岭之南，凡足资以适口者，若醯，非不酸也，止于酸而已；若醝，非不咸也，止于咸而已。华之人以充饥而遽辍者，知其咸酸之外，醇美者有所乏耳。……噫！近而不浮，远而不尽，然后可以言韵外之致耳。③

司空图从审美角度深研细琢"韵外之致"，见解超拔，后世学者多步其后尘。严羽《沧浪诗话》说得最妙："盛唐诸公惟在兴趣，羚羊挂角，无迹可求，故其妙处透彻玲珑，不可凑泊，如空中之音，相中之色，水中之月，镜中之像，言有尽而意无穷。"④中国古代文论家虽然具体说法各有差异，但却毫无例外地都看到了中国文学中韵外之致味外之旨这一重要特征，对之赋予了极大注意，留下了一系列十分深刻的见解。朱光潜先生早年就曾对此作过深刻的概括："无穷之意达之以有尽之言，所以有许多意，尽在不言中。文学之所以美，不仅在有尽之言，而尤在无穷之意。推广地说，美术作品之所以美，不是只美在已表现的一小部分，尤其是美在未表现而含蓄无穷的一大部分，这就是本文所谓无言之美。"⑤朱光潜先生用"无言之美"深刻总结了意境的这一东方艺术的本质特征。

从古代文论的发展来看，意境首先表现为本文层次上言与意、实与虚、显与隐、形与神的矛盾对立运动，是感兴的启端、虚实的转换、含蓄的寓意、曲致的妙着。其次，相对于接受者的审美感觉，它呈现为对兴会的引导，对体味的召唤，对顿悟的企待和对兴象的营造。它作为一种调节运作的中介机制，使本文的空白未定因素在读者参与中得到填补或具体化。在此二者相互作用的基础上，中国古代文论形成了以意境为主形态的古典审美意味世界，展现了艺术的审美本质，体现了中国诗文化独特的艺术把握方式。

虚实隐显之间

在作品层次上，中国古代意境的第一重意义充分表现为言与意、形与神、虚与实、隐与显、情与景、含蓄与明朗等一系列的矛盾对立运动。清代布颜图曾论及中国

---

①② 司空图：《与极浦书》，见《中国历代文论选》第二册，201 页。

③ 司空图：《与李生论诗书》，见《中国历代文论选》第二册，196 页。

④ 严羽：《沧浪诗话》，见《诗辨》，人民文学出版社郭绍虞校释本。

⑤ 《朱光潜美学文集》第二卷，480 页。

艺术的这一"至道"：

> 吾所谓隐显者非独为山水而言也，大凡天下之物，莫不各有隐显，显者
> 阳也，隐者阴也，显者外案也，隐者内象也。一阴一阳之谓道也。[①]

　　这是中国艺术的一条根本精神。中国古代文论中的"比兴"说、意象说、形神论、风骨论、神韵说、气韵论、兴趣说、滋味说、象外说、性灵说无不包含有这种虚实隐显的矛盾对立运动。正是通过这些对立因素双方间的矛盾运动，才大大拓宽了艺术的表现领域，逐步展开艺术形式的独特发展史。而未定性与意义空白就是中国传统艺术形式最本质的构素之一，它在这种矛盾对立统一中臻达更复杂、更充分、更丰富的表现力。它是具象的，又是写意的；它是绘形的，又是入神的；它是确定的，又是未定的；它是直感的，又是默会的；它是直接的，又是间接的；它是征实的，又是空灵的。这一切对立矛盾的运动都是要通过表达与非表达、表达与无表达、表达与反表达臻达更高更巧妙的表达。因而，它既具有特定形象的直接性、确定性、可感性，又具有想象的流动性、开放性和可生产性。它的写实部分在本文中呈现为"景"、"境"、"象"，这些部分在本文中是一种笔触实相、自然妙会的直观性存在。这些直观性存在在本文中设定了一种婉转的曲径或者蕴蓄了一种势能，导引读者自己去抵达实境之外蕴含的那个尚且虚在并处于模糊状态的，蕴量很大、经过感性抽象再造的艺术虚境。入"神"临"意"，以实求虚，韵味涵泳，通幽默会。这就是作品中不确定的，作为空白、空无需要读者去现实化、具体化的部分，是所谓"言所不追、笔固知止"的部分。
　　含有空白与未定性的艺术虚境在阅读复现中产生了这样几个特点：
　　一是象外之象、景外之景具有间接的不确定的具象性。因为要唤起这种境界的艺术美，必须俟诸读者的审美想象，而审美想象又是通过意象运动来进行的。因而这种象外之象便包含着各种与作品中的实境之象相关的复现性意象和创造性意象（象外之象）。这种虚境中的创造性意象由于没有可以验证的标准或惟一模本，也无读者意图的当下参与和调节，呈现为一定程度的任意性散漫性和可生产性的特征；而复现性意象则更着重于本文信息的接纳，转换与复现，具有受动性，指向性和组织性。艺术虚境中的象外之象和景外之景就是复现性意象和创造性意象的和谐质。本文中所表现的只有象中的第一个象，因而象外之象的具象性就必然地显现出间接和模糊的特征。正由于其意象的创造性，因而充分地挖掘了接受者审美感受中的直觉和潜意识。同时，由于意象的复现性，又表现为理性对感性的渗透和沉积。所以，这种象外之象、景外之景便"至虚而实，至渺而近"，具有了更为丰富的内涵。二是由于艺术虚境的模糊性、泛指性、流动性和不确定性，"韵外之致"、"言外之旨"表现出诉诸想象的巨大容

[①]　布颜图：《学画心法问答》，见《中国画论类编》。

量和可塑性。想象这种意象运动极其灵活，具有极大的自由性，它在创造性意象中呈现为无穷的广阔性，在复现性意象中又呈现为相当的准确性。所以，此中的情趣、气氛与联想往往是流动变化的，貌似确定而又不确定。特别是本文中的实境导向，往往为了保证韵外之致的容量而采用十分隐蔽、含蓄、曲折的形式来表现，不即不离、不皎不昧、不粘不脱，因而呈现于想象之中的言外之旨便必然表现出模糊性、泛指性与多义性。这时的"味外之旨"、"弦外之响"无法用概念简单地穷尽与说明，以至出现"秘响旁通、伏采潜发"、"含蓄无垠，思致微妙"，"会于心而难以名言"的特征，而且由于其直觉的瞬间体悟和情感的流动无羁，使作品呈现"其寄托在可言不可言之间，其指归在可解不可解之会"的复杂情形。

体味的具体化方式

东方意境的第二重含义指向接受者的审美感觉。它充分地体现了中国文学的东方感悟方式和对读者的极端重视。中国古代艺术在其自身形式的长期发展中形成了以含蓄、寓意、双关、寄托、讽谕、比兴、曲喻、暗示乃至象征等手法构成的一整套意义生成和表达体系。与之相应，也形成了知音、体味、顿悟、兴会、兴象等一整套艺术感知方式。这是一种绝不同于西方，也不同于当代认识论的反映论的审美感知方式，是一种类似于西方当代现象学所探寻的那种直觉感悟方式。这种感觉方式对艺术中空白与未定性的感知能力有极高的要求。《乐记》中就有"知声而不知音者，禽兽是也"[1]；"是故不知声者，不可与言音，不知音者，不可与言乐。知乐则几于礼矣"[2]的论述，强调"审声以知音"，否则就没资格欣赏艺术。这一层次的空白与未定性充满着这种积极的读者意识和召唤性。音为知者赏，伯牙鼓琴，知音善赏的钟子期听琴音而知雅意，领会到伯牙"巍巍乎志在高山，洋洋乎思在流水"的音情诗意，所以创作者在"情往似赠、兴来如答"中，先在地暗含着一种"读者"在文本之中。

当代机械唯物论与庸俗社会学将作品当作客观物体来认识，将阅读文学当成学习数学或物理公式，探囊取物，开门攫宝。根本忽略了文学本体充满着空白与未定性这一本质特征，忽略了由此产生的相应的对空白的艺术感知能力。中国东方式的文学感知追求交相呼应，追求对作品的参与与感应，共鸣与交流。刘勰在《文心雕龙·知音》中指出：

> 夫唯深识鉴奥，必欢然内怿；譬春分之熙众人，乐饵之止过客。盖闻兰为国香，服媚弥芬；书亦国华，玩绎方美。知音君子，其垂意焉。[2]

---

① ② 　《礼记·乐记》，见《中国历代文论选》第一册，61 页。

② 　刘勰：《文心雕龙·知音》。

　　显然，如果文本中留下了众多的不全，它本身就留下了指向全的一种心理势能，如果作者在本文中设计了九曲幽径，本身就是对读者的探幽发微做出的诱导。艺术中选择未到顶点的含蓄蕴藉的描绘，正欲获得达到顶点的阅读效应。但能否实现只能取决于接受主体在何种程度上"激活"文本中的审美构素，在何种程度上填补本文召唤结构中的空白与未定性。马克思指出："从主体方面来看，只有音乐才能激起人的音乐感；对于没有音乐感的耳朵来说，最美的音乐也毫无意义，不是对象。因为我的对象只能是我的一种本质力量的确证，也就是说，它只能像我的本质力量作为一种主体能力而自为地存在着那样对我存在着，因为任何一个对象对我的意义（它只对那个与它相适应的感觉说来才有意义）都以我的感觉所及的程度为限。"①这也就是说，正是由于艺术形式中未定性与意义空白的存在和召唤，才激起了也生成了主体相应的艺术感觉。没有感觉形式与文学形式的同构对应，最有韵味的艺术空白也只能是真实的空白，永远得不到填充的空白。

　　由空白与未定性引起的中国文学的审美感知方式是独特的，这就是体味与顿悟的所谓"东方方式"。它是与文本创作的"写意"方式互为表里、互为体用的审美经验的中国式的接受阅读欣赏作品的方式。司空图在《与李生论诗书》中云："愚以为辨于味而后可以言诗也。"②所谓"辨于味"，就是"韵外之致"，"味外之旨"的实现所要求的接受者的品尝、把握、玩味、感悟的能力。"象外之象"、"景外之景"的世界是如此广阔、博大、深邃，每一深得中国文学空白精髓，曲尽其妙者都拥有了精骛八极、纵横联想的特权，"抚玄节以希声，畅微言于象外"。及至严羽，更在《沧浪诗话》中大倡"妙悟"。他说：

　　　　大抵禅道惟在妙悟，诗道亦在妙悟。且孟襄阳学力下韩退之远甚，而其
　　诗独出于韩退之之上者，一味妙悟故也。唯悟乃为当行，乃为本色。③

　　严羽借禅宗的宗门"极则事"，来说明在诗歌的创作与鉴赏中，应有别具会心的体验和颖悟，认为惟有这样，才是"本色"、"当行"。什么是"本色"，"当行"？就是指这种妙悟方式具有文学的本体特征，是中国文学之为中国文学的根本之处。严羽认为，诗有"别材"、"别趣"，不同于学术与理论。它"不涉理路，不落言筌"，"羚羊挂角，无迹可求"，因此，阅读与接受就只能"朝夕讽咏"，"熟参之"，"酝酿胸中，久之自然悟入"④。西方现象学家费尽心机要将自然世界"加括号"，"悬搁"，达到所谓现象学

　　①　《马克思恩格斯全集》，第42卷，125页，北京，人民出版社，1979。
　　②　司空图：《与李生论诗书》。
　　③　严羽：《沧浪诗话》。
　　④　严羽：《沧浪诗话》。

还原。加括号本身使事物丧失自然观点上的真与假的区别、想象的虚幻对象与事实对象的区别。但终落西方逻各斯中心主义之筌。只有中国式的体悟方式力图真正达到某种"还原"。难怪海德格尔说，他如果早一点读到东方的"禅悟"，他的很多著作就不用写了。

体悟方式的进一步发展是进一步扩大读者对空白与未定性的玩绎、品味、填充的主动权。写意式的充满空白的文本，在不同的接受者对其意义的具体化中出现了多种差异，这正体现了艺术效果的丰富性。因为接受者各自的气质不同，情感不同，心理功能也不同。接受者"各以其情"与作品相"遇"，所形成的契合点必然不尽相同，所产生的共鸣的点与面也必然各有殊异。在王夫之看来，读者的接受是一种主动、能动的审美活动，是以自己灵的频率到作品中去寻求共振。谭献的主张相对来说更直率一些："作者之用心未必然，而读者之用心何必不然。"①这种"何必不然"，比起王夫之的"以情自得"更注重接受、感悟的创造性、能动性和自主性。

与西方批评将主体客体截然分开，将创作过程与接受过程截然分立不同，中国式的空白与未定性艺术思维将主体与客体，创作过程与欣赏过程浑然无界地融为一体。素处以默，妙机其微，文学成为一种完整的审美体验过程，是一种人生或生命形态的有机活动。西方人由于逻各斯中心主义的认知方式以及科学主义霸权时代科学范式对人文学科的侵越，其文学鉴赏无法达到东方艺术中审美的圆融境界。这种东方方式是在人类生存状态的一定时期一定语言中形成的，但却是后世人类永远不可企及的艺术典范。

审美的浑融境界

东方意境的第三重意义建立在文本与读者建构活动的基础之上，它反映了艺术的审美本质。它是文学文本通过读者的阅读实践获得的整体的韵外之致、文外之旨，是审美意象所系、审美情感所在的最高审美境界，是审美的浑融境界。

王国维在《人间词话》中论词曰："古今词人格调之高无如白石，惜不于意境上用力，故觉无言外之味，弦外之响，终不能与于第一流作者也。"②在这里，王国维也是以有无言外之味、弦外之响来衡量是否能达到第一流的创作的，强调的也是未定性与空白的第三重意义。

毋庸赘言，中国古代文学将其最高境界概括为"超以象外，得其环中"，追求无穷之味，不尽之意，这种"味外之味"、"韵外之致"正是空白与未定性在最高审美本质上显现的意义，其最终的整体构成就是意境。

历来意境研究的首要失误在于将意与境分离开来。其实，意境是审美意趣构造之

---

① 谭献：《复堂词话》。
② 王国维：《人间词话》。

境。林纾早就讲过："文章唯能立意，方能造境。境者，意中之境也。……意者，心之所造；境者，又意之所造也。"①当我们把它区分为主体客体时，已然割裂了浑然一体的意境本身。同时，历来对意境问题看法的另一根本失误之处在于忽视了意境不仅仅是创作活动的产物，而且是创作活动与接受活动的共同产物。意境是过程，它只有在文本与读者相互作用的共同建构中，在审美对象浮现出来的基础之上才能最终形成。意境不仅是创作论，更是阅读体验论，是建其于中国式的东方体味方式的阅读经验论。情与景的妙合并非意境本身，而仅仅是构成意境的充分必要条件。唐代刘禹锡谈到"境生象外"，宋人梅尧臣说它是"作者得于心，览者会以意，殆难指陈以言"②的某种境界；王国维则认为意境乃"须臾之物"，"惟诗人能以此须臾之物，镌诸不朽之文字，使读者自得之，遂觉诗人之言，字字为我心中所欲言，而又非我之所能自言……"，③都非常模糊地注意到了文本与读者间的某种关系。因此，中国古代文学的意境，是创作理论与接受理论的视野融合；是艺术形式自身的历史发展与审美感觉的历史发展的视野融合；是文艺美学与人类学美学的视野融合。是人类艺术活动的一个本体论命题。所以，离开了作为过程的建构活动，离开了接受者的积极参与和创造，就失去了意境构成的一个根本基础。

从实象→意象→象外之象，并未完成中国意境的生成之路。只有在无象之象中，意境才体现了中国诗文化、诗哲学的终极关怀。华裔法国知名汉学家弗朗索瓦·陈在其论述中国绘画的《神游》一书中论及意境的哲学本质时，名之曰"第五度空间"。他指出，"虚外另有虚，此虚将人类不断地靠近世界的本原。除时空之外，中国绘画还表现了第五度空间，中国画家的最高追求也就在于此。……我们切莫忘记，绘画旨在创造一种生命得以存在的灵性空间。"④这个虚外之虚体现着空白与未定性的最哲学化的蕴涵。作为终极关怀，其根本在于与世界本原——人的存在的亲和无间。意境的深渺遥远正系于"宇宙——人生"范畴的超逸高迈，却同时又是最世俗无羁的日常生活；而艺术的情感特质因而具有了本体论的意义。审美境界因生命境界而更放其辉光异彩，艺术终于在诗化的人生中找到了存在的意义和栖居的归所。人为自身的存在命名。

这一层次上的意境是一种超形态、无差别的空蒙境界。正是伽达默尔所言的"审美的浑沌"，是中国哲学中的老庄之"道"。它超越了文本层次的形式构素；超越了一般感觉的生理与心理感受；超越了情欲与伦理的冲突体验，而进入对于生命本体和灵性世界的顿悟与冥思。

---

① 林纾：《春觉斋论文·意境》。
② 欧阳修：《六一诗话》。
③ 王国维：《人间词话》附录。
④ 《外国学者论中国画》，78页，长沙，湖南美术出版社，1986。

中国哲学的庄禅一系正是把这种"审美的浑沌"看作文学艺术的最高境界——最高的空白：无。老子说："大方无隅，大器晚成，大音希声，大象无形，道德无名。"①这里的"大音"、"大象"，指的就是一种整合而非割裂、融融而一的浑沌境界。它不是直接看到和听到的，而是通过内视内听体悟到的一种道之所在的境界。所以庄子说：

> 视而不见者，形与色也；听而不闻者，名与声也。悲夫！世人以形色声名的足以得彼之情。夫形色名声，果不足以得彼之情，则知者不言，言者不知，而世岂识之哉！②

现实的形色名声都是见诸于表的东西，而本质的"道"则隐匿未显，世人不得道之真谛而大言不惭，味得一二者则欲言不能。

这是一条直达道的捷径。通过对现实的形色声名的视与听，在一种审美性的瞬间的直觉感悟中体味人生，获得一种人生境界的平衡、协调的和谐境界。它不依靠逻辑的推理、概念的分析、理性的抽象，而取一种高举远慕浑融为一的情感心态，一种心灵的审美性的完整和谐，是对现实人生情感直觉的扬弃，是另一种抽象：情感抽象。这是意境的最高层次，因而呈现为一种"无形态的形态"。正是在这个层次上，艺术才"用多表现一，用形态表达无形态"，而最高的空白——无，在这里获得了超形式、超差别的存在。也正是在这一层次上，意境建立了从有限通达无限的道路，在相对有限的时间和空间里，在相对有限的语言、文字、音响、色彩中，在相对的独特性和偶然性中追求一种无限深远的超越时空的境界。"无味而和五味"，"无名而名万物"，是为意境之极致。

但意境又决不归之于冥冥的虚无。它既有超逸高迈的形而上层次，同时又直接禀有生机盎然的内在活力。苏珊·朗格称艺术为"栩栩如生的""生命形式"。因为艺术具有真正的生命形式所具有的能动性、不可侵犯性、统一性、有机性、节奏性和不断成长性。特别是具有高级复杂的生命结构——人类的情感和人性，因而是"情感的表现"，是"情感的特殊符号形式"。③ 这是两种生命形式的同构对应。也就是说，韵味隽深的意境与生生不息的人生境界互为表里，与宇宙普遍性的情感形式互为表里，因而使艺术意境展开了广阔无垠、深邃无比的硕大背景，又表现了蓬勃旺盛、弹跃鲜活的生命力。在这里，情感内在地暗含着本体论意义。这种情感性，既属于审美对象，又属于接受主体；既属于艺术自身，又属于人生境遇。"视乎冥冥，听乎无声。冥冥

---

①　老子《道德经》第三十五章。

②　郭庆藩：《庄子集释·天地第十二》，第二册，453 页，北京，中华书局，1985。

③　苏珊·朗格：《艺术问题》，中译本，北京，41～55 页，中国社会科学出版社。

之中，独见晓焉；无声之中，独闻和焉。①"所以正是在这种形上与情感直接同一的意境中，我们才既得到了冥冥的宇宙感、神秘感、超越感，又体验到了绵长的命运感、生命感和人生境界感。"无"在这里展示了无限的丰富性，意境在这里展示了无限的意味。

三、文学鉴赏：心理结构与心理活动

现在让我们回到文学的阅读与欣赏本身。第三个问题是面对文学，我们该如何阅读，如何欣赏？文学的阅读欣赏是文学艺术活动全过程中的一个重要组成部分，与创作主体一样，我们作为文学艺术的欣赏主体也有自身独特的心理结构和艺术规律，其活动过程需要仔细地学习与探讨。

文学欣赏主体的审美感性

首先，我们需要探讨文学欣赏主体的审美感性。感性，是人类学美学的历史的和逻辑的第一块基石，也是接受主体进行艺术欣赏的逻辑的和现实的起点。马克思在《巴黎手稿》中，从人类最基本的实践活动出发，对人的感觉的丰富、全面、深刻的本质给予了科学揭示，使我们将目光投注于感性的审美生成的逻辑推演和历史机制。马克思说，"社会的人的感觉不同于非社会的人的感觉。只是由于人的本质的客观地展开的丰富性，主体的、人的感觉的丰富性，如有音乐感的耳朵、能感受形式美的眼睛，总之，那些能成为人的享受的感觉，即确证自己是人的本质力量的感觉，才一部分发展起来，一部分产生出来。因为，不仅五官感觉，而且所谓精神感觉、实践感觉（意志、爱等等），一句话，人的感觉、感觉的人性，都只是由于它的对象的存在，由于人化的自然界，才产生出来的。五官感觉的形成是以往全部世界历史的产物。"②马克思所谓的感性（感觉、感官），不同于经验主义者或唯理主义者所认定的初级认识能力，它具有人类学美学的本体论意义。在他看来，人的感性至少有两层意思，首先是指人的现实实践的活动方式，其指向为外部世界的"自然的人化"，即对世界（自然、社会）的能动改造，结果是技术世界和文化世界的形式的生成。所以，马克思说工业是人的心理学打开的书卷。另一方面，感性是指人内在的实践诸感觉（视、听、嗅、味、触、思维、观照、意志、爱等）的质的生成，其指向为人的内部感觉的"自然的人化"，即对人类自身进行能动的改造。所以，迄今为止的人类感官的形式及能力是从古至今全部世界史工作的成果。感性的内展的循环与外展的循环以实践活动作为根本动力，推动历史的发展，在改造自然改造社会的同时又改造人本身。从美学角度说，

①　郭庆藩：《庄子集释·天地第十二》，第二册，411页，北京，中华书局，1985。

②　《马克思恩格斯全集》，第42卷，126页，北京，人民出版社，1979。

由感性外展的循环产生了以艺术为主导形态的审美形式，形成了艺术美学丰富而又博大的系统；而感性内展的循环则生成了能够欣赏艺术美的审美感觉，构成了人类学美学的深刻基础。审美实践是二者双向交错循环、沿历史展开和上升的最基本的动力。

审美鉴赏必须具备能够欣赏形式美的审美感官。在艺术欣赏中，艺术作品与欣赏主体构成了一种对应关系，欣赏主体通过感觉直接感知作品的内容和形式，形成主体与作品的对象性联系。在艺术欣赏中，同一部作品，对于知音来说它是"巍巍乎高山，洋洋乎流水"，对于不懂艺术的接受者，它却只能是"对牛弹琴"。所以，马克思说，"如果你愿意欣赏艺术，你就必须是一个有艺术修养的人。"①任何一种艺术，都有它自身的形式发展史和内在规定性，欣赏一种艺术，主体除了天生的颖悟力外，必须通过长期的审美实践建立和培养欣赏这种艺术的能力。否则就会出现面对艺术却视而不见，充耳不闻，不知何以为美的情形。这就是马克思所说的，"对于没有音乐感的耳朵来说，最美的音乐也毫无意义，不是对象，因为，我的对象只能是我的一种本质力量的确证，也就是说，它只能像我的本质力量作为一种主体能力自为地存在着那样对我存在，因为任何一个对象对我的意义，（它只是对那个与它相适应的感觉说来才有意义）都以我的感觉所及的程度为限。"②每一种独特的艺术类别如音乐，音乐中的每一种更小的分类如声乐、器乐等等，都会对欣赏者的能力提出特定的要求，更何况音乐与绘画及其他造型艺术的区别。因为，"眼睛对对象的感受不同于耳朵，眼睛的对象是与耳朵的对象不同的。"

如果一位接受者不具备相应的鉴赏能力，不但作品高雅的艺术价值得不到承认，反而会使明珠蒙尘，是非颠倒。比如当年的罗德里希·贝奈狄克，便对莎士比亚大肆攻击，他在其所写的《莎士比亚狂热病》中，将莎翁贬为二、三流的小诗人，马克思看到之后异常气愤，他在给恩格斯的信中说，"假如他和他这类人懂得莎士比亚的话，他们怎么能鼓起勇气把他们自己的'作品'公之于众呢？"③另一位作家茹尔·让南不懂得艺术作品中是不宜直接说教的，他十分不满狄德罗在《拉摩的侄儿》中未做出道德的结论，于是根据自己的"发现"去任意地修改原著。马克思对此甚感愤慨，他揶揄道："从狄德罗到茹尔·让南的道路正是生物学者称作退化的变态的道路。"可见，接受者的审美素养是何等重要。马克思认为鉴赏能力是长期实践的结果。比如意大利优秀女歌唱家倍尔西阿尼，人们之所以能正确地认识她歌唱的无与伦比，就因为他们根据自己耳朵的正常组织和音乐修养与其他歌唱家进行了比较。

文学艺术的审美欣赏活动按照马克思所说，是人"在他所创造的世界中直观自身"的一种方式。艺术的欣赏交流是双向建构的审美实践活动，它既肯定了作者的创造，

① 《马克思恩格斯全集》，第 42 卷，155 页，北京，人民出版社，1979。
② 《马克思恩格斯全集》，第 42 卷，126 页，北京，人民出版社，1979。
③ 《马克思恩格斯全集》，第 33 卷，109 页，北京，人民出版社，1979。

也肯定了读者的创造。作者和读者的独特本质在两种创造中都得到了对象化，因而他们都从中欣赏（享受）到了自己生命的表现，并因而感受到生命的乐趣。同时，作者的创造通过读者的创造获得确证，读者的创造又因为对艺术的阐释、欣赏和评价而获得作者的确证。每一方直接是它的对方。因为在作者创造的这面"镜子"中，读者看到了"我的人的本质，我的社会的本质"。看到作者的创造成为自己不可分割的一部分，因而心神激荡，神志俱悦。于是，个人的需要通过社会实践被提升为类的需要，个人的本质被提升为类的本质，个人的生活显现被提升为类的生活显现。从而个人在任何人所创造的美的产品上，都能够反观人类变革世界的本质力量，从而获得美的愉悦。

艺术欣赏中主体的审美体验

艺术欣赏过程中的第一个问题是把艺术当作艺术来欣赏，这就是艺术欣赏中的预备审美情绪。在对文学艺术的接受中，接受者遇到的第一个问题就是面对一部文学艺术作品，以什么样的态度去进行阅读。接受者可以采取像阅读科学书籍以求获得知识那样的纯认识的态度，也可以采取如马克思所痛斥的书报检查官的态度；可以采取直接的社会功利的态度，也可以作为艺术欣赏者采取一种审美的态度。文学艺术的多级本质群集的全息性特点，决定了我们对之进行接受的多种取向。但是，"每一种本质力量的独特本质，因而也是它的对象化之独特方式，它的对象性的、现实的、活生生的存在的独特方式。"①虽然文学艺术的本质为多级的群集，但这种本质决不是多级本质的简单叠加，而是各级本质的综合的系统质。这一系统质的对象性的、现实的、活生生的存在的独特方式是其审美性。艺术欣赏得以进行的前提就是把艺术当作审美的对象来欣赏。梅林曾经指出："马克思把欣赏文学当作精神上的休息。在他整个一生中，文学始终是他的一种慰藉。"②

从文学欣赏的交流特性我们看到，接受者确定将一部作品作为文学文本来欣赏，就确定了以文学的审美感知的方式来进行交流。它一方面规定了作品作为虚构本文的基本特性、人物、情节、形象、表现等系列范畴；规定了审美的无目的的目的性功能：如审美、娱乐、谐谑、休息、游戏、认识、评价、启迪、交际、净化以至寓教于乐等功能；规定了音韵、修辞、结构、语词技法等艺术形式对于读者审美活动的意义。另一方面，确定将一部作品作为文学文本来读，也就相应地确定了读者将以一种审美态度来迎纳文本，确定了一种无功利的功利的审美直觉的感知态度，确定了读者必须采取超越现实情感的审美情感态度，确定了他将实行不同于科学和日常生活中的想象活动的审美想象，以全部审美理想的前理解进入欣赏，并因此而获致审美的精神愉悦。

---

①　《马克思恩格斯全集》，第 42 卷，125 页，北京，人民出版社，1979。

②　梅林：《马克思传》，621 页，北京，人民出版社，1965。

那么，艺术欣赏中的主体的审美心理活动过程是怎样的呢？

艺术欣赏是艺术感知、艺术情感、艺术想象和艺术理解等审美心理要素的动态综合运作过程。首先，在确定对某一作品进行艺术的欣赏态度之后，欣赏者便将自己的注意力集中并停留于欣赏对象之上。这种审美注意不同于科学的、实用的、功利的一般注意，也不同于自然的、日常生活的注意，而是由欣赏者自身内在趣味的驱动，进入一种自由而非功利的、无具体实用目的的、与对象浑然一体的一种注意状态。他不关心对象的实用的功利的性质，而更关注对象的艺术形式的、艺术情感的、文学形象等的审美特征，使感觉更充分地感受艺术的审美意义。当审美注意开始捕捉到形式感的时候，艺术欣赏便进入审美感知阶段。审美感知是欣赏主体对对象的感受和知觉过程，它是一切艺术欣赏的基础，贯穿于欣赏活动的始终。在审美感知中，审美直觉具有十分重要而特殊的地位。在这一过程中，情感与趣味构成了感知活动的发动力。人在吃、穿、用、住之外总是离不开文学艺术，除社会原因而外，就是要解决精神需要的问题，解决情感、意志、趣味、爱与欲望的问题。

阅读中的想象是艺术欣赏活动的核心因素，是主体进入对象、展开形式、投注情感、实现理解的方式或路径。主体正是依据想象，才能构筑一个不同于现实也不同于历史的艺术境域。想象的存在必然是因为想象对象的缺席，易言之，想象以想象之物的不在场为其前提。但阅读中的想象又有其特殊性，它同创作中的想象有所区别。创作中的想象是那种"精骛八极，心游万仞"的自由而任意的想象。它"浮天渊以安流，濯下泉而潜浸"，"谢朝花于已披，启夕秀于未振，观古今于须臾，抚四海于一瞬"，作者在构思阶段驰骋神思之骏，飞腾幻想之翅，将创造性想象发挥到极致，然后，"选义按部，考辞就班"寻找将想象形象转化为文字符号的传达之途。阅读欣赏中的想象不是那种创作中主体天马行空般的任意自由的驰骋，而是在创作想象结束的地方——语言符号中引发和展开。它是在作品本文的导引和召唤下发生的积极活动。在阅读欣赏中，主体从语词开始，将本文中沉默的符号转化为有声有色、灵动鲜活的心理意象，将语词形象复活为生机盎然、呼之欲出的形象体系。

同视觉艺术等直观艺术相比，文学的阅读欣赏有更高的要求。在视觉艺术中，由于视像本身的丰富性和确定性，因而对创造想象的要求没有文学这种间接艺术那样强烈。而文学欣赏的成功与否，所能达到的质量与品位高低，往往以读者的想象能力直接相关。在文学阅读中，本文只提供了一种意念，提供了一种图式化纲要化的框架，它要求读者必得时时以想象去填充这些文字构成的"空框"、空白和空缺，因而这种想象只能是在本文导引下的创造性想象。它是一种在对本文各视角综合的基础上展开的艺术创造，必然诉诸欣赏者的专注、陶醉、迷狂，进入忘却自我的"神移"状态。这种作品和读者之间产生强烈的心灵感应、相契相合的现象就是文学艺术的"共鸣"。共鸣是文学欣赏进入高潮阶段的一种审美状态。

艺术欣赏中的理解是这一综合运作过程中的认识要素。它不是通过概念和推理获致结论，而是通过与情感和想象的协调运动来获致某种本质性的东西。康德讲审美是想象和理解的和谐运动，超感性而又不离开感性，趋向概念又无确定的概念，在审美欣赏的现象描述上，仍然是准确合理的。艺术欣赏中还必然伴同着审美愉悦。康德早年就提出过判断在先还是愉快在先的问题，是由愉快而生判断，还是由判断而生愉快，这是艺术欣赏中的一个要害问题。愉快在先，是为快感，判断在先，方为美感。因此艺术欣赏中主体的审美体验只能建立在多种审美心理要素的综合运作之中。

主体的心理综合贯穿阅读欣赏的始终。文学的欣赏活动中，欣赏主体必须将作品中被特意安排、分散切割的各个视点联结融合起来，以获得联贯统一的作品意义，这就导致了欣赏主体贯穿阅读活动始终的意义综合。这种综合包含从句子间的初级综合直到最终作品的整个审美对象完成的整体综合在内的多级综合。欣赏活动中的主体综合既不同于创作过程中的作者的综合，又不能完全由欣赏主体的想象来创造，它具有被动综合的双重本质：它从读者中呈现出来又必须受到将之"投射"进读者大脑的作品这一原发信号源的导引。"视角"是作品提供的，"故事"是作者讲的，同时它又发生于读者的意识阈界之下，往往含有无意识渗透的性质。就此而言，这种综合是被动的。但欣赏综合却只能由接受者的大脑来完成，作品中的信号又必得通过欣赏主体的积极投射才能充分激活。作者在这里是沉默的，作品的符号是限定的，不可能有随机变化的建构行为。而读者在这一过程中则充分展开了想象，创造性的填补了作品中的空白，联结各视点，形成作品的意味世界。就此而言，阅读欣赏又是充分主动的，充满了主体能动展开的广阔余地。所以，这种综合的根本特点是作品与欣赏主体间的对话性，是被动见于主动的特质。正是从这种被动见于主动的意义出发，文学作品才获得了自身的存在。

阅读欣赏中的综合本质上是将相关视角融合为一，进行"一致性构筑"的建构活动。所谓一致性构筑，是阅读欣赏中主体在理解基础上产生的心理完形，它是欣赏阅读中心理运动的成果，又是再综合的前提。读者在阅读中不可能记忆读过的每一个词，而总是对读到的东西不断集合、加工、整理、融合，作为"我"的"东西"而进行储存的。这个"我的东西"就是经过综合的一致性构筑。

艺术欣赏的最后阶段是欣赏主体的心理沉淀和情感净化阶段。随着欣赏实践中审美经验的积累，欣赏者便必然进入一个审美沉淀和审美净化的过程。在这一阶段，欣赏者对过去的审美经验进行选择和提炼，感性经过审美抽象向艺术理解积淀，情感经过审美净化向审美理想积淀，想象经过塑形和实践向审美趣味积淀。这样，艺术理解的能力得到提高或升华，艺术趣味发生变化或转移，并最终影响到审美理想的变革或重建。

文学欣赏中的通感现象

文学欣赏中主体的一个重要感觉是艺术通感。艺术欣赏中的通感是欣赏者具备了较高的艺术鉴赏能力，进入艺术欣赏的较高境界，达到自由的创造时的感觉。人的各种感官，各有不同的功能和属性，又彼此联系，互相转换，感应相通。恩格斯在《自然辩证法》中对此有深入论述，他说：

> 我们的不同的感官可以给我们提供在质上绝对不同的印象。因此我们靠着视觉、听觉、嗅觉、味觉和触觉而体验到的属性是绝对不同的。但是就在这里，这些差异也随着研究工作的进步而消失。嗅觉和味觉早已被认为是两种相近的同类感觉，它们所感知的属性即使不是同一的，也是同类的。视觉和听觉二者所感知的都是波动。触觉和视觉是如此地互相补充，以致我们往往可以根据某物的外形来预言它在触觉上的性质。最后，总是同一个我接受所有这些不同的感性印象，对它们进行加工，从而把它们综合为一个整体；而这些不同的印象又是由同一个物所给予，并显现为它的一般属性，从而帮助我们认识它。说明这些只有不同的感官才能接受的不同属性，确立它们之间的内在联系，这恰好是科学的任务，而科学直到今天并不抱怨我们有五个特殊的感官而没有一个总的感官，或者抱怨我们不能看到或听到滋味或气味。①

在这里，恩格斯指出，人类的五官感觉是彼此区别，属性不同，而又内在联系，互相补充的，经过加工，最终再综合为一。这是人类感官感受事物的一般特征。艺术的欣赏活动在此基础上进一步发展，它更强调各感官间的互相沟通，互相激发，兴会融合。

钱钟书先生对通感有过深入研究，他说："在日常经验里，视觉、听觉、触觉、嗅觉、味觉往往可以彼此打动或交通，眼、耳、舌、鼻、身各个官能的领域可以不分界限。颜色似乎会有温度，声音似乎会有形象，冷暖似乎会有重量，气味似乎会有锋芒。"②在艺术欣赏中，通感这种心理现象比比皆是。视觉器官本来并无冷暖的感觉，冷暖当属触觉的感受。但人们都认可红、橙、黄为暖色，青、蓝、紫为冷色。且色彩亦可由视觉转化为嗅觉和味觉，所谓"秀色可餐"便是。

艺术欣赏中的通感现象，数千年前的古代社会就已有之。在中国，《礼记·乐记》中就曾说："故歌者，上为抗、下为坠，……累累乎端为贯珠。"意为高亢圆润的歌声有如光亮的珠子一般。孔颖达在《礼记正义》中解释说："声音感动于人，令人心想其形状如此。"其后，中国古代诗歌中以可以触知的形象和状态来描摹音乐，就成为一种传统。如《李凭箜篌引》、《听颖师弹琴》和《琵琶行》等千古名篇，无不如此。在西方，古希腊亚里士多德也曾在《心灵论》中指出，声音有尖锐、钝重之分。荷马史诗《伊利

---

① 《马克思恩格斯选集》，第1卷，340页，北京，人民出版社，1995。
② 钱钟书：《七缀集》，56页，上海，上海古籍出版社，1985。

亚特》中将美妙的声音描绘为"百合花也似"。培根也说音乐的声调摇曳使人好像感到光芒在水面浮动一样。通观通感自身，它已有丰富的创造史和欣赏史。

在今天的现实生活中，人们大多具有一般的通感能力，但不一定都具有艺术的通感能力。艺术通感能力的形成，要以长期的审美经验和艺术修养为基础，需要以以往审美活动所积累的感觉记忆为前提。有了对种种感觉的记忆，在特定欣赏环境或条件下，由于灵感的发动，形成了异乎寻常的感觉"短路"，从而激发出艺术感受的"火花"，达到了意想不到的效果。因此，通感的运用，往往是一种很高的艺术创造。比如众人皆知的宋词名句"红杏枝头春意闹"，诗的本义是描绘杏花茂密繁盛的景象，诉诸人的视觉。然而一用"闹"字，则更诉诸人的听觉，以一种通感展示出杏花怒放的动态，可感可触，生动形象。所以王国维盛赞"闹"字用得好，"境界全出矣"。但也有人唱反调，清代李渔就不同意。他认为闹字殊难着解，争斗有声之谓闹，桃李争春则有之，红杏闹春，"实未之见也"。可见艺术的通感是一种很巧的、创造性的艺术思维，李渔固执于常规惯例，自然未得其"通"。其实中国古代文学艺术欣赏中，惯于用眼去品尝滋味，用耳朵去听钟声之"湿"，惯于诗中见画，画中听声，都是通感的广泛运用。西方艺术家则将建筑视为"凝固的音乐"，将音乐称为"流动的建筑"，将舞蹈视为"活动的雕塑"。它们揭示了音乐舞蹈与造型艺术的相通之处，力图打通空间艺术与时间艺术的壁垒。此中既显示出通感的中西差异，又显示出通感的文化承传；既有通感的共通性，又有每一通感创造的独异性。

文学艺术的欣赏只能在文本与读者的相互交流与对话中实现，其最佳方式是在中国传统文化的基础上建构意味境界。中国特色的艺术的当代意味境界，实际上是文本与读者的视野融合，是创作理论与接受理论的视野融合，是文艺美学与人类学美学的视野融合，是召唤结构与期待视野的视野融合。

文学艺术的欣赏交流暗含着作者与读者的双向交互作用。自从专门的艺术家诞生以来，艺术创作的自娱酬答、游戏等功能逐渐消退或转换。作家的创作直接就是为了赢得更多的读者，作者力图以文本为中介构成与读者的艺术交流。但随着社会的发展，艺术的现代化大生产日益增加了诸如编辑、出版、印刷、发行等中间环节。游吟诗人时代创作者与接受者直接的面对面交流已一去不复返了。文本一旦诞生，便具有了不可更动的既定形态。由之，它便具有了一种"准主体"的地位。这样，读者与作者间的交流，便转化为文本与读者间的交流。黑格尔说，每件艺术品也都是和观众中每个人所进行的对话。但这种交流又不同于前者的交流，而呈现为一种不对称现象。在日常的面对面交流中，平等的双方通过直接对话，不断互相调节以获得对方的理解。但在这种不对称交流中，文本是沉默的，它无法自发的响应读者的提示或疑问，读者因而也无法检验自己对文本的理解和阐释是否恰当。文本与读者之间没有调节意图的语境。但艺术欣赏的交流特性又要求双方的共同创作，唤起读者的审美创造力，在相互作用的双向建构活动中获得最大的审美愉悦。正是这种不对称交流方式，决定了文本结构的开放特征。作者只能将文本设计为一种空框式的召唤结构，呼唤读者的合作。它以众多的意义空白与意义未定性作为读者与文本交流中具有调节功能的核心要素。因而高明的作者是设计师、导游者、共同合作者。列宁在《哲学笔记》中谈到这个问题时曾引用费尔巴哈的一段话："俏皮的写作手法还在于：它预计到读者也有智慧。它不把一切都说出来，而让读者自己去说出这样一些关系、条件和局限，只有在这些关系、条件和局限都具备时谈出来的那句话才是真实的和有意义的。"[①]深刻地道出了空白与未定性的真谛。

与作品的召唤结构相应，读者在阅读前则已先在地拥有一种期待视野。任何读者在其欣赏一部具体的文学作品之前，都已处在一种先在理解或先在知识的状态。这包括他的全部艺术准备，欣赏惯例，趣味指向，心理构成，以及对某一作者或某类作品的期待，没有这种先在理解与先在知识，任何新的艺术创造都不可能得到接受和欣赏。这种先在理解就是文学艺术的期待视野。期待视野在"作者—作品—读者"的历史之链中形成，它是在与作品的召唤结构相互作用的审美实践中逐步建立的。任何一部文学作品，即便它以崭新的面貌出现，它也要通过预告、介绍和各种信息为读者做出一种提示，以唤醒读者以往阅读的心理储存与艺术记忆，将读者带到一种特定的情感态度中。读者带着这种期待进入欣赏过程，对作者作品就产生了或惊奇、赞叹乃至震撼的阅读感受，或平淡、相谐、不惊不躁的阅读效果，或乏味、无聊、烦闷失望的阅读体验。而每一次阅读都是期待视野的建立、检验、修正、改变或再建立的过程。艺术欣赏的交流活动就在这一过程中展开，而读者的期待视野也在这一过程中消退、保持、突破或更新。

欣赏主体的期待视野是依据其审美标准的提高和艺术感受能力的加强而逐渐变化的。视野的变化是在欣赏主体与审美对象相互交流的同化和顺应中进行的。同化是欣赏主体将审美对象纳入其图式中，补充新鲜的审美经验，引起图式的量的变化的过程。而当主体图式不能同化对象时，或者说作品以较高审美艺术水准打破了主体的现有视野时，主体的审美接受图式就必须调整改变，在阅读中达到视野与作品间的一种平衡。在这一欣赏过程中，新的审美经验进入保留视野，成为突前的重要构素。这一审美视野中的突前部分在新阅读中兴奋点高容易激活。作为趣味或兴趣焦点，往往能持续保持活力。此后，当更新的审美经验进入此一视野时，这一突前就以记忆方式进入保留视野，形成新突前的背景。欣赏主体的期待视野也只有在这种"背景——突前"的辩证运动中才能得到提升与更新。

---

① 列宁：《哲学笔记》，306 页，北京，人民出版社，1974。

第一章　不废江河万古流

——中国古代文学的历程

> 治世之音安以乐，其政和；乱世之音怨以怒，其政乖；亡国之音哀以思，其民困。
>
> ——《毛诗序》

> 文变染乎世情，兴废系乎时序，原始以要终，虽百世可知也。
>
> ——刘　勰

文海苍茫，浑浩流转。从有完整的作品算起，中国文学已走过了三千余年的历程。累世的创作、积淀、发展和演进，留下了美不胜收、至巨至富的文学遗产。这是我们中华民族为人类文明做出的最为辉煌的贡献之一。

要总体上窥得中国古代文学的门径，须从诗歌、文赋、词、曲与戏剧、小说等方面入手。

第一节　诗言志　歌永言：诗歌传统

中国是诗的国度，中国诗歌源远流长，如浩瀚长江九曲多姿。

早在西周至春秋时代中国诗歌就已产生了大批辉煌篇章，其标志就是《诗经》。先秦时代，诗歌、音乐、舞蹈三位一体，《诗经》的全部篇章都是配乐歌词，依照音乐体式和文化功效，《诗经》分为"风"、"雅"、"颂"三大组成部分。《诗经》善用赋、比、兴手法，句式以四言为主、灵活增减，常以重章叠句、复沓回环的民间歌舞技法增强艺术效果，为后世文学创作奠定了深厚的人文基础和艺术底蕴。

到了战国，在南方的楚地产生了一种新诗体——楚辞。它的特点是：句式参差，句尾多用"兮"字，以六、七言句为主。楚辞的主要作者屈原，写下了一系列不朽诗作，成为中国文学史上第一位伟大诗人。一篇《离骚》，乃是我国2300年来最为宏伟瑰丽、感人肺腑的长篇抒情诗。《诗经》和楚辞，是中国诗文化的两枝奇葩，也是后世诗歌发展的两大源头。中国诗歌以"风骚"二字标榜于世，说明诗经、楚辞的现实精神和浪漫传统，如日月高悬，光耀千秋，垂范后世。

汉末魏晋之世，进入了"诗的自觉"的时代，所谓自觉，即诗人认识到诗歌具有自身之价值，不必依附政治与伦理的说教，这是对儒家正统"诗言志"论的突破。出现于东汉末年的"古诗十九首",是文人抒情短诗成熟的标志,风格委婉含蓄、质朴精炼、长于抒情,被誉为"五言之冠冕"。当时,"世积乱离,风衰俗怨",文人诗歌却呈现了"五言腾踊"的大发展局面,由"三曹"(曹操、曹丕、曹植父子)和王粲等"建安七子"组成的邺下文人集团,创作出了大批"骨气奇高,词采华茂"的五、七言诗歌。如果说,中国有诗自《诗经》始,有诗人自屈原始,那么,有众多诗人形成诗坛流派和争相创作的传统,则始于东汉末年的建安时期。

随着曹丕以魏代汉,诗坛上"慷慨以任气"、"志深而笔长"的"建安风骨"渐次消歇;到了正始时期,文风复又振作,这时最有代表性的诗人群体是"竹林七贤"。"七贤"的共同特点是任情放达、发言玄远、藐视礼法,一腔孤愤,他们常用曲折的方式表达对现实的不满。"七贤"中最为著名的阮籍、嵇康皆工于诗。今存阮籍的五言《咏怀》82首,是第一部内容丰富、规模较大的个人抒情五言组诗。嵇康则继承《诗经》注重四言的传统,开拓了四言诗的新境界。

西晋太康年间,诗坛上有"三张二陆两潘一左"之称,"三张"指张华、张载、张协,"二陆"指陆机、陆云兄弟,"两潘"是潘岳、潘尼,"一左"便是左思。这批诗人在艺术上追求辞藻的华美,开了中国诗歌雕琢堆砌的流风。不过太康诗人中,左思骨力苍劲,张协词采华净,则与流风时尚有所不同。

晋宋之际陶渊明的出现,使诗坛骤添异彩。陶渊明向往静谧安宁、真诚无欺的古朴社会,追求淡泊高远、任运委化、身无外求的人生,不肯浮沉应世,选择了辞官归隐、躬耕自励之路。由于他最能体味恬静乡村生活的深沉意趣,真正感悟大自然的真谛,其诗具有旷浩悠远、自然醇美、平淡而有思致的风貌,这便是古人盛赞为"静穆"的美学境界。陶渊明追求"隐逸诗化人生",在人格上,成为历代士大夫无比仰慕的"隐逸高士"的楷模;在诗歌成就上,达到了"质而实绮,癯而实腴"的佳境。他毫不着力地把五言抒情诗推到了充分个性化的成熟境界,并开创了"田园诗"这一诗歌体式。因此朱自清认为陶渊明是中国古代影响最为深远的三大诗人之一。

南北朝时期,南方的代表性诗人有鲍照、谢灵运、谢朓等。鲍照用俊逸之笔,抒慷慨之志,写下了大量奇瑰遒丽的"古乐府"诗。这在诗歌体气日渐卑弱的南朝,尤见可贵。在诗歌的句式体制上,鲍照既创制了七言歌行,又广开边塞诗歌体裁。由南入北的诗人庾信,在稍嫌荒寂的北国文苑中独标清新,在艺术形式上可称为六朝诗歌的集大成者。庾信调动独特的人生体验,运用南朝诗歌技法描绘北国的阔大背景,进而开创了绮艳、清新、老成的诗风。那一时期的民歌,南朝清丽婉转,北朝粗犷刚健,各呈风貌。

短暂的隋朝过后,迎来了中国诗歌波澜壮阔、气象万千的黄金时代。有唐一代,三百余年,诗体争奇斗艳,流派异彩纷呈,名家灿若星斗,成就前无古人。

初唐时期,王勃、杨炯、卢照邻、骆宾王号称"四杰",其诗承"汉魏风骨",力扫"宫体"颓靡诗风,以健康的歌唱,成为盛唐诗歌的先声。

　　开元、天宝年间，史称盛唐，首先出现了两大诗歌流派，一是王维、孟浩然所代表的山水田园诗派，其诗摹山范水，抒发闲适、虚静的隐居生活，风格清新自然；二是高适、岑参、王昌龄所代表的边塞诗派，题材多写边塞风光与军旅生活，格调雄浑豪放、慷慨悲凉。

　　嗣后诗坛巨擘李白、杜甫横空出世，占尽天下春色。人称"诗仙"的李白继承和发扬中国诗歌的浪漫主义传统，以自己天马行空、遗世独立的人格特征和感情炽烈、豪气干云的创作热情，写下了大量清新、飘逸、豪迈、高华的杰作，诚可谓"笔落惊风雨，诗成泣鬼神"（杜甫评语），成了后人追摹难及的典范。人称"诗圣"的杜甫承接和光大传统的现实主义精神，结合自己一生颠沛流离的体验，以沉郁顿挫的独特诗风，唱出了离乱时代的深沉悲歌。他的诗歌在艺术上集前代之大成，又开启了后世无数法门。杜诗乃公认的一代"诗史"，古今绝唱。杜甫其人也无愧为诗歌史上的万世楷模，千载诗宗。李杜两位伟大诗人，作为盛唐转折时代的歌手、辉映河山的"双子星座"，无可争议地赢得了世界性美誉。

　　安史之乱结束，唐诗的发展面临转折，即总体上由盛唐的浪漫主义热情转向中唐的现实主义冷静思考，经过短期的过渡，唐诗呈现第二次繁荣。中唐后期崛起两大诗派，一是"韩孟诗派"，一是"元白诗派"。前者以韩愈为代表，李贺、刘禹锡、柳宗元、孟郊、贾岛、姚合、卢仝等为辅翼；后者以白居易为代表，元稹、张籍、王建、李绅等为辅翼。

　　韩愈是中国文学史上的全才和大手笔。诗到韩愈，风格又为之一变，其特点一是险怪、奇诡、幽僻，二是以散文手法作诗，喜用奇字、造拗句、押险韵，有时不惜损害诗的韵律。由于韩愈之诗才气盛、思力雄、格调高，开北宋诗歌的先河，被认作是宋诗的鼻祖之一。韩、孟诗派的刘禹锡、柳宗元诗抑郁深沉，孟郊、贾岛诗寒瘦、清奇、僻苦，尤其值得一提的是"诗鬼"李贺，其诗奇幽冷艳、恢奇诡谲、想象瑰丽、着色璀璨、用语奇峭，虽然有时显得雕琢和晦涩，但其浪漫主义色彩十分夺目。元白诗派中，元稹、白居易是新乐府运动的倡导者。他们主张"文章合为时而著，歌诗合为事而作"，主张诗歌创作"补察时政，泄导人情"，收到"救济人病、裨补时阙"、"惟歌生民病"的社会效果。白居易诗风的基本特征是风格平易、通俗、浅近，他既善于长歌悲吟，又喜以短调寄怀。其长诗以脱俗的抒情格调发展了古代叙事诗艺术，《长恨歌》、《琵琶行》诸篇优美和谐、动人心弦、传诵至今；"新乐府"、"秦中吟"和大量闲适诗则寄托了或讽喻、或感伤的情怀。

　　晚唐之世，诗歌风格趋于卑弱，衰败色彩较浓，惟杜牧与李商隐成就最高，世有"小李杜"之誉。"小李杜"的诗歌哀怨深沉，与盛唐自然的、脱口而出的诗风明显不同，也与中唐诗奇崛的、说理的况味迥然有别。杜牧作诗，题材广阔，议论纵横，笔力拗峭劲健，形式驾驭自如，达到了俊爽清丽、风姿绝代的化境。李商隐作为唐代诗坛的殿军，作诗善熔百家、自成一体，风格深情绵邈、绮丽精工、婉曲缠绵，词旨隐约而意象丰美，尤其是表达爱情体验和喟叹社会政治人生的"无题"诗，更是意蕴隽永、寄慨遥深、沉博绝丽、独擅胜场。

诗到宋代，开出了另一重天地。唐诗的总体成就大于宋诗，但宋诗绕开烂熟的唐诗套路另辟蹊径独开天地，故不说二者旗鼓相当，至少是各有招数。对比而言，唐诗主情，开朗俊健，以境胜；宋诗主理，深幽曲折，以意胜。唐诗美在情辞，故丰腴；宋诗美在气骨；故瘦劲；读唐诗如食荔枝，一时醴畅，口角生香；读宋诗如食橄榄，仔细品味，韵致无穷；唐诗如二八少女，情窦初开，人见人爱；宋诗如中年嫠妇，饱经沧桑，要欣赏除非知音。因此有识者多主张唐宋互补，清人提出"宋骨唐面"的美学境界，追求诗歌的"宋意唐格"，是颇有见地的。

北宋初始的诗坛，有着意仿效唐诗的"白居易体"、"西昆体"和"晚唐体"。到"梅苏"（梅尧臣和苏舜钦），开始了宋诗的健康走向。梅诗风格闲淡、用思深远，苏诗笔力豪俊、超迈横绝。到欧阳修手里，开始矫正"西昆体"只讲声律辞藻，缺少社会内容的流弊，宋诗的基调已见端倪。欧阳修作诗注重气骨，长于思理，诗歌题材广泛，这对于拓宽宋诗的内容影响深远。自始宋诗进入成就丰硕的繁荣期。

对北宋诗坛影响最大的是"苏黄"（苏轼和黄庭坚）。苏诗形式多样，众体兼长，感情真切动人，写来挥洒自如，特别富于个性，其早期诗的特征以超迈豪横、清雄旷放为主，后期诗则追求淡雅高远、冲淡平和之境。苏轼自号"东坡居士"，身后被推崇为"诗神"与"坡仙"。作为中国文化史上罕见的"十项全能"式巨人，他受到士林和民间永久崇敬的原因，应归结到他既现实又超拔的文化人格定位，并以毕生之力完善自己"审美人生"的理想追求。黄庭坚倡言"夺胎换骨"、"点铁成金"、"无一字无来处"，极为注重诗歌语言的借鉴和创造。他作诗宗尚杜甫，瘦硬生新，标新立异，出奇制胜，成为"江西诗派的宗主"。王安石诗颇具思想色彩，他以诗笔批判社会现实，抒写人生志趣，反映出士人希望改革的政治要求。他的古体诗痛快淋漓，直抒胸臆；晚年所作抒情小诗，构思新颖、妖娆多姿、千锤百炼、炉火纯青。北宋重要诗人中，还有属于江西诗派的陈师道与陈与义。

南宋诗人的杰出代表是陆游、杨万里和范成大，他们都吸取了"江西诗派"的营养，而终能自成一家。陆游多方面继承前人的艺术经验，作诗热情似火、气势如虹，唱出了民族灾难深重时代爱国主义的最强音。他是高产诗人，存诗近万首，除沉郁悲壮的爱国诗外，还有意趣横生的多种佳作，诗歌语言简洁平易，圆转流畅，命意清新刻露，托兴深微，其整体诗风，才气豪健，议论风发，既华藻，又雅洁；既奔放，又严谨，成为诗歌的一代宗匠。南宋后期，诗坛上有"永嘉四灵"和"江湖诗派"，诗格比较浮弱。至宋末随着抗元的战鼓，诗歌创作犹自振奋，文天祥、汪元量等长歌当哭，浩气长存，为宋代诗坛添了最后一抹光彩。

在宋金对峙、山河破碎、生灵涂炭的混乱年代，金代出了杰出的诗人元好问。"国家不幸诗家幸，赋到沧桑句便工"，是后人对他的"丧乱诗"的好评。元明清的诗坛，虽有大量作品和流派出现，成就远不能望诗骚和唐宋诗的项背。然清代中后叶的诗人龚自珍，脱颖而出开近代文学风气之先，他既是封建时代诗坛最后一颗明星，又是近代诗歌史的第一位大诗人。

当代有学者，把中国诗歌分为唐以前、唐代、宋代和宋以后四段落，认为唐以前的诗是自然"长出来"的，自然本色；唐诗是"嚷嚷"出来的，直抒胸臆、未假雕饰；宋诗是"想出来"的，偏重知性；宋以后的诗是"仿出来"的，一味模仿，这也是可资参考的一说。

第二节　酌乎质文之间　隐乎雅俗之际：文赋演变

中国自古就有修史传统，历史散文也早就发育成熟了，先是《尚书》，再是《春秋》及其"三传"、《国语》、《战国策》等。而《左传》、《战国策》尤其富于文学价值。春秋战国，游士蜂起，百家争鸣。在这一背景下产生了诸子散文，多有精品。《孟子》风格雄畅，滔滔辩来，令人折服。《庄子》辞藻富赡，文采风流，想象奇特，句式多变，汪洋恣肆，仪态万方，是诸子散文中罕见的文学杰作，为哺育文学的来者立有开山之功。《荀子》说理深透、逻辑周密，其中荀赋多篇，文风淳厚，成为后来汉赋的滥觞。《韩非子》中的政论，文风严峻峭刻，其寓言故事，则文学意味深长。这些都对后世文赋的发展，有着深刻影响。

汉赋被近代学者王国维称为"一代之文学"，与唐诗、宋词、元曲相提并论。初期的汉赋大家是贾谊和枚乘。从贾谊的代表作《吊屈原赋》、《鵩鸟赋》中可以看出，他得楚辞之余绪，有屈原的遗风。枚乘的代表作《七发》夸张铺叙、规模宏大，为大赋的成型奠定了基础，是汉赋发展史上具有转折意义的作品。汉赋全盛时期的代表作家是司马相如和后来的扬雄、张衡等。司马相如的《子虚》、《上林》二赋最为著名，前者写云梦游猎之盛，后者写上林校猎之壮，二赋韵律和谐，文句整饬，结构宏大，逞辞驰才，竭尽铺张扬厉之能事，主观上寄寓了对侈靡生活的讽谏之意。作《甘泉》等赋的扬雄是司马相如当之无愧的后继者，但在晚年后悔作赋是"雕虫篆刻"。东汉的张衡有《归田赋》等作品，突破了大赋体制，对魏晋的抒情小赋和唐宋的散文赋有积极影响。

古人言："文章西汉两司马"。如果说，司马相如的赋在修辞水准上达到了当时的极致的话，那么司马迁的《史记》则无论在思想上和艺术上都达到了上古和中古的巅峰。《史记》中记人物的篇章，是历史传记文章的开山之作，也是我国早期散文成就的杰出典范。一部《史记》，韩愈盛赞"雄深雅健"，柳宗元推尊"峻洁"无比，苏辙颂其奇，刘熙载称其逸，郑樵认定"史官不能易其法，学者不能舍其书"，鲁迅誉为"史家之绝唱，无韵之离骚"。足见《史记》沾溉后人，其泽甚远，唐宋以来的文章大家，无不奉《史记》为圭臬。

魏晋六朝，历四百年，社会动乱不安，文学上却"俊才云蒸"。当时的骈体文和抒情小赋，体制精悍，情彩缤纷；散文风格不再板滞凝重，而变得清俊、通脱，既出现了陶渊明散文的真率自然、冲淡高逸，又看到了郦道元作品的文笔绚烂、简明生动。

唐代中期，"文起八代之衰"的韩愈提出"古文"概念。

古文特征是散行单句、不拘格式，不同于六朝以来畸形发展的骈文那样讲究排偶、藻饰、音律和典故。韩愈、柳宗元树起古文运动大旗，反对"骈四俪六"的文体格式及浮艳文风。他们师承授受，结成文人集团。古文运动的思想核心是"文以载道"，中心人物是韩、柳，团结了张籍、李翱、刘禹锡以及白居易、元稹等一大批作家。他们形成理论体系，目的明确，联系现实，关心民瘼，加之志趣相投，相互支持，因而在几十年内，创作了大量散文精品，逐步改变了社会风气。韩愈十分重视散文的艺术独创性，其说理文如《原毁》、《原道》、《师说》、《迎佛骨疏》等，议论透辟，气势纵横，逻辑力量强，记叙散文如《张中丞传后叙》，以《史记》写人的笔法，将饱满的爱憎倾注笔端，显现了精湛的文学造诣。柳宗元的散文风貌独特多样。论说文雄辩宏阔；寓言造意新奇；传记文学形象鲜明、蕴含感奋；山水游记即景寓情、明心言志，写景或幽邃凄清，或开朗淳净，在表现山水之美中，渗透了作者人格之美，这些游记的格调与其诗歌一样，"发纤秾于简古，寄至味于淡泊"（苏轼评语），成为后世游记文学的典范。

宋代文化环境和文人个性的特点，决定了唐代古文创作传统至宋代必然发生变化。宋初文学家一度模仿奇崛雄肆的韩文和俊洁幽丽的柳文，未见突出成绩。进入北宋中期，在欧阳修等人的努力和带动下，宋代散文取得了足与唐代散文媲美的杰出成就。欧阳修首先改变科举作文风气，打击了艰涩无聊的"太学体"时文，接着选拔出苏轼、苏辙、曾巩等一批人才。他为文远绍迁、固，近承韩、柳，形成"迂徐委备，条达疏畅"、"容与闲易"的特色，奠定了宋文演进的基调。于是，欧阳修主盟于前，曾巩、王安石、苏洵、苏轼、苏辙并驰于后，规模宏大的宋代诗文革新运动掀起，古文创作进入了全盛期。王安石的政论散文笔力雄辩矫健、务为实用；曾巩的散文简奥而质实；苏洵散文纵横恣肆，语言古劲简切；苏辙的散文冲和澹泊而又时见流转跌宕。宋代散文成就最高的无疑是苏轼，他博采孔、老的博辩，《孟子》的气势，《庄子》的恢奇，《战国策》的纵横驰骋，贾谊、陆贽的精警透辟，熔铸一炉，成就了他既通脱又简淡，既流转又磅礴，放言无忌，不受拘束，潇洒从容，腾挪变化，信笔所至，皆成美文的大家风范。苏轼评史议政之文，被称为"古今论议之杰"；叙事记游之文，随物赋形，涉笔成趣，翻空出奇，擒纵自如。长篇如行云流水，摇曳多姿；短构能尺幅千里，余韵绵长。比如前后《赤壁赋》皆蕴含哲理，意味深长，千载传诵，前无古人。有人形容："韩如潮，柳如泉，欧如澜，苏如海"，意思是说：韩愈文奔涌如潮水，柳宗元文澄澈如泉流，欧阳修文舒徐如波澜，苏轼文宽广起伏如海涛。

韩、柳加上欧、王、曾、三苏的成就，确立了"唐宋八大家"古文的地位，自此古文传统成了中国千余年散文创作的正确方向。相当一批散文家摆脱汉代辞赋和六朝骈文一味注重铺排、浮艳的习气，紧密联系现实，表达真实的内心感受。唐宋八大家古文一直影响到元明清各代的古文家和某些骈文家。例如以明代归有光等为代表的"唐宋派"古文，直接承接柳文、欧文的传统，创立了真率自然、直抒胸臆的质朴文风。而"唐宋派"理论和实践，又贯注到清代以姚鼐、方苞为代表的"桐城派"古文的血脉之中。晚明之世，小品文特盛，人们从"公安三袁"、"不师前辈"、"独抒性灵、不拘格套"的创作主张和斐然成果中，从散文大家张岱树立的清新、真挚、不事雕琢的一代文风中，能清晰地看到苏轼文赋及小品的流风余韵。而"非周孔而薄汤武"、"敢倡乱道"的思想家李贽反对拟古、大胆为文，则大体是受了贴近新兴市民阶层的"左翼王学"的思想烛照之故。在考据学风盛行的清代，典实在胸、情藻丰富的大批文人，取法魏晋，作四六骈体之文，但他们同时又受唐宋古文家的影响，例如骈文家汪中，容涵磊落不平的意气，而运用骈文特有的唱叹之致，表现得肃穆古淡、闲适委婉，论者多以其格调为高。

第三节　词之为体　要眇宜修："诗余""琴趣"

词，最早称为"曲子词"，别称"诗余"、"长短句"、"乐府"、"琴趣"等。词与曲从来就是紧密依偎的。

隋唐以来，社会上流行一种新兴音乐——"燕乐"，不同于诗经时代的"雅乐"和汉魏六朝的"清乐"，是由西域传入的胡乐融合民间小调而成，常在宴会上演奏。词，即酒宴上合乐的诗体。诗与乐结合的方式，初时是"选词以配乐"，后来是"由乐以定词"，即"倚声填词"。词体的特点之一是"依词以定体"，由曲谱的差异而分出不同的词调，每个词调都有调名。另一个特点是按字数的多少和段落结构的不同而分为"小令"、"中调""长调"等体式。

作为我国一大文学样式的词，是诗王国中突起的一支异军。在古代，诗歌庄重正大，必须遵循"温柔敦厚"的"诗教"传统。而词曲乃"小道"，词是文士们兴之所至随手写给美丽的歌女们去演唱的，为正人君子所不齿，因而作词时不图荣利，用不着装腔作态、戴假面以自欺，用不着有意拔高自己的襟抱与格调。然而，恰恰就在这"游戏人生"之时，靠潜意识的流露，文士们把自己的素养、性格、感情、欲念反映到词这面镜子里去了。所以前人概括说，"诗之境阔"，而"词之言长"；"词为之体，要眇宜修"；以阴柔婉约为正宗本色，盖所谓"儿女情多，风云气少"词的创作，客观上有对儒家正统的礼乐教化、纲常名分、宗法伦理这套价值体系加以反拨的意味，使词具有了真实、亲切、可爱的面目和精细幽微的意蕴。

词的发展演变，主要分作唐五代词时期和宋词时期两大阶段。元明时期，词跌入深谷，清代又见复兴。

唐五代词时期又可分为中唐期、晚唐期和五代期。中唐时，受民间词影响，张志和、韦应物、戴叔伦、王建、白居易、刘禹锡等在作诗之余间或作词，词牌全为小令。

晚唐时，文士竞相倚声填词。词人有皇甫松、司空图等。晚唐温庭筠是文学史上第一个大力作词的人，他确立了词体规范，其秾艳香软、镂金刻翠、婉丽绮怨的风格，开五代花间词派，影响深及北宋婉约词派。

五代沿袭晚唐词风，形成西蜀、南唐两大中心。西蜀词以金碧满眼的花间派为代表（此派得名于我国第一部词总集《花间集》，后蜀赵崇祚编），初步奠定了"词为艳科"的基调。西蜀韦庄虽名列花间，却打破雕琢艳丽的花间派俗套，改用白描抒写内心隐曲，得疏朗秀美之韵致。南唐经济与文化均优于西蜀，南唐词人冯延巳、李煜的艺术成就尤高。李煜词的最大特点是不事雕饰、缘情而行，在词境中融入社会政治现实，写下自己的人生际遇和真实性情，这种"天然"的情致，在花间派蔚为风气的时代尤其难得。因此，"词至后主（即李煜）而眼界始大，感慨遂深，变伶工之词而为士大夫之词"（王国维语）。

宋词时期又可分为六期。

（一）北宋前期为渐变期：主要有晏殊、欧阳修为代表的名士派和柳永为代表的俚俗派。晏、欧皆承南唐冯延巳词风，晏"得其俊"，欧"得其深"。欧阳修词风多样，影响深远，其疏俊启苏轼，深婉开秦观，真率则滋养柳永。处于晏、欧和后来的柳永、苏轼之间，有一位承前启后的桥梁式的词人——张先。张先已开始填写慢词，并初步变晏、欧蕴含之法为铺厉发越。

柳永以毕生的经历和才华变旧声为新声，成为宋代第一大词家，两宋慢词的奠基者，堪称一代"曲祖"。柳词题材以写离愁别绪和男女恋情为主，语言常呈俚口俗态，又接受韦庄词以情见长的一面，兼领多种风格，遂产生了"凡有井水处，即能歌柳词"的广泛影响。故曰宋词"至柳永而一变"。

（二）北宋中期为骤变期。宋词经过柳永，"至苏轼而又一变"，但柳为渐变，苏为骤变。苏轼的杰出贡献主要有三方面：

一是改变了词风、词体。苏轼首先模糊了诗词之间的界限，以诗入词，打破了花间词、柳永词的一统局面，这就带来了词的诗化、散文化倾向，从此作词能够"无意不可入，无事不可言"。而且，词开始成为脱离音乐而独立存在的一门艺术。

二是提高了词境、词格。苏轼融词家"缘情"与诗家"言志"为一体，摆脱绮罗香泽、绸缪宛转的单一走向，代之以超然尘外的逸怀浩气，由于"指出向上一路，新天下耳目"，使弄笔作词者始知自振，从此词体始尊，得与诗歌并驾齐驱。

三是开创了超旷、豪雄的新词派。苏轼作词，格调高峻，气势恢宏，超尘拔俗，风情万种，其笔触或明快飞扬、豪迈壮阔，或清逸舒徐、韶秀淡雅，或如黄钟大吕、振聋发聩，端庄中杂流丽，刚健中含婀娜，总之，清雄、超旷、俊逸、疏快是苏词的主旋律。论者谓苏词读之如"挟海上风涛之气而来"（黄庭坚语），"觉天风海雨逼人"

（陆游语），真有"一洗万古凡马空"的气象（元好问语）。将苏词比作突破艳词藩篱、脱离"曲子"而独立门户的那一时代的"东风第一燕"，毫不为过。

（三）北宋后期为归正期，词坛主流又复归于婉约，代表人物为秦观、贺铸、周邦彦。秦观词承花间、南唐余绪，又得欧阳修淡雅深婉、柳永细腻妥帖、晏几道妍姿俊逸之旨，柔笔抒情，一唱三叹，形成了婉美、妍丽、含蓄、情辞兼胜、音律和婉的词风，被后世奉为"婉约正宗"。贺铸词笔调多变，兼有不同风格，有盛丽的，有妖冶的，有幽洁的，也有豪雄旷放的和悲壮沉郁的，为宋词增添了斑斓的色调。

宋词"至周邦彦再一变"。周以妙解音律而"提举大晟乐府"他广泛吸收温庭筠的浓艳、韦庄的清丽、冯延巳的缠绵、李煜的深婉、晏殊的蕴藉、欧阳修的秀逸、秦观的柔妍，特别是柳永的绵密和冶艳，最终形成他高华柔美、典雅精工同时又沉郁顿挫的词风。在美学和创作实践上，他是婉约派的集大成者，开创出"醇雅格律一派"，并起到了"结北开南"（即沟通、联系南北宋词）的纽带作用。周邦彦严守音律，善作慢词（长调），常自创曲调，再依谱填词。历代词论家都将他和他的"雅词"作为词的成熟阶段的代表，其成就有如诗坛中的李、杜。而且，周邦彦之前的词家作词，皆以感发取胜，到了周邦彦，才开始以思力取胜了。

（四）南宋前期为分化期。代表词人多跨南北宋之交，李清照、朱淑真、张元干等声名为著。女词人李清照所创言浅意深、本色当行的"易安体"，是婉约派的进一步发展。李清照的早期词作，人称"辞意并工，闺情绝调"。后期作品，将个人不幸与国家兴亡融合无间，颇具社会意义。

（五）南宋中期为变盛期。出现了一个阵营壮大的辛派爱国词人群体，辛弃疾为盟主，张孝祥、陈亮、刘过和稍后的刘辰翁、刘克庄为辅翼，陆游等为友军。辛弃疾词风郁勃悲壮，是豪放派的一面大纛。辛弃疾主承苏轼但取径更广，"六经"、《楚辞》、《庄子》、陶渊明诗、白居易诗、乃至于花间体、易安体等等，无不涵摄于胸，可见其博采众长、融会贯通，尤能寓刚柔为一体，"肝肠似火，色貌如花"，前所未有。其长调慷慨奔放、驰骋纵横；其短调绵密蕴藉、意趣盎然；或作英雄语、豪杰词，或诉儿女情、家常话；尤其是他的爱国词，评议时局、关心国运，全身心去倾诉、哭泣、呼号、鼓动，感天动地，气吞万里。

陆游词的成就也很高，其词感情强烈、跨度极大，风格超爽豪放，表达起来又举重若轻。古人说陆游词纤丽处似秦观，雄慨处似苏轼，超爽处似辛弃疾。

（六）南宋后期为雅极而衰期。这一时期重要词人有姜夔、吴文英、史达祖、张炎、周密、王沂孙等，其中突出者要数同样师事周邦彦的姜夔、吴文英两位大家。这批重要作者的词风近于婉约，但更注重音律和形式，追求的是典雅、含蓄、柔婉、清空、珠圆玉润，曲尽其妙。他们统称"格律词派"。若纯论技巧，他们登峰造极，皆臻妙境，然终因穷极工巧，曲高和寡，普通读者难以企及，物极必反，词的雅极而衰之势便难以避免了。

姜夔的词风是清空骚雅，他十分注重语言与音乐的密切配合。境界如"野云孤飞，去留无迹"，语言凝练、灵动，字字敲打得响，而又意在言外、余韵无穷。

吴文英的词风是工致密丽，如"七宝楼台，眩人眼目"，时或透出一种梦幻感与残缺美。至于词风深致的王沂孙，也别树一帜，时当末世，其作品也成为宋词之殿军。

格律词派诸家，虽穷尽全力于字句间凝练求工，但未能解决词学发展上不断出现的新问题。这时的词仍按作者和听众的要求，继续合乐应歌，曼衍旁流，与民间抒情小调相融合，蜕变而为新一代的文学——"曲"。这就是长短句歌词发展的总趋势。

将唐宋词的代表作家流派及其美学风格简约归总起来，可分为十种：秾丽（花间词人）；天然（李煜）；真率（柳永）；旷达（苏轼）；婉约（秦观、李清照）；奇艳（张先、贺铸）；典丽（周邦彦）；豪放（辛弃疾）；骚雅（姜夔）；密丽（吴文英）。

第四节　歌舞演故事　俗调慨世情：散曲与戏剧

戏曲的起源可推溯到原始时代带有巫术色彩的歌舞活动，如《尚书·尧典》中记述的"予击石拊石，百兽率舞"，《吕氏春秋·古乐》中的"昔葛天氏之乐，三人操牛尾，投足以歌八阕"之类。这种在乐器伴奏下，欢快歌舞跳跃，用以祈祷神灵、图腾或祖先保佑降福的祭祀仪式，就是戏剧的最初萌芽。故王国维先生在《宋元戏曲考》中认定："盖群巫之中必有像神之衣服、形貌、动作者，而视为神之冯依，故谓之曰灵……灵之灵职，或偃蹇以象神，或婆娑以乐神。盖后世戏剧之萌芽，已有存焉者矣。"这就是说，原始时代的图腾崇拜及其祭祀式仪式这类歌舞活动，都是出自巫术功利动机的，由巫师装扮成神灵进行表演，其目的是通过娱神，而获得神灵的保佑，祈福避害。

后来当演员替代了巫师，由娱神转向娱人时，巫术仪式就转化成了戏剧表演。这一过程大约发生在西周时期。周朝开始有了职业演员"优伶"，以表演歌舞、调笑逗乐和诙谐滑稽为主。战国时期楚国著名的俳优优孟留下了"优孟衣冠"的故事。这时的优人表演已经开始具有扮演人物和对生活中的事件加以提炼、漫画的特点。

汉代随着经济繁荣及丝绸之路开辟所带来的多民族艺术的交流，出现了"百戏"的繁盛局面。百戏是各种技艺歌舞的总称，其中特别应当给予注意的是角抵戏。这种夹杂歌舞表演的百戏形式一直延续下来，至南北朝时又出现了《踏摇娘》、《兰陵王》等剧目。至唐代又产生了"参军"戏及"拨头"。参军戏以滑稽问答为主，有参军和苍鹘两个角色，用来嘲讽赃官，后来演化成一种普通的戏剧表演形式。

宋代随着城市的繁荣和市民阶层的扩大，适应市民口味的文化娱乐形式获得长足发展，出现了专供演出的固定场所"瓦舍"、"勾栏"及职业演艺人员，并在继承唐代参军戏传统的基础上，发展出戏剧的初步形式杂剧，在唐代变文的基础上发展出诸宫调。杂剧分艳段、正杂剧、杂扮三部分演出。艳段类似话本的"入话"；正杂剧演出完整故事，杂扮则为调笑性质的段子。演员扩充至四到五个角色。而当时在金国则出现了院本这种与杂剧分庭抗礼的戏剧形式。金国院本最有名的就是董解元的《西厢记诸宫调》，又称《董西厢》。

散曲是元代配乐演唱的一种新的抒情诗体，其音乐由词乐、北方民间俗乐和少数民族音乐融汇而来，其文学体式主要由唐宋词小令、宋金时的唱赚和诸宫调衍变而来。形式分小令和套数（套曲）两大类。散曲题材广泛，讥时、嫉俗、叹老、嗟贫、即景、咏史、归隐、风月情事，无不涉及。作为通俗文学，散曲在语言表达上从不吞吞吐吐、隐约其词，而是大胆裸露、曲尽情怀，在思想追求和审美境界方面，散曲打破儒家道统的严格束缚，大胆抒发人的个性和欲求，并在雅致或俚俗的不同方面皆作了可喜的探索。

元代前期的散曲作家以关汉卿、马致远为代表，中后期以张可久、乔吉为代表。艺术流派上可分本色派和文采派，关汉卿、王和卿是前者的代表。马致远、王实甫、白朴为后者的代表。

元代杂剧的出现，是中国文学史、艺术史上的大事。元杂剧吸收了北方多种词曲和表演艺术（特别是金院本和诸宫调）发展而成。作为一种综合艺术，它把文学、表演、宾白、舞蹈、演奏、歌唱融为一体，以高度的社会历史价值、雅俗共赏的审美特点和稳定完备的形式体制，开辟了我国戏曲的黄金时代。"以歌舞演故事"，是屹立于世界戏剧之林的中国戏曲的最基本特色，而这种特色早在 800 年前的元杂剧时代就具备了。剧本主要由曲词和宾白组成，一般是一本四折演出一完整故事，有的还有"楔子"，每折限用同一宫调曲牌组成的曲子。元杂剧最重要的作家为"元曲四大家"加上王实甫。"四大家"指的是关汉卿、马致远、郑光祖和白朴。马致远的代表作有《汉宫秋》和一系列神仙道化剧。郑光祖的代表作有《倩女离魂》等，白朴的代表作有《梧桐雨》和《墙头马上》。

关汉卿是我国戏剧史上最伟大的剧作家，是元杂剧的奠基人和前期剧坛的领袖。所作杂剧已知六十余种。《永乐大典》记载他"生而倜傥，博学能文，滑稽多智，蕴藉风流，为一时之冠"。又有人形容他是"驱梨园领袖，总编修帅首，捻杂剧班头"，足见其威望和影响。关汉卿的代表作《窦娥冤》、《救风尘》、《望江亭》、《单刀会》，分别塑造了窦娥、赵盼儿、谭记儿、关云长等深刻饱满的人物形象。

在《窦娥冤》中，关汉卿以他"一空依傍"之笔，塑造了窦娥的不朽艺术形象。窦娥这个柔弱善良、完全安于命运摆布的典型中国底层社会女性，居然不见容于封建社会而含冤被杀。这不能不使读者观众受到悲剧力量的强大冲击和震撼。

王实甫是一位与关汉卿一样熟悉勾栏（剧场）生涯、风华绝代的才子，他的代表作《西厢记》以宏博的篇幅、巧妙的构思、严谨的结构和神韵飞动的形象，表达出"愿天下有情人终成眷属"的美好主题，赢得无数人的喜爱。剧中人莺莺、红娘、张生、老夫人，一个个栩栩如生，成为家喻户晓的典型人物。全剧语言典雅清丽、诗意浓郁、琅琅上口、无与伦比。在关目安排上，一气呵成地写成五本二十一折的鸿篇巨制，开创了以多本杂剧连续演一个故事的先河。因此，《西厢记》被后来评论家视为元杂剧的"压卷之作"，创造出一剧在舞台上七百年盛演不衰的奇迹。

到了元末，杂剧趋于衰落，而早在南宋就已出现的南戏却异军突起，出现了高则诚的《琵琶记》及"荆、刘、拜、杀"四大南戏剧目（指《荆钗记》、《刘知远白兔记》、《拜月亭》、《杀狗记》四出家喻户晓的戏）。到了明代，继承南戏某些特点，又吸收了元杂剧北曲基础上形成的戏曲形式明传奇取代了杂剧在剧坛的主导地位。

到明代中后期，产生了杰出的戏剧家汤显祖。汤的代表作是"临川四梦"（即《牡丹亭》、《紫钗记》、《南柯记》、《邯郸记》四部剧作）。《牡丹亭》一剧，是我国罕见的浪漫主义悲喜剧杰作。它描写女主人公杜丽娘"一灵咬住"，生死不渝，生可以死，死可以生，起死还魂，终于冲决礼教罗网，与柳梦梅结为夫妇的人生历程和崇高追求，表达作家追求个性解放、"以情格理"、甘为"情使"的崭新时代理念。全剧以新颖的构思、深刻的主题、细腻的性格描写，瑰奇的艺术境界，美不胜收的辞采，展现了富有启蒙精神的一代艺术巨匠汤显祖的宝贵思想成就和艺术贡献。

清代的戏曲创作多也有收获。"南洪北孔"的出现表明清代传奇创作高潮的到来。"南洪"指南方的洪昇，"北孔"指北方的孔尚任，他们分别创作了《长生殿》和《桃花扇》两部历史名剧。嗣后，"雅部"（昆曲等剧种）衰落，"花部"（地方剧种）兴起，标志近代的京剧和三百余种地方戏将要登台成为中国戏剧的主力军了。

第五节　志怪志人　载实载虚：小说的发展

与诗歌相比，中国的小说在古代文坛上的地位明显逊色，不仅成熟时间晚，而且长期受到歧视和排斥，在文坛的边缘苦苦挣扎。小说为争取生存和发展的抗争一直没有停止过。明代以前，小说基本上是在争取生存的权利；明代以后，小说为争取重视和取得文坛盟主地位而奋斗，但这种状况直到近代西方文学传入才有了改观。

从语体上说，中国小说又可分成文言小说和白话小说两大系统。这两大系统既各自独立平行地发展演进，又有交叉和相互渗透。而从总体发展来说，它们呈相逆的发展趋势。初期文言小说属于贵族沙龙文学，作者和读者都局限于文人和士大夫中间，这在魏晋南北朝和唐朝时期是很突出的，但从宋代开始逐渐俗化，作者多变成下层文人，读者面也渐渐扩大到下层民众，至蒲松龄著《聊斋志异》，则标志已完全走向民间了。而本来出自民间的白话小说却逐步雅化起来，由宋元时代出身寒微卑贱的艺人讲给广大俗众听的话本，一跃而成士大夫的案头读物，得到他们的击节赞赏，并且作者也一变而成出身于诗礼传家的官宦或骚雅文士。小说的传播方式也由讲——听方式向写——读方式转换，即由初期说书人讲给听众听，转为作者写出后，由读者去阅读，但这种说书人的讲说方式长期影响着古代小说的写作，特别是小说的叙述模式和结构方式。

从艺术渊源上说，中国小说的萌芽状态可以追溯到远古神话。但由于中国文化的早熟性和史学观念的发达，以及先秦儒学精神旗帜的高扬，使中国神话在流传中大量散失，特别是过早的史学化倾向曾给神话带来毁灭性打击。虽然如此，古希腊神话所拥有的创世神话、人类起源神话、大洪水及其他灾难神话、救世神话、日月星辰之类的自然神话、文化发明创造神话、英雄神话等，中国神话体系中也大体具备，如盘古开天辟地、女娲补天及抟黄土造人、夸父逐日、共工怒触不周山、精卫填海、后羿射日、嫦娥奔月、鲧禹治水、黄帝蚩尤大战、炎黄之争、刑天舞干戚、燧人氏钻木取火、神农尝百草和发明农业、仓颉造字而鬼神惊，以及履大人足迹而怀孕的处女感生神话等。这些美丽动人的神话在后世广为流传，脍炙人口。马克思曾说："希腊神话不只是希腊艺术的武库，而且是它的土壤。"中国神话同样如此。它同样浇灌和哺育了包括小说在内的中国文学，为后世的文学提供丰富的养料，即使在几千年以后的文学作品中也可依稀看到远古神话的影子。

但古代神话传说及史传故事都只是具备一些小说因素，或者说是小说的前身，魏晋南北朝的志怪和志人小说的兴起才真正粗具小说规模。其标志就是它们由以前的写事为主转向写人及其性格特点为主，人确立了在小说中的主体地位。这也是文言小说的第一个高峰。晋代干宝的《搜神记》和南朝刘义庆的《世说新语》分别是两部代表作。前者以写神灵鬼怪及其妖异怪诞之事为主，后者以记载人物的琐闻逸事为主。而从艺术文化角度来看，志怪小说要比志人小说更有价值，具备更多的小说因素。

唐代传奇的出现，标志中国古代短篇小说已趋成熟。唐代传奇承六朝志怪小说的余绪发展而来，是志怪小说的创新变异，它们与志怪小说的最大差别是洗去了其宗教神话色彩，打上了鲜明的消遣娱乐印记。它们是文言小说发展史上的里程碑，代表着早期文言小说艺术的最高成就。这些作品用文言写成，内容搜奇记逸，文字婉转华艳。从历史的角度来说，它们经历了三大阶段，即从神怪、恋爱到豪侠的三段，而这又代表着三种类型。代表作品有《枕中记》、《南柯太守传》、《霍小玉传》、《李娃传》、《长恨歌传》、《虬髯客传》等等。

到宋代出现了话本小说，话本小说导源于唐代的佛教讲经技其"俗讲"活动，后来民间艺人借来讲史或演说时事等。这种说书人的底本，就成了话本小说。受说书口头文学影响，话本小说的叙述方式也多为讲述式的，即摹拟说书人口吻，由说书人来讲述故事，从而在读者和故事之间横亘着一位讲故事的人，使读者始终感受到叙述人的存在，而叙述人还时常中断故事情节发展，脱离开故事虚构语境，直接对作品中人物的所作所为和故事情节加以评论说明。它的另一显著特征是一篇故事包括"入话"、"正话"和"收场诗"三部分。入话在故事开头，起导引故事的作用，它可以是一首诗或一则小故事，以小故事为入话的通常又称"得胜头回"，属附加内容。

明代出现了文人模仿民间话本而作的案头文学——"拟话本"。著名的"拟话本集"

有"三言、二拍、一型"(冯梦龙所作《喻世名言》、《警世通言》、《醒世恒言》,凌濛初所作《初刻拍案惊奇》、《二刻拍案惊奇》,陆人龙所作《型世言》)。话本和拟话本是市民时代的产物,其共同特点是语言质朴,情节曲折,人物性格鲜明,受到民众的广泛欢迎,这就为明清长篇章回小说的产生奠定了基础。

明清时代文学成就最高的小说作品有章回体白话长篇小说《三国演义》、《水浒传》、《金瓶梅》、《西游记》、《红楼梦》、《儒林外史》和文言短篇小说集《聊斋志异》等。

第六节　天高地迥:古代文学的宏观把握

学习中国文学,一方面需从具体、微观处入手,另一方面又要拓宽视野,采用多视角观察和宏观把握的方法。以下提示的几点,有助于我们认识中国文学特质及其演变规律:

(一)重视文学与文化的关系

文学是文化的一个分支。任何民族的文学,都深深扎根于民族的文化土壤之中。因此,文学是文化的表现形式之一,文化形态决定了文学的形态。而且,对文学作品的评价,也取决于人们采用什么样的文化观、审美观。举例而言,屈原辞赋诞育于信鬼而好祠、响彻南风楚音的楚国"巫文化"环境,我们只有对"巫文化"有较深切的认识,才能懂得屈原辞赋的真正价值;《诗经》中第一首《关雎》,在我们看来是描写恋爱或祝贺新婚的作品,是"千古诗词第一首",但《毛诗序》却认为《关雎》颂扬的是后妃之德;两千多年来《诗经》旗帜高张、被奉为神圣经典,这与儒家道统竭力倡行礼乐教化有极大的关系;历代有开科取士的文化制度,士人为了应试便趋之若鹜争写试帖诗和八股文,这在当时被认为具有极重大的价值,但今天视之,乃是思想被严重束缚统治的结果,绝大部分试帖诗和八股文不过是文化垃圾而已。

文化具有时代性、民族性、地域性,文学亦然。世界上只有归属于某种特定文化的文学。离开了文化视角,便难以把握文学的主要特质和基本风貌。

(二)重视文学与音乐的关系

与西方人特别注重视觉审美大异其趣,千百年来中国人相对注重听觉功夫。由此则生发出一种文学现象,即音乐文学成为了中国文学的主脉,或者说,中国文学以音乐文学为正宗。

文学史的事实告诉我们,历代作品多为演唱或演出的文本:"饥者歌其食,劳者歌其事"是历时最久远的文学创作主张;《易经》爻辞中保留下来的民谣,应是最早的民间歌唱文学;《诗经》每一首都是乐歌;《楚辞》中不但"九歌"用于祭神表演和歌舞,即使"离骚"也是能唱的(否则,篇中何以有"乱"辞?);某些汉赋(如《西京赋》等)可资搬演;汉代民间乐府诗是采集而来的歌词;南北朝民歌回响于地北天南;唐人演唱或自歌诗章乃一代之风气;唐宋词更是用于酒筵歌席的歌词;至于金院本、元杂剧、元明散曲、明清民歌、明清传奇、弹词小说，哪一种不是用于演唱或者搬演的呢？如果不伴以音乐，抽去演唱，不系乎喉吻，那么，几千年传下来的中国古代文学恐怕再也剩不下多少了。

因此，在学习古代文学时，我们应多多留意文学与音乐早已联姻的历史事实，并思考总结其中的道理。

（三）重视雅俗互动和混融的关系

一部中国文学史，就是雅文学与俗文学互相带动和促进的历史。最早的文学来自"饥者"、"劳者"、"巫者"之流，那是雅俗混融的时代，无所谓雅俗之分，因为专业的文人雅士尚未出现。后来有了士大夫，有了辞赋家，有了汉大赋、骈骊文、宫体诗，雅文学不可一世起来。这是从先秦到南北朝的情形。初唐之世，一批来自下层的文士将文学由案头、由宫廷引向社会，引向江山塞漠，深入浅出、易于吟唱的唐诗走上文学舞台，宫嫔、姜妇、牛童、马走、引车卖浆者流都能参与和欣赏，诗歌有了深厚的民众基础。时光推移到晚唐和宋代，诗文又雅了起来，于是，便有了民间曲子（以敦煌曲子词和柳永词为标志），有了勾栏瓦舍里为市民举办的演出（以宋杂剧、南戏、金院本为标志），有了宋代的讲史和平话。词到南宋，不但进一步雅起来，而且雅到极顶，以至宋词随着亡国而骤然衰歇。于是，遂有通俗的元代散曲和杂剧来救其雅，元曲遂成一代之文学。明清之世，文学上雅俗混融，一方面文人诗文词曲仍有发展空间；另一方面，通俗的民歌、传奇、小说，"花部"（地方戏曲）大行其道。一直演化到现代，文学仍在雅与俗两极之间摆动，有时东风压了西风，有时西风压了东风，有时互相混融。总之，文学始终在雅与俗二者之间的互动和互相促进中，生存下来，发展下去。

（四）注意不同文体的消长与更替过程

文学史从某种意义上说就是文体更替史，每一种文体都有其自身的发生、发展、繁荣兴盛与衰落的演变过程，而整个文学史就是文体之间盛衰消长的交替。一部中国文学史贯串了诗经、楚辞、汉赋、唐诗、宋词、元曲、明清小说、历代散文的更替，一种文体在一个时代发展到顶峰，后来的时代则发展出另一文体来替代或超越之。而各个时代的文学之间又存在着继承、因袭的关系，上一时代的萌芽幼苗，到下一时代往往已长成参天大树。

第二章　情动于中而形于言

——诗歌自然生长期（古代诗文化·上）

感人心者，莫先乎情，莫始乎言，莫切乎声，莫深乎义。

——白居易

夫诗者，众妙之华实，六经之菁英，虽非圣功，妙均于圣。彼天地日月，玄化之渊奥，鬼神之微冥，精思一收，万象不能藏其巧。

——皎　然

第一节　风雅兴寄　弦歌鼓舞：
中国诗歌之祖——《诗经》

《诗经》的艺术文化、人文文化内涵——风雅颂：音乐的分类——圆珠圭璧爱情诗——唱出人生的悲苦离乱——一派古风农事诗——祈天赐福祭祀诗：古老史诗的遗珠——赋比兴：古典艺术精神的体现

《诗经》是中国第一部诗歌总集。

原名《诗》或《诗三百》；收入诗歌 305 篇，大约产生于公元前 1100 年至公元前 600 年期间，与古希腊荷马文学的产生与成熟为同一时期。《诗经》的出现奠定了中国诗歌流变史的光辉起点。

《诗经》三百篇，原是乐歌，风雅颂就是按音乐分类的。风是各诸侯国的土风歌谣，多数为民歌，是《诗经》中的精华，包括十五国风，诗 160 篇。《雅》是周王朝直接统治地区的音乐，分《小雅》、《大雅》。《小雅》74 篇，《大雅》31 篇，共为 105 篇。大部分是贵族上层社会举行各种典礼或宴会时演唱的乐曲。《颂》是统治阶级宗庙祭祀的舞曲歌辞，又分《周颂》31 篇，《商颂》5 篇，《鲁颂》4 篇，共 40 篇。《风》、《雅》、《颂》体制不同，配乐各异，但都可以弦歌之、鼓舞之。《墨子》说"诵诗三百，弦诗三百，歌诗三百，舞诗三百"（《公孟篇》），足资证明。

《诗经》是周人礼乐文化中"乐"的重要组成部分。孔子把诗教与礼教、乐教结合，主张"兴于诗，立于礼，成于乐"（《论语·泰伯》）。孔子教育学生："诗，可以兴，可以观，可以群，可以怨。迩之事父，远之事君，多识于鸟兽草木之名"（《论语·阳货》）。告诫学生"不学诗，无以言"（《论语·季氏》）。孔子建构了完整的儒门诗学理论

和诗教实践体系，濡染了一代代儒生和士大夫，引导了后世文章以《诗》言为雅，以《诗》文为信的艺术风气。到西汉，《诗经》不但被尊为儒家学派的经典，而且成为朝廷治国安邦的官方义理的基本组成部分。汉以后历代相沿，《诗经》都被用作政治伦理教科书，成为人们修养心性、参与政治、"立德、立功、立言"的一种手段。

今天，我们认为应当把过多的从政治、伦理角度解释《诗经》的倾向拨转过来，还它以艺术文化和人文文化的本来面目。《诗经》是中国诗歌之祖，同时又是中国诗歌乃至于整体中国文明的"华彩乐段"，它"风雅比兴"的艺术法则滋养了中国百代诗歌，它深厚的人文内涵倾注在中华民族的基本品格之中。

从《诗经》中，可以看到中华民族初生、成长的原始图景，听到远古人们苦乐悲欢的吟唱，此中既有男女情爱的欢乐，又有征夫迷惘的叹息，下至小官吏的艰辛，上至王公对神灵的告祭，包罗万象、多姿多彩，一篇篇如画卷在我们面前展开。这些诗歌，感情真挚、音韵和谐、状物工巧、联想丰富。从先秦流传至今，仍熠熠生辉，具有迷人的魅力。

爱情的欢歌咏叹

爱情是亘古不变的永恒主题，是人们生生不息渴求的最美好的人生体验。千百年来，人们不停地说它，唱它，追求它，于是爱情成为人的生命动力。在《诗经》中，内容最生动、数量最多、最富色彩、最有价值的是爱情诗。它们以多彩的婚恋内容反映了周人的婚姻观念，具有很高的文化意义与美学价值。郑振铎指出："在全部诗经中，恋歌可以说是最晶莹的圆珠圭璧，这些恋歌杂于许多的民歌、贵族乐歌以及诗人忧时之作中，譬若客厅里挂了一盏亮晶晶的明灯……他们的光辉竟照得全部的诗经都金碧辉煌，光彩眩目起来……，他们乃是民间小儿女的'行歌互答'；他们乃是人间的青春期的结晶物……他们活绘出一幅二千五百余年前的少男少女的生活来。"①

《诗经》爱情诗的活泼大胆，最突出的表现就在于它不受男女之防的限制。《召南·摽有梅》便表现了一位女子对爱情的真诚呼唤。

> 摽有梅，其实七兮。求我庶士，迨其吉兮！
> 摽有梅，其实三兮。求我庶士，迨其今兮！
> 摽有梅，顷筐塈之。求我庶士，迨其谓之！

西周时代，民间有"会男女"的风俗，所谓"仲春之月，令会男女。于是时也，奔者不禁……司男女无夫家者而会之"(《周礼地官媒氏》)。这就是说，到了结婚年龄还没有配偶的青年男女，可以在仲春之月的集会中自行选择对象，不经过礼仪而成婚。

---

① 郑振铎：《插图本中国文学史》第一册，49 页，北京，人民文学出版社，1982。

《摽有梅》便是在这样的一次聚会中，一位未婚少女所唱的歌。在欢乐的气氛中，这位少女还没有找到称心的意中人，她徘徊在梅树下，面对成熟的梅子，即情即景，边走边唱：梅子纷纷落地，树上还剩七分了，追求我的小伙子啊，切莫错过了良辰！梅子落地纷纷，树上只剩三成了，追求我的小伙子啊，就在今朝切莫再等！梅子落地纷纷，收拾到篮子中，追求我的小伙子啊，你一开口我就会答应！

三段歌词，由缓而急，层层递进，恰似紧锣密鼓，敲出了少女求偶不遇，急于求爱的心音，歌唱了人类珍惜青春渴望爱情的主题。而这个少女求爱表白之大胆，反映了那个时代民间性意识开放自由的文化特征。

《摽有梅》的表现手法似直而曲。由果实黄落而兴起，由景及情而吐露心曲。明是自己急于求爱，却又让男子求我。明人钟惺认为："三个'求'字，急忙中甚有分寸。"而少女的歌唱又是那样真诚，那样动人。这种多侧面多层次的描写，将女子直率而又羞怯的个性刻画得栩栩如生。

《摽有梅》的比兴手法也为后人学习仿效。杜秋娘在《金缕曲》中唱："花开堪折直须折，莫待无花空折枝。"唐代王建《宫词》："树头树底觅残红，一片西飞一片东。自是桃花贪结子，错教人恨五更风。"南宋词人蒋捷《一剪梅》中"流光容易把人抛，红了樱桃，绿了芭蕉"。皆为《摽有梅》的变曲。而在青春、爱情、生命冲动的唱曲里，《摽有梅》的声音是那样的独特，回旋跌宕，独树一帜。

在《诗经》的爱情诗歌中，还反映了爱情受到封建礼教的束缚而产生的苦恼。如《郑风·将仲子》：

> 将仲子兮，无逾我里，无折我树杞。岂敢爱之？
> 畏我父母。仲可怀也，父母之言，亦可畏也。

这个女子叮嘱她的情人仲子不要来私会，她虽然非常想念他，盼望与他相会，但她又怕父母之言。后两章说："诸兄之言，亦可畏也"，"人之多言，亦可畏也"，反映了这位初恋少女的内心矛盾，以及封建礼俗对人的制约，表现了人类内心世界情与理冲突的普遍性。《诗经》时代，民间男女之关系相对开放自由，但礼教的束缚，宗法制的建立，已渐渐制约人们。这使得爱情不再是单纯的两性关系，因此带有忧伤精神的恋歌开始产生。许多少男少女们情调忧伤，缠绵悱恻，咏唱着可望不可得的爱情，咏唱着迷惘感伤。

> 南有乔木，不可休思。汉有游女，不可求思。
> 汉之广矣，不可泳思。江之永矣，不可方思。（《周南·汉广》）
> 月出皎兮，佼人僚兮，舒窈纠兮，劳心悄兮！（《陈风·月出》）
> 蒹葭苍苍，白露为霜。所谓伊人，在水一方。溯洄从之，道阻且长。溯

游从之，宛在水中央。（《秦风·蒹葭》）

　　其中，《秦风·蒹葭》是一首写得很优美的抒情诗。这首诗以清秋为背景，抒发了诗人企慕和怅然若失的情感，具有震撼人心的不朽魅力。诗中写道：一个深秋的清晨，大地铺着薄薄的霜花，诗人站在芦苇丛生的水边，久久凝视着河对岸。那是他意中人居住的地方，可是他可望不可即，水波渺渺人影恍然，他痴想呆望，无限惆怅。这首诗情景交融，富有意境。"蒹葭苍苍，白露为霜"，写秋色茫茫，秋光满目。"伊人"似近而远，若有若无，再加上"宛"字的妙用，使诗隐约曲折充满朦胧之美。前人评"意境空旷，寄托玄淡，秦川咫尺，宛然有三山云气，竹影仙风，故此在《国风》中为第一篇缥缈文字，宜以恍惚迷离读之"（陈继揆语）。"极缠绵，极惝恍，纯是情，不是景"（牛运震语）。

　　《秦风·蒹葭》揭示了人类永存的企慕情境，钱钟书在《管锥编》中引用陈启源"夫说（悦）之必求之，然惟可见而不可求，则慕悦益至"的观点，解说了《秦风·蒹葭》的这一艺术情境。"在水一方"揭示了人类现实与理想的距离。"溯洄从之，道阻且长"是寻求理想的艰难长途。"伊人"之境让我们感到希望与理想乃是一个若有若无，可望不可即的影子。诗篇从哲学的高度反映了人类理想追求与个体生命短促的矛盾引起的困惑，反映了人类对完美境界永无止境的追求。

　　《周南·桃夭》是一首祝贺少女新婚的贺歌。朱熹言："桃之有华，正婚姻时也"（《诗集传》）。仲春二月，大会男女，在这桃花盛开的季节，一个女子出嫁了。

> 桃之夭夭，灼灼其华。之子于归，宜其室家。
> 桃之夭夭，有蕡其实。之子于归，宜其家室。
> 桃之夭夭，其叶蓁蓁。之子于归，宜其家人。

　　"桃之夭夭，灼灼其华"，诗的开篇，触物起兴，给人留下了强烈而奇异的印象。李商隐《即目》："夭桃唯是笑，舞蝶不空飞"。言"夭"即是笑，而"灼"当为燃。这桃花灿烂的笑，像燃烧的火，在春风中摇曳，把初嫁少女的美丽容光，把心花之怒放的欢乐，把婚嫁礼俗的热烈气氛，烘托、渲染到极致。

　　全诗三章，反复咏唱着桃花。首章写眼前景，写桃花的明艳之状，二章"有蕡其实"和末章"其叶蓁蓁"则为遥祝之词。"蕡"，果实肥大，"蓁"，叶子茂密。这首诗从花到果再到叶，依次吟咏，循序渐进，将出嫁少女生命成熟之美投射到春日的桃树上。少女、桃树在生命历程中同构，都在开花、结果、繁茂，二者融为一体，表现了对出嫁少女的美好祝愿。各章末句，由"室家"而"家室"到"家人"，也非简单地重复。其祝福由嫁至夫及人，是对室家和睦，子息兴旺的祈愿。整首诗写婚礼，但无婚礼场面的盛大，无夸示炫耀之辞，有的只是真诚的祝福。诗里反映婚俗，简朴淳美，充满了对人生的祝愿，而桃花与人面则穿越了两千多年的岁月，毫不褪色地把美感长留人间。

爱情的美满是人们的理想，而不幸却往往是现实。《诗经》中有些诗篇，反映了婚姻与家庭的不幸。如《邶风·谷风》、《召南·江有汜》、《秦风·晨风》等。而《卫风·氓》是这类弃妇诗中最感人的一首怨歌，表现了当时女子在宗法婚姻制度下被丈夫遗弃的悲剧命运。

《氓》诗六章，以自悲自怨自叙手法抒写痴情女子，为一个虚情假意的男子追求，私订终身，结婚后备尝辛劳，但因色衰爱弛又被遗弃的经过。诗中充满哀伤悔恨。初识时，"氓之蚩蚩"，没有识破，反生感情；允婚后，"送子涉淇，至于顿丘"，一片痴情；婚后"三岁为妇，靡有朝矣"，只有辛劳；被弃后"于嗟鸠兮，无食桑葚"，满腹悔恨；诀别后"静言思之，躬自悼矣"，伤感难言。充溢诗篇的浓郁情感，女子的不幸遭遇，深深地打动了每一位读者，令人同情，令人深思。几千年来，人间不断重演的这一古老故事，痴情女子负心汉的悲剧，什么时候能不再上演？女人什么时候不再成为生活中爱情中的悲剧角色？

这首诗是叙事诗，在结构上，它不是按时间顺序、故事发展为脉络，而是按照女主人公内心波动的轨道吟唱的。全诗回忆与现实交替，叙事与抒情结合，其中又杂有警省人心的议论。几方面融合无间，把弃妇的心理活动及思想感情极为生动真实地表现出来。诗篇的比兴手法很巧妙，如"桑之未落，其叶沃若"，"桑之落矣，其黄而陨"，形象辛酸地反衬出女子的青春与色衰。苏轼为此赞誉诗人"写物之工"。诗篇三次写到"淇水"，第一章的"送子涉淇"，写出依依之情。第四章"淇水汤汤"，反衬难言的痛苦。最后一章"淇则有岸"则是沉痛的决绝之辞。同一条淇河，融进了女子不同时期的欢喜悲哀，对深化主题、增加感染力起到很大作用。

《诗经》中情诗由自由择偶的大胆直率，到恋爱中受阻的痛苦及弃妇的悲剧命运，向人们展示的已是超越爱情问题的更为复杂深刻的社会问题。

人生的悲苦离乱

《小雅》中的《采薇》、《东山》，《卫风》中的《伯兮》，《魏风·陟岵》等，反映了征战、徭役造成的人生悲剧，诗篇感情真挚，动人凄楚。

《采薇》是西周宣王时期出征士兵所唱的怨歌。它通过一个士兵归家途中对戍边生活的追述，真实反映了士兵们保家卫国与思家恋土的错综心理。第一章写："采薇采薇，薇亦作止。曰归曰归，岁亦莫止。靡室靡家，猃狁之故。不遑启居，猃狁之故"。抒发连年战争征夫们久戍思乡的悲苦心情。三章的开头四句，均以采薇起兴，在"薇亦作止"、"柔止"、"刚止"的生长过程中，唤起征夫们岁月流逝的惊觉。春去秋来，一年又尽，苦战经年，日夜盼望返回家园，回到亲人的身旁。可是"曰归曰归"，何日是归期啊？他们"靡室靡家"，"不遑启居"，"忧心烈烈"，所有这些痛苦都是因为"猃狁之故"！为了国家民族利益，士兵们深明大义，同仇敌忾。将帅们乘驾高车大马，威风凛凛。而士兵紧随其后，借车身遮挡矢石。"岂敢定居，一月三捷"。转战沙场日夜鏖战，猃狁终于打退了。最后一章抒写了这个士兵久戍归来的哀伤。出生入死，盼到了回家。但踏上归途的征夫，心中却百感交集，充满伤悲。

"昔我往矣，杨柳依依。今我来思，雨雪霏霏。行道迟迟，载渴载饥。"这几句被后世誉为千古绝唱，它跨越时空，打动着每一位读者。我们仿佛看到漫天大雪、道路泥泞，一个衣着褴褛，神色疲惫的征夫迈着沉重的脚步，独行在返家途中。尽管又饥又渴，尽管归途艰难，但他毕竟没有抛尸荒野，他终于可以和亲人团聚了。他每迈一步，离家就近了一程，离亲人就近了一步，他该欣喜，他该欢笑，可是他没有。他发出的是"我心伤悲，莫知我哀"的叹息。这种反常引人深思。士兵为国弃家，奋勇杀敌，可是得不到"肇敏戎公，用锡尔祉"(《大雅·江汉》)；也没有"炰鳖脍鲤"(《小雅·六月》)。他们是社会最底层的人，他们经历了死，他们向往着生，可是"王事靡盬，不能艺蓺黍稷，父母何食"(《唐风·鸨羽》)；"不遑将父！""不遑将母"(《小雅·四牡》)。他们从沙场脱身，又将重陷困厄之境，跌进灾难深渊。归家的快乐被更深的忧虑掩住，怎能不使他们的脚步更沉重？他们体味着人间的悲凉与空虚，这些又如何向人道尽呢？清人方玉润在《诗经原始》中谈到："此诗之佳，全在末章，真情实景，感伤时事，别有深情，不可言喻。"

又喜又忧、百感交织的征夫意识，在《豳风·东山》一诗中表现得更具体。"我徂东山，慆慆不归。我来自东，零雨其濛。"出征东山，三年未归。一个细雨濛濛的日子终于踏上了归程，可是"我东曰归，我心西悲"，"制彼裳衣，勿士行枚"。他心情沉重，踽踽独行，想象着田园荒芜了，"果蠃之实，亦施于宇。伊威在室，蟏蛸在户，町疃鹿场，熠熠宵行。"房檐上蔓延着瓜蒌，屋地爬着鳖虫，蜘蛛结网，良田成了野鹿出没之处，夜里鬼火在幽幽闪亮。可是这毕竟是生养他的家园呀，"不可畏也，伊可怀也。"家中还有新婚久别的妻子呢！丈夫终于归家了，望眼欲穿的妻子一定是"鹳鸣于垤，妇叹于室。洒扫穹窒，我征聿至"。征夫回忆起三年前"仓庚于飞，熠耀其羽。之子于归，皇驳其马。亲结其缡，九十其仪"。新婚的场面多么喜庆，新婚时多么甜蜜。可是"其新孔嘉，其旧如之何？"美丽的妻子，别后三年，现在怎样了？她还健康吗？还很美丽吗？还在等他吗？昔日的幸福还会重现吗？甜蜜与凄苦、回忆与现实，交织心头，令他忐忑不安，带给他更多的悲哀，这正是所谓"以乐景写哀，其哀倍增"。清人王士禛对此极为推崇，评说"写闺阁之致，远归之情，遂为六朝唐人之祖"(《渔洋诗话》)。姚际恒评曰："末章骀荡之极，直是出人意表，后人作从军诗必描画闺情，全祖之"(《诗经通论》)。

"我徂东山，慆慆不归。我来自东，零雨其濛。"这四句诗，出现在四章的开头，复沓迭出、回环往复、一唱三叹，形成了感伤主题的咏叹曲。在强烈的富有节奏的旋律中，人们的心灵反复受着冲激，被带入到细雨濛濛的悲凉征途氛围中，感受到征夫内心的沉重，引发出对人类战争得失的深思。

当征夫在战场上一往情深地"曰归曰归"的时候，同样痛苦的是失去生活情趣的闺中思妇。"自伯之东，首如飞蓬。岂无膏沐，谁适为容。""愿言思伯，甘心首疾"（《卫风·伯兮》）。思妇的哀怨、痛苦、焦灼，在诗中表现得刻骨铭心。方玉润言"后之帝王读是诗者，其亦以穷兵黩武为戒欤？"

农事劳动的风情

这类诗在《诗经》，尤其《国风》中很多。如《周南·芣苢》：

> 采采芣苢，薄言采之；采采芣苢，薄言有之。
>
> 采采芣苢，薄言掇之；采采芣苢，薄言捋之；
>
> 采采芣苢，薄言袺之。采采芣苢，薄言襭之。

这是一首优美的山歌，读之真如"恍听田家妇女，三三五五，于平原旷野，风和日丽中群歌互答。余音袅袅，若远若近，忽断忽续"（方玉润《诗经原始》）。这种劳动小诗，语言简短，节奏明快，有浓厚的生活气息。

全面反映农夫终年劳动情景的诗篇，是《豳风·七月》。这首篇幅最长的古老农事诗，忠实细致地描绘了周代奴隶制的社会情状。

《七月》全诗，以铺陈的手法，把农夫一年中从事劳动的情景展现在我们眼前。农夫们春耕、夏忙、秋收、冬猎；农妇采桑、养蚕、染织、制衣；诗人有序不乱地绘制出一幅三千年前农民生活的风情长卷。农夫们月复一月、年复一年，在这片原野上，艰难地劳作着。诗中没写愤怒、没写反抗，却在平静的叙说中透着辛酸，于随意中显示其份量，早早地显示了中国诗歌注重"怨而不怒"的美学格调和追求。

《七月》写天时、自然、人事，达到高度的和谐。构建起生命节奏周而复始的有序循环。以"七月流火"开篇，之后，句句都以时令居首。以谋求衣食为内容，"三之日于耜，四之日举趾"，"九月筑场圃，十月纳禾稼"，这种对气候特征的渲染，从天时写到人事的手法，抓住自然契机，在节奏紧密的应时而动中，体现农夫自强不息的坚韧品格。这种人与自然浑然统一，是《七月》所具有的深刻美学价值。

《七月》虽按12个月有序抒写，却并不呆板，如首章写农夫春耕，穿插妇女送饭、"田畯至喜"的场面。第二章写采桑，尤为出色，"春日载阳，有鸣仓庚。女执懿筐，遵彼微行，爰求柔桑。"多么富有生机的少女春日采桑图，似乎可听到鸟的鸣叫。清代学者崔述在其《丰镐考信录》中说："读《七月》，如入桃花源中，衣冠古朴，天真烂漫，熙乎太古也。"《七月》内容浑厚深沉，具有朴拙、庄重、悠扬、凄婉等多种风格融为一体的特点。后世多少田园农事诗，未有臻此境界者。

《周颂》中的《载芟》、《良耜》是春夏祈谷，秋冬祭祖的祭祀诗，但大部分内容直接描写农事活动。《载芟》中描写"载芟载柞，其耕泽泽。千耦其耘，徂隰徂畛。""思媚其妇，有依其士，有略其耜，俶载南亩，播厥百谷。"真实再现了早周"南亩"报祭，两千人并肩耕作的宏大场面。其风格活泼，有浓厚的生活气息。有很深的文化内涵与艺术魅力。

古老史诗的遗珠

《大雅》中的《生民》、《公刘》、《绵》、《皇矣》、《大明》是一组周民族的史诗。他们用简朴的诗歌形式对周部族的发祥、发展、创业作了生动的描绘，并颂扬了先民在黄土高原披荆斩棘、谋求生存发展的光辉业绩，具有很高的文学意义和美学价值。

《生民》生动地描绘了周始祖后稷神奇非凡的诞生和被弃的经历。

> 诞置之隘巷，牛羊腓字之。诞置之平林，会伐平林。诞置之寒冰，鸟覆翼之。鸟乃去矣，后稷呱矣。实覃实吁，厥声载路。

牛羊喂乳，飞鸟庇护，这段历难不死的描写，充满了神话色彩。后稷长大后长于农事，具有农事天赋。诗中用丰富多彩的词语描写了他所种农作物的茂盛。后来后稷成为周民族的始祖和农业之神。《生民》描写了周人早期所从事的农耕活动和周人祭祀活动，反映周民族的发生观念和历史观念。

《公刘》则表现了更广阔的史诗内容。描述后稷曾孙公刘率领部族自邰迁豳，开辟土地营建都邑，治军屯粮及日常活动等事迹。他们初到豳地时，"京师之野，于时处处，于时庐旅，于时言言，于时语语。"欢声笑语的迁移情景历历在目，极为形象生动。周人在豳地"食之饮之，君之宗之。"以民主的议事方式推公刘为君。公刘不再是半人半神的英雄，取而代之的是"匪居匪康"，艰苦创业的先民们的群像。

《绵》写周人第二次举都迁移。周人自公刘定居于豳，传至十世孙古公亶父（周文王祖父），为避外族侵扰，又迁岐周，定居在岐山之南土地肥沃的周原。在古公亶父的领导下，营建宫室房舍，由穴居进化到室居，由原始社会逐步过渡到奴隶社会。此诗描写古代建筑场面生动具体，富有气势。"度之薨薨，筑之登登，削屡冯冯。百堵皆兴，鼛鼓弗胜。"用了很多象声词。盛土声、捣土声、打夯声、削土声，与巨大的鼓声汇成了声势浩大的劳动交响曲，在古老的平原上回荡，使人如闻其声如临其境。这三首史诗，叙述了周民族艰苦创业、由小到大、绵延不绝的历史。

《皇矣》、《大明》两诗则是歌颂太王拓疆、文王伐崇伐密和武王灭商的丰功伟绩。《大明》重点描述了历史上有名的牧野之战，写得绘声绘色，极为生动。

> 殷商之旅，其会如林。矢于牧野，维予侯兴。

　　上帝临女，无贰尔心！牧野洋洋，檀车煌煌，驷騵彭彭。

　　维师尚父，时维鹰扬。凉彼武王，肆伐大商，会朝清明。

　　诗中描绘出战场的苍茫，战车的气势，战斗的激烈，战役的恢宏。对尚父"时维鹰扬"的描写，尤其传神。

　　从《生民》到《大明》五篇作品，是周民族的英雄史诗，也是中华民族发祥、创业的胜利赞歌。在这组史诗中，神话色彩从浓到淡，而人的社会性则从弱到强。这种变化，形象地展示了人类不断挣脱自然束缚，走向文明的艰苦历程。史诗作为人类早期活动的精神标本，具有很高的史料价值。尤其是在中国古代留传下来的史诗寥寥可数的情况下，这组史诗就弥足珍贵。这五篇史诗在艺术上也独具魅力，充溢上古作品的古朴之美。

　　《诗经》中的《周颂》、《商颂》，也是极珍贵的历史文献。《周颂》从祭祀诗始，到歌颂武力强大，政治统一，并以很多词句宣扬以德配天以德服众的德治观念。其风格严正肃穆。《商颂》则气象宏伟。《玄鸟》歌颂商王以武力征服天下，并有浓厚的神话色彩。深入挖掘研究这些诗歌，能使我们认识神话原型的文化人类学意义和审美价值。

　　《诗经》多方面地反映了古代社会生活，动人的篇章比比皆是，它们不但内容深广博大，而且艺术成就卓越。尤其以风和小雅为代表的作品，反映了生民百态和世事沧桑，以绚丽的色彩描绘出一幅奴隶制社会的历史图卷，开辟了中国第一座人物齐全的诗苑画廊。

　　《诗经》艺术技巧突出地表现在赋比兴手法的运用上。朱熹在《诗集传》中解释："赋者，敷陈其事而直言之者也；""比者，以彼物比此物也"；"兴者，先言他物以引起所咏之辞也。"赋是最基本的表现手法，是对事物进行直接的陈述描写。如《七月》铺叙了农夫一年的劳动情景。"比"在诗经中使用频率高，富于变化。如《魏风·伯兮》中"首如飞蓬"，《郑风·有女同车》中"艳如舜英"，《小雅·小旻》的"如临深渊，如履薄冰"，都极为贴切。尤其《卫风·硕人》描写庄姜"手如柔荑，肤如凝脂，领如蝤蛴，齿如瓠犀，螓首蛾眉，巧笑倩兮，美目盼兮"。以一连串形象的比喻，细致描绘其美丽绝伦。"兴"在《诗经》乃至中国诗歌中是比较独特的手法，往往是触发诗人灵感的契机。它借物起兴，同时又含有烘托、寄寓、联想、渲染等意味。如"关关雎鸠，在河之洲"的起兴就有"君子好逑"的象征。"桃之夭夭，灼灼其华"的起兴则既写出桃花盛开的美景，又是对新娘美貌的暗喻，烘托了结婚的喜庆气氛，引发了对婚后生活的联想。因此兴的虚灵微妙，最具诗歌韵味。

　　复沓的章法和以四言为主的句式是《诗经》的又一显著特点。复沓是指章与章之间字句基本相同，只相应变换少数字眼，反复咏唱。在诗依靠口耳流传的时代里，这种形式便于传诵记忆，深化诗歌主题，增强诗的音乐性和节奏感，并有回旋跌宕的艺术效果。《诗经》中的句式以四言为主，但在四言中又杂以二、三、五、六、七、八字句，整齐中又有参差错落之美。《诗经》的语言质朴，写诗重在表情达意，不求雕饰，自然天成。《诗经》词汇丰富，运用双声叠韵，重言迭字，使语言更加生动、形象。大多数诗篇用韵自由，声情并茂，给人以惬意的美感。

《诗经》是发达较早的中国农业文明的精神产品，它注重"风雅兴寄"，孕含着中国文艺美学的重要基因，它登台甚早，又兼三千年来传唱不衰，因此，我们既可以把它当作农业中华的一面镜子，又可以通过它了解和把握中国的古典艺术精神。

第二节　屈原辞赋悬日月：
"楚辞"名篇——《离骚》与《九歌》

> 继《诗经》之后的又一枝旷代文学奇葩：《楚辞》——中国第一位世界级诗人屈原——《离骚》："逸响伟辞、卓绝一世"的长篇抒情诗——《九歌》：人与神的恋歌

《诗经》的歌声在中原沉寂不久，在南方荆楚大地上，又响起了新的歌声，这就是以屈原的《离骚》为代表的楚辞。

楚辞产生于战国后期的楚国，是汲取和借鉴古老的楚地文化、楚声歌谣而创造出的一种新诗体。西汉刘向集录屈原、宋玉诸作及后人模拟之作为一书，名为《楚辞》，于是《楚辞》作为总集的书名流传于世。而由于屈原的《离骚》是楚辞的代表作，后人又把楚辞称为"骚"或"骚体"。

《楚辞》是继《诗经》之后的又一座文学高峰。它"书楚语，作楚声，纪楚地，名楚物"（黄伯思《校定楚词序》），具有浓郁的地域色彩。它的产生，有历史的、地理的渊源。风格独特的楚声、楚歌，为楚辞的产生提供了丰富的养料。《楚辞》等书记载了一些楚地乐曲的名目，如《涉江》、《九歌》、《阳春》、《白雪》等。

楚地的巫文化对楚辞的产生形成起到直接的影响。楚国上至祖宗先王，下至庶民后裔，无不从巫信神。民间风俗，尊鬼神重祭祀，祭祀时必要奏乐、唱歌、跳舞，以求神福佑。故王逸《楚辞》章句谓："昔楚国南郢之邑，沅、湘之间，其俗信巫而好祠，其祠必作歌乐鼓舞以乐诸神。"而祭祀的巫歌往往具有浪漫的情思、奇异的情节。《九歌》就是在民间祭祀歌舞的基础上加工改成的。《招魂》是根据民间招魂词创作的。因此说，楚国巫文化在《楚辞》中留下了鲜明的印记，楚辞是远古遗风的延续。

楚辞在形式上打破了四言格式，融合了南北文化，受到先秦散文宏阔的结构、汪洋恣肆的气势、自由的句式的启发，而其"繁辞华句"，又有战国时代纵横游说的余波。楚辞，正是孕生于楚文化的沃土，受到中原文化清风的催发，吸收了诸多文体的营养而诞生的奇葩。

"不有屈原，岂见《离骚》？"（《文心雕龙·辨骚》）。楚辞是楚文化的产物，但离不

开伟大诗人屈原的创造。楚辞与屈原的名字是紧密联系在一起的。

　　屈原（前340?～前278?），名平，战国时期楚国人。他是中国历史上第一个世界级的诗人，他的不朽杰作《离骚》与天地同辉，与日月并存。作为诗人，他取得了巨大的成功；而作为一个政治家，在追求理想的斗争中，却惨遭失败。

　　战国时代，七雄争霸，刀光剑影。至战国后期，只有秦、齐、楚三国称雄一方，相互对峙。楚虽为南方强国，但难敌新兴的秦国。在楚国由强转弱走向衰败的时候，屈原走到了楚国的政治舞台上。屈原出身于楚国贵族，才高学博，明于治乱，具有远大的政治抱负。他曾任"左徒"和"三闾大夫"之职。初得怀王信任，"入则与王图议国事，以出号令；出则接遇宾客，应对诸侯"（《史记》本传）。他对内主张修明法度，举贤授能；对外主张联齐抗秦，以振兴楚国。以德治国，举贤授能，立法革新，这三者是他"美政"理想的完整体系。就在他追求美政刚刚起步的时候，却遭到了保守的旧贵族势力的攻击。大约怀王二十五年左右，屈原遭谗见疏，谪居汉北。曾写《抽思》、《思美人》以抒忧怨。接着又愤而写了《离骚》。屈原既疏，楚国政治日趋腐败。怀王昏庸贪婪，刚愎自用，两度伐秦，均遭惨败，于是复用屈原。当怀王被诱入秦时，屈原加以劝阻，不听，后囚秦而死。顷襄王继位，令尹子兰等佞臣谄谀用事，竟与秦结为婚姻以求苟安。屈原嫉恶如仇，强烈反对，于是又遭到子兰、上官大夫诋毁。他再次被流放，从此彻底告别了楚国的政治舞台。理想的破灭，煎熬着屈原。他心灵破碎，行吟泽畔，抒发悲怀，创作诗篇。在屈原流放的日子里，楚国政治更加黑暗，"既无良臣，又无守备"（《战国策·中山策》），公元前278年，秦将白起攻破郢都，楚国人民流离失所。诗人伤心至极写下了充满爱国思乡之情的《哀郢》。眼见国家沦亡，人民遭难，屈原终于自沉汨罗江而死。

　　屈原的一生是悲剧的一生，但深重的苦难，绵绵的爱国情思，却使屈原精神得以升华，化成了一篇篇震撼人心的诗篇。他生时为狭小的楚国朝廷排挤，死后却作为中国诗坛的旗帜，插上了世界文学史的巅峰。

　　《离骚》是屈原最重要的代表作，也是我国古代最长的一首政治抒情诗。《离骚》的命名，历来有不同解释。司马迁说"犹离忧（罹忧）也"，班固说"明己遭忧作辞也"。王逸说："离，别也，骚，愁也……犹言放逐离别，中心愁思，犹依道径以风（讽）谏君也。"篇名中寓有忧愁之意，表明作者"发愤以抒情"的用心，则是共同的认识。《离骚》几可看作诗人的"自叙传"，是屈原心灵的歌唱。诗人深沉的爱国激情，九死不悔的斗争精神，对理想的执著追求，似火山爆发，狂泉喷涌地倾诉出来。

　　《离骚》全诗可分为两大部分。从开头到"岂余心之可惩"为前一部分，是对以往经历的回顾，带自传性质，偏重于写实；后一部分通过幻想方式着重表现对出路的探索，并进一步表白了自己坚持理想、忠于祖国、至死不渝的爱国热情。

　　诗的开端，诗人以庄严自矜的口吻，追述自己的先祖、家世，表明自己与楚王同宗，对楚国的存亡有义不容辞的责任。又写自己的奇异生辰和名字的含义，表现他的不凡与崇高的理想。

接着诗人叙述了自己有"内美"、"修能"的德行和才干,表达自己忠君报国的愿望。"汩余若将不及兮,恐年岁之不吾与",他担心时光飞驰,自己不能为国家作出贡献。"惟草木之零落兮,恐美人之迟暮",他又忧虑楚王不奋进,耽误楚国前途,因而劝导楚王"抚壮而弃秽",并迫切地渴望献身君王,振兴楚邦。但是诗人的赤忠之心不仅没有得到楚王理解,反遭群奸忌恨。从第三段始,诗人用了大量篇幅展现了楚国黑暗的现实。楚王昏庸多变,"反信谗而齌怒","后悔遁而有他";贵族群小"竞进以贪婪,凭不厌乎求索","众女嫉余之蛾眉兮,谣诼谓余以善淫";就连诗人精心培养的人才也变质,"虽萎绝其亦何伤兮,哀众芳之芜秽"。残酷的现实使诗人的爱国理想无法实现,诗人异常孤独、愤懑,但是诗人决不妥协,他在诗中反复申说自己坚定的信念和至死不悔的决心。

第二部分,诗人以痛苦的心情,幻想的形式,开始了"路漫漫其修远兮,吾将上下而求索"的历程。首先诗人假设一位"女嬃"对他劝诫:

　　女嬃之婵媛兮,申申其詈予。曰:"鲧婞直以亡身兮,终然夭乎羽之野。汝何博謇而好修兮,纷独有此姱节?"

女嬃用鲧的悲剧故事劝告他,不要过于孤忠耿直,否则会招致杀身之祸。女嬃的话,反映了诗人内心的矛盾及苦闷。他南渡沅湘,把他的苦衷向帝舜倾诉。诗人列举了历史史实和传说,说明任何一个政权只有举贤授能,修明法度才能使国家昌盛,他得到重华的肯定,幻想找到一条通向"哲王"的道路。他不顾天高路远,御龙乘风,上叩天门,但守门人不理;他又下求"佚女",可是美人不可求,而"哲王又不寤"。这天上是人间的象征,天门不开是君主难近的反映,美人难求,是理想幻灭,难以实现的反映。"世溷浊而嫉贤兮,好蔽美而称恶。闺中既已邃远兮,哲王又不寤。"诗人不甘心,"余焉能忍与此终古"? 但现实是"方正而不容"。出路何在? 他命灵氛"为余占之",灵氛劝他速离楚国,说"思九州之博大兮,岂惟是其有女","何所独无芳草兮,尔何怀乎故宇?"但他"心犹豫而狐疑",又求救于巫咸,巫咸同样劝他:"及年岁之未晏兮,时亦犹其未央。恐鹈鴂之先鸣兮,使夫百草为之不芳。"女嬃的忠告,灵氛的劝说,巫咸的敦促,代表了当时的世俗之见,春秋战国百家争鸣,是楚材晋用的时代,何况屈原屡遭迫害,走投无路。于是诗人在极度彷徨苦闷中,假设自己听从灵氛的劝告,"吾将远逝以自疏",决心去国远游。他驾飞龙、乘瑶车转道昆仑,朝发天津、夕至西极,行流沙、渡赤水,路过不周,指道四海。正当他在天空翱翔的时候,忽然听到了《九歌》,看到了《韶》舞。回头又望见自己的故乡楚国。于是仆悲马怀,内心爱国怀乡的激情又迸发出来,再也抑制不住。诗人悲痛地长叹道:

　　　　已矣哉！国无人莫我知兮，又何怀乎故都？既莫足与为美政兮，吾将从
　　彭咸之所居！

　　终篇，诗人以死殉国。而诗人不死的灵魂、伟大的精神却在天地间永存。
　　"余读《离骚》……悲其志"，"推此志也，虽与日月争光可也"（司马迁）。那么《离骚》感人的力量是什么呢？
　　首先，《离骚》表现了强烈的爱国主义精神。诗人对美政理想执着追求，对祖国深情挚爱，有庄严的历史使命感和悲壮的献身精神。这是诗人情感的主导。整个《离骚》以此为主题变奏曲，在回旋中反复出现，不断深化，激荡着人心。"岂余身之惮殃兮，恐皇舆之败绩。""忽奔走以先后兮，及前王之踵武。""荃不察余之中情兮，反信谗而齌怒。""余知謇謇之为患兮，忍而不能舍也。"这类诗句在作品中一次又一次地出现，使我们感到屈原燃烧着的炽热的爱国之情和矢志不渝的坚定信念。他的爱国精神包含着更深广的内容，就是对楚国人民和楚国土地的深挚的热爱之情，屈原追求的美政理想和对楚国社会现实的揭露。其根本出发点是国家的利益和人民的利益。面对强盛的祖国濒临危亡，人民流离失所，屈原深感自己有心报国，无力回天。他长歌当哭："怨灵修之浩荡兮，终不察夫民心。""长太息以掩涕兮，哀民生之多艰。"这种爱国激情与黑暗的现实构成的冲突九曲回肠地折磨他，正如梁启超在《屈原研究》中分析的：屈原"是一位有洁癖的人为情而死。他是极诚专虑的爱恋一个人，定要和他结婚，但他却悬着一种理想的条件……他对于他的恋人又爱又憎，越憎越爱！两种矛盾日日交战，结果拿自己的生命去殉那'单相思'的爱情！他的恋人是谁？是那时候的社会"（《梁启超文选》）。而"要是一个人的全部人格，全部生活都奉献给一种道德追求，要是他拥有的这样的力量，一切其他的人在这方面和这个人相比都显得渺小的时候，那我们在这个人身上就看到崇高的善"（车尔尼雪夫斯基）。屈原的爱国之心执着、热烈、理智、深沉。虽然有时代的局限、地域的痕迹，但却感天动地，铸成了《离骚》的灵魂，成就了屈原的伟大。
　　其次，《离骚》表现了屈原九死不悔的斗争精神，他始终处于"举世混浊"、"众人皆醉"的险恶现实中。他"信而见疑、忠而被谤"、多次流放，却怀着"九死不悔"的壮烈献身精神，不屈不挠地苦苦追求，顽强斗争。他揭露怀王的昏庸无能："不抚壮而弃秽兮，何不改乎此度？""余既不难夫离别兮，伤灵修之数化"，"怨灵修之浩荡兮，路幽昧而险隘。""众皆竞进以贪婪兮，冯不厌乎求索。""羌内恕以量人兮，各兴心而嫉妒。"
　　对于排斥打击，屈原绝不妥协。他坚持操守，一心向善；坚持理想，斗争到底。诗人义无反顾地说："苟余情其信姱以练要兮，长顑颔亦何伤。""亦余心之所善兮，虽九死其犹未悔。""宁溘死以流亡兮，余不忍为此态也。""伏清白以死直兮，固前圣之所厚。""虽体解吾犹未悔兮，岂余心之可惩。"

这些感天地、泣鬼神的诗句，令我们感受到的是屈原崇高的品质，宁死不屈的精神。而"从此，一种永世不曾泯灭的信念——对真理的信仰和对美好理想的追求；一种千古不变的情愫对祖国的热爱和对乡土的依恋，深深地注入到我中华文明中来。他的精神成为我们的民族之魂，铸成了我们民族文化的光辉传统。"①

《离骚》的魅力还在于高超的、独创性的艺术表现手法。充溢全篇的是抒情主人公的爱国激情，其情感如长江之波、黄河之浪奔腾澎湃、波澜壮阔，而诗人则把这炽热的情感与奇丽的超现实想象相结合，融宇宙自然、历史传说、人生现实、神话故事为一炉，结构成恢宏壮丽的鸿篇巨制，蔚为奇观。

《离骚》一诗采用了浪漫主义表现手法。尤其诗的后一部分，从古代神话传说中吸取丰富的素材，通过自己奔放不羁的理想，把意象组织起来。他自由地驱使羲和(日神)、望舒(月神)、飞廉(风伯)、丰隆(雷师)，以至凤凰、飞龙，去到神话传说中的悬辅、崦嵫、咸池、天津、不周等地。他上天叩天门，下地寻宓妃。想象之奇特、大胆，古之未有，奇情幻思，有着无穷的魅力。

《离骚》继承发展了《诗经》的比兴手法。王逸总结《离骚》比兴艺术："依《诗》取兴，引类譬喻。故善鸟香草以配忠贞，恶禽臭物以比谗佞；灵修美人以媲于君，宓妃佚女以譬贤臣；虬龙鸾凤以托君子，飘风云霓以为小人"(《离骚经序》)。《离骚》的比兴已不是局限于某一具体事物的修辞手法，而是渗透到诗篇整体艺术形象的构思中。以香花美草来寄情言志，作为抒情主人公的情志节操的象征，从而使全诗风格更加绚美奇丽。

《离骚》创造出新的诗体形式和极富文采的语言。全诗突破了《诗经》的四字句格式，而以六言为主，加上散文化的长句，从而形成容量较大的文句和错落中有规则的节奏，创造出自由活泼的新诗体，扩大了诗歌的表现力。在语言运用上，《离骚》吸收了楚国方言，频频使用双声叠字，文采绚烂华美，又不失质朴，呈现出亦庄亦艳风格。

《离骚》的思想与艺术成就是不朽的。鲁迅说："逸响伟辞，卓绝一世……较之于《诗》，则其言甚长，其思甚幻，其文甚丽，其旨甚明，凭心而言，不遵矩度……其影响于后来之文章，乃甚或在三百篇以上。"(《汉文学史纲要》)"屈平词赋悬日月，楚王台榭空山丘"(李白《江山吟》)。《离骚》诞生的悲剧时代已经逝去，而诗篇放出的光辉却烛照千古，生生不息。

屈原的重要作品还有《九歌》，是在民间祭神歌基础上，改写而成的一组清新优美的叙事抒情诗。

《九歌》袭用古曲之名。所谓《九歌》，指由多篇乐章组成的歌。十一篇中，前十篇各祭一神，末篇《礼魂》，则是前十篇通用的送神曲。所祭神灵分为三类：(1)天神：

---

① 褚斌杰：《伟大的精神、永恒的纪念》，《屈原研究论集》，1页，武汉，湖北美术出版社，1999。

东皇太一(天帝)、云中君(云神)、大司命(主寿夭的神)、少司命(主子嗣的神)、东君(太阳神)。(2)地神:湘君和湘夫人(湘水之神)、河伯(河神)、山鬼(山神)。(3)人鬼:国殇(战亡将士之魂)。当时的祭礼活动,神灵由巫师扮演,人群伴随,或歌或舞,娱神的同时也娱人。那些神灵,闪烁着神的灵光,又具有人的性格,舞态婆娑,情致缥缈;那些祭歌,则歌词清新,音调铿锵,洋溢着奇幻、瑰丽的浪漫气息。

《九歌》中,有不少恋情描写的内容。在神与神或人与神相恋之中有着对生命的执着和追求不得的忧伤。

《湘君》、《湘夫人》祭的是湘水的配偶神。传说,舜巡守南方,死后葬于苍梧之野,他的二妃(娥皇、女英)寻至江南,溺死于湘水。他们彼此相待却不相遇,于是唱出伤心的歌声。

　　　　帝子降兮北渚,目渺渺兮愁予。袅袅兮秋风,洞庭波兮木叶下。(《湘夫人》)

在这幅清秋候人的画面上,诗人渲染出难以言说的凄迷惆怅之情,烘托了主人公的忧伤,其不尽哀思,令人心颤。

《山鬼》是一首更为美丽的失恋之歌,写一位山中女神的爱情故事。通过她出场赴约,久候不至而陷入痛苦的描写,塑造了一个美丽痴情的苦恋者形象,表现了诗人对人间真、善、美的追求。

女神的形象具有自然美和社会美的双重特征,是一个有着丰富内涵的浪漫主义形象。作为神的形象,她特异、美丽、威严。她"被薜荔兮带女萝",其神态是"既含睇兮又宜笑,子慕予兮善窈窕"。她的两目含情,体态窈窕,充满少女情思和青春光彩。而随从是"乘赤豹兮从文狸,辛夷车兮结桂旗。"生活环境"处幽篁兮终不见天",饮山泉,住松柏古木下。相比这种山神的外在特征,更重要的是揭示了人的特征:赴约的喜悦欢快,失约的痛苦焦急。当女神精心打扮,满怀渴望来到约会地点时,却不见她的情人,她一人"表独立兮山之上,云容容兮而在下"。独立山巅,思绪万千。她是这么孤单焦虑,而此时又"杳冥冥兮羌昼晦,东风飘兮神灵雨。"凄风苦雨反衬了她的内心。她怨自己"岁既晏兮孰华予",设想对方"君思我兮不得闲","君思我兮然疑作,思公子兮徒离忧"。心理描写曲折、深微,多层次地反映了女神的内心世界。怨恨、失望、猜测、自我安慰,一波三折,令人叹绝。

《山鬼》的景物描写很有特点。景中寓情,情景交融。如诗的结尾写女神的被弃失恋,更是风云突变。"雷填填兮雨冥冥,猿啾啾兮狖夜鸣"。"风飒飒兮木萧萧,思公子兮徒离忧"。雷声滚滚、大雨滂沱、猿声凄厉、落木萧萧,道出了女神孤寂无告,极度悲伤的绝望心情。总之,我们通过诗篇对山鬼身世遭遇和内心世界的刻画,恰能联想到这正是人世间一位寂寞忧伤,渴望真情又遭遇不幸的女子的形象,这些正是

《山鬼》一诗及组歌《九歌》的巨大成功之处。

《国殇》是悼念阵亡将士的祭歌。全诗以悲壮激昂的笔调，描写了壮丽的战斗场面，"操吴戈兮披犀甲，车错毂兮短兵接。旌蔽日兮敌若云，矢交坠兮士争先。"全诗的结尾，诗人以极大的热情，礼赞了这些为国捐躯的将士，"身既死兮神以灵，魂魄毅兮为鬼雄!"这是一首充满爱国主义、英雄主义精神的壮丽诗篇。诗的风格刚健质朴，雄浑悲壮。

《九歌》除《国殇》一篇外，都是神话题材作品。但《九歌》中的神与原始神话中的神不同。它对自然神做了审美概括，以此作为象征手段，反映社会生活和人的思想感情。因此《九歌》既是多姿多彩、腾云驾雾的群神图，也是人间风情万种、悲欢离合的风俗画。《九歌》语言精美、极富意蕴，是我国抒情艺术的精品。

屈原的作品还有《九章》、《天问》、《招魂》。《九章》包括九篇作品：《惜诵》、《涉江》、《哀郢》、《抽思》、《怀沙》、《思美人》、《惜往日》、《桔颂》、《悲回风》。除《桔颂》外，均是屈原两次流放时所作，是纪实之辞，是抒写他苦痛悲愤的流亡悲歌。如《哀郢》中："鸟飞返故乡兮，狐死必首丘。信非吾罪而弃逐兮，何日夜而忘之!"《天问》即问天，诗人一口气提出一百七十多个问题，对自然社会以及人生发出怀疑和质问，气势磅礴、奇气逼人，也是一首抒写愤懑忧思之作。《招魂》是屈原为怀王和自己招魂，上下四方险恶可见，惟有留在楚国最好，显然是寄托爱国情思之作。

屈原是我国历史上第一个伟大的爱国主义诗人。他开始了从集体创作走向个人创作的新时代。屈原创造的新诗体——骚体，成为了中国文学史的伟大丰碑。屈原不但首创了浪漫主义的表现手法，在艺术上深刻地影响后人，而且他用生命谱写的爱国诗篇，诗中表现出的俊洁高尚的人格，对后人的激励更为巨大。贾谊有感而发写了《吊屈原赋》，司马迁"适长沙，观屈原所自沉渊，未尝不垂涕，想见其为人"(《屈原列传》)。司马迁以屈原为榜样，发愤写成《史记》。李白则追随屈原，发展了浪漫主义表现手法。杜甫"窃攀屈宋宜方驾，恐与齐梁作后尘"。文天祥在《端午感兴》诗中云："当年忠血堕谗波，千古荆人祭汨罗。风雨天涯芳草梦，江山如此故都何!"谭嗣同在《画兰》诗中感叹："雁声吹楚下江皋，楚竹湘筠起暮涛。帝子下来山鬼哭，一天风雨写《离骚》。"屈原的人格如一面高扬的旗帜，永远召唤指引着后人。

第三节　魏晋人物　旷达风流：诗的自觉与开新

　　两汉乐府——《古诗十九首》：五言之冠冕——建安风骨：志深笔长、清新刚健的"三曹"与"七子"——正始之音：鄙弃礼法、旷达风流的"竹林七贤"诗作——为人狂放、作诗蕴藉：首创文人五言抒情组诗的阮籍——"目送归鸿，手挥五弦"：嵇康的洒脱高远——"太康之英"；陆机——"左思风力"；令"洛阳纸贵"

　　古今隐逸诗人之宗：陶渊明——注重"心界生活"，要求安顿心灵，实践"诗化隐逸哲学"——中国田园诗之父——"采菊东篱下，悠然见南山"——陶诗的风格：质直平淡、自然蕴藉而有思致——中国历史上被模仿学习最多的三大诗人之一

　　最早的山水诗大家：谢灵运、谢朓——"俊逸鲍参军"：南朝鲍照——"清新庾开府"：北朝庾信。

　　两汉乐府与《古诗十九首》　汉代前期，文人诗坛寂寥，然民间乐府颇为活跃。乐即音乐，府为官府，"乐府"原指国家音乐机关，但当时乐府采集来的民间歌诗也称"乐府"，这说的就是民间乐府诗。两汉民间乐府继承先秦民歌"饥者歌其食，劳者歌其事"的传统，发挥"感于哀乐，缘事而发"（《汉书·艺文志》）的特点，通俗易懂，长于叙事，一般篇幅短小。然而东汉末年无名氏所作的五言长诗《孔雀东南飞》，长达353句，1765字，如此鸿篇巨制，是我国叙事诗发展史上的里程碑，前人称它为"长诗之圣"[1]，"古今第一首长诗"[2]。

　　东汉末期，失意的中下层文士借鉴两汉"乐府歌辞"，突破传统四言诗的体式创作了五言诗《古诗十九首》和"苏李诗"（托名为西汉苏武、李陵所作的诗），伤时失志、感惜离别、抒发世态炎凉、人生无常的慨叹，歌唱忠贞爱情和诚挚友谊，是中国文学中最早的一批伤感文学作品。这些诗言短情长、自然浑成、平淡而隽永、优美而忧伤，是早期文人抒情诗的典范，古今文论家皆给予高度评价，刘勰认为"实五言之冠冕"[3]，钟嵘评曰：

　　　　文温以丽，意悲而远，惊心动魄，可谓一字千金。[4]

　　建安风骨　东汉末年的建安时代，可称为"诗的自觉"的时代。所谓"自觉"，既指诗人的生命意识觉醒了，忧患意识增加了，自我价值的追求更强烈了，又指诗人认识到诗歌具有自身之价值，不必附丽于政治与伦理而沦为说教。建安时代的重要诗人是"三曹"（曹操、曹丕、曹植）与"建安七子"（孔融、陈琳、王粲、徐干、阮瑀、应玚、刘桢），还有女诗人蔡琰。建安之世，俊才云蒸，一个个"慷慨以任气"，"志深而笔长"，他们以诗歌深刻地反映当时的社会现实，内容充实，格调悲壮，语言清新，笔力刚健，这便是后人称许的"建安风骨"。

---

①　明·王世贞：《艺苑卮言》。
②　清·沈德潜：《古诗源》。
③　刘勰：《文心雕龙·明诗篇》。
④　钟嵘：《诗品·上》。

曹操(155～220),是三国时期著名的政治家,非凡的军事家,杰出的文学家。他外定武功,内修文学,一方面凭借政治上的领袖地位,广泛地搜罗文士,造成"彬彬之盛"的局面;一方面用自己富有创造性的作品,开创了文学创作的一代新风。他的诗歌,按内容可分为两类,一类是描写社会动乱和人民苦难的,如《蒿里行》、《苦寒行》、《薤露行》、《却东西门行》;另一类是抒发自己的理想和雄心壮志的,如《短歌行》、《步出夏门行》等。

如《蒿里行》:

> 关东有义士,兴兵讨群凶。初期会盟津,乃心在咸阳。军合力不齐,踌躇而雁行。势利使人争,嗣还自相戕。淮南弟称号,刻玺于北方。铠甲生虮虱,万姓以死亡。白骨露于野,千里无鸡鸣。生民百遗一,念之断人肠。

《蒿里行》原是齐国东部的民谣,它是出殡时唱的挽歌,一人领唱,千人和唱,场面相当壮观。曹操却用乐府旧题来反映汉末社会动乱给人民带来的巨大苦难,确是一个创新。歌的前四句,写起兵的目的,从"义士"、"群凶"这些爱憎鲜明的字眼,可以看出作者的立场。而"会盟津"借用了周武王伐纣时与诸侯会师河南孟县(今孟州市)的典故来表明讨伐董卓的性质,用典故与写实紧密结合。刘邦与项羽起兵时,楚怀王曾与他们约定"先入咸阳者为王","乃心在咸阳"的诗句,借咸阳暗指军阀举兵的初心是要直捣洛阳,阻止董卓挟汉帝迁都长安。次四句写军阀们不听指挥,各怀野心,都不愿主动进攻,惟恐损失了自己的军事力量。《三国志·武帝纪》记载了这批军阀们"日置酒高会,不图进取"的行径,曹操对此非常愤慨,认为"今兵以义动,持疑而不进,失天下之望,窃为诸君耻之",表现了曹操极强的正义感。再四句写军阀割据一方及军民的凄苦,战士不得解甲,百姓死亡惨重。最后四句写军阀混战的恶果及对生灵涂炭的同情。

"白骨露于野,千里无鸡鸣",用白描的艺术手法,真实深刻地反映了当时的社会现实。作者在这首诗中,以浑厚质朴的语言,高度概括了汉末错综复杂的政治形势,抒发了个人的愤慨,着墨不多而形象鲜明,风格苍凉沉郁,富有强烈的感染力。

再如《短歌行》:

> 对酒当歌,人生几何?譬如朝露,去日苦多。慨当以慷,忧思难忘。何以解忧?唯有杜康。青青子衿,悠悠我心。但为君故,沉吟至今。呦呦鹿鸣,食野之苹。我有嘉宾,鼓瑟吹笙。明明如月,何时可掇?忧从中来,不可断绝。越陌度阡,枉用相存。契阔谈䜩,心念旧恩。月明星稀,乌鹊南飞。绕树三匝,何枝可依?山不厌高,水不厌深。周公吐哺,天下归心。

　　这首诗写于赤壁之战以后，曹操虽然遭到失败，但仍然壮志满怀，希望招纳贤才，再图进取。诗的前八句，感慨功业未成，盛年易逝，激昂不平，借酒浇愁，作者的感情不是颓丧，而是慷慨，思想不是绝望，而是充满希冀。接着八句写吁盼求得贤能之人。作者十分得体地引用了《诗经·子衿》中"青青子衿，悠悠我心"的成句。这本来是一首恋爱诗，写一个处于热烈期待中的女子，时刻挂念着穿青领衣服的读书人，但曹操却把女子等候情人之歌改变成了创业志士渴慕贤才之辞，更巧妙的是，作者引用了原诗的前两句，而隐含了"纵我不往，子宁不嗣音"这后两句，使读者产生丰富的联想，从而表达了曹操招纳贤才的迫切之情。诗歌的意境更加新颖，达到了政治性、艺术性、创造性的完美结合，实在是匠心独运。这八句，用"青青"写色，用"呦呦"写声，有声有色，词采鲜艳，音韵悠扬。次八句承上进一步生发，既写了英才难得的惆怅，又写了喜得嘉宾的高兴，一忧一喜，对比鲜明，思贤若渴之情跃然纸上。最后八句写自己的胸襟怀抱，以山不厌高作比，用周公吐哺作勉，揭示了诗歌的主旨。这首诗音韵铿锵有力，章法抑扬有致，语言质朴自然，深沉忧郁的气氛中激荡着一种慷慨昂扬的情绪，表现了诗人积极坚定的进取精神。

　　曹丕（187～226），曹操次子。220年冬废汉自立，史称魏文帝。曹丕的诗，有的写公子的欢娱生活，有的写征夫思妇之哀情，风格缠绵婉转，与曹操诗歌的慷慨悲凉有很大不同。他的《燕歌行》，是现存文人诗中最早的完整七言诗：

　　　　秋风萧瑟天气凉，草木摇落露为霜，群燕辞归雁南翔。念君客游思断肠，慊慊思归恋故乡，君何淹留寄他方？贱妾茕茕守空房，忧来思君不敢忘，不觉泪下沾衣裳。援琴鸣弦发清商，短歌微吟不能长。明月皎皎照我床，星汉西流夜未央。牵牛织女遥相望，尔独何辜限河梁？

　　这是一幅秋天美人思远图，情感委婉缠绵。秋风萧瑟的深秋，思妇独处幽闺，倍感寂寞悲凉，更加思念远游他乡的丈夫。作者用禽鸟知返对游子不归进行反衬，用以客代主的虚写手法写自己的孤寂不堪、日夜思念和凄苦难耐。"守空房"的"守"，写出了少妇的长年期待和无限忠贞，"不敢忘"的"敢"写出了敬畏之情，"沾衣裳"的"沾"写出了极度悲伤。少妇弹琴消愁，最后借对牛郎、织女不能经常相会的慨叹，表达了少妇不可遏制的离愁别绪，结尾含蓄深沉，耐人寻味。这首诗善于写景抒情，语言清新华丽，音节谐美流畅，体现了曹丕"诗赋欲丽"的主张。王夫之评价这首诗"倾情倾度，倾色倾声，古今无两"。

　　曹植（192～232），曹操的第三子，字子建，世称陈思王，钟嵘在《诗品序》里称他为"建安之杰"。曹植的创作以曹丕称帝为界，分为前后两期，前期多写邺城的安逸生活和建功立业的政治抱负，有奋发进取的精神，如《白马篇》、《名都篇》、《鰕䱇篇》；后期多写个人受压抑的不幸遭遇，表达了反迫害、求自由的愤懑之情，《野田黄雀行》、《赠白马王彪》等是这时期的佳作。

如《白马篇》：

　　白马饰金羁，连翩西北驰。借问谁家子，幽并游侠儿。少小去乡邑，扬声沙漠垂。宿昔秉良弓，楛矢何参差。控弦破左的，右发摧月支。仰手接飞猱，俯身散马蹄。狡捷似猴猿，勇剽若豹螭。边城多警急，虏骑数迁移。羽檄从北来，厉马登高堤。长驱蹈匈奴，左顾凌鲜卑。弃身锋刃端，性命安可怀？父母且不顾，何言子与妻！名编壮士籍，不得中顾私。捐躯赴国难，视死忽如归。

这是一首充满豪情壮志的战歌，诗中的游侠儿，武艺高超，立功报国，实际上是作者渴望建功立业情怀的体现。

诗歌用以明衬暗的手法，明写战马暗写人，描绘了游侠儿的飒爽英姿。从左、右、上、下四个不同的角度，用"破左的"、"摧月支"、"接飞猱"、"散马蹄"等富有变化的字眼体现了游侠儿精良的武艺，这既为"扬声沙漠垂"提供了可靠依据，又为"长驱蹈匈奴"打下了坚实的基础。作者铺陈排比，可谓泼墨如云，但又不显冗赘。当战事紧张、军情危急时，游侠儿义无反顾，跃马上了前线。用"蹈"、"凌"，写出了游侠儿大无畏的气概。残酷的战争，作者用十个字就写完了，这正是游侠儿高超武艺的结果，作者可谓惜墨如金，详略得当。但诗歌并不单单写游侠儿做了什么，更重要的是揭示了他为什么这样做："捐躯赴国难，视死忽如归"。内心世界的显现，使游侠儿的形象更加高大、完美。

曹丕称帝后，曹植受打击和迫害，《野田黄雀行》就写于这种背景之下：

　　高树多悲风，海水扬其波。利剑不在掌，结友何须多！不见篱间雀，见鹞自投罗？罗家得雀喜，少年见雀悲。拔剑捎罗网，黄雀得飞飞。飞飞摩苍天，来下谢少年。

诗歌运用比喻、象征手法反映了统治阶级内部骨肉相残的矛盾斗争。树高招风，海大扬波比喻环境的险恶，"利剑"喻权力，"黄雀"喻遭难的朋友，"罗家"喻迫害者，"少年"喻有力救援的人，诗中借"见鹞自投罗"的黄雀来比喻自己和友人的处境十分危险，幻想有个"拔剑捎罗网"的人来解救自己和友人逃出困境。全诗隐晦曲折，情调悲凉激越，语言质朴真挚。

代表曹植后期创作特色的还有《赠白马王彪》。黄初四年，曹植同任城王曹彰、白马王曹彪一同进京朝觐，曹彰突然暴死京师，曹植与曹彪回封地时又被监国使者限制不许同住，于是愤怒地写下这首诗。全诗思想深沉，内涵丰富，揭露了统治集团内部骨肉相残的矛盾，抒发了作者的满腔悲愤。叙事、写景、抒情三者融为一体，章章蝉联的顶真格修辞手法使诗情曲折迂回，是建安诗歌中不可多得的佳作。

曹植的诗，骨气奇高，辞采华茂，后人给予很高的评价，南朝的谢灵运曾讲："天下才共一石，曹子建独得八斗，我得一斗，自古诗人同用一斗，奇才敏捷，安有继之。"后人用"八斗之才"、"才占八斗"来形容一个人的才华即来源于此。

正始之音　魏晋之际，名士如林。他们有的喜欢服食"五石散"之类的药物，有的喜欢饮酒。当时有两个影响很大的名士圈子，一个是正始名士集团，以王弼、何晏为首，偏重于服药，在思想文化界举足轻重；一个是竹林名士集团，以阮籍、嵇康为代表，偏重于饮酒，在价值取向和文学上表现出独特的个性。竹林集团主要由阮籍、嵇康、山涛、向秀、阮咸、王戎、刘伶等七人组成，号"竹林七贤"。七人常集于竹林之下，任情放达，肆意畅饮。阮籍、嵇康是特立独行的大名士，在"竹林七贤"中名声最著，文学成就最高。他们崇尚老庄，喜谈玄理，鄙弃名教，不拘礼法，高标独致，旷达风流。在诗歌创作上继承汉魏风骨的基本特征，又能大胆开新，表现出那一时代的鲜明特色，后世将这一时期的作品称为"正始之音"（"正始"，公元240年至249年，是魏齐王曹芳的年号）。

阮籍（210～263），字嗣宗，做过步兵校尉，后世称他为"阮步兵"。阮籍青年时期即有远大的志向，自言"少年十四五，志尚好《书》《诗》"，"披褐怀珠玉，颜闵相与期"，但由于生活在魏晋政权交替之际，一方面对曹魏集团骄奢腐败深为失望，无意仕进，另一方面又不肯依附伪善阴险的司马集团，其政治、思想均充满了矛盾，"终日履薄冰，谁知我心焦"，就是其内心世界的写照。他的《咏怀诗》从不同侧面和角度，曲折地表达了个人的痛苦、寂寞和愤懑的复杂心情，寓时代悲剧于个人的哀怨之中。如第一首：

> 夜中不能寐，起坐弹鸣琴。薄帷鉴明月，清风吹我衿。孤鸿号外野，翔
> 鸟鸣北林。徘徊将何见，忧思独伤心。

诗人夜不能寐，于是弹琴消愁抒怀，字里行间隐寓着难言的苦衷。"明月"和"清风"反衬出黑夜中万籁俱寂，暗喻了诗人的幽独孤愤。孤鸿在野外哀号，翔鸟在北林惨叫，象征诗人处境的险恶，充满不得其所的孤独惶恐之感。最后，回答了难寐、弹琴、观望、搜听所要寄托的东西——忧思，从而揭示了这首诗的主旨。诗人的苦闷是时代苦闷的反映，这也是全部《咏怀诗》的基调。阮籍的《咏怀诗》内容上描写政治恐怖，充满忧生之嗟，思想上畏祸避患，消极反抗，风格上曲折隐晦，蕴藉含蓄，表现出与建安诗歌不同的特色。

阮籍蔑视儒教礼法，行为狂放不羁。史书记载他"嗜酒荒放，露头散发，裸袒箕踞"，直接影响带动了当时一批狂狷之士。他公开宣称："礼岂为我设耶？"并且"见礼

俗之士，以白眼对之"(《晋书·阮籍传》)。他还时常驾车出游，随意而行，走到路的尽头，就痛哭而返。他有时可以大醉六十日，其醉酒佯狂，实际上是为了掩饰内心的愤懑与痛苦，同时起避祸全身的作用。

阮籍诗歌多用比兴，隐晦曲折，所谓"言在耳目之内，情寄八荒之表"，"厥旨渊放，归趣难求"。[①] 他使五言诗完全摆脱乐府诗的影响，走上了文人化的道路，开辟了新五言诗隐约委婉的抒情方式。所以朱自清先生说："真正奠定了五言诗的基础的是魏代的阮籍，他是第一个用全力作五言诗的人……他是这样扩大了诗的范围，正式成立了抒情的五言诗。"[②]直到明清之际，学者还称他的《咏怀诗》为"旷代绝作"[③]。

嵇康(223～262)，字叔夜，曾任中散大夫，世称嵇中散。他是魏国宗室的姻亲，娶曹氏女为妻，又曾在魏国为官，有此种种关系，他便是企图篡夺曹魏政权的司马氏的政敌。后来司马昭找了个借口，以"不孝"的罪名将他诛杀。临刑之前他顾视日影，索琴而弹，奏了一曲旷世罕闻的《广陵散》，叹息道："《广陵散》于今绝矣!"年仅40岁。传说当时，太学生三千人请愿要求宽赦他，并以他为师，可见他所享声望之高。

嵇康和阮籍一样，其思想言行都体现了风华绝代的魏晋风度。他崇尚老庄，适应自然，尚奇行侠，刚肠嫉恶，离经叛道，锋芒毕露，公然宣称自己"非汤武而薄周孔"，这在历代都是被维护正统、宣传名教的统治者所不容的。他久居乡间，以打铁为营生，"竹林七贤"之一的山涛推荐嵇康代替自己做官，嵇康认为蒙受了奇耻大辱，写下了著名的《与山巨源绝交书》，表示若要强迫他为官，他将赴汤蹈火、拼死相抗。全文嬉笑怒骂，洒脱自如，力抗顽俗，很能表现嵇康傲岸刚烈的性格。

嵇康现存诗66首。体裁多样。入狱后写有四言《幽愤诗》，叙述自己的品格、志趣和招祸的因由，直抒感愤，风调峻切，诗如其人。

《诗经》以后，四言诗的精品佳构已寥若晨星，惟有曹操和嵇康，开了四言诗的新境界。曹操诗以气势胜，嵇康诗则以意象胜。

嵇康的四言诗代表作为《赠秀才入军》19首，其第14首写道：

　　息徒兰圃，秣马华山。流磻平息，垂纶长川。目送归鸿，手挥五弦。
俯仰自得，游心太玄。嘉彼钓叟，得鱼忘筌。郢人逝矣，谁与尽言?

这组诗是他为送别兄长嵇喜从军而写的，表现他的人生情趣。"目送归鸿，手挥五弦"，写来潇洒脱俗，体现出高远情怀，历来为人传诵。所谓"魏晋风度"，由此可见一斑。

---

①　钟嵘：《诗品·上》。
②　朱自清：《经典常谈·诗第十二》，第1版，104、105页，北京，生活·读书·新知三联书店，1982。
③　王夫之：《古诗评选》。

嵇康的四言诗，不但意者峻切，文辞壮丽，而且淡泊清远脱俗，情景妙合心境，戛戛独造，自成一体，避免了落入诗经窠臼。古人评述上引那首诗说："高致超超，顾盼自得，竟不作《三百篇》语。然弥佳。"①

陆机　太康诗坛上，有三张、二陆，两潘、一左，陆机是这一代文风的代表，对五言诗的语言艺术创造有一定的贡献。作于太康十年的《赴洛道中作》，是陆机比较有代表性的作品，其二云：

> 远游越山川，山川修且广。振策陟崇丘，安辔遵平莽。夕息抱影寐，朝徂衔思往。顿辔倚嵩岩，侧听悲风响。清露坠素辉，明月一何朗，抚枕不能寐，振衣独长想。

这首诗写于289年，诗人"迫于王命"，从家乡吴郡出发，奔赴京师洛阳，因被迫离开故园、亲人，前途如何又难以知晓，因而景物的描写中充满了孤独、哀伤之情。诗人扬鞭策马，飞度山川，广漠无际的自然环境，表现了行程的遥远无穷。晚上住店感到孤寂，早上启程又觉悲伤，既有怀念亲人的乡情，又有前途莫测的忧虑。"顿辔"句，既是写实又是写意，旅途险恶不宁，前程吉凶难卜，令人提心吊胆。最后写诗人夜宿情思，皓月当空，月明如昼，难以入睡，又披衣起床，独自长想，从而将深情寓于形象之中，正所谓"状难写之景如在目前；含不尽之意见于言外"。陆机主张"诗缘情而绮靡"，其诗歌注意语句锤炼，文辞华丽，对偶工整，如"顿辔倚嵩岩，侧听悲风响"，"抚枕不能寐，振衣独长想"，都是精妙之言。

左思　在太康诗坛上，真正继承建安诗歌传统而成为杰出诗人的是左思。左思（250？～305），出身寒素，在门阀制度森严的西晋，仕进很不得意。左思博学多才，十年写成《三都赋》，朝野竞相传抄，一时洛阳纸贵。《咏史》八首是其诗歌的代表。他的咏史诗，名为咏史，实乃抒怀，《诗品》评价其诗"文典以怨，颇为精切，得讽谕之致"，如《咏史》其二：

> 郁郁涧底松，离离山上苗。以彼径寸茎，荫此百尺条。世胄蹑高位，英俊沉下僚。地势使之然，由来非一朝。金张藉旧业，七叶珥汉貂。冯公岂不伟，白首不见招。

"涧底松"，比喻才高位低的寒素之士，"山上苗"，比喻才低位高的贵族子弟，作者用地势造成的直径为一寸的小苗遮住涧底大松来作比，揭露了不合理的社会现象："世胄蹑高位，英俊沉下僚"，从而暴露了门阀士族制度压制人才的罪恶。作者由隐而

---

① 陈祚明：《采菽堂古诗选》。

显，进一步指出"蹑高位"和"沉下僚"的地位悬殊，由来已久，金日磾、张安世两家的世代显贵就是"世胄蹑高位"的具体化，并以此反衬冯唐之悲。作者以冯唐自况，不受重用，已是痛心，何况又一直被冷落到暮年，以反诘句点明题旨，遒劲有力，发人深思。诗人的愤懑不平之情，如江河倾泻势不可挡。这首诗比喻贴切形象；援古证今，批判深刻有力；气势连贯，转接自然酣畅。后人将左思的这种风格概括为"左思风力"，对后世产生了深远的影响。

东晋王朝偏安江左，"玄言诗"盛极一时，直到东晋末年，文坛的耀眼巨星陶渊明出现，人们才看见了天空的异彩。

陶渊明

陶渊明（365～427），又名潜，字元亮，浔阳柴桑（今江西省九江县）人。他是汉魏六朝八百年间最杰出的诗人，他毫不着力地把汉代盛行的五言歌行推到了充分个性化的成熟境界。他是我国"田园诗"的开创人，被推崇为"古今隐逸诗人之宗"（钟嵘：《诗品》）。

陶渊明是仕宦之家的后代，但出生时家道已经衰落。时值晋宋之交，军阀割据混战，社会动荡不安。少年时代遍读儒道经典和"异书"，而当时志趣未定，或性爱丘山，或委怀琴书，或追寻远古，或志在四海。29 岁起涉足宦海，先后做过州祭酒、参军之类的小官。经历了 13 年的体验、教训和深入思索，于 41 岁时再不耐烦"为五斗米折腰向乡里小儿"，辞去在任仅八十余日的彭泽令，此后直到逝世的 23 年间，他躬耕自励，清贫自守，安居家乡，决不出仕，成了一名隐逸高士。

陶渊明为人质实平易，但思想品格却耿介超拔，他接受"顺应天道"、"归化自然"的道家与玄学的人生哲学，并以审美化的态度对待生活，醉心于对山林田园美感的发现。当他全身心地投入这种哲学认同和审美追求时，便实现一种崭新的审美式隐逸生存方式，即"诗化隐逸人生"。这种人生类型基本特征是：个性精神与大化自然融合无间，心性极为淡泊高远，生活的目标只在于发现田园风光和归隐生活的美，并自然而然将这种美感外化为明净单纯的诗歌，舍此，再无身外之求。这的确是一种与社会时尚在本质上迥然不同的人生。时人活着无不注重安顿自己的肉体，死了还须选择一个好的墓穴；而陶渊明则要求充分把握好自己的"心界生活"，活着只求安顿心灵，而不讲求安顿肉体；待生命结束时，不妨任运委化（顺从运数、委身体于大化），这就做到了齐生死、忘得失、神超形越、不喜不惧、了无挂碍。

隐士文化是中国文化的一个有机组成部分。历朝历代，隐士层出不穷。隐士是离开庙堂、身处山林的知识分子，他们的思想，常常代表了在野的另一种声音。

本节前述正始时代的"竹林名士集团"就是东晋时的隐士集团，阮籍、嵇康、向秀等名士，既是文坛主将，也是魏晋玄学的代表人物，还是著名隐士。他们从老子、庄子的"天道自然无为"思想出发，提出了挣脱礼法，"越名教而任自然"的主张，有着强烈的反儒学道统的倾向。这种倾向是对先秦两汉不断发扬光大了的、过分注重眼前功利的儒家价值体系的冲击，对矫正和完善中华文明具有重要意义。

魏晋之世，又是在野士人活得极其艰难的时代，他们动辄要付出生命的代价。孔融、何晏、张华、陆机、潘岳、刘琨、郭璞、欧阳建和"竹林七贤"中的嵇康、向秀，都因为有独立的思想、超人的文才和耿直的个性而被统治者杀害。这就是阮籍、嵇康的诗之所以几乎篇篇一旨，反复抒写世路险峻、人生多忧，反复申明自己要鄙弃外累、养性修身的缘故。

陶渊明的"诗化隐逸"之路，与众多的魏晋名士、隐士的思想，在"顺应天道自然"这一大脉络上是相通的。他通过组诗《形、影、神》将自己的人生主张表述得相当明了。这组诗借用辞赋对话体，让"形"提出饮酒作乐、忘怀世事（这略近于《古诗十九首》的题旨），又让"影"强调追求事功，建立身后之名（这又略似建安文学精神），但通过第三首《神释》，陶渊明指出：每日醉酒，伤害身体形骸，立善求名也只是外在追求，于人生无补，真正的人生之道是："纵浪大化中，不喜也不惧，应尽便须尽，无复独多虑。"诗人在此特别强调了应当活着顺应自然、赞美自然，死后回归自然。这是一种不向宗教求解脱的人生解脱哲学。在这里，陶渊明的价值取向与儒学或宗教的价值取向出现了分殊，因为陶渊明所主张的人生是一种超旷的审美人生，或者说，陶渊明的人生哲学乃是诗化了的旷逸哲学。这种哲学。对于历来缺乏主观玄想，又无全民性的统一宗教，长久以来过分重视物质现实的华夏民族，实在是一种有益的精神补充。

以往不少论者认为：陶渊明终其一生都不曾放弃"远大的政治抱负"，他辞官"归园田居"是理想破灭之后不得已的行为，他之所以除了写田园诗之外还写了不少咏怀诗，说明他心中有壮志难酬的深刻痛苦和愤懑，陶渊明决不是"浑身静穆"的，而这当然要归咎于当时无人赏识和重用他。这其实是以一种"士不遇"的肤浅之见贬抑了陶渊明高蹈的追求。陶渊明精神境界的可贵之处就是"质性自然"、"任真自得"。陶渊明无疑经历了一个由仕而隐、迷途知返、今是昨非的过程。正是这一真实过程，让我们看到了他如何探索自我与社会、人生与自然、主体与客体的多重关系，从而获得了对自身生命存在的真理性感悟。陶渊明的这种自我意识的确立与深化，使历代知识分子常有的际遇感喟与政治忧伤，在他身上变得明显的淡渺舒徐了。他超越现实功利，追求精神与大自然的融和，显示了一种崭新的生命美学和主体形象。由于他能强烈意识到自己是生存主体，是审美主体和人生实践主体，这就使得自屈原以来被反复吟唱的"士不遇"主题发生了质变，陶渊明不再是被动的受难者形象，因为靠了主体意识、生命意识的帮助，陶渊明终于能够摆脱所谓"士不遇"给一代代士人带来的悲剧性痛苦了。从这个意义上看，陶渊明的主体意识和生命意识是中国精神演化史上至为难得的一个转折。

陶渊明将自己的人生价值取向和生存方式，寄寓在作品之中。现存的《陶渊明集》有诗作123首，文赋11篇。其文赋几乎篇篇皆精品，尤以《归去来兮辞》、《五柳先生传》声名为著，但成就最高的还是诗歌。

陶诗题材广泛，可以分为田园诗和咏怀、咏史诗两大类。

田园诗是中国诗歌中富有特色的一块园地。作为"中国田园诗之父"，陶渊明笔下的田园诗作，平淡真醇，臻于化境。如著名的《归园田居》其一：

　　少无适俗韵，性本爱丘山。误落尘网中，一去三十年。羁鸟恋旧林，池鱼思故渊。开荒南野际，守拙归园田。方宅十余亩，草屋八九间。榆柳荫后檐，桃李罗堂前。暖暖远人村，依依墟里烟。狗吠深巷中，鸡鸣桑树巅。户庭无尘杂，虚室有余闲。久在樊笼里，复得返自然。

此诗写于归田第二年。前六句，对官场生活作了概括和回顾。诗人把大自然的恬美宁静与颓败的世风和肮脏的官场作了鲜明对比，说明自己的禀性与世俗不相适应。诗中把仕途比作"尘网"、"樊笼"，把多年的宦海生涯比作"羁鸟"、"池鱼"，形象贴切，既点出了官场的喧嚣、不自由与凶险四伏，又表现了对过去出仕的懊悔和对官场的厌恶。后十句写归家后的田园生活。作者表达躬耕南亩的决心，接着描绘了乡居的环境：桃李争艳于春，榆柳凝碧于夏，喜悦之情溢于言表。最后四句，写诗人摆脱官场的畅快和复归自然的欣喜。

这首诗的平淡醇美，全表现在诗人不动声色的白描之中。田亩茅屋、榆柳桃李，诗人只是径直说出，全不费力。但细细体味，种种物事无不透露出诗人的深切依恋。似乎诗人正扳着手指，如数家珍；他之所好，不在尘世的喧嚣，而在乡居的纯静，也就全在意想之中了。"暖暖远人村"四句，似乎以纯客观的态度写眼中所见，耳中所闻，全无情绪化的渲染。但这白描中的景物，却又传达出诗人真醇的心灵。只有心纯静如止水，如明镜，自然的影像、声音，才能不被扭曲地为感官所把握，自然的妙谛也才能被心领神会。远处村落的狗吠于深巷与吠于旷野，声音自是不同；透过薄雾，传来栖于树巅的鸡鸣，这些细微处作者不仅能够感受，而且能够辨别，其心境的宁静，自不待言。由此看来，陶渊明诗歌的意境和风格的获得，并不纯在白描的手法，而在于诗人已悟得了田园山水的真正品格，更找到自己精神的真正归宿。因之已全无物我的差别，可一并归结到委运乘化的境界。自然的万物、诗人的形神、道的虚静无为，三者融为一体，陶诗的平淡由此而来，陶诗平淡中蕴含有深刻的哲理亦由此而来。再如"《饮酒》其五"：

　　结庐在人境，而无车马喧。问君何能尔，心远地自偏。采菊东篱下，悠然见南山。山气日夕佳，飞鸟相与还。此中有真意，欲辨已忘言。

诗的前四句，写身居人世，并无俗事烦扰。其所以如此，在于诗人心境远迈，超脱凡俗。其下四句，写出两种境界。一是诗人采菊东篱，不经意间抬头见到南山；一是诗人发现日近黄昏，山岚流动，飞鸟结伴入林。如此白描式的写法，似无深意，但紧承上文，以"此中有真意，欲辨已忘言"稍加点化，意境全出。庄子认为并非人与道不能相通，人只要消除自己与外物的界限，物我合一，便能悟道，进而与道相沉浮。陶渊明采菊时的悠然，即是南山的悠然；鸟的倦飞而知还，也即是他的倦而知还。这就是王国维所说的"以物观物，何者为我，何者为物"的"无我之境"（《人间词话》），也是陶渊明观照万物时悟到的"真意"。只是这"真意"在于人的心领神会。"言者所以在意也，得意而忘言"（《庄子·外物》），倘一说出，便是意落言筌，所以陶渊明不必再说下去。

在魏晋文坛上，面对玄言佛理的虚渺空幻、缺乏感情和形象，陶渊明要以自己笔下山水田园的清新和人情物态的淳美取而代之。他身当大任，在风格上要革除阮籍、嵇康文章学步者的过于压抑愤懑，而倡行真率超脱，在辞章上，他要摒弃潘岳、陆机之末流的骈偶堆砌，而返于明白省净。他终于成就了自己的独特风格，这便是：质直平淡、自然蕴藉而有思致。历代诗评家也都以此相推许。钟嵘评陶诗为"文体省净，殆无长语"。苏轼说："渊明诗初视若散缓，熟视有奇趣。……如大匠运斤，无斧凿痕，不知者则疲精力至死不悟。"①陈善在《扪虱新话》中说："乍读陶渊明诗，颇似枯淡，久久有味。东坡晚年酷好之，谓李、杜不及也。"陶诗的质直平淡乃是以田园生活为源泉，以诗化隐逸人生为根柢的，这样的生存方式决定了陶渊明不可能用富艳雕琢的笔调来写诗。但其中的尺度实际上很难掌握，"平淡"过度未免流于"枯槁"，"质直"太甚可能失于"质木"，但陶诗做到了平淡之中有华采，简朴之中含风韵，不但没有流于枯槁质木、淡而无味，反而是"外枯而中膏，似淡而实美"②。

元好问评陶诗："一语天然万古新，豪华落尽见真淳"③，苏轼又说："渊明作诗不多，然其诗质而实绮，癯而实腴"④，后世多少见识高超者都反复强调了陶诗的这一美学本质。

陶渊明对后世的影响是多方面的。在为人方面，他光明峻洁的人格和不与黑暗势力同流合污的品质，引导无数后代士人不屈服于权贵，不与庸俗为伍。

李白不肯摧眉折腰事权贵的傲岸品格，与陶渊明"不为五斗米折腰"的精神是一脉相承的。唐代另一位诗人高适，由于"迎拜官长心欲碎，鞭挞黎庶令人悲"，也决绝地表示"转忆陶潜归去来"，要学习陶渊明与污浊现实一刀两断的精神。至于陶渊明创立的近乎一种信仰的"诗化旷逸哲学"，以及他所憧憬的理想社会"桃花源"，也都为后世

---

①　李公焕：《笺注陶渊明集》引《冷斋夜话》。

②　苏轼：《东坡诗话》评陶渊明、柳宗元诗。

③　元好问：《论诗三十首》。

④　苏轼：《苏东坡续集》"与苏辙书"。

无数人向往之、追求之。白居易晚年退隐，苏轼谪居海南，都真诚表白了要以陶渊明为人生楷模的意念。自东晋以后的 1600 年中，中国的隐士不计其数，绝大部分人都是以陶渊明为最高榜样的。当然，作为中国文化范型的"隐逸之宗"，只能是中国士大夫追慕的对象。陶渊明的作品可以在国外流传不衰，外国学者、读者可以给予很高的评价，但异民族的人要对他进行跨文化的效法摹仿却是困难的，不仅在古代欧美各国难觅到陶渊明式的隐士，就是与中国有深厚文化渊源的日本，其古人刻意"学陶"也往往学得很不到家。在平安时代和镰仓时代的日本都有不少遁世的隐者，但他们始终"没有感染力"、"不能给人留下强烈的印象"[1]。此中因由，是值得人们揣摩的。

在为文方面，自从南朝的鲍照、江淹学"陶体"作诗以来，历代"拟陶""和陶"相沿成习。我国文学史上有成就的诗人几乎都受到过陶渊明的艺术熏陶，并仰慕他的人格。李白说："何时到彭泽，狂歌五柳前。"杜甫说："焉得诗如陶谢手。"白居易说："常爱陶彭泽，文思何高玄。"苏轼说："欲以晚节师范其万一。"清人则从学习其性情品格和诗风的双重角度总结道："陶诗胸次浩然，其中有一段渊深朴茂不可到处。唐人祖述者，王右丞有其清腴，孟山人有其闲远，储太祝有其朴实，韦左司有其冲和，柳仪曹有其峻洁，皆学焉而得其性之所近。"[2]可见王维、孟浩然、储光羲、韦应物、柳宗元等唐代成就最高的山水诗人无一不从陶的人格及其田园诗中吸取了大量营养。可以说唐代山水田园诗派，是陶渊明开创的田园诗在新时代的蓬勃拓展。白居易、苏轼两位大诗人不但慕其人格，而且身体力行大力去作"效陶""和陶"的诗，晚年白居易还写作了《效陶潜体》16 首，诗中有句："我从老大来，窃慕其为人"，说自己年已老大，仍钦慕陶的为人。苏轼则写作了追和陶诗 111 首。唐宋之后，注陶、评陶的风气大开。历来有"千家注杜，五百家注韩"的说法，而陶诗的注本之多，几乎与杜诗相埒。无怪乎朱自清先生在序《陶渊明批评》一书时，开宗明义便指出了："中国诗人里影响最大的似乎是陶渊明、杜甫、苏轼三家。"[3]要论影响，还必须加上屈原和李白，这五位，都称得上"世界级"诗人。

谢灵运　谢朓　南朝诗歌，异彩缤纷，各具风格特色的作家相继涌现。晋宋之际的谢灵运开创了山水诗派，实现了玄言诗向山水诗的巨大转变，扩大了诗歌的题材领域。其代表作《登池上楼》有"池塘生春草，园柳变鸣禽"的诗句，景色宜人，诗句清新自然，脍炙人口，元好问曾评"池塘春草谢家春，万古千秋五字新"。齐永明年间，周颙、沈约创立"四声八病"之说，诗歌创作注重声律，产生了新的诗体，即"永明体"。谢朓是南朝齐代人，被称为"永明之雄"，其代表作《晚登三山还望京邑》，通过登三山遥望宫殿和山川壮丽景色的描写，抒发去国怀乡的眷恋情思。"余霞散成绮，

①　陈舜臣：《日本人和中国人》，中文 1 版，48、49 页，北京，文化艺术出版社。1990。

②　沈德潜：《说诗晬语》。

③　朱自清：《朱自清说诗·日常生活的诗》，第 1 版，226 页，上海，上海古籍出版社，1998。

澄江静如练"两句，描绘了天上红霞万道，仿佛编织成无数锦缎，山下江水清澈见底，浪静风平，宛如一幅白绸，诗句比喻贴切，色彩鲜明，意境优美，对仗工整，为千古传诵。

　　谢灵运和谢朓，文学史家合称为"大小谢"，是山水诗初创时期的大家。齐梁时代的文艺理论大师刘勰指出："宋初文咏，体有因革，庄老告退，而山水方滋。俪采百字之偶，争价一句之奇；情必极貌以写物，辞必穷力而追新。"①中国有源远流长的山水诗创作传统，谢灵运正是第一个大力写作山水诗的诗人。所谓"老庄告退，而山水方滋"，指的是玄言诗的一统天下行将结束，山水诗开始兴起。谢灵运的诗虽然还未曾脱尽玄言诗的尾巴，但毕竟如"初发芙蓉，自然可爱"②。谢灵运又是正式把诗歌语言带上骈俪铺陈之路的第一人。诗歌从谢灵运起，由于讲究字斟句酌，多有名句可摘，一气呵成的诗篇渐渐变少了。谢朓吸取民歌活泼自然的情调写作山水诗，胸中诗情荡漾，写出了许多类似唐人绝句的小诗。谢朓的某些诗篇诗句，已开启唐诗"深入浅出"的先声。

　　鲍照(414～466)，与谢灵运、颜延之并称"元嘉三大家"，出身寒微，少有才华，在门阀制度森严的社会里，鲍照一生在政界和文坛都受到压抑，他自己感叹，"才之多少，不如势之多少远矣。"因而，贫贱者的悲愤，是他的诗歌主调，代表作品有《拟行路难十八首》。这18首诗非一时之作，内容比较丰富，有的强烈抨击了门阀世族制度，如第六首：

　　　　对案不能食，拔剑击柱长叹息。丈夫生世会几时，安能蹀躞垂羽翼？弃置罢官去，还家自休息。朝出与亲辞，暮还在亲侧。弄儿床前戏，看妇机中织。自古圣贤尽贫贱，何况我辈孤且直！

　　诗歌开始，通过停杯离案，拔剑击柱，仰天长叹等外形动作的描绘，将诗人内心的焦虑、不安和失意生动地表现出来，"几时"、"安能"使诗歌的语气分外沉痛，分外激愤。屈辱的官场生活，不能再忍受下去了，"弃置"两句，短促有力，干脆利落，诗人愤然拂衣而去的高迈神态，表现了对现实的嘲弄和蔑视。家庭的温暖，并不能减轻诗人官场失意的痛苦，"朝出与亲辞，暮还在亲侧。弄儿床前戏，看妇机中织。"从时间、空间两个角度写诗人辞官归家的安闲，表面上显得很舒缓，实际上正反衬了官场的冷酷无情，正如王夫之所讲："以乐景写哀，以哀景写乐，一倍增其哀乐"。最后两句，更有力的表现诗人贫贱不能移的高尚情操、耿介孤直的性格和傲岸不屈的态度，愤激中又带有几分无可奈何的怅恨，显得异常沉痛。

---

　　① 刘勰：《文心雕龙·明诗篇》。

　　② 《南史·颜延之传》载鲍照评价谢朓语。

这首诗,情绪起伏跌宕,富于变化。时而压抑,时而奔放,时而悠闲,时而悲怆。但从全诗来看,悲哀而不颓唐,失望而不消沉,沉郁中有着洒脱,悠闲中透露出不平,雄逸豪放,笔力刚健,正像杜甫在《春日忆李白》诗中所写:"俊逸鲍参军"。诗歌句句押韵,一韵到底,气势贯注;以七言为主,长短句结合,错落有致,使诗歌增添了丰富的表现力。

鲍照的主要贡献在于创作了一批继承"建安风骨"的乐府(包括《拟行路难十八首》等)。另外对七言诗的发展也有很大的贡献,一是扩大了诗歌的内容,二是变句句用韵为隔句用韵,音节抑扬顿挫,风格遒丽劲健,唐代李白、杜甫、高适、岑参对鲍照的艺术成就都很推崇。

当南朝诗歌蓬勃发展的时候,北朝诗坛因战乱而显得荒凉,影响较大的有庾信,他以沉郁风格写乡关之思,融合南北诗风,"为梁之冠绝,启唐之先鞭"。

庾信(513~581),生活道路与诗歌创作,以侯景叛乱为界,可分前后两个时期。前期,与徐陵父子一道写过许多艳丽的宫体诗,世称"徐庾体"。侯景乱后,出使西魏,被扣留在长安,北周代魏后,庾信被封为骠骑大将军、开府仪同三司,这时期,诗歌内容发生了巨大变化,故国之思与仕北的惭耻纠缠着他,成为他沉重的精神负担,他有意模拟阮籍悲痛忧患的《咏怀》诗作,写了 27 首《拟咏怀》,用以表现自己身处北朝不能率直流露眷恋南朝的情怀,并将南方诗歌的细腻与北方诗歌的粗犷融合在一起,形成了一种新的诗风,为开辟北朝文苑作出了重要贡献。如《拟咏怀》第七首:

> 榆关断音信,汉使绝经过。胡笳落泪曲,羌笛断肠歌。纤腰减束素,别
> 泪损横波。恨心终不歇,红颜无复多。枯木期填海,青山望断河。

作者借一个流落在北方的南朝女子怀念故国的幽怨,来表现自己盼归南国故乡的沉郁心情。望断榆关,不见使者,失望惆怅。故国无音信,但偏偏听到的是别国异域的羌笛、胡笳,触景生情,更引起了对故国的思念,以至于容颜瘦损,体弱腰细,离恨难消。作者从外形写到内心,形象生动传神。结尾用两个神话故事表达出自己盼望南归、至死不渝的深情,与开头相呼应,将亡国之痛与幽怨之情和谐地统一在一起。

庾信的诗歌,用词非常精炼,如"音信断、肝肠断、山河断",三个"断"字,将闺中思妇的心理及处境淋漓尽致地表达出来了。诗歌对仗工整,用典自然,感情真挚,音韵和谐。杜甫说:"庾信文章老更成,凌云健笔意纵横",对庾信的创作作了充分的肯定。

［作品选读］

《诗经》

　　关雎

　　芣苢（存目）

　　氓　（存目）

　　蒹葭（存目）

　　采薇（存目）

　　生民（存目）

屈原

　　离骚（存目）

　　湘夫人

　　山鬼（存目）

　　哀郢（存目）

汉乐府

　　陌上桑（存目）

古诗十九首

　　行行重行行（存目）

曹操

　　步出夏门行（存目）

曹丕

　　燕歌行（存目）

曹植

　　七哀诗（存目）

阮籍

　　咏怀·夜中不能寐（存目）

嵇康

　　赠秀才入军（存目）

陆机

　　赴洛道中作（存目）

左思

　　咏史·郁郁涧底松（存目）

陶渊明

　　归园田居（存目）

　　杂诗

谢灵运

　　石壁精舍还湖中作（存目）

谢朓

　　晚登三山还望京邑（存目）

鲍照

　　拟行路难(存目)

庾信

　　拟咏怀(存目)

南朝民歌

　　子夜歌(存目)

北朝民歌

　　木兰诗(存目)

关雎(周南)

《诗经》

　　关关雎鸠，在河之洲①。窈窕淑女②，君子好逑③。

　　参差荇菜④，左右流之⑤；窈窕淑女，寤寐求之⑥。求之不得，寤寐思服⑦。悠哉悠哉⑧，辗转反侧⑨。

　　参差荇菜，左右采之；窈窕淑女，琴瑟友之⑩。参差荇菜，左右芼之⑪；窈窕淑女，钟鼓乐之⑫。

【注释】

　　①关关两句：关关，和鸣声。雎(jū)鸠，鸟名，即王雎。洲，水中突起之地。这两句是以雌雄和鸣的雎鸠形容"君子"、"淑女"的融洽。

　　②窈窕，幽闲。淑，美善。

　　③好逑(qiú)，好的配偶。逑，匹配之意。

　　④参差，长短不齐的样子。荇菜，水生植物。圆叶细茎，可食用。

　　⑤流，求取。之，指荇菜。左右流之，时而向左、时而向右地寻找并摘取荇菜。这里暗喻"君子"努力追求"淑女"。

　　⑥寤寐，是说不论醒着还是睡着。寤，醒觉。寐，入睡。马瑞辰《毛诗传笺通释》另有一说："寤寐，犹梦寐"，也可通。

　　⑦思服，思念。《毛传》："服，思之也。"

　　⑧悠，感思。见《尔雅·释诂》郭璞注。哉，语词。悠哉悠哉，犹言"想念呀，想念呀"。

　　⑨辗转反侧，翻来覆去不能入眠。辗，古字作展。展转，即反侧。反侧，指翻身。

　　⑩琴、瑟，都是古代弦乐器。琴五或七弦，瑟二十五或五十弦。友，此处有亲近之意。这句说，用琴瑟来亲近"淑女"。

　　⑪芼(mào)，择取。

　　⑫钟鼓乐之，用钟鼓来使"淑女"喜乐。

【评点】

　　《关雎》是《诗经·国风》的第一篇，也是全书的首篇。读《千家诗》自当从《关雎》始。《关雎》诗下，毛诗有大序传世。其文曰："诗者，志之所之也，在心为志，发言为诗。情动于中而形于言，言之不足故嗟叹之，嗟叹之不足故咏歌之，咏歌之不足，不知手之舞之，足之蹈之也。"阐明了中国诗歌言志抒情的根本特征。《毛诗序》认为《关雎》是吟咏"后妃之德"的，今人多有异议，认为此诗很明显是描写恋爱的作品，也有人认为是祝贺新婚的诗。

湘 夫 人①

屈 原

　　帝子降兮北渚②，目眇眇兮愁予③。嫋嫋兮秋风④，洞庭波兮木叶下⑤。登白薠兮骋望⑥，与佳期兮夕张⑦。鸟萃兮苹中⑧，罾何为兮木上⑨？沅有茝兮醴有兰⑩，思公子兮未敢言⑪。荒忽兮远望⑫，观流水兮潺湲⑬。

　　麋何食兮庭中⑭？蛟何为兮水裔⑮？朝驰余马兮江皋⑯，夕济兮西澨⑰。闻佳人兮召予，将腾驾兮偕逝⑱。筑室兮水中，葺之兮荷盖⑲，荪壁兮紫坛，播芳椒兮成堂⑳。桂栋兮兰橑㉑，辛夷楣兮药房㉒。罔薜荔兮为帷㉓，擗蕙櫋兮既张㉔。白玉兮为镇，疏石兰兮为芳㉕。芷葺兮荷屋，缭之兮杜衡㉖。合百草兮实庭，建芳馨兮庑门㉗。九嶷缤兮并迎，灵之来兮如云㉘。

　　捐余袂兮江中㉙，遗余褋兮醴浦㉚。搴汀洲兮杜若㉛，将以遗兮远者㉜。时不可兮骤得㉝，聊逍遥兮容与㉞。

【注释】

　　①选自《楚辞章句》，为《九歌》中的一篇。《九歌》是屈原十一篇作品的总称。"九"是泛指，非实数，《九歌》本是古乐章名。王逸《楚辞章句》认为："昔楚国南郢之邑，沅湘之间，其俗信鬼而好祠。其祠必作歌乐鼓舞以乐诸神。屈原放逐，窜伏其间，怀忧苦毒，愁思沸郁，出见俗人祭祀之礼，歌舞之乐，其辞鄙陋，因作《九歌》之曲，上陈事神之敬，下见己之冤结，托之以风谏。"也有人认为是屈原在民间祭歌的基础上加工而成。此篇与《九歌》中另一篇《湘君》为姊妹篇。关于湘夫人和湘君为谁，多有争论。二人为湘水之神，则无疑。此篇写湘君企待湘夫人而不至，产生的思慕哀怨之情。

　　②帝子：指湘夫人。舜妃为帝尧之女，故称帝子。

　　③眇眇：望而不见的样子。愁予：使我忧愁。

　　④嫋嫋：柔弱不绝的样子。

　　⑤波：生波。下：落。

　　⑥薠：水草名，生湖泽间。骋望：纵目而望。

　　⑦佳：佳人，指湘夫人。期：期约。张：陈设，陈设帷帐。

　　⑧萃：集。鸟本当集在木上，反说在水草中。

　　⑨罾：鱼网。罾原当在水中，反说在木上，比喻所愿不得，失其应处之所。

　　⑩沅：即沅水，在今湖南省。醴：同"澧"，即澧水，在今湖南省，流入洞庭湖。茝：白芷，一种香草。

　　⑪公子：指湘夫人。古代贵族称公族，贵族子女不分性别，都可称"公子"。

　　⑫荒忽：不分明的样子。

　　⑬潺湲：水流的样子。

　　⑭麋：兽名，似鹿。

　　⑮水裔：水边。此句意谓蛟本当在深渊而在水边。比喻所处失常。

　　⑯皋：水边高地。

⑰澨(shì)：水边。

⑱腾驾：驾着马车奔腾飞驰。偕逝：同往。

⑲葺：覆盖。盖：指屋顶。

⑳荪壁：用荪草饰壁。荪：一种香草。紫：紫贝。坛：中庭。

㉑椒：一种香木。

㉒栋：屋栋，屋脊柱。橑：屋椽。

㉓辛夷：木名，初春开花。楣：门上横梁。药：白芷。

㉔罔：通"网"，作结解。薜荔：一种香草，缘木而生。帷：帷帐。

㉕擗：析开。蕙：一种香草。櫋(mián)：檐际木。

㉖镇：镇压坐席之物。

㉗疏：分疏，分陈。石兰：一种香草。

㉘缭：束缚。杜衡：一种香草。

㉙合：会聚。百草：指众芳草。实：充实。

㉚馨：能够远闻的香。庑(wǔ)：廊。

㉛九嶷：山名，传说中舜的葬地，在湘水南。这里指九嶷山神。缤：盛多的样子。

㉜灵：神。如云：形容众多。

㉝袂(mèi)：衣袖。

㉞褋(dié)：外衣。

㉟汀：水中或水边的平地。杜若：一种香草。

㊱远者：指湘夫人。

㊲骤得：数得，屡得。

㊳逍遥：游玩。容与：悠闲的样子。

【评点】

《九歌》实为祭歌，是屈原在当时楚国祭歌基础上加工而成的一套歌舞辞。祭祀娱神时，由巫者扮演，或独歌独舞，或对歌对舞，或合唱合舞。读《湘夫人》，我们可以想象出这样的情景：湘君迎候湘夫人于洞庭始波，木叶飘零之时，但可望而不可及。他筑芳香宫室于水中，以待湘夫人之来临，然而始终未能相见，只能饮恨终生。《诗经》有："所谓伊人，在水一方，溯洄从之，道阻且长；溯游从之，宛在水中央。"(《蒹葭》)写怀人不得之情，凄迷哀慕之感，令人嗟叹惆怅难已。《湘夫人》中写湘君待湘夫人而不至之怀恋怨慕之情，同样凄艳哀恻，令人感慨。爱而不见，怎一个"愁"字了得。筑室水中，容与江滨，湘君之期望和失望，正与《湘君》中湘夫人之深情相正映衬。寸心难表，两情不通，会合无缘，生离死别，自是古来恨事，又岂止儿女旖旎之情！

"袅袅兮秋风，洞庭波兮木叶下"，写景如画，仿佛一幅秋风图。千古以下，湘湖洞庭秋景如在目前。作者妙在以可见之水波、木叶，写出不可见之袅袅秋风，写风而有画意。以水画风之理，李善注《文选》"物色"类时云："有物有文曰色，风虽无正色，然亦有声。《诗·注》云'风行水上曰漪'。《易》曰：'风行水上曰涣。'涣然，即有文章也。"苏洵《仲兄郎中字序》："荡乎其无形，飘乎其远来，既往而不知其迹之所存者，是风也，而水实形之"；朱翌更云："风本无形不可画，遇水方能显其质。画工画水不画风，水外见风称妙笔。"(《谢人惠浅滩一字水图》)。此二句之妙，还在以景写情。刘熙载云："叙物以言情谓之赋，余谓《楚辞·九歌》最得此诀。如'袅袅兮秋风，洞庭波兮木叶下'，是写出'目眇眇兮愁予'来；'荒忽兮远望，观流水兮潺湲'，正是写出'思公子兮未敢言'来，俱有'目击道存，不可容声'之意。"(《艺概·赋概》)

鸟萃苹中，罾在木上，与麋食庭中，蛟在水裔，这种以反常之事为喻之法，在《楚辞》中很常见。如《湘君》中言："采薜荔兮水中，搴芙蓉兮木末"；《卜居》则云："世混浊而不清，蝉翼为重，千钧为轻。"而情诗以反常不可能之事为喻，在中外诗歌中都是常法，所谓"山无陵，江水为竭，冬雷震震，夏雨雪"(汉乐府《上邪》)之类，均是其例。

杂　诗

陶渊明

人生无根蒂，飘如陌上尘。分散逐风转，此已非常身①。落地为兄弟，何必骨肉亲！得欢当作乐，斗酒聚比邻②。盛年不重来，一日难再晨。及时当勉励，岁月不待人。

【注释】

①非常身，是说此身已不是原来的模样。

②比邻，近邻。

【评点】

《杂诗》共 12 首，非一时所作。组诗慨叹人生易老，时光难再，壮志难酬。本诗系其第一首。人至壮年，生命去不重来，只能及时努力，相互劝勉。诗中惜时发自内心，全无道学训诲意，所以亲切。

第三章 黄钟大吕 万千气象

——诗艺成熟绚烂期(古代诗文化·中)

诗者，吟永情性也。盛唐诗人惟在兴趣，羚羊挂角，无迹可求。故其妙处莹彻玲珑，不可凑泊，如空中之音，相中之色，水中之月，镜中之象，言有尽而意无穷。

——严羽

戴容州云："诗家之景，如蓝田日暖，良玉生烟，可望而不可置于眉睫之前也。"象外之象，景外之景，岂容易可谭哉？

——司空图

第一节 摹山范水 慷慨戍边："王孟"与"岑高"

山水田园诗派——孟浩然：清幽与淡远——王维：禅趣虚静与诗中有画——边塞诗派——冷峻深沉高适诗——雄奇阔大岑参诗——其他边塞诗人

在唐代文学发展的初、盛、中、晚四个阶段中，盛唐是创作成就最高的一个阶段。经过王绩、陈子昂、沈佺期、宋之问、王勃、杨炯、卢照邻、骆宾王等人的努力，经历了初唐的诗风转变、诗歌形式的完善积累和准备，再由开元名流如贺知章、张九龄、张若虚等人在艺术实践中开拓诗境，在交游中切磋技巧，荐拔人才，古典诗歌终于在盛唐绽放出异彩，达到了我中华诗国的最繁盛时期。盛唐名家辈出，诗派众多，李白、杜甫这两座诗歌史上的丰碑即产生在这一时期，以王维、孟浩然为代表的山水田园诗派和以岑参、高适为代表的边塞诗派也产生在这一时期。

山水田园诗派也叫王孟诗派。他们最大的特点是在山水田园题材方面创作成绩突出，影响很大。

孟浩然

孟浩然(689～740)，盛唐时期的著名诗人。他曾抱着勃勃的雄心赴长安应举，但落第的结局导致了他人生态度的转变，他常与僧道往来，寄情于山水田园，以隐居作为精神解脱的途径，以澹泊的心态来看待人生。

虽然孟浩然诗也颇多不遇之愤和恋阙之情，但最为人称道的还是那些表现优美的山水田园风光和闲适隐逸生活的作品。他的山水诗多表现大自然的清幽宁静之美，可以说，"清幽"首先是他隐逸生活所体现的思想境界，然后才是其诗艺境界。他的诗多用白描手法，对自然景物进行细致传神的描绘，创造出清新淡远、兴象玲珑的意境。如《宿建德江》：

> 移舟泊烟渚，日暮客愁新。野旷天低树，江清月近人。

这首五言绝句以简淡的笔墨勾勒出一幅明净开阔的画面，将一缕淡淡的乡愁融化在朦胧的烟水之中。看似客观的描摹，实则包含深广的意蕴。它通过捕捉烟渚、日暮、旷野、清江这些意象表现直觉的感受，含蓄而生动地写出一个漂泊在外的游子的旅思乡情。孟浩然田园诗的代表作是《过故人庄》：

> 故人具鸡黍，邀我至田家。绿树村边合，青山郭外斜。开轩面场圃，把酒话桑麻。待到重阳日，还来就菊花。

它叙述诗人到一个农家朋友的家中做客的情景，表现恬静的乡村风光、淳朴的农村生活和真挚的故人情谊。首联写农家故人以"鸡黍"相邀，显出田家特有的风味；颔联写入村所见，先由外及里，状写绿树环抱的乡村环境，后由里而外，状写乡村周边的青山；颈联写宾主临窗饮酒畅谈；尾联写临走时主人真诚地相邀重阳节再来观赏菊花。通观全诗，绿树、青山、村舍、场圃、桑麻构成一幅宁静和谐的田园风光图画。作者淡笔勾勒，似随意写来，不见丝毫斧凿的痕迹，浑然天成。

孟浩然诗歌艺术的最大特点是平淡清雅。清代诗评家沈德潜在《唐诗别裁集》中称赞孟诗"语淡而味终不薄"，闻一多先生评他的诗是"淡到看不见诗"（《唐诗杂论·孟浩然》），这都是说孟浩然诗语言的平淡质朴，抒情的澹泊清远。虽然他也写过诸如"气蒸云梦泽，波撼岳阳城"（《临洞庭湖赠张丞相》）这样气势雄浑的诗句，但不是其主流。平淡自然才是其诗歌风格的主要特征。如人们熟悉的《春晓》：

> 春眠不觉晓，处处闻啼鸟。夜来风雨声，花落知多少？

这首诗初看平淡无奇，细读却悠远深厚。诗人以不觉写觉，将淡淡的伤春、惜春之情写得细腻真切，令人回味无穷。

王维

王维（701～762），盛唐时代杰出的诗人。字摩诘，其名和字都取意于佛教《维摩诘经》中的维摩诘居士。他生长在一个崇佛的家庭，其母崔氏虔诚奉佛，对王维的宗教信仰和后来的隐居生活有重要的影响。王维早年即奉佛，经历了安禄山陷长安时被拘执后，更潜心于禅理，随缘任运。《旧唐书》本传说："维兄弟俱奉佛，居常蔬食，不茹荤血。晚年长斋，不衣文采。……在京师，日饭十数名僧，以玄谈为乐。……退朝以后，焚香独坐，以禅诵为事。"

王维多才多艺，他精通音乐、绘画和书法，早年曾为太乐丞，负责音乐、舞蹈的教习排练事务，又是著名画家，后人甚至推许他为南宗画派的祖师。中唐朱景玄的《唐朝名画录》列其为"妙品上"八人中的第四名，赞扬他的画"风致标格特出"。其《辋川图》"山谷郁郁盘盘，云水飞动，意出尘外，怪生笔端"。书法上他又兼长草、隶各体，常将音乐和绘画的技巧引入诗歌。正因如此，他的诗歌创作才能取得很高的成就。

王维的诗歌创作明显分为前后两个时期。前期，表现为积极进取的人生态度和充满豪情的精神风貌。这时期的诗多表现畋猎征战生活和边塞风光，笔势刚劲，境界阔大。如《观猎》：

> 风劲角弓鸣，将军猎渭城。草枯鹰眼疾，雪尽马蹄轻。忽过新丰市，还归细柳营。回看射雕处，千里暮云平。

这首五言律诗以简洁的笔调，富有表现性的意象和紧凑的结构，状写出诗人奋发有为的进取精神。而《使至塞上》，则大笔勾勒出雄奇壮阔的边塞景色：

> 单车欲问边，属国过居延。征蓬出汉塞，归雁入胡天。大漠孤烟直，长河落日圆。萧关逢候骑，都护在燕然。

这首五言律诗写作者出使西北边塞的见闻，大气包举。特别是"大漠孤烟直，长河落日圆"两句，将其绘画构图的技巧引到诗中，简洁明快，立体感突出，让塞外苍茫辽阔的风貌给人留下了深刻印象。

王维的送别诗往往情真意切，在劝慰中寄寓深情。最有代表性的是《送元二使安西》：

> 渭城朝雨浥轻尘，客舍青青柳色新。劝君更尽一杯酒，西出阳关无故人。

唐人送别多咏唱此曲，称为《阳关三叠》或《渭城曲》。诗的前两句点明送别的时间地点，朝雨浥尘、客舍柳青已渲染出送别的环境气氛，后两句临行前的劝酒写出朋友间的依依惜别，包含了对朋友远行的关怀体贴，凸显出友情的珍重与深挚。此诗一出遂成为送别诗的绝唱。这类表现离别相思之情的诗歌还有许多，如《杂诗三首》之二：

　　　　君自故乡来，应知故乡事。来日绮窗前，寒梅著花未？

又如《相思》：

　　　　红豆生南国，春来发几枝？愿君多采撷，此物最相思。

　　这类诗在平淡的语言中寄寓了无限的情思，的确是语近情遥、意味隽永。
　　最能代表其诗歌艺术特点的还是后期那些表现禅意的山水田园诗。王维厌恶官场的丑恶，在山水田园中寻找心灵寄托。由于他深悟佛教禅宗的养性之道，这类诗往往创造出一种静谧闲适的意境，表现其超尘绝俗的精神。他不是用议论的方式来说禅理，而是在诗的意象选择与组合上体现禅趣，正如沈德潜在《说诗晬语》中所说的"不用禅语，时得禅理"。让诗中禅趣流淌在美妙的意境当中，如《终南别业》中"行到水穷处，坐看云起时"一联，表现出一切听任自然、无牵无挂的"随缘任运"的禅理。他还往往追求空寂境界，在身心两忘中获得超然物外的旨趣，如《竹里馆》：

　　　　独坐幽篁里，弹琴复长啸。深林人不知，明月来相照。

　　有时表现出心灵深处体验到的大自然的空寂宁静，而且这静寂又是有生命的，如《鸟鸣涧》：

　　　　人闲桂花落，夜静春山空。月出惊山鸟，时鸣春涧中。

　　王维这类诗动静相衬，别有生机意趣，如《山居秋暝》：

　　　　空山新雨后，天气晚来秋。明月松间照，清泉石上流。竹喧归浣女，莲
　　　　动下渔舟。随意春芳歇，王孙自可留。

　　这是王维山水诗的代表作，在诗情画意之中寄托了作者对高洁的理想境界的追求。诗写秋山黄昏的清新静谧之美，颔联和颈联却以动写静，通过"照"、"流"、"喧"、"动"等动态的描述，从听觉和视觉两个角度写出宁静秋夜中的声息动态。通篇比兴含蕴丰富、意境幽美、韵律悠扬，既寄寓了理想中的社会之美，又表现了诗人的人格美。
　　苏轼在《书摩诘蓝田烟雨图》中说："味摩诘之诗，诗中有画；观摩诘之画，画中有诗。""诗中有画"正是王维山水田园诗的艺术特点。作者将色彩、线条、构图等绘画的表现形式引入诗的表现中，使诗具有鲜明的色彩美、线条美、构图美，具有很强的

空间感和立体感，从而具有很浓的画意，唤起读者对于光、色、态的丰富想象，获得读诗如观画的美感。"白云回望合，青霭入看无。"(《终南山》)"荆溪白石出，天寒红叶稀。"(《山中》)"日落江湖白，潮来天地青。"(《送邢桂州》)是色彩的巧妙运用，"大漠孤烟直，长河落日圆。"(《使至塞上》)则是线条的灵活运用，"白水明田外，碧峰出后山。"(《新晴晚望》)将白水、田野、近山、远峰通过巧妙的构图组成了一幅层次分明的画卷。

除王孟诗派外，边塞诗派影响也很大，它是指盛唐时期以创作边塞诗歌而知名的诗群。

高适

高适(703？～765)，唐代著名的边塞诗人。《旧唐书》本传称他"喜言王霸大略，务功名，尚节义。逢时多难，以安危为己任"。他有过两次出塞的亲身经历，对广大戍边将士的生活有深入了解，其诗多以冷峻的笔触反映边塞生活，表现立功报国志向，同情士卒遭遇，揭露军中矛盾。作品中报国豪情与忧时激愤相交织，代表作是七言歌行《燕歌行》：

> 汉家烟尘在东北，汉将辞家破残贼。男儿本自重横行，天子非常赐颜色。摐金伐鼓下榆关，旌旗逶迤碣石间。校尉羽书飞瀚海，单于猎火照狼山。山川萧条极边土，胡骑凭陵杂风雨。战士军前半死生，美人帐下犹歌舞。大漠穷秋塞草腓，孤城落日斗兵稀。身当恩遇常轻敌，力尽关山未解围。铁衣远戍辛勤久，玉箸应啼别离后。少妇城南欲断肠，征人蓟北空回首。边风飘飖那可度，绝域苍茫更何有？杀气三时作阵云，寒声一夜传刁斗。相看白刃血纷纷，死节从来岂顾勋。君不见沙场征战苦，至今犹忆李将军。

这首诗用乐府旧题，但突破传统的铺排征人思妇离情别绪的主题，以高度的艺术概括表现广阔的边塞征战生活，从出征队伍的威武阵容、边情军机的紧急、塞漠环境的荒寒、战斗过程的严酷、军中的苦乐不均、战士的忘我苦战，到别离相思的悲怆、对和平的向往等等内容，无不写到，体现了深刻的现实性，是一篇现实主义的优秀作品。在结构艺术上，这首诗善用错综交织的笔法，在激越的抒情中不断变化场景，使诗跌宕回旋、波澜起伏，形成了苍凉悲壮、慷慨雄浑的艺术风格。在语言上，大量运用对偶句来互相照应对比，使诗的语言整饬凝练，又有音韵之美，从而增强了艺术表现力。

岑参

岑参(715～769)，南阳(今河南南阳市)人，曾任嘉州刺史，世称"岑嘉州"。曾两度出塞，在边地生活达六年之久，所以对边塞的自然风光、风土人情和征战生活有深人的观察和体验。由于当时西域边境民族关系较为融洽，保持着稳定局面，加之诗人怀着建功立业的远大抱负，对前途充满信心，因此，其边塞诗洋溢着积极乐观、昂扬向上的精神。他写边地景色喜欢撷取奇观异景。唐人殷璠《河岳英灵集》就称他"诗奇体峻，意亦造奇。"清人沈德潜《唐诗别裁集》也说"参诗能作奇语，尤长于边塞。"

　　西域的奇风异俗、壮丽风光是他的主要描写对象，飞雪黄沙、火山热海、大漠惊风使他的诗具有鲜明的地域色彩和动人的艺术魅力。其边塞诗代表作是《白雪歌送武判官归京》：

　　　　北风卷地白草折，胡天八月即飞雪。忽如一夜春风来，千树万树梨花开。散入珠帘湿罗幕，狐裘不暖锦衾薄。将军角弓不得控，都护铁衣冷难著。瀚海阑干百丈冰，愁云惨淡万里凝。中军置酒饮归客，胡琴琵琶与羌笛。纷纷暮雪下辕门，风掣红旗冻不翻。轮台东门送君去，去时雪满天山路。山回路转不见君，雪上空留马行处。

　　这首写雪中送友的七言乐府诗，用了大部分笔墨来咏叹西域早雪的奇异景象。整首诗写得十分大气，有一种豪迈乐观的气魄和昂扬奋发的时代精神。特别是"忽如一夜春风来，千树万树梨花开"两句，诗人以大胆的想象、新颖的比喻将严寒的大雪比作春天遍野的梨花，将萧瑟的冬日与温馨的春光联系起来，并将寒风萧索转化为绚丽多姿，从而给全诗奠定了乐观向上的氛围。诗人在表现西域的严寒时有意避实就虚，通过虚构和想象，将平常的自然场景化为富于美感的艺术意境。

　　高适和岑参同是边塞诗人，但由于视角不同，诗风也不同。高适关注的是边塞生活的现实矛盾，是现实的悲欢离合，所以，其笔调是冷峻深沉的。岑参则以好奇的眼光打量异域的奇特风光，以大胆夸张的想象、遒劲活泼的语言、昂扬奔放的气势，表现西域瑰丽的景色，从而形成雄奇阔大的风格。

　　此外，还有王昌龄、李颀等人。王昌龄的边塞诗唱出征人守边的战斗豪情和对和平生活的祈望："黄金百战穿金甲，不破楼兰终不还"，"但使龙城飞将在，不教胡马度阴山"，以诗言志，慷慨激越。他善于捕捉典型情景，熔铸成精炼的诗句，所写七绝，几乎首首都是珠玑，故有"七绝圣手"之誉。李颀诗风接近高适，对统治者的穷兵黩武有所揭露，用七言歌行把边塞人物写得栩栩如生，是他的特出之处。另有王之涣、王翰虽然存诗不多，但能写出"羌笛何须怨杨柳，春风不度玉门关"，"醉卧沙场君莫笑，古来征战几人回"，吐露了人间真情，亦足不朽。

第二节　天马行空　卓尔不群："诗仙"李白

　　盛唐精神的代表和青春意象的化身：时代骄子李白——天马行空、不可

羁勒的抒情方式——飘逸、豪迈、高华的诗歌风格——酒、剑、花光、月影
构成的诗歌意象——糅合山水灵氛、庄骚诗魄的人天浑融之境——诗，就是
生命——诗化人生：李白诗歌永恒魅力的来源——国人世代酷爱李白的深层
原因——语言特色：天然雅洁与雄奇奔放的统一

　　李白(701～762)，字太白，祖籍陇西成纪，五岁随父迁居绵州昌隆(今四川江
油)。青少年时代在蜀中读书、习剑、学道和游历，足迹遍巴山蜀水，培养了他热爱
自然、酷爱自由、浪漫不羁的性格和追求功业的理想。25岁"仗剑去国，辞亲远游"，
从长江东下，漫游至荆、湘、吴、越，旅寓湖北安陆，与故相许圉师孙女联姻，开始
"酒隐安陆，蹉跎十年"的生涯。后移山东，寄家任城(今山东济宁市)，求仙访道，交
友论文。曾与孟浩然、王昌龄结为诗友，又与山东孔巢父、韩准等居徂徕，游泰山，
号"竹溪六逸"。他逍遥山水，纵情诗酒，激发出旺盛的创造力，天才初显，声誉四
播，"剑非万人敌，文窃四海声"，增强了他对人生的自信。42岁经友人推荐，玄宗
诏他入京，授职翰林供奉，实不过是点缀升平的文学侍臣。由于恃才傲物，群小侧
目，被迫离开长安，时年44岁，又开始以梁宋为中心的漫游时期。目睹了宫廷的荒
淫腐朽，经受了生命中的一次次重挫，幻想被现实撕破，思想渐趋成熟，诗艺也随之
大为提高。游洛阳时与杜甫订交，又在汴梁结识了高适。三人一道，"醉舞梁园夜，
行歌泗水春"，唱酬切磋，欢快情景到老还在回忆。天宝十一年冬，北游幽燕，洞察
到安禄山谋叛的野心，忧心如焚。他深知"我纵言之将何补"，还是写了《蜀道难》、
《远别离》等诗，借古代传说故事发出洪钟般的警告："所守或匪亲，化为狼与豺"，
"海水直下万里深，谁人不言此离苦！"一旦形势急转直下，"君失臣兮龙为鱼，权归臣
兮鼠变虎"，大舜诀别二妃的悲剧就可能重演。后来玄宗出逃、杨妃命殒马嵬，"远别
离"果然被李白言中了。他还有许多抨击现实描写内心痛苦，追求精神超逸的诗篇(其
中歌行体比重甚大)，产生在这一时期，标志着"谪仙"飘逸风格的成熟。

　　安史之乱爆发，李白55岁，南奔隐居庐山。时永王李璘率水师东下，过浔阳，
邀李白入幕府。李璘兵败被杀，李白因此得罪，长流夜郎。行至巫峡，遇赦东返，年
已59岁。晚年流落江夏、金陵一带。62岁，因病依族叔当涂县令李阳冰，不久死在
那里。

　　李白一生浪迹四方，痛饮狂歌，希求建立不世功业，但他那"不屈己、不干人"、
不肯"摧眉折腰"的性格，使他无法立足政坛，"申管晏之谈"，成"廊庙之具"，只可能
成为一位俯仰天地、横绝古今的伟大诗人，这是中国文化的大幸。李白是时代的骄
子。他主要生活的时段是开元、天宝盛世。那是经济繁荣、军威强盛、思想昌明的时
代，那是外贸发达、对外文化交流频繁、胡旋舞、胡腾舞、中亚和印度音乐美术传入
并流行的时代，也是涌现"饮中八仙"、产生裴旻剑舞、张旭草书、龙门奉先寺雕塑、
吴道子王维绘画的时代。是济济多士、云蒸霞蔚的盛唐文化滋育了他，更是兼容并蓄

的文化开放精神涵溶了他，使他成为博大恢宏的时代精神的代表和昂扬进取的盛唐青春气象的化身。

李白以天马行空的盖世才华写下的大量诗作，凸显了一个自由翱翔、不可羁勒的抒情主人公形象。"天生我材必有用，千金散尽还复来"，"安能摧眉折腰事权贵，使我不得开心颜"，"黄金白璧买歌笑，一醉累月轻王侯"，"仰天大笑出门去，我辈岂是蓬蒿人"。这声音是李白独有的，这情绪又只能产生于盛唐，两者合铸成一个不朽的典型。这个典型之所以不可追摹、不可企及、不可重复、不可仿冒，在于他睥睨世俗、对抗既存秩序、冲决传统网罗、个性飞扬跋扈，在于煌煌盛世赋予他的自信力和渴望自由追求解放的精神两相结合。李白常常自比天马、长剑和大鹏："天马来出月支窟……神行电迈蹑恍惚"；"抚剑夜吟啸，雄心日千里。誓欲斩鲸鲵，澄清洛阳水"；"大鹏一日同风起，抟摇直上九万里。假令风歇时下来，犹能簸却沧溟水"，表露出不可一世的气概。有时他又自比于杰出的历史人物，如姜太公："八十西来钓渭滨……逢时吐气思经纶"；如鲁仲连："却秦振英声，后世仰末照"；如诸葛亮："鱼水三顾合，风云四海生"；如谢安石："但用东山谢安石，为君谈笑静胡沙"，这些都体现了他"济苍生、安黎元"的抱负。有时又自拟得道的神仙，骑鹤放鹿，在游仙与梦幻中抒发自己的理想、爱恶或忧思。他追求的理想是豪壮的，"如何舞干戚，一使有苗平"；他怀才不遇的愤懑也是豪壮的："我本不弃世，世人自弃我"；"大道如青天，我独不得出"；他不受礼法羁束，要冲决一切阻障的呼喊也是豪壮的、情绪强烈的："我且为君捶碎黄鹤楼，君亦为吾倒却鹦鹉洲"。他的愁是《远别离》、《蜀道难》式的豪愁，要用酒杯与朋友们同销的"万古愁"；他的悲也是豪悲："一百四十年，国容何赫然"，而现在，君王昏庸，臣子堕落，"斗鸡金宫里，蹴鞠瑶台边"。他怀的是"大国忧"，悲的是国家"失路长弃捐"，他又相信："长风破浪会有时，直挂云帆济沧海"！他晚景相当凄凉，但诗酒豪兴不减当年："去岁左迁夜郎道，琉璃砚水长枯槁；今年敕放巫山阳，蛟龙笔翰生辉光。"英迈昂扬，不见老病衰惫之气，这正是盛唐气象在他身上的投影。一个时代的蓬勃朝气、如花青春，总是短暂的、弹指即逝的，但定格在李白歌诗里的文化精神却永葆其旺盛的生命力。

"李杜文章在，光焰万丈长。"李杜二人作为盛唐诗坛的"双子星座"，惟有李白能成为盛唐气象的代表。李白的个性和禀赋，正如赵翼说的"神识超迈，飘然而来，忽然而去，不屑于雕章琢句，亦不劳乎镂心刻骨，故有天马行空、不可羁勒之势"（《瓯北诗话》）。李杜年龄相差一纪，面对不同的社会潮流和心理趋势，形成了历史的限制。李白是面向盛唐高峰前进并以胜利的姿态踏上巅峰，因而是昂扬的、高迈的、卓尔不群的、自由创造的和无所拘牵的。杜甫出庐，就碰上了诗坛鼎盛期，刚刚"一览众山小"，便背向高峰，走下坡路。"此身饮罢无归处，独立苍茫自咏诗"，浩歌长啸转瞬变为低回咏叹，因而是沉郁顿挫、重视规矩法度的。

李白诗中常用的意象有酒，有剑，有马，有月，有琴，有花，构成长天绿水、花光百里、体现盛唐光彩的诗意境界，也构成他"兴酣落笔摇五岳，诗成笑傲凌沧州"的诗化人生境界。就中最能激发生命豪情的是酒与剑。饮酒是内里的荡涤，挥剑是外部的鼓舞，写诗便成为生命力的张扬。"鸬鹚杓，鹦鹉杯，百年三万六千日，一日须倾三百杯"。酒是生命的一部分，它的作用，一是遣愁："五花马，千金裘，呼儿将出换美酒，与尔同销万古愁"；二是现实太压抑，太痛苦，只好到醉乡中去畅情："人生达命岂暇愁，且饮美酒登高楼"；三是借酒力冲开精神束缚，追求个性的自由："划却君山好，平铺湘水流。巴陵无限酒，醉杀洞庭秋"，"醉来卧空山，天地即衾枕"。在李白笔下，剑象征"路见不平，拔刀相助"的侠义意识，又代表救时济世的牺牲精神："愿将腰下剑，直为斩楼兰"，"浮云在一决，志欲清幽燕"。但有志不获展，有如剑在匣中，恨不能拔剑击柱，古人常借剑吼抒写愤懑。李白在"欲渡黄河冰塞川，将登太行雪满山"的际遇中，也有"停杯投箸不能食，拔剑四顾心茫然"的情态。但他对未来总怀有良好的愿望和信心："张公两龙剑，神物合有时，风云感会起屠钓，大人岷屼当安之。"自比于姜太公，"大人"身处坎坷，而心怀坦荡。

酒和剑的意象表现诗人桀骜不驯、超卓不凡的英豪气概，诗中的月意象则表现他真纯亲切的世俗情怀。《把酒问月》把古今人的直接感觉和理性思索用质疑的方式提了出来，诗也像月随人行一样萦回在万千读者心里："今人不见古时月，今月曾经照古人"，那么，"青天有月来几时"？为什么"人攀明月不可得，月行却与人相随"？"清风明月不用一钱买"，进而"且就洞庭赊月色，将船买酒白云边"，这"月"启迪人理解超越清寒清苦的清雅享受，理解寻找精神家园和诗意人生的重要性。月光下的李白。诗意人生表现得最为突出。他曾伴月光孤吟，深感理解自己的人不多："月下沉吟久不归，古来相接眼中稀"，这流露了他超逸不群，孤标傲世的一面。他又曾"花间一壶酒，独酌无相亲，举杯邀明月，对影成三人"，"我"与月与影三者缔结忘情世事之交，相期作云汉之游，超脱丑陋的尘世，进入人天和谐、心灵自由之境，应该说这种月文化是东方文化的一种极高境界。李白的月光里，还另有一种诗意境界、一种文化关怀。"小时不识月，呼作白玉盘；又疑瑶台镜，飞上青云端"，这天真的想象使人回忆起童年。"举头望明月，低头思故乡"，这里的"月"带着"峨眉山月"的印记使人思念家园。"我寄愁心与明月，随君直到夜郎西"，这比"隔千里兮共明月"情意更真挚，是对高尚友谊的赞颂。"跪进雕胡饭，月光明素盘。令人惭漂母，三谢不能餐"。"一醉累月轻王侯"，"欲上青天揽明月"，似乎不食人间烟火的李白，在五松山的月光下，接受一碗杂有野果的饭而向一位老媪三次拜谢，何等低首下心！虔诚的感念，表现出一种至情至性。他对汪沦、对酿酒的纪姓老人，对酒肆的小商，对妻儿，对布衣之交（如孟浩然），无不表现出这种至性至情。一面是藐视王公，"天子呼来不上船"；一面是"长安市上酒家眠"，对不入流品的市井小民和劳动者表现出脉脉温情，看起来是何等悖忤，何等矛盾，读他的诗却又何等统一。正是这些，全面构成了李白的精神家园、诗化人生和人格魅力。"太白胸次，有高出六合之气"，"可与神游八极之表"，历来论述颇多。李白诗易为读者亲近、珍爱，与他诗中充满了平民情怀与生命关切直接相关。无论他写命运、写交谊、写亲情、写日常生活，都充满了挚烈、真切、诚实的生命体验人。人们在怀乡、思亲、怀旧、交友等人际活动中，和李白某些情景类似的诗邂逅相遇，总会得到一种惊喜，引起一种共鸣，感到自己要说的东西，李白早写出了。

李白诗中还充满着与山川草木融为一体的天地自然之心。

他自称"一生好入名山游"，祖国的名山胜水，几乎都留下了他的身影；足迹所到的地方，几乎都留下了他闪闪发光的名篇，使继踵而来的诗人产生"眼前有景道不得，李白题诗在上头"的感叹。"黄河西来决昆仑，咆哮万里出龙门"，"黄河万里触山动，盘涡转毂秦地雷"。"黄河之水天上来"，"黄河如丝天际来"，李白多侧面地写了黄河风姿，后人难乎为继。李白写了庐山："庐山秀出南斗旁，屏风九叠云锦张"，"庐山东南五老峰，青天削出金芙蓉"，还写了庐山瀑布："飞流直下三千尺，疑是银河落九天"，水势惊人，笔势更惊人，后来人只好"敛手"或另辟蹊径，苏轼就避开正面描绘庐山，而写"不识庐山真面目，只缘身在此山中"了。李白写了大名鼎鼎的五岳、五湖，也写了名不见经传的小丘小溪。前者给他宽广的襟怀和巨大的气魄，创造出壮美的诗境："登高壮观天地间，大江茫茫去不还。黄云万里动风色，白波九道流雪山。"后者使他得以亲近鱼鸟花草，获得精神宁静，发现和开掘自然的幽美，写出"山花如绣颊，江火似流萤"这类的佳句。或在"洗尘颜"、"漱琼液"后获得精神升华，确立起寻求"桃花流水窅然去，别有天地非人间"的目标。总之，山水灵氛，陶冶了诗人的性灵，庄骚诗魄，启迪了他的哲悟，使他能达到"天地与我并生，万物与我为一"的人天浑融之境。这不再是"仍怜故乡水，万里送行舟"的故国之恋，而是对有普遍意义的人类精神家园的追寻，对人生存在意义与精神归宿的追寻。

李白常用的诗体是五七言古体，很少用格律严格的律体，大概与他性喜自由、不受拘束有关。关于社会政治的思考、历史、人生的感慨多用五古，《古风五十九首》是其代表。表达愤激的忧思，奔放的才情多用七古，就中成就最高的是七言乐府歌行。因这一体裁篇幅长、容量大、长句短语错综，舒卷自如，适于在波澜壮阔的场景上抒写理想或鞭笞邪恶。最能体现李白纵横恣肆风格的诗，如《远别离》、《蜀道难》、《梁甫吟》、《将进酒》、《行路难》、《战城南》、《日出入行》，都是乐府，再如《梦游天姥吟留别》、《西岳云台歌赠丹丘子》、《庐山谣赠卢侍御虚舟》、《答王十二寒夜独酌有怀》、《宣州谢朓楼饯别校书叔云》、《江夏赠韦南陵冰》，虽未用乐府题，但精神风貌和乐府歌行是一致的。试看《日出入行》：

> 日出东方隈，似从地底来。历天又复入西海，六龙所舍安在哉？其始与终古不息，人非元气，安得与之久徘徊！草不谢荣于春风，木不怨落于秋天。谁挥鞭策驱四运？万物兴歇皆自然。羲和！羲和！汝奚汩没于荒淫之

波？鲁阳何德，驻景挥戈？逆道违天，矫诬实多。吾将囊括大块，浩然与溟涬同科！

诗从太阳东升西落，万古不息，引出生命短暂易逝的感慨，提出是谁驱日月运行、主宰万物命运的疑问。答案是一切出之自然。违背自然是悖谬的，自己的选择则是：顺应自然即能与天地万物融为一体，获得精神的永恒。诗中二、四、五、七言直至十一言、十三言交错并用，又有散文句法，参差历落，自由流畅，一气下注，与顺应自然的内容配合得天衣无缝。再如《宣州谢朓楼饯别校书叔云》：

弃我去者昨日之日不可留，乱我心者今日之日多烦忧。长风万里送秋雁，对此可以酣高楼。蓬莱文章建安骨，中间小谢又清发。俱怀逸兴壮思飞，欲上青天揽明月。抽刀断水水更流，举杯销愁愁更愁。人生在世不称意，明朝散发弄扁舟。

起笔突兀，两句以排句各十一字的长句形式，如排山倒海般倾泻出内心的苦闷和不平，然后又突然转到眼前景象的抒写，进而论及汉魏文章风格，进而又抒写对理想的向往，忽然又转至追求理想受阻的苦闷与遁世的幻想，感情激荡迸发，结构大开大阖，变化无序，飘然而至，忽然而去，恰是诗人狂放不羁性格的诗化。

李白受道家返朴归真的审美观的影响和大自然的陶冶，诗歌语言清新自然，任情率真，浑朴天成。用他自己的话来说就是"清水出芙蓉，天然去雕饰"。李白诗还以七言绝句盛称于世，其七绝多体现这种语言特点。如《山中与幽人对酌》：

两人对酌山花开，一杯一杯复一杯。

我醉欲眠卿且去，明朝有意抱琴来。

又如《横江词》的"郎今欲渡缘何事，如此风波不可行"，《客中作》的"但使主人能醉客，不知何处是他乡"，语言都平易自然，朴实无华，更表现出一种毫无世故的天真，掏心的直率。前文说李白诗表现了至性至情，也和他这种语言风格分不开。

李白诗歌的永恒魅力，来自他"不屈己、不干人"、"戏万乘如僚友，视俦列如草芥"的傲岸品格，来自他仙风道骨、充满浩然奇气的"谪仙人"形象，来自他高洁、磊落、阔大、超迈的胸襟，来自他敢于冲决俗世种种束缚的勇气，来自他贴近平民的朴素情怀和人际关爱，来自他鲜灵、活泼、使人喜闻乐见的风格技巧，也来自他无拘无碍、狂歌痛饮、对"活着"意义的深入发掘。他不曾"求田问舍"取得恒产，也没有谋衣求食的恒业，他的全部生活就是遍游名山大川、求仙访道、交朋接友、饮酒赋诗。只有写诗，才是他一生的事业；诗，就是他的生命；他以诗进，以诗退，用诗呼喊．因诗获罪，数十年荣辱进退生死，莫不与诗密切相关。因此，李白的人生，就是身在浊世而神游八极的"诗化人生"。

多少年来，生活在浊世的中国百姓在感到不平、失望和痛苦时，常常能在李白诗篇中找到共鸣和慰藉。人们认识到：李白蔑视权贵、狂放不羁、遗世独立的人格魅力，代表了世代中国人理想中的独立人格形象；李白一生对自由的追求，道出了世代中国人渴望自由的心灵诉求；李白以诗酒生涯构筑的原本虚幻的生存方式，也成了世代中国人超越现在苦难、寻求精神家园的一种寄托。总之，李白以独特的品格及其"诗化人生"方式，丰富我们的想象，抚慰我们的心灵，让我们感动，助我们宣泄，使我们振奋以至起舞和翱翔，在某种程度上给我们建构了精神家园。这也许就是为什么在严苛的礼教束缚下苦苦挣扎的世代中国人如此尊崇和热爱李白的根本原因吧。

李白长安三年是狂放不羁的，"昔在长安眠花柳，五侯七贵同杯酒。气岸遥凌豪士前，风流肯落他人后？"在野史笔记中，却平添了玄宗降阶相迎、御手调羹，李白醉写吓蛮书，贵妃捧砚、力士脱靴这类有趣而夸大了的情节。在传说中，李白的死也被渲染得浪漫神奇：在一个凄清的月夜，乘醉于当涂县采石矶入水中捉月而死。这充满诗意的浪漫联想，恰是人们为李白续写的诗化人生。在人们心目中，他是不能病苦而死的。人们把他塑造成美好的文化象征，说明他在文化史和文学史上有多么特殊的历史地位。

第三节　成一代诗史　开无数法门："诗圣"杜甫

奉儒守官的家风，圣贤人格的追求：杜甫的人生起点——长安十年与战乱流离：从功利关怀到伦理关怀——个人悲辛与民族危苦相结合："诗史"式的现实主义抒情——完成形象化的唐帝国没落史：前期杜诗的成就——升华至审美关怀和生命关怀之境：后期杜诗的成就——感情沉郁盘旋、风格遒劲苍凉、意蕴曲折难穷：后期杜诗的艺术贡献——"未见有知音"：杜甫晚年的深沉喟叹

杜甫和李白在唐代诗坛双峰并峙。杜甫也曾为开元盛世所鼓舞，荡起"一览众山小"的豪情，也曾以"白鸥没浩荡，万里谁能驯"的姿态，抒发"致君尧舜上，再使风俗淳"的理想。唐朝急促地从顶峰跌落，时代不可再把杜甫塑成李白式的"天马"和"谪仙"，只能在"飘飘何所似，天地一沙鸥"的境遇中，坚持现实主义的创作道路，又在不息的探求和变新中完善创作方法，发展审美的理想。正因为他一生都探求创作新路径，才确立了他至高至卓的文学地位。

杜甫（712～770），字子美，河南巩义人。生在一个"奉儒守官"、兼有诗歌创作传统的家庭里，这对养成他积极入世的价值观，成为终生以诗歌关注国计民生的伟大现

实主义大师，有着深远的影响。不少研究者把杜甫的生平分为四个时期，即读书与壮游期；困守长安期；战乱流离期和飘泊西南期。

其实大而别之，宜将其创作生涯划为前后两大段落。通常所讲的第一、二、三期是他创作生涯的前一大段落，主要表现为功利关怀和伦理关怀；通常讲的第四期，是他创作生涯的后一大段落，主要表现为深切的生命关怀和审美关怀。

34岁以前的杜甫，"读书破万卷"，"诗看子建亲"，主要目的是应试，有很强的功利性。漫游江南山水，放荡齐赵大地，结识李白、高适，为此后的创作奠定了基础，这是第一期。由于考试落第，35岁往长安谋职，一去困居十年，是为第二期。"朝叩富儿门，暮随肥马尘，残杯与冷炙，到处潜悲辛"，心怀功业之念而到处碰壁。在长安应考时，奸相弄权，欺上压下，他开始察知社会黑暗，进而对上层集团的腐败荒淫，下层百姓苦于赋役有所认识，写出了《兵车行》、《丽人行》、前后《出塞》等诗。表明他由个人的功名追求转到了伦理的关怀，这时他笔下表现君臣、父子、兄弟、夫妇、朋友关系的诗增多，逐渐挤掉了以往嗟贫诉病的篇章。在被称为十年总结的《咏怀五百字》里，他接触到了伦理的各个方面。"穷年忧黎元，叹息肠内热"，主要还是由于"上感九庙焚"。他预感到的地方藩镇跋扈将酿成巨大的社会动乱，果然在天宝十四年冬爆发了。安史之乱爆发后杜甫进入生平第三期，战乱中，他全家都在流亡的人群里，历尽磨难，勉强在鄜州安顿下来。听说肃宗即位于灵武，为了君臣大义他离家投奔行在，中途被叛军截获，拘系长安数月。后冒死逃出，奔往肃宗驻地凤翔，被授左拾遗。不久因直言救友，触怒肃宗，放回鄜州探视妻儿。肃宗返京，杜甫也回长安任职。旋因新贵与旧臣的摩擦，他被外调为华州司功参军，从此永别朝廷。次年，关辅大饥，政局混乱，他决然弃官，由华州奔秦州，又移同谷，均难以久住，于是踏上艰难的蜀道，辗转跋涉，至成都才得驻足。这一期，时间不过四年(44～48岁)，经历却曲折丰富，无论是所受流离之苦痛，所遭人事关系之复杂，所见社会疮痍之严重，所历自然环境之恶劣，均非长安十年所可比拟，因之，笔下的诗作也由生活的磨难而焕发光彩，给唐代诗坛增添了新的内容和新的表现方法。由于杜甫始终坚持忠君立场，关注君、亲、师、友等多种社会关系的调整和梳理，落脚在"下悯万民疮"，体现了"亲亲而仁民"的孔孟之道，所以他得到了"诗圣"的誉称。倒过来，我们从"诗圣"称号里可以察知，杜诗的社会关怀是宗法伦理性的。在社会大动乱中，有人以"一饭未尝忘君"的忠挚悃忱，忧国恤民，揭露时弊，自然容易引起轰动效应。这一期的诗，如《北征》、"三吏三别"、《洗兵马》等，都得到很高的评价，甚至被视为纪念碑式的作品。

第一、二、三期是杜诗现实主义形成、发展和成熟的时期，成熟的主要标志，一般认为是杜甫完成了一部"诗史"。杜诗紧贴现实，反映安史之乱前后四分之一世纪的大小历史事件，展现了唐帝国由开元天宝盛世跌落下来、日甚一日地走向没落的整个过程，并揭示封建制社会由盛转衰的某些普遍规律，成为形象化的唐帝国没落史。诗中所提供的社会历史状况，特别是战争、动乱的画面以及各地百姓的生存状态，各类人物的遭际和精神面貌，一般史书不可能表现得那样生动形象、惊心动魄。其所以能生动形象，是因为杜诗提炼了日常生活事象，精选了有特征的细节构筑意境；更可贵的是杜诗描写了多种人物形象：皇帝贵妃、公侯卿相、文人学士，以至田父征夫、伐竹人、煮盐工、三峡船夫、负薪女、采蕨女、无食无儿的寡妇，呻吟流血的伤兵……这些构成生动丰富的现实图景，或为主角，或为配角，演出一幕幕历史的活剧。其所以能惊心动魄，在于坚持了诗的抒情原则，努力表现创作主体的独特体验与强烈激情，先是自己被震撼，然后才撼动人。杜诗涉及玄宗、肃宗、代宗三朝有关政治、经济、军事以及人民生活中的重大问题，但从未正面叙述史实，只是紧随时局变迁不断地写出自己对大小社会事件的体验。清人浦起龙的《读杜心解》指出："少陵之诗，一人之性情，而三朝之事会寄焉者也。"这就是说，王朝大事是通过个人感受来反映的。《咏怀五百字》、《北征》等诗反映帝王将相的动态，各种社会势力的互相牵制和消长，揭示社会分配的不公，关心战争胜负与国运，这些都是通过诗人行程中所见所感侧面表现的，是在写家务事、儿女情中带出来的。《羌村》、《述怀》、《彭衙行》等，写自己奔逃流离的苦况和归家安顿后的仓惶涕泪，而重大事变、重大主题也就在其中了。如《羌村》之一：

> 峥嵘赤云西，日脚下平地。柴门鸟雀噪，归客千里至。
> 妻孥怪我在，惊定还拭泪。世乱遭飘荡，生还偶然遂。
> 邻人满墙头，感叹亦歔欷。夜阑更秉烛，相对如梦寐。

　　游宦的人活着回到了家，妻儿竟惊怪不已，以为是在梦里。兵荒马乱中能留下性命何等不易，动乱造成的惨况可以想见。写个人辛酸，反映出整个民族的危苦，这就是杜诗既是自传、又是社会史的原因。安史之乱，从酝酿到发动，从干戈扰攘到勉强平定，从人口锐减、白骨堆山到诸多后遗症，杜诗都生动真实地表现出来，不是用大部头著作，而是用数百首诗，积零为整，构造"诗史"。这是他不倦探索如何反映现实的结果。他非常重视以虚显实，从侧面着笔写正面。哥舒翰潼关桃林之役，损兵达二十万，杜甫只是在警告其他将领时挂下这笔历史账。陈陶、青坂战败，写成《悲陈陶》、《悲青坂》，长安沦陷后，满目凄凉，写了《哀江头》、《哀王孙》，都不是记录战役、描述城垣宫苑破败画面，而把重点放在自己的"感"和"哀"上，写的是抒情诗，而非史志。他还善用推己及人的手法折射时代，比如写强忍旅食京华的悲辛回到家中，"入门闻号咷，幼子饿已卒"。他的家庭受祖先庇荫，享有"生常免租税，名不隶征伐"的特权，遭遇尚且如此，无权的黎民处境如何，可以推想得到。杜诗现实主义的特点，就是以小见大，积零为整，以虚显实，推己及人。一言以蔽之，就是选择有代表性的生活片断，概括同类事物的本质，广泛深刻地反映社会世相。如"三吏三别"较少流露主观情怀,《石壕吏》写一老妪被抓去服役,青壮男子之被征,生产力之遭破坏,均能想见。其他如新婚从军,垂老别家,老兵归来无家又复出去,人民遭遇痛苦之深巨,生活之濒于绝境,不言而喻,这都表现了现实主义的力量。

经过千难万险来到成都的杜甫,进入生平的第四期,即漂泊西南时期。从49岁至59岁(760~770)逝世,为时11年,这是他创作生涯的后一大段落,也是往往被人忽视,未能给予应有的高度评价的重要段落。

在成都,他得到朋友的各种帮助,在浣花溪畔建起草堂,栽竹植树,经营药圃,兼种芋粟以自养,本想就此安居乐业,但灾难接连进袭。茅屋为秋风所破,还可咬牙挺住。蜀中军阀发动叛乱,"谈笑行杀戮,溅血满长衢",迫不得已又流亡梓州、阆州。祸患暂平、他打算回河南或襄阳,适逢好友严武受命返蜀任节度使。杜甫又在成都呆了下来。严武推荐他任节度参谋、检校工部员外郎,这是他第二次任公职,"杜工部"之名由此而来。不久,严武病故,杜甫失去依靠,携家人离开草堂,乘舟东下。"五载客蜀都,一年居梓州",漂泊西南的前半阶段结束了。江行经忠州、云安,漂泊到夔州。淹留期间,迁移几处,仍似种药卖药为生。夔州气候恶劣,地势封闭,与外界联系困难,大历三年(768)春离夔出峡,在江陵、公安各滞留数月后,年底由岳阳入洞庭湖,往来于长沙、衡阳、耒阳之间。兵马使臧玠在湖南作乱,杜甫晚年又逃难一次:"愧为湖外客,看此戎马乱。中夜混黎氓,脱身亦奔窜"。除逃难外,杜甫基本上是以一只小舟做生命的依托,"亲朋无一字,老病有孤舟",更被多种疾病缠绕。大历五年冬,天寒风紧,呼吸困难,杜甫已无力在贫困和孤寂中挣扎,死在湘江的船上,地点当在长沙与岳阳之间。他死前还在船上写作,汗流被体,依然眷顾故土,关注国事,生涯悲惨而壮气不磨。

杜甫现存全部诗作为1458首,而仅在这一期的11年中,诗作超过千首,占他全部诗作的73%。其中大部分是近体的律、绝,有不少排律和拗体。仅从体式看,杜诗大有新的追求和表现。若从审美内涵、风格和创作路数考察,杜诗发生了巨大的蜕变——换骨脱胎的变化。他散放生命的余热,化作西南天地间的彩霞,使这一期成为他创作的转化和多样化时期,大丰收时期,更是高峰和高潮期,其生命就在高潮中悲惨地落幕。

进入成都,有几年较为安定的日子,时与田父过从,得享田园之乐。锦江碧流,西岭白云,柴门月色,幽树花香,莺歌燕语,蝶戏鱼游,大自然以其和平宁静的美,抚慰诗人饱经丧乱的心。诗人此时有较多的闲暇静心领略田园草木的风味,因而诗中比前此的伦理美多了一种自然美、闲适美,如《水槛遣心》:

　　去郭轩楹敞,无村眺望赊。澄江平少岸,幽树晚多花。细雨鱼儿出,微
　　风燕子斜。城中十万户,此地两三家。

这一类的五律，多有表现自然生态的妙联："圆荷浮小叶，细麦落轻花"；"芹泥随燕嘴，蕊粉上蜂须"；"黄鹄翅垂雨，苍鹰饥啄泥"，没有对动植物的仔细观察，没有对生命之韵的关注与发掘，是无法写出这些诗句的。再看七绝《江畔独步寻花》之六：

> 黄四娘家花满蹊，千朵万朵压枝低。
> 留连戏蝶时时舞，自在娇莺恰恰啼。

又《绝句漫兴》之三：

> 孰知茅斋绝低小，江上燕子故来频。
> 衔泥点污琴书内，更接飞虫打着人。

这些诗，写花写鸟，极为传神。在七律中，不但有自然风景画，更有人间风情画，如《江村》和《客至》。《江村》云：

> 清江一曲抱村流，长夏江村事事幽。
> 自去自来梁上燕，相亲相近水中鸥。
> 老妻画纸为棋局，稚子敲针作钓钩。
> 但有故人供禄米，微躯此外更何求？

此际，诗人对名利地位已经"无求"，可以一心关注草木虫鱼，早期的功利追求，这时化为一种生命关怀。除上列的一些诗，《春夜喜雨》以及后来写的《缚鸡行》是这种趋向的代表。又有《秋野》："盘飧老夫食，分减及池鱼"，被杨伦、沈德潜评为"物我一体"，当然属于生命关怀。由此继进，诗人有深一层的探究："水深鱼极乐，林茂鸟知归"；"江山如有待，花鸟更无私"，这是以物观物和以我观物，到"水流心不竞，云在意俱迟"，则在物我浑融中获得了普遍的哲理体验。在成都遥望中原，杜甫还写有一些含有政治感慨的诗作，并融入哲理主题，应当说比之前一大段所写的纯粹伦理政治诗，是开了新生面的。

李杜都是盛唐诗艺的集大成者。盛唐人解决了六朝以前状物（形似）与言志分割的问题，使主体与客体能互相渗透，造成情景交融、形神兼备、虚实相生的境界，酿出雄浑高华、意境浑成、气象阔大、大吕黄钟般的诗美风范。但行之既久，便产生了习套。古体诗多有事件的发展过程展示，以有线索的人事场景导出定向化的情思；近体诗，尤其律诗多是开头交代、中间排比、结尾揭底的"排球三传式"结构，读前面便知道了后面，难收一以当十之效。大历年间，时代进入中唐，杜甫已届晚年，李白、高适、王维皆已去世，他不肯安于创作现状，不满足已有成绩，回首诗坛，感到盛唐风范也存在不足，要以衰朽之年改变创作路径，开始新的艺术追求。还在成都观画时，他就提出"咫尺应须论万里"，作诗要酝酿"远势"，体式要缩小，内涵要宏阔。杜甫逝世之前，即漂泊西南的后半段，流寓夔州短短两年，作诗数量大增，他著名的七律大都产生于此时，诗风沉郁顿挫、遒劲苍凉、博丽深闳，每首诗都有曲折而难以穷尽的意蕴，试看作于至夔州当年(766)的《秋兴八首》之第一首：

> 玉露凋伤枫树林，巫山巫峡气萧森。
> 江间波浪兼天涌，塞上风云接地阴。
> 丛菊两开他日泪，孤舟一系故园心。
> 寒衣处处催刀尺，白帝城高急暮砧。

诗中描写巫山巫峡的秋声秋色，烘托出凋伤肃飒、萧条阴晦、天日难见、动荡不安的环境气氛，令人感到秋气扑面惊心，既吐露了诗人晚年深切哀婉的乡愁，又寄寓了伤国伤时的勃郁之愤。颈联中，"他日泪"与"丛菊"，"故园心"与"孤舟"，本不相联属，但经过有意组合，则显出新奇拗折，给人留下了丰富的想象空间，从而体现出晚期杜诗善于使用跳跃和不确定的意象以营造难言气氛的高超技巧。

《秋兴八首》是一个艺术整体，这组诗以身居巫峡的"我"为核心，以心系故国家园为贯串线，织成纵横的抒情网络，展开翻腾起伏的忧思，跳跃性虽大，但首尾呼应、章法严谨、格律精工、难拆难分。组诗中诗人身在夔州，联想到长安；又由长安盛世的追忆，与满目萧条的眼前景色对比，引出今昔盛衰之感；由自己"彩笔昔曾干气象"，联想到"同学少年"，今日荣枯殊异，亲友离散，自己羁旅峡江，"白头吟望苦低垂"，引出身世之慨；政局动荡，战乱未已，忧国伤时泪，寂寞洒衣襟，想挽救国家而又不能有所作为，其中曲折，难以明言，难以尽言，只能编织丝丝缕缕的情绪，经纬成文，在低回婉转中反复咏叹。这组诗既保持了盛唐诗歌情景交融的特点，又有全新的审美趣味，说明杜甫到夔州以后比在成都有了更高的翻新出奇的自觉性。再看作于夔州第二年(767)，即逝世前四年的七律《登高》：

> 风急天高猿啸哀，渚清沙白鸟飞迴。
> 无边落木萧萧下，不尽长江滚滚来。
> 万里悲秋长作客，百年多病独登台。
> 艰难苦恨繁霜鬓，潦倒新停浊酒杯。

这首异常出色的近体抒情诗，抓住"长江"、"客居"、"秋思"这几个想象和抒怀的关键环节，使急风、高天、洲渚、沙滩、啼猿、飞鸟、落木、大江、楼台等意象，无不饱含着诗人长年飘泊、老病孤愁的酸辛和国势一蹶不振引发的愤悱。颔联和颈联都成为千古独步的名句。吟到诗末，读者便感到天地为之敛容，万物为之兴哀了。而对诗人离乡万里、久客孤凄、悲秋多惑、病痛折磨、潦倒戒酒、风烛残年、万方多难、生存艰辛这一系列苦痛悲伤的叠加，谁也要为之一掬同情之泪了。此诗格调高旷超凡，感情沉郁盘旋，词旨曲折精微，技法无懈可击，是成熟老到、臻于化境的杰作，古人盛赞为古今"七言律诗第一"（杨伦：《杜诗镜铨》），认定是"深沉莫测而精光万丈"的"旷代之作"（胡应麟：《诗薮》）。被人盛称的《咏怀古迹五首》、《诸将五首》与上文分析过的《秋兴八首》，代表了晚年杜甫在诗艺新变方面的突出成就。它们成诗于同一年（大历元年，公元766），都是七律体裁，都是组诗的规模，都以此抒肺腑之情或发大议论。这类题材，过去杜甫可能采用长篇古体来写，现在则改用七律，在严守格律的同时咏古慨今或循环往复地层层抒怀，咏古迹则鉴古观今，发议论则纵横捭阖，抒情怀则涤肠荡心，实现了他自己关于"晚节渐于诗律细"、"语不惊人死不休"的主张，达到了"别裁伪体"、"转益多师"、"凌云健笔意纵横"的高境界，为后代诗歌开启了攀登艺术巅峰的无数法门。

能说明问题的例子还有《丹青引赠曹霸》与《江南逢李龟年》。两诗分别写两位有高度成就的艺术家，过去都有过文采动人主、彩笔干气象的峥嵘岁月，而今饱经丧乱，流落南方，潦倒不堪。同时写命运跌落，表现路子并不一样，《丹青引》当年写于成都，用老写法，共40句，铺写曹霸往昔经历，眼前处境，在对比感叹中结束，虽也动人，但少余韵。《江南逢李龟年》晚年写在湖南，只有四句：

> 岐王宅里寻常见，崔九堂前几度闻。
> 正是江南好风景，落花时节又逢君。

没有按线索铺叙，跳跃的诗句间，空档很大，由读者发挥联想去补充。表现巨大的落差不用凄厉的调子，而以调侃方式出之，"嬉笑之怒，甚于裂眦"。体式虽短小，平淡中却藏着山高水深，由此可见革新诗艺的成效。

在成都，杜甫把类似"茅屋为秋风所破"的民生关怀扩展为虫鱼鸟兽的生命关怀，夔州以后，不论是伦理关怀、生命关怀，都不再追求某一焦点问题的解决，而升华到一种精神的寄托或归宿。只要"我"写着，"我"思索着君国大事，"我"忧念着亲友、众生以至万类，精神上就得到慰安。"帝户每宜通乳燕，儿童莫信打慈鸦"，挂门帘要给学飞的小燕儿留通道，劝小孩子不要任意打哺儿的母鸦，仁慈之心表现为菩萨心肠，形而下的具体关怀变成一种形而上的宗教情怀。例如忠君，他呼唤"南北东西拱至尊"，他看到众水会于夔门，竞奔而下，写"众流归海意，万国望君心"，内容还是具体可感的；到写《杜鹃》诗，精神就升华了。见到夔州山野间的杜鹃鸟，就像见到了帝王，自然地下拜："我见常再拜，重是古帝魂"。后来身体跪不下去，"今病不能拜，泪下如流泉"。儒学被称为儒教,在杜甫身上,忠君忧国,"亲亲而仁民,仁民而爱物",真的化成了宗教精神。国家的颓势已无可挽回,飘零山野的老人更起不了任何作用,但是他要日夕忧国。"不眠忧战伐,无力正乾坤",只要在忧着,精神便有所附丽,为忧国忧民而写诗本身也就成了他的终极关怀。夔州诗中,有很多是纯写情绪的,如《愁》、《闷》、《昼梦》、《有叹》、《夜》(同题的有五六首)、《晚》、《复愁》,比比皆是。《日暮》一首,被人誉为炉火纯青,其实是情绪经过过滤,进入忘我或入定之境。正因此,他处身贫瘠的山峡,健康状况日益恶化,不但诗兴不减,反而创作力越来越旺盛,两年成诗 400 多首,几乎是日课一篇,由于与外界疏隔,他的诗材除山野事物外,便是向内心开掘。其间多忆往事,他回首生平,写了《壮游》、《往在》一组自传性质的诗;他反思历史,写了《八哀》、《诸将》、《咏怀古迹》等大型组诗。至于著名的《秋兴》、《秋日夔府咏怀一百韵》、《夔府书怀四十韵》、《岁晏行》等,其社会政治价值决不在《北征》、《洗兵马》之下,思想深度则有过之。他的眼光更犀利了,空幻的祈愿少了,感情由炽烈趋向衰飒,调子由高昂转向低咽。他以诗为生命,也舍生命来作诗,燃尽生命的红烛,使沉郁顿挫的风格得以最后完成,也真正实现了他那"诗为吾家事"的格言。杜甫终于在盛唐的雄浑高华之外,另树了细思潜润、勃郁遒劲一格。与此相应,形式技巧上的追求日趋深细。《秋兴》等几大组诗以及《宿府》、《登高》、《阁夜》都是思致精密、情感浸润之作,《白帝》和《夔州歌十绝句》是律诗、绝句的拗格和变体,这些都使近体诗面目大变,让读者耳目一新。在野望低吟中,他创造了一些别有内涵的意象(如孤雁、老马),更写出了很多有独特审美意味的句子,"青惜峰峦过,黄知桔柚来""钟声云外湿"、"香稻啄余鹦鹉粒,碧梧凄老凤凰枝"。杜甫晚年,无论创作的数量,或是对真(如细节描写)、善(由伦理关怀到宗教情怀)、美的追求都跨入了新的、更高的境域,说后一大段落是高峰、高潮期、决非过誉。杜甫对自己后期的创作,同样作了极高的评价:"思飘云物外,律中鬼神惊,毫发无遗憾,波澜独老成"(《赠郑谏议十韵》)可是这种探索和追求,一些读者不易理解,杜甫叹道:"百年歌自苦,未见有知音!"直到千载之后的今天,某些文学史家还是只看重他的《兵车行》、《咏怀五百字》和"三吏三别",而未能认识他后期千余首诗思想的、哲学的、文化的、审美的价值,不但未给予崇高评价,有时还贬说它们萧疏低沉。看来,直到今天,我们还担负着为杜甫继续寻觅知音的任务呢。

第四节 诗怀祖褐 浅切平易:白居易及其诗作

局面多元化的中唐诗坛:盛唐之后的"次高潮"——"韩孟诗派"与"元白诗派"——元稹、白居易与"新乐府运动"——讽喻诗:"文章合为时而著,歌诗合为事而作"——平易晓畅的语言风格安史之乱后，唐代政治经济由盛转衰，渐渐露出下世光景。此中虽有力挽颓势的努力和"中兴"的良好愿望，但无力回天。诗坛盛唐恢宏气象一时消失，转而呈现为中唐的复杂多元，元（稹）白（居易）轻俗，韩（愈）孟（郊）横放，李贺奇谲，刘（禹锡）柳（宗元）清隽。虽不如盛唐鼎盛，但中唐还算得是诗风转换的关纽，其人才辈出，流派纷呈，俨然又是一次诗歌高潮。

中唐初期，"大历十才子"追摹盛唐，歌咏升平，冲融和雅中显出孱弱无力。李益、卢纶以边塞诗见称，仍不失盛唐余意，但终究"凄凄不似向前声"，渐现苍凉寥落。刘长卿、韦应物长于山水诗，依然显出寂寞、萧瑟。这时人们对杜甫诗逐渐有新的认识。从不同侧面延伸杜诗道路，形成了中唐的两大派别。韩愈、孟郊，发展杜诗晚期曲拗深折的一面，开出奇崛奥衍的"韩孟诗派"。韩愈关注社会民生，对自己的艰难境遇也常作不平之鸣，用词造句，力求新奇，把散文章法、句式、虚词大量引入诗中，特别好用怪诞、刺激、可惊可怖的意象，被视为唐诗的变格。孟郊一生穷困而耿介，自述饥寒，刻意渲染，化平凡为新奇，在悲鸣中见兀傲，风格寒瘦奇警，与韩愈同中有异。

白居易、元稹面对政局混乱、积弊丛生的现实，又针对大历十才子脱离现实的诗风，主张诗的内容要服从社会的需要，诗的形式要服从内容的需要，于是继承杜甫精神，倡导浅俗而切于实用的新体乐府，一些作者团结在他们周围，造成声势较大的运动，参加者通称"新乐府派"，又称"元白诗派"。元稹是新乐府的积极提倡者，有意识地宣扬"刺美现事"的乐府精神，推尊杜甫地位及其"即事名篇"的方法。创作新乐府讽喻诗，数量仅次于白居易。有些诗内容与白居易大致相同，如《上阳人》，《连昌宫词》，而艺术水平不及，诗名难免为白氏所掩。李绅在同侪中领先创作新乐府诗，惜乎作品散佚，惟余《悯农》二首，流播人间。还有"张王乐府"的作者张籍和王建，他们的乐府诗直面现实，题材广泛。张籍抒情真挚，王建诗风近于白居易。在异彩纷呈的中唐诗坛不入流派而自立门户的有刘禹锡和柳宗元。他们同时参加过永贞革新，失败后都是长期贬放偏僻州郡而志节不改，政治思想、哲学观念都是同调。白居易称刘禹锡是"诗豪"和"国手"。刘诗800余首，内容丰富，最有锋芒的是政治讽刺诗和寓言诗。柳宗元既是古文大师，又是成就突出的诗人。其山水诗与韦应物齐名，世称"韦柳"。

白居易（772～846），字乐天，原籍太原，后迁居下邽（今陕西渭南）。少时颠沛流离，十一岁离家避逃越中，常"衣食不充，冻馁并至"，以至"索米丐衣于邻郡"。贞元三年（787年），白居易来长安，呈诗顾况，顾始拒而不纳，至读"野火烧不尽，春风吹又生"句而交口称赞，遂名动长安。居长安三年，仕进无途，悄然离去，游历江苏、湖北、江西等地，贞元十六年（800年）春，经礼部试擢为甲科，十九年又以"拔萃"登科为校书郎，元和元年（806年），复应制举"才识兼茂明于体用科"入选，补周至（今陕西周至县）尉，后任翰林学士、左拾遗及赞善大夫，"十年之间，三登科第，名入众耳"。元和十年(815 年)，盗杀宰相武元衡，白居易越职奏事，遂贬为江州司马，移忠州刺史。长庆时，由中书舍人，出任杭州、苏州刺史。晚年，以太子宾客及太子少傅分司东都。官终刑部尚书。

白居易一生，以江州之贬为界分作两期。前期仕途顺利，大有壮志可为之势，遂"志在兼济"，多讽喻之作。后期屡遭挫折打击，壮志消磨，一心向佛，坚持"独善其身"，多闲适之作。

白居易，早期以弘扬儒教为己任，论诗力主为政治服务，"仆常痛诗道崩坏，忽忽愤发，或食辍哺，夜辍寝，不量才力，欲扶起之"。诗道指儒家关于诗歌的理论和要求。他继承汉乐府"缘事而发"的现实主义精神，提出"文章合为时而著，歌诗合为事而作"。诗歌须"补察时政"、"泄导人情"，"为君为臣为民为物为事而作"，"惟歌生民病，愿得天子知"。元白倡导的新乐府运动便是在上述诗论的指导下展开的。

51 岁时，白居易曾将此前创作的 1300 余首诗编为四类，一讽喻，一闲适，一感伤，一杂律。四类中，他本人最为重视讽谕诗与闲适诗，而讽谕诗正体现他兼济天下的抱负，亦与其诗论相合。

《秦中吟》十首，《新乐府》五十首，是其讽喻诗的代表作，约成于元和三至五年。这类诗广泛反映人民痛苦，并寄予同情，《重赋》、《杜陵叟》、《缭绫》等都是反映劳动人民的辛勤和痛苦，《井底引银瓶》、《母别子》等篇反映了妇女的悲惨命运，著名的《上阳白发人》则表达了对被迫断送自己青春与幸福于后宫之中的女子的同情：

> 上阳人，上阳人，红颜暗老白发新。
> 绿衣监使守宫门，一闭上阳多少春？
> 玄宗末岁初选入，入时十六今六十。
> 同时采择百余人，零落年深残此身。
> 忆昔吞悲别亲族，扶入车中不教哭。
> 皆云入内便承恩，脸似芙蓉胸似玉。
> 未容君王得见面，已被杨妃遥侧目。
> 妒令潜配上阳宫，一生遂向空房宿。
> 宿空房，秋夜长，夜长无寐天不明。
> 耿耿残灯背壁影，萧萧暗雨打窗声。
> 春日迟，日迟独坐天难暮；
> 宫莺百啭愁厌闻，梁燕双栖老休妒。
> 莺归燕去长悄然，春往秋来不记年。
> 唯向深宫望明月，东西四五百回圆……

这是白居易《新乐府》五十首中第七首，作者在标题下注云："愍怨旷也。"另有小序云："天宝五载以后，杨贵妃专宠，后宫人无复进幸矣。六宫有美色者，辄置别所，上阳是其一也。贞元中尚存焉。"诗中没有罗列"后宫人"种种遭际而取一人为典型，自叙哀怨，凄恻感人。首八句勾勒上阳宫环境与老宫女身世，定下哀叹主调。"忆昔"下八句，转入往事追忆，悲苦难禁。"秋夜长"，"春日迟"两节，以两个具体场景，极写上阳女子一生幽禁之凄怨，秋风，暗雨，残灯，空房，环境的凄凉冷落与主人公的内心寂寞孤苦相配合，叙事、抒情、写景融然无间。"莺归燕去"以下笔调貌似轻松，其实更显悲痛深沉，尾声部分，感叹讽喻，点明主旨。此诗通俗浅易，极具民歌风调，采"三三七"句式与"顶针"句法，音韵转换灵活，在唐代宫女题材诗中堪称佳作。

中唐弊政迭出，社会动乱，百姓生活被扰，"宫市"即为其一。所谓"宫市"系由宫廷派出宦官购物。宦官横行无忌，常数十人于长安东西两市及热闹街坊，以低价强购货物，甚至不给分文，实为一种公开的掠夺。白居易《卖炭翁》以一典型事例揭露之，以"卖炭得钱何所营，身上衣裳口中食"两句为诗眼，以"两鬓苍苍"突出年迈，以"满面尘灰烟火色"突出"伐薪烧炭"之艰辛，激起人们对老翁的同情，也使受掠夺者的悲惨命运更为感人。诗中不发议论更没有露骨的讽刺，是非爱憎全见于叙事，引人深思。

白居易讽喻诗主题大多专一明确，他自言，《秦中吟》"一吟悲一事"；《新乐府》"首句标其目，卒章显其志"，都阐明了这一特点。白诗语言通俗平易，有意到笔随之妙。赵翼说："其笔快如并剪，锐如昆刀，无不达之隐，无稍晦之词。工夫又锻炼至洁，看是平易，其实精纯。"白诗平易但决不平淡。时掀波澜，突出警句，如"一丛深色花，十户中人赋"（《买花》），"自古此冤应未有，汉心汉语吐蕃身"（《缚戎人》），"地不知寒人要暖，少夺人衣作地衣"（《红线毯》）等，立意新锐，讽刺刻厉。刘熙载《艺概》云："常语易，奇语难，此诗之初关也。奇语易，常语难，此诗之重关也。香山用常得奇，此境良非易到"。

江州贬后，白居易仕途蹭蹬，思想滑坡以至"换尽旧心肠"。随着政治环境日益险恶，在前期还只偶然一现的佛道思想此时逐渐滋长，抱"独善其身"的态度，为自己安排"中隐"一途。"世事从今口不言"，"少语是元亨"，以避牛李党争之祸。他力请外任，"似出复似处"，悠闲度日，此时大量"闲适诗"、"感伤诗"代替了前期"讽喻诗"。白居易诗流传最广的是感伤诗中的两首长篇叙事歌行：《长恨歌》与《琵琶行》。

从白居易讽喻诗，可以明显看出，较之一般诗人他更善于叙事，更重叙事技巧。注意交代事情本末，具体生动地描写人物外貌、心理，利用细节刻画塑造人物，突出主题，这在初盛唐高度发达的抒情诗技巧之上不可谓不是一次新的探索，即便在整个诗史上也有其特殊地位和贡献。只是其前期叙事诗艺术成就并不太高。到《长恨歌》、《琵琶行》则臻于精美之境。《长恨歌》写唐明皇和杨贵妃的爱情悲剧，被誉为"古今长歌第一"和"千古绝作"。李隆基杨贵妃都是历史人物，诗人并不拘泥于史实，而是借历史的影子，根据当时人们的传说，编织出一个宛转动人的故事，激起历代读者的感情共鸣。

故事开篇写李隆基重色、求色、终于求得了"回眸一笑百媚生"的杨氏女，次写李杨结合后沉湎于淫乐之中，朝政荒废，引出"渔阳鼙鼓动地来，惊破霓裳羽衣舞"的政治突变，同时也导致了李杨自身的爱情悲剧。在马嵬兵变、杨妃被处置、两人幽明异途之后，着力渲染李对杨的刻骨思念，成为长诗最精彩的段落。为填补相思而不得见的缺憾，由方士觅得杨氏精魂，杨氏在仙岛传话，表达天上人间坚如金钿的忠贞爱情。最后点出绵绵长恨的主题。

全诗以"恨"为焦点，以真挚缠绵之爱为主线牵动人心。尽管白居易写作时有讽刺荒淫误国的内涵，然而其情感深处，仍把李杨故事作为一个典型的爱情悲剧来歌咏，他所感染于读者的，也正在于对亘古不变的专一爱情的向往。此诗注意在叙事中抒情，故事情节与人物心理同时进展，节奏和韵律感很强，人物感情回旋上升，诗人层层渲染，情随笔深，成为千古绝唱。

《琵琶行》作于白居易贬谪江州之次年。诗写江边送客，得遇琵琶女子。诗人写到听琵琶声邀琵琶女相见，其人物情态，十分真切。写听演奏时沉浸其中，并将音乐形象转化为文学语言形象，尤为精彩。诗人感于琵琶女的自述，引出自伤自怜的感慨："同是天涯沦落人，相逢何必曾相识"，点出创作的主旨，达到了全诗最能拨动读者心弦的高潮。

《琵琶行》与《长恨歌》是诗歌史上歌行体名篇。它们叙事状物求实而不泥于实，描绘流丽而又情味隽永，发展了中国古典诗歌叙事技巧，并且流传国外，传唱不衰。诗成未久，便已是"童子解吟《长恨》曲，胡儿能唱《琵琶》篇"了。

白居易杂律诗中也有两首历来为人称道。一是他16岁时所作并因此诗名大噪的五律《赋得古原草送别》。一为七律《自河南经乱关内阻饥兄弟离散》：

> 时难年荒世业空，弟兄羁旅各西东。
> 田园寥落干戈后，骨肉流离道路中。
> 吊影分为千里雁，辞根散作九秋蓬。
> 共看明月应垂泪，一夜乡心五处同。

白居易的闲适诗内容广泛，形式多样，在开掘题材、探索艺术技艺上作出了有益贡献。

白居易在中国诗歌史上有重要地位。他与元稹一道倡导"新乐府"运动，上承汉乐府"缘事而发，感于哀乐"传统，中继杜甫现实主义精神，下开启晚唐一派诗风。白诗语言通俗平易，晓畅如话，乃盛唐诗歌高度繁荣、后人难乎为继的情况下，另辟蹊径之创造。开拓者需要勇气，同时也难免失误，因此，即使后人评白诗病在太显太露，虽激切而缺少血肉，亦不能抹杀其在诗史上的独创。

第五节　冷艳深幽　恢奇诡谲："诗鬼"李贺

呕心创作的诗坛鬼才——"长吉体"：冷艳深幽、恢奇诡谲——中唐韩孟派与李贺——"天若有情天亦老"

李贺（790～816），字长吉，昌谷（今河南宜阳）人。他是唐宗室郑王后裔，与皇族关系已很疏远。其父李晋肃官位很低，家境并不宽裕。李贺早慧，15 岁即有诗名，18 岁得到大文豪韩愈的赏识和延誉。但他的仕进途径却因避父讳而被阻塞（唐人应试极重家讳，李贺父名晋肃，"晋"与"进士"的"进"同音，他只能在社会压力下放弃进士考试）。后来在长安担任了三年奉礼郎，旋即因病辞官，27 岁去世。

李贺擅长写作乐府歌行，其诗色彩浓艳，迷离凄气，极尽夸张、雕琢、想象之能事，具有独特风味，世称"长吉体"。在张王（张籍、王建）、韩柳（韩愈、柳宗元）、郊岛（孟郊、贾岛）、元白（元稹、白居易）各大流派同时争奇斗艳的中唐诗坛上，李贺却避熟就生，刻意求新，寡心孤往，走出了一条独特的艺术之路。传说他作诗呕心沥血、惨淡经营，常常骑着驴子，背一个旧锦囊外出漫游。途中想到一句诗，就地记下来投入囊中，晚上再研墨伸纸，把白天所得的诗句写成全篇。他的诗继承了屈原以来的浪漫主义传统，又从汉魏乐府和齐梁宫体诗中吸取了营养，充分发挥自己的创造，其诗作，善用奇峭警拔、瑰丽多彩的语言，抒发强烈的爱憎感情，具有生动感人的艺术力量。天上地下，古往今来，都任他放笔驰骋。历史人物，神话传说，骏马宝剑，砚石漏鼓，以至鬼神怪异，毒蛇猛兽等等，都在他的笔下放出奇异的光彩。他不按照客观本来的样式去摹写，而爱发挥奇特的想象。在他的诗中，"羲和敲日玻璃声"（《秦王饮酒》），太阳会发出玻璃的声音；"向前敲瘦骨，犹自带铜声"（《马诗》），马骨会发出铜器的音响；"玉轮轧露湿团光"（《梦天》），月亮像车轮，它的光辉会被草地上的露水沾湿。且看他的《雁门太守行》：

　　黑云压城城欲摧，甲光向日金鳞开。角声满天秋色里，塞上胭脂凝夜紫。半卷红旗临易水，霜重鼓寒声不起。报君黄金台上意，提携玉龙为君死。

诗绘声绘色，写态传神，黑云、金鳞、秋色、红旗，色彩斑斓交映，时而号角嘹亮，时而战鼓低沉，把边塞战斗场面、守边将士的壮烈精神，扣人心弦地展现于浓墨重彩之间。又如他的《李凭箜篌引》：

　　吴丝蜀桐张高秋，空山凝云颓不流。江娥啼竹素女愁，李凭中国弹箜

篌。昆山玉碎凤凰叫，芙蓉泣露香兰笑。十二门前融冷光，二十三弦动紫
皇。女娲炼石补天处，石破天惊逗秋雨。梦入神山教神妪，老鱼跳波瘦蛟
舞。吴质不眠倚桂树，露脚斜飞湿寒兔。

以此诗与白居易《琵琶行》中急雨流泉、珠落玉盘的比喻，及韩愈《听颖师弹琴》中
的"眠眠儿女语"、"勇士赴敌场"的比喻相比较，区别是何等的明显。白、韩二人诗中
的音乐声用的是现实生活中的比喻，而李贺笔下的音乐声，却以昆山玉碎、凤凰长
鸣、芙蓉泣露作比，这就使空山凝云、江娥啼竹、石破天惊、瘦蛟起舞这一个形象鲜
明的画面，把音乐的旋律抑扬、感情变化，不断地转化为可闻可见可感可想的出神入
化的艺术境界。可谓缤彩纷呈，光怪陆离，然而却一片空幻。

描写神鬼幻境，是李贺诗最有特色、最引人注目的部分。他在诗中常以瑰丽的色
彩描写神仙的居处和生活、曲折地表达了他对现实生活的厌恶和否定。这类作品有
《梦天》、《天上谣》、《瑶华乐》、《神仙曲》、《帝子歌》、《湘妃》、《巫山高》、《贝宫夫
人》、《兰香神女庙》等。其中以《梦天》最具代表性：

老兔寒蟾泣天色，云楼半开壁斜白。玉轮轧露湿团光，鸾珮相逢桂香
陌。黄尘清水三山下，更变千年如走马。遥望齐州九点烟，一泓海水杯
中泻。

李贺通过梦游月宫，描写天上仙境，以排遣个人苦闷，天上世界是清幽和宁静
的，而俯视人间，时间是那样短促，空间又那样渺小，这首诗寄寓了诗人对人事沧桑
的深沉感慨，表现出冷眼看待现实的态度。

李贺常借诗歌潜入幽冷的冥界，与鬼魂交朋友，寻求人间得不到的温暖，表现他
那悲凄苦闷的灵魂。《感讽五首》之三写道："月午树立影，一山惟白晓。漆炬迎新人，
幽圹萤扰扰。"在这个幽灵的世界里，光明和黑暗是颠倒的，鬼炬是漆黑的，而萤火虫
的幽光已打扰了冥界的安宁。李贺的《神弦曲》借鉴《楚辞·九歌》，反映巫术盛行的世
风，写降神的场面极尽渲染之能事，写驱妖的幻境幽森怪诞。宋祁称他为"鬼才"，的
确是有道理的。

最能代表李贺"鬼才"的是他的"鬼"诗《苏小小墓》：

幽兰露，如啼眼。无物结同心，烟花不堪剪。草如茵，松如盖。风为
裳，水为珮。油壁车，夕相待。冷翠烛，劳光彩。西陵下，风吹雨。

苏小小是一位美丽的妓女。《玉台新咏》中有一首《钱塘苏小小歌》，是齐梁时的江
南民歌。歌云："妾乘油壁车，郎骑青骢马。何处结同心，西陵松柏下。"这首诗触动

了李贺的创作灵感，故拟作一首。不过原诗歌咏活着的苏小小，李贺的诗写的是死后的苏小小。全诗由景起兴，通过一派凄迷的景象和丰富的联想，刻画出飘飘忽忽、若隐若现的苏小小鬼魂的形象。一二两句写她的美丽容貌，三四两句写她在幽境中的满腔幽怨；中间六句写苏小小鬼魂的服装用具，生前是锦茵、华盖、罗裳、环珮；现在只有草茵、松盖、风裳、水珮，物是人非，徒增哀伤；最后四句写西陵下凄风苦雨景象。"翠烛"，俗称鬼火、鬼蜡烛，加一"冷"字，就体现了人的感觉，写出了人物内心的阴冷。这首诗笔笔写景，却又笔笔写人。景物既为鬼魂创造了活动的环境气氛，同时也塑造出了人物形象，使读者睹物见人。诗的主题和意境都受到屈原《九歌·山鬼》的影响。从苏小小鬼魂兰露啼眼，风裳水珮的形象上，不难找到山鬼"被薜荔兮带女萝"、"既含睇兮又宜笑"的影子；苏小小那"无物结同心，烟花不堪剪"的坚贞而幽怨的情怀，同山鬼"折芳馨兮遗所思"、"思公子兮徒离忧"的心境一脉相承；西陵下风雨翠烛的境界，与山鬼期待所思而不遇时"雷填填兮雨冥冥"、"风飒飒兮木萧萧"的景象同样凄冷。由于李贺采用的是以物拟人的手法，使苏小小比之山鬼更具空灵缥缈、有影无形的鬼魂特点。通过苏小小冥路游荡，却一往情深的形象，人们依稀看到诗人自己报国无门，却依然恪守理想和追求的影子。

《金铜仙人辞汉歌》是李贺的重要代表作。诗前有小序："魏明帝青龙元年八月，诏宫官牵车西取汉武帝捧露盘仙人，欲立至前殿。宫官既拆盘，仙人临载乃潸然泪下……"序后的原诗是：

> 茂陵刘郎秋风客，夜闻马嘶晓无迹。画栏桂树悬秋香，三十六宫土花碧。魏官牵车走千里，东关酸风射眸子。空将汉月出宫门，忆君清泪如铅水。衰兰送客咸阳道，天若有情天亦老！携盘独出月荒凉，渭城已远波声小。

汉武帝迷信神仙之术，曾在长安建章宫筑神明台，上铸铜仙人，高二十丈，大七围，手托金盘承接露水，目的是以露水和玉屑服用，求得长生。350 年后的魏明帝曹睿也想长生不老，派人去长安拆迁铜人，相传铜人因不忍辞别汉宫故地而潸然泪下。李贺作此诗时，正值贫病交加不得不辞去奉礼郎离京返洛，便以他人之酒杯，浇自己的块垒，借汉宫的荒废抒写对唐王朝国事衰败的婉叹，同时表达自己对京城、对朝廷的眷恋。全诗构思新颖，想象奇特。诗人巧妙地在金铜仙人身上倾注自己的全部感情，以铜人自喻，以汉武帝喻唐宪宗，通过铜人的遭遇表达兴亡之慨和离别之情。诗中借用了神奇的传说故事，又未拘泥于故事本身，根据需要，在头尾处增添情节，充实内容，尽情驰骋诗人的想象，此诗意象奇特，尤其重视环境的渲染，利用各种人物和景物，刻意创造出一种悲凉凄惨的气氛，造成清幽冷峭的效果。拟人化手法的运用，则更好地将作者主观之情和客观之物糅合在一起，不仅含意丰富，而且深沉感人。此诗比喻奇妙，用词精到，造语奇峭而妥帖，尤其是"衰兰送客咸阳道，天若有情天亦老"二句，更是设想奇伟，意境高远，感情深挚，被司马光称为"奇绝无对"遂成千古传诵名句。"酸风射眼"一类句法，亦为后世诗家词人常常借用或化用。

李贺的诗歌创作，意象虚幻荒诞，思维跳跃跌宕，结构不拘常法，语言奇峭冷艳，他有意打乱人们所习惯的思维程式，忽视客观事物的固有特征和理性逻辑，并以此来凸显创作主体的情绪、感觉和幻觉，为中国诗歌开辟了一种新的美学追求。因此可用"冷艳深幽，恢奇诡谲"来概括他的艺术风格和特有贡献。

第六节　绮丽婉曲　清新俊逸：晚唐"小李杜"

深情绵邈、表达无可名状之情的李商隐"无题诗"——一篇《锦瑟》解人难——清新俊逸风姿绝代杜郎诗——咏夕阳、描枫叶：代表唐诗第三重境界的晚唐"小李杜"

李商隐

李商隐(812～约858)，字义山，号玉溪生，又号樊南生。原籍怀州河内(今河南沁阳)，自其祖辈起，移居郑州荥阳(今河南荥阳)。出身没落的小官僚家庭。当时政坛竞争激烈，以牛僧孺为首的政治力量称为"牛党"，以李德裕为首的另一股力量称作"李党"。李商隐19岁以文才得到牛党令狐楚的赏识，并经令狐绹推荐，25岁举进士。次年李党的泾原节度使王茂元爱其才，辟为书记，以女妻之。牛党的人因此骂他"背恩"。此后牛党执政，他一直遭到排挤，在各藩镇幕府中过着清寒的幕僚生活。他本有"欲回天地入扁舟"的抱负，却终身潦倒，得不到施展的机会。

李商隐的诗一定程度反映了晚唐时代人民生活极端贫困，政权内部危机四伏的社会现实。特别是通过对个人身世的吟咏，深刻地表现出知识分子的苦闷和悲愤。

五言古诗《行次西郊作一百韵》，是反映唐王朝自"安史之乱"至"甘露之变"近百年的历史，追溯大唐帝国由盛转衰过程的力作。诗人写他在长安西郊所见的农村景象："高田长槲枥，下田长荆榛。农具弃道旁，饥牛空死墩。依依过村落，十室无一存。存者背面啼，无衣可迎宾。"诗人又通过农民之口，陈述了贞观、开元到安史之乱后农民生活的天渊巨变。在今昔对比中，提出了仁政任贤的主张，揭示政治的治乱"在人不在天"。诗中还痛责掌权的宰相，并对当时宦官专权愤慨不满。这首诗在取材与气度上颇似杜甫的《北征》，反映出李商隐诗歌风格的另一方面。

李商隐的咏史诗，曲折表达了自己的政治见解，讽刺历史上帝王们的荒淫奢侈，引为现实的殷鉴。如《北齐》诗："小怜玉体横陈夜，已报周师入晋阳。"《隋宫》诗之一："春风举国裁宫锦，半作障泥半作帆。"讽意极为鲜明强烈。《富平少侯》："当关不报侵晨客，新得佳人字莫愁。"则用咏史暗讽耽于女色不视朝政的唐敬宗。《瑶池》诗借周穆王讽刺唐代帝王求仙寻道:"瑶池阿母绮窗开,黄竹歌声动地哀。八骏日行三万里,穆王何事不重来?"中晚唐的几个皇帝都妄想长生不老,宪宗、穆宗、文宗、武宗莫不服丹,穆宗因此丧命,文宗为了用小儿心肝合药,闹得长安满城风雨,人心惶惶。此诗就是讽刺这种现象的。有的咏史诗寄托了自己怀才不遇的感慨。如《贾生》:

> 宣室求贤访逐臣,贾生才调更无伦。可怜夜半虚前席,不问苍生问鬼神。

号称贤明的汉文帝召见贾谊,尚且不问苍生之事,诗人自己生在昏乱时代,还能指望有什么更好的出路呢!这首诗用欲抑先扬的手法,讽刺抒志的艺术效果更为强烈。

李商隐的"无题"诗,历来最为人所称道。这类诗中,有些借美人香草寄托怀才不遇之慨,有些写缠绵悱恻的爱情和相思,深情绵邈,感人至深。如《无题》:

> 相见时难别亦难,东风无力百花残。春蚕到死丝方尽,蜡炬成灰泪始干。晓镜但愁云鬓改,夜吟应觉月光寒。蓬山此去无多路,青鸟殷勤为探看。

此诗倾力抒写男女之间刻骨铭心的相思之苦。相见难得,别离益发令人感伤。用"春蚕"和"蜡炬"两个生动而贴切的比喻,使离人的痛苦之情倍增,更见诗人对爱情的坚贞。此诗象征意味极浓,能激发读者丰富的联想和情感共鸣。李商隐对妻子的爱情极为真挚。他结婚不到十二年,妻子便去世。在短暂的婚姻生活中,由于诗人到处漂泊,也不能常常团聚。《夜雨寄北》就是怀念妻子的佳作:

> 君问归期未有期,巴山夜雨涨秋池。何当共剪西窗烛,却话巴山夜雨时。

诗人跨越时间和空间写未来,盼望在重聚的欢乐中追话今夜的一切。短短四句诗明白如话,却又曲折深婉,含蓄隽永,余味无穷。

寄寓身世之感的抒情诗,在李商隐的诗集中占有相当比重。这类诗将咏物与抒情融合在一起,写得深沉蕴藉,感人肺腑。《锦瑟》是这类诗的代表作:

> 锦瑟无端五十弦,一弦一柱思华年。庄生晓梦迷蝴蝶,望帝春心托杜鹃。沧海月明珠有泪,蓝田日暖玉生烟。此情可待成追忆,只是当时已惘然。

　　"一篇《锦瑟》解人难",明代王世贞的这句诗,道出了人们深感这首诗难以训释的事实。由于是李商隐诗的名篇,千余年来爱诗者无不乐道喜吟,并饶有兴味地试图破释它。

　　此诗篇首,即以"锦瑟"这一乐器起兴。全诗短短八句,以极其朦胧含蓄的手法追叙生平、自伤身世,写尽了年华空逝、世路蹭蹬,往事千重、情肠九曲。

　　"望帝春心托杜鹃,佳人锦瑟怨华年"(金代元好问:《论诗绝句》),《锦瑟》的头两句即紧紧抓住乐器的独特结构和美妙声音来展开,告诉读者,关于"华年"的追忆乃是"诗眼"所在。中间四句,接连用典,制造出一种迷离恍惚、无限怅恨的难言情绪。第三句借《齐物论》中庄周梦蝶、醒后迷惑不解的故事,表达了佳人锦瑟、一曲繁弦、多么美妙,然而惊醒之后,不能不感叹自己由衷期待的美好情境,到头来复又迷失,一切都似梦后了无踪迹。第四句用《华阳国志》蜀王望帝化为杜鹃,每到春来便啼泣出血的典故,表达哀音怨曲勾起自己的难言情愫。如同望帝的哀伤是托之杜鹃啼泣一样,诗人美好期待的幻灭也只能托诸隐晦的诗句了。第五句以张华《博物志》所记海底鲛人泣泪成珠的传说引发联想:月本天上明珠,珠似水中明月,鲛人泣泪,颗颗明珠,而现实中的期待与追寻,就像月亮、明珠、鲛人泪一样,美好而虚幻、无法捕捉。第六句取中唐诗人戴叔伦用过的"蓝田日暖、良玉生烟"之句,继续强化朦胧虚幻,如烟似影,可望而不可即的感觉。末两句"此情"二字,与第二句"思华年"相联系,表明诗人体会到如此情怀岂待今朝回忆才成为刻骨的怅恨,即在当时已经令人不胜怅惘不堪负荷的了。

　　李商隐一生经历,有难言之痛、至悲之情,郁结中怀,发为诗句,幽伤要眇,往复低徊,万般无奈之下,除了托之朦胧幽深的诗章,又能如何呢? 他作有另一首送别诗:

　　　　庾信生多感,杨朱死有情。弦危中妇瑟,甲冷想夫筝。

　　可见筝瑟之曲,常系乎生死哀怨之深情。因而,我们循着这样的思路推断,《锦瑟》乃是诗人以平生留下巨大缺憾的爱情感觉为主要依据、融合自己的全部人生经验和泪写出的一首抒情诗,诗中呕吟悲凉苦恨,自伤命途多舛,甚至含有生离死别之痛,这大约是不会十分离谱的。

　　李商隐站在晚唐诗坛的巅峰之上,他的诗继盛唐诗、中唐诗之后,开创了唐诗的第三重境界。也就是说,盛唐时代李白、杜甫代表了唐诗的第一重境界,中唐时代韩愈、白居易代表了唐诗的第二重境界,晚唐时代李商隐、杜牧则代表了唐诗的第三重境界。

　　李商隐诗的艺术贡献,突出地表现出为寄情深微、意蕴婉曲、词旨隐约而又意象丰美、缠绵悱恻而又难得确解，尤其是他的"无题诗"（《锦瑟》也可归入"无题"一类），自辟蹊径，沉博绝艳，独擅胜场，为后世吟咏无可名状之情开辟了一种出人意表的境界。以诗来表达深沉幽微、细腻隐曲的感情，李商隐的成就几乎是难以超越的，再要往前推进，这一任务就要留待五代以后大为兴盛的、风格上要眇宜修、蕴藉宛转的新文学体式——"词"来完成了。

杜牧

杜牧（803～852），字牧之，京兆万年（今陕西西安）人，宰相杜佑的孙子。26岁举进士，因秉性刚直，被人排挤，辗转江淮间作了十年幕僚。36岁为京官，后又出为黄州、池州等地刺史。再次入京为司勋员外郎，官终中书舍人，卒年50岁。为人刚直有奇节，志在经世，外甥裴延翰为他编辑《樊川文集》二十卷，诗文合为450首。

杜牧生于晚唐多事之秋，他的最高理想是恢复大唐帝国的繁荣与昌盛，因此，他很注意研究财赋兵甲等国家大政。他的古诗多反映其经邦济世的抱负和忧国忧民的情怀。然而，他又十分清楚，唐帝国大势已去，谁也无力回天，所以在生活上又有放任自达、不拘小节的一面。

杜牧的家庭出身、生活阅历和性情特点，决定了他思想敏锐，情怀旷达，诗风清新俊逸。与李商隐相比，他们虽然都十分注重学习杜甫沉郁顿挫的诗风和严谨而富于变化的诗律，但杜牧在咏史方面的成就更为突出。他尤其擅长用七言绝句来指点江山、直抒胸臆，字里行间锋芒毕露而又诗意深浓。如有感于三国时代的英雄成败，以地名为题的怀古咏史之作《赤壁》：

> 折戟沉沙铁未销，自将磨洗认前朝。东风不与周郎便，铜雀春深锁二乔。

发生于东汉末年的赤壁之战，对三国鼎立的历史形势起了决定性作用。诗篇开头借一件古物来兴起对前朝人物事迹的慨叹，后两句议论，只选择了当时的胜利者周瑜和赖以取得战争胜利的外部条件东风，从反面落笔，假想如曹操取胜，东吴著名美女大乔和小乔就要被关在魏国都城的铜雀台上，成为曹操的笼中之雀了。这种对历史上兴亡成败的关键问题所发表的独创性议论，出语警拔，含意深远，讽刺委婉，耐人寻味。杜牧论史绝句的这种形式，颇为后世文人推崇和效仿。

杜牧借历史题材讽刺帝王的荒淫，议论政治的得失，别有一种更为深刻的批判力。如《过华清宫三绝句》，写于白居易的《长恨歌》流行之时，组诗通过世人所熟知的唐明皇杨贵妃故事，含蓄而又无情地讽刺了晚唐帝王们醉生梦死的享乐生活。其创作意图与他不满"宝历大起宫室、广声色"而作《阿房宫赋》是完全一致的。诗云：

> 长安回望绣成堆，山顶千门次第开。一骑红尘妃子笑，无人知是荔

枝来。

　　新丰绿树起黄埃，数骑渔阳探使回。霓裳一曲千峰上，舞破中原始
下来。

　　万国笙歌醉太平，倚天楼殿月分明。云中乱拍禄山舞，风过重峦下
笑声。

面对世风败坏的社会现实，亡国没落之兆已触目惊心，诗人既无能为力，也只好借古讽今了。

　　杜牧的咏史诗中，有一类通过对历史英雄人物的歌颂，间接表达了他建功立业的宏愿和报国热忱。如《题木兰庙》：

　　弯弓征战作男儿，梦里曾经与画眉。几度思归还把酒，拂云堆上祝
明妃。

　　花木兰是传说中北魏时女扮男装、代父从军的英雄。诗的前两句是北朝民歌《木兰诗》诗意的高度概括，第三句发挥想象，精心刻画木兰的内心世界，末句出人意表的引出自请和番的王昭君。木兰和昭君同为女性，她们来到塞上，一个从军，一个和亲，处境和动机固然有别，但同样是为了纾国家之急难。而此等大事竟然由女儿家来担当，自不能不令人感慨系之。

　　杜牧的咏史诗善于选择最有代表性的事件加以形象生动的渲染，往往有深沉的感染力。被沈德潜誉为唐人七绝压卷之作的《泊秦淮》，可为代表：

　　烟笼寒水月笼沙，夜泊秦淮近酒家。商女不知亡国恨，隔江犹唱后
庭花。

　　陈后主耽于声色，终于亡国。《玉树后庭花》便被后人看作是亡国之音。诗人目睹秦淮夜景，两岸舞榭歌楼，一派烟月朦胧，笙歌不绝于耳，伤时忧国之情难以压抑，谴责郁愤之感自然流出。这一切正是晚唐衰败之势的真实写照，而一个较为清醒的士大夫对国家社稷的深深忧虑，也尽在其中了。

　　杜牧在七绝的写作上有着独特的成就，除咏史之外，抒情写景，无不才气俊爽、思致活泼。如妇孺皆知、脍炙人口的《江南春》：

　　千里莺啼绿映红，水村山郭酒旗风。南朝四百八十寺，多少楼台烟
雨中。

《清明》：

> 清明时节雨纷纷，路上行人欲断魂。借问酒家何处有，牧童遥指杏花村。

《寄扬州韩绰判官》：

> 青山隐隐水迢迢，秋尽江南草木凋。二十四桥明月夜，玉人何处教吹箫。

清人刘熙载说："杜樊川诗雄姿英发，李樊南诗深情绵邈"（《艺概·诗概》）。此论准确道出了李商隐和杜牧二人诗风的各自特点。小"李杜"的诗作，犹如双峰并峙，矗立在晚唐诗坛上。两位诗人各有一首意境颇为相同的名作，在晚唐这一时代的大背景上，有着英雄所见略同、异曲同工之妙。且看：

李商隐的《登乐游原》：

> 向晚意不适，驱车登古原。夕阳无限好，只是近黄昏。

杜牧的《山行》：

> 远上寒山石径斜，白云生处有人家。停车坐爱枫林晚，霜叶红于二月花。

"夕阳无限好"，那是一个多么美丽的黄昏呵，人们似乎能够感觉到那习习的清风，那满天燃烧着的晚霞；"霜叶红于二月花"，多么亮丽绚烂的景象，人们似乎看到，经霜的枫叶在秋日阳光映照下，红于春花。当读者沉浸在李商隐和杜牧创造出来的美好意境之中，惊叹于两位诗国高手对大自然的极其敏锐的感悟力和表现力的时候，不知是否想到，黄昏是黑夜的序曲，而霜叶则是枯枝的前奏。李商隐和杜牧对在黄昏和霜叶的礼赞中透出的依依之情，不正是他们以其特有的敏感，对行将灭亡的大唐帝国，所献上的最后的颂歌吗？

唐代灭亡前夕，文人绝望于国事时局，诗多商音。韦庄写"伤时伤事更伤心"，杜荀鹤写"眼前何事不伤神"，感伤成为普遍心态。但仍有少数人能继承新乐府精神，反映民生疾苦，讽刺政治黑暗，给唐诗抹上了一道余霞，冲淡了衰杀惨淡之气。皮日休作《正乐府十篇》，在理论和实践上都与元白传统沟通，具有强烈的战斗性。罗隐长于讽刺诗，其诗有的辛辣，有的尖刻，谐谑中表现出批判性。聂夷中、杜荀鹤都能反映民生病苦，揭露官吏贪暴，聂长古体，杜擅七律，写来都爱憎分明，富于情感。

［作品选读］

张若虚

　　春江花月夜

陈子昂

　　感遇·丁亥岁云暮（存目）

孟浩然

　　过故人庄（存目）

　　临洞庭赠张丞相

王维

　　渭川田家（存目）

　　山居秋暝（存目）

王之涣

　　凉州词（存目）

王昌龄

　　闺怨（存目）

　　出塞（存目）

高适

　　燕歌行（存目）

岑参

　　走马川行奉送封大夫出师西征（存目）

　　白雪歌送武判官归京（存目）

李白

　　行路难

　　蜀道难（存目）

　　将进酒（存目）

　　宣州谢朓楼饯别校书叔云（存目）

　　长干行（存目）

　　宿五松山下荀媪家（存目）

杜甫

　　哀江头（存目）

　　羌村三首（存目）

　　新婚别（存目）

　　茅屋为秋风所破歌（存目）

　　秋兴八首（存目）

　　登高（存目）

　　登岳阳楼

孟郊

　　游子吟（存目）

柳宗元

　　登柳州城楼寄漳汀封连四州刺史（存目）

元稹

　　织妇词（存目）

白居易

　　轻肥（存目）

　　上阳白发人（存目）

　　长恨歌（存目）

　　琵琶行（存目）

　　钱塘湖春行

韩愈

　　山石

刘禹锡

　　竹枝词（存目）

　　西塞山怀古

李贺

　　梦天（存目）

　　雁门太守行（存目）

温庭筠

　　商山早行

杜牧

　　过华清宫（存目）

　　泊秦淮（存目）

李商隐

　　安定城楼

　　锦瑟（存目）

　　无题·相见时难别亦难（存目）

　　筹笔驿（存目）

　　无题·昨夜星辰昨夜风（存目）

　　无题·凤尾香罗薄几重（存目）

　　无题·飒飒东风细雨来（存目）

春江花月夜①

张若虚

　　春江潮水连海平，海上明月共潮生②。滟滟随波千万里③，何处春江无月明！江流宛转绕芳甸①，月照花林皆似霰⑤；空里流霜不觉飞，汀上白沙看不见⑥。江天一色无纤尘，皎皎空中孤月轮。江畔何人初见月？江月何年初照人？人生代代无穷已，江月年年望相似⑦；不知江月待何人，但见长江送流水。白云一片去悠悠，青枫浦上不胜愁⑧。谁家今夜扁舟子⑨？何处相思明月楼⑩？可怜楼上月徘徊⑪，应照离人妆镜台。玉户帘中卷不去，捣衣砧上拂还来⑫。此时相望不相闻，愿逐月华流照君。鸿雁长飞光不度，鱼龙潜跃水成文⑬。昨夜闲潭梦落花，可怜春半不还家。江水流春去欲尽，江潭落月复西斜。斜月沉沉藏海雾，碣石潇湘无限路⑭。不知乘月几人归，落月摇情满江树⑮。

【注释】

①《春江花月夜》：乐府《清商曲·吴声歌》旧题，创始于陈后主。后主与宫中女学士及朝臣唱和为诗，《春江花月夜》是其中最艳丽的曲调。现存歌辞，最早的有隋炀帝杨广所作二首。

②春江潮水二句：写月初时的景象。月亮从地平线升起，就好像从浪潮中涌出一样。海，指宽阔的江面。张若虚是扬州人，本诗所描写的背景当为其故乡长江下游。

③滟(yàn)滟：动荡闪烁的样子。里，一作"顷"。

④芳甸(diàn)：春天的原野。郊外之地叫做甸。

⑤霰(xiàn)：雪珠。这里用来形容在洁白的月光照耀下的花朵。

⑥空里二句：言月光笼罩空间，铺满大地。上句以霜拟月，描绘月色朦胧流荡，故用"流霜"。下句写月沙一色。汀(tīng)，水边沙地。

⑦望：一作"只"。

⑧青枫浦：一名双枫浦，在今湖南省浏阳市浏阳河中。这里泛指遥远荒僻的水边之地。

⑨扁舟子：飘荡江湖的客子。

⑩明月楼：指月夜楼中的思妇。

⑪可怜句：曹植《七哀》："明月照高楼，流光正徘徊。上有愁思妇，悲叹有余哀。"徘徊，此处用来表月影移动。

⑫卷不去、拂还来：意谓月色带着离愁渗进思妇的心头，无法排遣。

⑬鸿雁二句：上句仰望长空，下句俯视江面，都是写夜景寂寞，望月怀人的心情。说"鸿雁"、说"鱼"，取鱼雁传书之意。"龙"是因"鱼"连类而及。乐府《饮马长城窟行》："客从远方来，遗我双鲤鱼。呼儿烹鲤鱼，中有尺素书。"雁足传书，事见《汉书·苏武传》：苏武出使匈奴，被囚于北海无人处，音讯断绝。后来汉朝派人交涉，要求把他放回，诡言皇帝在上林苑射猎，得雁足系书，知道了苏武的住处。这样，苏武得以归汉。

⑭碣石句：碣石，山名，在今河北省。潇湘，水名。潇水源出湖南宁远县九嶷山。湘水源出广西兴安县海洋山。二水在湖南永州市合流，称为潇湘，北入洞庭湖。这里以碣石指北，潇湘指南，极言相距之远。

⑮落月句：缭乱不宁的别绪离情，伴随着残月余辉散落在江边的树林里。

【评点】

此诗被闻一多先生誉为"诗中的诗，顶峰上的顶峰"(《宫体诗的自赎》)，千余年来使无数读者为之倾倒。作者张若虚一生仅存两首诗，也因此诗"孤篇横绝，竟为大家。"《春江花月夜》为乐府"清商曲辞"中"吴声歌曲"之旧题。据传曲调创自陈后主。陈后主曾与宫中女学士及朝臣相互唱和作诗，《春江花月夜》是其中最艳丽的曲调。张若虚旧题新作，脱去六朝宫体的脂粉之气，突破狭小局促的境界，使旧题焕发出耀目的光彩。它既非单纯模山仿水的景物诗，也非"羡宇宙之无穷，哀吾生之须臾"的哲理诗，也不是仅仅于儿女私情的爱情诗。作者将诗情、画意、哲理融为一体，凭借对春、江、花、月、夜五美共聚的景色描画，尽情礼赞大自然的奇丽，讴歌人间纯洁的爱情，把对游子思妇的同情心扩大开来，与对人生哲理的追求、对宇宙奥秘的探索结合起来，从而汇成一种情、景、理水乳交融的幽美而邈远的意境。诗作语言清浅流畅，音韵圆转回旋，清丽要眇，全诗轻笼一种人生渺茫、世事如烟的怅惘。

临洞庭湖赠张丞相①

孟浩然

八月湖水平②，涵虚混太清③。气蒸云梦泽④，波撼岳阳城⑤。欲济无舟楫，端居耻圣明⑥。坐观垂钓者，徒有羡鱼情⑦。

【注释】

①张丞相：即张九龄。题一作《临洞庭》。

②湖水平：八月秋水大涨，显得平满，与天相接。

③虚：元虚，即构成天地万物的元气。太清：犹言太空。《文选》左思《吴都赋》刘渊注："太清，谓天也。"

④气蒸句：意谓洞庭湖附近都在水气笼罩之中。古云梦泽范围很广，是现在湖北省南部、湖南省北部一带低洼之地的总称。

⑤波撼句：宋人范致明《岳阳风土记》："盖（岳阳）城居湖东北，湖面百里，常多西南风，夏秋水涨，涛声喧如万鼓，昼夜不息，漱齿城岸，岸常倾颓。"可与此比较参看。

⑥欲济二句：以上句兴起下句。意谓想渡洞庭湖而没有舟楫；犹之欲出仕而无人援引。《论语·泰伯》："邦有道，贫且贱焉，耻也；邦无道，富且贵焉，耻也。"端居句本此。端居，犹言独处，闲居。圣明，圣明时的略文。古代认为皇帝圣明，则社会安定，圣明时即太平时。生在太平时代，而不能有所建树，所以感到愧耻。是有志不得展示的委婉说法。

⑦坐观二句：从上文延伸而来，表示自己愿意出仕。言外之意，希望得到张丞相引荐，不要使这种愿望落空。《淮南子·说林训》："临河而羡鱼，不如归家织网。"徒，一作"空"。

【评点】

此诗虽为干谒诗，却写得委婉得体，不卑不亢。作者几番到长安求仕，"朝朝空自归"。此次回到襄阳后，南游洞庭，面对浩淼湖水，不禁激起用世壮志，故写此诗赠张九龄求荐。这在唐代已成一般知识分子登科出仕的必要手段。诗中孟浩然托兴观湖，表达自己积极用世的理想和希望政治上得到援引的心情，是孟诗中气象较为开阔宏大的一首。全诗境界阔大，气象雄浑，音节响亮，对比鲜明，可谓状难状之景如在眼前。

行路难①

李　白

金樽清酒斗十千，玉盘珍羞直万钱②；停杯投箸不能食，拔剑击柱心茫然③。欲渡黄河冰塞川，将登太行雪满山④。闲来垂钓碧溪上，忽复乘舟梦日边⑤。行路难，行路难！多岐路⑥，今安在?
长风破浪会有时⑦，直挂云帆济沧海⑧。

【注释】

①这诗是天宝三载(744 年)李白离开长安时所作。原作三首，这是第一首。《行路难》，乐府
《杂曲歌辞》旧题。

②珍羞：珍贵的菜肴；羞，同"馐"。直：同"值"。

③停杯二句：鲍照《拟行路难》："对案不能食，拔剑击柱长叹息。丈夫生世会几时，安能蹀躞
垂羽翼?"此化用其意。箸，筷子。茫然，渺茫而无着落貌。

④欲度黄河二句：比喻人生道路中的事与愿违。鲍照《舞鹤赋》："冰塞长川，雪满群山"。

⑤闲来垂钓二句：古代传说：姜尚未遇周文王时，曾在磻溪(今陕西宝鸡市东南)钓鱼；伊尹见
汤之前，梦乘舟过日月之边。这里把两个典故合用，表示人生遭遇的变幻莫测。

⑥岐路：岔路。岐，通"歧"。

⑦长风破浪：比喻宏大的抱负得以抒展。刘宋宗悫少时，叔父宗炳问其志，答曰："愿乘长风
破万里浪。"(见《南史·宗悫传》)会：当。

⑧云帆：指航行在大海里的船只。因天水相连，船帆好像出没在云雾之中。

【评点】

此诗为李白所写三首《行路难》中的第一首，约写于天宝三载离开长安之时。取乐府《杂曲歌辞》
旧题，在题材，表现手法上受鲍照《拟行路难》的影响，但却青出于蓝而胜于蓝。诗起首四句写友人
怀着深厚情谊设盛宴为被"赐金还山"的李白饯行，历来"一饮三百杯"的李白，这次却端杯又停杯，
举筷又放筷，拔剑欲舞以助兴，却又四顾茫然。这一连串动作表明诗人内心的极度苦闷抑郁。在李
白的政治生活和人生遭际中，他又一次面临着冰塞黄河，雪满太行的困境。然而诗人决不自甘消
沉，在茫然心绪中忽然想到两位历经坎坷而终于有所作为的人物：姜尚和伊尹。姜尚九十岁在磻溪
钓鱼，得遇文王；伊尹在受汤聘前曾梦见自己乘舟绕日月而过。诗人深受鼓舞，尽管前路崎岖，歧
途种种，诗人相信总有一天他能够乘长风破万里浪，勇渡沧海，抵达理想的彼岸。结尾忽开异境，
唱出乐观昂扬的调子，见出谪仙人超迈之本色。

登岳阳楼①

杜　甫

昔闻洞庭水，今上岳阳楼。吴楚东南坼，乾坤日夜浮②。亲朋无一字，老病有孤舟③。戎马关
山北④，凭轩涕泗流。

【注释】

①这诗作于大历三年(768 年)冬。时杜甫漂泊在江湘一带。岳阳楼，在巴陵县(今湖南岳阳市)
西门上，开元中张说所建，下临洞庭，为游览胜地。

②吴楚二句：上句谓洞庭湖天然把吴楚分开。今我国湘、鄂、皖、赣、江、浙一带，古为吴、
楚二国地。洞庭在楚之东、吴之西。坼(chè)，裂。下句谓洞庭水势浩大，日月似出没其间。《水经
注·湘水》："(洞庭)湖水广圆五百余里，日月若出没于其间。"乾坤，此指日月。

③老病句：这年杜甫 57 岁。除原患肺病外，又患风痹症，左臂偏枯，右耳已聋。他出蜀后，

未曾定居，全家都在船上飘荡。

④戎马句：言北方战争未息。这年郭子仪将五万兵马屯于奉天(今陕西乾县)，防备吐蕃。

【评点】

此诗为历代传诵的写洞庭湖的名作。首联以"昔闻""今上"起联，用极其自然的对偶句，表明诗人登临渴慕已久的胜地所产生的愉快心境。颔联"吴楚"紧接着一气贯下，以沉雄健硕的笔力描写洞庭湖浮天动地，裂楚分吴的气势，骇目惊心。与孟浩然《临洞庭湖赠张丞相》中"气蒸云梦泽，波撼岳阳城"相比，虽都大气涵浩，然细较又有区别：孟诗写景涵泓中见平大，杜诗写景锤炼处见壮阔；孟诗景语虽与老杜各有千秋，但综观全篇，后半孱弱，头重脚轻，稍见缺憾，而杜诗更深沉博大，国愁家恨，浩浩而来，与洞庭波浪兼天、水势浑浩之象合一，首尾相称，通篇浑茫。沈德潜说："孟襄阳三四语实写洞庭，此(即此诗)只用空写，却移他处不得，本领更大。"(《唐诗别裁》)从全诗看，确有他人无法得及之处。清黄白山曾总评此诗："前半写景如此阔大，五六自叙如此落寞，诗境阔狭顿异，结语凑泊极难。转出'戎马关山北'五字，胸襟气象一等相称，宜使后人搁笔也。"(引自高步瀛《唐宋诗举要》)

钱塘湖春行①

白居易

孤山寺北贾亭西②，水面初平云脚低③。几处早莺争暖树，谁家新燕啄春泥④。乱花渐欲迷人眼，浅草才能没马蹄⑤。最爱湖东行不足，绿杨阴里白沙堤⑥。

【注释】

①这诗是长庆二至四年(822～834年)，白居易任杭州刺史时所作。钱塘湖：《太平寰宇记》：江南东道杭州钱塘县："西湖在县西，周回三十里，源出武林泉，郡人仰汲于此，为钱塘之巨泽。山川秀丽，自唐以来，为胜赏之处。"咸淳《临安志》卷三十三："西湖在郡西，旧名钱塘湖。"

②孤山寺句：点明春行的起点。孤山在西湖中后湖与外湖之间，山上有孤山寺，陈文帝天嘉(560～566年)初年建。贾亭，一名贾公亭。《唐语林》卷六："贞元(785～804年)中，贾全为杭州(刺史)，于西湖造亭，为贾公亭，未五六十年，废。"

③水面句：总揽湖面烟景。云脚，雨前或雨后接近水面的云气。

④几处二句：写早春湖上的蓬勃生意。莺曰"早"，燕曰"新"；是"几处"而非处处，说"谁家"而非家家；映带生姿，既表现了报春莺燕的活泼，也反映了探春诗人的欣喜。

⑤乱花二句：续写春景。"乱花"、"浅草"是所见景，"渐欲"、"才能"仍紧扣早春之意。马蹄，则点明诗人信马东行，为下二句"湖东"之游作引。

⑥最爱二句：是春行终点。行不足，言流连忘返，游兴未阑。白沙堤，即白堤，又称断桥堤(白居易在杭州时，曾修堤蓄水，以溉民田。其堤在钱塘门之北。后人误以白堤为白氏所筑之堤)。西湖三面环山，中贯白堤和苏堤(后宋苏轼任杭州太守时所修)，把湖面划成里湖、外湖，后湖三部分。白堤在湖东一带，登此能总揽全湖之胜。

【评点】

此诗系白居易任杭州刺史时所作。历来为人传诵，与苏轼名作《饮湖上初晴后雨》同为咏西湖的名诗。此诗的妙处不在于对景物穷形极态的工致刻画，而在于即景寓情，写出了融和怡人的春天以其自然春景引发于诗人的感受。这种感受细腻而富代表性，作者所选极精巧而又典型，故能由点而面，同时亦由面而点。方东树评曰："象中有兴，有人在，不比死句。"(《续昭昧詹言》)全诗流荡运转，"行"字贯穿其中而转换不见痕迹。正如薛雪《一瓢诗话》所言：乐天诗有"章法变化，条理井然"之结构特点。此二者，加上音节的圆美自如，便现出白居易七律诗流荡轻快的总体风格。

山　石①

韩　愈

山石荦确行径微②，黄昏到寺蝙蝠飞。升堂坐阶新雨足，芭蕉叶大栀子肥③。僧言古壁佛画好，以火来照所见稀。铺床拂席置羹饭④，疏粝亦足饱我饥⑤。夜深静卧百虫绝，清月出岭光入扉⑥。天明独去无道路，出入高下穷烟霏⑦。山红涧碧纷烂漫⑧，时见松枥皆十围。当流赤足踏涧石，水声激激风吹衣。人生如此自可乐，岂必局束为人靰⑩？嗟哉吾党二三子⑪，安得至老不更归⑫！

【注释】

①这诗是贞元十七年七月韩愈在洛阳北惠林寺所作。

②荦确(音落壳)：险峻不平貌。微，窄狭。

③升堂二句：意谓到寺之后，进入客堂，看阶前风景。阶下的芭蕉和栀子，因为得到充足的雨水，长得异常肥大。上句的"新雨足"贯下句而言。栀子，茜草科常绿灌木，夏日开花。按：肥字用俗得奇，前此杜甫有句"红绽雨肥梅"，用法相同；后来苏轼又有句"雨入松江水渐肥"，用来形容江水，则承而能变。

④羹饭：泛指饭菜。

⑤疏粝(lì)：粗糙的食品。粝：糙米。

⑥清月句：这是下弦月，所以半夜才出山。光入扉，月光穿过门户，照进室内。

⑦天明二句：写清晨独行在烟云迷茫的深山中。无道路，辨不清楚道路。出入高下，走出了这个山谷，又进入了那个山谷，一上一下，时高时低。穷，尽。烟霏，流动的烟云。

⑧涧：两山之间的溪流。纷：繁盛。烂漫：光彩照人貌。

⑨枥：同栎，植物名，壳斗科落叶乔木。

⑩岂必句：在这之前，韩愈都是过着幕僚生活，俯仰随人，故有此感。局束。犹言局促、拘束。为人靰，为别人所控制。靰，套在马口上的缰绳。

⑪吾党二三子：指和自己志同道合的那些朋友。暗用《论语》"吾党之小子狂简"与"二三子以我为隐乎"二语。

⑫不更归："更不归"的倒文。

【评点】

此诗是历来争诵的名诗。虽名《山石》，却并不歌咏山石，而是一首叙写游踪的记游诗。它汲取了游记文中的笔法，按行程记写所见所闻所感，是一篇诗体山水游记。此诗笔力矫健意境雄浑，而又韵致清新，诗意盎然，即使在韩诗中亦为别调。此诗极受后人重视，影响深远。苏轼与友人游南溪，解衣濯足，朗诵《山石》，慨然知其所以乐，因而依照原韵，作诗抒怀。他还写过一首七绝："荦确何人似退之，意行无路欲从谁？宿云解驳晨光漏，独见山红涧碧诗。"诗意、词语都从《山石》化出。金代元好问《论诗》诗曾云："有情芍药含春泪，无力蔷薇卧晚枝。拈出退之《山石》句，始知渠是女郎诗。"他在《中妙集》中曾有过解说："予尝从先生学，问作诗究竟当如何？先生举秦少游《春雨》诗为证，并云：此诗非不工，若以退之芭蕉叶大栀子肥之句校之，则《春雨》为妇人语矣。"当然"女郎诗"亦未见得不好，关键还是境界高下。所以薛雪在《一瓢诗话》中又批评元好问："先生休诎女郎诗，山石拈来压晚枝。千古杜陵佳句在，云鬟玉臂也堪师。"

西塞山怀古①

刘禹锡

王濬楼船下益州②，金陵王气黯然收③。千寻铁锁沉江底，一片降幡出石头④。人世几回伤往事⑤，山形依旧枕寒流⑥。今逢四海为家日⑦，故垒萧萧芦荻秋⑧。

【注释】

①西塞山：在今湖北省大冶市东，是长江中流要塞之一。《水经注·江水》："江之右岸有黄石山，水径其北，即黄石矶也。……山连延江侧，东山偏高，谓之西塞。东对黄公九矶，所谓九圻者也。于行小难，两山之间为阙塞。"三国时，西塞山一带成为吴国境内重要的江防前线。诗题一作《金陵怀古》。

②王濬句：《晋书·王濬传》"濬字士治，弘农湖人也。……拜益州刺史。武帝谋伐吴。诏濬修舟舰。濬乃作大船连舫，方百二十步，受二千余人。以木为城，起楼橹，开四出门，其上皆得驰马来往。……太康元年(280)正月，濬发自成都(攻吴)。"晋益州州治在今四川省成都市。王濬，一作"西晋"。

③金陵句：意谓吴国亡国之象立见。《太平御览》卷一七〇引《金陵图》云："昔楚威王见此有王气，因埋金以镇之，故曰金陵。秦并天下，望气者言江东有天子气，凿地断连冈，因改金陵为秣陵。"

④千寻铁锁二句：写王濬水军突破吴国江防，直抵金陵，孙皓投降事。《王濬传》："吴人于江险碛要害之处，并以铁锁横截之。又作铁锥。长丈余，暗置江中，以逆距船。先是羊祜获吴间谍，具知情状。濬乃作大筏数十，亦方百余步。缚草为人，披甲持杖，令善水者以筏先行。筏遇铁锥，锥辄著筏去。又作火炬，长十余丈，大数十围，灌以麻油，在船前。遇锁，燃炬烧之。须臾，融液断绝，于是船无所碍。……濬自发蜀，兵不血刃，攻无坚城，夏口、武昌，无相支抗，于是顺流鼓棹，径造三山。……濬入于石头。(孙)皓乃备亡国之礼，素车白马，肉袒面缚，衔璧牵羊，大夫衰服，士舆榇，……造于垒门。濬躬解其缚，受璧焚榇，送于京师。"石头，城名，在今江苏省江宁县西石城山。《三国志·吴志·吴主传》："建安十六年(211)，(孙)权治秣陵。明年，城石头，改秣陵为建业。"《元和郡县志》"石头城在(上元)县西四里，即楚之金陵城也。吴改为石头城。建安十六年，吴大帝修筑，以贮财宝军器，有成。"

⑤人世句：意谓建都金陵，雄踞江东而终于亡国的，不仅东吴而已。

⑥山形句：与上句相承相对，谓唯山河依旧，于人世沧桑，饱历而漠然置之。

⑦今逢句：意谓全国统一，归一个朝廷统治。《史记·高祖本纪》："天子以四海为家。"

⑧故垒：《元和郡县志》卷二十五："贺若弼垒在(上元)县北二十里。……韩擒虎垒在(上元)县西四里。隋平陈树碑。"

【评点】

《唐诗纪事》卷三十九记述："长庆中，元微之、（刘）梦得、韦楚客同会乐天舍，论南朝兴废，各赋《金陵怀古》诗。刘满引一杯，饮已即成，曰'王濬楼船下益州，……'白公览诗，曰：'四人探骊龙，子先获珠，所余鳞爪何用耶？'于是罢唱。"本诗起于南朝兴废之议。中唐以来，藩镇拥兵自重，破坏了国内的和平统一。元和初年，李绮就曾据江南东道叛乱。刘禹锡在此诗中，嘲弄了在历史上曾经占据一方，但终于覆灭的统治，面对当时正在抬头的割据势力和骄奢腐败的唐王朝来说，历史是镜子，此诗亦镜子。此诗艺术上的妙处，在于将历史的兴亡与哲理的沉思，融进开阔苍莽的景象中。词意流转而气象宏伟。风格上体现了中唐七律注重理念提炼，格律音调更趋于流动宛转酣畅淋漓的特点。方观丞评此诗曰："前半专叙孙吴，五句以七字总括东晋、宋、齐、梁、陈五代，局阵开拓，乃不紧迫。六句始落到西塞山，'依旧'二字有高峰堕石之捷速。七句落到怀古，'今逢'二字有居安思危之遥深。八句'芦荻'是即时景，仍用'故垒'，终不脱题。此拼结一片之法也。至于前半一气呵成，具有山川形势，制胜谋略，因前验后，兴废皆然，下只以'几回'二字轻轻兜满，何其神妙！"(方世举《兰丛诗话》引)屈复亦评曰："前四句上就一事言，五以'几回'二字括过六代，繁简得宜，此法甚妙。"(《唐诗成法》)

商山早行①

温庭筠

晨起动征铎②，客行悲故乡③。鸡声茅店月，人迹板桥霜④。槲叶落山路，枳花明驿墙⑤。因思杜陵梦，凫雁满回塘⑥。

【注释】

①唐文宗开成四年（839 年）秋，温庭筠尚在长安应京兆府试，不第而归。这诗或作于此时。商山，在今陕西省商州市东南。

②动征铎（duó）：驿站中响起了催促行人起身赶路的铃铎声。铎，大铃。

③悲故乡：思念故乡。《史记·高祖本纪》："游子悲故乡。"

④鸡声二句：写始发凄清景象，似从顾况《过山农家》"小桥人渡泉声，茅檐日午鸡鸣"变化而来。

⑤槲叶二句：上句承上写过村桥，上山路，点题"商山"；下句写回首驿站所见景色，因天色尚昏暗，故白色的枳花显得特别分明。枳，木名，春生白花。按：前此韩愈《李花赠张十一》诗"白花倒烛天夜明"，后郑谷《旅寓洛南村舍》"月黑见梨花"，均同此意。

⑥因思二句：回忆长安。按：温庭筠在长安时，曾寓居杜陵，集中有《鄠杜郊居》。此写郊居景物。一说：凫雁满塘，比喻小人充满朝廷。凫，野鸭。

【评点】

此诗历来为人传诵，特别是诗中的三四两句。欧阳修《六一诗话》云："(梅)圣俞语余曰：'诗家虽率意，而造语亦难。若意新语工，得前人所未道者，斯为善也。必能状难写之景如在目前；含不尽之意见于言外，斯为至矣。……'余曰：'状难写之景，含不尽之意，何者为然？'圣俞曰：'作者得于心，贤者会以意，殆难指陈以言也。虽然，亦可略道其仿佛：若严维'柳塘春水漫，花坞夕阳迟'(《酬刘员外见寄》)，则天容时态，融和骀荡，岂不如在目前乎？又若温庭筠'鸡声茅店月，人迹板桥霜'，贾岛'怪禽啼旷野，落日恐行人'(《暮过山村》)，则道路辛苦，羁愁旅思，岂不见于言外乎?'"朱承爵亦曰:"'鸡声'二句,欧阳公甚嘉其语,故自作'鸟声茅店雨,野色板桥春'以拟之。"明李东阳则在《怀麓堂诗话》中进一步分析道:"'鸡声茅店月,人迹板桥霜',人但知其能道羁愁野况于言意之表,不知两句中不用一二闲字,止提摄出紧关物色字样,而音韵铿锵,意象具足,始为难得。若强排硬叠,不论其字面之清浊,音韵之谐舛,而云我能写景用事,岂可哉!"显然"音韵铿锵"、"意象具足"当为一切好诗的必要条件,而李东阳又把这两点作为"不用闲字"的从属条件提出,更清楚地说明了温庭筠此诗的艺术特色。

安定城楼①

李商隐

迢递高城百尺楼,绿杨枝外尽汀洲②。贾生年少虚垂涕③,王粲春来更远游④。永忆江湖归白发,欲回天地入扁舟⑤。不知腐鼠成滋味,猜意鹓雏竟未休⑥。

【注释】

①唐文宗开成三年(838年),李商隐试博学宏词,落选,客游泾州(今甘肃省泾川县),寄居在他岳父泾原节度使王茂元的幕中,郁郁不得意。这诗是登楼感怀之作。《蔡宽夫诗话》载:王安石晚年喜吟此诗五六两句,以为"虽老杜无以过。"安定城楼,唐泾州又称安定郡,安定城楼即泾州城楼。

②汀州:指泾水岸边沙地和水中洲渚。汀,水边平地。

③贾生句:贾生,即贾谊。《汉书·贾谊传》:"于是天子议以谊任公卿之位,绛、灌、东阳侯、冯敬之属尽害之,曰:'雒阳之人,年少初学,专欲擅权,纷乱诸事。'于是天子后亦疏之。"汉文帝六年(前174年)贾谊上疏陈时事,开头三句云:"臣窃惟今之事势,可为痛哭者一,可为流涕者二,可为长太息者六。"忧时念国,而无可奈何,故云:"虚垂涕。"这句的"贾生"和下句的"王粲"是作者自比。

④王粲句:王粲,字仲宣,山阳高平(今山东省邹城市)人。东汉末,北方大乱,流浪至荆州依刘表。他曾登当阳(今湖北省当阳市)城楼,作《登楼赋》。

⑤永忆两句:意谓自己所以赴博学宏词科,并非贪图富贵,而是想做出一番回旋大地的事业,等到年老发白,然后乘扁舟归隐江湖。下句暗用范蠡乘扁舟泛五湖事,表明心迹。启下二句。

⑥不知两句:《庄子·秋水篇》:"惠子相梁,庄子往见之。或谓惠子曰:'庄子来,欲代子相。'于是惠子恐,搜于国中,三日三夜。庄子往见之曰:'南方有鸟,其名为鹓雏,子知之乎?夫鹓雏发于南海,而飞于北海,非梧桐不止,非练实不食,非醴泉不饮。于是鸱得腐鼠,鹓雏过之,仰而视之曰:'吓'!今子欲以子之梁国吓我耶?"猜意,猜疑。鹓(yuān)雏,凤一类的神鸟。暗示自己虽婚于王氏,实无门户之见,不料被令狐楚一党所猜忌、排斥,因而下第。故用此典以抒愤。

【评点】

赴考未第,名落孙山,诗人之心与贾谊上书同悲,王粲避乱荆州,暂依刘表,作者远赴泾州,入王茂元幕府,均属寄人篱下。登最高之楼,览万千气象,谁人能不感慨中生?此诗之妙在前半低回徘徊中忽开异境,在一片哀叹中翻然振作,发为惊世响字之浩唱。永忆江湖,言身怀淡泊名利之心;欲回天地,说怀抱建功立业之志。五六两句成为千古名联。气势跌宕,深情磅礴,为王安石所赞赏。李慎行亦谓之:"细赏之,大有杜意。"此说极是。此联锤字坚实,结响凝固,确得杜律三昧。

第四章 抉刻入里 意新语工
——诗格求新变异期(古代诗文化·下)

诗家率意而造语亦难。若意新语工,得前人所未道者,斯为善也,必能状难写之景,如在目前,会不尽之意,见于言外,然后为至矣。

——梅尧臣

有第一等襟抱,第一等学识,斯有第一等真诗。如太空之中,不着一点,如星宿之海,万源涌出;如土膏既厚,春雷一动,万物发生。

——沈德潜

第一节 气骨偏胜 思理见长:独辟蹊径的宋诗

唐音向宋调的转变——西昆体——欧阳修和他领导的北宋诗文革新运动——黄庭坚和江西诗派——"唐宋皆吾师"——集宰相与诗客为一身的王安石——诗坛的一代之雄:苏轼——民族灾难深重时代的最强音:陆游的爱国诗篇

一、唐宋皆伟大 各成一代诗

诗歌经唐人的经营和开拓,无论反映现实的广阔生动,诗境、诗艺的丰富圆熟,拥有读者面的广泛,影响生活的深度,都凌越前人,而使后来者难于为继。蒋士铨在《辨诗》中说:"宋人生唐后,开辟真难为。"这"难为"是多方面的,宋朝的国势、国力就远不及唐代。"盛唐气象",宋人难望其项背。当宋诗从晚唐五代诗屡弱狭窄的巷道中穿行出来准备腾跃的时候,面临的乃是积贫积弱、内忧外患交并而至的局面。饱读经史的士大夫积极探讨拯衰救弊的途径。有人倡导救治改革,范仲淹的庆历新政、王安石的熙宁变法,先后掀起轩然大波。配合前者,欧阳修向先儒传注发难,开疑古惑经风气,主张经学"本于人情"、"切于事实"。影响所及,有陆九渊的"六经注我",而非"我注六经"。配合后者,王安石创荆公新学,推行《三经新义》。影响所及,有陈亮、叶适经世致用的事功之学。有人为加强中央集权,寻求恢复儒学一统的尊荣地位,努力吸收禅道妙理(包括思维、修养的方法),创立理学,推行格物致知、穷理尽性的治学路径。不论这些是促进思想的开放,还是强化精神的桎梏,但都有助于养成宋人喜好思索的习惯,使宋代成为重理致、重气骨的时代,造成以义理为特征的宋学的彬彬之盛。与此同时，人们不能不考虑，诗文如何在政治、文化的新变中起推进作用。诗歌领域，风光几被唐人占尽。生在诗的"黄金时代"之后的人们，面临这样的抉择：是捧着祖先留下的金饭钵收前人余唾，墨守成规，炫耀往昔的阔绰，还是自出机杼，披荆斩棘，另辟蹊径？

宋初半个多世纪，诗歌笼罩在晚唐五代的余风里，王禹偁学白居易，倡为白体（或乐天体），林逋、潘阆、魏野学姚合、贾岛，流行为晚唐体。这些流于浅俗，西昆体出现，以奥雅侈丽矫之。西昆派学李商隐，艺术上有创新追求，但堆砌雕琢太甚，流于艰涩，脱离生活，为世所诟病。平庸的宋人确有因袭和模仿的惰性，但有志气的宋人，坚定地选择了"难为"的革新之路。既要救晚唐五代以来的衰弊，也要改变和发展盛唐诗的审美范式，自立门庭。一种艺术风范"通行既久，染指遂多，自成习套"（王国维《人间词话》）。衰极要变，盛极也不能不变。唐诗在盛唐诸大家的黄钟大吕、金声玉振之后，渐渐露出窘态。"诗情缘境发"（僧皎然：《诗式》）成为定式，出现了主题雷同、意象重复、格律圆熟的现象。如表现今昔盛衰之感：

> 只今门前镜湖水，春风不改旧时波。（贺知章）
> 庭树不知人去尽，春来还发旧时花。（岑参）
> 宫女如花满春殿，只今难见鹧鸪飞。（李白）
> 只今唯有西江月，曾照吴王宫里人。（李白）

盛唐人这样写，中晚唐还是"旧时王谢堂前燕，飞入寻常百姓家"，"多情只有春庭月，犹为离人照落花"，"无情最是台城柳，依旧烟笼十里堤"，学盛唐人学得再像，也是"能言鹦鹉"，不变不行。再如感别则曰南浦、春草，相思则曰红豆、锦书，归隐则曰竹篱、柴荆，旅寄则曰飞蓬、飘萍。韩愈之所以高呼"陈言务去"，"辞必己出"，正由于他痛切地感到了老调子不能再唱下去。其实杜甫早就觉察到这个问题。他是盛唐诗集大成者，盛极则反，不待别人来拨正，他晚年以多病之身，改弦更张。"晚节渐于诗律细"，浓缩感情画面，使意象密集，加强诗的多义性、反思性，又冲破格律，以拗怒矫圆熟，以变异求生新，试把他在夔州写的《秋兴》、《登高》、《诸将》和前面的《醉时歌》、《佳人》对比一下，便见唐音宋调之别。叶燮《原诗》认为改变唐风的鼻祖是韩愈，这不够确切。韩愈虽然大变唐风，但他是后来者，鼻祖或先驱应推杜甫。在杜甫的影响下，与韩愈同时或后起的孟郊、白居易、李贺、李商隐、杜牧都在诗风新变中起了推波助澜作用。白居易新乐府派继承杜甫关注现实的精神，走了追求平易浅俚、贴近世俗的路径。韩孟派包括李贺走了杜甫晚期更新意象，以奇拗矫圆熟的路径。李商隐学了杜甫晚期律体的深细性与多义性，杜牧继承杜甫的忧国忧民情怀，两人都发展了杜甫咀嚼历史的反思精神。唐音向宋调的转变，和艺术审美避陈旧、喜生新有关，更与忧国感时、反思历史的精神相表里。唐末五代，文人的注意力不在战场而在情场，不在马上而在枕上，对社会的思考和诗风的拓新便处于沉寂状态。

到北宋仁宗时期，政治革新风起涛兴，正直的士大夫再也不能沉寂，或著书立说（如李觏），或上疏言事，探讨改善国计民生之路，诗文革新随之形成一种运动。欧阳修是运动的主将，在文界和诗界各有得力的骨干。诗歌方面，先是恢复关注现实的雅正传统，进而是逐渐树立宋诗的审美风范。论者常用"高格雅韵"、"瘦硬生新"、"忘形得意"（求物之妙）、"抉刻入里"（内敛）这类术语来描述宋诗的特异之点，归结起来，不外是"气骨偏胜、思理见长"两点。这两者，杜甫和韩愈奠了基，到欧阳修这代人努力建树，使宋诗逐渐自具面目。作为庆历新政的积极支持者，欧阳修特别重视人的精神风貌。范仲淹反对兼并聚敛、贪婪腐败以整顿官风。欧阳修则反对因循苟且、强调心有所守，以节操振起士风；反对华美空疏"弃百事不关于心"，以整顿文风；诗歌中扫去香奁派的脂香粉腻和西昆体的富贵庸俗，提倡以诗议政、议经、议军，不成文地实行诗词分途，使诗保持正气堂堂的面目。梅尧臣和苏舜钦是欧阳修推行诗体革新的左右手。针对诗坛言不及义的风气，梅尧臣提出诗要写实，要有兴寄，还倡导在"平淡"中避免老调、"意新语工"，为宋诗寻求新鲜语汇和深刻意蕴。如《东溪》诗云：

> 行到东溪看水时，坐临孤屿发船迟。
> 野凫眠岸有闲意，老树着花无丑枝。
> 短短蒲茸齐似剪，平平沙石净于筛。
> 情虽不厌住不得，薄暮归来车马疲。

前面"状难写之景如在目前"，后两句"含不尽之意见于言外"，颇能见出他"平淡"而隽永的风格。苏舜钦诗则以愤激豪宕的情绪，痛快淋漓的语言，指陈时弊，抨击黑暗不公；还通过对风涛的呼唤表达对自由的追求："应愁晚泊卑喧地，吹入沧溟始自由"；"晚泊孤舟古祠下，满川风雨看潮生"，在一种壮阔的境界里，诗情、政论、哲思得到了较好的结合。欧阳修自己更是北宋诗坛的主将，他的《食糟民》、《边户》、《答杨子静长句》关怀苦难中的百姓，谴责昏庸误国的统治者，有批评的力度，更有神圣的忧思。他创造出一种平易畅达的诗风，具有散文般的流动和潇洒。又有深思后发出的议论，宋诗散文化、议论的特点由此崭露。欧阳修的作品不像后来某些宋诗那样缺乏情韵，看看他贬谪滁州时听众鸟啼鸣后的感慨：

> 我遭谗口身落此，每闻巧舌宜可憎。
> 春到山城苦寂寞，把盏常恨无娉婷。
> 花开鸟语辄自醉，醉与花鸟为交朋。
> 花能嫣然顾我笑，鸟劝我饮非无情。
> 身闲酒美惜光景，惟恐鸟散花飘零。

　　　　　可笑灵均楚泽畔，离骚憔悴愁独醒。

　　这首《啼鸟》诗里有对小人的憎恶，对光景的爱惜，对花鸟的怜念，对处境的骚愤，花鸟尚且"嫣然""非无情"，诗人岂能无情。

　　到王安石，散文化、议论化更显峥嵘，以诗议论国事，倡行改革，展示出政治家的胸怀和气度，进一步增强了宋诗的气骨。在他笔下，咏史诗多了起来，注意反思历史的经验教训，为现实提供殷鉴。他看历史，眼光超卓，立意警拔，往往能以简劲峭刻的语言，翻历史的陈案。张籍《乌江》这样写项羽："江东子弟依然在，卷土重来未可知。"王安石写同样题目，却是："百战疲劳壮士哀，中原一败势难回。江东子弟虽然在，肯与君王卷土来？"《明妃曲》一反同情王昭君玉颜流落漠北的苦痛畸零，提出"汉恩自浅胡自深，人生乐在相知心""君不见咫尺长门闭阿娇，人生失意无南北"的新见。该诗一出，许多诗人奉和，各翻巧思新意，把宋诗的思辨性、议论化，大大向前推进了一步。欧阳修诗议论政治，王安石诗反思历史，苏轼，由于多次受到挫折、打击，开始体悟人生，把宋诗的思索又推进了一步。他还善于描写心理状态，通过悸怖情绪折射政治的黑暗可怕，"梦绕云河心似鹿，魂惊汤火命如鸡"；"散柴畏见搜林斧，疲马思闻捲旆钲"，较之借景抒情，托物言态，"天地万物，嬉笑怒骂，无不鼓舞于笔端，适如其意之所欲出。此韩愈后之一大变也，而盛极矣！"(叶燮)苏轼艺术追求的独特之处在于"求物之妙"，略"境"重"意"，即简化画面而强化理论，提高意象的概括力，加强诗的思辨色彩。为达成这目的，苏轼在诗中还巧用比喻，多用典故。宋人"以文字为诗，以议论为诗，以才学为诗"的特点，到苏轼已经完成，但宋诗"直陈"乃至"发露"的大缺点也日益显露出来。苏门学士黄庭坚登上诗坛时，面对着的突出问题是宋诗的新变如何继续进行。他确定了两大努力方向，并且终身奉行：一是继承发扬宋诗重气骨、贵思理的优点，二是努力克服梅、欧、王、苏以来太直太露的缺点。为发扬优点，他始终强调去陈反俗。去陈，内容要生新，思致要深刻；他认为俗便不可医，力反浅俗和庸俗，保持内容的雅正和格调的高逸，再追求佛道妙理，更减少"俗尘气"。为补救前人缺失，他大力倡导诗法，字法、句法、对法、章法，都讲究得非常精细。注意避显求隐，避熟求生，避外射而求内敛，避直露而求曲折，僻字险韵，宁涩不滑，排比故实，宁晦不浮。简化转合，加大跳跃，使意象密集，外形瘦劲而内涵深折。草蛇灰线，云龙鳞爪，看似支离，合则收七宝楼台之效。宋人生在唐人之后，黄庭坚又生活在王安石、苏轼之后，可说双倍的"难为"。黄庭坚最可贵之处，是不甘居人后，敢于弄斧班门，领异标新，为天下倡，终以艰苦卓绝的创造，成为宋诗中一位别开生面的大家，并且开创了江西诗派，南渡前后的诗人无不受其沾溉，后世论者不能不把他作为宋诗风范的代表。南宋刘克庄给予他极高的评价："山谷稍后出，荟萃百家句律之长，究极历代体制之变，作为古律，自成一家，虽只字半句不轻出，遂为本朝诗家宗祖"(《后村诗话》)。他的诗，像这首《王充道送水仙花》是比较好懂的：

凌波仙子生尘袜，水上轻盈步微月。

是谁招此断肠魂，种作寒花寄愁绝。

含香体素欲倾城，山矾是弟梅是兄。

坐对真成被花恼，出门一笑大江横。

前面形象动人，句间跳跃较大，结尾奇横中显出渺茫，可见出黄诗的一些特色。

北宋诗坛，自梅欧等反对西昆，诗风初变，王安石发展了议论化，增强诗的思辨性，扩大了转变唐风的战果。到苏轼，特别是黄庭坚，才变尽唐风，确立起宋诗的面目。苏黄之在北宋，犹李杜之在盛唐。有了欧、王、苏、黄的成就，宋诗才能与唐诗双峰并峙，各展其妙，也才引出数百年的唐宋诗之争。面对这场历史公案，人们提出"宋骨唐面"、"宋意唐格"，采取折中和互补的方法来断。这说明，宋人丰富了中国的诗艺，其特点表现在"骨"(气格)与"意"(理致)。既然"唐宋皆伟人，各成一代诗"，所以清人提出"寄言善学者，唐宋皆吾师"(蒋士铨：《辨诗》)。

从王禹偁到西昆体，从欧、王到苏、黄，到江西诗派，走的是雅化的道路。南宋诗人普遍从学江西派入手，最后都摆脱开江西派影响，取了通俗化的路径。中兴四大诗人尤袤、杨万里、范成大、陆游的诗就没有用那么多典故，使那么多曲笔。杨万里更是大量用俗语入诗，浅俚清新，诙谐多趣，所创诚斋体，顺应了文学世俗化的走向，堪称奇葩。南宋后期"四灵"、"江湖"两派，诗风一粗一细，但都比较近俗，惜乎气象狭小，难多称述。宋末忠臣节士如文天祥、汪元量，发为慷慨之气，先呼唤救亡图存，后抒写失国之痛与故国之思。宋诗就在这"哀以思"中落幕。

二、襟怀博大　诗情深挚：王安石诗歌特色

翰林风月三千首，吏部文章二百年，老去自怜心尚在，后来谁与子争先。朱门歌舞争新态，绿绮尘埃试拂弦。常恨闻名不相识，相逢樽酒盍留连。(《赠王介甫》)

这是文坛盟主欧阳修与群牧判官王安石在京师见面时的赠诗。诗中以李白、韩愈为比，盛赞了王安石在诗文上的成就，以及他的不肯随人俯仰、以载道为己任的精神，充满了对他的欣赏与厚望。面对一介无名后生，已负盛名又年长十四岁的欧阳修所表现出的热情与赞许，确实难得而且令人感动。而以后的王安石无论在政治上，还是文学上也确实当之无愧。

王安石(1021～1086)，字介甫，宋代著名的政治家和文学家。少年时刻苦读书，是北宋诗坛最有学问的人之一。十七八岁就以天下为己任，说"欲与稷契相遐希"，希望能通过自己对明君的辅佐，使国家富强、人民富足。他在《忆昨诗示诸外弟》中还说过："此时少壮自负恃，意气与日争光辉。……坐欲持此博轩冕，肯言孔孟犹寒饥。"明确表示他要继承临川王氏的传统，走科举仕进之途以兼济天下。庆历元年（1041），21岁的王安石入京应试，果然榜上有名，开始了仕途生涯。因早年曾随父游宦四方、奔走南北，甚至远至广东韶关、四川新繁；以后自己又担任扬州、鄞县、舒州、常州、饶州等州县官职达十七年，故而亲见北宋王朝危机四伏、内忧外患日益严重的状况。当时，一方面辽和西夏逼迫大宋签订了极屈辱的和约，每年大宋要向他们缴纳大批"岁币"，另一方面，一系列的中央集权政策，给宋王朝带来了冗兵、冗官等弊政，也带来了奢侈的生活风气，因而虽有江南的开发、生产力的提高、经济的高度发展，但整个国家已呈"积贫积弱"的大势。而王安石正是这一历史时期，应运而生的卓有远见的政治家，他以惊人的魄力、系统的方案被想有所作为的神宗皇帝委以重任，在1069年，开始实施新法，以期能改革政治，摆脱财政困境，缓和社会危机，富国强兵。但是，这场颇具规模、影响深远、斗争激烈的变革很快就因守旧派的反对，新党内部的分裂，以王安石的被迫罢相，退出政坛而告结束。之后他归居江宁，虽以"读诗说佛"自慰，但对世事未能真正忘怀，以至新法尽废后，彻夜不眠，"抚床而叹"，很快就在失望、愤懑中退出人生舞台，终年66岁。

尽管他并不以文学成就为满足，希望追踪孟子、以仁义之道造福国家和百姓，但文学和他的政治活动密切关联，是他整个人生的一个重要组成部分，所以他那些以表现变法革新及自己心情活动为主的诗文，在文坛取得了很大成功。他的诗是北宋诗文革新运动的硕果，也是北宋时代风貌、文人心态的展现；无论是思想内容，还是艺术形式，都可谓宋诗的重要代表。

他反对文学作品脱离社会现实，反对过分强调形式，重视诗文之"有补于世"，即"济用"、"适用"，主张诗风应"明而不华"。但从其实际创作看，他远远突破了这些观念的藩篱，而以其政治家的眼光、文学家的才华，继承了杜甫现实主义的传统，用他那犀利的文笔，再现了北宋社会的现实，使北宋诗歌在梅尧臣、欧阳修之后闪射出新的光辉，艺术上也逐渐达到了"精深华妙"的境界。

他的诗可分为铁腕宰相的和深情诗人的两类。从时间上划分，一般是以罢相归居的1076年为界，分作二期。前期多反映社会政治现实，"明而不华"；后期多表现自然人生心境，"巧且华。"实际上，他前期的诗又以36岁作群牧判官，拜见了欧阳修为界限分为前后两个阶段。

第一阶段，诗歌注重反映现实政治性强、尚意气、多议论。这与他接触地方、关心民瘼、有意识地继承杜甫忧国忧民的现实主义诗风有关，如古风《河北民》：

> 河北民，生长二边长苦辛。家家养子学耕织，输与官家事夷狄。今年大旱千里赤，州县仍催给河役。老小相携来就南，南人丰年自无食。悲愁白日天地昏，路旁过者无颜色。汝生不及贞观中，斗粟数钱无兵戎。

写出了河北民、河南民丰年灾年都苦辛的现实，反映了百姓们遭受着民族压迫、阶级剥削的双重苦难，抨击了朝廷的软弱腐败。

此外，《塞翁行》、《白沟行》、《出塞》等，也谴责了统治阶级一味屈辱求和带来的严重后果。《兼并》、《感事》、《秃山》、《收盐》等或议论，或讽刺，或寄托，或寓意，不一而足，写出了他对现实的鞭挞，对农民的同情，对社稷的忧虑，对贪官污吏的痛斥，对改革途径的思索。

第二阶段，随着政治的变化与修养的增进，除了政治诗之外，还有咏史怀古、述怀感旧和酬答赠别之作。如《桃源行》，反映了作者崇高的政治理想和良好愿望。《杜甫画像》则从杜诗的政治内容出发，指出了杜甫和人民血肉相连是他获得巨大成就的根本原因，较之前人的认识有所突破。还有一首《明妃曲》：

> 明妃初出汉宫时，泪湿春风鬓脚垂。低徊顾影无颜色，尚得君王不自持。归来却怪丹青手，入眼平生未曾有？意态由来画不成，当时枉杀毛延寿。一去心知更不归，可怜著尽汉宫衣。寄声欲问塞南事，只有年年鸿雁飞。家人万里传消息："好在毡城莫相忆。君不见，咫尺长门闭阿娇，人生失意无南北。"

这是传诵一时的名篇，它巧妙地借明妃之美为毛延寿翻案，又借家人之口说出人的得意失意不在外部环境的好坏，取决于遇合情况，从而表现了一种"士不遇"的人生感慨。

以上，均可见其眼光之独到，匠心之独运，立意之高超。

他还常以尺幅千里的手法，从不同的角度写出了对某些史实和人物的新认识，以寄托其执着的政治热情，格调奇崛而壮丽。

后期，因流连山水，咏诗学佛，平静的生活和心境使其诗风有了较大变化，大量的写景诗和禅理诗代替了政治诗。格调雅致空灵，"诗律尤精严"，杜甫的"晚节渐于诗律细"，他自己的"看似寻常最奇崛"成了他追求艺术技巧的绝好写照。如：

> 水际柴门一半开，小桥分路入青苔。背人照影无穷柳，隔屋吹香并是梅。
> 　　　　　　　　　　　　　　　　　　　　　　（《金陵即事》三首之一）

> 日净山如染，风暖草欲薰。梅残数点雪，麦涨一川云。　（《题齐安壁》）

> 南浦东冈二月时，物华撩我有新诗。含风绿皱粼粼起，弄日鹅黄袅袅垂。
> 　　　　　　　　　　　　　　　　　　　　　　　　　　　（《南浦》）

这时期王安石的不少作品浑然天成，超过了前人。严羽说："荆公绝句最高，得意处高出苏黄之上。"杨万里不仅说："五七绝句难工，唯晚唐与介甫最工于此"，还把"半山绝句当朝餐"。

总之，王安石诗的艺术特色是：多议论，多用典，讲对仗，重奇峭，有古风，他对宋诗风格流派的形成发生了较大影响。要欣赏宋诗，不能不了解王安石。

三、清雄旷放　触处生春：苏轼诗风

1057年，欧阳修知礼部员举时，慧眼发现了苏轼兄弟，并预见到苏轼文学上的成就会超过自己，曾说："更三十年，无人道我也。"后来，苏轼果然不负恩师厚望，成了文坛盟主。

苏轼不仅是宋代文学史上的一代宗师，也是中国古代文化史上最受人瞩目的大散文家、大诗人、大词人、大画家、大书法家、大文艺评论家，著名的政治家、水利学家；甚至还可谓美食家、气功师。他正直、积极、深沉、务实；他豪爽、幽默、活跃、浪漫、旷达，他是中国历史上最有代表性的知识分子形象，是中国历史上继屈原、陶渊明、李白、杜甫之后的又一位大诗人。

苏轼（1037～1101），字子瞻，号东坡居士，四川眉山人。从21岁中进士始，就走上了一条充满矛盾、充满坎坷的人生之路。

他身陷北宋后期新旧两党之争的漩涡。仁宗朝，他曾提出"厉法禁"、"教战守"等一系列改良主张；但神宗朝王安石变法时，他又反对新法，指责神宗"求治太急"，不支持骤变，结果贬官地方，去过杭州、密州，甚至险些以诗招致杀身之祸。在最重视文人的宋朝，陷入历史上第一个文字狱中，以阶下囚的身份被发落黄州。而哲宗朝，太后听政时，在司马光尽废新法，过去被排挤出朝廷的旧党纷纷回京、重被起用、一致支持司马光时，苏轼又主张"兼行二党忠厚励精之政"，"宽猛相资"，认为对新法可以"校量利害，参用所长"，这就又与旧党发生了争议，以至又一次出知杭州，还以翰林院大学士身份知颍州、扬州、定州；官至礼部尚书后又被贬惠州，最后流放海南。所历州郡多惠政，卒后追谥文忠。而这一切都源于他的正直敢言，源于他的忠君爱国忧民，而这正是封建文人中值得敬佩的精神。

如此的人生磨难和宦海沉浮，却促成了他在文学史上的辉煌。尤其是他的诗，在梅尧臣、王安石之后，完成了北宋诗文革新运动的任务，基本形成了宋诗"以文字为诗、以议论为诗、以才学为诗"的特点，他成了有宋三百年的第一大诗人。

苏诗内容丰富、题材广泛，讲究有为而作。正像他在《江行唱和集叙》中所言："山川之秀美，风格之朴陋，贤人君子之遗迹，与凡耳目之所接者，杂然有触于中，而发于咏叹。"可谓"无事不可言，无意不可入"。其作品有同情人民疾苦的，有体现其政治观点的，有描绘山川景物的，更有抒写亲情、友情的，还有慨叹人生的。

苏诗中,有的直斥时弊,慷慨激烈,不惜指名道姓批评当道者。如《荔枝叹》中,他以历史上进献荔枝起兴,指责了当朝的贡茶、贡花,而直接把丁谓、蔡襄和钱惟演比作唐朝李林甫。在经历了"乌台诗案"身遭贬谪之后,还能如此犀利,其精神确属难能可贵。苏轼更擅长的是,陈辞婉转,语带调侃,在讽刺、戏谑和挖苦中批评新法的流弊、时政的不当,例如《山村五绝》之第二首、第三首是这样的:

烟雨濛濛鸡犬声,有生何处不安生。但教黄犊无人佩,布谷何劳也劝耕。

老翁七十自腰镰,惭愧春山笋蕨甜。岂是闻韶解忘味?迩来三月食无盐。

这两首都是反对盐法的。上一首的意思是说:如能废止食盐专卖,那么武装走私者就无利可图,人们就会安心农耕,不要说不需要官吏劝耕,恐怕连布谷鸟也不用叫了。后一首诗,更是以挖苦的口吻说,山中的下里巴人哪能像孔子那样沉浸在韶乐中,连味觉都退化了啊?他们不过是很久没吃到盐罢了。

此外,贫富对立,赋税苛重,兼并压迫,天灾人祸,内忧外患等社会问题,在他诗中都有所反映。陆游说他"不以一身祸福,易其忧国之心。千载之下,生气凛然"。也是敏锐地捕捉到他积极有为,忧国又爱民的精神。这也是终其一生,欲隐而未隐、欲归田而终未归田的根本原因。当然这一切都加深了诗人的人生矛盾,使诗人的遭际更坎坷,思想也变得更复杂。

苏轼诗中,抒发人生感慨的诗,表达友情亲情的诗,直面人生和政治坎坷的诗。思想和艺术成就最为突出。

他的这部分诗中,受老庄思想影响较深,与古代士大夫的普遍心态相吻合。但苏轼之所以成其为苏轼,其最可贵之处在于他既能用庄子"齐物"的观点来"齐得失,忘祸福",能用平常心把自己的被贬谪看轻看淡,又不是简单地取消对立、混淆是非,而是能消化摄取佛道思想中安贫乐道的积极一面,找到人生的"方轨八达之路",最终落脚于旷达入世的精神,使自己随遇而安,不论遭遇任何坎坷,都能视如平川、安之若素。如:

人生到处知何似?应似飞鸿踏雪泥。泥上偶然留指爪,鸿飞那复计东西?老僧已死成新塔,坏壁无由见旧题。往日崎岖还记否?路长人困蹇驴嘶。(《和子由渑池怀旧》)

开始就是四句人生哲理的阐发。通过巧妙的比喻,写出了人生的无定、偶然和难留痕迹;甚至老和尚、题壁诗也是随时而灭,无由再见了。言外之意则是劝苏辙不必过分怀旧，要珍惜现在，积极有为。这是他早年的一首诗作，已透出此后的乐观精神。

> 东风未肯入东门，走马还寻去岁村。人似秋鸿来有信，事如春梦了无痕。江城白酒三杯酽，野老苍颜一笑温。已约年年为此会，故人不用赋《招魂》。（《正月二十日，与潘、郭……》）

这首诗作于元丰五年，生活和政治的困境还没有摆脱。但当春天回到人间时，他欣慰的是人生的进退也像春去春又来一样，像候鸟的南来又北往一样，可以等待；而一切往事，一切荣辱得失则像一场春梦，犹如烟云过眼，不久便了无痕迹。所以最后他在黄州有感于现实的温馨，而把身外之物都看轻了，甚至劝慰朋友们：这儿的春天非常好，不必为召我还京而操心。身处逆境，而能超然旷达，并最终执着于现实人生的精神境界，这正是许多人未可企及处。再如：

> 参横斗转欲三更，苦雨终风也解晴。云散月明谁点缀，天容海色本澄清。空余鲁叟乘桴意，粗识轩辕奏乐声。九死南荒吾不恨，兹游奇绝冠平生。（《六月二十日夜渡海》）

前两联双关地写出了自然的变化，人事的变迁：时近夜半，天雨过晴，云散月明，人间终于显现了海与天的美丽本色。对自己终于北归有日，也表现出了得意的心情。后两联则又结合眼前实景，借助典故，感叹道：现在能渡海返还不必嗟叹孔子的道之不行，汹涌的波涛倒让我领教了黄老之学的忘得失齐荣辱之理，最后他深深体会到：这次被贬还是值得的，毕竟还给自己带来了一生中最不平凡的游历。诗风依然是言简意深，旷达乐观。

历代文人之所以对苏诗好之不绝、注者如云，原因之一也许是读者能从中吸取有益的人生经验和生活哲理，摆脱"君命重，臣节轻"的现实矛盾，面对不如意的环境，少乐趣的人生，多冲突的时局，应达观地看待人生社会，看淡名利，看轻得失，热爱生活，采取一种既现实又超脱的人生态度去迎接挑战。

苏诗总的艺术特色是自然奔放、挥洒自如，"放笔快意，一泻千里"。正如赵翼在《瓯北诗话》中所评价的："才思横溢，触处生春……尤其不可及者，天生健笔一枝，爽如哀梨，快如并剪，有必达之隐，无难显之情。此所以继李杜后为一大家也。"

四、亘古男儿一放翁：陆游的诗怀

> 死去元知万事空，但悲不见九州同。王师北定中原日，家祭无忘告乃翁。（《示儿》）

　　这是南宋爱国主义诗人陆游弥留之际的绝笔诗。临终示儿还说要"北定中原",使"九州大同"而不言他,可见其一生中最关心的,惟有"恢复"一事。陆游是屈原、杜甫以来又一位伟大的爱国主义诗人,也是文学史上高寿的诗人、高产的诗人,存诗近万首。

　　陆游(1125~1210),字务观,号放翁,浙江绍兴人。陆游从小饱尝战争磨难,有"儿时万死避胡兵"的经历;青年时期,虽名震京华,却遭秦桧忌恨,及第后被迫退居故里,直到34岁,秦桧死后才初登仕途。后屡次迁升,又屡次被罢。直到46岁,才赴四川夔州任通判;又赴南郑的战争最前线,历时八个月。54岁东归后,还是屡任屡被斥。此后20年,陆游大体就是终老于山阴家中了。他知道,自己"罪虽擢发莫数,而诗为首",因其诗"寄意恢复,书肆流传",在社会上极具鼓动性。朱熹曾指出他屡遭贬斥是"恐不合作此好诗,罚令不得作好官也"。

　　陆游一生共担任二十来个官职,但多半有名无实,所任时间又短,其余时间便被长期投闲置散。这种"身如林下僧"的无定生活,一方面使他"上马击狂胡,下马草军书"的理想无由实现;另一方面倒也使他的创作有了丰富的源泉,这也许是他一生不幸中的大幸。

　　强烈的爱国主义精神,是贯穿于陆游创作生命的主题。当时,广大人民和主战派积极备战,而统治集团却苟且偷安,贻误了一次次大好战机,最后是中原的恢复成了泡影,偏安江南的局面也难维持。面对如此国势,陆游仍无数次地表白自己的忠君报国心,恢复中原志。早年《夜读兵书》时,他说:"平生万里心,执戈王前驱。战死士所有,耻复守妻孥。"中年时,《三月十七日夜醉中作》道:"逆胡未灭心未平,孤剑床头铿有声。"《夜泊水村》时,又感慨"一身报国有万死,双鬓向人无再青"。82岁高龄,他还在《老马行》中高歌:"一闻战鼓意气生,犹能为国平燕赵。"甚至想到"壮心未与年俱老,死去犹能为鬼雄。"无奈是"报国欲死无战场",只落得"志士虚捐少壮年"。他深刻地认识到统治集团的卑鄙自私与主和派的误国:"诸公可叹善谋身,误国当时岂一秦!""公卿有党排宗泽,帷幄无人用岳飞。"在《涉白马渡,慨然有怀》中,他愤恨于"太行之下吹房尘,燕南赵北空无人。袁曹百战相持处,犬羊堂堂自来去。"不由得大声疾呼:"楚虽三户能亡秦,岂有堂堂中国空无人"(《金错刀行》)。而当他意识到:"不望夷吾出江左,新亭对泣亦无人"(《追感往事》)时,他不由得更加痛心疾首。

　　诗人亲自参与了两次北伐,比任何人都更能体会沦陷区人民的心情:"三秦父老应惆怅,不见王师出散关"(《观长安城图》),"忆昨王师戍陇回,遗民日夜望行台。不论夹道壶浆满,洛笋河鲂次第来"(《追忆征西幕中旧事》)。他也比百姓更了解统治阶级的不思恢复,因此,他以遗民的期待召唤着人们去争取抗金的胜利,"三万里河东入海,五千仞岳上摩天。遗民泪尽胡尘里,南望王师又一年"(《秋夜将晓,出篱门迎凉有感》);他还以自己的"位卑未敢忘忧国"来唤起南宋朝廷中有正义感的人们,"北望中原泪满巾，黄旗空想渡河津。丈夫穷死由来事，要是江南有此人"（《北望》）。陆游有别于其他诗人的重要一点，在于无论何时何地，面对何人何事，他都会想到北方的土地、北方的天空、北方的人民，想到恢复的大业，这是他炽烈的爱国主义热忱的独有表现。甚至进入梦乡，还不忘实现他的白日梦，反映了他对恢复中原的期盼，对现实的不满，对未来的信心。陆游记梦诗有九十九首之多，而以《五月十一日夜且半，梦从大驾亲征，尽复汉唐地，见城邑人物繁丽，云"西凉府也"。喜甚，马上作长句，未终篇而觉，乃足成之》为代表。

正如陆游所说"君诗妙处吾能识，正在山程水驿中"，他平生行踪广阔，半世的游历使他有机会接触到各地的名胜古迹和自然风物，诗人的内心世界时常通过对山川的歌咏而呈露出来，如《观打鱼歌》、《越王楼歌》等，是对祖国大好河山的热爱赞美，但恢复之意仍是随处可见。晚年随着生活的转变，他对于农民的境遇有了更多的了解和体会，因而也有了《农家叹》之类的反映农村生活的诗。他还有很多写景诗、闲适诗、田园诗和山水诗，都充分地表现了诗人热爱生活、热爱自然、热爱生命的一面，这类诗流传极广、颇负盛名。例如《游山西村》、《临安春雨初霁》等篇。前一首诗的颔联"山重水复疑无路，柳暗花明又一村"，描写浙东农村景色，意境明媚秀丽、深幽曲折。一个"疑"字，凸显了诗人在山水回环中的探寻和猜想，一个"又"字，说出了出乎预料的惊诧和喜悦。一"明"一"暗"，相互映衬，渲染出江南乡村柳荫浓密、春花耀眼的景观。这一联的诗意，后来被人引申，用以概括生活中遇塞而通、豁然开朗的共同感受，达到了诗情、画意和理趣融为一体的效果，从而获得长久的生命力。同样，后一首诗的颔联"小楼一夜听春雨，深巷明朝卖杏花"，短短十四个字涵容了"杏花春雨江南"的多重诗境："夜雨绵绵"，是一重诗境；"小楼听雨"，是第二重诗境；"明朝花好"是第三重诗境；"深巷卖花"，是第四重诗境。这两句诗，还寄托了诗人惜花伤春、远游思家、有志难申等多重思绪愁怀。上下两句，对仗工稳、一气贯注、清丽疏朗、余韵不绝，给人以醇厚的美感享受。

陆游多方面继承了前人的艺术经验，作诗热情如火，气势如虹，不但唱出了民族灾难深重时代爱国主义的最强音，而且在体裁方面，无体不备，各体皆工，在总体风格上豪荡丰腴、气象开阔、凝重沉郁、感情热烈，既有清新刻露、托兴深微之作，又有明丽疏朗、自然流转之作，达到了既华藻又雅洁、既奔放又严谨的美学境界。诗人也成为了诗歌的一代宗匠。至于梁启超称誉陆游："集中什九从军乐，亘古男儿一放翁"的话，则扣住了陆游诗歌志在爱国和抗敌的主旋律，无疑能帮助我们更好地认识这位爱国诗人的主导方面。

总的说来，在文学史上影响深远的"亘古男儿一放翁"的爱国主义诗篇，无论是它"集中什九从军乐"的斗争精神，还是奔放俊逸，言简意深、各体皆工的艺术成就，都是我国古代诗苑中极可贵的遗产。

第二节　明清流韵　雅俗浑融：
古代诗歌的似绮余霞

明代前后"七子"的文学复古思潮——明代"公安派"力矫时弊——清初吴伟业的"梅村体"——主盟文坛二十年的"望溪文集阮亭诗"——清代中叶百花争艳、"任情而发"的明清民歌——忧国忧民、呼唤风雷的龚自珍

一、斜阳吐余辉　散作五彩霞：明清文人诗概观

宋元以降，戏曲小说兴盛起来，诗歌失去了昔日文坛主角的光荣地位，但明清两代诗依然循着自身固有的轨迹前进，取得了无可替代的成绩。

明代诗歌在思想、技巧、风格、特别是流派发展方面有丰实内涵和新创特色。就内容说，从社会矛盾到个人内心冲突都反映在诗中，由于市民意识的滋长，诗人（特别一些画家诗人）中出现了重视个体自由的倾向，既肯定个人寻求现世享乐的权利，又重视自我价值的实现，还努力追求诗的世俗化、民间化。李贽提出"童心"说，汤显祖以"情"反理，袁宏道高倡"性灵"，主张"任性而发"，即发露人的真实内心或原始本性来写诗，无疑是巨大的历史进步。在一个高扬理学的时代，出现这样的追求，确是惊世骇俗的。思想的活跃，促进了诗艺理论的探讨与争鸣。各种流派各种主张相互辩难、相互矫正和补充，使诗艺在竞赛中发展．诗作在批评中改进。诗家各领风骚，派别急剧地兴衰起落，理论交锋的热烈，均为前代罕见。这些表现了明诗独立的价值，也为清诗的成长做了有益的准备。

明初诗歌队伍由前朝入明的作者组成。他们分散在各地活动，形成地域上的分派。如越派（刘基为首）、吴派、闽中派、岭南派和江右派，各雄踞一方，并无明确纲领或作诗主张，却有共同之处：经过元明易代之际的社会大动乱，都有在动荡中熬煎的经历，有遭受人生挫折、政治迫害的体验，有对社会黑暗、民生疾苦的长期观察，感发而为诗，往往能脱去元诗纤靡浮薄的习气，具有较为充实的内容和指点激扬的感情力量，因此历来人们对明初诗歌给予高于其他阶段的评价。其中，吴派的高启被视为首屈一指的明诗作手。

高启，字季迪，吴县人，元末隐居吴淞山中，自号青丘子。明初召入编修元史，洪武帝授官不受，放还教徒，后因事连坐被腰斩，年仅三十九。由元末的战乱流离，到明开国后的休养生息，诗作既反映民生疾苦，又歌颂社会恢复安定；既憧憬昌大昭明，又流露某些隐忧，这些内容在高启诗中得到集中、典型的体现。他自视为"谪仙"，追求任性率真，不愿受礼教和官场的束缚，渴望得到精神的自由空间。从《青丘子歌》的这些摘句中，可以看到他狂歌傲世的形象和豪纵奔放的诗风：

　　青丘子，癯而清，本是五云阁下之仙卿。何年降谪在人间，向人不道姓
与名。

　　不肯折腰为五斗米，不肯掉舌下七十城，但好觅诗句，自吟自酬赓。

　　朝吟忘其饥，暮吟数不平。当其苦吟时，兀兀如被酲。头发不暇栉，家
事不及营，儿啼不知怜，客至不果迎。……不问龙虎苦战斗，不管乌兔忙奔
倾。向水际独坐，林中独行。……

　　世间无物为我娱，自出金石相轰铿。江边茅屋风雨晴，闭门睡足诗初
成。叩壶自高歌，不顾俗耳惊……

　　诗虽是早年写的，那睥睨一切的态度，不只流露出一种狂傲，而是带有忤逆的倾
向，埋下了招忌被杀的根子。他青年殒折，长才未展，历来评论家备加惋惜。他对个
性自由的追求，影响于后世者甚为深远。在诗人祝允明、唐寅、徐渭、袁宏道、郑板
桥、龚自珍，乃至小说戏曲作家汤显祖、冯梦龙等人身上，都能感到回响。

　　永乐至天顺的半个多世纪中，朝廷以强力维持稳定局面，经济有一定增长，一面
鼓励士子歌功颂德，一面以恐怖手段压制舆论，打击自由思想。以杨士奇、杨荣为代
表的"台阁体"应运而生。它以歌咏盛世为内容，以"雍容和雅"为风格，涂泽粉饰，千
篇一律，虽以权力推行于一时，但难于久远，旋被世人厌弃。到成化时期，诗坛便酝
酿着新变。茶陵人李东阳起而倡导复古崇唐，恢复比兴寄托，在"贵意"同时，要求
"可歌可咏"，开了"前七子"复古的先河。同时才兼文武的于谦，多表现爱国悯民之思
和个人的高风亮节。《石灰吟》、《咏煤炭》都是名篇。又有《北风吹》：

　　北风吹，吹我庭前柏树枝。

　　树坚不怕风吹动，冰霜历尽心不移。

　　况复阳和景最宜，闲花野草尚葳蕤，

　　风吹柏树将何为？

　　北风吹，能几时！

　　表现了对邪恶势力的蔑视和与之抗争的坚韧精神。又有郭登、张弼着力反映民
情，讽刺时弊，与"台阁体"形成鲜明对照。吴门画派创始人沈周，既能揭示现实矛
盾，又能随事缘情，展露个性；继起的"吴中三才子"（都是书画家）文征明、祝允明、
唐寅鄙弃名利，洁身远引，作诗不拘成法，不避口语，嬉笑谐谑，天性时现。这些都
有助于打破"台阁体"一风倒局面。

　　由弘治、正德到嘉靖、隆庆，近一个世纪，是前后七子倡行"复古"风靡诗坛的时
期。以何景明、李梦阳为首的"前七子"，倡言"文必秦汉，诗必盛唐"，形成声势浩大
的文学运动，起到了扫荡"台阁体"的作用。但他们只重形式的摹拟，优孟衣冠，忽视

时代精神和个人性灵，又受到有识者的批评。以李攀龙、王世贞为首的"后七子"，变本加厉，再掀复古风潮，门户之见加深，沿袭摹拟之风更盛，排除异己势力，连自己队伍里稍有不同意见的谢榛也不能容忍。物极则反，于是先有唐宋派出来阻遏，继有徐渭、汤显祖等的反击，前后七子势力才稍有收敛。前后七子把复古理论推到极端，但其创作取径并非完全薄今。他们之中有人与宦官豪门展开过斗争，有的在政治上有坎坷遭遇，感而赋诗，也不乏现实内容和批评精神。李梦阳的《玄明宫行》、《内教场歌》，何景明的《岁晏行》、《鲥鱼》，王世贞的《钦鸤行》等，抨击朝政黑暗，讽刺宫廷荒淫，反对宦官(如刘瑾)弄权，奸臣(如严嵩)误国，甚至刺及最高当局。李梦阳《环县道中》写从军征战的苦辛：

> 西人习鞍马，而我惮孤征。
> 水抱琵琶寨，山衔木钵城。
> 裹疮新罢战，插羽又征兵。
> 不到穷边处，那知远戍情。

何景明《侠客行》凸现了一个知恩图报、不顾性命、重然诺、轻财利的侠客形象，分明投射着自己尚节义、不阿谀取容的影子：

> 朝入主人门，暮入主人门，恩杀主仇谢主恩。主人张灯夜开宴，千金为寿百金钱。秋堂露下月出高，起视厩中有骏马，匣中有宝刀。拔刀跃马门前路，投主黄金去不顾。

王世贞《乱后初入吴舍弟小酌》感叹身世家事，哽咽凄怆：

> 与尔同兹难，重逢恐未真。一身初属我，万事欲输人。天意宁群盗，时艰更老亲。不堪追往昔，醉语亦伤神。

这些诗，都非"复古"所能囿，而具有现实针对性。

万历以后，受李贽思想影响的袁宏道、汤显祖，受祝允明、唐寅影响的徐渭，从理论到实践，动摇了前后七子的权威。袁宏道代表的公安派理论影响尤大，他反对泥古，提出"法不相沿"，要求独抒性灵，自创新獭，都表现出眼光的高远。尽管他们的创作不能与理论相副，有时流于油滑浮滥，竟陵派另立深幽孤峭一宗来矫正它，但公安派所标榜的重视个性，所追求的变板重为轻巧，语言本色化，民歌风，适应时代的审美新潮流，对清代的王士祯、袁枚、郑燮、近代的黄遵宪、梁启超无疑产生过影响。如袁宏道的《杂诗》：

横塘渡，郎西来，妾东去，感郎千金顾。妾家住西桥，朱门十字路，认取辛夷花，莫过杨柳树。

清诗是古典诗歌发展的最后段落。恰如"余霞散成绮"，呈现五彩缤纷的景观。

由明入清的士子经历了沧桑鼎革，多能砥砺名节，不事新朝而注力于诗章，被称为遗民诗人者甚众，创作以顾炎武、吴嘉纪、屈大均，还有钱秉镫为最著。理论上则有王夫之、黄宗羲值得称述。他们或反对墨守唐人，或提倡宋诗气骨，以矫明代诗风之失。国初江左三大家中的钱谦益、吴伟业（还有龚鼎孳），以降臣身份出仕清朝又以文坛大老驰骋诗坛，影响超过了三大遗民诗人。钱谦益降清后心怀怅恨，诗作时而流露复明意识，激越苍凉；理论上力反七子模拟，也不满公安浮浅，竟陵窄狭，又一一评述明朝各阶段的诗人，被誉为开国宗匠。吴伟业努力表现当时的重大题材，尤长于以流畅的歌行且叙且议，抒发强烈情感，被称为"梅村体"。其《悲歌赠吴季子》送无辜被流放的挚友上路，激情鼓荡，直从胸臆涌出，颇能代表他的歌行风格：

人生千里与万里，黯然销魂别而已。
君何独为至于此！
山非山兮水非水，生非生兮死非死……
八月龙沙雪花起，橐驼垂腰马没耳。
白骨皑皑经战垒，黑河无船渡者几？
前忧猛虎后苍兕，土穴偷生若蝼蚁。
大鱼如山不见尾，张鳍为风沫为雨。
日月倒行入海底，白昼相逢半人鬼。
噫嘻乎悲哉！
生男聪明慎勿喜，仓颉夜哭良有以。
受患只从读书始，君不见，吴季子！

吴伟业歌行易收感人的效果。袁枚曾用白居易感伤诗（如《长恨歌》、《琵琶行》）来比拟它："生逢天宝乱离年，妙咏香山长庆篇。就使吴儿心木石，也应一读一缠绵！"又如《圆圆曲》，一向被视为吴伟业代表性的作品，为一般选本所必录。

继之而起的有国初六家：施闰章与宋琬齐名，被称为"南施北宋"；朱彝尊和王士禛比肩，人呼为"南朱北王"；还有查慎行和赵执信，旗鼓相当，风调各异。他们主要活动在康熙时期。就中王士禛声誉最隆。他上承司空图、严羽的诗论，创立"神韵"说，提倡清灵淡远、含蓄蕴藉的审美趣味；其作品亦自然流利，清雅轻盈。这时期，清朝统治已趋稳固，沧桑之叹渐少，冲淡之气日浓，王士禛诗最能代表这种所谓"盛世元音"，所以他被捧扬，主盟诗坛二十年以上，其作品有《带经堂集》。王士禛字阮亭，其诗文曾风行一时，人称"望溪文集阮亭诗"。小诗《再过露筋祠》，本彰扬品格高尚的女子，却以题外事物烘托其芳洁形象，含蓄淡远，清新脱俗，颇能代表王士禛诗风：

　　翠羽明珰尚俨然，湖云祠树碧于烟。行人系缆月初堕，门外野风开白莲。

和王士禛的"盛世元音"比，其他诗人则带有沙哑之声。宋琬保有怨悱之言，赵执信诗能针砭时事，查慎行气象宏阔，能怀着豪情关注现实。其《秦邮道中即目》描写淮河流域洪水泛滥后触目惊心的惨景：

　　去郭几家犹傍柳，边淮一带已无村。长堤冻裂功难就，浊浪侵南势易奔。贱买河鱼还废箸，此中多少未招魂。

末联写淮民葬身鱼腹者甚众，买来河鱼不忍下箸，滴血滴泪之作，感人甚深。又如《邺下杂咏》讽刺清统治者大兴土木，奢靡无度，这些比王士禛诗份量要重得多。

雍正至乾隆朝，清代进入繁荣鼎盛时期，诗坛也是名家辈出，流派纷呈，沈德潜主张敷扬温柔敦厚之诗教，取法唐人，倡"格调"说。袁枚与之立异，倡"性灵"说。翁方纲不满"神韵"说的空疏和"格调"说的因袭，提出"肌理"说，主张用考据和义理充实诗的内容，走了宗尚宋诗的路径。提出一种主张，便拉出一个派别。依地域分，则以朱彝尊、厉鹗为首的浙派作者群独占上风，浙派中又以秀水派势力为大。袁枚、赵翼、蒋士铨并称"乾隆三大家"，袁枚影响较大，他反对因袭摹拟，强调自抒性灵，与明代公安派遥相呼应。诗作兴会淋漓，发于灵感，富于才气。四川张问陶继之而起，骨气健劲，避免了公安的滑易。赵翼是史家，学问博洽，眼光尖新，他以文为诗，长于议论而不乏理趣。"江山代有才人出，各领风骚数百年"，"国家不幸诗家幸，赋到沧桑句便工"，这类名言隽语就出自他的笔下。蒋士铨有同于沈德潜处，囿于儒家诗教，作品多表彰忠臣节士，孝子贞女，但他不主故常，熔铸唐宋，写来典重而不入于酸腐。此外，无所依傍、而能独立自树于乾隆诗坛的还有郑燮和黄景仁。郑燮，字板桥，扬州八怪之一，他以一肚皮不合时宜之气发而为诗，多讽刺谐谑之语，怨怒愤激之辞。黄景仁才高命短，以卓绝之天资而备尝人生之坎壈，故"好作幽苦语"，哀感顽艳，有类李贺，为世所瞩目。这两人的诗可称"盛世哀音"。也就在这个时期，桐城派古文家对诗坛有所关注，他们提倡宋诗风范，力主学习黄庭坚。这影响到后来的"同光体"诗人。

上述派别和作手，或高张复古大旗，维护风雅之教，或标新立异，力主抒发性灵，追求俚俗化，都发自对诗坛现状不满，欲挽狂澜，追求新径的开拓。可都是修修补补，未能大开大阖，破中求立。真正能召唤风雷、打破万马齐喑局面的，不能不数到龚自珍。虽然他的诗多写在鸦片战争以前，但能预示民族危机，发出警号与呼唤，而成为近代诗坛的开山人，其诗也跨入了一个新的历史畛域。

明清两代诗歌，以其众多的诗人、纷繁的流派，丰富的思想内容、多变多样的艺术风格在中国古典诗史上留下了辉煌的篇页。虽属斜阳余辉，但有其缤纷的霞彩。时光进入近代，诗坛上又出现林则徐、魏源、黄遵宪、丘逢甲、谭嗣同、梁启超，乃至章太炎、秋瑾、陈三立，群星灿烂，构成新时期的靓丽风景。

二、人生恩爱原无价：明清民歌

爱情历久弥新，是文学永恒的主题。明清之际，由于资本主义经济萌芽的出现，市民阶层迫切要求个性解放，妇女迫切要求爱情自由。那些名不见经传的作者，通过自己粗犷的歌喉，唱出了几千年来最普通、最平凡的百姓爱情之歌，酸甜苦辣，清新质朴，比从前的情歌有更丰富更新颖的内容，表现了那一时代青年男女对爱情的理解、渴望和追求。

"打得我身时弗打的我心。"男女偷情，"逾穴相窥"，是不合理的封建婚姻制度造成的。正是由于社会及经济的原因，使产生了爱情的男女双方不能结为夫妇，于是偷情幽会私奔就成了他们抗争的行动。他们唱道："哈叭狗儿汪汪、汪汪的叫，忽听得外面把门儿敲，想必是疼我的那人儿轻轻、轻轻的到……. 我一见你，不由心中扑扑、扑扑扑的跳。""偷偷瞒瞒不是个常法，倒不如瞒着爹妈，逃走了罢！"而一旦被封建家长或官府发现，其结局不外两种：或放弃理想，服从父母之命；或以死相抗。无论何种都是悲剧，对此，主人公表现得无比坚强："乞娘打子好心焦，写封情书寄在我郎标；有舍徒、徒流、迁配、碎剐、凌迟，天大罪名阿奴自去认，教郎千万再来遭！"有的比男子还镇定："结识私情勿要慌，捉着子奸情奴自去，拼得到官双膝馒头跪子从实说，咬钉嚼铁我偷郎"，真有"不自由，毋宁死"之气概。这种敢做敢当的激烈反抗和自我牺牲精神，是叛逆者的宣言，震撼着黑暗反动的封建婚姻制度。

"人生恩爱原无价"，世事"平平淡淡才是真"，最真挚的情爱也是朴素无华的："俏哥哥进门来，就在那稻草铺上坐，咱俩个有话要说说。袖筒儿取出来两个冷窝窝，还有个红萝卜，你一个，我一个……要这些东西做什么！只要你想着我，情意儿也不薄！"冷窝窝和红萝卜是白描，却象征了热烈丰富的情感。相反，世俗追求的财产门第被视作粪土："富贵荣华，阿奴身躯错配他。有色银价，惹的旁人骂。喳，红粉牡丹花，绿叶青枝又被严霜打，便做尼僧不嫁他！"

真爱是心心相印，以诚相待。在封建社会，男子可以三妻四妾，女子则要"从一而终"，因此姑娘唱道："既有真心和我好，再不许你要开交，再不许你人面前儿胡厮闹，再不许你这山低来望那山高，再不许你见了好的又把槽来跳"。诗中"四不许"是女子对男方"从一而终"的要求，也是一种叛逆。

"虑只虑情难实"。封建社会的妇女如同羔羊任人玩弄宰割，也难逃感情生活的厄运，女主人公们在诗歌中道出了她们的痛苦经历，这是觉醒，也是总结。一个女子见空中风筝飘来荡去，"怕想起奴与风筝一般样，身无着落，挂肚牵肠。为什么收收放放，把那人飘扬？为什么收收放放，把良心丧？"通过借喻，控诉了自己被男人摆布的不幸命运。有的则嘲讽批判了用情不专的男人："比你作水花儿，聚了还散；比你做蜘蛛网，到处粘拈；……比你做扁担儿，挑不起，莫要担；比你作正月半的花灯也，你也亮不上三四晚"。

不合理的婚姻制度葬送了多少妇女的家庭幸福；如"一心愿嫁与冤家去，不知你大娘子心性何如？一妻二妾三奴婢。想后更思前，心下好狐疑，欲待要悬梁，乖，只为难舍你。"人生喜事却使新娘生死两难，岂不悲哉！更堪怜的还有一种畸形买卖婚姻："十八女儿九岁郎，晚上抱郎睡上床。不是公婆双双在，你作儿来我作娘。十八女儿怪媒人，说的丈夫一叮叮。睡在半夜屙泡尿，打湿奴家半边身！"看似夸张，却又那么真实。这是辛辣的嘲笑，也是严肃的抗议。

民歌中还有表现小尼姑要求过正常人生活的作品："从今后奴把这钟楼佛殿两离却，下山去，寻找一个年少的哥哥，凭他打我，骂我，说我，笑我，一心不愿成佛，不念弥陀，不惹风波！但愿得生下一个小孩，岂不是快活！"由于家庭或社会的逼迫，当尼姑的妇女命运更加悲惨，她们多了一层宗教戒律和束缚，这迫切的呼唤声中，含有多少辛酸啊！

明清民歌中，情歌数量居首，而且大多为妇女所唱。究其原因，一则因为她们长期受封建礼教的压迫，更渴望得到爱情婚姻的自由，二则由于崭新的社会理念和人生价值的出现，推动了妇女们对幸福生活的追求。自明代中叶后期以来，许多进步的思想家、文学家对"以理杀人"的程朱理学进行了猛烈的抨击。他们认为礼教"严于妇人之守贞，而疏于男子之纵欲"，是"圣人之偏"(吕坤)，大胆提出"妾死情，不死节"(袁宏道)，男女之间可以"夫择妇"，还须"妇亦择夫"(谢肇淛)，有的更坦率："四大皆空设，唯情不虚假"(冯梦龙)，主张"人欲之得，即天理之大同"(王夫之)，这些悖逆封建道德的思潮，猛烈冲击着"存天理。灭人欲"的堤防，直接影响到民歌的创作。大批民间情歌，本质上都是对封建专制的叛逆，标志着人们自我意识的觉醒和深化，代表历史前进的潮流。

深刻丰富的思想内涵，离不开优美的艺术表现形式。优秀的民间情歌健康纯洁，率真自然，朴素生动，焕发着浓厚的生活气息，足以使读过文人情诗艳词的人为之耳目一新。其中丰富的想象，生动的比喻，以及夸张、双关、对比、谐音等修辞手法的运用，闪烁着劳动人民的智慧，散发着山野的清香，以至使沉寂的诗坛为之一震，文人们也纷纷学习、整理民歌。明代通俗文学大师冯梦龙认为民歌是"真人""真声"，"任性而发，尚能通于人之喜怒哀乐嗜好情欲，是可喜也"，有的封建文人则百思不解："不问南北，不问男女良贱，人人习之，京中人人喜听之，以至刊布成帙，举世传诵，沁人心脾，其谱不知从何而来，真可骇叹。"这些恰恰说明明清民歌的生命力在于体现了人民的愿望和用了人民喜闻乐见的形式。

三、三百年来第一流：开近代新风的诗人龚自珍

鸦片战争前夕的中国，清朝统治者昏庸苟安、极端腐败，举国民穷财尽，山雨欲来，又由于封建专制的禁锢，读书人莫敢横议天下大事，只能皓首穷经。这是内忧外患的时代，是需要批判的时代，需要启蒙和改革的时代，而龚自珍就是应运而生的呼唤风雷的诗人。

龚自珍（1792～1841），号定庵，浙江仁和（今杭州）人。出身官僚世家，自幼受到良好的文化教育，他鄙薄因循守旧的时文，热衷"读百家，好杂家之言"，尤喜研究历代改革家的作品。在随父调任时，他走南闯北，了解世情民俗，与朋友"纵谈天下事，风发泉涌，有不可一世之意"。但作为一个开明的知识分子和资产阶级改良主义的启蒙者，龚自珍的思想是不见容于世的，历经官场坎坷之后，他愤而辞官返乡。

清王朝有如危楼倚栏、朝不虑夕，统治者却依旧标榜"太平盛世"。龚自珍清醒地看到了清王朝的现实统治是"衰世"，为"日之将夕"，确信未来时代将有巨大变化，并对此寄予极大的热情和希望。

龚自珍今存的600多首诗，绝大部分是中年以后的作品，其中主要内容是"伤时"、"骂坐"。试看作于道光五年的七律《咏史》：

> 金粉东南十五州，万重恩怨属名流。牢盆狎客操全算，团扇才人踞上游。避席畏闻文字狱，著书都为稻粱谋。田横五百人安在，难道归来尽列侯？

这首诗咏南明史事，以古喻今，感慨清代江南名士就像当年南明的"牢盆狎客"、"团扇才人"，慑服于朝廷淫威，苟安畏死、无所作为。"金粉东南"，指本为烟柳繁会、温柔富贵之地的江南也"恩怨重重"，乌烟瘴气。末联借田横抗汉反激上文，表达了作者对坚持气节者的赞赏，对醉心于功名利禄者的讽劝。

1839年，因禁烟问题，龚自珍又一次受到顽固派的排斥打击，便挂冠南归。一路上，但见市场萧条，田园荒芜，民不聊生。一幅幅触目惊心的惨景扑面而来，长期积郁的焦虑悲愤在诗人心中涌动。他挥笔抒怀，写下315首沉郁苍凉的绝句，命之为《己亥杂诗》，他深切同情人民的苦难，为自己无能为力深感愧疚："只筹一缆十夫多，细算千艘渡此河。我亦曾糜太仓粟，夜闻邪许泪滂沱"。他痛恨由于朝廷昏庸而导致东南涕泪多。"国赋三升民一斗，屠牛那不胜栽禾！"照此下去，难免不发生历史上"屠牛酾酒"式的农民起义。这是对尖锐社会矛盾的形象揭示。

　　诗人还看到封建衰世的另一特征，即摧残人才，后继无人。在《夜坐》中诗人写道："沉沉心事北南东，一睨人材海内空"。三年一度的科考究竟选拔了什么样的人才？他说："谁肯栽培木一章？黄泥亭子白茅堂。新蒲新柳三年大，便与儿孙作屋梁。"诗中暗示：如此用人，大厦将倾。

　　批判黑暗现实是为光明的理想。龚自珍是近代维新派的先驱，他酝酿了早期的思想主张：在经济上，他提倡"自铸饼金"，希望堵塞套购中国白银的漏洞。他要求"富桑"，建议北方种桑养蚕，为江南输送丝织原料，可清政府不予理睬。他在南归途中感慨万分："满拟新桑遍冀州，重来不见绿云绸，书生挟策成何济，付与江南织女愁。"这说明，龚自珍的思想中带有资本主义萌芽时期的特点。对待用人，他疾呼打破令人窒息的沉闷局面，让有生气的人蓬勃出现，于是写下了《己亥杂诗》中的名篇之一："九州风气恃风雷，万马齐喑究可哀。我劝天公重抖擞，不拘一格降人材。"诗人疾呼当今之世，死气沉沉，万马齐喑、令人悲愤。要改变这样的局面，使中国恢复活力，只有请天公重新振作起来，把各式各样的人统统降到人间来吧！这是愤怒谴责，殷切期待，也是奋力抗争。他坚信，只要改变不合理的官僚制度，就能涌现力挽狂澜的栋梁之材。

　　龚自珍热切期待着狂风和春雷，荡涤掉封建王朝的污泥浊水："眼前两万里风雷，飞出胸中不费才"；"著书不为丹铅误，中有风雷老将心"，他赋予迅疾的自然现象以政治色彩，将励精图治、维新改革的意志表现得气壮山河、虎虎生威。

　　然而，在"虎豹沉沉卧九阍"的时代，他自己处于"平生进退两颠簸"的境地。"春梦撩天笔一枝，梦中伤骨醒难支。今年烧梦先烧笔，检点青天白昼诗。"难道改造社会的理想受到阻挠，就去"检点"那些无关痛痒的应时之作吗？不，这是作者愤激的反语。且看他豪迈挥笔："古愁莽莽不可说，化作飞仙忽奇阔，江天如墨我飞还，折梅不畏蛟龙夺。"挂冠归乡时他还表示："浩荡离愁白日斜，吟鞭东指即天涯。落红不是无情物，化作春泥更护花。"诗人以落花自喻，申明绝不颓唐沉沦，即使自己化作"春泥"，也要滋润美好的新生之花。

　　龚自珍诗歌贯穿着强烈的爱国主义精神，为了拯救国家民族，甚至捐躯亦在所不辞。殖民主义者侵略祖国时，他愤然写道："绝域从军计惘然，东南幽恨满词笺。一第一剑平生意，负尽狂名十五年"。表现他关注西北边陲战事、忧虑东南禁烟和海防的严重问题。在林则徐赴广东禁烟时，他曾提出具体建议，并希望同行，但终未实现。鸦片战争爆发时，他致信江苏巡抚，表示要共筹抗英大计，亲自投入反帝斗争。可此信发出不久，他竟暴死于丹阳，壮志未酬。

　　在新旧时代之交，龚自珍不仅思想上有叛逆性，文学上也有很大的创造性。他是中国封建时代诗坛最后一颗明星，又是近代诗歌史上开一代风气的第一位大诗人，他用笔揭露社会黑暗，抒发报国大志，这与当时文坛上专事模山范水、吟风弄月的作品形成鲜明对照。龚自珍的诗具有以下特点：1. 政论、抒情和艺术形象结合为一，他以政论作诗，把社会普遍现象，提到历史的高度，抒发情绪和感慨，而不作抽象议论，也不散文化；2. 以丰富的想象与合理的夸张，构成生动有力的形象；3. 形式和风格多样化，他的五言古诗凝炼，七言古诗奔放，七言绝句通脱自然，七言律诗则含蓄工稳；4. 语言清奇多采，不拘一格，有瑰丽，也有朴实，有古奥，也有平易，有生僻，也有通俗。总体观之，他受到了杜甫诗、韩愈诗的影响，但没有泥古不化，生搬硬套，所以他赢得了"三百年来第一流"的称誉。正如梁启超在《清代学术概论》中评论的那样："光绪间所谓新学者，大率人人皆经过崇拜龚氏之一时期，初读定庵文集，若受电然。"龚自珍诗在历史跨入近代的时候，能迅急地产生巨大而深刻的影响，主要因为他是力图救国救民的爱国者，是呼风唤雷的改革推动者。

［作品选读］

王禹偁
　　　村行（存目）
林逋
　　　山园小梅（存目）
梅尧臣
　　　鲁山山行（存目）
苏舜钦
　　　庆州败（存目）
欧阳修
　　　戏答元珍
王安石
　　　河北民（存目）
　　　明妃曲（存目）
苏轼
　　　新城道中
　　　游金山寺（存目）
　　　荔枝叹（存目）
　　　惠崇春江晚景（存目）
　　　澄迈驿通潮阁（存目）
黄庭坚
　　　登快阁
　　　雨中登岳阳楼望君山（存目）
陈与义
　　　伤春（存目）
范成大
　　　催租行（存目）

州桥(存目)

杨万里

初入淮河(存目)

插秧歌(存目)

陆游

书愤

游山西村(存目)

关山月(存目)

临安春雨初霁(存目)

沈园(存目)

文天祥

金陵驿

元好问

雁门道中书所见(存目)

高启

登金陵雨花台望大江(存目)

于谦

咏煤炭(存目)

李梦阳

秋望(存目)

何景明

岁晏行(存目)

李攀龙

寄元美(存目)

王世贞

登太白楼(存目)

陈子龙

小车行(存目)

钱谦益

狱中杂诗(存目)

王士祯

秦淮杂诗(存目)

袁枚

马嵬(存目)

赵翼

论诗(存目)

黄景仁

都门秋思(存目)

龚自珍

　　秋心

黄遵宪

　　哀旅顺（存目）

戏答元珍

欧阳修

　　春风疑不到天涯，二月山城未见花。残雪压枝犹有橘，冻雷惊笋欲抽芽①。夜闻归雁生乡思，病入新年感物华②。曾是洛阳花下客③，野芳虽晚不须嗟。

【注释】

　　①冻雷，犹言寒雷。

　　②夜闻二句：一作"鸟声渐变知芳节，人意无聊感物华"。

　　③曾是句：宋仁宗天圣八年（1030年）至景祐元年（1034年），欧阳修曾任西京（洛阳）留守推官，故云。洛阳以花著称。作者《洛阳牡丹记·风俗记》："洛阳之俗，大抵好花。春时，城中无贵贱皆插花，虽负担者亦然。花开时，士庶竞为游遨。"

【评点】

　　这首诗是作者谪居峡州夷陵时所作。诗人自己对起首两句甚为自负："春风疑不到天涯，二月山城未见花，若无下句，则上句何堪？既见下句，则上句颇工。文意难评，盖如此也。"（《峡州诗说》）说正因为到了二月还不见花开，才叫人疑心春风不会到此偏远之地了。面对迟来的山城春景，作者睹物生情，隐隐透出政治上失意的落寞之情。结句自我宽慰，说是"不须嗟"，其实恰恰本身即是嗟叹。另有写景诗《黄溪夜泊》，中有"万树苍烟三峡暗，满川明月一猿哀"之句，意境新远，可相参看。

新城道中

苏　轼

　　东风知我欲山行，吹断檐间积雨声。岭上晴云披絮帽①，树头初日挂铜钲②。野桃含笑竹篱短，溪柳自摇沙水清。西崦人家应最乐③，煮葵烧笋饷春耕④。

【注释】

　　①岭上句：以絮喻云，取其轻软而色白。杜牧《长安杂题长句》："晴云似絮惹低空。"絮帽，白丝绵制的头巾。古人头巾多用白色，如白纶巾、白葛巾等。

　　②铜钲（zhēng），铜锣。此以钲喻日。

　　③西崦（yān），西山。

　　④葵，葵菜，即冬葵。一作"芹"。

【评点】

　　新城，三国时吴置县名，今属浙江桐庐。其地风景绝佳。雨后初晴，桃柳争妍，芹笋清香，扑面而来。诗人行进于新城道中，大笔勾勒远云近树，野桃溪柳，施展非凡的想象力，奇喻迭出，新奇而又自然。句末暗示此去"劝农"的目的，稍嫌突兀。

登 快 阁

黄庭坚

痴儿了却公家事①，快阁东西倚晚晴。落木千山天远大，澄江一道月分明。朱弦已为佳人绝②，青眼聊因美酒横③。万里归船弄长笛，此心吾与白鸥盟。

【注释】

①痴儿句：作者以痴儿自指。《晋书·傅咸传》载杨济与傅咸书曰："江海之流混混，故能成其深广也。天下大器，非可稍了，而相观每事欲了。生子痴，了官事，官事未易了也。了事正作痴。复为快耳！"

②朱弦句：谓世无知己，不再弹琴。含有怀才不遇的感慨。《吕氏春秋·本味》载钟子期为伯牙的知音好友，"钟子期死，伯牙破琴绝弦，终身不复鼓琴，以为世无足复为鼓琴者"。

③青眼句：《晋书·阮籍传》："籍又能为青白眼，见礼俗之士，以白眼对之。及嵇喜来吊，籍作白眼，喜不怿而退。喜弟康闻之，乃赍酒挟琴造焉。籍大悦，乃见青眼。"

【评点】

元丰五年(1082年)黄庭坚在太和(今江西泰和县)作知县。公事完毕后，常到快阁去观赏清秋晚景。此诗首联点明缘由，其后纵笔写景，奇思壮句，想落天外。结构上开合有致，诗意突兀奇警。特别是此诗不同于黄庭坚某些专意瘦硬、拗句险韵之作，读来流畅舒展。

书 愤

陆 游

早岁那知世事艰①，中原北望气如山②。楼船夜雪瓜洲渡，铁马秋风大散关③。塞上长城空自许④，镜中衰鬓已先斑。《出师》一表真名世，千载谁堪伯仲间⑤！

【注释】

①世事艰，意指恢复中原之事，不断受到投降派的阻挠、破坏。

②中原句：谓北望中原，收复失地的壮心豪气，有如山涌。

③楼船二句：写宋兵在东南和西北两地抵抗金兵进犯事，并回顾自己过去游踪所至。宋高宗绍兴三十一年(1161年)十一月，金主完颜亮南侵，宋将刘锜、虞允文等在瓜洲、采石一带拒守，结果，完颜亮为部下所杀，金兵溃退。上句指此。《剑南诗稿》卷十《过采石有感》："快心初见万楼船。"可相参证。楼船，指战舰。汉武帝时，曾于昆明池中治楼船高十余丈，以习水战。(见《史记·平准书》)瓜洲，即瓜洲镇，在今江苏省邗江县南长江滨，与镇江斜相对峙，是江防要地。下句陆游自叙宋孝宗乾道八年(1172年)在南郑参加王炎军幕事。王炎与陆游积极筹划进兵长安，曾强渡渭水，与金兵在大散关发生遭遇战。这年九月，王炎被调回临安，反攻计划未能实现。《剑南诗稿》卷三《归次汉中境上》："良时恐作他年恨，大散关头又一秋。"这里的"铁马秋风"，写军容壮盛，兼有失去恢复良机的感慨。铁马，披着铁甲的战马。大散关，在今宝鸡市西南。当时南宋与金，西以大散关为界。

④塞上句：言少时以捍卫国家、扬威边地的名将自许，而结果这种志愿落了空。南朝时刘宋名将檀道济，曾自称为"万里长城"。（见《南史·檀道济传》）这里的"塞上长城"，隐用其意。

⑤《出师》一表二句：赞叹诸葛亮坚持北伐，用以表明自己恢复中原的志愿。蜀汉后主建兴五年（227年）三月，诸葛亮率大军由汉中北伐曹魏，上《出师表》。（见《资治通鉴》卷七十）伯仲，原指兄弟间长幼的次序，引申为衡量人物差等之词。伯仲间，意指可以相提并论。杜甫《咏怀古迹》第五首咏诸葛亮，有"伯仲之间见伊吕"语，此翻用其意，是说无人可与诸葛亮相比。

【评点】

陆游吟诗不辍，历年积诗近万，题材亦十分广泛，赵翼称其"凡一草一木，一鱼一鸟，无不剪裁入诗"（《瓯北诗话》）。姚鼐也称："放翁激发忠愤，横极才力，上法子美，下揽子瞻，裁制既富，变境亦多"（《今体诗钞序目》）。作者不仅七言歌行雄阔，七律也十分精警。此诗即其七律代表作。写于淳熙十三年（1186年）春作者山阴闲居之时。诗中追叙壮岁心情，自伤迟暮，感慨小人误国，世事维艰，恢复中原的时机，一去而不可复得。诗尾叹惋今世无诸葛亮那样的英才，兴师北伐，"还于旧都"。全诗格调悲壮，情绪激越，境界阔大，气韵沉雄。

金 陵 驿

文天祥

草合离宫转夕晖，孤云飘泊复何依！山河风景元无异①，城郭人民半已非②。满地芦花和我老，旧家燕子傍谁飞③？从今别却江南路④，化作啼鹃带血归。

【注释】

①山河句：《世说新语·言语》："过江诸人，每至美日，辄相邀新亭，藉卉（坐草地上）饮宴。周侯颙中坐而叹曰：'风景不殊，正自有河山之异！'皆相视流泪。唯王丞相愀然变色曰：'当共戮力王室，克复神州，何至作楚囚相对。'"

②城郭句：传说汉中阿太霄观道士丁令威学道于灵虚山，后化鹤归辽，从空中下望，说道："有鸟有鸟丁令威，去家千年今始归，城郭犹是人民非。"（见《搜神后记》）按：德祐元年三月，元兵攻破金陵。

③旧家句：刘禹锡《金陵五题·乌衣巷》："旧时王谢堂前燕，飞入寻常百姓家。"

【评点】

宋恭帝德祐元年（1275年），元军攻破蕲、黄二州，沿江东下，文天祥在江西起兵勤王。临安陷落后，他引兵转战东南，于祥兴元年在五坡岭军败被俘。随即便被押赴元都燕京（今北京）。此诗写于北行途中过金陵时。诗中感喟家国兴亡之痛，饱含血泪真情。结尾点明此行志在必死，以明忠贞殉国之节操。另有《扬子江》诗流传甚广，可相参阅。诗云："几日随风北海游，回从扬子大江头。臣心一片磁针石，不指南方不肯休"。

秋 心

龚自珍

秋心如海复如潮①，但有秋魂不可招②。漠漠郁金香在臂③，亭亭古玉佩当腰④。气寒西北何人剑，声满东南几处箫⑤。斗大明星烂无数，长天一月坠林梢⑥。

【注释】

①秋心：秋天悲凉的心情。

②秋魂：这里指亡友的灵魂。上二句是说：秋天里悲凉的心情如大海和潮水一样奔涌，只有那亡友的灵魂不可招回。

③漠漠：清寂的样子。郁金香：香草名。这句是说：亡友余香还残留在我臂间。意思是指昔日之友情仍在。

④亭亭：明洁的样子。古玉佩：古人腰间佩带的一种玉制饰物。这里把古玉比作亡友美德。这句是说：亡友美德尚在，犹如古玉时时佩我腰间。

⑤"气寒"二句：意思是说：西北边疆多事，谁能仗剑报国？秋声吹满东南，又有几处吹箫抒发感慨呢？

⑥烂：灿烂。一月：《淮南子·说林》："百星之明，不如一月之光。"这两句意思是说：朝中庸碌的人得志，而有才德之士虽如明月也不免沉沦。

【评点】

作者家学渊源，才高识厚，然屡屡会试，屡屡不中。道光六年(1826 年)，他同魏源一起参加会试，仍未考中。同年又有陈沅、谢阶树等好友相继去世，深感清王朝压抑摧残人才。发而为诗，一抒愤慨之情，亦表悼念好友之哀。

第五章　经国之大业　不朽之盛事

——古代文赋

　　盖文章经国之大业，不朽之盛事。年寿有时而尽，荣乐止乎其身，二者必至之常期，未若文章之无穷。

——曹　丕

　　神者，文家之宝。文章最要气盛，然无神以主之，则气无所附，荡乎不知其所归也。神者气之主，气者神之用。神只是气之精处。

——刘大櫆

第一节　百家争鸣　群星璀璨：先秦诸子散文

　　孟子的雄畅善辩——荀子的文风淳厚——庄子的汪洋恣肆——韩非子的峻峭犀利

　　春秋战国之世，是中国文化史上至为难得的"大黄金时代"。当时诸子立说、百家争鸣的风气，大大促进了学术和文学的发展。老子、孔子、孟子、庄子、荀子、墨子、管子、韩非子等等，皆一时之俊杰。德国当代哲学家雅斯贝尔斯高度评价两千多年前"人类轴心时代"深远影响的时候，对中国老子、孔子等大思想家的卓越贡献也推崇备至。《论语》(孔子后学对孔子言论的记录)、《老子》等著作，不但站在中国哲学和文化理论的巅峰，代表了儒道两大思想体系，而且文学价值也很高。然而从艺术角度看《庄子》、《孟子》、《荀子》、《韩非子》则更具先秦诸子散文的特色。

《孟子》

　　孟子(约前372～前289)，名轲，邹(今山东邹城)人。受业于孔子之孙子思的门下，是战国中期儒家学派最有权威的代表人物，有儒门"亚圣"之称。孟子大约在公元前329年，开始带学生周游列国，历游齐、宋、滕、魏等国，一度任齐宣王客卿，因主张不见用而辞退。大约在公元前311年，当孟子六十二岁时回到了邹国，结束了周游生活。从此以后，孟子除了讲学以外，便学习孔子晚年的做法——著书立说。《孟子》一书，由孟子及其弟子万章等"拟圣而作"，即模仿《论语》而作，也是一部语录体著作。《孟子》基本内容主要包括三个组成部分："天人合一"的哲学理念，"居行仁义"

的修养方法和"内圣外王"的王道政治论。孟子思想一以贯之的核心是"仁","仁"构成了孟学的精神实质,是孔子学说的发展。孟子主张行"仁政"而王天下,并把它运用到政治生活中去,提出了"法先王"、"省刑罚"的仁政主张;在经济上,提出了"井田制"、"薄税敛";在军事上反对武力兼并,主张"仁战",认为"仁者无敌"、"得道多助",只有"不嗜杀人者"才能统一天下。这就是他的以民为本的王道。而民本思想是孟子的主要政治思想。他强调"民为贵,社稷次之,君为轻。"(《尽心》)曾对齐宣王说:"保民而王,莫之能御也。"(《梁惠王》上)这就是说,真正爱护人民的人,他的力量是不可战胜的。他提出"以力服人者,非心服也,以德服人者,中心悦而诚服也。"(《公孙丑》上)"不仁而得天下者,未之有也。"(《尽心》下)因此,他就随时启发君王去爱人民,争取人民。他认定残暴之君是独夫,人民可以推翻他。这些话在当时看来,是极其大胆的,具有一定的进步意义。面对社会世风日下的情形,孟子主张重视伦理道德教化,"修其孝悌忠信"。他认为只有这样,才能从根本上,使民风归于淳朴。在人性论方面,孟子提出"性善论"主张,肯定人生而是善的,都具有仁、义、礼、智等天赋道德意识,认为"人皆可以为尧、舜"。

《孟子》散文不仅思想精深,影响深远,艺术成就也很高。孟子散文的主要艺术特色有:第一,是气势充沛,富于雄辩。战国是一个不同凡响的年代,人们不仅用铁血征服敌人,也用语言征服对手。孟子精于辩论术,各种辩论技巧纯熟无比,达到炉火纯青的境界。所以,他能在辩论中立于不败之地。他的散文有不少就是辩论的精彩记录,如他同陈相、许行论争时,首先向许行问难一切生活资料的来源,以见社会分工的必要;进而论治天下不可以一身而兼,百工之事,列举尧、舜、禹、稷所以不暇耕之故;然后斥责陈相实行许行之道是"下乔木而入于幽谷。"声色俱厉,气盛言宜,令陈相无言以对。他的雄辩还表现在出人不意,语出惊人。如孟子见梁惠王,王曰:"叟!不远千里而来,将有利吾国乎?"孟子曰:"王!何必曰利?亦有仁义而已矣。"(《梁惠王》上)意思是说你这种说法开头就大错特错了。接着又指出,做国王的大谈如何给自己国家带来好处,大夫就会问给他家带来什么好处,士人就会问给他本人带来什么好处,所有的人都争着要好处,这个国家就危险了。这一番经过缜密推理的道理,使梁惠王不得不冒冷汗,不得不折服。第二,善设机巧,长于讽刺。孟子言语犀利泼辣,同时又不乏机智幽默。其笑傲王侯,揶揄智者之语,常让人忍俊不住。如孟子为了让宋国商业繁荣起来,从齐国来到宋国,劝导戴盈之要免除关卡和商品赋税,但戴却为难地表示:税率十分抽一,免除关卡和商品的赋税,今年还办不到,准备先减轻一些,等到明年,再这样做行吗?孟子讽刺他"今有人攘邻之鸡者,或告之曰:'是非君子之事。'曰:'请损之,月攘一鸡,以待来年,然后已。'"(《滕文公》下)把征税比做偷鸡,把假仁假义的减免租税比作减少偷鸡,实在是妙不可言。又如"孟子谓齐宣王曰:'王之臣有托其妻子于友而之楚游者,比其返也,则冻馁其妻子,则如之何?'王曰:'弃之!'曰:'士师不能治士,则如何?'王曰:'已之!'曰:'四境之内不治，则如之何?'王顾左右而言他。"(《梁惠王》下)孟子通过朋友托家人，狱官管不了手下的人，引出齐宣王回答"绝交"、"免他的职"，马上问"那您没治理好国家的事，您又怎么说?"讽刺手法不可谓不妙。第三，陈说事理，善于比喻，达到吸引人们的注意力，明辨是非的目的。如梁惠王对邻国之民没减少，本国之民不增多感到费解。孟子对他说："王好战，请以战喻。填然鼓之，兵刃既接，弃甲曳兵而走。或百步而后止，或五十步而后止。以五十步笑百步，则何如?'曰:'不可;直不百步耳，是亦走也。'曰:'王如知此，则无望民之多于邻国也。'"(《梁惠王》上)孟子在这里以同是逃兵比喻，逃五十步的竟讥笑逃一百步的，以此喻梁惠王毫无自知之明，指明他以"移民""移粟"的假象掩盖好战给人民带来的灾难。孟子比喻的手法多种多样，如"牛山之木"一章，用一个形象的比喻，把一番艰深的理论讲得清清楚楚，明明白白，不能不让人叹服。宋人揠苗助长、齐人乞食则是全段全章以寓言故事做比，非常生动形象。第四，孟子散文语气逼真，接近于口语，十分生动而风趣。这是因为孟子学识渊博，谈吐之中历史掌故、典章制度、意旨深邃的警句、言简意赅的格言信手拈来，随口而出，这就使他的散文锦上添花。

《荀子》

荀子(约前313～前238)，名况。曾游学于齐国的稷下，后到楚国，做过兰陵令，晚年定居在那里。

荀子的一生主要从事教学和著述，培养的学生中最著名的有法家代表人物韩非子和秦始皇的丞相李斯。他作为先秦诸子的最后一位大师，对各派学说都有继承和评论。他是博学多才的大教育家，是战国时期"百家争鸣"的集大成者。其思想是对百家之学的批判性总结，是当时封建诸侯割据称雄走向封建大一统的舆论准备，也是由"诸侯异政、百家异说"的"异"走向"天下为一"的"一"的一种反映。荀子的宇宙观是唯物主义的，不迷信天道鬼神。认为天是自然的天，同人类社会的治乱无关，并提出"制天命"的观点，"从天而颂之，孰于制天命而用之。"(《天命》)同孟子"性善"说相反，荀子主张"性恶"论，"人之性恶，其善者伪也。"(《性恶》)，认为人之性"为利"、"疾恶"、"好声色"，必须要有"礼义法度"加以教化。荀子始终重视教育，认为"国将兴，必贵师而重傅;贵师重傅，则法存。国将衰，必贱师而轻傅，则人有快，人有快则法度坏。"(《大略》)荀子把教育的成败，提高到国家存亡的高度认识，并对教师的作用，教育的内容、功能、方法等做了详尽的论述。他还对音乐和美学阐述了自己的观点。荀子荟萃百家学说，成一家之言，对后世产生了巨大影响。荀子散文艺术成就高，对后代散文有很大影响，其艺术特色主要有以下四点:一是说理透辟，论断精确。他的散文多长篇大论，但论点明确，层次清楚，推理缜密。如在论述社会国家的治乱兴废的关键所在时，他说:"治乱天邪?曰:日月星辰瑞历，是禹桀之所同也;禹以治，桀以乱，治乱非天也。时邪?曰:繁启蕃长于春夏，蓄积收藏于秋冬，是禹桀之所同也；禹以治，桀以乱，治乱非时也。地邪？曰：得地则生，失地则死，是禹桀之所同也；禹以治，桀以乱，治乱非地也。"(《天论》)这段话论证治乱与天、时、地等自然条件无关，无可辩驳地得出一切取决于执政者本身的结论，令人叹服。二是旁征博引，善于比喻。荀子散文引录大量古代俗语、谚语穿插于论述之中，产生了出人意料的效果。他最擅长比喻，特别是《劝学》篇比喻层出不穷，前半篇几乎全用譬喻重叠构成。如以"积土成山，积水成渊"，比喻知识积累。以"锲而不舍，金石可镂"说明学习、工作要持之以恒，才能有所成就。以"青出于蓝，而胜于蓝；冰，水为之，而寒于水。"比喻后来者居上。荀子在论述社会环境对人的影响作用时说："蓬生麻中，不扶而直；白沙在涅，与之俱黑；兰槐之根是为芷，其渐之，君子不近，人不服。其质非不美也，所渐者然。故君子居必择乡，游必就士，所以防邪僻而求中正也。"(《劝学》)通过蓬草生于丛麻中，不扶植就笔直；白沙混于黑泥中，不染就变黑；香芷浸在臭水中，无人愿意佩戴，这一系列生动形象的比喻，把环境对人成长的重要性讲得明明白白。三是讲究文采，言简意赅。荀子的传世警言，俯拾即是。如"积土成山，风雨兴焉；积水成渊，蛟龙生焉。"(《劝学》)"君者，舟也；庶人者，水也。水则载舟，水则覆舟。"(《哀公》)"不登高山，不知天之高也；不临深溪，不知地之厚也。"(《劝学》)又如荀子在《议兵》篇中对六术的论述，前十三句皆四字，后两句五字，句式整齐，从军令到赏罚，从驻扎到进退，从侦察到决战，都有具体要求，内容丰富，语言简炼。四是韵律感强，朗朗上口。荀子散文虽多为政治说教，但融政论与趣味于一体，读起来有一种韵律感。宛如一首诗抑扬顿挫，其间隐含一股绵延不绝的气势。如在《非十二子》中批判某些学者"其冠䌤，其缨禁缓，其容简连；填填然，狄狄然，莫莫然……"。荀子又有《赋篇》，包括"礼"、"知"、"云"、"蚕"、"箴"五首小赋，这些赋以四言韵语为主，亦杂有散文形式，颇像谜语。还有《成相》一篇，亦是韵文。

《庄子》

　　庄子(约前369～前286)，名周，宋国蒙(今河南商丘东北)人。战国时期哲学家、思想家，道家学派的代表人物。他一生只做过地位卑微的漆园吏，生活贫困，有时靠借米和编草鞋度日。楚王曾以厚礼聘他为相，却遭拒绝，说是做官戕害人的自然本性，称自己宁愿像个小龟，在污泥中自得其乐，图个精神的自由解脱。后隐退"终身不仕"。

　　庄子继承并发展了道家创始人老子的思想，在老子"自然无为"哲学思想的基础上，着重探求在黑暗动荡的社会中，如何解脱自我，保全自我的方法。因而，庄子的哲学被称为是"生命的哲学"、"参破生死的哲学"。在他看来，一切人为的制度和文化措施都违逆人的天性，扼杀人的精神，因而是毫无价值的。对于个人人生，他强调"全性保真"，要求人们舍弃一切世俗的知识和名誉地位，"知其不可奈何而安之若命"，在无是非、无得失、无荣辱的虚无缥缈的境界中逍遥漫游，安时处顺地去过"同与禽兽居"的生活，以求达到一种绝对的和完美的精神自由。他愤世嫉俗，鄙视富贵，拒绝同统治者合作的精神，在反礼教、反封建统治的斗争中有积极作用。《庄子》不仅是一部闪耀着深刻思想光芒的哲学著作，同时也以其丰富奇特的想象、奔泻纵恣的笔势、奇幻阔大的意境、机趣横生的语言成为中国文学宝库中的珍品。

用鲜明生动的艺术形象阐明哲学道理，是《庄子》的一大特色。作为一部哲学著作，《庄子》与先秦其他各家以言辩为主，通过论述性的语言、严密的逻辑推理去阐述不同哲理，《庄子》以寓言阐明哲学思理，以具体生动的形象取代逻辑推理，因而枯燥的哲学思想在他笔下是那样盎然多趣，引人入胜。如《庄子》"内篇"中的《逍遥游》、《人间世》、《大宗师》等篇，基本是用五六个幻想出来的故事组成的。《逍遥游》中，作者以五石之瓠和臃肿蜷曲的樗两种无用的东西为喻，说明"至人无己"的道理；以大鹏与蜩、学鸠的故事讲小知不及大知；以尧与许由的故事讲圣人无名。又如《至乐》篇讲齐生死的道理，则通过庄子妻子死去，他非但不悲痛反而鼓盆而歌的故事说明。这种寓"钩深索远"之旨于光怪陆离的虚象之中的奇妙论证方法，使《庄子》成为一种诗化哲学，成为浪漫主义的寓言体散文杰作。

丰富奇特的想象、惊险无拘的高度夸张是庄子散文的又一重要特色。庄子的想象力极为大胆、自由、舒展，不受时空限制。因此他笔下的世界奇诡异常，变幻莫测。骷髅幽魂，大鹏小雀无不招之即来，挥之则去；蛇蝉鸠虫，虾蟆甲虫无不善思会想，能言善辩。《逍遥游》里写大鹏：其背脊不知有几千里长，展开翅膀有如遮蔽半边天的巨云，起飞时，要贴水面一击三千里，而后上冲九万里高空，一飞就是六个月，如此奇特宏阔的想象力，读之如神游于奇异的天地里，令人惊叹不已。《则阳》篇鄙视国与国之间的兼并战争：

> 有国于蜗之左角者曰触氏，有国于蜗之右角者曰蛮氏，时相与争地而战，伏尸数万，逐北旬有五日而后反。

蜗牛原本是至小之物，其触角更是小不可言，但每支角上都各建立一个国家，两国为争地盘发生了战争，竟然伏尸数万，而且胜者乘胜追击败军竟达半月之久。读来令人不得不佩服作者的神思妙想。

《庄子》语言丰富多彩，生动形象，行文洒脱豪放，恣肆汪洋，形成了《庄子》独特的语言风格。《秋水》篇由河神与海神谈话构成，一问一答一气呵成，文字生动活泼，玄妙有趣。《徐无鬼》写石匠斫垩，抡起大斧砍去郢人鼻尖上涂得如蝇翼一样薄的白垩，鼻子却毫无损伤；《养生主》写庖丁解牛，游刃有余，丰富细致的描写都似信手拈来，随意铺陈，绘声绘色，妙趣横生。

庄子还创造了大量概括性、实用性都极强的新词新语，如尘埃、槁木、吻合、彷徨、寂寞、精神、大相径庭、不近人情、朝三暮四、望洋兴叹等等，不胜枚举。不仅提高了语言的表现力，而且极大地丰富了我国的语言宝库。

　　《庄子》代表了先秦散文的最高成就，在中国文学史上留下了光辉灿烂的一页。它标志着先秦散文发展到了成熟阶段。并对后代浪漫主义文学的发展产生了深远影响。

《韩非子》

　　韩非子（约前280～前233），是战国末期思想家、政治家，法家学说集大成者。他与李斯同为荀子的学生。因多次向韩王建议变法图强，不被采纳；又因"为人口吃，不能道说"，便发愤著书十余万言，阐述自己的政治主张。秦王嬴政见其书赞佩之至，迫使韩国派遣他来到秦国。李斯恐其被重用而动摇自己的地位，将他陷害入狱，后被迫自杀于狱中。他的著作《韩非子》是先秦法家的代表作。韩非子综合了前期法家商鞅的重法派、申不害重术派、慎到重势派的学说，又吸收儒、道、名、墨等家的思想，建立了一整套系统的以法、术、势为核心的法治理论，目的就是要以严格的等级制度和严峻的刑法维护君主的地位。因而韩非子的思想被称作是"帝王术"。在君臣关系上，他认为君与臣是天然的敌人，君主一旦疏于防范，人臣就会乘机作乱，因而必须以严明的上下贵贱的等级制度，予以压制，以"奸术"和"反奸术"防备和驾驭人臣。他还认为普通民众是无足轻重的，那些试图通过"得民之心"而达到天下大治的说法，完全是不懂治国之道者的妄语。同时他认为人并不具有自觉向善的天性，不可能经过教育感化而使他们弃恶从善，只有严厉的刑法才是对付人类恶行的惟一有效手段。从文化思想来说韩非是一个彻底的功利主义者，他鄙视一切属于艺术、哲学、学术、美感等范围的东西．认为它们不能为国家直接创造社会财富，不能直接抵御外来侵略，是无用的高调，是智者的骗术，是乱国的根本。

　　尽管如此，一部《韩非子》，作者精心构筑的一整套极端专制主义的、严厉控制人的方法和理论，却以各种生动、形象、严谨、朴实的艺术手段表现出来，形成了他政论散文独特的风格。

　　《韩非子》，逻辑严密，论述细致，议论透辟，分析能力极强。《亡征》一篇，思路阔达，看问题全面、细致，分析可亡之道多达四十七条。其代表作《五蠹》洋洋洒洒近七千言，作者根据古今社会变迁的实际情况，主张"养耕战之士，除五蠹之民"。论证中有破有立，观点鲜明，谈古论今，逐层深入，由具体到抽象，反复论证，具有很强的说服力。如他在论"时代在变化，制国之策也应随之改变"的社会变革思想时，先举出古代帝王与当今县令让位与争位的两种不同做法，又喻以居山少水与居泽多水存在贵水与患水的两种不同情况，随后又引出饥荒之年与丰收之年存在吝食与赠食的两种不同态度进行具体论述，然后予以分析归纳："是以古之易财，非仁也，财多也；今之争夺，非鄙也，财寡也。轻辞天子，非高也，势薄也；重争土橐，非下也，权重也。故圣人议多少、论薄厚为之政。故罚薄不为慈，诛严不为戾，称俗而行也。"最后回到论证的核心："故事因于世而备适于事。"从古至今，从现象到本质，从现实到理论，层层铺排分析，细致透辟，具有强烈的逻辑性和说服力。韩非还善于运用大量譬喻和寓言故事来论证事理，增强了文章的生动性。《五蠹》篇论述严刑厉法的必要性和重要性时，以常见的生活现象进行譬喻来推演重大的道理，可谓言浅而意深。

> 今有不才之子，父母怒之弗为改，乡人谯之弗为动，师长教之弗为变。夫以父母之爱，乡人之行，师长之智，三美加焉而终不动，其胫毛不改；州部之吏，操官兵，推公法，而求索奸人，然后恐惧，变其节，易其行矣。故父母之爱，不足以教子，必待州部之严刑者，民固骄于爱，听于威矣。故十仞之城，楼季弗能逾者，峭也；千仞之山，跛牂易牧者，夷也。故明王峭其法而严其刑也。

在论证中，他还独创了许多生动形象、寓意深刻的寓言故事，如"自相矛盾"、"守株待兔"、"滥竽充数"、"买椟还珠"、"削足适履"等，至今仍被广泛引用。

韩非子思想犀利尖锐，为人又刚直自信，所以文风峻峭，笔带锋芒，词气严峻、坚决而专断，有不可辩驳之势。

> 故明主之国，无书简之文，以法为教；无先王之语，以吏为师；无私剑之捍，以斩首为勇。是（以）境内之民，其言谈者必轨于法，动作者归之于功，为勇者尽之于军。是故无事则国富，有事则兵强，此之谓王资。既蓄王资，而乘敌国之衅，超五帝、侔三王者，必此法也。

用词精确，语气干练，又以平稳简短的整齐句形式排列，读来节奏鲜明，铿锵有力，增强了论证气势。

韩非子是春秋战国时期百家争鸣思潮中最后一位卓有成就的思想家，他的思想、特别是与政治独裁和文化专制有关的内容已成为历代统治者的政治法宝。同时他峻峭犀利的文章气势，精细周密的论理技巧，对后世政论文体的写作和发展也产生了很大的影响。

第二节　散体简洁流畅　辞赋铺采摛文：汉魏六朝的文赋

深得屈原遗风：贾谊及其"骚体赋"——汉代大赋登上文坛的标志：枚乘的《七发》——铺张扬厉、逞辞驰才：司马相如使大赋修辞达到极致——保守拟古与尝试突破：扬雄的辞赋艺术——史家之绝唱，无韵之《离骚》：司马迁及其史传散文杰作《史记》——曹植：朦胧要眇《洛神赋》——陶渊明：田园将芜《归去来》——"庾信文章老更成"：《哀江南赋》

一、汉大赋与史传散文

（一）西汉辞赋

赋是战国末期兴起的一种新的文学样式，是汉代文学的代表。它是随着汉帝国的日益强盛，为了满足"润色鸿业"的政治需要而逐渐发展兴盛起来的。汉赋的发展大体经历了三个阶段：第一阶段是汉初的骚体赋，代表作家是贾谊。此时期的辞赋篇幅短小，句尾多带"兮"字，抒情成分较浓，带有"骚体"痕迹，故称为"骚体赋"。第二阶段是武帝至西汉末，这是汉赋发展的鼎盛时期。此时的赋作，篇幅加长，多采用主客问答形式，"铺采摛文，体物写志"，具有宏伟的结构、恢宏的气势、瑰丽的文辞与细腻的描写，体现了汉帝国全盛时期的赫赫声威与赋家"劝百讽一"的良苦用心。代表作家为枚乘、司马相如、扬雄等。第三阶段是东汉中叶以后，由于铺张扬厉、动辄数千言的大赋随着东汉政治的黑暗和国运的衰微而失去了生存的土壤，后继者的机械模拟也使大赋失去了艺术生命力，于是大赋衰落，一种篇幅短小、针砭时弊、感情浓郁、语言整饬的抒情小赋兴盛起来。代表作家为张衡、赵壹等。汉代的散文亦极其兴盛，其名家名篇常成为后世作家称羡取则的典范。从内容上看，两汉散文可大致分为四类：一是史传散文，如司马迁的《史记》，班固的《汉书》等；二是政论散文，如贾谊《过秦论》、《陈政事疏》，晁错的《论贵粟疏》以及"汉末三子"王符、崔寔、仲长统的政论文等；三是学术性散文，如王充的《论衡》；四是抒情论理散文，如司马迁的《报任安书》，杨恽的《报宋会宗书》等。总之，两汉的辞赋与散文都异常兴盛，可谓名家辈出、名作如林。

贾谊（前200～前168），西汉初期的杰出政治家和文学家。所著文章58篇，刘向编为《新书》。他还是汉初最著名的政论文作家，《过秦论》上、中、下三篇是他的名作。"过秦"是推究总结秦朝灭亡的过失教训的意思。文章通过秦代兴亡历史原因的分析总结，得出了失民心者失天下的历史结论，为封建统治者提供鉴诫。全篇文辞整饬，多用夸张排比手法，感情充沛，气势奔放，善于铺张渲染，有战国纵横家遗风，极富艺术感染力。《陈政事疏》是贾谊的又一篇名文。作者通过敏锐的观察，能透过表面的太平景象，察觉到社会潜伏的矛盾和危机。文章一开头就说："臣窃惟事势，可为痛哭者一，可为流涕者二，可为长太息者六，若其他背理而伤道者，难遍以疏举。"先声夺人，读者为之耸动。全文洋洋数千言，笔锋犀利、言辞激切、感情强烈而又一气贯注，是"西汉雄文"的代表，也开了后世"万言书"之先河。

贾谊又是汉初著名辞赋家，骚体赋的代表，其著名作品为《吊屈原赋》、《鵩鸟赋》。《吊屈原赋》为谪往长沙途经湘水时所作，借凭吊古人来抒发自己政治抱负未得施展的抑郁不平之情，虽痛逝者，实为自悼。文中有云："呜呼哀哉兮，逢时不祥！鸾凤伏窜兮，鸱枭翱翔，阘茸尊显兮，谗谀得志；贤圣逆曳兮，方正倒植。世谓随夷为溷兮，谓跖蹻为廉；莫邪为钝兮，铅刀为铦"无情地揭露了封建社会中谗谄得志，英俊沉沦的不合理现象，对屈原"信而见疑，忠而被谤"（《史记·屈原贾生列传》），最后以身殉国的遭遇一掬同情之泪，引起了后世无数坎坷失志之士的强烈共鸣。《鵩鸟赋》为谪居长沙时所作，文中假托与鵩鸟（猫头鹰）的问答，抒发自己怀才不遇的抑塞不平之情，并以老庄齐生死、等祸福的思想来自我安慰排遣。贾谊的辞赋篇制短小，抒情意味较浓，受楚辞影响较大。

枚乘（？～约前140），汉初重要辞赋家。他的《七发》标志着新体赋——汉大赋正式形成，在赋的发展史上占有重要地位。

《七发》假托楚太子有疾，吴客往问，用七事来启发太子，故名《七发》。先陈说音乐、饮食、车马、游观之乐，都未能使太子兴起；再说以田猎、观涛，引起太子的兴趣，使他略有起色；最后说要向太子推荐方术之士论述精辟的"要言妙道"，而太子即已"涣然若一听圣人辩士之言，涊然汗出，霍然病已"。它的主旨在于说明腐朽的生活是致病的根源，而听取"要言妙道"以提高思想认识是治病的最好药石。全文规模宏大，语汇丰富，描写事物，铺张细腻，故刘勰评之为"腴辞云撼，夸丽风骇"（《文心雕龙·杂文》）。其中描写观涛一段，尤为精彩传神：

> 疾雷闻百里；江水逆流，海水上潮；山出内云，日夜不止。衍溢漂疾，波涌而涛起。其始起也，洪淋淋焉，若白鹭之下翔。其少进也，浩浩岂岂，如素车白马帷盖之张。其波涌而云乱，扰扰焉如三军之腾装。其旁作而奔起也，飘飘焉如轻车之勒兵。

用一串比喻描写波涛的声色状貌，奇观满目，精彩纷呈，使读者精神震荡，有如身临其境，留下了深刻难忘的印象。

作为汉大赋的第一篇作品，《七发》在内容与体制上都对后来的赋家产生了巨大影响，如内容上极力描写宫苑田猎，体制上的长篇大论和主客问答形式，句式的散体化，修辞上的铺张扬厉以及意旨上的歌功颂德、劝百讽一等，都对司马相如、扬雄等赋家产生过极大影响。《七发》一出，继作者接踵，甚至形成了一种定型的主客问答形式的文体——七体。如傅毅《七激》、张衡《七辩》、曹植《七启》等。

司马相如（？～前118），汉代最著名的辞赋家，他的《子虚赋》和《上林赋》是汉大赋的典型代表。《子虚赋》假设子虚出使于齐，向乌有先生夸耀楚王在云梦游猎的盛况非齐王所及；乌有先生不服，加以诘难。《上林赋》写亡是公详述汉天子在上林苑狩猎的壮观，非齐楚诸侯之国所能比，表明诸侯之事不足道；最后主张修明政治，提倡节俭，用以讽谏。作品旨在歌颂大一统中央皇朝无可比拟的气魄和声威，这在社会经济空前繁荣、大一统的汉帝国极其繁盛煌赫的时代，是有一定现实意义的。但由于作者对宫苑田猎的极力铺排描写，对帝王物质享受及骄奢淫佚生活的极度夸张渲染，迎合了统治者好大喜功的心理，助长了腐化享乐的风气，所以即使在篇末著以讽谏之方，实际上也起不了多少作用。正如扬雄所谓"靡丽之赋，劝百而讽一，犹骋郑卫之声，曲终而奏雅"（《汉书·司马相如传》），赋家的初衷本为"讽"，而其结果却反为"劝"了。《子虚》、《上林》赋在艺术上的最大特征是铺张扬厉，不论是描写楚王游猎云梦还是渲染齐国的渤澥、孟诸，或是盛赞天子上林的巨丽、游猎的壮观，都极尽铺排夸张之能事，可谓穷形尽相，巨细不遗，并且层层推进，一浪高过一浪，形成了文章壮阔的气势。其次是以大量的连词、对偶、排句，层层渲染，使文章语汇宏博，词采富丽，表现了汉代作家在艺术感觉与写作技巧方面的日益细腻与丰富。如：《上林赋》中写天子游猎后的庆功宴会是："撞千石之钟，立万石之虡，建翠华之旗，树灵鼍之鼓。奏陶唐氏之舞，听葛天氏之歌；千人唱，万人和；山陵为之震动，川谷为之荡波"。

然而以《子虚》、《上林》为代表的汉大赋在思想与艺术方面的局限也是显而易见的。就思想内容而言，《子虚》、《上林》确立了一个"劝百讽一"的赋颂传统，成了歌功颂德、粉饰太平的御用文学的代表，对后世文学产生了不良影响。就艺术方面而言，也往往夸张失实，"虚而无征"，结构板滞，堆砌辞藻，又好用奇词僻字，炫奇耀博，使人读未终篇，即欲弃诸几案，终觉缺乏动人的情思和艺术感染力。后之作者，亦步亦趋，更使赋愈来愈失去其创造性。

司马相如还著有《大人赋》、《长门赋》、《哀秦二世赋》等骚体作品。《长门赋》是为陈皇后失宠而作，它细致典型地表现了一个失宠宫人望君不至的复杂变化心情，情致缠绵，一唱三叹，可视为中国较早的宫怨文学。南宋辛弃疾在《摸鱼儿》（更能消几番风雨）词中所说的"千金纵买相如赋，脉脉此情谁诉?"即指此赋本事而言。

扬雄（前53～公元18），是西汉末年的著名学者和辞赋家。他年轻时极好司马相如的赋，"每作赋，常拟之以为式"（《汉书·扬雄传》）。后来深感辞赋"劝而不止"，无益世用，于是辍不复为。他侍从成帝祭祀游猎，作了《甘泉赋》、《羽猎赋》、《长杨赋》、《河东赋》。四赋都是歌颂汉朝的声威和皇帝的功德，又处处模拟司马相如，使辞赋创作走上了因袭模仿之路。但因他的赋描写更为工致，有的还写得比较流畅而有气势，故他在辞赋发展史上仍有一定地位，扬马并称，不为无因。扬雄的文学思想和创作都是汉代保守拟古之风的代表。除辞赋之外，他还仿《周易》作《太玄》，仿《论语》作《法言》，同时提倡"文必艰深"的复古主张，故宋代苏轼毫不客气地批评他说："扬雄好为艰深之辞，以文浅易之说。若正言之，则人人知之矣"（《答谢民师书》）。扬雄又作有《解嘲》一文，表明自己于众人钻营竞进之际仍然专心经籍、淡泊自守的处世态度。全文设为主客问答，纵横驰说，善为排比，风趣幽默，词锋峻利，在思想和艺术上均有特色。唐朝韩愈的《进学解》显然受其影响。

（二）司马迁的史传散文

司马迁（前145～前87?），早年广泛研读官府藏书，为日后从事《史记》的写作打下了坚实的知识和文献基础。从21岁开始，司马迁进行了三次漫游，足迹遍及当时中国的大部分地区。这些实践活动丰富了经验和知识，开阔了胸襟和眼界，对社会各阶层生活有了切身体会，掌握了丰富生动的第一手资料，这对他后来著作《史记》有极其重要的意义。大约在42岁前后，司马迁正式开始《史记》的写作。但正当他专心著述的时候，巨大的灾难降临到他头上，他因"李陵之祸"而惨遭宫刑。他本想一死了之，但想到自己的著述大业还没完成，不愿因死而使"身名不著于后世"，于是他"隐忍苟活"，并且从无数先贤圣哲虽遭不幸但终成大事的事例中获得了巨大的精神力量，终于完成了《史记》这部"究天人之际，通古今之变，成一家之言"(《报任安书》)的伟大历史文学名著，代表了汉代散文的最高成就。

《史记》包括十表、八书、十二本纪、三十世家、七十列传，共一百三十篇。"表"是各个历史时期的简单大事记，是全书叙事的联络和补充；"书"是个别事件的始末文献，它们分别叙述天文、历法、水利、经济、文化、艺术等方面的发展和现状，相当于后世的专门学科史；"本纪"主要记叙历代帝王的事迹；"世家"主要记叙王侯将相的事迹；"列传"主要是各种不同类型、不同阶层著名人物的传记，少数列传则是叙述国外和国内少数民族君长统治的历史。五种不同的体例和它们之间的相互配合和补充映照构成了《史记》完整的体系。《史记》全面叙述了我国上自传说中的黄帝，下至武帝太初(前104～前101)年间三千多年的历史，犹如一部中国古代社会的百科全书，涉及古代社会生活的几乎所有方面，是我国古代历史的伟大总结。

《史记》开创了我国纪传体史学和传记文学的新纪元，不但是一部杰出的历史名著，同时也是一部伟大的文学杰作。司马迁以其朴素的唯物思想、大胆的批判态度和谨严的求实精神，生动逼真地描绘了众多纷繁复杂的历史事件，刻画了一大批栩栩如生的人物形象，展现了丰富多彩的社会生活画面，《史记》因而成为中华民族的"英雄史诗"，被鲁迅誉为"史家之绝唱，无韵之离骚"，在中华文化史上占有重要地位。

作为一部杰出的传记文学名著，《史记》具有丰富深刻的思想内容。它一方面对不合理现实和统治阶段的残暴、奢侈、腐朽有比较深刻的揭露；另一方面表达了人民的思想感情和愿望，歌颂民众及其领袖的起义反抗，以及可歌可泣的爱国英雄、救人困急的侠义之士和在历史上作出过贡献的各种人物，表现出我们伟大民族的优秀品质和优良传统，直至今天还有其积极意义。

《史记》取得的多方面文学成就，成为中国文学史上一座丰碑，为中国古典散文的发展作出巨大贡献，成为后世无数作家学习取则的范本。

首先，《史记》的成功，得力于人物塑造。全书以人物为经，以史事为纬，塑造了一系列有血有肉、栩栩如生的人物形象。主要部分是"本纪"、"世家"和"列传"，其中绝大部分是记人物的，因此描写人物成为《史记》创作的中心。司马迁广泛吸收《左传》、《战国策》等史书的人物描写经验，又加以创造性发挥，把塑造人物的水平，提到空前的高度。《史记》主要是采用以下几种方法来塑造人物的：

第一，善于在矛盾冲突中刻画人物性格，即通过许多紧张的斗争场面，把人物推到矛盾冲突的尖端，让人物展示各自的形象，表现各自的性格特征。在矛盾最尖锐的时刻，一个人的本质特征最容易暴露出来。如《项羽本纪》中的"鸿门宴"一节就颇具代表性。鸿门宴前，楚汉两军几至火并，而楚强汉弱，形势危急，刘项此时相会，其矛盾斗争是相当激烈的。正是在这样的风口浪尖上，刘邦的怯懦而机敏，项羽的坦率而少谋，张良的机智沉着，樊哙的忠诚勇猛，项伯的老实迂腐，范增的果断急躁等，无不呼之欲出，跃然纸上。同样的例子，还有荆轲刺秦、钜鹿之战、窦婴宴田蚡等等。

第二，善于用细节描写来刻画人物性格。经过作者选择提炼的典型细节，往往最能体现人物风神和个性。司马迁笔下的人物大多个性鲜明，就是因为他十分注意选择典型的细节进行描写。如《李斯列传》开头写道：

> （李斯）年少时为郡小吏，见吏舍厕中鼠食不洁，近人犬，数惊恐之。斯入仓，观仓中鼠食积粟，居大庑之下，不见人犬之忧。于是李斯乃叹曰："人之贤不肖，譬如鼠矣，在所自处耳！"乃从荀卿学帝王之术。

通过细节描写，具体而深刻地揭示了李斯的性格特征、人生追求。又如张汤儿时劾鼠如老吏，刘邦微时的豪放无赖，陈涉"燕雀安知鸿鹄之志"的喟叹，陈平为乡人分割祭肉想到宰割天下等等，由细节表现人物性格，避免了抽象的人物评述。

第三，用"互见法"来描写人物形象，全面展示性格特征。所谓"互见法"，指的是司马迁为组织安排结构、展示传主多方面性格特征而采用的一种方法，即将一个人的事迹分散在不同的地方，而以其本传为主；或将同一件事分散在不同地方，而以一个地方的叙述为主。这样既避免了重复，又从不同的角度与层面表现了历史事件的复杂性与人物性格的丰富内涵，做到突出主题，详略得当，而又左右映带，完整圆融。例如《项羽本纪》集中了许多重要事件突出项羽叱咤风云、气盖一世、英勇善战的性格特征。作者对他在传赞中虽略有微词，但热情的歌颂、深切的同情却是主要的，这就体现了项羽人物形象的完整性。作者在本纪中没有过多地批评项羽个人的缺点和军事政治的失误，而是在《淮阴侯列传》，借韩信的口中道出，这样既不致损害项羽项英雄形象的塑造，而又显示出韩信的非凡才能和过人识见，同时也展示了项羽性格特征的丰富性和复杂性。再如"鸿门宴"事件，牵涉到的人物很多，在刘邦、项羽、樊哙等人的传记又都非提不可。为了不重复，司马迁"详此略彼"，在《项羽本纪》中写得极为详尽，有声有色，而在《高祖本纪》、《樊哙列传》则极为简略，几乎没有多少具体的细节描写，而只是用叙述的语言交代过去。因此，"互见法"通过人物和事件的"互见"，在人物塑造与结构安排上都起到了很好的作用。

第四，通过外貌、神情描写，使人物形象具有可视性；通过对话和富有个性的语言揭示人物性格，也是《史记》人物形象塑造的重要方法。如写张良"状貌如妇人好女"，李广"为人长，猿臂"，蔡泽"曷鼻、巨肩、魋颜、蹙齃、膝挛"等等，虽然比较简单，却各有特征。司马迁很少单纯写人的外貌，写貌总是同人物的性格有某种或隐或显的联系，所以给人留下深刻印象。神情的描写则比比皆是，如《廉颇蔺相如列传》中秦王欲强夺和氏璧，相如"持其璧睨柱，欲以击柱"，"张目叱之，左右皆靡"，"怒发上冲冠"等，使人产生一种身临目击的效果。用富于个性化的语言揭示人物性格也是司马迁常用的手法。如刘邦、项羽微时见秦始皇巡游的威仪，各说了一句话。刘邦说："嗟乎！大丈夫当如是也！"多有羡慕；项羽说："彼可取而代也！"则更多的是自负与野心，从中可以看出他们当时不同的处境与性格。再如《陈涉世家》写陈涉少时与人佣耕，在垄上休息时所说的"嗟呼！燕雀安知鸿鹄之志哉！"表现不甘于向命运低头的远大志向。而陈胜称王后，旧日种田时的伙伴见了他的宫殿，惊叹说"夥颐！涉之为王沉沉者！"则用了乡间土语，表现说话人的质朴鲁莽，颇为生动传神。总之，司马迁善于从人物的外貌、神情、活动、心理和言谈中展示其性格特征，调动各种艺术手段塑造人物形象，使人物描写高度的个性化。正如日本学者斋藤正谦所言："读一部《史记》，如直接当时人，亲睹其事，亲闻其语，使人乍喜乍愕，乍惧乍泣，不能自止。"（《史记会注考证》引《拙堂文话》）

其次，《史记》的成功，得力于精湛的语言艺术。司马迁有深厚的修养，坚强的理智和饱满的热情，加以政治上的多见多闻，生活体验丰富，而山水景色的感受和民间语言的滋补，增强了他洞察事物的观察力，提高了表达事物的表现力，从而让《史记》的语言艺术达到了出神入化的境地。一方面，司马迁在当时通俗语言的基础上，灵活运用古代语言，形成通俗、流畅的散文语言风格。他写《五帝本纪》、《宋微子世家》，把《尚书》"尧典"、"洪范"里难懂的文句，译为汉代的通行语言，以明白晓畅的今语代替"佶屈聱牙"的古语，而对于时代较近的《战国策》等史籍，他在节录引用时则极少更动，有的更是一字不易地抄录。这种既不"厚今薄古"，也不"厚古薄今"，而是从现实要求出发，以能否鲜明生动地叙事写人为取舍依据的语言实践，常为后世所取法，成为人们学习运用语言的光辉典范。另一方面，司马迁善于运用口语和个性化的语言来刻画人物情态，增强人物的个性和典型性。如《张丞相列传》中的"臣口不能言，然臣期期知其不可！陛下虽欲废太子，臣期期不奉诏！"一个忠诚而口吃者的大臣形象跃然纸上。再如《韩长孺列传》写御史大夫韩安国因事下狱，狱吏侮辱他，安国曰："死灰独不复然乎？"狱吏曰："然即溺之！"这一问一答的对话，生动地表现了龙游浅滩被虾戏、虎落平川遭犬欺的世态炎凉，同时也生动地展示了安国身陷囹圄而不屈其志与狱吏蛮横、粗鄙的情状。正是语言的高度个性化，才使得司马迁笔下的人物人各其人，声各其声，生动形象，血肉丰满。此外，司马迁还广泛采用歌谣、谚语、俗语，言少意多，包蕴丰富，增强艺术表现力。如"一尺布，尚可缝；一斗粟，尚可舂。兄弟二人，不能相容"（《淮南衡山列传》引民歌），"颍水清，灌氏宁；颍水浊，灌氏族"（《魏其武安侯列传》引儿歌），"桃李不言，下自成蹊。"（《李将军列传》引谚语），"时乎时，不再来"（《淮阴侯列传》）等等。总的说来，《史记》的语言具有词汇丰富，质朴浑厚、气势雄伟、变化有力、形象生动的特点。司马迁创造性地运用语言，丰富了汉语的艺术表现力，不愧为杰出的语言大师。

《史记》对中国文学的影响是巨大的。它那"不虚美，不隐恶"的实录精神以及写作方法、文章风格都影响了后代无数作家。它的许多故事和人物，流传至今，具有旺盛的艺术生命力。

二、六朝文赋

六朝时代文赋创作极为兴盛，且日趋精致。从辞赋创作看，自东汉中叶以后便兴起了篇制短小、抒情性极强、词句较为整饬的抒情小赋，到了六朝时期更加兴旺发达并演变成骈赋，出现了许多著名的赋作名篇。中国的散文，自东汉以后即出现骈偶化倾向，班固的《汉书》已较多骈词俪句，发展到了六朝，更加踵事增华，讲求形式和文采，骈偶之风盛极一时。如果说魏晋骈风虽盛，但散体文还占一定比例的话，那么到了南北朝时期的南朝，则可以说所有的官私文章都染上了浓厚的骈偶之风，甚至连学术著作和私人书信也用骈文来写作。倒是与南朝对峙的北朝，文风较为质朴，还出现了几部真正意义上(奇句单行)的著名散文著作。如郦道元的《水经注》在描写山川景物上取得了很大的成就；杨衒之的《洛阳伽蓝记》不只描写佛寺建筑十分精彩，而且善于用简洁的文笔叙述故事，描写人物；颜之推的《颜氏家训》风格平易亲切。

（一）六朝辞赋

王粲(177～217)，在"建安七子"中成就最高，后人将他与曹植相比，合称"曹王"。除诗歌外，他的赋也很有名，《登楼赋》是其名篇。此赋是王粲在荆州依刘表时登当阳县城楼所作，主要抒写作者因久客他乡，才能不得施展而产生的思乡情绪，表达了动乱时世中有志之士抑郁怅惘的共同情怀，情景交融，感情真挚，有极强的感染力。

曹植(192～232)的《洛神赋》是赋中名作。旧说曹植曾求婚甄逸女不遂，为曹丕所得。后甄氏被谗死，曹植此赋系有感于甄氏而作，故初名《感甄赋》，但此赋实系假托对洛水女神的渴慕追恋，寄寓对君主或理想的思慕追求，反映衷情不能相通的苦闷。赋中对洛神形貌风神的描写尤为精彩：

其形也，翩若惊鸿，婉若游龙，荣曜秋菊，华茂春松。仿佛兮若轻云之蔽月，飘摇兮若流风之回雪。远而望之，皎若太阳升朝霞。迫而察之，灼若芙蓉出渌波。秾纤得衷，修短合度。肩若削成，腰如约素。延颈秀项，皓质呈露，芳泽无加，铅华弗御。云髻峨峨，修眉联娟。丹唇外朗，皓齿内鲜。明眸善睐，辅靥承权。瑰姿艳逸，仪静体闲。柔情绰态，媚于语言。奇服旷世，骨相应图。披罗衣之璀璨兮，珥瑶碧之华琚。戴金翠之首饰，缀明珠以耀躯。践远游之文履，曳雾绡之轻裾。微幽兰之芳蔼兮，步踟蹰于山隅。

一个绝妙美人的形象活灵活现。全赋辞藻富丽，意境轻灵，具有朦胧要眇之美。

陶渊明的《归去来兮辞》，为辞去彭泽令后初归家时所作，写归家时的愉快心情和隐居乐趣，以此来反衬官场的黑暗污浊。风格清新，语言质朴自然，影响深远。文中写道：

> 归去来兮，田园将芜，胡不归！……乃瞻衡宇，载欣载奔。僮仆欢迎，稚子候门。三径就荒，松菊犹存。携幼入室，有酒盈樽。引壶觞以自酌，眄庭柯以怡颜。倚南窗以寄傲，审容膝之易安。园日涉以成趣，门虽设而常关。策扶老以流憩，时矫首而遐观。云无心以出岫，鸟倦飞而知还。景翳翳以将入，抚孤松而盘桓。归去来兮，请息交以绝游。世与我而相违，复驾言兮焉求！

诗人在这里描绘了一幅优美的田园风光图，吟咏了一首欢快的田园诗歌。语言淡雅，艺术成就很高，欧阳修评说："晋无文章，惟《归去来兮辞》一篇而已。"

陶渊明的《感士不遇赋》抒发了诗人对士不遇的感慨，也揭露了士不遇的原因。赋中说："宁固穷以济意，不委曲而累己。"表现了他耿介不阿的品格。《闲情赋》则用铺排的手法表现了男女之间的深挚感情，深情绵缈，显示陶渊明文的别一风格。虽可能有所寄托，但亦不妨当作"情赋"来读。需要特别指出的是，陶渊明能于骈偶之风盛行之时，独出流俗之中，创作了一系列奇句单行、风神散朗的散文。《五柳先生传》是诗人的自画像，在简短的篇幅中，以精粹的笔墨描写自己的爱好、生活态度以及思想性格，刻画出淡泊自守、神契自然的高士形象。《桃花源记》不过三百多字，生动展现了理想社会的生活图景，令人悠然神往。此外，《与子俨等疏》、《自祭文》、《祭程氏妹文》等都不失为寄深情于简淡之中的优秀作品。人知渊明为大诗人，其实以文而论，亦不愧为大家。

鲍照（414～466）不仅以诗著称，文亦极为著名。《芜城赋》通过对广陵形胜和昔日繁华景象的极力渲染和当前衰飒气象的夸张描绘，突出地表现了今昔兴亡之感。文中如"崩榛塞路，峥嵘古馗。白杨早落，塞草前衰。棱棱霜气，蓠蓠风威。孤蓬自振，惊沙坐飞。灌莽杳而无际，丛薄纷其相依。通池既已夷，峻隅又已颓。直视千里外，唯见起黄埃。凝思寂听，心伤已摧。"通篇五段文字，因其情与景的交融谐和，描写景物的细致逼真而被人所传诵。全文语言奇警有力，形象鲜明生动，是骈赋中的名作。他的《登大雷岸与妹书》，文用骈体，言多整饬，开了以书信体写景状物之先河，亦为脍炙人口之作。

江淹（444～505）为抒情小赋名家，尤以《恨赋》、《别赋》最为有名。《恨赋》以"自古皆有死"为主线，咏叹历史上著名的帝王、名将、美人、高士等"饮恨而吞声"的死亡情景，如写名士之死是："及夫中散下狱，神气激扬，浊醪夕引，素琴晨张。秋日萧索，浮云无光。郁青霞之奇意，入修夜之不旸。"以饱蘸感情的笔墨，泼洒出嵇康临刑前从容潇洒的风度，道出一代名士惨遭毒刑的特殊心情。《别赋》通过各种不同类型人物离情别绪的描写，刻画他们各自的心理状态和不同特色。如写男女情人之别云："下有芍药之诗，佳人之歌。桑中卫女，上宫陈娥。春草碧色，春水渌波，送君南浦，伤如之何！至乃秋露如珠，秋月如珪，明月白露，光阴往来。与子之别，思心徘徊。"情景交融，别绪如触，使人低回吟咏，不能自已。在艺术表现上亦极有特色。

庾信(513～581)是南北朝赋家之首，其艺术成就集六朝之大成。他的赋中名篇有《小园赋》、《枯树赋》等，而以《哀江南赋》最为著名。《哀江南赋》以叙事体的长篇结构，追叙自己的家世和前半生经历。追叙了梁武帝统治"五十年中，江表无事"的朝代，详述了从侯景之乱、梁元帝偏安江陵、为西魏所灭以及梁敬帝被陈霸先篡位等一系列梁朝衰亡的史实。赋中对江陵失陷后百姓所遭受的苦难，描写尤为凄厉动人，对梁朝君臣的昏庸、苟安、猜忌、内讧，也作了沉痛指斥。全赋内容丰富，具有史诗的规模，怀念故国的深沉情感渗透于字里行间。加之辞藻雅丽，事典繁密，使全文体现出一种凝重深沉的风格。杜甫有诗云："庾信平生最萧瑟，暮年诗赋动江关"，实为对庾信晚年之创作的公正评价。

(二)六朝散文

建安文坛"三曹"，在散文创作方面亦成就突出。

曹操作为"改造文章的祖师"(鲁迅语)，他的文和诗一样富有创造性。他的散文只是用简洁朴素的文笔把要说的话自由写出来，却具有"清峻""通脱"的新风貌和政治家的气魄与锋芒，如《让县自明本志令》等篇。

曹丕的《典论·论文》是中国文学批评史上一篇较重要的专论，他的《与吴质书》、《又与吴质书》悼念亡友，凄楚感人，影响了后来短篇抒情散文的发展。

曹植的《与杨德祖书》、《求自试表》、《求通亲表》也是散文中的名篇。"七子"中孔融的散文成就较高，著名者如《论盛孝章书》、《荐祢衡表》等。蜀国诸葛亮的《出师表》也是脍炙人口的名篇。文中反复劝勉刘禅继承刘备遗志，亲贤臣，远小人，陈述自己对蜀汉的忠诚和北取中原的坚定决心。语言恳切周详，至情忠悃发乎内心，被历代知识分子所推重。"竹林七贤"中嵇康的《与山巨源绝交书》是一篇"嬉笑怒骂"式的著名作品。这是嵇康因拒绝山涛(字巨源)举荐自己做官而写给山涛的一封信。信中说自己生性疏懒，不堪礼法的约束，提出七不堪、二甚不可以，表达自己不愿做官的坚决意志，流露了不满司马昭阴谋篡魏的情绪，成为以后被杀的一个重要原因。通篇亦庄亦谐，锋利洒脱，很能表现他峻急刚烈的性格。

孔稚珪的《北山移文》是一篇骈文奇作。文章的主旨在于讽刺隐士贪图官禄的虚伪情态。全篇假设山灵口吻，揭出了周颙隐居时道貌岸然，得到征召时则心往神驰，得意非凡的假隐士面目。全篇用拟人手法写出了山岳和草木嬉笑怒骂的声音和姿态，语言华美凝炼，讽刺辛辣有力，是一篇不可多得的讽刺妙文。

　　陶弘景的《答谢中书书》与吴均的《与宋元思书》则短小精粹，音调协婉，颇富诗情画意，均称所谓"美文"，是中国山水小品中的上乘之作。它们与郦道元《水经注》一起，开启了中国散文中描写自然山水的一路，对以后的山水游记，乃至晚明的小品都发生过深远影响。如《与宋元思书》中写道：

　　　　风烟俱净，天山共色，从流飘荡，任意东西。自富阳至桐庐，一百许里，奇山异水，天下独绝。水皆缥碧，千丈见底；游鱼细石，直视无碍。急湍甚箭，猛浪若奔。夹岸高山，皆生寒树，负势竞上，互相轩邈，争高直指，千百成峰。泉水激石，泠泠作响……鸢飞戾天者望峰息心；经纶世务者，窥谷忘返。横柯上蔽，在昼犹昏；疏条交映，有时见日。

　　文章以"奇山异水，天下独绝"为中心，极力渲染了江水清澈，高山险峻，江流急湍，以及山林间的天籁之音，写尽写绝，也写活了富春江两岸的山光水色。
　　《答谢中书书》同样是篇不可多得的山水美文：

　　　　山川之美，古来共谈。高峰入云，清流见底。两岸石壁，五色交辉。青林翠竹，四时俱备。晓雾将歇，猿鸟乱鸣；夕日欲颓，沉鳞竞跃。实是欲界之仙都。自康乐以来，未复有能与其奇者。

　　全文不足七十字，但意象丰富，语言精练。善于设色布景，描写山林佳境，涧水清幽，朝晖夕阴，鸟兽啼鸣。读者如身临其境，获得美的享受。
　　丘迟的《与陈伯之书》是书信体散文的又一名作。作者以前途和故国之情打动对方，具有强烈的说服感染力量。特别是文中"暮春三月，江南草长，杂花生树，群莺乱飞"一段文字，以善写江南美景而被后人传诵。
　　正当南朝骈偶绮靡文风统治文坛之际，与之对峙的北朝文风较为质朴，出现了两部颇有文学价值的学术著作，这就是郦道元的《水经注》和杨衒之的《洛阳伽蓝记》。
　　郦道元的《水经注》是为汉魏时桑钦《水经》一书所作的注释，实际上是一部别开生面的著作。此书叙述了大小一千多条水道的源流以及沿岸的山川景物和故事传说，具有多方面的文化蕴含。从文学上看，其最突出的特点是描写山川景物成就突出，对中国山水散文有重要影响。如《江水注》中"巫峡"一节，就是自古传诵的名篇。文章描写巫峡两岸高峻的山势，夏天奔流的江水，以及峡中四季景色气氛的变化，生机盎然，隽永传神，确是"只言片语，妙绝古今"。如：

　　　　自三峡七百里中，两岸连山，略无缺处。重岩叠嶂，隐天蔽日，自非亭午夜分，不见曦月。至于夏水襄陵，沿泝阻绝。或命急宣，有时朝发白帝，暮到江陵，其间千二百里，虽乘奔御风，不以疾也。春冬之时，则素湍绿潭，回清倒影。绝巘多生怪柏，悬泉瀑布，飞漱其间，清荣峻茂，良多趣味。每至晴初霜旦，林寒涧肃，常有高猿长啸，属引凄异，空谷传响，哀转久绝。故渔歌曰："巴东三峡巫峡长，猿鸣三声泪沾裳！"

杨衒之在东魏孝静帝武定五年(547)，因行役到洛阳，有感于魏统治阶层崇信佛教，大兴寺院，而作《洛阳伽蓝记》，历叙洛阳佛寺兴废经过，兼及有关风俗景色、人物故事、全书语言洁净明快，描写细致生动，名篇如《永宁寺》、《法云寺》等，与《水经注》同为北朝散文中的优秀作品。

颜之推的《颜氏家训》成书于隋灭陈之后，多用儒家思想教育子弟，但往往插叙他亲身见闻，从中可以窥见南北士族风尚之不同。全书以散体为主，间夹骈句，用语简朴，风格平易，娓娓道来，而能意味深长。

第三节 千载雄风 一脉传承：唐宋八大家古文

唐代古文运动的摧陷廓清之功——"文以载道"观——韩愈：古文运动主将、司马迁以来最杰出的散文大师——"发纤秾于简古，寄至味于澹泊"：古文大师柳宗元——执文坛牛耳，成一代冠冕：宋初欧阳修和他舒徐婉曲的文风——古雅质实的曾巩散文——雄辩矫健的王安石散文——长于策论、有纵横家遗风的苏洵散文——稳帖流转而气度不凡的苏辙散文——气高力雄、惊绝一世、姿态横生、无施不可：苏轼鸿文

唐宋八大家指唐代韩愈、柳宗元和宋代的欧阳修、曾巩、王安石、三苏父子。这一称呼的出现，是唐宋古文运动的硕果。韩、柳大力推行古文，倡导"文以载道"，在文风文体改革方面取得了卓越成就，对恢复散文的优良传统，确实有"摧陷廓清之功"；宋六家继韩、柳而发展，他们更重视散文的社会效果和艺术技巧，抛弃韩、柳尚奇之病，以平易晓畅的风格，语法和文体结构臻于成熟的各体作品，完成了散文的建设，确立了新一代古文的崇高地位。

韩愈(768～824)，字退之，郡望河北昌黎，自称"昌黎韩愈"。官至吏部侍郎，世称韩吏部、韩文公。他有三百多篇散文传世。

韩愈强调儒家道统，提倡"文以载道"。他在《争臣论》中说："君子居其位，则思死其官；未得位，则思修其辞以明其道。我将以明道也，非以为直面加人也。"他还强调文章要言之有物，形式要取决于内容。在著名的《送孟东野序》中，更提出了"大凡物不得其平则鸣"这一具有现实性和战斗性的思想，突破了陈腐的儒家正统思想羁绊，使他的创作和理论放射出动人的光芒。

韩愈是他自己文体改革论的优秀实践者，是文学史上杰出的散文家。他的记叙文，写人、记事、状物都很重视形象的鲜明和完整。他写人物继承了《史记》中传记文学的"实录"精神，善于选择最典型的真实事件来突出人物的主要性格，在客观的叙述中寄寓强烈的爱憎感情。如《张中丞传后叙》写许远、张巡、南霁云等死守睢阳英勇抗敌的事迹，绘声绘色，可歌可泣。文章前半夹叙夹议，证明许远"城陷而虏，与巡死先后异耳"，针对许远"畏死"的论调，层层驳诘，笔端带有感情。后半根据自己所得民间的传闻，写张巡、南霁云事，而特别写了南霁云乞师贺兰的片断情景，突出了生动饱满的英雄形象：

> 霁云慷慨语曰："云来时，睢阳之人不食月余日矣！云虽欲独食，义不忍；虽食，且不下咽。"因拔所佩刀断一指，血淋漓，以示贺兰，一座大惊，皆感激为云泣下。云知贺兰终无为云出师意，即驰去。将出城，抽矢射佛寺浮图，矢着其上砖半箭，曰："吾归破贼，必灭贺兰！此矢所以志也。"

叙事和运用语言，极尽曲折变化之能事，足令三人性格特征跃然纸上。《柳子厚墓志铭》写出了一个正直知识分子的才学品德与不幸遭遇，竭力为柳宗元鸣不平，又引出文章穷而后工之高论，熔叙事、抒情、议论于一炉，文情并茂，和谐自然，动人心脾，为墓志中千秋绝调。《毛颖传》运用传奇体，以《史记》人物传记之架势，以毛笔拟人、为之立传描摹刻画，情趣横生。文虽游戏，寓意奇深："以老见疏"，骂尽狗烹臣虐之主；"赏不酬劳"，鸣臣功而祸之不平；"君今不中书"，讥杀尸位素餐之官僚；记述毛颖伟功，亦寓勉励学子之拳拳心意。用拟人手法为器物作传，寓庄于谐，别是一番笔墨，为时人和后人争相仿效。

韩愈的抒情文，如赠序、祭文之类，具有极强的艺术感染力。如《祭十二郎文》，抒写悼念亡侄的哀感，琐屑家常的诉说，融注了作者真挚的骨肉之情和宦海浮沉的人生感叹，凄楚动人，前人誉为祭文中千古绝调。其中叙"两世一身，形单影只"的窘况，追述嫂言的沉痛，申述生前未能长相厮守的遗恨，是文中最精彩的片断。《送李愿归盘谷序》淋漓尽致地刻画出富贵人家的奢靡排场，追逐名利者的卑屑丑态，归隐者的高洁志趣，笔酣墨饱，语调铿锵，充满愤世嫉俗的批判精神。《送孟东野序》写法独特，陪衬很多，纵横恣肆，然以"鸣"字驱驾全篇，从头跳跃到底，回风舞雪，推波助澜，又拉出四十五位古人大合唱，煞是热闹。"句法变化凡二十九样，有顿挫，有升降，有起伏，有抑扬，无一字懈怠，无一字尘埃"（宋谢枋得语），法度极为严谨，在古文中知名度极高。韩愈的散文中短小精悍、而又具有社会价值和文学价值的是他的"杂说"，嘲讽社会黑暗，独具艺术风格。如《杂说一（说龙篇）》、《杂说四（说马篇）》、《获麟解》等，借助龙、马、麟等的遭遇，抒写自己怀才不遇的悲愤和穷愁落寞的情怀，寓意委曲深致，构思精巧缜密。《进学解》仅一问一答，却有无数波澜，层次细密，表达恣肆而又委婉，文境深宏，表达了一个有抱负的知识分子的怨气和坚持理想的不妥协态度。韩愈的论说文如《原道》、《原毁》、《争臣论》、《师说》等，写得气势磅礴，汪洋恣肆，最能代表韩愈的独特文风，为历代文章家所推崇。《原道》探求"道"的根源，排斥佛老，说理雄奇，行文浩瀚流转，表现出韩愈气盛文畅的特点。《原毁》批评责人严、责己松的社会风气，通篇采用对比排句，又环环相扣，层层深入，排比句式前后虽多同，但灿然多趣，绝无平板呆滞之病，反能波澜变幻，跌宕多姿，气势恢宏，表现了作者高超的文字技巧。总的说来，韩愈散文感情充沛，气势磅礴；结构谨严，波澜曲折；语言新颖生动，句型错综变化，富于节奏感，形成雄健宏伟的风格。

柳宗元(773～819)，字子厚，河东(今山西永济)人，后世称柳河东、柳柳州，有《柳河东集》传世。柳宗元在古文运动中的作用不及韩愈，但在散文的文学成就上却有韩愈不及之处。柳宗元吸取了先秦学术思想中的精华部分，具有朴素唯物主义的世界观；他思想深刻，眼光敏锐，具有批判精神。他贬谪偏僻的永州十年，对现实的黑暗与人民的疾苦有了较深入的观察；他广泛涉猎古代典籍，深思慎取，而又有求新尚奇的志趣，这些使他的散文创作具有鲜明的进步倾向和高度的艺术成就。柳宗元是我国第一个有成就的杂文家，他的杂文内容丰富，题材广泛，多方面接触到当时现实中的重大问题。如《永州铁炉步志》，借永州一个叫铁炉步的小地名却并无打铁炉这样一件小事作引子，而发表出一篇抨击"名不副实"的大议论，讽刺了那些无位无德而又妄自尊大的贵族子弟和只看门第，不辨贤愚的恶劣风气，表达了"任人唯贤"的进步思想。《鞭贾》写一个鞭商弄虚作假，诈骗牟利。一个富家子用高价买朽鞭而爱不释手，终受其害。作者巧妙地把笔锋由市场转向官场，一箭双雕，既讽刺了一些官僚的市侩作风，又嘲笑了用人者的糊涂昏聩。又如《愚溪对》、《起废答》等杂文，往往嬉笑怒骂，反语正说，在诙谐风趣中蕴藏着深沉的感慨。柳宗元的杂文不但数量多，而且立意新奇，构思巧妙，尖锐泼辣，语言峻洁，具有很高的艺术性。柳宗元的传记散文，选材典型，剪裁精到，反映出复杂而丰富的历史内容。《段太尉逸事状》，一写刚正，斩十七歹卒，迫使郭晞整肃军纪，陡健雄迈，如疾雷迅电；二写慈惠，使焦令谌感愧以死，舒缓自如，如溪流山间；三写清节，拒纳财礼，简捷正当，如剖匏析竹。《种树郭橐驼传》、《梓人传》有更多的虚构成分，除了表现下层劳动者熟练的劳动技能与可贵品德外，还寄寓了深刻的哲理，带有一定的寓言色彩。柳宗元的寓言小品突出地表现了他杰出的讽刺才能，这是柳宗元一些极富于创造性的文体。他把先秦诸子散文仅作设譬之用的寓言片断，发展为完整的、更富文学意味的短篇，给寓言带来了深刻的现实内容。名篇如《三戒》，概括了一种普遍的病态社会现象；《蝜蝂传》写出贪婪成性者的下场，锋芒刺向整个官僚社会。这类寓言的故事部分写得委婉曲折，饶有兴味；结尾三言两语点明主题，锋利之极；前后配合贴切，时见警策，发人深思。柳宗元在山水游记方面也有开拓性的功绩。他在贬谪永州期间，创造性地吸取前代作家的艺术经验，努力表现自然美和自己的感受，文笔清新秀美，富有诗情画意。著名的《永州八记》，融入了屈原辞赋的精神，它们已不是客观地模山范水，而是寓愤激抑郁之情于景物描写之中。山水自然仿佛是作者亲切的知己，具有和作者的性格相谐和统一的美的特征：高洁、幽邃、澄鲜和凄清。柳宗元的游记善于以简洁而富于表现力的语言，对山水景物作精细准确的描绘，创造富于立体感的自然形象，使读者有亲历其境的感觉。如《钴鉧潭西小丘记》写山石："其石之突怒偃蹇负土而出争为奇状者，殆不可数。其嵌然相累而下者，若牛马之饮于溪；其冲然角列而上者，若熊罴之登于山。"《至小丘西小石潭记》写潭水："潭中鱼可百许头，皆若空游无所依。日光下澈，影布石上，怡然不动；俶尔远逝，往来翕忽，似与游者相乐。"或借比喻赋予静物以鲜明的动态，或用虚实相生的手法借游鱼、日影示水的清冽，把自然景物浮雕似的再现到读者面前。总之柳宗元这一部分山水游记，生动地表达了人对自然美的崭新的感受，丰富了描绘自然山水的艺术手法，开拓了古典散文反映生活的新领域，从而确立了山水游记作为独立的文学体裁在文学史上的地位。韩柳散文开启了散文的新局面、新气象，极具开拓创新精神，因他们的成就影响甚大，因此后世一致认为"唐之文，韩柳二子为冠，定论也"（清黄式三《读柳子厚文集》）。如果要体会他们各自的风格特点，刘熙载的《艺概·文概》也有形象的比较："昌黎之文如水，柳州之文如山，浩乎沛然，旷如奥如，二公殆各有会心。"韩文气势磅礴，壮大奇诡；柳文精密渊深，峻洁工丽，他们丰富了散文的风格和技巧，驰骋翰苑，勋业相侔，取得了文风文体改革的成功。但一度成功并不能一劳永逸，传统往往表现出巨大的惰力与惯性。韩柳而后，特别到晚唐五代，士子脱离现实的倾向抬头，形式华美而内容空泛的骈文再度兴起，使流畅实用的散体古文受到挤压，为保卫唐代古文运动的成果，发挥古文的现实战斗作用，宋初欧阳修等人掀起第二次古文运动，通称"北宋诗文革新运动。"

    欧阳修（1007～1072）   欧阳修是宋代诗文革新运动的旗手。南宋罗大经说："江西自欧阳子以古文起于庐陵，遂为一代冠冕，后来者莫能与之抗。"（《鹤林玉露》内编卷三）欧阳修年轻时并不以古文为事，而所学乃应举之诗、赋、骈文。后来见韩愈文集方幡然悔悟，转而师法韩愈而致力复古，被誉为"欧阳子，今之韩愈也"。欧阳修主张通经学古，却不以道统自居，而强调"关心百事"。他重道也重文，认为"君子之学也，言以载事而文以饰言，事信言文，乃能表见于后世。"（《代人上王枢密求先集序书》）这种道、事、文的文学观，使他要求作者"开廓其文，勿用造语及模拟前人。孟、韩文虽高，不必似之也，取其自然耳。"尤推崇平淡自然，简而有法的文章。他还在韩愈"不平则鸣"说的基础上，提出"穷而后工"说，认为政治上的穷愁之人，"内有忧思感愤之郁积，其兴于怨刺以道羁臣寡妇之所叹，而写人情之难言，盖愈穷则愈工"（《梅圣俞诗集序》）。因此他为文注重实际，强调事信言文，以文辞洗炼，格调高雅为胜，风格平易自然，形成了宋文的新风貌。他的散文以记、书、序、论成就最高，这些作品取法六经、诸子和史书，尤重借鉴《史记》论赞抑扬动荡的行文技巧，遣词造句特重凝炼，讲求文笔雅洁，形成了感慨唱叹，委婉曲折，从容自得的所谓"六一风神"。欧阳修的政论散文，如《原弊》、《朋党论》、《与高司谏书》等，都直接配合了当时的政治斗争，贯穿着他刚直敢言的性格，也体现了他反对因循苟且的革新精神。这些文章爱憎分明，观点尖锐，写法却舒徐婉曲，抑扬宕漾，具有独特的风格。《朋党论》为欧文名篇之一，它打破了"君子不党"的陈旧观念，开端即提出"大凡君子与君子以同道为朋，小人与小人以同利为朋，此自然之理也"的鲜明观点，接着分析君子之朋，小人之朋的本质区别，推论出"为人君者，但当退小人之伪朋，用君子之真朋，则天下治矣"的结论，然后列举史实，从正反两方面说明任用君子之朋可以兴邦，任用小人之朋必然亡国，告诫统治者要吸取历史教训。全篇援古论今，析理透辟，行文平易自然而又棱角分明，论证雄辩且又迂徐有致。欧阳修的史论，也渗透着对现实的深切关注。《五代史伶官传序》，论后唐庄宗荒于逸乐导致败国亡身的历史教训。文章以"盛衰"二字发端，以"人事"为归本，以庄宗得失作实证，透析人间事理。庄宗原是英明之主，一旦为数十伶人所困，智勇全消，以致灭亡，所谓"忧劳可以兴国，逸豫可以亡身"。全文情、事、理合为一体，深沉的感慨与精辟的论述水乳交融，达到了以理服人，以情动人，寓理于情的艺术境界，表达了借古讽今的写作意图。他的一些叙事怀人之作，如《苏氏文集序》、《释秘演诗集序》、《祭尹师鲁文》等，也很有特色，往往在简单明洁的叙事中倾诉出对世事的深沉感慨，有的平易流畅，丰满圆润，极尽婉曲变化之能事，有的文情抑扬顿挫，悲壮淋漓，具有强烈的抒情色彩，如《祭石曼卿文》。《苏氏文集序》开首言苏舜钦文不能行于当时，必见知于后世。十分珍重，十分痛惜。接着言自古文人难得，责备当时不加爱惜，十分矜贵，十分呜咽。再次以特立独行许苏氏，以不能遇时惜苏氏，十分期许，十分慨惜。读之令人思慕不已。欧阳修状物写景的散文，更是顾盼生姿，情长韵远。著名的《醉翁亭记》，开头用清丽明洁的语言写滁州郊野的自然景色，从环滁诸峰渐次写到醉翁亭，层次段落分明而语句长短错落，姿态摇曳。继而写山水之乐和滁人游乐的情景，托出太宗乐民之乐的高远情怀。全文用二十一个"也"字，构成反复咏叹的语调，抒发出被贬后的抑郁和对自己宽简政治感到欣慰的复杂感情。

如文章中间两段所写：

　　若夫日出而林霏开，云归而岩穴暝，晦明变化者，山间之朝暮也。野芳发而幽香，佳木秀而繁阴，风霜高洁，水落而石出者，山间之四时也。朝而往，暮而归，四时之景不同，而乐亦无穷也。

　　至于负者歌于途，行者休于树，前者呼，后者应，伛偻提携，往来而不绝者，滁人游也。临溪而渔，溪深而鱼肥；酿泉为酒，泉香而酒洌；山肴野蔌，杂然而前陈者，太守宴也。宴酣之乐，非丝非竹，射者中，奕者胜，觥筹交错，起坐而喧哗者，众宾欢也。苍颜白发，颓然乎其间者，太守醉也。

全文紧扣一个"乐"字，描写了山水之乐，欢宴之乐和与民同乐之乐，犹如层层剥笋，自然流畅，层次井然，构思精巧。语言精炼传神，生动形象。

他的《秋声赋》运用散文灵活多变的笔法写赋体，通过多种譬喻，描摹无形的秋声，烘托出变态百端的秋之景象和自己对秋气的感受，标志着古文运动的影响扩展到了辞赋的领域。欧阳修的散文虽以学习韩愈相标榜，风格实各不同。如果说韩文如波涛汹涌的长江大河，那么欧文就恰像澄净激滟的陂塘，韩文滔滔雄辩，欧文娓娓而谈，韩文沉着痛快，欧文委婉含蓄。欧阳修在散文方面的成就，作为当时文学革新运动的领袖，是当之无愧的。

曾巩(1019～1083)　曾巩以欧阳修为师，文风近于欧阳修，以擅长为古书作序，被学者称道。他主张"蓄道德而能文章"，赞成欧阳修"事信言文"、"简而有法"的观点，要求为文必须明经体道。他的《战国策目录序》、《烈女传目录序》等学术文章虽道学气较重，但治学态度严谨，说理曲折尽意，也不乏独到之见。曾巩的记体散文和书札也深受后世称道，这些作品往往因事而发，叙述、议论委曲周详，词不迫切而思致明晰，以古雅、平淡见称。如《墨池记》巧借墨池遗迹传说进行生发，由池而人而学，说明人的才能乃是"以精力自致"，而"非天成"。行文从容温雅，亲切相契，娓娓而谈，一扫正襟危坐、古板严刻之道学气，使道德教育艺术化、情趣化，故此文具有很高的艺术价值。由于曾巩思想修养渊源儒家经典，为文雍容平和，易于效法并适合于统治者的要求，在当代及后世颇受推崇。其理论和实践又导启桐城派的"义法"说，因之也备受清人青睐。平心而论，曾文柔婉平和，的确能见涵养，是其所长；但气魄骨力不足，缺乏文采，更少情韵和机趣，短处也很明显。就其文学成就及影响力而论，在宋六家中是较为逊色的。

王安石　王安石的散文一般都有充实的社会内容。他的政论文结构紧密，逻辑分明，语言概括力强，在唐宋八大家中是比较突出的。他的《本朝百年无事札子》以欲抑先扬，褒中寓贬的写法，从宋开国至神宗即位"享国百年，天下无事"的表象中，揭露出"有事"的种种表现，暴露出积贫、积弱、危机四伏的严酷现实，使神宗受到震动，故此文被视为新法之先声，王安石也被誉为"可谓搏虎屠龙手"。《读孟尝君传》于短制中发惊人之论，文短气长。"孟尝君能得士，士以故归之，而卒赖其力以脱于虎豹之秦"，这是包括《史记》在内的传统看法。作者从"南面而制秦"的大局着眼，否定了孟尝君所得之士，也否定了孟尝君其人。这种立足于经世济时的国家利益来衡量"士"的观点是深刻的，也是卓越的。文势峭拔，语语转折，声声紧逼，于尺幅中具有万里波涛之势，"此乃短篇中之极则"。王安石的一些记事的作品也以议论多于叙事为其主要特色。《度支副使厅壁题名记》虽名为记，但已非记叙之文，而是事理兼顾，以理取胜之作。文章以吕冲之将查到的历任度支副使诸人之名刻于度支副使厅堂东壁之上一事，阐述了关于立理财之法，选守法之吏等关于理财问题的见解，认为"善吾法，而择吏以守之，以理天下之财，虽上古尧舜犹不能毋以此为先急，而况于后世之纷纷乎"，推翻了"君子喻于义，小人喻于利"的偏见，立论锋芒毕露，吴汝纶评之为"笔力豪悍，有崩山决泽之观"。他的《游褒禅山记》写的是许多人都有过的经历，但得出的体验却比一般人深切，与其说游山，不如说是谈人生、事业和治学。总体说来，王安石之文具有明显的政论色彩，分析透辟，见解卓异，有严密的逻辑性和极强的概括力，以矫健之风在文坛另立一宗；但用语质朴，较少注意描摹物象，酝酿气氛，也不致力于以情动人，故艺术感染力较为逊色。

苏洵（1009～1066），四川眉山人。27 岁始发愤为学，研读六经和百家之学，考究古今治乱之迹。1056 年携其子苏轼、苏辙入京，拜谒韩琦、欧阳修等人，献所著《权书》、《几策》、《衡论》等，备受赏识，从此名噪文坛。苏洵重视事功，强调为文务近贵实。他在《仲兄字文甫》中，从仲兄易字"文甫"说起，借题发挥，尽情阐述其对文学创作"风水相遭而成文"的主张。将水比作创作源泉与艺术修养，将风比作创作冲动与灵感，两者相遇，神来兴会，自成文章。他阐述观点，善用比喻，行文又多四字句，读之铿锵，表现了高超的文字技巧。苏洵长于论说文，曾自言"著书无他行，及言兵事论古今形势，至自比贾谊"（《上韩枢密书》）。如《权书》中的《六国》一文，借论六国破灭之由，达批评北宋妥协退让的对外路线之旨，议论中穿插形象的描写和深沉的慨叹，既以理服人，又以情动人。袁宏道评道："此篇论六国之所以亡，乃六国之成案。其考证处，开合处，为六国筹画处，皆确然正议，末影宋事尤妙。"（《三苏文苑》）不愧为史论中的佳构，有战国纵横家雄辩之遗风。

苏辙（1039～1112） 苏辙论文主"养气"说，认为"文者气之所形"，主张通过读书及交游来提高修养，对后世文论有一定影响。他的《上枢密韩太尉书》，尽说作文养气，历见名山大川、京华人物，无一语求仕进，而纡徐婉曲，盛气足以逼人，数百言中有千万言不尽之势，是古典文论中的重要著作。苏辙擅长策论和记体散文，文风不同于苏洵之宏伟、苏轼之雄奇，而以稳帖为尚。如《黄州快哉亭记》纵笔于江山形胜，引发"不以谪为患"，"不以物伤性"之理，通篇俱就"快"字生发，前半透过亭周景色和古代长走的流风遗迹极力写"快"字，后半又从谪居中寻出"快"意来。行文在略叙作亭之由后，即写今日所见之快，写往日流遗之快，然后借楚王、宋玉之言引起张公今日意中之快。首尾神机一片，非一般骚人志士悲伤憔悴者比。文势汪洋，笔力雄劲而又有潇洒闲放之致。又如《武昌九曲亭记》记苏轼游西山之事，此文写亭而意不在亭，借西山"萧然绝俗"而写"游于物外"之人。文中九出乃兄子瞻大名，结出"适意为悦"的主旨，慰藉之情溢于言表。文中山水相依，静动相契，情景相融，于平稳中呈现出秀气。风格深淳精粹，正如苏轼所说："其文如其为人，故汪洋澹泊，有一唱三叹之声，而其秀杰之气，终不可没。"（《答张文潜书》）。

苏轼 苏轼因与王安石政见分歧，又曾批评神宗"求治太急"，元丰二年（1079）被捕入狱，史称"乌台诗案"。此后他政治上进退维谷，被新党目为旧党，被旧党视为异己，长期过着迁谪生活。在困顿中，他从佛道思想中寻找解脱，但谈禅而不佞佛，好道而不避世，妥善地将儒释道融合，以达观自处的态度来适应复杂的政治和人生。他一生坎坷，但在文学史上却光照千古，是继欧阳修之后的文坛领袖，与其父、其弟号为"三苏"。苏轼总结了古代文论之精华，提出了不少同当时道学家重道轻文的观点绝然对立的观点。首先，他否定了"多空文而少实用"的儒者之作，主张"作文先有意，则经史皆为我用"（《清波杂志》）。他要求人们以独到的认识和体验去审视包括儒家在内的前人的思想，不是墨守，而是有所取舍，以提出能表达切身感受的新观点、新见解，即所谓"出新意于法度之中，寄妙理于豪放之外"（《书吴道子画后》）。其次，他反复强调必须加强艺术修养。他提出"有道而不艺，则物虽形于心，不形于手。"（《书李伯时山庄图后》）。这个"艺"字，指的是艺术修养，有了它，内心的感受才会通过手自如地表达出来。而要进行艺术修养就必须扩充知识，增长见闻，丰富文化素养，使创作能"博观而约取，厚积以薄发"（《稼说》）。从而实现"辞达"，即对所写对象"了然于心"，又"了然于口与手"，从而"随物赋形"，既状其形又传其神，且务令文字华实相副，以达到"天工与清新"的妙境。第三，他强调独创和表达的自由，提倡风格多样化，明确提出"文理自然，姿态横生"的观点（《答谢民师书》）。他在《文说》中说："吾文如万斛泉源，不择地而出。在平地滔滔汩汩，虽一日千里无难；及其与山石曲折，随形赋物而不可知也。所可知者，常行于所当行，常止于不可不止，如是而已矣。"这里以水为喻，说明了以自然为本既可实现表达的自由，也可使风格多样化。他还反对千篇一律，说明文坛的生气不在一花独放，而在百花争荣。苏轼以上观点，总结了散文艺术的基本规律，对散文理论的建设，贡献是巨大的。在散文创作上，苏轼兼擅各体，成就特别引人注目。他长于议论，熔贾谊、陆贽、《战国策》文风于一体，立论新颖，运笔纵横恣肆，如《教战守策》一文批评朝廷"守内虚外"的政策，"其患不见于今日而将见于他日"。居安思危，审时度势，酌古御今，预见到"战者，必然之势"，不可避免，显出眼光远大。文章立论、引证、辩说具体而深入，充分而恳切，具有使读者信服的力量。在史论中《留侯论》立论最为超卓，最有见地。以"忍小忿而成大谋"生发古贤以柔克刚之说，说理亦如海上潮来，银山蹴起。行文忽出忽入，忽虚忽实，忽主忽宾，忽断忽接，浑浩流转，遂成千古之文。苏轼的政论和史论，说理透辟，滔滔雄辩。善于从事物的辩证关系反复说明问题，并常用浅近生动的比喻增强文章的通俗性与生动性，他向来同韩、柳、欧三家并称，文理畅达而姿态横生，状物写景而逼真传神。如《凌虚台记》，开篇写筑台缘起，再写筑台事功，忽转无台荒凉，继思台毁得归，兴成废毁，悲歌慷慨，令人噫唏。忽又由台虚转入人事之虚，接着则是世有足恃。历史沧桑，人生旷达，尽在其中，文笔亦具凌虚之美。《前赤壁赋》虽是赋体，却有散文那种行云流水般的自然，文章首段的景物描写，空灵澄澈，丹青难描，江水、清风、明月三个自然意象在文中贯穿映现，或启遗世独立的遐想，或引发惆怅哀怨的悲情，或喻指万物皆具有"变"与"不变"的两重性，生发出即使在坎坷之中，有为的生命仍有其永恒价值的人生哲理，形象性、情感性和哲理性的统一，使本文充盈着诗情画意和理趣之美：

> 清风徐来，水波不兴。举酒属客，诵明月之诗，歌窈窕之章。少焉，月出于东山之上，徘徊于斗牛之间。白露横江，水光接天。纵一苇之所如，凌万顷之茫然。浩浩乎如冯虚御风，而不知其所止；飘飘乎如遗世独立，羽化而登仙。

这段文字画意中有诗情，令人悦目赏心，写出了清风、明月、水光交相争辉的良辰美景，也写出了人置身其中，油然而生的"遗世""羽化"之乐。再看：

> 客亦知夫水与月乎？逝者如斯，而未尝往也；盈虚者如彼，而卒莫消长也。盖将自其变者而观之，则天地曾不能以一瞬；自其不变者而观之，则物与我皆无尽也。而又何羡乎！且夫天地之间，物各有主，苟非吾之所有，虽一毫而莫取。唯江上之清风，与山间之明月，耳得之而为声，目遇之而成色，取之无禁，用之不竭，是造物者之无尽藏也，而吾与子之所共适。

这一段，诗情中透出理趣，由幽情的抒发进到哲理的畅达，"愀然"之悲在旷达中得到消解，文章的主旨醒豁地表达了出来，读者同时得到审美的享受与哲理的彻悟。

苏轼还有不少优秀的书札、杂说、杂记，往往熔叙事、写景、抒情、议论于一炉，随意挥洒，随机生发。作者渊博的知识，丰富的想象，取貌传神的高度技巧，使这类文章知识性、趣味性、艺术性达到了高度结合。《日喻说》是一篇论述"道可致而不可求"、"学以致其道"观点的文章，它以"盲人不识日"，"北人之学没"的巧妙比喻，说明靠臆想和推论认识世界是荒唐的，离开实践的理论不会使人获得真知。既批判了"以声律取士，士杂学而不志于道"之谬，也批判了"以经术取士，士知求道而不务学"之非。喻体生动形象，寓庄于谐，表现了作者对《庄子》、《战国策》的继承。《记承天寺夜游》，寥寥数十字，烘托出月下夜空的明净和心境的悠闲；《记游松风亭》通过随时歇足的细节，写出无往而不适的放达心情。随手拈来，信笔挥洒，言简意明，颇饶意趣和情趣，实与"高文大册"的"文与道俱"之作异趣，晚明小品即源此而生，性灵之说也因此而出，这种影响大约是苏轼所料未及的。

苏轼的诗、词、文、书法、绘画皆成大家，修养至高，无与伦比。他的散文，观察精细，描写生动，说理、叙事、抒情，皆能"随物赋形，穷形尽相"。行文舒卷自如，活泼流畅，自然本色，达到姿态横生，无施不可的地步，为后世所景仰。

唐宋八大家散文，代表我国古典散文的最高成就。自明代中叶茅坤揭起"八大家"旗帜以后，社会上学习研究八大家文，蔚成风气。清人魏禧《目录论文》说："唐宋八大家文，退之如崇山大海，孕育灵怪；子厚如幽岩怪壑，鸟叫猿啼；永叔如秋山平远，春谷倩丽，园亭林沼，悉可图画。"明人方孝孺《张彦辉文集序》也论及了宋代散文家的风格特点："永叔厚重渊洁，故其文委曲平和，不为斩绝诡怪之状，而穆穆有余韵。子瞻魁梧宏博，气高力雄，故其文常惊绝一世，不为婉呢细语。介甫狭中少容，简默有裁制，故其文能以约胜。子固俨尔儒者，故其文粹白纯正，出入礼乐法度中。"至于老苏的雄奇奔放，恣肆博辩，波澜壮阔而又曲回百折；小苏的汪洋淡泊，疏宕纤折，也一直为后世称道。而他们"文起八代之衰"，敢于开启散文新局面、新气象的创新精神，更是我们取之不尽、用之不竭的精神财富。

第四节　不拘格套　独抒性灵：明清文章写手

> 李贽："敢倡乱道"、"非周孔而薄汤武"的早期启蒙者——"公安三袁"：不师前辈，独抒性灵——"唐宋派"与归有光：以诗意摹人写心——寄情山水的遗民散文家张岱——"以己苦及人之苦"的骈文写手汪中——富有情韵的"桐城派"古文家"姚鼐"——笔端带有感情、创近世"新文体"的变法维新派梁启超。

李贽与"公安派"

为了矫正"台阁体"空疏造作的文风，"前后七子"打出复古旗帜，但却使文坛陷入了"物不古不灵，人不古不名，文不古不行，诗不古不成"的泥潭，连其领袖也自悔不迭。诗文的出路何在？"挽狂澜于既倒"的英雄是谁？

湖北公安有袁宗道、袁宏道、袁中道三兄弟，自幼奇慧，先后中进士，是当地著名的才子，号称"三袁"。万历十八年春，从福建泉州来了一个怪异老者，寄居荒庙中常饮酒至醉，尽出狂言。三兄弟闻说即刻前去拜访，遂与老者结下忘年之交，也为文坛留下千古佳话。

这位被三兄弟称作"大奇人"的怪翁，就是我国早期启蒙主义旗手李贽。他出身于世代为商的回民之家。那是一个商品经济萌生，市民阶层开始壮大的时代。等价交换的观念与进步的"王学左派"思想相结合，形成了李贽激烈反对封建专制的理论基础。在做了20年的小官之后，他54岁辞官，寄居朋友家，与朋友的兄长、大官僚耿定向发生了尖锐冲突。此后，他告别妻女，落发修行，读佛经，授门徒，直至76岁时以"敢倡乱道，惑世诬民"的罪名，被朝廷缉捕并自杀于狱中。后世尊他为"中国的伏尔泰"。

李贽是两千年来第一个反对孔子偶像崇拜的人。他认为："天下无一人可生知。""圣人不曾高，众人不曾低"，不能以孔子是非为是非，不可做依附他人的"矮子"，而要做自立自强的"长人"。他抨击"存天理，去人欲"的程朱理学，坦言"穿衣吃饭即是人伦物理"，"自然之性，乃自然真道学也，岂讲道学者所能学乎?"他赞扬"市井小夫"，"身履其事，口便说事，作生意者但说生意，力田作者但说力田，凿凿有味，真有德之言，令人忘厌倦矣"。他认为商人"挟数万之资，经风涛之险"，推动生产的发展，功不可没。而"男尊女卑"的论点也荒谬不堪："谓男子之见尽长，女子之见尽短，又岂可乎?"这些言论"别立褒贬，凡千古相传之善恶无不颠倒易位"，从根本上否定了封建统治的思想基础和等级秩序，可谓惊世骇俗。因此，他触怒了封建统治者和道学家们，被斥为"异端""邪教"，对他的书加以禁毁，然而这正是那个时代人民要求自由平等、渴望个性解放的合理愿望的体现，代表了社会前进的趋势。

从文学角度来看，既然人人可以为圣贤，既然人欲是天理，那么人人就可以任其性而发展。基于此，李贽提出了"童心说"的文学观点，力倡"绝假纯真、最初一念之本心"的赤子之心，即写真情实感。他指出："天下之至文，未有不出于童心焉者也"，而且"无时无文，无人不文，无一样创体格文字而非文者，诗何必古选? 文何必先秦?"他主张以发自自然的真性情，创造新的真实文艺，杜绝假人假事的伪文学。

李贽的宏论唤起的有正义感的文学俊才，戏剧界有汤显祖，小说、民歌方面有冯梦龙，成绩斐然，而诗文方面，公安"三袁"脱颖而出。当时，"三袁"兄弟先后四访李贽，彻夜长谈，并将李的《焚书》置于床前，称其"愁可以破颜，病可以健脾，昏可以醒眼，甚得力"。他们深深膺服于李贽离经叛道的理论和他勇敢无畏的精神，认识到文坛上"掇拾陈言，株守俗见，死于古人语下"，是穷途末路，只有"发为语言，一一从胸襟流出"，才会重现勃勃生机。这就是"独抒性灵，不拘格套"的性灵说。

袁宏道是"公安派"的盟主。他的"性灵说"的真切含义，就是强调个性、真情和创新。他阐发自己进步的文学主张：(一)文学随着社会的发展而变化，具有鲜明的时代特征："惟夫代有升降，而法不相沿，各极其变，各穷其趣，所以可贵。"(二)作品不必贵古贱今，务在张扬个性："信口而出，信口而谈，只要发人所不能发。"袁宗道提出："有一派学问则酿出一种意见，有一种意见则创出一般言语。"只有腐儒才"依凭古人之式样"。(三)被封建士大夫鄙视的戏曲、小说及民谣可与诗书史传并驾齐驱。袁宏道赞美民歌是"无闻无识真人所作，故多真声……任性而发，尚能通于人之喜怒哀乐，嗜好情欲，是可喜也"。他认为《水浒》是"逸典"，《金瓶梅》也远胜于枚乘的《七发》。这就肯定了通俗文学的历史地位。

在"性灵说"旗帜下，以"公安派"为核心的理论及创作队伍形成了，死气沉沉的文坛也开始复苏了。明末清初的钱谦益称道袁宏道："中郎之论出，王李之云雾一扫，天下之文人才士始知疏导心灵，搜剔慧性，以荡涤摹拟涂泽之病，其功伟矣。"现代散文大家周作人评论说："民国的新文学差不多是公安派复兴。"

"性灵说"激励文学家从日常人情中发现"天理"，从奇人趣事中伸张个性，在一山一水、一禽一木中追寻理想的境界。袁中道曾作《寿大姐五十序》，动情地回忆起姐弟之间的手足情谊："伯修复变说鬼神怪事，缘饰以相恐吓。姊与予皆胆薄，灯火明灭，风吹纸窗，真如有物至。大骇，嗁而走，伯修拊掌大笑为乐，如此以为常。"一幅儿时的生活画面，生动而温馨。另外，为异人畸人作传，也体现出"三袁"的良苦用心。他们希望以人欲和性情冲决封建礼教的堤防，为不受任何束缚的"童心"鸣锣开道。袁宏道著《徐文长传》，写徐渭"晚年愤益深，佯狂益甚，显者至门，或拒不纳。时携钱至酒肆，呼下隶与饮。或自持斧击破其头，血流被面，头骨皆折，揉之有声。"对社会的愤懑使主人公采取了自戕的形式，"遂为狂疾，狂疾不已，遂为囹圄"。作者非常理解传主的悲愤痛楚，指出他没有什么是不奇异的，正因为这样，也就导致了悲剧的发生，这就是社会和性灵的尖锐对立。袁中道为纪念李贽作《李温陵传》，叙李贽"持刀自割其喉，气不绝者两日，侍者问：'和尚痛否？'以指书其手曰：'不痛'。又问曰：'和尚何自割？'书曰：'七十老翁何所求？'遂绝。"表现出叛逆者超越生死的凛然正气。

　　至于山水游记小品文，更是"公安派"的长项。如袁宏道在《满井游记》中描写北京郊区早春二月的自然之美，抒发对美好景色的欣慕喜悦。他用"若脱笼之鹄"表现置身郊野的愉快，用"晶晶然如镜之新开，而泠光之乍出于匣也"形容波光水面；用"如倩女之靧面，而髻鬟之始掠也"状"山峦为晴雪所洗"。笔笔清新灵透，恬静优雅，别开生面。其中"夫能不以游随事，而潇然于山石草木之间者，惟此官也"，又昭示了启蒙文人清高孤洁的游兴赏怀。在性灵的鼓荡下，山水小品在晚明繁荣兴旺，钟惺、谭元春、王思任等都有精美之作。

归有光、张岱与汪中

　　归有光（1506～1571），江苏昆山人。他是明代"唐宗派"古文的代表作家，世称"震川先生"，其作品获得"明文第一"的美誉。因为困守乡间，家庭多故，归有光感慨良多，写出了叙述家居琐事，感怀生死聚散的优秀小品文，其中《项脊轩志》颇具特色。

　　归家百年老宅中有一间阁子，叫项脊轩，它留下了归有光祖母、母亲和妻子三代寻常女性的踪迹。她们的挚爱亲情令作者思之动容。如记述老妪（乳母）的回忆："某所，而母立于兹，……汝姊在吾怀，呱呱而泣，娘以指扣门扉曰：'儿寒乎？欲食乎？'……语未毕，余泣，妪亦泣。"这一扣一问，仅仅两个细节，慈母的舐犊之情纤毫毕现。再如祖母探孙读书的场面，她说："吾儿，久不见若影，何竟日默默在此，大类女郎也？"语气亲切诙谐，又带着疼爱。临去又"以手阖门，自语曰：'吾家读书久不效，儿之成，则可待乎！'顷之，持一象笏至，曰：'此吾祖太常公宣德间执此以朝，他日汝当用之！'"一个轻轻关门，几声喃喃自语，一番劝勉鼓励，平和而亲切，浅淡又真实，老年人的特点和官宦之家长辈的心理跃然纸上。其妻"时至轩中，从余问古事，或凭几学书"。足见他们夫妻伉俪情深。文末，作者由阁子想到妻子："其后六年，吾妻死，室坏不修，……庭有枇杷树，吾妻死之年所手植也，今已亭亭如盖矣！"宛若优美的抒情特写镜头，把物是人非，思情绵邈的心境表达得如诗如画。归有光善用典型细节勾勒点染，生动逼真地再现亲人们的言谈举止，音容笑貌，如黄宗羲所评："一往深情，每以一二细事见之，使人欲涕。"在《先妣事略》、《寒花葬志》中，作者也能从生活小事入手，以简洁、以流畅，以诗意摹人写心。

归文以情动人、"使人欲涕"的关键是写人之常情。与鼓吹忠孝节烈的道学散文相比，他关注儿女深情，展现人性之美；与唐宋八大家的古文范式相较，他开辟了写凡人琐细生活与情感的新天地；与同时代新拟古派深奥艰涩的文章相比，他又以平易自然的风格取胜，能"无意于感人，而欢愉惨侧之思溢于言外"。这些有浓浓人情味的小品，足以使他称雄于明代文坛了。

归有光死后七十年，江山易主，国故鼎新，明末遗民经历了血与火的洗礼，张岱也到了"知天命"的年龄。这个出身于累代官宦之家的才子，沉浸在苦闷、彷徨和幻灭之中。张岱在《西湖梦寻序》中写道："凡昔日之弱柳夭桃，歌楼舞榭，如洪水湮没，百不存一矣。"在《西湖香市》中痛感"但见城中饿殍异出，扛挽相属"，昔日繁华已成满目凄凉，落得个国破、家亡、人孤。因此他的散文多采用梦忆、寻梦形式怀念故人，追思故国乡土，寄寓那挥之不去的兴亡之感。

《湖心亭看雪》是张岱的传世之作。明崇祯五年十二月，他在西湖乘舟看雪，那情景是："大雪三日，湖中人鸟声俱绝，……雾凇沆砀，天与云与山与水上下一白。湖上影子，唯长堤一痕，湖心亭一点，与余舟一芥，舟中人两三粒而已。"这片山水浑然一色，天地相接，静谧、清寒、淡泊、高洁。其中的"一痕、一点、一芥、两三粒"，使原来单调模糊的巨幅素绢有了浓墨的点染。虚与实、妩媚与苍劲交相映衬，折射出作者对宇宙、人生的深沉思考。而亭中三人默默对饮，临别才互道名姓，方知是他乡之客，更增添了几许惆怅寂寥之感。全文不足二百字，简洁清新，却有一言难尽之意，似乎可以窥见《红楼梦》末尾，宝玉在白茫茫一片雪地中消失的心理背景。

另一篇《西湖七月半》记述的是杭州人游西湖的习俗和盛况。作者嘲笑了那些平时"巳出西归，避月如仇"，而"是夕好名，逐队争出"的游人，表达了他所神往的情趣和意境："月如镜新磨，山复整妆，湖复颒面……吾辈纵舟，酣睡于十里荷花之中，香气拍人，清梦甚惬。"这如诗如画的畅想，表达了作者需要明月山水的慰藉，故国之思也在意中了。

张岱的散文兼有公安派、竟陵派之长，又有自己的特色。他善于将伤感寄于山水，却不露痕迹，含义隽永，耐人寻味。可以说，后世曹雪芹们那种"悲凉之雾，遍被华林"之感，已从张岱这里悄然拉开了序幕。

与明末方兴未艾的小品文相比，骈文早已衰老了，历经唐宋元明都无声无息。但在清中叶，它竟有一段"回光返照"，其间的高手便是汪中。

汪中是江苏扬州人，仅活了49岁。"少苦孤露，长苦奔走，晚苦疾疢"，一生"未尝有人生之乐"，靠着助人贩书遍读百家，为治学和写作奠定下基础。他生性亢直终生甘贫不仕，以治史和骈文称颂于世；又因他有不幸遭际，故能深刻体悟人生之苦，更能"状难写之情，含不尽之意"。凄丽动人的抒情骈文《哀盐船文》就是其杰作。

乾隆三十六年十二月，江苏仪征沙漫洲盐船失火。这些盐船绵延如同城郭，失火前是"玄冥告成，万物休息，穷阴涸凝，寒威凛栗，黑眚拔来，阳光西匿"。一派寒冷阴暗的隆冬气象。船民们"群饱方嬉"，却不知大难将至，当星星之火变成冲天烈焰时，"痛暮田田，狂乎气竭，……齐千命于一瞬，指人世以长诀，发冤气之烈蒿，合游氛而障日，行当午而迷方，扬沙砾之嫖疾。"火灾过后，"衣缯败絮，墨查炭屑，浮江而下，至于海不绝。"那些逃生者"出寒流以浃辰，目眲眲而犹视"，葬身火海的人"圆者如圈，破者如块，积埃填窍，捆指失节，"惨不忍睹。前来哭祭家属带着"麦饭壶浆，临江呜咽，"但有"日堕天昏，凄凄鬼语"。这一系列悲哀凄楚的情境被作者渲染到极致，怵目惊心，惨绝人寰，足以唤起人们对火灾及死亡的恐惧战栗，对罹难者不幸遭遇的深切同情。

当时，汪中已有 27 岁。他亲眼目睹了家乡这幕人间悲剧，遂命笔为文，起始交代火灾的时间、地点和严重后果，颇似现代新闻报道先使用导语，接着再写火灾的来龙去脉，最后为遇难船民致哀凭吊。语言精确生动而不造作，沉痛之情溢于言表。

随着社会及文学的变革，骈文从南北朝之后走向末路，汪中运用这一文体，不盲目模仿古人，不刻意绮丽靡华，而是写当时事抒真挚情，故胜人一筹。

姚鼐

"天下文章尽在桐城乎！"这句时语真实反映了清代"桐城派"的盛况。该派称雄文坛时间之长，作家之众，影响之大，为中国文学史所仅见。"桐城派"是因该派创始者都是安徽桐城人而得名，上有戴名世发端，后有方苞奠基，刘大櫆承前启后，再由姚鼐集大成。姚鼐把师生四代研究探索的散文理论完整系统起来，使该派达到登峰造极的地步。

姚鼐对于散文理论的贡献主要表现在四个方面：（一）古文创作要"天人合一"，"道与艺合"，即作者天赋与后天学识，思想内容与艺术形式的完美统一。（二）提出"义理、考据、辞章"三合一的理论，强调古文要有实际内容且翔实可靠，形式也要与之谐和。（三）他把学习古代散文概括为八字诀：神理气味、格律声色。（四）在文章风格上，他划分了"阳刚"、"阴柔"两大范畴。前者"如霆、如电、如长风之出谷，如崇山峻崖，如决大川，如奔骐骥"；后者"如升初日，如清风，如云如霞，如烟，如幽林曲涧，如沦如漾，如珠玉之辉，如鸿鹄之鸣而入寥廓"。两种风格交互作用，则文章千姿百态。

姚鼐的散文创作正是"桐城派"理论的实际体现。《登泰山记》就是一篇典范之作。

作为一篇山水游记，作者注意以简洁凝炼的语言叙写泰山之行，形象地描绘泰山景色的雄伟壮丽，夕照辉映下城郭山川的斑斓多姿，日出景观的奇妙瑰丽，给人留下了深刻印象。

泰山号称"五岳独尊"，胜迹很多，这篇游记要记叙泰山的位置、形势、沿途景观、作者的上下山过程、游赏兴致和种种感受，因此行文特别注意章法井然、繁简得宜：写行踪惜墨如金、一笔带过；对山、石、松、石刻、建筑等景物也是或勾勒、或点染，而对于晚日和朝阳的描写却浓墨重彩，显得生动、形象、细致、周详。文中所绘"苍山负雪，明烛天南，望晚日照城郭，汶水、徂徕如画，而半山居雾若带然"的场景，以及日观峰看日出的情形，是值得玩味的泰山"夕照图"和"日出图"，形成了全文的"华彩乐章"。这就实践了作者"文章有意佳处，可以着力"的主张，也体现出桐城派古文追求"雅洁"、反对"芜杂"的当行本色。

《登泰山记》全文不足 500 字，可是容量丰富、感情真切。写奋力登山，不顾"大风扬积雪击面"静候日出时，雄壮豪迈；写观看碑碣石刻时，又显出柔静悠闲；写日出情景，境界阔大，具阳刚之美，而写夕照下负雪的山峦、漂浮的云雾，又得阴柔之气。加之言物有序，遣词用语平易空灵，全篇脉络通贯、气足神完，凸显出了姚鼐作为桐城派散文大家的一代风范。

梁启超

梁启超（1873～1929），号任公，别署饮冰室主人。17 岁中举人，拜在维新领袖康有为的门下，与谭嗣同一起成为其最得力的助手和战友。近代著名诗人黄遵宪评价梁氏文章说："惊心动魄，一字千金，人人笔下所无，却为人人意中所有，虽铁石人亦应感动，从古至今文字之力之大，无过于此矣。"他指的就是当时风靡海内的梁氏"新文体"，也叫"报章体"。

梁启超"新文体"的特点，正如他自己在《清代学术概论》中所说："启超不喜桐城派古文，幼年为文，学晚汉魏晋，颇尚矜炼，至是自解放，务为平易畅达，时杂以俚语、韵语及外国语法，纵笔所至不检束，学者竞效之，号'新文体'，老辈则痛恨，诋为野狐。然其文条理明晰，笔锋常带情感，对于读者，别有一种魔力焉。"这种"魔力"集中体现其狂放不羁的热情。试看《少年中国说》中的精彩之笔：

> 造成今日之老大中国者，则中国老朽之冤业也；制出将来之少年中国者，则中国少年之责任也。……使举国之少年而果为少年也，则吾中国为未来之国，其进步未可量也；使举国之少年而亦为老大也，则吾中国为过去之国，其澌亡可翘足而待也。故今日之责任，不在他人，而全在我少年。少年智则国智，少年富则国富，少年强则国强，少年独立则国独立，少年自由则国自由，少年进步则国进步；少年胜于欧洲，则国胜于欧洲；少年雄于地球，则国雄于地球。红日初升，其道大光；河出伏流，一泻汪洋；潜龙腾渊，鳞爪飞扬……纵有千古，横有八荒；前途似海，来日方长。美哉我少年

中国，与天不老！壮哉我中国少年，与国无疆。

　　这篇美文写于维新变法失败之后，字里行间洋溢着不泯之志和乐观主义精神。作者在文章中运用拟人化的手法，使严密的逻辑推理有鲜明生动的形象；又多方设喻，以突出形象性；在读者心目中矗立起一个血气方刚、充满青春活力的少年中国形象，充满了爱国主义激情和民族自豪感。

　　梁启超是资产阶级改良主义的政治活动家，又是一个伟大的文学家，这两重身份决定了他的作品要表达新思想、新事物，鼓吹和宣传变法，又要做到条理清晰、富有激情和感染力。再如《论不变法之害》中的一段："法者，天下之公器也；变者，天下之公理也。大地既通，万国蒸蒸，日趋于上。大势相迫，非可阏制。变亦变，不变亦变！变而变者，变之权操己，可以保国，可以保种，可以保教；不变而变者，变之权让诸人，束缚之，驰骤之。呜呼，则非吾所敢言者矣！是故变之途有四：其一，如日本，自变者；其二，如突厥，他人执其权而代变者也；其三，如印度，见并于一国而代变者也；其四，如波兰，见分于诸国而代变者也。吉凶之故，去就之间，其何择焉！……彼犹太之种，迫逐于欧东；非洲之奴，充斥于大地。呜呼，夫非犹是人类也欤！"在《罗兰夫人传》中，梁启超写道："罗兰夫人何人也？彼生于自由，死于自由。罗兰夫人何人也？自由由彼而生，彼由自由而死。罗兰夫人何人也？彼拿破仑之母也，彼梅特涅之母也，彼玛志尼、噶苏士、俾斯麦、加富尔之母也。质而言之，则十九世纪欧洲大陆一切之人物，不可不母罗兰夫人；十九世纪欧洲大陆一切之文明，不可不母罗兰夫人。何以故？法国大革命为欧洲十九世纪之母故。罗兰夫人为法国大革命之母故。"可见，作者为了强调他所鼓吹的进步思想，不嫌反复强调，务求淋漓尽致，唯恐读者不明白、不记牢。语言上又非常自由，奇偶相间，文白互用，中外交错，不拘一格而又能纵笔自如。读来通俗易懂，音韵铿锵，回肠荡气。另外，梁文中所引又都是前所未闻的外国人物，外国的历史教训，有醒人耳目、激励斗志之作用。这些特点说明"新文体"是适应改良运动需要而产生的，有鲜明的时代色彩和深远的历史意义。它的影响之大，可从其学生吴其昌所说得到印证："雷鸣怒吼，恣睢淋漓，叱咤风云，震骇心魄，时或哀诉曼鸣，长歌当哭，湘兰汉月，血沸神销，以饱带感情之笔，写流利畅达之文，洋洋万言，雅俗共赏，读时则摄魂忘疲，读竟或怒发冲冠，或热泪湿纸。"

　　"新文体"负有严肃的文学使命。清代八股弊害很深，桐城派古文统治也有二百多年，随着政治和学术思想发生变化，龚自珍、魏源以今文学家崛起，别开生面，到康有为、谭嗣同的政论文，与传统古文更是相左。戊戌变法前夕，形势发展迅速，梁文异军突起，正可谓"时势造英雄"。"新文体"，在政界文界掀波扬澜，一扫陈腐颓唐的旧文风，以其清新活泼、感情充沛的格调为晚清文体解放和"五四"的白话文运动开辟了道路。

［作品选读］

孟子

　　有为神农之言者许行（存目）

荀子

　　劝学（存目）

庄子

　　秋水（存目）

韩非子

　　五蠹（存目）

贾谊

　　吊屈原赋（存目）

司马迁

　　廉颇蔺相如列传（存目）

　　李将军列传（存目）

曹植

　　洛神赋（存目）

陶渊明

　　归去来兮辞

陶弘景

　　答谢中书书（存目）

吴均

　　与宋元思书（存目）

郦道元

　　三峡（存目）

王维

　　山中与裴秀才迪书

韩愈

　　师说（存目）

　　送孟东野序（存目）

　　祭十二郎文

柳宗元

　　至小丘西小石潭记

　　捕蛇者说（存目）

杜牧

　　阿房宫赋

王禹偁

　　黄冈竹楼记（存目）

欧阳修

　　醉翁亭记（存目）

　　祭石曼卿文（存目）

　　五代史传官传序（存目）

范仲淹

　　岳阳楼记（存目）

曾巩

　　墨池记（存目）

　　寄欧阳舍人书（存目）

王安石

　　游褒禅山记（存目）

　　祭欧阳文忠公文（存目）

苏轼

　　赤壁赋

　　石钟山记（存目）

　　潮州韩文公庙碑（存目）

苏辙

　　《黄州快哉亭记》（存目）

　　《武昌九曲亭记》（存目）

归有光

　　项脊轩志（存目）

袁宏道

　　徐文长传（节选）

张岱

　　湖心亭看雪（存目）

袁枚

　　黄生借书说（存目）

汪中

　　哀盐船文（存目）

姚鼐

　　登泰山记（存目）

梁启超

　　少年中国说（存目）

归去来兮辞

陶渊明

归去来兮，田园将芜胡不归？既自以心为形役，奚惆怅而独悲！悟已往之不谏，知来者之可追；实迷途其未远，觉今是而昨非。舟摇摇以轻飏，风飘飘而吹衣。问征夫以前路，恨晨光之熹微①。乃瞻衡宇②，载欣载奔③。僮仆欢迎，稚子候门。三径就荒④，松菊犹存。携幼入室，有酒盈樽。引壶觞以自酌，眄庭柯以怡颜。倚南窗以寄傲，审容膝之易安。园日涉以成趣，门虽设而常关。策扶老以流憩，时矫首而遐观。云无心以出岫，鸟倦飞而知还。景翳翳以将入，抚孤松而盘桓。

归去来兮，请息交以绝游。世与我而相遗⑤，复驾言兮焉求⑥？悦亲戚之情话，乐琴书以消忧。农人告余以春及，将有事于西畴⑦。或命巾车⑧，或棹孤舟。既窈窕以寻壑，亦崎岖而经丘。木欣欣以向荣，泉涓涓而始流。善万物之得时，感吾生之行休。

已矣乎！寓形宇内复几时，曷不委心任去留？胡为乎遑遑兮欲何之？富贵非吾愿，帝乡不可期。怀良辰以孤往，或植杖而耘耔⑨。登东皋以舒啸⑩，临清流而赋诗。聊乘化以归尽，乐夫天命复奚疑！

【注释】

①熹微：天色蒙蒙亮。

②衡宇：以横木为门的房屋，形容居处简陋。

③载：语气助词，无义。

④三径：《文选》李善注引《三辅决录》载，汉代蒋诩归隐后，在房前开辟了三条小路，只与另外两个隐士来往。此处以三径象征隐居生活。

⑤遗：或写作"违"。

⑥驾言：驾，驾车。言，语助词，无义。

⑦畴：田亩。

⑧巾车：有帷幕的车子。

⑨耘耔(zǐ)：锄草培土。

⑩皋：水边高地。

【评析】

"辞"是一种文体，一般要押韵，有的还可以歌唱。

《宋书·陶潜传》载陶潜弃官的原因说："郡遣督邮至县，吏白：'应束带见之。'潜叹曰：'我不能为五斗米，折腰向乡里小人！'即日解印绶去职，赋《归去来》。"在这篇文章里，陶潜写出了他脱离污秽的官场，欣然归隐的喜悦之情，同时赞美了农村的自然景物和简朴纯真的农民生活。高风逸调，具见于文。盖此时的陶渊明，心无一累，万象俱至，田园乡村，自有无穷乐趣。文章语言浅切，辞意畅达，恬淡旷逸的情致沛然而出，自然成韵，匠心独运而不见斧凿之痕。宋洪迈《容斋随笔》云："昔大宋相公谓陶《归去来》是南北文章绝唱，五经之鼓吹。"

山中与裴迪秀才书

王 维

　　近腊月下①，景气和畅②，故山殊可过③。足下方温经④，猥不敢相烦⑤。辄便往山中⑥，憩感配寺⑦，与山僧饭讫而去。

　　北涉玄灞⑧，清月映郭。夜登华子冈，辋水沦涟⑨，与月上下⑩。寒山远火，明灭林外。深巷寒犬，吠声如豹⑪。村墟夜舂⑫，复与疏钟相间⑬。此时独坐，僮仆静默，多思曩昔携手赋诗，步仄径⑭，临清流也。

　　当待春中，草木蔓发⑮，春山可望，轻鲦出水⑯，白鸥矫翼⑰，露湿青皋⑱，麦陇朝雊⑲。斯之不远，傥能从我游乎⑳？非子天机清妙者㉑，岂能以此不急之务相邀？然是中有深趣矣㉒！无忽。因驮黄蘖人往㉓，不一㉔。

　　山中人王维白㉕。

【注释】

　　①腊月：阴历的十二月。下：末尾。

　　②景气：景物气候。

　　③故山：旧居之山，指辋川山中。过：过访，游赏。

　　④足下：对人的敬称，一般用于职位或辈次差不多的人。但在秦汉地位低的人对地位高的人也称足下，例如《史记·项羽本纪》，张良称项羽"大王足下。"唐段成式《酉阳杂俎》："秦汉以来，于天子言陛下，皇太子言殿下，将言麾下，使者言节下、毂下，二千石长史言阁下，父母言膝下，通类相与言足下。"(王得臣《尘史》卷中所引。)温经：温习经书。经，经典，经书。

　　⑤猥：仓猝之间。《广雅》："猥，顿也。"顿是"猝"的意思。清朱骏声《说文通训定声》说，猥是发声之词。不敢相烦：不敢干扰。

　　⑥辄便：就。"辄"和"便"都是"就"的意思，这里两个字连用，意思仍然是"就"。

　　⑦憩(qì)：停息，休息。感配寺：大概应作"化感寺。"

　　⑧玄灞：就是灞水。玄，形容水色深青。

　　⑨沦涟：形容微风吹过水面，水面波动的样子。小风吹水，水纹转动如轮，叫"沦"。风行水上成纹，叫"涟"。

　　⑩与月上下：水波或上或下，水中的水影也随同上下。

　　⑪吠声如豹：形容吠声之猛。

　　⑫舂(chōng)：捣米。这里指捣米的声音。

　　⑬疏钟：稀疏的钟声，指钟声的间隔较长。相间：相互交错。

　　⑭步仄径：走狭窄的小路。

　　⑮草木蔓发：草木的芽旺盛地长出来。蔓发，形容草木发芽很盛。蔓，滋蔓，蔓延。

　　⑯轻鲦(tiáo)：轻捷的鲦鱼。鲦鱼狭而长，色白，也称"白鲦"，

　　⑰矫：举。

　　⑱青皋：泽边青青的水田。青，植物的颜色。皋，泽边地。

　　⑲朝(zhāo)雊(gòu)：清晨雉鸡叫。雊，原意是雄雉叫。《诗经·小雅·小弁》："雉之朝雊，

尚求其雌。"

⑳斯之不远：指文中所描绘的美好景色即将来到。

㉑傥：同"倘"，或者，含有商量的意味。

㉒天机：天性。清妙：清远妙悟，有超俗的高致。

㉓是：此，这。

㉔因驮黄蘗(bò)人往：因为有载运黄蘗的人出山，托他带给你这封信。黄蘗，也简写为"黄柏"，一种乔木，司供药用。

㉕不一：我想说的不能一样一样都写出。

㉖山中人：《楚辞·九歌·山鬼》："山中人兮芳杜若。"

【评析】

　　王维有别墅在蓝田(今陕西蓝田)的辋川。辋水周流舍下，风景极美，有孟城坳、华子冈、鹿柴(zhài)、欹湖、文杏馆、柳浪、茱萸沜(pàn)、辛夷坞诸名胜。王维常和裴迪、崔兴宗等人游于其中，赋诗相酬为乐。这封信是王维在山中写给裴迪的。"山中"的"山"，就是蓝田县东的蓝田山。裴迪，关中人。起初和王维同住在终南山。王维之弟王缙为蜀州刺史，裴迪从之至蜀。裴迪与杜甫友善，杜甫有和裴迪的诗。

　　这篇文章描写山中景物，生动自然，美丽如画，历来为人们所传诵。人谓王维之诗，诗中有画，画中有诗。此文虽短，却幽隽华妙，有画所不到处。

祭十二郎文

韩　愈

　　年、月、日，季父愈闻汝丧之七日，乃能衔哀致诚，使建中远具时羞之奠，告汝十二郎之灵①：

　　呜呼！吾少孤，及长，不省所怙②，惟兄嫂是依。中年，兄殁南方，吾与汝俱幼，从嫂归葬河阳③；既又与汝就食江南，零丁孤苦，未尝一日相离也。吾上有三兄，皆不幸早世，承先人后者，在孙惟汝，在子惟吾，两世一身，形单影只。嫂尝抚汝指吾而言曰："韩氏两世，惟此而已！"汝时尤小，当不复记忆；吾时虽能记忆，亦未知其言之悲也。

　　吾年十九，始来京城。其后四年，而归视汝。又四年，吾往河阳省坟墓，遇汝从嫂丧来葬。又二年，吾佐董丞相于汴州④，汝来省吾，止一岁，请归取其孥⑤。明年，丞相薨，吾去汴州，汝不果来。是年，吾佐戎徐州⑥，使取汝者始行，吾又罢去，汝又不果来。吾念汝从于东，东亦客也，不可以久；图久远者，莫如西归，将成家而致汝。呜呼！孰谓汝遽去吾而殁乎⑦！吾与汝俱少年，以为虽暂相别，终当久相与处，故舍汝而旅食京师，以求斗斛之禄；诚知其如此，虽万乘之公相，吾不以一日辍汝而就也！

　　去年，孟东野往⑧，吾书与汝曰："吾年未四十，而视茫茫，而发苍苍，而齿牙动摇。念诸父与诸兄，皆康强而早世，如吾之衰者，其能久存乎？吾不可去，汝不肯来；恐旦暮死，而汝抱无涯之戚也。"孰谓少者殁而长者存，强者夭而病者全乎！呜呼！其信然邪？其梦邪？其传之非其真耶？信也，吾兄之盛德，而夭其嗣乎？汝之纯明，而不克蒙其泽乎？少者强者而夭殁，长者衰者而存全乎？未可以为信也。梦也，传之非其真也？东野之书，耿兰之报⑨，何为而在吾侧也？呜呼！其信然矣！吾兄之盛德，而夭其嗣矣！汝之纯明宜业其家者，不克蒙其泽矣！所谓天者诚难测，而神者诚难明矣！所谓理者不可推，而寿者不可知矣！虽然，吾自今年来，苍苍者或化而为白矣，动摇者或脱而落矣。毛血日益衰，志气日益微，几何不从汝而死也！死而有知，其几何离？其无知，悲不几时，而不悲者无穷期矣。汝之子始十岁，吾之子始五岁，少而强者不可保，如此孩提者，又可冀其成立耶？呜呼哀哉！呜呼哀哉！

汝去年书云："比得软脚病，往往而剧。"吾曰："是疾也，江南之人，常常有之。"未始以为忧也。呜呼！其竟以此而殒其生乎？抑别有疾而至斯极乎？汝之书，六月十七日也。东野云：汝殁以六月二日。耿兰之报无月日。盖东野之使者不知问家人以月日。如耿兰之报，不知当言月日；东野与吾书，乃问使者，使者妄称以应之耳。其然乎？其不然乎？

今吾使建中祭汝，吊汝之孤与汝之乳母。彼有食可守以待终丧，则待终丧而取以来；如不能守以终丧，则遂取以来。其余奴婢，并令守汝丧。吾力能改葬，终葬汝于先人之兆⑩，然后惟其所愿。

呜呼！汝病吾不知时，汝殁吾不知日，生不能相养以共居，殁不能抚汝以尽哀，敛不得凭其棺，窆不得临其穴⑪。吾行负神明而使汝夭，不孝不慈，而不得与汝相养以生，相守以死，一在天之涯，一在地之角，生而影不与吾形相依，死而魂不与吾梦相接，吾实为之，其又何尤！彼苍者天，曷其有极！⑫自今以往，吾其无意于人世矣！当求数顷之田于伊、颍之上⑬，以待余年，教吾子与汝子，幸其成；长吾女与汝女，待其嫁，如此而已！呜呼！言有穷而情不可终，汝其知也邪？其不知也邪？呜呼哀哉！尚飨⑭。

【注释】

①十二郎：韩愈次兄韩介之子，过继给其长兄韩会，因在族中排行十二，故称十二郎。

②怙(hù)：依靠。《诗经·小雅·蓼莪》里有"无父何怙"之句，后来就常用来形容对父亲的依靠。

③河阳：即今河南孟州。韩愈原籍为河阳，郡望为昌黎。

④董丞相：指董晋。曾任过御史中丞、御史大夫，兼任过汴州刺史。汴州：治在今河南开封。

⑤孥(nú)：妻子儿女统称。

⑥佐戎：辅佐军事。韩愈当时在徐州任节度推官。徐州：今江苏徐州。

⑦遽：突然。

⑧孟东野：孟郊字东野，唐代著名诗人。

⑨耿兰：十二郎的仆人。

⑩兆：墓地。

⑪窆(biǎn)：落葬。

⑫曷(hé)：何。这两句引文出《诗经》。

⑬伊：伊水，发源于今河南西部。在洛阳南注入洛水。颍：颍河，在今安徽西部和河南东部，是淮河的支流。

⑭尚飨(xiǎng)：亦作"尚享"。飨：祭品。

【评析】

《祭十二郎文》作于德宗贞元十九年(803年)韩愈在长安任监察御史时。韩愈幼年丧父，由兄嫂抚养成人，从小与十二郎生活在一起，虽为叔侄，却情如兄弟。十二郎的死使他悲痛万端、百思萦集，万千情感皆汇聚笔端，字里行间都充溢着作者的真实感情，曲折真挚，凄楚动人。在形式上，它打破了祭文的传统形式，纯用散体，毫不夸饰，真实坦率，从而增加了作品的感染力，使这篇文章成为祭文中的千年绝调。

至小丘西小石潭记

柳宗元

从小丘西行百二十步，隔篁竹，闻水声，如鸣珮环，心乐之。伐竹取道，下见小潭，水尤清冽。全石以为底，近岸，卷石底以出，为坻，为屿①，为嵁②，为岩。青树翠蔓，蒙络摇缀，参差披拂。

潭中鱼可百许头，皆若空游无所依。日光下澈，影布石上，佁然不动③，俶尔远逝④，往来翕忽，似与游者相乐。

潭西南而望，斗折蛇行⑤，明灭可见。其岸势犬牙差互，不可知其源。坐潭上，四面竹树环合，寂寥无人，凄神寒骨，悄怆幽邃。以其境过清，不可久居，乃记之而去。

同游者：吴武陵、龚古⑥，余弟宗玄。隶而从者：崔氏二小生：曰恕己，曰奉壹。

【注释】

①坻(chí)：水中高地。《尔雅·释水》："小渚曰坻。"

②嵁(kān)：高深的山岩。《庄子·在宥篇》："故贤者伏处大山嵁岩之下。"

③佁(chì)：痴呆的样子。《说文》："佁，疾貌。"

④俶(chù)尔：动的样子。

⑤斗折：像北斗星那样曲折。

⑥吴武陵：信州(今江西上饶)人，唐宪宗元和初年进士，因罪被贬永州，与柳宗元交好。龚古：生平不详。

【评析】

本篇是《永州八记》中的第四篇游记。文章着力摹写小石潭及其周围幽深冷寂的景色和气氛，从中透露出作者贬居生活中孤凄悲凉的心情，是一篇情景交融的佳作。文章对潭中游鱼的刻画虽只寥寥几句，却极其准确地写出潭水空明澄澈的程度和游鱼的形神姿态，生动传神，穷微尽妙，意境幽深，令人叹为观止。

阿房宫赋①

杜　牧

六王毕，四海一②；蜀山兀③，阿房出。覆压三百余里，隔离天日④。骊山北构而西折，直走咸阳⑤。二川溶溶⑥，流入宫墙。五步一楼，十步一阁；廊腰缦回⑦，檐牙高啄⑧；各抱地势⑨，钩心斗角⑩。盘盘焉⑪，囷囷焉⑫，蜂房水涡⑬，矗不知其几千万落⑭。长桥卧波，未云何龙⑮？复道行空，不霁何虹⑯？高低冥迷，不知西东。歌台暖响，春光融融⑰；舞殿冷袖，风雨凄凄⑱。一日之内，一宫之间，而气候不齐。

妃嫔媵嫱⑲，王子皇孙⑳，辞楼下殿，辇来于秦，朝歌夜弦，为秦宫人㉑。明星荧荧㉒，开妆镜也；绿云扰扰②，梳晓鬟也；渭流涨腻，弃脂水也；烟斜雾横，焚椒兰也②。雷霆乍惊，宫车过也②；辘辘远听，杳不知其所之也。一肌一容，尽态极妍；缦立远视③，而望幸焉②。有不得见者，三十六年③。

燕赵之收藏，韩魏之经营，齐楚之精英②，几世几年，剽掠其人，倚叠如山③；一旦不能有③，输来其间②。鼎铛玉石，金块珠砾，弃掷逦迤③；秦人视之，亦不甚惜。

嗟乎！一人之心，千万人之心也。秦爱纷奢，人亦念其家；奈何取之尽锱铢③，用之如泥沙？使负栋之柱，多于南亩之农夫；架梁之椽，多于机上之工女；钉头磷磷，多于在庾之粟粒③；瓦缝参差，多于周身之帛缕③；直栏横槛，多于九土之城郭③；管弦呕哑③，多于市人之言语。使天下之人，不敢言而敢怒；独夫之心，日益骄固。戍卒叫，函谷举④；楚人一炬，可怜焦土④！

呜呼！灭六国者，六国也，非秦也。族②秦者，秦也，非天下也。嗟夫！使六国各爱其人，则足以拒秦。使秦复爱六国之人，则递三世，可至万世而为君④，谁得而族灭也？秦人不暇自哀，而后人哀之；后人哀之而不鉴之，亦使后人而复哀后人也。

【注释】

①此篇选自《樊川文集》卷一。阿房宫，秦宫殿名。故址在今陕西省长安县西。《史记·秦始皇本纪》："乃营作朝宫于渭南上林苑中，先作前殿阿房，东西五百步，南北五十丈。上可以坐万人，下可以建五丈旗。"《三辅黄图》："阿房宫，亦曰阿城。惠文王造，功未成而亡。始皇广其宫，规恢三百余里。离宫别馆，弥山跨谷，辇道相属，阁道通骊山八百余里。"全部工程至秦亡尚未完成。项羽入关，焚毁了阿房宫。杜牧此赋作于唐敬宗李湛宝历年间。意在借古讽今。杜牧在《上知己文章启》中说："宝历间大起宫室，广声色，故作《阿房宫赋》。"

②六王：齐、楚、燕、韩、赵、魏六国的君王。毕：完结。指为秦所灭。四海：犹言天下。古人以为中国四境都为海环绕。一：统一。

③蜀山：泛指蜀地之山。兀：高而上平。这里形容山的光秃。

④覆压：覆盖。前句言宫面积大，后句言其高。

⑤骊山：在今陕西省西安市临潼区东南。咸阳：秦国都城，故址在今陕西省咸阳市东。

⑥二川：指渭水和樊川。溶溶：水盛的样子。

⑦廊腰：指走廊环绕在房屋之间，起连接房屋的作用。缦：无花纹的缯帛。

⑧檐牙：指房屋突出的部分。

⑨各抱地势：指阿房宫中的楼阁，各因地势而建立，彼此环抱。

⑩钩心斗角：各个建筑物都和中心区相勾连，屋角对凑，状如相斗。

⑪盘盘：盘结旋绕的样子。

⑫囷囷（qūn qūn）：屈曲回旋的样子。

⑬蜂房水涡：形容楼阁众多迂回。

⑭矗：高高耸立的样子。落：座。

⑮长桥卧波，未云何龙：阿房宫有桥，横跨渭水。古人认为云从龙，有龙必有云。未云何龙，意谓这龙并非真龙，乃是卧波的长桥。故作疑问感叹语，表示桥形似龙的逼真。

⑯复道：在高楼和山岩之间架起的空中通道。霁：雨止云开。句式与上句同。

⑰歌台暖响，春光融融：意谓歌舞盛时，宫中热闹温暖如春。融融：和乐的样子。

⑱舞殿冷袖，风雨凄凄：歌舞清冷时，如风雨交加时的凄凉。

⑲妃：指皇帝之妾和太子王侯之妻。嫔：古代宫廷中女官名。媵：本为贵族陪嫁的女子，此泛指宫廷女侍。嫱：古代宫廷中女官名。

⑳王子皇孙：指六国君主的子孙。

㉑辞楼下殿，辇来于秦，朝歌夜弦，为秦宫人：意谓六国灭亡，王族被俘虏，他们离开本国的楼殿，来到秦国；其中妃嫔媵嫱，以色艺选入阿房宫，成为秦国的宫人。辇：皇帝及皇后所乘之车。

㉒荧荧：明亮的样子。

㉓绿云：比喻美好乌黑的头发。

㉔椒兰：香料。

㉕宫车：皇帝所乘之车。

㉖缦立：舒徐地伫立而待。

㉗望幸：盼望皇帝来临。

㉘有不得见者，三十六年：这里是说，幽闭在宫中的宫女，有的终身未能见到皇帝。

㉙收藏、经营、精英：皆指金玉之类的宝藏。

㉚几世几年，剽掠其人，倚叠如山：六国的财宝，都是他们的统治者一代又一代地从人民手中掠夺而积累起来的。

㉛一旦不能有：一旦国破家亡，不能占有这财宝。

㉜输来其间：都送到了阿房宫。

㉝鼎：古代祭祀宴宾时载牲之具。铛：平底铁锅。砾：小石。逦：绵延的样子。此三句意谓秦人将鼎玉视为铛石，把金球当成土块瓦砾，弃掷满地。

㉞取之尽锱铢：连锱铢都搜刮净尽。一两的二十四分之一为一铢，六铢为锱。锱铢代指极微小的重量。

㉟庾：露天的谷仓。

㊱帛缕：丝织品上的线条。

㊲九土：九州。郭：外城。

㊳呕哑：嘈杂的乐声。

㊴独夫：残暴无道，众叛亲离的君主，这里指秦始皇。骄固：骄横固执。

㊵戍卒叫，函谷举：上句指陈涉反秦，全国响应；下句指刘邦攻破函谷关。陈涉是谪戍渔阳的戍卒，起义于大泽乡。事见《史记·陈涉世家》。秦二世三年（前207年）八月，赵高杀二世，立公子子婴为王。十月，刘邦进兵至霸上，子婴迎降，秦亡。事见《史记·秦始皇本纪》及《高祖本纪》。

㊶楚人一炬，可怜焦土：指项羽入关后烧毁咸阳一事。《史记·项羽本纪》："项羽引兵西屠咸阳，杀秦降王子婴，烧秦宫室，火三月不灭。"

㊷族秦：灭掉秦的宗族，即亡秦。

㊸使秦复爱六国之人，则递三世，可至万世而为君：假如秦统治者能爱护人民，则可由秦二世传到三世以至万世。《史记·秦始皇本纪》载秦并六国后，始皇有诏废除谥法，说"朕为始皇帝，后世以计数，二世三世至于万世，传之无穷"。

【评点】

杜牧此赋借秦阿房宫为题材，运用夸张的手法，尽情渲染了阿房宫的崇丽，统治者的骄奢和迅速的崩溃。指出穷奢极欲，必将失去民心，带来灭亡的结局。其用意，则在借古讽今，针对当时的社会现实，提出历史教训。在杜牧之前，也有许多作品总结亡秦经验教训，但此赋仍然有其特殊意义。它借一个具有典型性的物象——阿房宫的兴废，来写秦的兴亡，形象而又深刻。作者先点出背景、环境，然后对阿房宫进行了浓墨重彩，淋漓尽致的描写。再由对宫殿的描写，过渡到对宫人的描写，而对众多宫人饮食起居，歌舞声色的描写，进一步写出了阿房宫中的繁华奢靡。再由宫人过渡到写宫中宝藏，六国珍宝，尽囊括于宫中，而"秦人视之，亦不甚惜"，自然由叙述描写过渡到议论，揭露了独夫的骄奢，指出灾难中的人民，有不可遏制的愤怒，必将起而反抗，希望后代统治者以亡秦为鉴，全篇主旨，于此尽现。

全篇融叙事、抒情、议论为一体，表现出辞赋散文化的趋向。赋经过由古赋至骈赋，再到律赋的发展，唐是律赋全盛之时，但新型的文赋，已开始出现。此赋就是新体文赋的代表作之一。全赋不仅立意受到贾谊《过秦论》的影响，而且行文亦多用散文句法，词采瑰奇，气势奔放，千百年来脍炙人口。

赤　壁　赋①

苏　轼

壬戌之秋②，七月既望③，苏子与客泛舟游于赤壁之下④。清风徐来，水波不兴⑤。举酒属客⑥，诵明月之诗，歌窈窕之章⑦。少焉⑧，月出于东山之上，徘徊于斗牛之间⑨，白露横江⑩，水光接天。纵一苇之所如⑪，凌万顷之茫然⑫。浩浩乎如冯虚御风⑬，而不知其所止；飘飘乎如遗世独立，羽化而登仙⑭。

于是饮酒乐甚，扣舷而歌之⑮。歌曰："桂棹兮兰桨⑯，击空明兮溯流光⑰。渺渺兮予怀⑱，望美人兮天一方⑲。"客有吹洞箫者⑳，倚歌而和之㉑。其声呜呜然，如怨如慕，如泣如诉，余音袅袅㉒，不绝如缕。舞幽壑之潜蛟，泣孤舟之嫠妇㉓。

苏子愀然㉔，正襟危坐，而问客曰："何为其然也？"

客曰："'月明星稀，乌鹊南飞'㉕，此非曹孟德之诗乎㉖？西望夏口㉗，东望武昌㉘，山川相缪，郁乎苍苍㉙，此非孟德之困于周郎者乎㉚？方其破荆州㉛，下江陵㉜，顺流而东也，舳舻千里㉝，旌旗蔽空，酾酒临江㉞，横槊赋诗，固一世之雄也，而今安在哉？况吾与子渔樵于江渚之上㉟，侣鱼虾而友麋鹿㊱；驾一叶之扁舟，举匏樽以相属㊲。寄蜉蝣于天地㊳，渺沧海之一粟㊴。哀吾生之须臾，羡长江之无穷。挟飞仙以遨游㊵，抱明月而长终。知不可乎骤得，托遗响于悲风㊶。"

苏子曰："客亦知夫水与月乎？逝者如斯，而未尝往也㊷；盈虚者如彼，而卒莫消长也㊸。盖将自其变者而观之，则天地曾不能以一瞬㊹；自其不变者而观之，则物与我皆无尽也㊺，而又何羡乎！且夫天地之间㊻，物各有主㊼，苟非吾之所有，虽一毫而莫取。惟江上之清风，与山间之明月，耳得之而为声，目遇之而成色，取之无禁，用之不竭，是造物者之无尽藏也，而吾与子之所共适㊽。"

客喜而笑，洗盏更酌。肴核既尽㊾，杯盘狼藉㊿。相与枕藉乎舟中○，不知东方之既白○。

【注释】

①选自《经进东坡文集事略》卷一。宋神宗元丰五年，作于黄州贬所。赤壁所在，传说不一。三国时周瑜率军打败曹操的赤壁在湖北省赤壁市。苏轼所游黄州赤壁，本为赤鼻矶，后人附会为赤壁之战的发生地。

②壬戌：宋神宗元丰五年(1082 年)。

③七月既望：指旧历七月十六日。既：过了。望：阴历每月的十五日。既望，就是十六日。

④苏子：苏轼自称。泛舟：荡着小船。泛：浮。

⑤兴：起。

⑥举酒属(zhǔ)客：举起酒杯，请客人饮酒。属：劝酒。

⑦明月之诗：指《诗经·陈风·月出》。窈窕之章：《月出》的第一章，有"舒窈纠兮"一语，所以称它为"窈窕之章"。

⑧少焉：一会儿。

⑨斗：斗宿，南斗星。牛：牛宿，牵牛星。

⑩露：指水汽。

⑪纵：任。一苇：指小船。形容船很小，像一片苇叶。如：往。

⑫凌：超过。万顷：形容江面宽阔。茫然：旷远的样子。

⑬浩浩：水大的样子。冯虚：凌空。冯，同"凭"。御风：乘风，驾风。

⑭遗世：遗弃人世。羽化：传说成仙的人能够飞升，像长了羽翼一样，故称登仙为羽化。

⑮扣舷：(按节拍)敲着船边。

⑯桂棹：桂树做成的棹。兰桨：木兰做成的桨。这是形容划船用具的精美。棹：船旁拨水的一种工具，形状跟桨差不多。

⑰空明：指水月交映的江面。溯：逆流而行。流光：指江面上浮动的月光。

⑱渺渺：远的样子。

⑲美人：指内心所倾慕的人。

⑳洞箫：箫管上下直通，故谓之"洞箫"。赵翼《陔余丛考》卷二十四："东坡《赤壁赋》：'客有吹洞箫者'，不著姓字。吴匏庵有诗云：'西飞一鹤去何祥？有客吹箫杨世昌。当日赋成谁与注？数行石刻旧曾藏'。据此，客乃指杨世昌。按东坡《次孔毅父韵》：'不知西州杨道士，万里随身只两膝。'又云：'杨生自言识音律，洞箫入手且清哀。'杨世昌善吹箫可知。匏庵藏帖信不妄也。按：世昌，绵竹道人，字子京。"

㉑倚歌：按着歌声的节拍。倚：循，随。和：同时相应，此唱彼应。

㉒余音：尾声。袅袅：形容声音宛转悠长。

㉓幽壑：幽深的沟壑。潜蛟：潜伏的蛟龙。嫠妇：寡妇。

㉔愀然：不乐的样子。

㉕正襟危坐：整理衣襟，严肃端坐。

㉖月明星稀，乌鹊南飞：这是曹操《短歌行》里的诗句。这一章是："月明星稀，乌鹊南飞。绕树三匝，何枝可依？"

㉗孟德：曹操的字。

㉘夏口：城名，在今湖北省武汉市。

㉙东望武昌：今湖北省鄂州市(不是现在的武昌)。

㉚缪：通"缭"，环绕，盘绕。郁郁：草木茂盛的样子。

㉛此非孟德之困于周郎者乎：汉献帝建安十三年(208 年)，东吴周瑜在赤壁之战中，击溃曹操号称八十万大军。事见《资治通鉴》卷六十五。此：这地方。周郎：指周瑜。周瑜作中郎将时，年仅

二十四岁。当时人皆称他为“周郎”。后世沿用这个称呼。

㉜方其破荆州：公元208年，曹操击荆州。当时荆州刺史刘表已死，刘表的儿子刘琮投降曹操。荆州管辖八郡，在现在的湖北、湖南一带。方：当。

㉝下江陵：刘琮投降曹操以后，曹操又击败刘备于当阳长坂，进兵江陵。下：攻占，使敌人投降。江陵：在今湖北省荆州市。

㉞舳舻：大船。

㉟酾酒临江：面对大江酌酒。酾酒：原意是滤酒，这里是酌酒的意思。

㊱横槊赋诗：横执着长矛吟诗。槊：长矛，便于横持，故云横槊。曹氏父子常在战场上赋诗。

㊲渔樵句：在江边或沙洲上捕鱼砍柴。

㊳侣鱼虾句：同鱼虾为伴侣，与麋鹿为朋友。麋：鹿的一种。

㊴扁(piān)舟：小船。

㊵匏樽：用匏做成的酒器。匏，葫芦的一种，外壳可以作瓢。

㊶寄蜉蝣于天地：像蜉蝣一样寄短暂的生命在天地之间。比喻人生的短暂。蜉蝣，一种朝生暮死的小虫(实际上只能活几个小时)。

㊷渺沧海之一粟：渺小得像沧海里的一粒小米。比喻人极其渺小。沧海：大海。

㊸挟：带。飞仙：飞行在空中的仙人。遨游：漫游。

㊹知不可乎骤得，托遗响于悲风：知道上面的想法不能骤然得到，只好把自己的悲思寄托于箫声中，传到秋风里。

㊺逝者如斯：《论语·子罕》：“子在川上曰：‘逝者如斯夫，不舍昼夜。’”逝：往。斯：此，这里指水。盈：满。虚：缺。彼：那，指月。卒：到底。消长：消减和增长。

㊻盖将自其变者而观之，则天地曾不能以一瞬：要是从它变化的一面来看，那么天地间万物连一眨眼的时间都不能保持不变。

㊼无尽：没有尽头，不会消灭。

㊽且夫：犹言况且。

㊾有主：有主人。

㊿造物者：指天，自然界。藏：宝藏。适：享受。

(51)肴核：菜肴和果品。核：水果。

(52)狼藉：凌乱。《史记·滑稽列传》载淳于髡曰：“男女同席，履舄交错，杯盘狼藉。”

(53)枕藉：相枕而卧。即交错地躺在一起。

(54)既白：已经发白了，即天亮了。

【评点】

苏轼因所谓“乌台诗案”，被贬黄州，对他是一个沉重打击，他筑室东坡，希望逍遥世外。原有的佛、道思想更为浓厚了，人生态度也发生了变化，前后《赤壁赋》，正是这一时期他的精神面貌的反映。在政治上失意，精神压抑、孤独之中，以佛、老思想，寄情物外的人生态度，来求得精神解脱。

《赤壁赋》以游记的形式，通过“客”和“苏子”对话，从两个角度，既写了他的失意和苦闷，又写了他由达观中求得解脱。由眼前之景，引出遗世独立之情；由客之吹箫从乐境进入悲境。从赤壁而想到古人的功业而今安在，不由悲从中来；由美丽的江山，想到宇宙的无穷，人生的短暂；由人生的短暂，而幻想成仙，却又明知"虚无求列仙"（曹植《赠白马王彪》），"帝乡不可期"（陶渊明《归去来兮辞》）。于是只有"托遗响于悲风"，陷入人生痛苦的深渊。接着，又以物我两忘来解脱这种极度悲怆之情。变与不变，都是相对的，站在达观的立场，则"物与我皆无尽"。又从李白"清风朗月不用一钱买，玉山自倒非人推"（《襄阳歌》），引申出共享"造物者无尽藏"之意，尽释悲情，物我两忘，胸怀豁达。情与景，古与今，主观与客观，幻想与现实融为一体，出神入化，真是大手笔。

徐文长传（节选）

袁宏道

徐渭，字文长，为山阴诸生①，声名藉甚。薛公蕙校越时②，奇其才，有国士之目。然数奇③，屡试辄蹶。中丞胡公宗宪闻之④，客诸幕。文长每见，则葛衣乌巾，纵谈天下事，胡公大喜。是时公督数边兵，威镇东南，介胄之士⑤，膝语蛇行，不敢举头，而文长以部下一诸生傲之，议者方之刘真长、杜少陵云⑥。会得白鹿，属文长作表，表上，永陵喜⑦。公以是益奇之，一切疏记，皆出其手。

文长自负才略，好奇计，谈兵多中，视一世士无可当意者，然竟不偶。文长既已不得志于有司⑧，遂乃放浪曲蘖⑨，恣情山水，走齐、鲁、燕、赵之地，穷览朔漠，其所见山奔海立、沙起云行、雨鸣树偃、幽谷大都、人物鱼鸟，一切可惊可愕之状，一一皆达之于诗。其胸中又有勃然不可磨灭之气，英雄失路托足无门之悲，故其为诗，如嗔如笑，如水鸣峡，如种出土，如寡妇之夜哭、羁人之寒起。虽其体格时有卑者，然匠心独出，有王者气，非彼巾帼而事人者所敢望也。文有卓识，气沉而法严，不以模拟损才，不以议论伤格，韩、曾之流亚也⑩。文长既雅不与时调合，当时所谓骚坛主盟者，文长皆叱而奴之，故其名不出于越，悲夫！喜作书，笔意奔放如其诗，苍劲中姿媚跃出，欧阳公所谓"妖韶女老，自有余态"者也⑪。间以其余，旁溢为花鸟，皆超逸有致。卒以疑杀其继室，下狱论死。张太史元汴力解⑫，乃得出。

晚年愤益深，佯狂益甚，显者至门，或拒不纳。时携钱至酒肆，呼下隶与饮。或自持斧击破其头，血流被面，头骨皆折，揉之有声。或以利锥锥其两耳，深入寸余，竟不得死。周望言："晚岁诗文益奇⑬，无刻本，集藏于家。"余同年有官越者，托以钞录，今未至。余所见者，《徐文长集》、《阙编》二种而已。然文长竟以不得志于时，抱愤而卒。

石公曰⑭："先生数奇不已，遂为狂疾。狂疾不已，遂为圄圉。古今文人牢骚困苦，未有若先生者也。虽然，胡公间世豪杰，永陵英主。幕中礼数异等，是胡公知有先生矣；表上，人主悦，是人主知有先生矣，独身未贵耳。先生诗文崛起，一扫近代芜秽之习，百世而下，自有定论，胡为不遇哉？梅客生尝寄予书曰⑮：'文长吾老友，病奇于人，人奇于诗。'余谓文长无之而不奇者也。无之而不奇，斯无之而不奇也。悲夫！"

【注释】

①山阴：今浙江绍兴。诸生：即生员，明清时代通过省级考试取入府、州、县学的学生。

②薛蕙：明正德九年进士，曾任刑部主事，嘉靖中为给事中。校：校官。

③奇（jī）：运气不好。

④中丞：汉代为御史大夫属官。明代都察院的副都御史与其职相当。胡宗宪：明绩溪人，字汝贞。嘉靖十七年进士。历知益都等县，擢升御史，巡按浙江，率军平定倭寇有功，加右都御史太子

太保。多权术，厚结严嵩。严嵩败，下狱死。

　　⑤介：甲。胄：盔。

　　⑥刘真长：刘惔字真长，东晋时曾任宰相，为人不拘小节。杜少陵：即杜甫，唐代诗人，曾居少陵（今陕西西安南）附近，自号少陵野老。

　　⑦永陵：明世宗陵墓名。这里代指世宗。

　　⑧有司：官吏。

　　⑨曲蘖（niè）：酒。

　　⑩韩、曾：指唐代的韩愈和北宋的曾巩。

　　⑪欧阳公：北宋欧阳修。这句话出自他的《六一诗话》。韵：美好。

　　⑫张元汴：山阴人，隆庆五年廷试第一，授翰林修撰，故称太史。

　　⑬周望：陶望龄字周望。万历年间曾任国子监祭酒。

　　⑭石公：袁宏道自称。

　　⑮梅客生：梅国桢字客生。

【评析】

　　《徐文长传》是袁宏道为徐渭写的传记，但袁宏道并没有见过徐渭，读了徐渭的诗文之后，对徐渭推崇备至，所以写了这篇传记，不仅高度评价了徐渭的创作成就，而且塑造出徐渭生动丰满的形象。对徐渭一生的落拓不遇，英雄失路寄予深切的同情。行文起伏跌宕，流畅清新，刻画人物惟妙惟肖，如见其人，实为难得的好文章。

第六章　骚之苗裔　歌行变体
——词的演变与发展

词也者，骚之苗裔，而歌行之变休也。胚胎于唐，滥觞于五代。至南北宋而极盛，作者继踵，皆能精晓音律。故谐声定字，确有据依。

——秦恩复

词之妙莫妙于以不言言之，非不言也，寄言也。如寄深于浅，寄厚于轻，寄劲于婉，寄直于曲，寄实于虚，寄正于余，皆是。

——刘熙载

第一节　镂金刻翠与缘情而行：从"花间派"到李煜

词与新兴的"燕乐"——百代词曲之祖——婉丽绮怨、刻翠裁红：西蜀"花间领袖"温庭筠——疏朗秀美、别成异调的西蜀词人韦庄——南唐冯延巳沉郁盘旋的词风——"粗服乱头，不掩国色"：缘情而行的南唐李煜词——"变伶工之词为士大夫之词"、"为宋人一代开山"：李煜的艺术贡献

隋唐统一，新兴的"燕乐"替代了流行于汉魏六朝的"清乐"，为下起市井、上至庙堂的人们所接受，一时成为盛行之"新声"。唐设内、外"教坊"，新声繁盛，唐人崔令钦《教坊记》保留下"教坊"音乐三百多个曲名。配合新兴"燕乐"乐曲的歌辞就是"词"，从文学角度而言，这种"词"是一种新兴文学样式。

词在民间流传较早。敦煌石窟内发现了许多隋唐间曲子和唐代民间词。其间记载收录的一些曲名可与《教坊记》互相参照，证实最初的流行情况。文人作词至盛唐、中唐而渐多。现存早期文人词有李白《菩萨蛮》、《忆秦娥》，中唐张志和《渔父》、韦应物《调笑》、白居易、刘禹锡《忆江南》等等。往往本有曲调，依声填词，但当时文人大抵视此为小道末技，虽有制作，亦不予存留，遂使流传无几。初始之作，往往在艺术上略嫌生硬、疏略，虽偶有佳句，但未流行开来，造成风气。

以下两首词，相传出自李白之手：

平林漠漠烟如织，寒山一带伤心碧。暝色入高楼，有人楼上愁。
玉阶空伫立，宿鸟归飞急。何处是归程，长亭更短亭。(《菩萨蛮》)

萧声咽，秦娥梦断秦楼月。秦楼月，年年柳色，灞陵伤别。　　　　乐游
原上清秋节，咸阳古道音尘绝。音尘绝，西风残照，汉家陵阙。（《忆秦娥》）

前词写旅客思家，情景双关。上片以写景为主，抒情为辅，由"平林"、"寒山"、
"暝色"、"高楼"等凄淡之景渐渐引向伤怀的情绪，自外而内；下片以抒情为主，写景
为辅，"玉阶"、"宿鸟"、"长亭"各种意象与情景，直逼一个"愁"字，却不显痕迹，由
内情而渐臻外境。全词意境阔大，感情深沉；缘情写景，景随情移，前呼后应，天衣
无缝。后词上片似写离愁闺怨，凄冷鸣咽，怀人情致毕现；下片陡转笔锋，怀人而至
怀古，气象豁然开朗。王国维《人间词话》云："太白纯以气象胜，'西风残照，汉家陵
阙'，寥寥八字，遂关千古登临之口"，对此盛赞至极。两词均气势磅礴，卓然不凡，
远超中晚唐诸词，堪称"百代词曲之祖"。以其高浑纯熟之艺术境界而断之为李白作
品，虽"查无实据"，亦算"事出有因"。

文人词至晚唐五代有较大发展，作词者渐多，技巧亦日臻纯熟。五代后蜀赵崇祚
编《花间集》，以晚唐温庭筠为首，选皇甫松、韦庄、牛希济、孙光宪等十八家入集，
世称花间词派。今存唐五代词约一千一百多首，其中花间词作品占五百首。花间词作
多文人学士樽前酒边浅唱低吟，内容偏重闺情离愁，风格婉约绮丽，对后世"词为艳
科"影响较大。

花间派重要词人为温庭筠与韦庄。陈洵《海绡说词》云："词兴于唐，李白肇基，
温岐受命，五代缵绪，韦庄为首。"由此可见温、韦二人在文人词史上的重要地位。

温庭筠

花间词派鼻祖温庭筠，是致力于填词的第一人。温庭筠（812？～870？），本名岐，
字飞卿，太原祁（今山西祁县）人。诗词并工，而词成就尤高。温出身没落富贵之家，
少时才思敏捷，为时人称道，惟场屋失意，遂混迹歌楼妓馆，消磨时日。他精通音
律，熟悉词调，出入都市狎邪坊曲之处，耳鬓厮磨，因而"能逐弦吹之音，为侧艳之
词，"为当时士人所不齿。温词现传六十多首，其题材狭窄，多写闺情，着力描写妇女
容貌，服饰与情态。著名的《菩萨蛮》十四首，是当时流行的曲调，也是典型的艳词。
且看其一：

小山重叠金明灭，鬓云欲度香腮雪。懒起画蛾眉，弄妆梳洗迟。
照花前后镜，花面交相映。新贴绣罗襦，双双金鹧鸪。

全篇细写闺情。首句写绣屏掩映，环境富丽，次句写鬓丝缭乱，表现佳人未起容
态。三四两句叙事，"懒""迟"兼写情态。"照花"两句，承上片而来，梳洗停当，簪花
为饰，愈增艳丽；末句点出更换新绣罗衣时，忽见衣上鹧鸪双双，不禁引起无限孤独

之感。作品含意曲折，委婉逶迤而来，余味不尽。

温庭筠在创造词的意境上具有杰出才能。他善于选择富有特征的景物构成艺术境界，表现人物情思。"照花前后镜，花面交相映"，是一个色彩鲜明的小镜头，它不仅衬托出人物的如花美貌，也暗示她的命薄如花。他的语言曲折细致，以含蓄取胜。温庭筠大抵用实字写实景实物，构成境界，表情达意，正因少用虚字，所以显得深隐含蓄，风致独特。

温词虽以富丽著称，但也有语言极其流利晓畅的佳作。

> 梳洗罢，独倚望江楼，过尽千帆皆不是，斜晖脉脉水悠悠。肠断白蘋洲。（《梦江南》）
> 玉炉香，红蜡泪，遍照画堂秋思。眉翠薄，鬓云残，夜长衾枕寒。
> 梧桐树，三更雨，不道离情正苦。一叶叶，一声声，空阶滴到明。（《更漏子》）

《望江南》一首，堪称温词佳作，虽写闺情，却无脂粉气，选取动作与景物抒情，均明白晓畅，给人清新之感。《更漏子》一首也历来有人推崇，上片还不脱陈陈相因之风，下笔秾丽，下片则洗尽铅华，纯由秋景写出离情，疏淡描绘，语浅意深，耐人寻味。此两词较之与温词中其他"红香翠软"之作大不相同。

温词工于造语，富音乐性，因而当时传唱极广。他的词用字严格，平仄四声，双声叠韵等运用极有规格，歌唱时跌宕飞动，曲折多姿，曲调亦不时有独创之处。

韦庄

花间词人韦庄（836～910），与温庭筠并称温、韦。韦庄，字端己，杜陵（今陕西西安市）人。韦庄词继温庭筠之后开创新风气，善用白描手法，寓浓于淡，风格疏秀，于花间词作之中迥成异调。

韦词以"明白吐露"见长，情感真挚，一气呵成。

> 四月十七，正是去年今日，别君时，忍泪佯低面，含羞半敛眉。
> 不知魂已断，空有梦相随。除却天边月，没人知。　　　（《女冠子》）

词写女子追忆情人，先写去年今日，离别时节黯然情伤；次写别后，魂牵梦萦，无法遏止又无人理解。女子内心情感细腻生动，词中流露无遗。构思布局亦别具匠心，而且语言浅白不假雕饰。

韦词往往直抒胸臆，不刻画实景实物，不堆砌辞藻，词意连贯，脉络分明，人称"骨秀"：

　　　　人人尽说江南好，游人只合江南老。春水碧于天，画船听雨眠。
炉边人似月，皓腕凝霜雪。未老莫还乡，还乡须断肠。　　　（《菩萨蛮》）

　　词人接受民歌传统中白描手法，抒写江南游子春日所见所思，"春水碧于天"的江
南之春，撩拨触动的却是无限乡愁。词人笔下春景，清朗明媚。这里不用曲笔，不假
修饰，仅以自然语言来写景叙情，结尾处流露出当时战乱频仍、有家难归的哀伤。
　　花间派主要以西蜀为中心，稍晚于花间派而以金陵为中心的有南唐派词人冯延
巳、李璟、李煜。南唐建国金陵，扬州亦繁阜之地，经济发达，人才济济。李璟、李
煜即位，大力提倡词学，冯延巳也是南唐时宫廷中重要词人。陈世修《阳春集序》云：
"金陵盛时，内外无事，朋僚亲旧或当宴集，多运藻思为乐府新词，俾歌者倚丝竹歌
之，所以娱宾而遣兴也。"即使至中主李璟后期面临周宋威胁，国势日弱，以至萎靡不
振，王朝没落，君臣不安，词作仍不缺乏，仅词中笼罩了绝望悲哀情调而已。

冯延巳

　　冯延巳（903～960），又名延嗣，字正中，广陵（今江苏扬州）人，南唐中主时，官
至翰林学士承旨、中书侍郎、左仆射同平章事（宰相）。其词多娱宾遣兴、流连光景之
作，反映士人闲逸生活风貌。王国维《人间词话》云："冯正中词虽不失五代风格，而
堂庑特大，开北宋一代风气。"

　　　　谁道闲情抛掷久，每到春来，惆怅还依旧。日日花前常病酒，不辞镜里
朱颜瘦。　　　　河畔青芜堤上柳，为问新愁，何事年年有？独立小桥风满
袖，平林新月人归后。　　　　　　　　　　　　　　　（《鹊踏枝》）

　　词写相思之情，上片着重写情，人为相思所苦，憔悴不堪；下片着重写景，杨柳
郁郁，岸草青青，全篇内容含蓄深厚，"闲情"缠绵悱恻。"其旨隐，其词微"似乎流露
出对南唐王朝衰败的关心和忧伤。"托儿女之辞，写君臣之事"，风格深俊委婉，盘旋
郁结，说明冯词在内容和手法上均把花间词风推进了一步。

李璟

　　中主李璟（916～961），初名景通，字伯玉。即位之初，犹能奋发振威，扩大疆
土，后期内外危机交迫，奉表称臣于周。其词境界阔大，感慨深沉。如《摊破浣溪
沙》：

　　　　菡萏香销翠叶残，西风愁起绿波间。还与韶光共憔悴，不堪看！

细雨梦回鸡塞远，小楼吹彻玉笙寒。多少泪珠无限恨，倚栏干。

词上片对景抒情，秋风萧瑟，众芳芜秽，大有美人迟暮之感；下片写梦抒情，泪下潜然，结句语言含蓄沉郁，余韵袅袅。

李煜

李煜(937～978)，字重光，世称李后主。工书善画，洞晓音律，具多方面文艺才能。李煜即位之时，宋已代周建国，南唐形势岌岌可危。李煜仍沉醉宫廷生活，纵情声色，极尽绮靡，荒废朝政。公元975年，金陵为宋将曹彬率军攻破，后主肉袒出降，翌年入宋汴京，封违命侯，经历二年屈辱囚徒生活之后，终在978年七夕，为宋太宗赐牵机药毒死。

李煜词作，以其亡国前后可分前后两期。两期作品由于生活经历、思想经历不同而有分野，但无论前期还是后期，后主之作始终贯串一个"真"字，真性情、真感受、真文字，而非无病呻吟之状，只是后期之"真"，更见其深沉慷慨而已。

前期作品，主要反映了后主宫廷享乐生活。如《玉楼春》：

晚妆初了明肌雪，春殿嫔娥鱼贯列。凤箫吹断水云闲，重按霓裳歌遍彻。　　　临风谁更飘香屑，醉拍栏干情味切。归时休放烛花红，待踏马蹄清夜月。

词写宫中生活。上片描写春夜宴乐、嫔娥妆成、笙箫不断何由不乐！下片描写乐终夜归，香风袭人，醉拍栏干，流连此情此景，策马而行也是雅事。此词写景真，写情切，文笔生动，准确捕捉和表现出场景的转换和情绪的变化，显示了词人高超的艺术技巧。全词充满享乐气氛，怪道评者讥为"侈纵已极，那得不失江山"。

李煜词写宫中恋情，真挚热烈。如：《菩萨蛮》：

花明月暗笼轻雾，今宵好向郎边去。划袜步香阶，手提金缕鞋。画堂南畔见，一晌偎人颤。奴为出来难，教君恣意怜。

花明月暗，薄雾迷漫，画堂南边，恋人相约，女主人公行为大胆而又谨慎，其情则坚决热烈。此词没有大量堆砌辞藻的描写。女子形象鲜明，性格突出。词中着重于人物动作、心理和语言的刻画，历来被视为李煜描写爱情生活的代表作之一。

前期李煜，"生于深宫之中，长于妇人之手"，醉酒赋诗，听乐观舞，极尽享乐之能事。

一旦国亡家破，从小朝廷皇帝一降而为异国阶下囚，历经"日夕只以眼泪洗面"的深哀巨痛，李煜面对残酷现实，写下了不少真挚、沉痛、深刻而又悱恻动人的词章。这些作品在思想内容上的凝聚点和闪光点，集中于亡国之痛，故国之思，字字流淌着血泪，句句饱和着愁恨，比起前期那些写男女离别相思的作品来，真是"别有一番滋味在心头。"

　　　　春花秋月何时了，往事知多少？小楼昨夜又东风，故国不堪回首月明中！　　　　雕栏玉砌应犹在，只是朱颜改。问君能有几多愁？恰似一江春水向东流。
　　　　　　　　　　　　　　　　　　　　　　　　　　　（《虞美人》）

　　　　帘外雨潺潺，春意阑珊，罗衾不耐五更寒。梦里不知身是客，一晌贪欢。　　　　独自莫凭栏，无限江山，别时容易见时难。流水落花春去也，天上人间！
　　　　　　　　　　　　　　　　　　　　　　　　　　　（《浪淘沙》）

　　《虞美人》写词人悲恨相续的心理活动。昔时之乐与囚居之苦，似此春花秋月，何时有终了？幽囚小楼，在此春风之夜对月伤怀，多少故国之思、多少凄楚之情油然而上心头。不堪回首，却禁不住黯然神伤；想昔时宫殿池苑，大约还不曾改变，只不过岁去年来，朱颜憔悴，这愁到底有多大多长呢？只能比作是浩浩荡荡、不停不涨的满江春水吧，这一首血泪凝成的小词，千百年来震撼着无数读者的心灵。

　　《浪淘沙》则似一首缓慢低沉的哀歌。帘外是暮春的夜，是春夜的雨，帘内是被春寒春雨惊醒的词人。那潺潺不息的雨声，像在惋惜春天的归去，也像在叹息词人的不幸。只有在短促的梦里，能暂时忘却自己的囚徒身份，重温旧日欢乐，可梦醒凭栏，想起残破的国土家园，真是不堪回首啊，离开容易，回去是绝无指望的。流水落花，春光尽逝，生活销蚀了词人的生命，叹息声中透露出无法抑制的悲哀，如泣如诉。据说这首词是李的绝命之语，不久他就被毒死了。

　　李煜后期词表现对故国的留恋，对现状的不满，以及满腔的愧悔，由此而发出人生如梦的感叹。此"所谓以血书者也"，故能引起人们深深的共鸣。

　　在文人词史上，李煜具有重要历史地位。题材内容上，他改变了晚唐五代以来词人或写闺怨，或写闲情，而曲折寄托感慨的手法，直接将真实感情贯注词中，一泻而下，直抒胸臆，这明显不同于花间樽前的曼声吟唱，因此在花间派之外，拓开言怀述志新词体。李煜继承传统抒情诗尤其是民歌的白描手法，不用典故，不事饰绘，语言朴素自然而又流转如珠，极具感染力。周济《介存斋论词杂著》称李词"粗服乱头，不掩国色"，正是指出他作品具有纯真自然，不假雕饰之美。李煜词语言明净精炼、接近口语、善用白描，"恰似一江春水向东流"、"流水落花春去也"、"剪不断，理还乱，是离愁"等名句用贴切的比喻将抽象的感情形象化了。由于李煜词在美学境界上形成了一种缘情而行的"天然"情致，使词之发展有可能摆脱花间词镂金刻翠的作风。王国维评云："词至李后主而眼界始大，感慨遂深，遂变伶工之词而为士大夫之词"，可见李煜的创作的确起到了"为宋人一代开山"（胡应麟：《诗薮》）的作用。

第二节　名士风流　俚口俗态：
晏殊、欧阳修的"名士派"与柳永的"教坊派"

> 词在"小道"上的大发展——富贵闲人的忧生之嗟：晏殊词——道德文章夫子的闺房儿女情态：欧阳修词——"三秋桂子，十里荷花"：描摹市井风情的绝唱——意境凄清的《雨霖铃》与俗不伤雅的《八声甘州》——柳永在词的体式、音律、语言技巧上的开拓与贡献

宋初词人创作沿袭五代余绪，观念上逐渐形成了一种不成文的分工准则：诗庄词媚。诗歌走"雅正"之路，担起"载道"（关注国计民生）的任务。词则是"小道"，不须那么庄重，便于自由地、坦率地陶写个人内心的真切感受、甚至不很"正经"的隐秘情感。这固然造成柔靡婉丽之风长期流行，也使词在补充诗的不足中获得了长足的发展，成为代表有宋一代特色的文体。北宋诗文革新的酝酿，带来新的时代契机，又促使词扩大在其娱宾遣兴之外的功能。词就在保守藩篱和突破藩篱的拉锯战中获得内容、体式和风格多样化的发展。北宋中期以后，不同风格流派的词作者涌现出来，造成词坛的鼎盛局面。就中值得称道的有以晏殊、欧阳修为代表的"名士派"，同时承传五代艳情词、南唐"士大夫之词"的流风，向清新自然、淡雅温婉一路发展，成为北宋词的报春花朵。柳永作为"教坊派"的代表，注意词的音乐性，努力向民间词学习，反映市井生活，既发展了敦煌曲子词的传统，又为词别开生面。

晏殊

晏殊（991～1055），在北宋前期词人中，年辈较长，地位最高，在同侪中创作影响较大。他少以神童召试，赐同进士出身，仕途比较顺利，官至宰相兼枢密使。政治上无大建树，但荐举贤能，不遗余力，当世名人，多出其门。平生久处富贵，"雅喜宾客，未尝一日不宴饮"，大批文士来往于他门下，每有宴饮必有"歌乐相佐"，并"具笔札，相与赋诗，率以为常"。他的词作就产生在这样的氛围中。从"萧娘劝我金卮，殷勤更唱新词"、"红条约束琼肌稳，拍碎香檀催急衮"、"春葱指甲轻拢拈，五彩条垂双袖卷"、"青杏园林煮酒香，佳人初试薄罗裳"这类词句中，可以了解他的生活状况，以及和文友一起饮宴创作的情况，还可知他的词是供歌女们演唱用的。因之，很能够表达内心的衷曲，"当时轻别意中人，山长水远知何处？""好梦频惊，何处高楼雁一声"，抒写离恨别愁，尽显名士风流，自能亲切动人。但他很注意分寸，写富贵不流

于鄙俗，写艳情不涉于轻薄。词作中还有一种感人的内容是在宾客喧哗之后的寂寞中，往往有"一场愁梦酒醒时，斜阳却照深深院"的迟暮之感和担心好景不长的忧生之嗟。此种风调以《浣溪沙》为代表。

　　　一曲新词酒一杯，去年天气旧亭台，夕阳西下几时回？　　　无可奈何花落去，似曾相识燕归来。小园香径独徘徊。

　　上片追忆昔日欢聚的情景，引出好景难再的无限惆怅。下片写独自在落红满铺的小径徘徊，逝去的不能挽回，花落无可奈何，便以"似曾相识"的归燕自慰自解，表现出一种旷达的人生情怀。在另一首《浣溪沙》中，旷达表现得更为切实：

　　　一向年光有限身，等闲离别易销魂，酒筵歌席莫辞频。　　　满目山河空念远，落花风雨更伤春，不如怜取眼前人！

　　怀念远人，山长水阔，没有着落；伤春惜春，阻不住风雨落花，痛苦燃烧到炽烈处，只好以理性的处置和抑制来调协："不如怜取眼前人"。面对现实，寻求潇洒人生，"酒筵歌席莫辞频"，虽及时行乐，并无颓废之嫌，却放出一种莹澈冷隽的人性之光。人们盛称晏词"风流蕴藉"、"雍容闲雅"，与这种旷达情怀有关。
　　"怜取眼前人"，不局限于对"红巾翠袖"的私情，更扩展为对不幸者的同情。如《山亭柳·赠歌者》：

　　　家住西秦，赌薄艺随身。花柳上，斗尖新。偶学念奴声调，有时高遏行云。蜀锦缠头无数，不负辛勤。
　　　数年来往咸京道，残杯冷炙谩消魂，衷肠事，托何人？若有知音见采，不辞唱遍《阳春》。一曲当筵落泪，重掩罗巾。

欧阳修

　　欧阳修是北宋诗文革新运动的倡导者，在词坛里也有重要地位。不过比之于诗文，他的词内容要狭小得多，这与他对词体功能的认识有关，所以他一反在诗、散文中的庄重、严肃的儒家面孔，在词里坦率地流露出他的真实感情。
　　欧词虽然走晚唐五代婉约词的老路，但它已摆脱花间派铺金缀玉、脂香粉腻的习气，在冯延巳词的影响下向着清隽一路发展，词风与晏殊相近。如《生查子》：

　　　去年元夜时，花市灯如昼。月上柳梢头，人约黄昏后。　　　今年元夜时，月与灯依旧。不见去年人，泪满春衫袖。

　　词的上片回忆去年元夜的甜蜜往事：在那华灯照得如同白昼一般的花市，主人公与心爱的人早就约好了在月上柳树梢的黄昏时候相会。下片回到现实中来，明月、花灯依旧，可是"不见去年人"，物是人非，旧情难续。触景生情，泪满春衫。上、下两片形成强烈的对比，反衬之下，更觉去年之乐何其乐，今年之哀何其哀。词的语言通俗，风格清新，节奏明快，具有民歌特色。又如《南歌子》一词：

　　　　凤髻金泥带，龙纹玉掌梳。走来窗下笑相扶，爱道画眉深浅入时无？
　　弄笔偎人久，描花试手初。等闲妨了绣功夫，笑问双鸳鸯字怎生书？

　　此词写一对新婚夫妇甜蜜、热烈的爱情生活。首二句从女子的发型头饰着笔，以衬托她的容貌艳美。接着写这位经过精心妆扮的新娘，轻快地走到窗下来，笑倚着丈夫，深情地探问道："你看看我眉黛描得深浅，符合不符合时式？"下片，镜头仍然对准新娘。"弄笔偎人久"承上"笑相扶"，写女子的娇柔。弄笔偎人，描花试手，可见她用心用情皆在人而非在画。只顾与丈夫亲热笑闹、相扶相偎，以至把做针线活的功夫都耽误了。末句问双"鸳鸯"字如何写法，明显含有挑逗意味，但作为夫妻感情交流又不失之轻浮。全词一反文人作品典雅和婉的作风，采用通俗活泼的语言，描绘出这位新嫁娘天真的神态，细腻的心理活动。从中可见欧阳修从民间文学中汲取了不少营养。

　　同晏殊词相比，欧阳修的感情更为真挚深刻，表现手法更加丰富多样。如著名的《踏莎行》：

　　　　候馆梅残，溪桥柳细，草薰风暖摇征辔。离愁渐远渐无穷，迢迢不断如春水。　　　　寸寸柔肠，盈盈粉泪，楼高莫近危栏倚。平芜尽处是春山，行人更在春山外。

　　这是一首抒写离情别恨之作。词的上片写远行人在旅途中的所见所感。首三句写春景，梅残柳细，旅人策马摇缰，顾盼徐行，画面中已弥漫着离人伤别的愁绪。接着两句，写词中的主人公随着离家愈来愈远，离愁也越来越深。以春水为喻，能与情景契合。下片从闺中人着眼，代她设想相思相望的苦况。"柔肠"、"粉泪"，见出女子思念的深切。接着写她不敢凭高倚栏远望。因"行人"愈望愈远，以至不见踪影，更增心中愁苦。"平芜"两句语浅情长，被前人誉为是"不厌百回读"的结句。全篇结构完整，情景交融，特别是上下片结尾比喻和想象所展示的情意和境界，比起晏殊的《浣溪沙》（一曲新词酒一杯）用眼前的落花归燕衬托情思来，内涵更为丰富深远。《蝶恋花》也是这样的名作：

> 庭院深深深几许？杨柳堆烟，帘幕无重数。玉勒雕鞍游冶处，楼高不见章台路。　　雨横风狂三月暮，门掩黄昏，无计留春住。泪眼问花花不语，乱红飞过秋千去。

此词写一位深闺少妇，由于春天将要逝去而引起的怨春情绪，情思深远，意境幽渺。特别最末"泪眼"二句，更以人物和乱红发生感情交流，层层写出主人公凄苦缠绵的复杂情怀。清人毛稚黄评云："此可谓层深而浑成。何也？因花而有泪，此一层意也；因泪而问花，此一层意也；花竟不语，此一层意也；不但不语，且又乱落，飞过秋千，此一层意也。人愈伤心，花愈恼人，语愈浅而意愈入，又绝无刻画费力之迹，谓非层深而浑成耶？"（王又华《古今词话》）刘熙载在《艺概》中说："冯延巳词，晏同叔得其俊，欧阳修得其深。"正道出了晏、欧词的不同之处。

欧阳修的词，不仅感情深挚，而且在词的意境和内容方面也有新的开拓。如《采桑子》十首，运用民间流行的联章形式描写颍州西湖的景物情事，表现山河美丽，这是前所未见的。又如两套《渔家傲》共24首，分咏十二个月的节物风俗，也写得情真意远，生动活泼，别有风味。另外，欧阳修还有一些述怀、咏史之作，已经突破花间、南唐的格调，开苏轼、辛弃疾一派新兴词的先路。

柳永

柳永（987？～1053？），原名三变，又称柳七。他早年热衷功名，但因流连坊曲，冶游狭邪，好为歌妓填词作曲，而遭到当时正统人物的非难，以至应举屡遭黜斥。曾作《鹤冲天》词，发泄怀才不遇的牢骚，其中有"忍把浮名，换了浅斟低唱"句，相传仁宗皇帝看了很不高兴，说："此人风前月下，好去浅斟低唱，何要浮名？且填词去。"因此他屡试不中，常与市井子弟纵游妓馆酒楼，直到他改名永，才于中年考中进士，历任睦州团练使推官、屯田员外郎等职，世称"柳屯田"。晚年卒于旅中，有《乐章集》。

柳永是北宋第一个专力于填词的作家。柳永对词体的主要贡献，在于创制新声，发展慢词。早在中晚唐，民间已有慢词流行，但词家仿作一直很少；唐五代文人词中，小令占绝对优势。柳词绝大部分是慢词长调，其中有不少是他独创的"新声"。其最长者如《戚氏》，竟达200余字。慢词的大量创制，不仅扩充了词的体制，便于容纳更多的内容，而且为宋词的进一步昌盛奠定了基础"其后东坡、少游、山谷等相继有作，慢词遂盛"（宋翔凤《乐府余论》）。

在词的题材内容方面，柳永也有所开拓。当欧阳修在词里流连山光水色，表现洒脱情怀之时，柳永却把眼光投向城市风光与市井风情。这与他的生活经历是密切相关的。柳永生当北宋升平之世，为了科举，他在汴京度过了很长一段时间。由于仕途失意，他又四处奔波，到过当时许多著名的城市。北宋帝都汴京、东南名城杭州、苏州、西南重镇成都、江南都会扬州等，柳永的笔下都有过真实而又生动的描绘，其中咏杭州的《望海潮》是千古传诵的名作：

> 东南形胜，三吴都会，钱塘自古繁华。烟柳画桥，风帘翠幕，参差十万人家。云树绕堤沙。怒涛卷霜雪，天堑无涯。市列珠玑，户盈罗绮，竞豪奢。　　　　重湖叠巘清嘉。有三秋桂子，十里荷花。羌管弄晴，菱歌泛夜，嬉嬉钓叟莲娃。千骑拥高牙。乘醉听箫鼓，吟赏烟霞。异日图将好景，归去凤池夸。

词是赠给地方武官孙何的，采用层层铺叙的手法，从不同的侧面生动地展示了杭州的繁华和美丽。上片侧重写杭城繁华：烟柳画桥，风帘翠幕，辉映着珠玑的光泽和罗绮的色彩，一派富丽堂皇气象，兼及钱塘江的壮观：堤树如云，怒潮如雪，天堑无涯，色彩浓烈，气势雄伟，令人心动神摇。下片着重写西湖的秀色与孙何的显赫，并工笔细描西湖风光。从湖山风光、昼夜笙歌、湖中人物等方面入手，层层点染了西湖清幽秀丽景致，与上片城市的繁华豪奢，相映成趣。"三秋桂子，十里荷花"更是千古名句。据罗大经《鹤林玉露》记载："此词流播，金主亮闻歌，欣然有慕于'三秋桂子，十里荷花'，遂起投鞭渡江之志。"事虽未必可信，却从侧面反映了它影响之大，艺术感染力之强。

除《望海潮》外，柳永还有一些写都市景象的词，尤其是写当时京都开封的《倾杯乐》（禁漏花深）、《迎新春》（山解管变青律）等，将"承平气象，形容曲尽"（陈振孙：《直斋书录解题》）无怪乎与柳永同时代的范镇由衷地赞叹："仁宗四十二年太平，镇在翰苑十余载，不能出一语咏歌，乃于卿词见之。"（祝穆《方舆胜览》）

柳永词中多有感慨人生失意、铺叙羁旅行役、抒写离愁别绪的作品。这些作品情真意挚，深切动人，代表了他艺术上的高度成就。如《雨霖铃》：

> 寒蝉凄切，对长亭晚，骤雨初歇。都门帐饮无绪，方留恋处，兰舟催发。执手相看泪眼，竟无语凝噎。念去去，千里烟波，暮霭沉沉楚天阔。多情自古伤离别，更那堪、冷落清秋节。今宵酒醒何处？杨柳岸、晓风残月。此去经年，应是良辰好景虚设。便纵有、千种风情，更与何人说。

这是一首抒写离别情怀的名篇，上片正面描写别时情景。"寒蝉凄切"三句不仅点明了离别的时间、地点，而且于描写秋景中暗示着离情。"都门帐饮无绪"以下四句，由景及情。"骤雨"既已"初歇"，故船家催促出发，无可奈何，只得登途。"执手"、

"泪眼"、"凝噎"写其神态、动作，使别情达到高潮，在艺术上具有此时无声胜有声的效果。下两句以"念"字贯串，由眼前之景推想别后行程中景象，由实入虚，引起下文。下片设想别后情景。换头"多情自古伤离别，更那堪、冷落清秋节"二句点明伤别主旨，接着二句以意中景染之，"杨柳岸、晓风残月"意在表现别后的冷落凄清，写出一种怀人的境界。"此去"以下四句，直写别后岁月，即使有良辰好景也形同虚设，因情人不在，无人共赏，也无心自赏；纵有千种风情，亦无人可言会。本词虽纯用赋体，但并非平铺直叙，而是以悲秋景色烘托离情，情与景合，景随意转，虚实相生，曲折回环，层层深入，特别是在点染方面的技巧运用，达到了出神入化境地，故历来被推为柳永的代表作。

另一首脍炙人口的词作是《八声甘州》：

> 对潇潇暮雨洒江天，一番洗清秋。渐霜风凄紧，关河冷落，残照当楼。是处红衰翠减，苒苒物华休。惟有长江水，无语东流。　　　　不忍登高临远，望故乡渺邈，归思难收。叹年来踪迹，何事苦淹留？想佳人、妆楼颙望，误几回、天际识归舟。争知我、倚阑干处，正恁凝愁！

此词是写羁旅情怀的名篇。上片写登高临远所见到的残秋景色，下片抒发思乡怀人的心情，与《雨霖铃》把叙事、绘景、抒情融成一片的写法，有所不同。全词境界高浑，感情深挚，脉络清晰，用语通俗而又"俗不伤雅"，尤其是词中"渐霜风凄紧，关河冷落，残照当楼"三句，在深秋萧瑟寥廓的景色中表现游子的客中情怀，连一向鄙视柳词的苏轼亦称"此语于诗句不减唐人高处"。

从上面两首代表作中，可看出柳词在艺术手法上善于融情入景，又使情景交融，虚实互相生发。柳永善于驾驭长调，多线头交织，而又有一定层次，回环呼应，脉络清楚，决不紊乱，如《戚氏》。此外他在艺术上还有两大突出特点：一是善铺叙，适应慢词创作的需要。他一反诗歌多用比兴的传统，创造地运用六朝赋体和白描手法来展开词境，无所假托，尽情铺叙，着意渲染，使读者目不暇接，务求折服之而后已。如王昌龄"忽见陌头杨柳色，悔教夫婿觅封侯"这样两句，移到柳词中，就生发成了一大段："恨薄情一去，音书无个，早知怎么，悔当初不把雕鞍锁。向鸡窗只与蛮笺象管，拘束教吟课。镇相随，莫抛躲，针线闲拈伴伊坐，和我，免使年少光阴虚过。"二是大量运用俚俗语，口头语入词，扫除晚唐以来的雕琢风气。上举的这首词如此，《忆帝京》(薄衾小枕凉天气)更是如此，几乎全用白话口语写成。这种通俗的词风，不仅使柳永赢得了"凡有井水饮处，即能歌柳词"的美誉，而且对后来的说唱文学和戏曲也产生了明显的影响。

第三节 天风海雨 超尘拔俗：苏轼词作及其革故鼎新的意义

> 晚唐、五代至北宋初、中期：婉约词占绝对支配地位——苏轼的三方面
> 贡献：拓宽题材；引导词风的诗化与多样化；开创豪放词派——苏轼以后的
> 词坛："阳刚美"与"阴柔美"双峰并峙局面——清空疏旷、超尘拔俗：苏轼的
> 旷达词

从晚唐五代直到北宋中叶，词人填词被看成是"谑浪游戏"的"诗余薄技"，"词为艳科"差不多是一条戒律；词的内容也被局限于风花雪月、离愁别绪的范围，这当然与礼乐教化不甚相关；人们强调词对音乐的依附性，词只用于侑觞佐舞、析酲解愠，风格自然是香艳软媚、充满了脂粉气的。前述温、韦的花间词，晏、欧的名士派，承接的多是温婉蕴藉的词风；教坊派的柳永，以俚语俗态作词，并有反映市井生活的题材，但"偎红依翠"、"杨柳岸、晓风残月"一类的男女艳情仍是其基调；与苏轼几乎同时的秦观以及后来的周邦彦、李清照，也都坚持词只能表现男女情爱题材，抒发闺怨、闲愁，呈阴柔之美，因此，整个北宋差不多就是婉约词的天下。在这种限制之下，词不允许像诗一样讲求"风人之旨"，反映重大题材，注重讽喻。本来，未把词的面孔弄得古板正经，是可称道的好事，有利于词艺的提高。只可惜这一戒律太绝对化了，也变成了一种束缚。

在苏轼以前，范仲淹、王安石等人对这种倾向虽也曾出力矫正，但作品不多，力度不大，未成风气。只有待横绝一世的文学巨匠苏轼闯入词的领域，情况才有了大的改变，苏轼敢于冲破传统的狭小框架，使词成为士大夫抒写怀抱、议论古今的工具，词坛面貌随之一变。南宋词论家指出："及眉山苏氏，一洗绮罗香泽之态，摆脱绸缪宛转之度，使人登高望远，举首高歌，而逸怀浩气，超然乎尘垢之外，于是《花间》为皂隶，而柳氏为舆台矣"。[①]

这段话虽然贬前人创作太过，但确实指出了苏轼在词的革新方面做出的杰出贡献。

苏轼的贡献主要体现在：拓宽题材，改变词风，提高词格，开创词派等四个方面。

一、拓宽词的题材范围，增强词的表现力

词在苏轼手中，一改原先那种只在樽前花间歌唱的单一格局，吸纳多种题材和内容，开始有了更为丰富的内涵。苏轼是最早以词抒写远大政治抱负和爱国主义豪情的

---

① 胡寅：《向子谌"酒边词"序》。

词人，也是以农事入词的第一人，又是以理趣入词的第一人，还是从心所欲将朋友、师生、夫妻、兄弟间的人伦情感寄寓于词的创造性高手。在苏轼笔下，词不但可以凄艳悱恻，而且言志、伤时、咏史、怀古、说理、谈玄、咏物、酬答、记梦、悼亡、描摹山水、歌咏农事，无所不能。

通过苏词的画面，我们可以看到各种世相和社会人物。既有官宦、文人、歌女，也有老农、渔夫、醉翁、卖瓜人、采桑女、弄潮儿以及为了赶热闹而挤破了"倩罗裙"的天真少女。苏词还描绘出乌鸢舞翔、迎神赛会的风俗，柳下卖瓜、缫车响彻全村的忙碌景象以及桑麻喜人、艾气如熏的美好农村生活。描写出猎，则有"千骑卷平冈"的壮观场面，借以抒发"西北望，射天狼"的报国豪情（《江城子·密州出猎》）。怀古则借江山胜迹抒写怀抱，言志则慷慨陈词："有笔头千字，胸中万卷，致君尧舜，此事何难"（《沁园春》）。悼亡则联想到"千里孤坟"的"明月夜、短松冈"（《江城子》）。咏物皆力求神似，或写出孤鸿的"拣尽寒枝不肯栖"《卜算子》，或借杨花象征女子的愁思："春色三分，二分尘土，一分流水，细看来，不是杨花，点点是离人泪"（《水龙吟》）。酬寄朋友，则以高旷情怀唱出"谁似东坡老，白首忘机"的玄思（《八声甘州》）。而在苏轼之前，则没有悼亡词、农村词体裁，词人也从来不在词中抒壮怀和谈哲理。

二、打破诗词畛域，引导词风向诗化和多样化转变

苏轼的创作实践表明，词完全可以表达严肃庄重的主题和内容（而不一定"诗庄词媚"），词也可以有风云舒卷的境界（而不能限定为"儿女情多、风云气少"）。从朱孝臧编校《东坡乐府》所收的近350首词中，我们看到苏词呈现了多样化的风神与格调：或清丽妩媚，或淡雅韶秀，或幽怨缠绵，或谐谑风趣，或空灵隽永，或飞扬明快，或奇逸高旷，或雄浑豪放，总之是变化多端、不拘一格。

苏轼的贡献，突出地表现在他"以诗为词"的艺术追求上。由于他在理论上认为词乃"诗之裔"（苏轼：《祭张子野文》），因而将诗家"言志"与词家"缘情"加以结合，用写诗的理论和方法来填词，这样，就打破了以往诗与词之间的界限，使词与诗得以并驾齐驱，能"无意不可入、无事不可言"、擒纵自如地表达人的复杂情性了。

苏轼的革故鼎新之举，带动了健康的、多样化的创作风气。尽管当时跟从他转变词风的并不多（同时代而词风直追苏轼者，仅黄庭坚、晁补之数人和贺铸的部分词作），但是风气一开，影响深远，前无古人，后有来者，到了南宋，辛弃疾和整个辛派词人无不以苏轼为榜样，"赋壮词"也就成为南宋的一代风尚了。

所以，元好问指出："自东坡一出，情性之外，不知有文字，真有'一洗万古凡马空'气象"。[①] 南宋王灼认为苏词"指出向上一路，新天下耳目，弄笔者始知自振"（《碧鸡漫志》）。辛派词人刘辰翁说："词至东坡，倾荡磊落，如诗，如文，如天地奇观"

---

① 元好问：《遗山文集》卷三十六《新轩乐府引》。

（《辛稼轩词序》）。

三、以豪雄纵放的笔力和词境。开创了崭新的豪放词派

苏轼有一部分词作，饱含豪雄纵放的精神，读来意境雄浑阔大、语言奔放不羁、音调铿锵悦耳、笔墨酣畅淋漓，正是这部分作品奠定了苏词"豪放"的基调。显然，从柳永词发展到苏轼词，音律与格调都有了很大转变。苏轼有"幕下士"曾将苏词与柳词比较："柳郎中词，只好十七八女孩儿，执红牙板，唱'杨柳岸，晓风残月'；学士词，须关西大汉，执铁板，唱'大江东去'。"（见俞文豹：《吹剑录》）可见"豪苏腻柳"，差别之大，人所共知。如果说在婉约词时代，作品只单纯地呈现"阴柔美"的话，那么，自苏轼创立豪放派，引导美学上的阳刚向上一路，这就在词的领域里开始"阳刚美"与"阴柔美"双峰并峙局面了。

历来有"词至苏轼，其体始尊"之说。所谓"体"，即词的体裁、体式，所谓"尊"，即形象地位的尊贵、尊严、高大。到了苏轼的时代，由于苏轼的卓越贡献，婉约词的一统天下得以打破，词的题材、风格、音律、体制、流派都有了较大发展，词终于脱离"曲子"（音乐）而独立存在，成为一大文学样式，并在文坛上取得了突出的一席地位。

因此清人总结道："词自晚唐五代以来，以清切婉丽为宗。至柳永而一变，如诗家之有白居易。至苏轼而又一变，如诗家之有韩愈，遂开南宋辛弃疾等一派。"（纪昀：《四库全书总目提要》）

苏词中有为数不少的旷达词。苏轼在这类词中通过清空疏旷的艺术格调，凸显自己超尘拔俗、通脱不羁、达观开朗、高洁独立的品格和个性。所谓清空疏旷格调，即离开柔婉缠绵之风，采用清幽旷远、行云流水般的自然创作法则，如春花散空，不着迹象，制造超逸空灵的意境，以达成含蓄蕴藉、意在言外、余韵无穷的效果。前人评苏词，赞其"无一点尘俗气"（胡仔：《苕溪渔隐丛话》引黄庭坚语），"具有神仙出世之姿"（刘熙载：《艺概》卷四），都是围绕苏词清空疏旷的美学原则来论断的。

苏轼的贡献还表现在处理词与音律的关系方面。他精通音律，但对因音律而害意不以为然。正如陆游所评说的："公非不能歌，但豪放不喜剪裁以就声律耳。试取东坡诸词歌之，曲终，觉天风海雨逼人。"（《老学庵笔记》）

欣赏苏轼的豪放词，不妨以《江城子·密州出猎》和《念奴娇·赤壁怀古》为例：

> 老夫聊发少年狂，左牵黄，右擎苍，锦帽貂裘，千骑卷平冈。为报倾城随太守，亲射虎，看孙郎。　　酒酣胸胆尚开张，鬓微霜，又何妨。持节云中，何日遣冯唐？会挽雕弓如满月，西北望，射天狼。

这首《江城子》是苏轼在密州任知州时写的，通过狩猎盛况的生动描写，抒发作者

的爱国赤诚和边关立功的雄心壮志。上片写狩猎，下片抒壮志，场面壮观，气氛热烈，格调高亢，笔力健劲，将传统婉约词的儿女情，换成了同仇敌忾的英雄气，读时使人如历其境、备受感染。再看堪称古今绝唱的《念奴娇·赤壁怀古》：

> 大江东去，浪淘尽、千古风流人物。故垒西边，人道是，三国周郎赤壁。乱石穿空，惊涛拍岸，卷起千堆雪。江山如画，一时多少豪杰。遥想公瑾当年，小乔初嫁了，雄姿英发。羽扇纶巾，谈笑间，强虏灰飞烟灭。故国神游，多情应笑我，早生华发。人间如梦，一尊还酹江月。

此词为谪居黄州（今湖北黄冈）时所写，时年47的苏轼游长江赤鼻矶，因这里曾被传作是三国时周瑜大败曹操的赤壁，于是面对浩瀚的大江发思古之幽情，缅怀英雄豪杰，借以抒发自己渴望建功立业的抱负和报国无门的苦衷。上片即地写景，下片抒写周瑜业绩和自己的感慨。以精练传神的笔墨，捕捉典型细节，表现周瑜英俊潇洒的风度，塑造出一个指挥若定、从容沉着、具有雄才大略的儒将英雄形象。这样的形象在文人词里出现，还是首创。词中不仅把写景、抒情、议论熔为一炉，而且把幻想和现实，过去和现在，自然地结合于一体，其内容之丰富，意境之高远，气势之恢宏，在词中也是空前的。

阅读保存在《东坡乐府》中的350多首苏词，终篇"激昂排宕"（夏敬观语）、"横放杰出"（晁补之语）的词作并不很多，但它们毕竟代表了"向上一路"，是词作领域中豪雄、高迈、劲健的主旋律。然而咀嚼"豪放词"概念，我们发现，"豪"与"放"可以有两层意义：偏重于"豪"，则为豪宕、横放和壮阔；偏重于"放"，则为放达、纵情和洒脱。苏词中除了豪宕、横放、磅礴、劲健的作品外，还有大量放达、纵情、超旷、洒脱的作品。后者在美学上追求放达、清空、超尘拔俗的境界，在思想和气度上，则追求放达、豁朗和旷逸的境界。这后一类作品，就是上文提及的旷达词。试读《水调歌头》：

> 明月几时有？把酒问青天。不知天上宫阙，今夕是何年。我欲乘风归去，又恐琼楼玉宇，高处不胜寒。起舞弄清影，何似在人间。　　　转朱阁，低绮户，照无眠。不应有恨，何事长向别时圆？人有悲欢离合，月有阴晴圆缺，此事古难全。但愿人长久，千里共婵娟。

当时苏轼在密州（今山东诸城）任知州，政治上失意，与在齐州（山东济南）任掌书记的胞弟苏辙分别已有七年而不得团聚。中秋之夜，对月抒怀，故有是作。词上片由中秋赏月起兴，引出"天上宫阙"、"琼楼玉宇"、"乘风归去"的奇思遐想；但又恐"高处不胜寒"，还不如就在人间"起舞弄清影"，想出世却又无法超然出世，表现他对现实生活的热爱。下片对月怀人。词人运用浪漫主义的手法，把月的圆缺与人的离合巧妙地联系在一起，由望月转到怨月，进而又替月开解，最后从宇宙人生本不完美的认识之中获得解脱，以共赏明月作为心灵的慰藉。全词构思奇丽，笔调洒脱，情理兼胜，千百年传诵不衰。南宋胡仔《苕溪渔隐丛话》说："中秋词，自东坡《水调歌头》一出，余词尽废。"

苏词的旷达之境，有时通过表现纵情山水、享受闲逸人生，或想象归隐园田来实现；有时又通过退回内心、自我排遣、安时处顺、随缘自得来实现。如作于黄州谪所的《定风波》：

> 莫听穿林打叶声，何妨吟啸且徐行。竹杖芒鞋轻胜马，谁怕？一蓑烟雨任平生。　　料峭春风吹酒醒，微冷，山头斜照却相迎。回首向来萧瑟处，归去，也无风雨也无晴。

风雨道中，既不必狼狈而窜，斜照相迎，也是预料中事，通过对生活小事的描绘，表达出自己不计得失、一切听任自然的超旷哲学。这是一种类似于禅宗之"悟"的思想境界，说明苏轼在抵御外界困扰时，常常是通过调整内心、升华自我来实现的。苏轼对放达、超尘拔俗的美学境界追求和对旷达人生的陶醉热爱，于此可见一斑。

第四节　典丽精工　别是一家：
秦观、周邦彦、李清照的婉约词

> 豪放、婉约的分野与婉约词的深入发展——歌唱理想爱情，感伤个人身世："婉约正宗"秦观——艳情和咏物：周邦彦词两大题材——周邦彦集婉约大成——杰出女词人的少女少妇生涯——细腻缠绵的别愁离恨——国破家亡的沉哀——雅俗共赏的"易安体"

词在北宋大致经历了三个发展阶段：第一阶段，晏殊、张先、宋祁、欧阳修、晏几道等人承袭"花间"余绪，为由唐入宋的过渡；第二阶段，经柳永、苏轼从内容到形式进行了全面开拓与新变，加之秦观、贺铸等人的艺术创造，促成宋词出现多种风格竞相发展的繁荣局面；第三阶段，周邦彦在艺术创造上的集大成，体现了宋词的深化与成熟。一般喜用"婉约"与"豪放"两个概念来概括宋词的演变，虽然不够准确全面，把复杂的事物简单化了，但既然沿用已久，我们仍不妨用作大致区分宋词两类风格、两大流派及其走向的参考。如果说苏轼是北宋豪放派词人的代表，那么秦观、周邦彦、李清照等，则形成了婉约派词人群体。

秦观向被视为婉约之正宗，词风较前人更为幽细，长于将凄离之景与抑郁感伤之情微妙结合。周邦彦精通音律，在创调、结构等方面多有创新，他吸收温庭筠的秾艳，韦庄的清丽，李煜的深婉、晏殊的蕴藉，欧阳修的秀逸，特别是柳永的冶艳和铺叙，而在极尽工巧的思索安排上做出了突出成绩，最后形成"富艳精工"的风格，成为后世普遍仿效的对象。与秦、周同时的贺铸，折衷豪放婉约，兼学民间俗曲与文士雅词，以风格多样化为世人注目。李清照是身历靖康之变由北入南的杰出女词人。她对词体有独到而系统的见解。在强调词与音乐的紧密关系中，主张保持"词别是一家"的"当行本色"，务求高雅、含蓄、典重、合律。她把自己的痛苦经历与生活体验带到词中，创造了雅俗共赏的"易安体"，深为历代读者爱赏。

秦观

秦观（1049～1100）有多方面的文学才能，诗、词、文均有作品传世，而以词最负盛名。当词的发展已经因苏轼的出现而扬起一个诗化高峰的时候，作为"苏门四学士"之一的秦观，虽然与苏轼关系密切，词作却很少受其豪放词风的影响。反而继承了柳永和晏欧的长处，将婉约词发展到了一个新阶段，秦观词亦被文学史家称作"婉约正宗"。

秦观的词内容主要有两类：一类写男欢女爱、离愁别绪。这虽是以前千百词人反复吟唱的主题，但秦观往往写得比前人更为真挚动人，有不少作品超出了异性之爱，而把爱情作为一种美好事物的象征来歌颂，如《鹊桥仙》：

　　　纤云弄巧，飞星传恨，银汉迢迢暗度。金风玉露一相逢，便胜却人间无数。　　　柔情似水，佳期如梦，忍顾鹊桥归路。两情若是久长时，又岂在朝朝暮暮。

魏晋以来，以牛郎织女这个爱情故事为题材的诗词甚多，但从未离开过对牛郎织女悲剧的叹息。秦观的《鹊桥仙》却不落俗套，独出机杼，借传说故事，歌唱人间真挚不渝的爱情，寄托作者崇高的爱情理想。上片写牛郎织女一年一度的相会，头三句是写景、叙事，后两句为议论。下片头三句是叙述牛郎织女重逢时的恩爱缠绵和聚散匆匆。结尾两句照应上片歇拍，又是在抒情中发议论：爱情若是长久、坚贞、专一的，又何必朝夕厮守！这种健康进步的爱情观，在古代抒写爱情的诗词中是罕见的，脍炙人口、历久传唱不衰。

另一类是抒写个人愁绪、感伤身世之作，显得更加情深语切。《风流子》、《千秋岁》、《好事近》都是这类作品，通常以《踏莎行》为代表作：

　　　雾失楼台，月迷津渡，桃源望断无寻处。可堪孤馆闭春寒，杜鹃声里斜阳暮。　　　　　驿寄梅花，鱼传尺素，砌成此恨无重数。郴江幸自绕郴山，为谁流下潇湘去？

这首词是秦观49岁被贬郴州时所写。作品通过即景抒情、寓情于景的描写，把当时怅惘、失望和孤寂愁苦的心情表现得淋漓尽致。开头三句借迷茫景色和桃源的难寻，表现理想的破灭和前途的渺茫。"可堪"二句抒写自己的客旅愁思，但以孤馆、春寒、杜鹃、斜阳等凄清的景物映托出来，极富意境。王国维在《人间词话》中说："少游词境，最为凄婉，至'可堪孤馆闭春寒，杜鹃声里斜阳暮'，则变而凄厉矣"。主要指这两句在景物描写上充满了词人自我哀伤的感情色彩。下片抒发与友人疏隔的苦闷。"砌成"句化抽象为具体，见其怨恨重重，难以排除。结尾两句再以郴水本自围绕郴山，却流向潇湘而去，比喻自己离开故国远谪南方的遭遇，语虽无理，意却沉重。据说苏轼绝爱其末尾两句，并自书于扇云："少游已矣，虽万人何赎"，可见其感人之深。

秦观描写"情"、"愁"的词，虽然偏于感伤、低沉，但在艺术描写上却很有特色。

首先，他善于把男女的思恋怀想，同个人的身世遭遇结合在一起，运用清新淡雅的语言，创造出一种凄迷动人的境界。如《满庭芳》就是这方面的代表作：

山抹微云，天连衰草，画角声断谯门。暂停征棹，聊共引离尊。多少蓬莱旧事，空回首、烟霭纷纷。斜阳外，寒鸦数点，流水绕孤村。　　　　　销魂。当此际，香囊暗解，罗带轻分。谩赢得、青楼薄幸名存。此去何时见也，襟袖上、空惹啼痕。伤情处，高城望断，灯火已黄昏。

这首词写在一个黄昏，词人与眷恋的歌女离别，但在"艳情"之中融入了身世之感。上片写离别的环境，以景衬情把晚秋的萧索冷落之景与凄凉忧伤之情有机交融在一起，虚实相生，倍增凄哀；下片铺叙分别，叹后会难期。全词格调凄恻，含意深厚，虚实兼顾，吐露了自己爱情和仕途两不如意的感伤情绪，读之使人感到情韵兼胜，回味无穷。此词一出，为他赢得了"山抹微云秦学士"的美誉。又如《千秋岁》（水边沙外）、《八六子》（倚危亭）等，也是把离别相思之情和自己的不幸遭遇结合在一起来写的。周济在《宋四家词选》中指出："将身世之感，并入艳情，又是一法。"

其次，他能抓住事物的突出特征，构成鲜明生动的艺术形象，并在这些形象中注入强烈的主观感情色彩，使之具有很强的感染力。如《浣溪沙》：

漠漠轻寒上小楼，晓阴无赖似穷秋。淡烟流水画屏幽。　　　　　自在飞花轻似梦，无边丝雨细如愁。宝帘闲挂小银钩。

词写闺怨春愁，但摒弃正面直接抒情而用融情入景的写法，明为写景，实寓人的离愁。下片"自在"一联尤佳，为千古传诵的名句。"飞花"与"梦"，"丝雨"与"愁"，本来毫不相干，但词人以"轻"和"细"的特征把它们联结起来，构成两个精妙的比喻：飞花轻似梦，丝雨细如愁。这样一来，情与景，心与物便巧妙地融合在一起了。

宋词经欧阳修、王安石、柳永、苏轼等人开拓，在内容和形式上均有较大发展。与苏轼等人豪放大气相对映，一些词人更注意字句工丽和音乐美，其中著名的是贺铸和周邦彦。

贺铸

贺铸(1052～1125)词题材广泛，风格多样，他写过风格逼近苏轼的豪放词，如《六州歌头》(少年侠气)等，又多有婉约之作，有时还吸取民间曲词的养料，写出通俗明快、清新可读的小令。张耒《东山词序》称其词"盛丽如游金张之堂，而妖冶如揽嫱施之祛，幽索如屈宋，悲壮如苏李"。其艳情词和抒发郁闷的词，情思缠绵，遣词工丽，状抽象之情如在目前，化前人字句则信手拈来。他曾说"吾笔端趋使李商隐、温庭筠常奔命不暇"，不算太夸张。

他的名篇《青玉案》影响深广：

> 凌波不过横塘路，但目送、芳尘去。锦瑟华年谁与度？月桥花院，琐窗朱户，只有春知处。　　飞云冉冉蘅皋暮，彩笔新题断肠句。试问闲愁都几许？一川烟草，满城风絮，梅子黄时雨。

上片叹息美人不留，只得目送她远去，想象她住在清幽、富丽的"只有春知"的处所，不知道她与谁一起度过这美好的年华？暗寓作者身世之慨。下片"飞云冉冉"是活用江淹"日暮碧云合，佳人殊未来"句意，传神之处在最末三句，用具体生动的形象，烘托那个捉摸不定、剪不断理还乱的"闲愁"。用草喻其多，而且是一望无垠的迷濛烟草。用柳絮喻其多且乱，还是满城的。用黄梅时节的如雾毛毛雨，喻其多且不断，均是复合的景象。衬托出无声的寂寞、淡淡的悲哀。这种创造性文词，给读者深刻感染，因而一时名声大噪，人称"贺梅子"。

周邦彦

周邦彦(1056～1121)，字美成，号清真居士，通音律，善作词，且工诗文，兼善书法。因为能自度曲、制慢词乐府，徽宗时被任命为"大晟府提举"，负责整理古乐，创作雅歌，以图取代当时的流行歌曲。他的词用语典雅，能入乐歌唱，讲究格律，不仅分平仄，就连上去入声亦不相混，对后世影响较大，有"词中老杜"、"词家之冠"美誉。

他在汴京作的一首描写雨后观荷的《苏幕遮》，是小词之佳作：

> 燎沉香，消溽暑，鸟雀呼晴，侵晓窥檐语。叶上初阳干宿雨，水面清圆，一一风荷举。　　故乡遥，何日去？家住吴门，久作长安旅。五月渔郎相忆否？小楫轻舟，梦入芙蓉浦。

词上片写景，下片抒情，中规中矩。夏日雨后，室内燃起沉香，驱除潮湿闷热的霉臭气味，放晴后的鸟语，微风中荷叶上的残留水珠，滴溜滚圆，和着那团团荷叶，摇曳着，拥挤着，舞蹈着。景色被"呼"、"语"、"举"几个动词逗活了。面对此景，勾起乡思，很自然地引出下片。不言自己思乡，却道故乡的"渔郎"忆我否？与杜甫"遥怜小儿女，未解忆长安"是同一手法。末句以梦境为结，虚实相生，如入化境。

周邦彦虽也长于小令，更能显示其艺术特色的是长调慢词。如《满庭芳·夏日溧水无想山作》，熔铸前人诗句入词，使语言带上书卷气，显得儒雅：

> 风老莺雏，雨肥梅子，午阴嘉树清圆。地卑山近，衣润费炉烟。人静乌鸢自乐，小桥外、新绿溅溅。凭栏久，黄芦苦竹，拟泛九江船。　　年年如社燕，飘流瀚海，来寄修椽。且莫思身外，长近尊前。憔悴江南倦客，不堪听、急管繁弦。歌筵畔，先安簟枕，容我醉时眠。

这是作者在溧水做地方官时的感怀之作。"风老"句以杜牧"风蒲雏燕老"句化出，"雨肥"句从杜甫"红绽雨肥梅"中引来。用"清圆"形容日午树阴，化自刘禹锡"日午树阴正"和陶渊明"蔼蔼堂前林，中夏贮清阴"，使得形象更新颖。用衣润而"费"炉烟的"费"字，勾画出"地卑山近"的湿气。既是白描，又颇细密。"凭栏"见到的人静和乌鸢的自在飞翔，新绿自在生长，托出一派空山的寂寞。再用白居易《琵琶行》成句"住近湓江地低湿，黄芦苦竹绕宅生"中的"黄芦苦竹"将自己与贬至江州的白居易类比。下片即景抒情，自己年年如社燕一样，忽而来，忽而去，表现宦海飘流的苦恼。接着借用杜甫诗"莫思身外无穷事，且尽尊前有限杯"加以转折，希图强抑悲怀。下面词意再转折：身不由己啊！别无他法，最后只好以"醉眠"求得内心的安宁，"先安簟枕"，多么从容，又多么无奈。全词多处用前人成句，但服务于作者要抒发的感情，气脉连贯，并不生硬，此即古人所谓"不隔"，是很难达到的。

艳情和咏物是周词中最常见的两大题材。前者虽属传统题材，但在周邦彦手里有更细腻、温馨、曲折、生动的表现，伤离惜别，如《少年游》：

> 并刀如水，吴盐胜雪，纤手破新橙。锦幄初温，兽烟不断，相对坐调笙。　　低声问，向谁行宿？城上已三更。马滑霜浓，不如休去，直是少

人行。

上片写情人相会，在一派温馨的氛围中，时间悄悄消逝。下片全由女方讲话，表示挽留男方之意。用"低声问"引出，真情溢于言表。令人想见她的神情与复杂心态。周词另有《蝶恋花·早行》是写别情的名篇，用场景突出一个"早"字，在这个背景上突出人的神态描写："唤起两眸清炯炯，泪花落枕红棉冷"，"执手霜风吹鬓影，去意徊徨、别语愁难听"，不言情而深情在其中。此词和柳永《雨霖铃》同内容而别饶蕴藉，两者配合起来读，自能相得益彰。作者善于选取过去生活中的事物作意象，表现对已逝浪漫生活的眷顾与怀念。《瑞龙吟》是这方面的代表作，也被推为周词的压卷之作。

周邦彦咏物词很多，咏月、咏梅、咏竹、咏雪、咏梨花、咏蔷薇，随处可见。《兰陵王·柳》是其名作，作者善于用稀见典故、迂回曲折摹写物状，为南宋后期分题咏物开了先路。

周词中内涵最丰厚的是少数怀古伤今的作品，《西河·金陵怀古》一向被称道，风调和苏轼《赤壁怀古》逼似。周邦彦长于写恋情相思、羁旅行役，在抒情时比柳永更注重含蓄凝炼。他承继柳永的善于铺叙而使词的结构线条更加深曲，有时以心理时空为线索来结构篇章。他惯用逆笔、侧笔、点化前人诗句等手段，使言情体物穷极工巧，使感情表达更加隐曲，从而产生一种顿挫沉郁的厚味。前辈积累的创作经验，到他手里集了大成，而又有新创和发展（如格律更精审、句法更奇警），所以说，周邦彦对后世词人产生很大影响不是偶然的，他对词艺的贡献理当引起人们的高度重视。

李清照

在南北宋之交活跃在词坛上的一位女词人令人刮目相看。

李清照（1084～1151？）自号易安居士，济南人。父亲李格非，以文章受知于苏轼，18岁与吏部侍郎赵挺之的儿子太学生赵明诚结婚。第二年起，因朝廷政局而长期分居，1107年丈夫罢职，夫妇屏居乡里。金人陷汴后，南渡，赵明诚知湖州病逝，她从此流寓江南，大约七十岁卒。诗、词、文兼擅，她善于炼字炼意，出于自然，几乎无词不工。由于感情细腻准确，造语生动，声情并茂，而又朴素鲜明，晓畅易懂，很多名句传为不朽。

她早期的词，主要表现少女、少妇的风雅生活情趣。如《渔家傲·记梦》：

> 天接云涛连晓雾，星河欲转千帆舞。仿佛梦魂归帝所。闻天语，殷勤问我归何处？　　我报路长嗟日暮，学诗谩有惊人句。九万里风鹏正举，风休住，蓬舟吹取三山去。

词的开头是天、涛、雾、星、帆等实景实物，用几个动词一串联，景色跃然。梦魂与天帝的问和答，接连着上下片，"问我"和"我报"均极简明生动，并富有情感。温和可亲的天帝，似是一长者，"我"则是富有理想、积极进取、不满足于现状的青年。结尾用《庄子》逍遥游和神仙故事，寄托着这位女青年的理想与追求。

> 常记溪亭日暮，沉醉不知归路。兴尽晚回舟，误入藕花深处。争渡，争渡，惊起一滩鸥鹭。

> 昨夜雨疏风骤，浓睡不消残酒。试问卷帘人，却道海棠依旧。知否，知否？应是绿肥红瘦。

这两首《如梦令》是她早期词作中的明珠，前者是一幅优美图画，塑造了一个活泼率真热爱生活的少女形象，用白描引出新意，取寻常语入词而射出光辉。后一首惜春而不伤春，揭示了女词人对大自然变化的敏感和对生活中美好事物的关怀，体现了其纯净心灵和高雅情趣，笔调跌宕有致，语言自然蕴藉。"绿肥红瘦"形象逼真传神，表现了女词人的创造力。

《点绛唇》描写玩过秋千、汗浸衣衫的一位少女见到客人来羞涩慌乱离去，其天真活泼情态栩栩如生：

> 蹴罢秋千，起来慵整纤纤手。露浓花瘦，薄汗轻衣透。　　见客人来，袜刬金钗溜。和羞走，倚门回首，却把青梅嗅。

李清照体验过婚后的分居生活，她以女性的细腻和缠绵，写出的思妇离愁，既真实可信，又婉转可怜，在现存《漱玉词》中，这类词几乎每篇均是佳构，多有名句。如《一剪梅》、《醉花阴》：

> 红藕香残玉簟秋，轻解罗裳，独上兰舟。云中谁寄锦书来，雁字回时，月满西楼。　　花自飘零水自流，一种相思，两处闲愁。此情无计可消除，才下眉头，却上心头。

> 薄雾浓云愁永昼，瑞脑销金兽。佳节又重阳，玉枕纱厨，半夜凉初透。东篱把酒黄昏后，有暗香盈袖。莫道不销魂，帘卷西风，人比黄花瘦。

前首词开端即写荷花凋谢了，竹席凉了，通过视觉、嗅觉、触觉写出秋天的萧瑟，引出秋思。接着写词人盼望丈夫来信的急切心情。下片极力渲染相思离愁：刚下眉头，却又涌上心头。后一首刻画了一位多愁善感、含蓄蕴藉的贵族少妇形象，虽然没有一字言及相思别情，但实际上字里行间都浸透着相思，可谓不着一字，尽得风流。据说其丈夫收读此词后，大为叹服，闭门谢客三天，创作了五十余首词，并将这首词混入其中，请朋友鉴赏。朋友看了半天说，只三句佳。这三句就是"莫道不销魂，帘卷西风，人比黄花瘦"。

北宋灭亡，经历了国破家亡和丧夫之痛，词人以前所未有的低调，唱出了心中不堪的苦楚，特别为人注目的是那首《声声慢》：

> 寻寻觅觅，冷冷清清，凄凄惨惨戚戚。乍暖还寒时候，最难将息。三杯两盏淡酒，怎敌他晚来风急。雁过也，正伤心，却是旧时相识。　　满地黄花堆积，憔悴损，如今有谁堪摘？守着窗儿，独自怎生得黑？梧桐更兼细雨，到黄昏、点点滴滴。这次第，怎一个愁字了得！

开头七组叠字，写词人一起床就感到百无聊赖，若有所失，包含着作者悲凉凄苦的心境。从"乍暖还寒"开始，用看似最平常的生活场景，运用口语白描，道出了难以承受的苦闷和伤感，词语浅近，看似平直，仔细玩味，又颇深沉。

她几经波折、流离失所，年过半百，物是人非，百感交集，写下了这首《武陵春》：

> 风住尘香花已尽，日晚倦梳头。物是人非事事休，欲语泪先流。闻说双溪春尚好，也拟泛轻舟。只恐双溪舴艋舟，载不动，许多愁。

上片写狂风袭击后，只剩残花败柳的凄凉情景，下片写心理活动，"也拟"泛舟，但忧思太多，心情太沉重了，舟是"载不动"的，"愁"竟然有了重量，不仅可随水而流，还可用船来载，实在是一大发明。

李清照的词语言朴素，间有口语俗字，不堆砌典故，更不用僻典，却造意新颖，每有惊人句。时人称为"易安体"，对词有承先启后之功。

第五节　肝肠似火　色貌如花：辛弃疾与豪放词派

爱国主义：辛弃疾的主要思想倾向——充分的社会性与高度美感的完满结合：辛弃疾的基本艺术追求——登览怀古：辛词的重要题材——突出抒情主人公的自我形象，"以文为词"手法的娴熟应用和郁勃悲壮的主导风格——以辛弃疾为大蠹的豪放词人群体。

南宋中期，诗文呈现高度繁盛的景观。文人上疏建言，蔚成风气，论政议兵，

"智略辐凑"，各体皆备，笔势浩荡。诗界中兴四大诗人登台，主战反和、恢复中原的呼喊成为时代的最强音。受诗文的影响，词创作也进入一个繁盛时期。繁盛的标志就是以爱国为主要内容的豪放词得到空前的发展，产生了伟大的词人辛弃疾。以他为主将，以陆游为友军，以张孝祥为前驱，团结了志同道合的陈亮等人，大量创作内容风格相似的词作。这一流派，史称"辛派"或"豪放词派"。经过他们的努力，豪放词的地位才得以完全确立。

辛弃疾（1140～1207），字幼安，号稼轩，济南历城人。20 岁时，组织了两千多人的义军，参加耿京领导的"太平军"，任掌书记。曾于军中擒杀叛徒义端、张安国，壮声英慨，赫然四播。23 岁率部南归宋廷，做过通判、安抚使一类地方官，二十年间，一直以抗金恢复为己任，写过《美芹十论》和《九议》等给朝廷的策疏，但朝廷置若罔闻。42 岁被罢官，闲居江西上饶十年，53 岁一度起用为福建安抚使，间起间免，后又闲居江西铅山八年。64 岁再被起用为镇江知府，他尽心竭力，力图恢复。不到两年，被诬免官，68 岁时抱恨去世。

这位富有远见的政治家、爱国者和词人，是南渡后坚决主张抗金的代表人物之一。在文学上重视离合悲欢的感情作用，但更强调情感要涵融社会内容。艺术上追求新创，"诗句得活法，日月有新工"；提倡严肃的写作态度，"诗在经营惨淡中"；推重豪放雄健的风格："有心雄泰华，无意巧玲珑"。这些观念对他选择怎样的创作道路，起着决定的作用。他留下了内容丰富，题材风格多样的六百多首词，是宋代词人中作品最多的作家。注重作品的社会性，强调美感追求，"肝肠似火，色貌如花"，在他词中得到了完满的结合，从而感染和鼓舞了当时和后代的无数读者。辛弃疾继承苏轼清雄旷放的词风，反映了比苏词中更广阔、更激荡的社会现实，进一步拓展了词的境界。爱国思想是辛词的主要内容。不论洗雪国耻恢复统一的呼唤，对南宋偏安局面的愤慨，对统治集团昏庸怯懦的指斥，对投降派的鞭挞，对人民苦难的同情和关注，都是服从这一主旨的。辛弃疾适宜表现这个大主题，是他有别人不曾经历过的戎马生涯，他借助追忆自己的战斗生涯而抒发报国豪情的作品，是别开生面，独树一帜的。如《鹧鸪天》：

> 壮岁旌旗拥万夫，锦襜突骑渡江初。燕兵夜娖银胡䩮，汉箭朝飞金仆姑。追往事，叹今吾，春风不染白髭须。却将万字平戎策，换得东家种树书。

上片回忆当年与金兵拼杀中率兵南归的紧张场面和危险境地，充满了英风豪气。下片则写由往事引发理想落空的悲戚与怨气。他的"万字平戎策"得不到重视，政治和军事才能得不到施展，爱国热情化作怒火在胸中燃烧，一再发为神采飞扬、光芒四射的词章。《破阵子·为陈同甫赋壮词以寄之》也是名篇：

醉里挑灯看剑，梦回吹角连营。八百里分麾下炙，五十弦翻塞外声，沙场秋点兵。　　　　马作的卢飞快，弓如霹雳弦惊。了却君王天下事，赢得生前身后名，可怜白发生。

这首词抒发壮志难酬的憾恨。"八百里"是牛的别称，"五十弦"是瑟的代指，杀牛饷士，号角点兵，马飞弓响，了却大事，都是"梦"中景象，既是回忆，又是向往，终而成梦。此词打破"上片写景，下片抒情"的定式，从"梦回"到"身后名"，连成一气，形式上有创新突破。

国家统一、锐意恢复是他一生的追求。37岁任江西提点刑狱公事时，驻赣州，当地有郁孤台，40多年前，金人分兵南下，造成生灵涂炭。抚今追昔，写下了《菩萨蛮·书江西造口壁》：

郁孤台下清江水，中间多少行人泪。西北望长安，可怜无数山。

青山遮不住，毕竟东流去。江晚正愁予，山深闻鹧鸪。

这首词上片控诉金兵罪行，又从江水联想到人民遭受蹂躏、苦难不已的泪水。用"长安"代指首都、故园，三、四句都饱含对国土沦丧的深切悲哀。下片即景抒情，指出青山虽然能够遮住视线，但挡不住江水的奔腾向前，寓意人民抗金意志不可阻挡，抒发忧国忧民的爱国主义情怀。汉代杨孚《异物志》称"鹧鸪其志怀南，不思北"，词末以鹧鸪为喻，表现词人统一祖国的决心终始不渝。

他悲感深沉，却绝不消沉，前者如《贺新郎·赠金华杜叔高》："起望衣冠神州路，白日消残战骨。……夜半狂歌悲风起，听铮铮阵马檐间铁，南共北，正分裂！"后者如同调同韵慰勉陈亮的词有云："我最怜君中宵舞，道男儿到死心如铁。看试手，补天裂！"他如"袖里珍奇光五色，他年要补天西北"，"待他年，整顿坤事了，为先生寿！"都表现了词人的豪情。

为了激励自己，他经常借古代英雄人物表达远大的政治抱负。"功名万里"的李广，"隆中卧龙"的诸葛亮，"坐断东南"的孙权，"气吞万里如虎"的刘裕，都出现在他词里。出现时往往和登临怀古结合在一起。登览名胜，抚今追昔，自会引起深沉感慨，《念奴娇·登建康赏心亭寄史致道》写道："我来吊古，上危楼，赢得闲愁千斛，虎踞龙盘何处是？只有兴亡满目"。由是，登览便成了辛词的重要题材之一，许多优秀词作从中诞生。

南归后，他雄心勃勃，但只做过地方小官，建言献策均无济于事，一晃十多年过去了，35岁时登建康（南京）赏心亭，写下了《水龙吟》：

　　楚天千里清秋，水随天去秋无际。遥岑远目，献愁供恨，玉簪螺髻。落日楼头，断鸿声里，江南游子，把吴钩看了，栏杆拍遍，无人会，登临意。休说鲈鱼堪脍，尽西风，季鹰归未？求田问舍，怕应羞见，刘郎才气。可惜流年，忧愁风雨，树犹如此？倩何人唤取，红巾翠袖，揾英雄泪。

　　词的一开头，似在写景，实际上借景抒情，"遥岑"是远山，何以会"献"来愁，"供"出恨呢？不完全是拟人化手法，实际上，看到远山，词人想到更远的沦陷区的"山"，那里的人民在呻吟。接着以"落日"渲染苍凉，以"断鸿"暗喻身世，以"拍遍栏杆"的动作，表达了"叫喊于生人之中，而生人全无反应"的那种报国无门的悲愤。下片借用几个历史人物的故事，抒发自己的见解，"休说"三句，故事见《晋书》，苏州人张翰字季鹰，在洛阳做官，因秋风起，想起故乡"鲈鱼堪脍"，说"人生贵得适意尔"，干吗要离家数千里求名位呢？于是辞官回乡。辛以"休说"，对此说加以否定。"求田"三句，故事见《三国志》，许汜见陈登，陈许久不答理他，自己睡大床，让许睡下床。过后许汜把此事说与刘备（词中"刘郎"）听，刘说，你是名人，在国家危乱时，人们希望你忧国忘家，不承望你却买田置屋，说不出好意见，陈登为什么要搭理你。要是我的话，我就睡百尺楼上，让你睡地下。词人以"应羞见"的态度，责问了那些"求田问舍"之徒。可惜的是时光流逝，无机会施展抱负，不得不像桓温那样慨叹人生易老。《世说新语》载桓温西征时，见到自种的柳树已"十围"，叹曰"木犹如此，人何以堪"。庾信《枯树赋》写成"树犹如此"。结句以"揾英雄泪"道出了沉重和无奈。这也是当时具有民族气节的人的共同情怀。

　　1204 年，65 岁的词人长期抑郁，已到垂暮之年，他再度出山，任镇江知府，希望能为统一事业做最后努力。镇江有个北固山，濒临大江，地势险要，孙权曾屯兵于此，令曹操不敢南窥。词人为此心潮难平，联系到自己虽被起用，仍不被当回事儿，与战国时廉颇有些类似，词人写下了传唱后世的《永遇乐·京口北固亭怀古》：

　　千古江山，英雄无觅，孙仲谋处。舞榭歌台，风流总被，雨打风吹去。斜阳草树，寻常巷陌，人道寄奴曾住。想当年，金戈铁马，气吞万里如虎。元嘉草草，封狼居胥，赢得仓皇北顾。四十三年，望中犹记，烽火扬州路。可堪回首，佛狸祠下，一片神鸦社鼓。凭谁问，廉颇老矣，尚能饭否？

　　这首怀古词，上片即景生情，由眼前景物联想到三国时具有雄才大略的孙权。可是雄伟壮丽的江山依旧，而像孙权那样的大英雄却无处寻觅了。当年的舞榭歌台被风雨侵蚀得不成样子，英雄的业绩随着时光流逝而无影无踪。此时词人又联想到当年挥师北伐的英雄刘裕，缅怀其北伐的雄姿和赫赫神威。下片表达词人对国事的担忧，融进自己一生的坎坷遭遇，并表示自己虽然年老，但雄心犹在，仍然向往杀敌报图。写得沉痛悲壮，语言精炼深刻。

辛词以豪放著称，实际上，他的不少词具有婉约风格，形式丰富。内容从朋友赠答、交往、祝寿、迎送、问讯到田园生活，日常小品，游春踏青，山光水色以及表达儿女情长、伤春悲怀，写来凄惶婉转，赋比兴手法各臻其妙。有时他的词中用典偏多，对理解词的意境颇费周折，但绝大多数典故运用得体，近于天成。以婉约风格赋予寄托的如《摸鱼儿》：

> 更能消，几番风雨，匆匆春又归去。惜春长怕花开早，何况落红无数。春且住。见说道、天涯芳草无归路。怨春不语，算只有殷勤、画檐蛛网，尽日惹飞絮。
>
> 长门事，准拟佳期又误。蛾眉曾有人妒。千金纵买相如赋，脉脉此情谁诉？君莫舞，君不见、玉环飞燕皆尘土！闲愁最苦。休去倚危栏，斜阳正在，烟柳断肠处。

作者用比兴手法，塑造了一个屡遭迫害的宫妃形象。"长门"故事出于《文选·长门赋序》，汉武帝陈后因被妒，一度失宠，居长门宫，终以千金买得司马相如《长门赋》，感动皇帝。词人在此反用，"纵买"了相如赋，也无济于事。"准拟佳期又误"，"此情谁诉"。这是作者和一批志士孤立无援，"曾有人妒"的形象写照，具有深刻的社会现实意义。

辛弃疾把苏轼的"以诗为词"发展到"以文为词"，突破了诗文词的语言界限，有意把其他文体的手段调集到词中。譬如用典，是辞赋、骈文常常采取的手法，辛弃疾大量用于词中，或有"掉书袋"的缺点，但多数用得圆熟巧妙。又如议论，有的用形象托出，"青山遮不住，毕竟东流去"，有的直接议论："江头未是风波恶，别有人间行路难"。六经、诸子、史记、散文句式、生活口语、点化了的前人诗句，在辛词中几乎是无施不可。

辛词在艺术上除创造性运用比兴寄托手法之外，还有两大突出特点：一是形象的塑造。既有古代英雄人物的形象，如备受苦辛为民造福的大禹："悠悠万世功，矻矻当年苦。鱼自入深渊，人自居平土。"（《生查子》）又有把山水草木拟人化造成的形象，如《沁园春》："叠嶂西驰，万马回旋，众山欲东……"用飞动的笔墨写山的驰骤回旋，争先与词人见面，有生气，有神采，有灵性；更有抒情主人公的自我形象："不恨古人吾不见，恨古人不见吾狂耳。知我者，二三子"；"我志在寥阔，畴昔梦登天。摩挲素月，人世俯仰已千年"，狂放不羁，傲岸不谐，高逸潇洒的形象，使人想起屈原和李白。

二是浪漫主义精神和手法。首先是词人具有"横绝六合、扫空万古"的气概，其次是善于运用想象、虚构和象征的手法来加强豪放色彩。如《太常引》写词人乘风直上，进入月宫，砍去桂树，使人间清光更多，寓有扫除社会恶势力（沦陷者、投降派）的深意。《木兰花慢》（可怜今夕月）是仿《天问》的词作。"可怜今夕月，向何处，去悠悠？是别有人间，那边才见，光影东头？"，作者生在八百年前的宋代却通过想象，揭示出了"月轮绕地之理"，王国维称赞这是辛弃疾的"神悟"。又有一首《水调歌头》，作者幻想在高寒的天空，与李白、苏轼欢聚，举起北斗七星当杯子饮酒，愉快地同唱"鸿鹄一再高举，天地睹方圆"。这些既表现了想象的瑰奇，也表现了胸怀的广博。以如此高大的形象矗立在词坛的辛弃疾，具有极高的个人魅力，当时受他影响，从不同方面学他写作的人达半百之多。其中值得称道的有与辛同时的陈亮、刘过，有稍后的刘克庄、刘辰翁。

陈亮，南宋著名的哲学家，政治家和词人。论学重事功，反对理学家空谈性命天理。曾多次伏阙上书，为抗金救国奔走呼号，三次下狱，几乎丧命。其为人狂放，更有甚于辛弃疾，"或推案大呼，或悲泪填臆，或发上冲冠，或拊掌大笑"，这种性格反映在他词中，恣肆粗犷，议论风发，感情强烈，笔力雄健。名篇如《念奴娇·登多景楼》，就望中所见的镇江形势展开议论，痛斥所谓天然界限之说，批判把持朝政的投降派安于据有天险而不图进取，提出了自己进军中原的积极主张。雄辩滔滔而带情韵，气势逼人。又有《水调歌头·送章德茂大卿使虏》，被推为他词中的"压卷之作"，其下片云：

> 尧之都，舜之壤，禹之封，于中应有，一个半个耻臣戎。万里腥膻如许，千古英灵安在？磅礴几时通？胡运何须问，赫日自当中。

雄杰之情，来自对战胜敌方的信心。当然，陈亮某些词作的缺点是失之粗率。

刘过终身以布衣游历天下，曾多次上书朝廷，力陈恢复方略，而不蒙见采。他写过三首《六州歌头》，悼念岳飞，对岳的屈死表示深深的愤慨，借此讥刺当时的掌权者。《沁园春》赠辛弃疾，学辛弃疾神交古人的手法，虚构前代三位诗人白居易、林逋、苏轼的对话，来描绘杭州山水风光，并表述此次无法赴约，来日定来过访的心情。由于构思奇特，用语别致，曾令辛弃疾大喜过望，词云：

> 斗酒彘肩，风雨渡江，岂不快哉！被香山居士，约林和靖，与坡仙老，驾勒吾回。坡谓"西湖，正如西子，浓妆淡抹临照台。"二公者，皆掉头不顾，只管传杯。
>
> 白言"天竺去来，图画里峥嵘楼阁开。爱纵横二涧，东西水绕，两峰南北，高下云堆。"逋曰："不然，暗香浮动，不若孤山先访梅。须晴去，访稼轩未晚，且此徘徊。"

刘克庄有意发扬辛词传统，用词写国家大事，讥弹时政，进一步发展了词的散文化、议论化。他的名句如"天下英雄，使君与操，余子谁堪共酒杯？……使李将军遇高皇帝，万户侯何足道哉！"深得稼轩神韵。

刘辰翁的大部分作品是亡国后写的。前期学苏辛，风格清逸雄健；后期多写亡国之恨与故国之思，境界转为凄清幽咽。名作《柳梢青·春感》传诵较广：

> 铁马蒙毡，银花洒泪，春入愁城。笛里番腔，街头戏鼓，不是歌声。
> 那堪独坐青灯。想故国，高台月明。辇下风光，山中岁月，海上心情。

上片描写元军统治下临安城的悲惨景象，下片写自己孤灯独坐，怀想故国当年的繁华，与眼前的凄清形成强烈比照。全篇节奏急促，字字悲咽，十分感人。

第六节　风调骚雅　意象密丽：姜夔、吴文英与格律词派

> "清客"现象与南宋格律词派的兴起——托事咏物的风行与姜夔自度曲《暗香》、《疏影》——《扬州慢》的"黍离"之悲——"七宝楼台"：吴文英词的光艳风调与细美特质——超越格律的追求：炼字用典的韵味与时空错综的结构——亦真亦幻的联想与亦实亦虚的词境。

南宋后期，几度屈辱的和议，带来暂时的安定。朝廷上下，又过起文恬武嬉的生活，建园亭、蓄声妓成为一时风气。陆游、辛弃疾、陈亮所发出的呼喊，渐为官僚豪门的管弦声所掩盖。少数词人还有忧国伤时之作，但才情不足，往往流于粗糙和叫嚣。大批的才子作为清客，来到酒筵歌席，开始审音定律、雕章琢句的生涯，周邦彦自然成为人们仿效的对象。但这不是简单的复归，他们承传前人的词艺，予以总结、整理和筛选，并根据个人特长和爱好作新的探索。姜夔、吴文英、史达祖、王沂孙、周密、张炎等词人，各显手眼，各展姿态，共同构成一个有创作实力和实绩，有社会声誉的格律词派。他们追求清空、秀雅的风格，不足之处是缺乏面对现实的勇气，只在吊古中流露一些忧悯情怀，并有大量咏物和投赠应酬之作，尽管词境比较狭窄，但对词艺发展是各有贡献的。姜夔、吴文英都学周邦彦，注重乐律，讲求结构，姜夔走的是清空骚雅一路；吴文英则发展为工致密丽的风格，被称为质实派，但他能在质实之上，"空中转身"，超化为空灵浑脱的境界。

姜夔

姜夔（1155～1221?）别号白石道人。22岁出游江淮，飘泊十年，常往来于合肥、扬州、无锡等地，与杨万里、范成大等结为忘年交，成为当时名士。他终身布衣，从

未作过官或幕僚，亦无正式职业，靠友人资助，晚年十分贫困，死无以殓，亏得词人吴潜为他收葬。

姜夔除擅诗词外，对书法理论、诗歌理论和音乐均有研究，常自作新词，自度歌曲，他的词讲究格律，语言不媚不俗，不滥不熟，不艳不僻，注重淡雅，音节和谐，合乐能唱，现今还传有他创作的十分宝贵的词谱。白石词承传周邦彦，由于掺入清瘦诗风，革除了婉约词的软媚之习，别开生面，对后世颇有影响。

他的小词《点绛唇·丁未冬过吴松作》是他自己的写照。

> 燕雁无心，太湖西畔随云去。数峰清苦，商略黄昏雨。　　　第四桥边，拟共天随住。今何许？凭栏怀古，残柳参差舞。

陆龟蒙是唐代文学家，曾做过州的从事，后隐居江苏吴县东南角里镇，称"天随子"、"甫里先生"。该词的写作地点就在这附近。因此表达出词人对隐士的羡慕，似乎自己也成了隐士，"拟共天随住"。但现实生活的贫困，使他不能超然，自问，现今何样呢？照应全篇，现实是凭栏所见到的黄昏的归雁，清苦的山峰，一天雨意，参差不齐的残柳，暮色中飘摇而舞。没有良辰美景，没有赏心乐事，只有清寂、茫然、郁郁哀伤。

白石词以托事咏物为主要内容，在84首词中，咏梅的有28首，咏柳25首，还有芍药、荷花、蟋蟀等，请看他的自度曲《暗香》：

> 旧时月色，算几番照我，梅边吹笛？唤起玉人，不管清寒与攀摘。何逊而今渐老，都忘却，春风词笔。但怪得、竹外疏花，香冷入瑶席。　　　江国，正寂寂。叹寄与路遥，夜雪初积。翠尊易泣，红萼无言耿相忆。长记曾携手处，千树压、西湖寒碧。又片片、吹尽也，几时见得？

《暗香》和它的姐妹篇《疏影》，借用林逋的《山园小梅》诗句"疏影横斜水清浅，暗香浮动月黄昏。"历来对这两首词的理解不一，大多数认为是怀念情人之作，梅花是情人的化身，情人是梅花的灵魂。词的开头应是忆旧，先述与梅花的交往，"梅边吹笛"，再忆与玉人不畏轻寒折梅，折梅为了什么？可能就是事实上确实折梅枝插瓶或赠人了。何逊是南北朝诗人，写有咏梅诗和咏春风诗，这里渐老的何逊，是作者自比。由于渐渐老去，咏诵春风和梅花的词句已淡忘，也可以喻为与情人逐渐淡漠。然而，竹篱外的梅花，执着地把香气送到座席，也可以说因飘来的梅香，勾起了旧情。下片继续上片的意境，折一枝梅花寄与远方的人，但叹息因夜雪开始骤积，无从寄达。照应前文"攀摘"是用来赠人寄远的。南北朝时诗"折花逢驿使，寄与陇头人，江南无所有，聊赠一枝春"。传说是陆凯寄梅与范晔作的诗。举起酒杯，想到远人，所以"翠尊易泣",而红萼的梅花呢,由于无从寄与远方的友人,只剩下"无言相忆"。杭州西湖孤山有一片梅林,林逋隐此,所以说与梅花"曾携手处"在西湖,千树花开,其势直可压过西湖碧波,可见梅盛之可观。但如今,梅近凋零,词人叹息花期将近,片片吹尽了。人格化的梅花,何时再开放?梅花一样的情人,何日再相逢?

姜夔咏物词,还有《淡黄柳》咏柳、《念奴娇》咏荷,均有艺术特色。其咏荷,不写其形其色,而传其神。荷花拟人。水佩、风裳、玉容销酒,嫣然摇动,舞衣易落,老鱼挽留,是人耶?花耶?令人回味。

姜词中最可贵的是自己虽然落魄江湖,却不忘关顾国事。自度曲《扬州慢》就是他感念世乱的代表作。词中写了金人占领扬州后的破败景象。对比今昔,引出故国之思和对国家前途的深切忧虑:

> 淮左名都,竹西佳处,解鞍少驻初程。过春风十里,尽荠麦青青。自胡马窥江去后,废池乔木,犹厌言兵。渐黄昏,清角吹寒,都在空城。杜郎俊赏,算而今,重到须惊。纵豆蔻词工,青楼梦好,难赋深情。二十四桥仍在,波心荡,冷月无声。念桥边红药,年年知为谁生?

本词作于 22 岁时,受周邦彦影响,过多地化用前人诗句,有堆砌之嫌。初游扬州,头脑中浮现许多关于扬州的诗句是很自然的。词中大部分引用杜牧的诗与眼前景象对比,"春风十里扬州路,卷上珠帘总不如",现在是荠麦青青。"豆蔻梢头二月初"喻少女,"十年一觉扬州梦,赢得青楼薄幸名",现在是"难赋深情",风流散失了。"二十四桥明月夜,玉人何处教吹箫",现在是"冷月无声"。这是浅显的对比,是今昔的感慨,反映出他对国家和人民的命运,并非漠不关心。

吴文英

吴文英(约 1200~1260),字君特,号梦窗,四明(今浙江宁波)人。曾受知于丞相吴潜,又出入贾似道、史宅之等显贵门下。从作品看,他只是一个云游各地、寄倚权贵的清客,终身没有做过官,唯舞弄笔墨以求糊口。他有《梦窗稿》甲、己、丙、丁四卷,存词 340 首,多是登临酬唱、写景咏物或恋情相思之作,偶有身世飘零之憾,如《喜迁莺》云:"几处车穷路绝",可知其对穷苦落魄是有感慨的。少数词吊古伤今,抚时感事,流露出一些爱国忧君情怀。

吴文英和姜夔一样,十分重视学习周邦彦作词的思索安排工夫,在讲究音律调谐和字句凝炼的基础上,注意场景的穿插照应,安排好整体结构。词作意象密集,组合不依寻常时空顺序,而以抒情主人公的意识流程为转移,又常用象征手法、暗示手法、冷僻的地方典故和生新的造语来表达自己的独特感受,形成色彩缤纷的境界、迷离惝恍的氛围和绵密博丽的风格。有人把他比作诗歌界的李商隐,但论者评价颇不一致，最有代表性的说法是"梦窗词如七宝楼台，眩人眼目，碎拆下来，不成片段"（张炎《词源》）。对普通读者而言，梦窗词确实存在晦涩难懂的问题。他为了加大词的密度与内涵，着意锻炼字句，使意脉承接呈错综状态，耐人寻绎。这代表了一种创新的追求，而终能在词坛上别树一格，自有其不可否认的价值。简单地用堆垛零碎之说加以否定是不恰当的。试看《齐天乐·与冯深居登禹陵》：

> 三千年事残鸦外，无言倦凭秋树。逝水移川，高陵变谷，那识当年神禹。幽云怪雨，翠萍湿空梁，夜深飞去。雁起青天数行书，似旧藏处。寂寥西窗久坐，故人悭会遇，同剪灯语。积藓残碑，零圭断璧，重拂人间尘土。霜红罢舞。漫山色青青，雾朝烟暮。岸锁春船，画旗喧赛鼓。

这是一首颇富韵味之作，却常引起读者的困惑。篇首说"倦凭秋树"，结末又云"岸锁春船"，有人认为"春"字把季节弄错，应改"游船"，其实是预想明年情景。下片开头是"寂寥西窗久坐，故人悭会遇，同剪灯语"（别时容易见时难，"悭"字炼得极佳），紧接着又说"积藓残碑，……重拂人间尘土"，忽而是室内黑夜（西窗久坐，剪烛长谈），忽而是郊野白昼（参观禹碑，雾朝烟暮），被指为不知所云。其实是友人重逢，先剪烛夜语，次日拜谒禹陵，至写词时又回忆"同剪灯语"，跳跃自然合理，既不晦涩，更不错乱。"雁起青天数行书，似旧藏处"，"雁起青天"是实写景物，"旧藏处"指大禹治水时在当地发现"石室金匮之书（古文字）"，把两句联系起来理解，自会赞叹联想之美妙。仔细读来，不但不应"困惑"，还当叹服吴文英善于炼字、用典，时空交错，丰富了作品的内涵，开了新的法门。

《八声甘州·灵岩陪庾幕诸公游》是历来被人称道的名篇：

> 渺空烟四远，是何年、青天坠长星？幻苍崖云树，名娃金屋，残霸宫城。箭径酸风射眼，腻水染花腥。时靸双鸳响，廊叶秋声。
> 宫里吴王沉醉，倩五湖倦客，独钓醒醒。问苍天无语，华发奈山青。水涵空，阑干高处，送乱鸦斜日落渔汀。连呼酒，上琴台去，秋与云平。

此词写作者与幕中朋辈游灵山，自然接触到当年西施的居所馆娃宫，以及响屟廊、箭径、琴台等吴越时代的遗迹，借以抒发兴亡沧桑之感，暗寓深切的伤时之意。开篇想象灵岩山是从天上坠落，给词罩上了一种灵异的色彩。接着用一"幻"字朦胧地带出山中风景（"苍崖云树"）与历史遗迹（"名娃金屋、残霸宫城"），也带出自己的感觉与体悟："箭径酸风射眼，腻水染花腥。时靸双鸳（鞋）响，廊叶秋声"。"酸风"（风使眼鼻发酸，泪欲出）、"腻水"（水染脂粉）、"花腥"用字特别，把历史陈迹，眼前景物和自己的感伤、感慨融合在一起，使人想起宫娃们倾倒脂粉水，染得花草也有"腥"味，说明过度的奢靡酝酿着误国的危机。词人又从秋风扫叶滚动在廊上，联想到当年西施靸着拖鞋蹬得空廊作响的声音，亦实亦虚，亦真亦幻，耐人寻味。下片"宫里吴王沉醉，倩五湖倦客，独钓醒醒"，则亦古亦今，亦人亦己，慨叹吴王后来亡国，唯有范蠡保持清醒头脑，独钓五湖。前者喻人，后者喻己，暗寓憾意，至为深切而不显山露水。本词比较典型地体现了梦窗词的长处。前人称"梦窗奇情壮彩，腾天潜渊。返南宋之清泚，为北宋之秾挚"："梦窗立意高，取径远，皆非余子所及"（周济：《宋四家词选序论》），正是以这类词为依据的。

情词在梦窗作品中也占重要地位。他有两首悼念亡妾的词写得非常挚切。一首《莺啼序》，长达240字，用意识流手法，创造出凄厉迷惘的境界，把刻骨相忆之情表现得极为细致、微妙，深折感人。另一首《风入松》，也是悼亡名篇，可谓"一丝柳，一寸柔情"，与贺铸《鹧鸪天》（又名《半死桐》）先后并美。吴文英此词下片云：

> 西园日日扫林亭，依旧赏新晴。黄蜂频扑秋千索，有当时纤手香凝。惆
> 怅双鸳不到，幽阶一夜苔生。

重来西园赏景，欢笑如昨，而逝者已渺，惆怅不尽，但见一些黄蜂不断扑向秋千的绳索，由此联想到可能亡妾手上的香泽还留在秋千索上，才引得采花的蜂儿凑近它。既表现词人深忆往事，进入幻境，又诱使读者想象当年亡妾在西园嬉然而游的音容笑貌。他还有"玉纤曾擘黄柑，柔香系幽素"，挚情相似，而巧妙不及，《风入松》能成为名篇，自有佳处。

吴文英并非所有词作都堆砌雕琢、晦涩难懂，也有清雅流畅之作被人称道。如《唐多令》：

> 何处合成愁？离人心上秋。纵芭蕉不雨也飕飕。都道晚凉天气好，有明
> 月，怕登楼。　　　年事梦中休，花空烟水流。燕辞归，客尚淹留。垂柳不
> 萦裙带住，漫长是，系行舟。

清空派的张炎贬称梦窗词是"七宝楼台"，而对上面这词加以赞赏。如果吴文英都是这样写，梦窗词便失去独立存在的价值了。艺术贵独创，吴的独创性正在"于逼塞中见空灵，于浑朴中见勾勒，于刻划中见天然"，极研极炼，深美无比，"天光云影，摇荡绿波，抚玩无斁（厌），追寻已远"。其深美闳约颇近周邦彦，而意绪深藏则有过之。沈义父《乐府指迷》说："梦窗深得清真（周邦彦）之妙，其失在用事下语太晦处，人不可晓。"晦可以，"太晦"不行，这评议算是有分寸的。

第七节　情辞兼胜　超越元明：词在清代的中兴

为清词中兴导了先路的人们——桀骜狂怪的陈维崧和阳羡词派——保持"当行本色"的纯情词人纳兰性德——"盛世元音"：浙西派的创始人朱彝尊与中坚人物厉鹗——推尊词体，导其渊源：常州词派的理论贡献——清末四大家

词至元明，走向衰落。重要原因是它本身日趋于奥雅、晦涩，与原先兴起于民间的乐曲完全背离，失去群众基础。文人弄笔，便将兴趣转到新兴的南北曲小令和散套上，既能自抒性灵、也能被之管弦。明中叶以后，邪淫之风浸渐词坛，意格愈趋卑靡。明清易代之际，豪杰之士怀有幽忧愤悱之情，发之于散曲，略嫌浅俚轻佻，于是又拾起沉寂已久之词体，相习用之。词学便在清朝呈现中兴气象。梁启超《清代学术概论》谓清词"驾元明而上"，是符合事实的。论者认为启清词中兴之运，而导其先河者为明末节士陈子龙，他主张恢复"词统"，标举"意古"，追求"高浑"之格，对廓清明词邪治陋习，有重大意义。随着，以遗民身份入清的王夫之、屈大均、吴梅村等致力创作，江山文藻，寓故国之思，俯仰今昔，有身世之叹，或呜咽幽丽，或悲楚沉雄，使清词得以在多样多元的道路上前进。综观清词成就，突出表现为三点：一是作者队伍庞大，仅叶恭绰编《全清词钞》，入选的词人就有 3196 人。作品数量之多远超前代，其中高质量的词作不少；二是理论水平提高，词人分派立宗，各以选本、词话宣扬自己的创作主张和评议标准，表现出较高的眼界，留下了一些精彩的词话著作，不乏独到之见；三是力求出新，不管属于哪一派，宗主哪一家，都非亦步亦趋，限门锁户，而是博参约取，用扎实工夫，在继承中求变化，在技巧上显新奇。

大体而言，清词分为两期，前期创作鼎盛，呈多姿多彩局面，后期理论探讨与建树也值得称道。

一、前期清词

活跃在康熙初期(约 20 年)词坛、影响最大的是以陈维崧为宗主的阳羡词派。这一派人遭遇多坎坷，反清民族意识强烈，既承苏辛之豪迈，复效南宋遗民阳羡人蒋捷之凄怆，以悲壮激扬的情思、诡奇突兀的意象抒发特定时代的凄苦心情，表现为扭曲的、狂怪萧瑟的风格。

陈维崧(1625～1682)，一生作词 1600 多首(加上辑佚可达 1700)，数量空前，"一切诙谐狂啸、细泣幽吟，无不寓之于词"。明亡后他饥驱四方，体验痛苦，也抒写和宣泄痛苦。他的《贺新郎·纤夫词》，直接描写下层人民经受的具体苦难，结尾还有人物对话，摹态传神，突破了词的传统题材和手法的限制，颇得老杜神理，被称为词

中的《石壕吏》。《蝶恋花·六月词》之四写农民入城情态，生动别致。最能体现他风格的是《点绛唇·夜宿临洺驿》、《南乡子·邢州道上作》。这类作品，悲慨和豪气扑面而来，真是"一派酸风卷怒涛"，其意象是"风樯阵马，牛鬼蛇神"，其悲情是"处处啼鹃血"，"老泪苦无多，如铅落"，虽不免失之粗厉乖张，然感人至深。从历史地位说，阳羡派是辛弃疾、陈亮之后最称刚挺雄奇的词派。

在词派丛立的时代，能够保持"词人之词"的当行本色，独立支撑而能名家，且有深入人心之影响的个体作者当推纳兰性德。

纳兰性德(1654～1685)，字容若，初名成德，后避嫌改性德。满族正黄旗人。自幼聪敏，遍读诗书，下笔不凡，尤喜填词，推重南唐及北宋各家，不喜南渡后之作。性极慈厚，与之交游，洞见肺腑，济危扶困，不惜赀财。作词亦如其为人，直写性情，于自然超逸中既见清新秀隽，又见兴会淋漓，深衷挚情而以浅近语言、白描手法出之，故易于传诵。所用体式多为小令，亦以小令为最工，哀婉缠绵，具有很强的感染力，风调逼似后主李煜，恰与陈维崧刚柔异趣。康熙二十一年，随驾出山海关，在旅途中写有《长相思》：

　　山一程，水一程，身向榆关那畔行，夜深千帐灯。
　　风一更，雪一更，聒碎乡心梦不成，故园无此声。

上片表现行程漫漫，过关时得见"夜深千帐灯"，大地上军营广布，威武忙碌中透露紧张的气氛，反引出词人凄冷的心情。下片便写词人夜宿军帐中，翩起故园之思，多种噪音搅碎乡心，辗转难以入梦。"故园无此声"，流露对和平宁静生活的向往，恰与他淡视名利的性格相合。同一行程中还有《如梦令》，乡思转深，有"万帐穹庐人醉，星影摇摇欲坠"语，王国维认为堪与"明月照积雪"、"大江流日夜"、"长河落日圆"比美："此中境界，可谓千古壮观。求之于词，唯纳兰性德塞上之作……差近之"(《人间词话》)。他的塞上之作还有一些，如"塞马一声嘶，残星照大旗"(《菩萨蛮》)，"画角声中，牧马频来去"(《蝶恋花》)，表现塞外风情、军旅生活，题材新颖，突破前轨，弥足珍贵。

他在塞外思念其爱侣的作品，特别是妻子逝世后的悼亡诸词，或一往情深，或哀感顽艳，颇类后主亡国后"以泪洗面"之词。其怀人的句子"春归归不得，两桨松花隔"，悼亡的"若似月轮终皎洁，不辞冰雪为君热"(因梦见亡妻临别赠诗有"衔恨愿为天上月，年年犹得向郎圆"之句，书此以作答)，皆不胫而走，传为名句。《南乡子·为亡妇题照》、《金缕曲·亡妇忌日有感》、《沁园春·丁巳重阳前三日梦亡妇……》均为滴血滴泪之作。

几乎与阳羡派同时崛起，而绵延时日最久，影响遍及全国的是浙西词派。这是一个与康乾"盛世"风云际遇的文学派别，消解了阳羡的叛逆之音，不再有谲诞桀骜的狂狷之态，他们主张宗法南宋，崇扬醇雅，师法姜张(姜夔、张炎)，标举"清空"，这对救治明词颓风有益，但循此以进，现实感日见疏淡，抒情主体的意志也日渐衰落，功过得失需要仔细甄别。这派的代表作者，前有朱彝尊，后有厉鹗。

朱彝尊(1629～1709)，是浙西派的创始人。早年参加过反清活动，词亦挟豪壮感愤之气。50岁举博学鸿词，授翰林院检讨，地位变了，词风也随之变化，多用隐曲方式表达自己的感情。例如《卖花声·雨花台》：

> 衰柳白门湾，潮打城还。小长干接大长干，歌板酒旗零落尽，剩有渔竿。　　秋草六朝寒，花雨空坛。更无人处一凭栏。燕子斜阳来又去，如此江山。

雨花台在南京，是明开国建都之地。清兵占领后，疮痍满地。明朝贵族后裔，亦如六朝王谢子弟，沦落鄙贱。登台凭栏眺望，自引起沧桑之感，发出"如此江山"的慨叹。化用李煜"独自莫凭栏，无限江山"及"流水落花春去也"词意，寄寓明朝亡国之恨。借怀古以感时，寄兴深微，写来却清空醇雅，句子看似平淡，而韵致深长。《解佩令·自题词集》："十年磨剑，五陵结客，把平生涕泪都飘尽。老去填词，一半是空中传恨。"对他创作情况的变迁，以及转变以后词的格调、风貌作了概括的说明。在他的影响下，数十年间，浙西填词者"家白石而户玉田"(人人学习姜、张)，虽雍容大雅，但生活面窄，词的题材不够丰富。

厉鹗(1692～1752)，早读经史，长探秘笈，于辽史、两宋典章，尤称精熟。不仅学问渊博，且诗词兼工，在词坛为浙西派之中坚，于陈维崧、朱彝尊外独树一帜，是纳兰性德之后又一风华盖代的作者。陈廷焯《白雨斋词话》称他的词"幽香冷艳，如万花谷中杂以芳兰，在国朝词人中，可谓超然独绝者矣"。不论写景咏物，忆旧怀人，都有情深境远之佳作，得到词论家的高度评价。如《忆旧游》由芦花似雪称为"秋雪"入手，把旧愁、鬓丝、禅房融成一片，在摆脱烦闷的追求中找到"隔断尘喧"的心灵归宿。潇洒绝尘，读之使人物我两忘。《齐天乐·秋声馆赋秋声》把飘渺无形的秋声用联想的实景烘托出来，有神无迹，人称抵得上一篇《秋声赋》(欧阳修)。在各种天籁、人籁的包围中，却摆开声而写色："独自开门，满庭都是月"，进入一种禅寂之境。谭献《箧中词》评之曰"词禅"，确可收"世尊拈花，迦叶微笑"之效果。《齐天乐·吴山望隔江霁雪》是写景词，淡描江山雪景，有如水墨画。忽然翻出晋名士王子猷雪夜访戴逵的故事，顿觉情怀高逸，不同凡响："为问鸥边，而今可有晋时棹"。不似抒情，胜似抒情，读之使人意远，小词《谒金门·七月既望湖上雨后作》云：

> 凭画栏，雨洗秋浓人淡。隔水残霞明冉冉，小山三四点。　　艇子几时同泛？待折荷花临槛。日日绿盘疏粉艳，西风无处减。

上片写景，为下文寄情作铺垫，下片期待意中人"艇子同泛"，怕荷枯莲疏，寓美人迟暮之忧。日日西风吹荷老，要延续莲荷盛期，唯有减却西风，可"西风无处减"，令人怅恨无尽。陈廷焯评此词说："中有怨情，意味便厚。否则无病呻吟，亦可不必。"

二、后期清词

活跃在清代中后期、历时长久、影响广泛、取代浙西派称雄的又一大流派是常州词派。该派以张惠言、张琦兄弟于嘉庆二年(1797)编选《词选》为发端，到道光十年(1830)后周济的《词辨》和《宋四家词选》刊行，得以大畅其旨，领袖词坛，流响余波一直及于民初。

常州派的宗旨基本上体现在张惠言的《词选·序》中，概括起来有三点：一是"意内而言外"，首先强调有"意"，要"缘情造端，兴于微言"；二是崇尚比兴寄托手法，认为"《诗》之比兴，变风之义，骚人之歌"应是词创作遵循的典范；三是推尊温庭筠，认为"其言深美闳约"，这种推尊词体，"导其渊源"的做法是为了"塞其下流"，即矫正词界弊端，扫荡游词鄙词。他们不满于阳羡派的粗犷，浙西派的轻弱，认为"朱伤于碎，陈厌其率"，故倡厚重、精细。但他们上无清初遗民之坎坷遭际，下未经历鸦片战争的惊风急雨，其所倡导的"寄托"、"重旨"(多义性)只是向内心发掘，借外物传达(比兴)，曲折吐露个人心曲，虽有绵密之美，终缺乏深广的社会意义。浙西派强调清空、醇雅，是康乾"盛世"销磨了反清意识的表现，常州派倡"微言大义"，则是"朴学"作风影响词坛的结果。在创作上要求"低回要眇以喻其致"，标举吴文英的质实，王沂孙的深密，希图通过仿效他们达到周邦彦的雅正，在解读前人词作时，也用近于经学家解经的手段来剔抉幽微，务求言之有据，所以论者指出，常州词派是"乾嘉学派"在词苑的派生物，是朴学的别支。

张惠言词作由于力求运用有限的意象表达尽量丰富的情态，有的显得含蕴丰厚，如《木兰花慢·杨花》：

> 尽飘零尽了，何人解、当花看？正风避重帘，雨回深幕，云护轻幡。寻他一春伴侣，只断红相识夕阳间。未忍无声委地，将低重又飞还。　　　疏狂情性，算凄凉耐得到春阑。便月地和梅，花天伴雪，合称清寒。收将十分春恨，做一天愁影绕云山。看取青青池畔，泪痕点点凝斑。

这是他科第失意后的作品，借耐了一季凄凉直到春阑的杨花飘飞无主，传述自己特定的心态。性本疏狂，一春寻求伴侣而无所得，只能收起春恨，"做一天愁影绕云山"。"未忍无声委地，将低重又飞还"两句，真切地反映了对抗命运、挣扎以求振作的心态。但终局还是粘在池畔泥地上，似"泪痕点点凝斑"。全词写花即是写人，状物即是抒情，意内言外，表里相宜，寄托之妙，足与苏轼《水龙吟·杨花词》并美。苏轼借杨花写闺情，本词则寄寓人生感慨，物我一体，是咏物词的佳作。张惠言还有《水调歌头》一组五首，都写春感，在慨叹韶光易逝之余，抒旷达自遣之怀，得到几位词评家的极高评价。这些算是实践他理论主张的成功之作。但在该派"宁晦无浅，宁涩无滑，宁生硬无甜熟"的主张指导下，有的作品出现了另一种偏颇，坚硬的语言外壳包裹着太晦太隐的意绪，读之如解枯谜，索然无味。

常州派绵延百年，其中坚人物是周济。周济词学著作甚多，其著者有《词辨》、《论词杂著》，他论词在意与言、虚与实的关系上有许多独到见解。最著名的论点是"非寄托不入，专寄托不出"。即讲求比兴寄托，又要做到不见痕迹，重技巧而达到无技巧，才能获致极高的审美效果。道理讲得精妙，但他的创作难副其理论。

总的看来，常州派更多地表现为一个词学理论的流派。派中的陈廷焯、谭献都以词话知名于世，词作实践并无多大成就。

清末词坛四大家王鹏运、朱祖谋、郑文焯、况周颐，影响甚大，他们的词学观，论者认为渊源于常州派。周济编《宋四家词选》，推举周邦彦、辛弃疾、吴文英、王沂孙四家，主张"导源碧山（王沂孙）、复历稼轩、梦窗以还清真（周邦彦）之浑化"，王鹏运正是按这个路子走的。朱祖谋的词学吴文英，王国维称他"情味较梦窗为胜"。郑文焯有《词源斠律》，最精音律，亦学吴文英而"刻意艰深"。况周颐有《蕙风词话》，是著名词学著作，标举"重、大、拙"，也是继周济之说而有所发挥。因此，把四家算作常州派余波亦未尝不可。

［作品选读］

李白

　　菩萨蛮（存目）

　　忆秦娥（存目）

白居易

　　忆江南

温庭筠

　　菩萨蛮（小山重叠金明灭）（存目）

韦庄

　　菩萨蛮（人人尽说江南好）（存目）

　　女冠子（四月十七）（存目）

李璟

　　摊破浣溪沙（存目）

李煜

　　相见欢（林花谢了春红）

　　　　　　（无言独上西楼）

冯延巳

　　　　谒金门（风乍起）（存目）

柳永

　　　　雨霖铃（存目）

　　　　八声甘州（存目）

　　　　风栖梧（伫倚危楼风细细）

晏殊

　　　　蝶恋花（槛菊愁烟兰泣露）

　　　　浣溪沙（一曲新词酒一杯）（存目）

　　　　破阵子（燕子来时新社）（存目）

欧阳修

　·　采桑子（轻舟短棹）

　　　　　　（群芳过后）

　　　　踏莎行（侯馆梅残）（存目）

王安石

　　　　桂枝香（登临送目）

苏轼

　　　　水龙吟·次章质夫杨花韵

　　　　水调歌头（明月几时有）（存目）

　　　　念奴娇（大江东去）（存目）

　　　　卜算子（缺月挂疏桐）（存目）

秦观

　　　　满庭芳（山抹微云）（存目）

　　　　望海潮（梅英疏淡）（存目）

贺铸

　　　　鹧鸪天（重过阊门万事非）（存目）

周邦彦

　　　　瑞龙吟（章台路）

　　　　蝶恋花（月皎惊乌栖不定）（存目）

李清照

　　　　声声慢（存目）

　　　　一剪梅（红藕香残）

　　　　凤凰台上忆吹箫（香冷金猊）（存目）

　　　　渔家傲（天接云涛）（存目）

陆游

　　　　卜算子·咏梅

张孝祥

　　　　六州歌头（长淮望断）（存目）

念奴娇(洞庭青草)(存目)

辛弃疾

青玉案·元夕

祝英台近(宝钗分)(存目)

水龙吟(楚天千里清秋)(存目)

永遇乐(千古江山)(存目)

破阵子(醉里挑灯看剑)(存目)

陈亮

水调歌头(不见南师久)(存目)

念奴娇·登多景楼(存目)

姜夔

疏影(苔枝缀玉)

扬州慢(淮左名都)(存目)

史达祖

双双燕(过春社了)

吴文英

八声甘州(渺空烟四远)(存目)

唐多令(何处合成愁)(存目)

陈维崧

醉落魄·咏鹰(存目)

朱彝尊

卖花声·雨花台(存目)

长亭怨慢·雁(存目)

纳兰性德

蝶恋花(辛苦最怜天上月)(存目)

沁园春(瞬息浮生)(存目)

厉鹗

丰字令(秋光今夜)(存目)

黄景仁

贺新郎(何事催人老)(存目)

郑燮

醉相思(杏花深院红如许)(存目)

张惠言

水调歌头(东风无一事)(存目)

相　见　欢

李　煜

林花谢了春红，太匆匆。无奈朝来寒雨晚来风。胭脂泪^①，留人醉，几时重^②？自是人生长恨水长东。

【注释】

①胭脂泪：自杜甫《曲江对雨》诗"林花着雨胭脂湿"句化出，喻指上片所写风雨中谢去的"春红"。

②几时重：何时再。

【评点】

这是一首感叹韶华易逝，人生长恨的小令。上片描写在风雨飘摇中匆匆谢去的春花，以落花之恨借喻世事的无常，溶入了作者对自己悲凉的遭际之感受。下片以拟人化的手法摹画落花辞枝时的凄楚，末句将之升华为视野更为开阔的境界，指明它是一个带有普遍性的悲剧，从而超越了个人一己的伤春惜花的局限。王国维在《人间词话》中指出："词至李后主而眼界始大，感慨遂深。"此词便是最好的例证。

相　见　欢

李　煜

无言独上西楼，月如钩。寂寞梧桐深院锁清秋。剪不断，理还乱，是离愁。别是一般滋味在心头。

【评点】

此词抒发难以驱遣的离愁。上片以主人公默默登上西楼所见景物着手，渲染其环境的悲苦凄凉；下片以乱丝对比离愁，说明乱丝尚有理顺剪断的可能，离愁则愈理愈乱，而且无法剪断，随后一句"别是一般滋味在心头"，指明那是一种在辛酸苦辣之外、尘世无可比照的别样滋味，表达了凡人皆有，却从来不曾道破的微妙感受，引起了读者强烈的共鸣，成为千古流传的名句。

凤　栖　梧

柳　永

伫倚危楼①风细细，望极春愁，黯黯②生天际。草色烟光残照里，无言谁会③凭栏意？　　　拟把疏狂④图一醉，对酒当歌，强乐⑤还无味。衣带渐宽⑥终不悔，为伊消得⑦人憔悴。

【注释】

①伫倚：久久地靠着。危楼：高楼。

②黯黯：神情沮丧貌。

③谁会：谁能懂得，谁会理解。

④拟把疏狂：打算放纵一下。

⑤强乐：勉强取乐。

⑥衣带渐宽：形容身体逐渐消瘦，衣服也显得肥大了。

⑦消得：值得。

【评点】

这是一首伤春怀人的词作。词人把飘泊异乡的沦落感同怀恋意中人的缱绻情思糅合在一起，层层演进，回环抑阻，末了如堤坝决口，洪流一泻而下，把主人公对爱情至死不渝的执著惟妙惟肖地传达了出来。上片叙述春日傍晚，凭栏远眺，极目所见的不是春花飞鸟，而是隐隐透显于天际的一缕"春愁"，返顾自身，在一片"烟光残照"中，孑然一人，相思难诉。引出下片打算放浪狂醉的意图，随后发现毕竟"强乐"还无法排解心中的苦闷，便决计不再回避，任由它纠缠下去。哪怕一天天下去，身形枯槁憔悴，只要是为了她，至死也值得。近人王国维引用末二句，借题发挥，认为此乃"古今成大事业、大学问者"必经的第二种境界，赋予其更为深广的涵义，泛指献身精神，其穿凿附会，自有新意。

蝶 恋 花

晏　殊

槛菊愁烟兰泣露①。罗幕轻寒，燕子双飞去。明月不谙②离恨苦，斜光到晓穿朱户。　　昨夜西风凋碧树，独上高楼，望尽天涯路。欲寄彩笺兼尺素③，山长水阔知何处？

【注释】

①"槛菊"句：花园里的菊花被笼罩在愁烟里，兰草仿佛在露水中啜泣。

②谙(ān)：熟悉，理解。

③彩笺：彩色的纸，这里代指题咏之作。尺素：古代书写所用的一尺来长的白色生绢，后用作书信的代称。古乐府《饮马长城窟行》："呼儿烹鲤鱼，中有尺素书。"

【评点】

此词为伤离怀远之作。上片写抒情主人公秋夜无眠，移情及物，感到烟愁兰泣，双燕也似乎不耐轻寒，顾自飞走，唯有一轮明月漠然地陪伴自己到破晓。下片折回写今晨登高远眺，望尽天涯，仍不见离人的踪影，在意境上比上片大为拓展。望而不见，便想到音书寄远，但"山长水阔"，又不知他在何方，真是相思难诉啊！王国维在《人间词话》中激赏此词，认为堪与《诗经》中的《蒹葭》相比并，"意颇近之"。此外，他还引"昨夜西风"之句描述古今成大事业、大学问的人所须经过的第一种境界。

采 桑 子
（二首）

欧阳修

轻舟短棹①西湖好，绿水逶迤②，芳草长堤，隐隐笙歌处处随。无风水面琉璃③滑，不觉船移，微动涟漪④，惊起沙禽⑤掠岸飞。

【注释】

①短棹(zhào)：小桨。

②逶迤(wēi yí)：弯曲细长的样子。

③琉璃：天然的发光宝石。此用以形容平滑的水面。

④涟漪(lián yī)：水面的小波纹。

⑤沙禽：水鸟。

【评点】

　　欧阳修曾被贬谪颍州(今安徽阜阳)，晚年又退隐于此，对当地的山川风物怀有深情。在颍州城西北二里外，有一天然湖泊，人称西湖，风景优美，唐宋以来即与杭州西湖和扬州瘦西湖并称，因此，又称汝阴西湖。欧阳修曾写了十首《采桑子》词加以咏赞，首句末都以"西湖好"领起，笔调清新自然，色彩浓淡相宜，生动地再现了汝阴西湖的秀丽风光。此词是这组歌词的第一阕。词的上片点明题意，直抒赞美之情。"轻舟短棹"，开篇即给人以怡然自在的愉快之感，接下来描写绿水飘渺，芳草连天，随处传来柔和的笙歌声。下片着意写舟行湖面的特殊体验，以"琉璃"比喻春水之滑，贴切形象，再用"不觉船动"摹写出徜徉舟中的轻快心绪，末句"惊起沙禽掠岸飞"以动态描写，打破宁静的境界，使画面跳荡起来，静中见动，更映衬出湖面的安谧。

　　群芳①过后西湖好，狼藉残红②，飞絮濛濛③，垂柳阑干尽日风。笙歌散尽游人去，始觉春空。垂下帘栊④，双燕归来细雨中。

【注释】

　　①群芳：百花。

　　②狼藉：零落散乱的样子。残红：落花。

　　③飞絮濛濛：柳絮纷飞，犹如峥峥细雨。

　　④帘栊：窗帘。栊，窗。

【评点】

　　此是欧阳修《采桑子》词的第四阕。此词的不同凡俗之处在于，西湖花时已过，百花凋谢，残红狼藉，词人一反常态，拍手叫好，从繁华喧闹过后体味到从未有过的宁静与闲适之感，其风格清峻明快，辞意高绝，意象空灵，并无传统诗词伤春、惜春的低落情绪。

桂　枝　香

金陵怀古①

王安石

　　登临送目，正故国②晚秋，天气初肃③。千里澄江似练④，翠峰如簇⑤。归帆去棹残阳里⑥，背西风、酒旗斜矗⑦。彩舟云淡，星河鹭起⑧，画图难足。　　念往昔、繁华竞逐。叹门外楼头⑨，悲恨相续。千古凭高，对此漫嗟⑩荣辱。六朝⑪旧事随流水，但寒烟衰草凝绿⑫。至今商女⑬，时时犹唱，《后庭》遗曲⑭。

【注释】

　　①金陵：古邑名。战国楚威王七年(前333年)灭越后置。故址在今江苏南京清凉山。后人因作为今南京市的别称。南京古代又称秣陵、建业、建康、江宁等，曾为三国吴、东晋、宋、齐、梁、陈及五代南唐的都城。

　　②故国：旧都，此指金陵。

　　③肃：肃杀，形容秋季草木摇落；景物萧瑟。

　　④练：白绸。

　　⑤簇(cù)：聚集，簇拥。引申为簇聚之物。

⑥棹：船桨，代指船。

⑦酒旗：酒店门前挂的布帘，又称酒帘。斜矗：歪斜地竖着。

⑧星河：即银河、天河，这里借指长江。鹭起：水洲上白鹭飞起，如在云端。

⑨门外楼头：唐杜牧《台城曲》："门外韩擒虎，楼头张丽华。"大意是，当隋朝大将韩擒虎带兵攻入金陵朱雀门时，陈后主（叔宝）还在宫中的结绮阁上与其宠妃张丽华寻欢作乐。以上两句，慨叹六朝统治者奢侈淫逸，因而相继亡国，演出了一幕又一幕历史悲剧。

⑩漫嗟：徒然感叹。

⑪六朝：指东吴、东晋、宋、齐、梁、陈六个朝代。

⑫凝绿：凝聚成暗绿色。

⑬商女：卖唱的歌女。

⑭后庭遗曲：指陈后主所作的艳曲《玉树后庭花》，后人视为亡国之音。

【评点】

王安石作词不多，但此词却极负盛名，据杨湜《历代诗余》引《古今词话》载："金陵怀古，诸公寄调《桂枝香》者三十余家，惟王介甫为绝唱。东坡见之叹曰：'此老乃野狐精也！'"可见其笔力的深遒。此词由眼前的江山胜景，联想到六朝"繁华竞逐"的旧事，在"漫嗟荣辱"的叹息中，寄寓了作者对现实的不胜感慨，显示了一个政治家居安思危的清醒意识。全词多用典故，蕴意深刻，结句化用杜牧《泊秦淮》的诗意，悼古伤今，给当时的北宋当局以亟须励精图治的警示。此词风格沉雄峭拔，一洗花间词以来的软媚之风，在宋人怀古词中，确属开风气之先的佳作。

水　龙　吟

次章质夫①杨花韵

苏　轼

似花还似非花，也无人惜从教坠。抛家傍路，思量却是，无情有思②。萦损柔肠，困酣娇眼，欲开还闭。梦随风万里，寻郎去处，又还被莺呼起③。

不恨此花飞尽，恨西园落红难缀。晓来雨过，遗踪何在？一池萍碎④。春色三分，二分尘土，一分流水⑤。细看来，不是杨花，点点是离人泪⑥。

【注释】

①章质夫：章楶，字质夫，浦城（今属福建省）人，英宗治平四年（1067 年）进士。时任提举荆湖北路刑狱，距黄州不远。

②无情有思：韩愈《晚春》诗："杨花榆荚无才思，惟解漫天作雪飞。"杜甫《白丝行》诗："落絮游丝亦有情，随风照日宜轻举。"此句化用其意，谓杨花看似无情，实则有思。

③"梦随"三句：写思妇梦中万里寻觅夫婿。金昌绪《春怨》诗："打起黄莺儿，莫教枝上啼。啼时惊妾梦，不得到辽西。"此处化用其意。

④一池萍碎：作者自注："杨花落水为浮萍，验之信然。"《群芳谱》谓：柳絮"随风飞舞，着毛衣即生虫，入池沼隔宿化为浮萍"。这些说法都是没有根据的误传。

⑤"春色"三句：杨花三分之二飘落地上，变成尘土，三分之一落入水中，化为浮萍，春天也随着消逝了。

⑥"细看"三句：仔细观察，那随风飘舞的白絮似乎并非杨花，而是离人的点点眼泪。

【评点】

刘熙载《艺概》评本词云："东坡《水龙吟》起云：'似花还似非花'，此句可作全词评语，盖不离不即也。"准确地揭示了它写法上的特点，借咏杨花，抒写思妇幽怨缠绵的情思，委婉悱恻，人花互映，亦花亦人，情为景生，景缘情造，浑然一体，极富感染力。结拍"不是杨花，点点是离人泪"画龙点睛，收束全篇，既干净利落，又余味无穷。

瑞　龙　吟

周邦彦

章台路①，还是褪粉梅梢②，试花③桃树。愔愔坊曲④人家，定巢燕子，归来旧处。　　黯凝伫⑤，因记个人⑥痴小，乍窥门户⑦。侵晨浅约宫黄⑧，障风映袖，盈盈笑语。　　前度刘郎⑨重到，访邻寻里，同时歌舞。唯有旧家秋娘⑩，声价如故。吟笺赋笔，犹记燕台句⑪。知谁伴名园露饮⑫，东城闲步？事与孤鸿去⑬，探春尽是伤离绪，官柳低金缕。归骑晚，纤纤⑭池塘飞雨。断肠院落，一帘风絮。

【注释】

①章台路：原为汉代长安章台下的一条街，妓女多聚居于此，后遂作为妓女所居之处的代称。

②褪粉梅梢：枝头梅花的粉色褪落，喻指行将凋谢。

③试花：花刚绽开。

④愔愔(yīn)：寂静的样子。　坊曲：杨慎《词品》："唐制：妓女所居曰坊曲。《北里志》有南曲、北曲，如今之南院、北院也。宋陈敬叟词：'窈窕青门紫曲。'周美成词：'小曲幽坊月暗'。又'愔愔坊曲人家。'近刻《草堂诗余》改作'坊陌'，非也。"

⑤凝伫：有所思考、期待而立着不动。

⑥个人：那人。

⑦乍：初。　窥门户：在门内窥视。

⑧浅约宫黄：薄施脂粉。宫黄，宫人用以涂眉的黄粉。

⑨刘郎：唐代诗人刘禹锡《再游玄都观》诗有"种桃道士知何处？前度刘郎今又来"之句。这里是作者自指。

⑩秋娘：即杜秋娘，唐代金陵歌妓。杜牧有《赠杜秋娘》诗并序。

⑪燕台句：唐李商隐《赠柳枝》诗："长吟远下燕台句，惟有花香染未消。"

⑫露饮：饮酒时脱帽露顶，放浪不拘。

⑬事与孤鸿去：谓往事如孤鸿一样，去而无踪。杜牧《题安州浮云寺楼寄湖州张郎中》诗："恨如春草多，事与孤鸿去。"

⑭纤纤：细微貌。

【评点】

此词一向被视为清真词的压卷作品，亦是宋代婉约词中的名篇。词之上片写重访章台，起"人面桃花"的悲怀。中片追忆与旧人的亲密交游，生动地勾勒出她的音容笑貌。下片抒情写景，交错时空，对比今昔，写伊人不见的怅惘，重笔铺叙归途上的凄迷景色，用以映衬自己的悲情。全词叙事述情沉着从容，章法井然，层次分明，"由无情入，结归无情"（周济《宋四家词选》评语），深得吞吐腾挪的妙处，淋漓尽致地体现了周邦彦慢词的形式美。

一　剪　梅

李清照

　　红藕香残玉簟①秋。轻解罗裳，独上兰舟。云中谁寄锦书②来？雁字③回时，月满西楼。花自飘零水自流。一种相思，两处闲愁④。此情无计可消除。才下眉头，却上心头。

【注释】

　　①玉簟（diàn）：洁白如玉的竹席。

　　②锦书：夫妻间的情书。

　　③雁字：雁群飞行时排成"一"字或"人"字形，称为雁字。

　　④闲愁：此指离愁，百无聊赖意。

【评点】

　　此词移情入景，借景抒情，面对红荷香残的秋色，透露凄凉独处的内心感受。"一种相思，两处闲愁"，以浅易的语言写出心心相印的夫妻之间的一往深情，末句"才下眉头，却上心头"，栩栩如生地写出难道的离愁，堪称"语意飘逸，令人省目"。（李廷机《草堂诗余评林》）

卜　算　子

咏　梅

陆　游

　　驿①外断桥边，寂寞开无主。已是黄昏独自愁，更著②风和雨。无意苦争春，一任③群芳妒。零落成泥碾④作尘，只有香如故。

【注释】

　　①驿：驿站。古代供传递公文的人或来往官员歇宿、换马的处所。

　　②更著：又加上。

　　③一任：任凭。

　　④碾：轧碎。

【评点】

　　陆游一生对梅花情有独钟，曾写有一百多首诗词，赞赏梅花是群芳之中"气节最高坚"者，这是其中最得人称道的一首。上片着力勾勒梅花身处的逆境，郊野驿外，断桥荒原，凄风苦雨，孑然一身，四顾茫然，烘托出它遗世独立的情状。下片托物言志，标示出梅花的"高格"，"无意苦争春，一任群芳妒"写出其绝尘傲俗的品性，煞尾二句则更添一笔，将报春而不争春的词意推到了巅峰，振起全篇，明代卓人月谓"想见劲节"（《词统》），堪称的论。

青 玉 案

元　夕

辛弃疾

　　东风夜放花千树，更吹落、星如雨。宝马雕车①香满路。凤箫②声动，玉壶③光转，一夜鱼龙舞④。　　　蛾儿雪柳黄金缕⑤，笑语盈盈暗香⑥去。众里寻他千百度⑦。蓦然⑧回首，那人却在，灯火阑珊处。

【注释】

　　①宝马雕车：装饰华丽的车马。

　　②凤箫：即排箫。形状参差不齐，像凤凰的翅膀，故美称曰凤箫。

　　③玉壶：玉石做的灯。周密《武林旧事·元夕》："灯之品极多……其后福州所进，则纯用白玉，晃耀夺目，如清冰玉壶，爽彻心目。"一说玉壶比喻月亮。

　　④鱼龙舞：指鱼灯和龙灯一起舞动。

　　⑤蛾儿雪柳黄金缕：都是当时妇女元宵节常戴的装饰品。《武林旧事·元夕》："元夕节物，妇人皆戴珠翠、闹娥、玉梅、雪柳、菩提叶……"

　　⑥盈盈：形容女子仪态美好。暗香：本指梅花的幽香，这里借指美人。

　　⑦千百度：千百次、千百遍。

　　⑧蓦（mò）然：忽然。　阑珊：零落，冷落。

【评点】

　　此词写元宵节。上片状景，竭力铺写元夕灯月交辉，车马欢腾，人声喧闹的繁华景象，绘出一幅"火树银花不夜天"的节庆图。下片又引出一群盛装艳抹的游女，意在逼出那自甘淡泊，不同流俗的幽独美人。全词在优美的意境中煞尾，给读者留下了无限的遐想空间。王国维曾引此词结拍之句为"古今成大事业、大学问者"必须经过的"第三境"，是于古词中翻出新意，吾等正宜以此共勉。

疏　影

姜　夔

　　苔枝缀玉①。有翠禽小小，枝上同宿②。客里相逢，篱角黄昏，无言自倚修竹③。昭君不惯胡沙远，但暗忆、江南江北。想珮环、月夜归来，化作此花幽独④。　　　犹记深宫旧事，那人正睡里，飞近蛾绿⑤。莫似春风，不管盈盈⑥，早与安排金屋⑦。还教一片随波去，又却怨、玉龙哀曲⑧。等恁时⑨、重觅幽香，已入小窗横幅⑩。

【注释】

　　①苔枝：布满苔痕的老梅枝。一说是梅的一种，名苔梅，苔痕满身，苔须垂于枝间。　缀玉：形容梅色如玉。

　　②"有翠禽"二句：《龙城录》载隋赵师雄游罗浮山，于大梅树下梦见美人与绿衣童子嬉笑歌舞，醒见枝上有翠禽相顾。故梅枝与翠禽相连，且带有某种灵异色彩。

　　③无言自倚修竹：暗用杜甫《佳人》诗"天寒翠袖薄，日暮倚修竹"句。

④"昭君"四句：用白居易《王昭君二首》"满面胡沙满鬓风，眉消残黛脸消红"和杜甫《咏怀古迹五首》"环珮空归月夜魂"句意。

⑤"犹记"三句：用寿阳公主故事，南朝宋武帝女寿阳公主，人日卧含章殿檐下，梅花落额上，成五出花，拂之不去。皇后留之，经三日，洗之乃落。后宫人仿效，呼为梅花妆。"那人"即指寿阳，"蛾绿"指眉。

⑥盈盈：仪态美好。古诗："盈盈楼上女，姣姣当窗牖。"这里喻梅花。

⑦安排金屋：《汉武故事》载武帝年少时，姑母指其女问曰："阿娇好否？"武帝答曰："若得阿娇，当作金屋贮之也。"

⑧玉龙：指质地华贵的笛子。笛曲有《梅花落》。

⑨恁时：那时。

⑩横幅：横条画幅。

【评点】

此词的主题也扑朔迷离，费人猜测，有以为寓含徽、钦二帝北掳的耻辱，有以为以"美人香草"赞扬范成大的高洁品格，也有以为歌颂纯洁的恋情。本篇咏梅主要用拟人手法，词中化用五个绝色薄命女子的故事。其间衔接自然，层层递进，塑造出了一个性灵化、人格化了的梅花形象。陈廷焯《词则》评曰："上章（指《暗香》）已极精妙，此更运用故事设色渲染，而一往情深，了无痕迹，既清虚又腴炼，直是压遍千古。"

双　双　燕

咏　燕

史达祖

过春社了①，度帘幕中间②，去年尘冷③。差池④欲住，试入旧巢相并⑤。还相雕梁藻井⑥，又软语⑦商量不定。飘然快拂花梢，翠尾分开红影⑧。　　　芳径⑨，芹泥⑩雨润。爱贴地争飞，竞夸轻俊⑪。红楼归晚，看足柳昏花暝⑫。应自栖香正稳，便忘了天涯芳信⑬。愁损翠黛双蛾⑭，日日画阑⑮独凭。

【注释】

①春社：立春后第五个戊日，农村在此日祭祀社神，祈求丰收，谓之"春社"。相传燕子于春社时来，秋社时去。

②度：飞过。

③尘冷：旧巢冷落，布满灰尘。

④差（cī）池：燕子飞时尾翼舒张貌。《诗经·邶风·燕燕》："燕燕于飞，差池其羽。"

⑤相并：互相依偎并栖。

⑥还相：又仔细瞧看。　雕梁：雕刻花纹的屋梁。　藻井：画有水草图案的天花板，用方木架成，形似井栏，故称藻井。

⑦软语：形容燕子轻轻的呢喃之声。

⑧红影：花影。

⑨芳径：散发着花香的小路。

⑩芹泥：水边长有芹草的泥地。杜甫《徐步》诗："芹泥随燕嘴。"

⑪轻俊：轻盈、俊俏。

⑫暝：昏暗。

⑬芳信：情书。

⑭翠黛双蛾：古代女子喜用翠黛(青绿)色画眉。双蛾：即双眉。这里指女子。

⑮画阑：饰有彩绘的栏杆。

【评点】

　　此词为作者自度曲，是史达祖最负盛名的作品。王士祯《花草蒙拾》谓："仆每读史邦卿'咏燕'词，以为咏物至此，人巧极天工矣。"词写燕归寻巢，迷花恋柳，沉溺于欢快幸福的生活，以致忘却传达芳信的使命，遂令红楼思妇"愁损翠黛双蛾"，空白凝望伤悲，运思空灵，刻画细腻，着色鲜艳，多用白描，偶用典故，且能脱化无迹，全篇不出一"燕"字，而其神形已昭然若揭，殆觉渔洋山人所言非虚矣。

第七章　歌舞淹通　本色当行

——古代戏曲文学

戏曲者，谓以歌舞演故事也。

——王国维

曲有名家，有行家。名家者，出入乐府，文彩烂然，在淹通闳博之士，皆优为之。行家者，随所妆演，无不摹拟曲尽，宛若身当其处，而几忘其事之乌有……故称曲上乘者曰当行。

——臧懋循

第一节　飞泉流瀑：元代散曲

散曲的特点——关汉卿散曲——"秋思之祖"——《潼关怀古》

南宋后期，词在文人手里逐渐向典雅的方向发展，对于音律修辞的讲求越来越严格，逐渐与民间脱离，成了文人的专业，而民间的长短句歌词，从中晚唐以来，经过长期酝酿，又吸收了宋金时期一些民间兴起的曲词和女真、蒙古等少数民族乐曲，到了元代，便产生了一种新的诗歌形式，即流传在北方的散曲，也称北曲。

散曲和杂剧不同：杂剧包括动作、说白、演员表演、歌唱等部分，歌唱的部分就是曲。散曲只是曲，可以歌唱，但没有动作和说白。

散曲与词同属音乐文学，是按谱填词；不同的地方是用韵加密了，几乎每句都要押韵，另外一个重要特点是在本调之外可以加衬字，使语言更加自由灵活而不改曲调的腔格。散曲分为小令和套数两种形式。小令是独立的只曲，它原来是流行于民间的词调和小曲，句调长短不齐，有一定的腔格。套数是由两支以上宫调相同的只曲联缀而成的组曲，一般都有尾声，并且要一韵到底。

散曲在元代的发展，经历了前期和后期，前期的散曲与民间保持着亲密的关系，具有直率爽朗的精神和质朴自然的情致，语言通俗清新，带有浓厚的市井生活气息。元朝灭掉南宋统一中国后，散曲发展到后期，渐渐注重雕琢，追求含蓄，在精神和意境方面向词的境界靠拢，这样，后期散曲便失去了前期作品普遍存在的质朴和率真，失去了市井气息。逐渐衰微下去。元代前期散曲作家，著名的有关汉卿、马致远、张养浩等人。

　　散曲内容主要有：一愤世嫉俗，即抨击社会的不公正、不合理、是非颠倒及贤愚莫辨；二乐道归隐避世的生活情景，即不满现实，慨叹人生如梦、富贵无常，从而极力要逃避现实，追求及时行乐；三歌咏大自然美景和岁时节令；四讴歌男女恋情，抒发闺怨，其大胆程度及对心态的细腻刻画超过了唐诗宋词。

　　关汉卿的作品以抒写爱情为主，并且多模拟女子口吻，刻画相思之苦。代表作有［南吕·一枝花］《赠珠帘秀》和［前调］《不伏老》。后者形象地展现了自己在勾栏妓院眠花宿柳的浪漫生活，描绘了元代知识分子英雄无用武之地，有志难伸，只能沉沦生活底层，充当"郎君领袖"、"浪子班头"的悲惨境遇，表达出对社会的强烈愤懑及痛恨之情，特别是在尾曲中故意挑衅性地宣称：

　　　　我是个蒸不烂煮不熟捶不扁炒不爆响珰珰一粒铜豌豆，恁子弟每谁教你钻入他锄不断斫不下解不开顿不脱慢腾腾千层锦套头。我玩的是梁园月，饮的是东京酒，赏的是洛阳花，攀的是章台柳。我也会吟诗，会篆籀；会弹丝，会品竹；我也会唱鹧鸪，舞垂手；会打围，会蹴踘；会围棋，会双陆。

　　马致远的散曲作品是前期作家中保存下来最多的，内容以描写幽居恬淡的生活情趣，叹世怀古，歌咏爱情和描摹自然景物为主，特别是他的写景之作颇为后人推重，如被称为"秋思之祖"的［天净沙］《秋思》：

　　　　枯藤老树昏鸦，小桥流水人家，古道西风瘦马。夕阳西下，断肠人在天涯。

　　作者用近乎白描的手法将秋天黄昏的意象集中在一起，创造出萧瑟苍凉的意境，意味隽永。其他像［双调·夜行船］《秋思》也很有名，写得豪迈奔放，如"看密匝匝蚁排兵，乱纷纷蜂酿蜜，闹攘攘蝇争血"，"爱秋来时那些：和露摘黄花，带霜烹紫蟹，煮酒烧红叶"，都是千古传诵的名句。

　　元代前期专以散曲创作而著称的是张养浩。张养浩曾做过参议中书省事和礼部尚书等大官，晚年弃职归隐。宦海沉浮使他目睹了人民的苦难，写出了一些有进步思想的诗歌和散曲。《潼关怀古》作于他赴陕西治旱救灾的途中：

　　　　峰峦如聚，波涛如怒，山河表里潼关路。望西都，意踌蹰，伤心秦汉经行处，宫阙万间都做了土。兴，百姓苦；亡，百姓苦。

　　作者临潼关而怀古，抒发了对处于朝代更迭中的广大百姓的悲惨命运无限同情的思想感情。

元代后期散曲，本色渐渐消失，变得雅正起来。代表作家是张可久和乔吉，但也有少数作家的作品兼有前后期的特点，如贯云石、睢景臣、刘时中等。

第二节　曲苑奇葩：元杂剧

《窦娥冤》：悲剧典范——《西厢记》：天下夺魁——《梧桐雨》：元曲冠冕——《汉宫秋》：爱情悲剧与民族悲剧——《赵氏孤儿》：震撼人心的悲剧效果与悲剧的崇高美

元杂剧同散曲一样，也可分成两个时期。前期人才济济，出现了关汉卿、白朴、王实甫、马致远、高文秀、石君宝、纪君祥、郑廷玉、武汉臣、康进之等名家。元杂剧作家大都出身社会底层，对社会的黑暗腐朽有着切身的体会，故能在作品中奏出时代最强音，成为受剥削、受压迫人民的代言人，喊出人民的心声，并深情歌颂被压迫人民的反抗和不屈精神，在文学的天空中高高飘扬着抗争的大旗。元杂剧中比较突出的现象就是主人公多出身社会下层，且富有反抗和叛逆精神，不甘于受奴役、任人宰割和摆布。

关汉卿及其《窦娥冤》

元杂剧达到了我国古代戏剧艺术的高峰，关汉卿就是这个高峰上最杰出的戏剧家。他不仅在我国戏剧史上名垂千古，就是列入世界上最优秀的剧作家中，也当之无愧。

关汉卿在《录鬼簿》上被列为"前辈才人"56人之首，后人称他是"驱梨园领袖，总编修师首，捻杂剧班头"，可见他在元代前期剧坛上的崇高地位。关汉卿的生平事迹，今天知道的不多。他一生只做过"太医院尹"的小官，毕生精力都献给了杂剧艺术。他与当时的杂剧作家、名演员、杂剧艺人有着亲密关系，曾亲自登台演出。

关汉卿一生创作杂剧有67部，有反映民间疾苦、揭露社会问题的，如《窦娥冤》、《蝴蝶梦》、《鲁斋郎》等；有描写妇女，尤其是下层社会妇女为改变自己悲惨命运进行苦苦挣扎的，如《救风尘》、《望江亭》、《拜月亭》等；有取材历史、歌颂历史上英雄人物的，如《单刀会》等。关汉卿对下层妇女寄予了深切的同情，他塑造了一系列不愿受命运摆布、个性鲜明的妇女形象，《窦娥冤》里的窦娥是有代表性的一个。

《窦娥冤》是关汉卿的代表作。它描述了一个穷苦人家出身的女子窦娥蒙冤屈死的故事。在高利贷盛行的元朝，穷书生窦天章因无钱偿还蔡婆婆的债务，就将七岁的女儿典卖给蔡家作童养媳，窦娥十七岁与丈夫成亲后不久，丈夫就死了。从此这个三岁丧母、七岁失去父爱的女子便年轻守寡，与婆婆相依为命。更不幸的事情接踵而来。蔡婆婆向赛卢医讨债时，赛卢医却将蔡婆婆骗到郊外，准备将她勒死，正巧被途经该地的张驴儿父子救下。可张驴儿父子是两个更歹毒的流氓，硬要到蔡家和婆媳俩人成亲。软弱的蔡婆答应了，而窦娥坚决拒绝。歹毒的张驴儿就在羊肚汤里放上毒药，企图毒死蔡婆婆后霸占窦娥。不想羊肚汤被贪嘴的张驴儿父亲吃了，张驴儿诬陷窦娥毒死他父亲，强拉窦娥进了公堂。昏庸贪婪的太守桃杌，受了张驴儿的贿赂，严刑拷打窦娥，逼她招供，并扬言要对蔡婆婆行刑。窦娥不忍婆婆受刑，含冤认罪，被判斩刑。临刑的时候，她立下三桩誓愿：我若是冤死，斩首后鲜血会溅上一丈二尺高的白练之上；六月里会漫天大雪，掩埋我的尸体；老天还要罚这地方三年大旱无雨。窦娥被杀害后，三桩誓愿都得到应验。她报仇雪恨的意志还促使她的冤魂在三年后向朝廷派来审查案卷的老父窦天章告状，最终处了昏官桃杌太守和凶狠的张驴儿。

　　《窦娥冤》通过窦娥的悲剧命运，展示了一幅暗无天日的社会图景，揭示了造成悲剧的根源来自黑暗腐朽的封建社会。它成功地塑造了窦娥这个悲剧形象。她本来是一个恪守封建教条、循规蹈矩、甘守清贫，逆来顺受的苦命女子。幼年丧母，给人做了童养媳，可青年丧夫，只能年纪轻轻就孤苦伶仃地守寡，若非张驴儿闯进她们的生活，她会服侍婆婆度过残生，如此多的不幸无情地压在她的身上，但她也只是默默地咬牙忍受，并没有想到要反抗什么，只求在苦难的生活中，清净地了此一生。而一旦生活把她逼到绝境，她也会奋起反抗的。她是封建时代千千万万个善良正直妇女的缩影，但就连这样的生活，黑暗万恶的社会也不放过她。邪恶势力与官府衙门沆瀣一气，欺凌她，折磨她．直至最后吞没了她。这样一个善良本分的弱女子终于在押赴刑场途中，用"一腔怨气喷如火"的唱词，对那个社会发出了强有力的控诉：

　　　　【滚绣球】有日月朝暮悬，有鬼神掌着生死权，天地也，只合把清浊分辨，可怎生糊突了盗跖、颜渊。为善的受贫穷更命短，造恶的享富贵又寿延。天地也，做得个怕硬欺软，却原来也这般顺水推船。地也，你不分好歹何为地？天也，你错勘贤愚枉做天！哎，只落得两泪涟涟。

　　《窦娥冤》这个戏不仅思想意义相当深远，而且艺术上的造诣也非常高。在结构上，为了突出强烈的悲剧性，把张驴儿毒死父亲、诱逼窦娥成婚失败后告到官府，和桃杌太守将窦娥屈打成招这二场戏并在一起，腾出篇幅，用第三折整整一折让主人公通过唱、念来倾吐自己满腔的愤怨，使主题突出，达到了用许多尖锐激越的唱词来抨击社会、赢得观众同情，并因情生愤的目的。在语言上，这个戏也堪称关氏的代表作，许多唱词像普通的口语那样朴实自然，但又蕴含着无限的深意，还非常切合戏曲演唱。

　　积极向上、反抗精神强烈的思想内容和形象生动、极富感染力的艺术形式在《窦娥冤》一剧中得到了相当融洽的统一。《窦娥冤》是关汉卿最优秀的杂剧作品，也是我国戏剧史上不可多得的悲剧典范。

王实甫及其《西厢记》

王实甫，生卒年和生平事迹不详。剧作以《西厢记》最为出名，有"天下夺魁"之誉。它取材于唐传奇《莺莺传》中的张生和崔莺莺的故事，在金院本董解元《西厢记诸宫调》基础上写成的。它写张生在赶考途中，巧遇相府千金莺莺，二人一见钟情。张生遂借口读书，与莺莺同住一寺，几经接触而感情笃厚。后来叛军孙飞虎带兵围困本地，要抢莺莺为妻。危难之际，老夫人宣布能退兵者，莺莺嫁他为妻。及至张生靠友人解围后，老夫人食言赖婚。红娘见义勇为，为张、崔二人传递书信，使他更加心心相印。张生害相思病倒后，红娘又牵针引线，帮助二人终谐连理。老夫人察觉后，拷打红娘，红娘道破实情，并据理力争，使老夫人不得不同意二人的婚事。但又让张生立即赶考，考中后，方可成亲。张生状元及第后，早年许嫁的郑恒又赶来，使老夫人第二次想赖婚。张生归来，真相大白，张生与莺莺这对有情人终成眷属。

王实甫以同情封建叛逆者的态度，写崔、张的爱情多次遭到老夫人的阻挠和破坏，揭露了封建礼教对青年自由幸福的摧残，并通过他们的美满结合，歌颂了青年男女对爱情的要求以及他们的斗争和胜利。

《西厢记》的不朽，不仅在于该剧反映了强烈的时代精神，还由于全剧塑造了几个典型的人物形象。莺莺是我国戏剧作品中最早出现的追求婚姻自由，叛逆封建礼教的贵族小姐典型。作为宰相的独生女，能突破封建家庭的严格管束，主动爱上一个穷秀才，并且在赢得爱情自由、婚姻自主的尖锐斗争中，既敢于反对封建礼教，又能不断克服弱点，更能置门第、功名于不顾，追求纯真、专一的爱情，从而使这位相国千金的叛逆形象具有非常夺目的光彩，成为以后几百年无数文学艺术作品仿效的楷模。男主人公张生，与莺莺是志同道合的叛逆者，是具有鲜明个性的又一典型，他热情，诚恳，忠于爱情，敢于向封建礼教挑战，但他不可避免地存在着知识分子的软弱性，十足的书生气、才子气同"志诚种"、"银样镴枪头"融合在了一起。但王实甫赋予他最主要的品格还是对爱情的坚贞、真挚，所以张生的形象有着相当可贵的典型意义。红娘是《西厢记》全剧中一个举足轻重的人物，她乐于助人成全好事，已使她流芳百世，更难能可贵的是她仅仅是一个地位卑微的小丫环，以她的地位去帮助女主人对抗强大的封建势力，凭着她的聪明伶俐、机智泼辣，居然赢得了斗争的胜利。《西厢记》里最重要的反面人物是老夫人。她最突出的性格特点是有着十分浓厚的顽固的门阀观念，这种观念实际上就是维护封建道统的绝对尊严。这个人物有其顽固、保守的一面，又有其不讲信义、冷酷无情、反复无常的一面，但剧中并没把她理念化，而挖掘了她的丰富的内心世界。她真心疼爱、体贴女儿，但这爱打上了明显的封建礼教痕迹，为礼教所桎梏住。结果她主观上愈是疼爱关心女儿，却愈是在客观上戕害了女儿，为女儿的幸福设置了重重障碍。她是一个封建家长的出色典型。剧中的一些次要人物如和尚惠明、叛将孙飞虎也都很有个性。

《西厢记》的戏剧结构打破了传统的一剧一本四折的限制，叠五本为一部，这样就有充分的容量来编织矛盾的冲突，构造全剧。

《西厢记》最突出的艺术成就体现在语言上。它选择和融化古代诗词里优美的词句和提炼民间生动活泼的口语，铸成自然而华美的曲词。如《长亭送别》一折里莺莺的一段唱词最能体现《西厢记》在这方面的成就：

【正宫端正好】碧云天，黄花地，西风紧，北雁南飞。晓来谁染霜林醉？总是离人泪。

【滚绣球】恨相见得迟，怨归去得疾。柳丝长玉骢难系，恨不得倩疏林挂住斜晖。马儿迍迍行，车儿快快随，却告了相思回避，破题儿又早别离。听得道一声"去也"，松了金钏；遥望见十里长亭，减了玉肌：此恨谁知。

作者用几个带有季节性特征的景物，衬托出离人的情绪，把读者引向那富有诗情画意的情境里。

《西厢记》是我国古典戏剧杰作。它在我国古代文学史、戏剧史上具有光辉灿烂的地位。

其他剧作家

著名剧作家白朴，幼经丧乱，父亲由显宦沦为亡国遗民，寄人篱下，给他以强烈刺激。他的剧作《墙头马上》是著名的爱情喜剧。它写尚书之子裴少俊到洛阳时，巧遇官宦之女李千金，两人一见钟情。李当夜私奔到裴家，在后花园内与少俊偷偷结为夫妻，并生下一双儿女。七年后为父发现，怒斥李伤风败俗，并逼迫儿子休掉李。后来裴科举及第，做了高官，裴家父子登门认亲，李严词拒绝，后在儿女的哀求下，才答应返回裴家。李千金勇敢追求爱情，大胆私奔，并敢于过地下夫妻生活，被休弃时不为所屈，面对富贵诰封不为所动，确乎是具有超人的勇气胆量和高尚的品格，尤其是她的行为的果敢在古代妇女中是十分罕见的，是一位充满着喜剧色彩的光辉形象。

另一剧作《梧桐雨》没有前剧引人入胜的情节，而以抒情见长。它的抒情性以及诗情画意般的意境，散发着强烈的艺术感染力。王国维称赞其"沉雄悲壮，为元曲冠冕"。它写了唐明皇与杨贵妃之间的爱情故事。开头即写二人七夕时海盟山誓的场面，接着是安禄山叛乱，二人仓皇往四川避难，路上发生马嵬兵变，唐明皇不得不忍痛赐死贵妃。最后一折写平乱后明皇独处深宫，秋夜听着雨打梧桐，怀旧伤今，难以入睡。以抒情的手法，将秋夜的萧瑟、雨声的凄凉、梧桐的凋零与人物内心的哀伤融为一体，构成强烈的悲剧氛围，并将唐明皇充满凄凉、痛苦、哀伤和烦恼的内心写得有声有色，淋漓尽致。这是全剧的高潮，也最为人们赞赏。剧中的安禄山是异族入侵者的形象，是李、杨悲剧的制造者，而唐则成了国破家亡的受害者形象，作品着重抒发了唐明皇失去权力和繁华的欢乐生活后的痛苦哀伤，是一种国破家亡的典型情感，寄寓着剧作家的亡国之叹。作品打破了传统的大团圆结局，写成一部震撼人心的悲剧，在元杂剧中独树一帜。剧作家对他们的悲剧总体上是同情的，但也批判了唐明皇的荒淫误国及一味追求个人享乐的错误行径。

马致远是元代另一卓有成就的剧作家，生平事迹不可考。《汉宫秋》是其代表作，它取材于王昭君和亲故事。写朝中大臣毛延寿为元帝选美女，画下图形供元帝行幸。昭君不肯行贿，被毛从中作梗，不得面君。后为元帝发现，毛畏罪逃往匈奴，挑唆单于大兵压境，强索昭君。满朝文武束手无策，只得让昭君前去和番。当行至黑江边时，昭君投水而死。单于后将毛解赴汉朝处死。

作品中的元帝对昭君怀有深厚爱情，在匈奴大兵压境时孤立无援，成了受压迫的弱者形象，突出了反抗异族压迫主题。昭君也不是主动请行的，而是迫于匈奴大军压境、汉朝无力抵抗的严峻形势，为国家大计而牺牲自我的。在大敌当前之际，文武大臣贪生怕死，缩头缩尾，而一个弱女子却挺身而出，舍身殉国，两相对比，昭君光彩夺目。剧作将爱情悲剧与民族悲剧交织一起，反映作家高超的艺术功力，元帝与昭君分别那场戏尤其感人，具有强烈的抒情性。将元帝不忍离别的痛苦、对昭君的爱恋同情和对群臣的怨恨，融进离别时萧瑟凄凉的景色中：

> 【梅花酒】呀！俺向着这迥野悲凉，草已添黄，兔早迎霜，犬褪得毛苍，人搠起缨枪，马负着行装，车运着粮粮，打猎起围场。他他他，伤心辞汉主，我我我，携手上河梁。他部从入穷荒，我銮舆返咸阳。返咸阳，过宫墙；过宫墙，绕回廊；绕回廊，近椒房；近椒房，月昏黄；月昏黄，夜生凉；夜生凉，泣寒螀；泣寒螀，绿纱窗；绿纱窗，不思量。
>
> 【收江南】呀！不思量，除是铁心肠；铁心肠，也愁泪滴千行。美人图今夜挂昭阳，我那里供养，便是我高烧银烛照红妆。

漫天风雪、凄厉的号角、飞舞的旌旗、遍地的枯草，使其笼罩上浓郁的抒情色彩和悲剧气氛，取得了动人心弦的艺术效果。他还擅长神仙道化剧，有"万花丛里马神仙"的美誉，如《岳阳楼》、《陈抟高卧》等。

纪君祥的《赵氏孤儿》被称为元杂剧中的四大悲剧之一。它的故事来源于《左传》和《史记》，写的是春秋时期晋国的一场惊心动魄的大悲剧。忠臣赵盾为奸臣屠岸贾陷害，遭灭门之祸，被杀三百余口。屠为斩草除根，连驸马赵朔之子、赵家惟一的后代也不放过。公主将孤儿托付给医生程婴，然后自杀。程把孤儿放在药箱中企图混出驸马府时，为守门将军韩厥查出，韩本来就富有正义感，且为程冒死救孤的精神所感动，放走了程和孤儿，然后自杀。屠闻讯后大怒，宣布不交出孤儿就将全国的婴儿杀死，以绝后患。程为救全国婴儿和孤儿，将自己的亲生儿子冒充孤儿放到好友公孙杵臼家中，然后去"告密"。于是假孤儿被杀，公孙杵臼也受刑而死。程含辛茹苦将孤儿抚养成人，长大后杀死屠，为全家报了血海深仇。

全剧以救孤为中心，展开一场正义与邪恶、忠与奸的生死搏斗，情节紧张曲折，扣人心弦，赞扬了忠臣义士前仆后继、可歌可泣的英勇献身精神，特别是塑造了程婴这个光彩照人的艺术形象。他富有崇高的自我牺牲精神，有着坚强的意志和毅力，尤为可贵的是为了实现复仇目标，不惜忍辱含冤，蒙受外人的误解唾骂达20年之久。这出戏被王国维称为"即列于世界大悲剧中，亦无愧色也"。它很早就传到欧洲，并因它的演出而引起一场关于中国戏曲艺术的大讨论。

后期是杂剧的衰落期，剧作整体水平下降，无论是数量还是质量都难以与前期相比，较为可观的有郑光祖的《倩女离魂》、乔吉的《两世姻缘》、宫天挺的《范张鸡黍》、无名氏的《陈州粜米》。

《倩女离魂》是元代四大爱情剧之一。它写书生王文举与张倩女被父母指腹为婚，成人后，因王功名未就，张母不许他们成亲，并逼王去赶考，让他得官后再来娶亲。送别文举后，倩女相思过度，卧床不起，其魂灵离开躯体，追上王生，与他一同进京。后王中了状元，与倩女魂灵同返故里，两个倩女方合为一体，与王生终成秦晋之好。它用浪漫主义的手法，表现了封建时代妇女遭受的礼教禁锢的痛苦及对自由美好生活的热烈追求。曲词清丽秀美，描景抒情极富感染力，如倩女魂灵追赶王生到江边时：

【调笑令】向沙堤款踏，莎草带霜滑。掠湿湘裙翡翠纱，抵多少苍苔露冷凌波袜。看江上晚来堪画，玩冰壶潋滟天上下，似一片碧玉无瑕。

总体上说，元杂剧的出现标志着我国戏曲艺术的成熟，它在内容和题材上，主要涉及清官断案、英雄豪杰、爱情婚姻、伦理道德、神仙道化和穷困遭难；从精神上说，贯穿着反抗和斗争，不论是揭露社会的腐败、现实的黑暗，还是抨击贪官污吏、恶霸流氓的罪恶，还是歌颂英雄豪杰、仁人志士的顶天立地的豪气，还是赞扬青年男女追求爱情自由的勇气，都表现出新的时代特色，反映着时代的折光。从情节上说，较多地运用了巧合、计谋、意外、误会和悬念方法，比之以前的戏剧丰富生动了许多。

第三节　东南春晓：《琵琶记》及其他南戏

《琵琶记》：南曲之宗——"荆、刘、拜、杀"四大南戏

南戏产生于北宋末年的温州一带，具有南方特色，又称永嘉杂剧，至南宋时流行开来，元代后期压过了走向衰微的杂剧。从被誉为"南曲之宗"的高明的《琵琶记》开始，南戏的发展揭开了新的一页，并逐渐取代了杂剧而驰骋于舞台。内容上侧重爱情和家庭，体制上比杂剧灵活自由，曲调清柔婉转。

高明生于诗礼之家，尊奉儒学，代表作《琵琶记》写蔡伯喈与妻子赵五娘悲欢离合的故事，宣扬了忠孝节义的封建伦理道德观念。蔡与妻子结婚不久，就被父亲逼着进京赶考。考中状元，又为牛丞相看中，定要招他为婿。他声明家有妻室而拒绝，但不为皇帝应允，只得同意再娶。而他妻子在家独自服侍公婆，适逢荒年，为养活公婆她把嫁妆都卖掉了，自己只吃糠团充饥，但就是这样公婆仍然饿死了。埋葬了公婆，打扮成道姑，身背琵琶一路乞讨着进京寻找丈夫。历经磨难，终于在牛府寻到丈夫，夫妻得以团圆。

它实际上表现了功名利禄和家庭幸福的矛盾以及由封建忠孝所导致的家庭悲剧。蔡为了"孝"而遵父命去应试，为了"忠"而不得辞官回乡，供养父母，虽光宗耀祖，却家破人亡。剧作客观揭露了封建道德的虚伪性和欺骗性，真实反映了它带给人民的沉重灾难。作品有意强调了蔡的行动的被迫性，把罪责转移到统治者身上，更使其具有深广的社会意义。蔡是一个软弱妥协、屈服于封建礼教的知识分子形象，虽感到了封建道德与个人情感的矛盾，却没有勇气冲破它；虽有不满，却不敢去反抗。

赵五娘身上几乎集中了古代劳动妇女的所有美德：善良勤俭，任劳任怨，坚韧勇敢，吃苦耐劳，富于自我牺牲精神。在饥荒年代，以稚弱的肩膀独自挑起全家生活的重担，她把米饭留给体弱的公婆，自己宁愿偷偷地吞咽糠团子。这种精神令人赞叹，她的悲惨境遇则令人同情。她典尽衣物，吃糠卖发，弹唱行乞，公婆穷饿而死，自筑坟包，十指染血，都是封建时代人民苦难生活的真实写照。他们的悲剧是社会的悲剧。

艺术上善于刻画人物心理，"体贴人情，委曲必尽，描写物态，仿佛入生"；采用了双线结构：一边是蔡在京城招亲的繁华景象，一步步跨进功名富贵的温柔乡；一边是赵在家中吃糠咽菜的悲惨境遇，一步步滑向灾难悲苦的深渊。两条线索交错并进，产生了强烈的对比效果。既突出了赵的悲剧性，也暴露了封建社会贫富悬殊、苦乐不均的黑暗现实。正如"糟糠自厌"中的曲词所说：

> 【前腔】糠和米，本是两依倚，谁人簸扬你作两处飞？一贱与一贵，好似奴家共夫婿，终无见期。丈夫，你便是米么，米在他方无寻处。奴便是糠么，怎的把糠救得人饥馁？好似儿夫出去，怎的教奴，供给得公婆甘旨？

除此以外，南戏著名的作品还有"荆、刘、拜、杀"，即《荆钗记》、《刘知远白兔记》、《拜月亭记》和《杀狗记》，分别写王十朋和钱玉莲忠于爱情的故事；刘知远与李三娘悲欢离合的故事；蒋世隆与王瑞兰的爱情故事以及孙华在他妻子的帮助下与弟弟和好的故事。前三部歌颂了青年男女之间坚贞真挚的爱情，批判了封建门第和贪财爱势的世俗观念，第四部宣扬了亲睦为本的封建道德观念，揭露了酒肉朋友之间的卑劣势利，有一定的思想意义。

第四节　生命的七彩乐章：明代传奇

传奇三大派——《浣纱记》：吴越金戈——"临川四梦"：梦里乾坤大——《牡丹亭》：浪漫主义杰构

如果说元杂剧是属于下层民众的通俗艺术，那么明代戏剧就开始走向上层，变得贵族化、雅化和案头化起来。作者逐渐由下层文人和民间艺人变为贵族官僚，演出场所由乡野转移到宫廷豪门，失去了元杂剧的那种抨击现实弊端、暴露社会黑暗、抒写人民的愤懑和抗争的战斗精神，走入封建化、道德化加神道化的歧途。这一方面是因戏曲得到统治阶级最高集团的重视，加强了对戏曲的控制和利用，有意识地借戏曲宣扬忠孝节义的封建道德观念，以利于封建统治，另一方面科举的恢复，知识分子地位的提高改善，使文人纷纷弃戏从举，将主要精力用于举业的钻研。

明代的剧坛以万历为界可分为两大阶段：前期是杂剧、传奇分头并进阶段，而从总体上说杂剧走的是下坡路；后期是传奇取代杂剧一统天下的时期。传奇是在宋元南戏的基础上发展出来的，比南戏体制上更完备、结构上更严谨。明代杂剧的发展大约也可分两个阶段：前期数量不少，但思想艺术质量远远逊色于元代，主要代表是朱有燉，写了大量歌功颂德、宣传礼教和神仙道化的剧作；后期逐渐案头化、南曲化起来，却出现了徐渭、康海等一批优秀作家。传奇也可分成两个时期：前期主要有《五伦全备记》、《香囊记》等宣传封建礼教的作品，殊不足观；后期成绩斐然，产生了李开先的《宝剑记》、王世贞的《鸣凤记》、张凤翼的《红拂记》等优秀剧作，并出现三大流派，即以梁辰鱼为首的昆山派，代表作是《浣纱记》；以沈璟为首的吴江派，代表作是《义侠记》；以汤显祖为首的临川派，以包括《牡丹亭》在内的"临川四梦"著称于世。这三派的特点是：昆山讲究辞藻，吴江注重声律，临川侧重从内容出发。而总体上说明代戏曲有别于元杂剧的民众化、口语化，被文人化、雅化起来，离开了民间。

徐渭是明初著名文人，屡应乡试不第，晚年卖画为生，其杂剧作品有《四声猿》、《歌代啸》，均是愤世嫉俗之作。这几部剧作表达了作家痛恨黑暗的社会和蔑视礼教的精神，在戏曲史上有着重要地位。传奇发展至明代中期时，因地位较高的文人的介入，开始呈现骈俪迹象，辞藻华美，善于用典，甚至以时文为南曲，内容上较多封建说教，如老生员邵文明的《香囊记》之流。李开先的《宝剑记》写林冲被逼上梁山的故事，揭露了社会的黑暗，抒发了对现实的不满，揭示了官逼民反的必然性。《鸣凤记》以忠奸斗争为核心，写严嵩父子专权误国，祸国殃民，后遭弹劾，其子被斩，家产也被没收的故事，取材于当时的真人真事，开了用传奇表现当代重大政治斗争主题的风气。《浣纱记》以吴越兴亡为主线，描写了范蠡和西施之间的悲欢离合，歌颂了他们爱情的忠贞真挚及越国君臣的卧薪尝胆、团结一心，批判了吴国君臣的骄横腐化。剧作借离合之情写兴亡之感，并将国家利益置于爱情之上，令人耳目一新。它是改革后的昆山腔的第一个剧本，在戏曲史上意义不同寻常。《义侠记》写武松的故事，从打虎、杀嫂、上梁山一直写到招安，通过武松的经历和曲折遭遇批判了奸贼当道，英雄走投无路的社会现实。

汤显祖和《牡丹亭》

　　明代最优秀的剧作家当推汤显祖。汤显祖(1550～1616)，江西临川人。出身书香门第，早年即有文名。21岁中举，因拒绝当时权相张居正的招揽，几次考进士都没有被录取，直到张居正去世的第二年，方考中进士。可是他宁愿放弃进身的机会，只做了南京太常寺博士，后改他职，始终不是执掌实权。他不畏权贵的风骨很不合时宜，遭到权贵们的排挤。万历十九年(1591)因上书抨击朝政，被贬广东徐闻县典史。49岁时辞官回家，专意从事戏剧创作活动。

　　他是明代著名思想家，与进步思想家李贽、达观交往密切，追求个性解放，提出以情反理，"情有者理必无，理有者情必无"的进步主张。戏剧创作上反对拘于声律，提倡性灵，是明代浪漫主义文艺思潮的旗手之一。与莎士比亚同时，一在东方，一在西方，遥相呼应，都是剧坛泰斗。他的剧作现存5种，除"临川四梦"(《紫钗记》、《牡丹亭》、《邯郸记》、《南柯记》)外，尚有《紫箫记》，其中《牡丹亭》影响最大。明代的王思任认为这"四梦"的核心分别是：侠、情、道、佛。汤显祖曾说"一生四梦，得意处惟在牡丹"。

　　《牡丹亭》大意是：南安太守杜宝的独生女杜丽娘才貌端妍，年已二八，尚未议婚。一天被《诗经》的爱情诗引动春心，不顾父母严厉的礼教约束，私自到花园游园赏春，明媚的春光助长了她青春的觉醒，结想成梦，梦中与书生柳梦梅幽会。梦醒之后，怅然感伤。因相思梦中情人竟恹恹而死，死前留下一幅自画小像。杜宝升官离任，在埋葬杜丽娘的花园里造起一座梅花观。岭南书生柳梦梅赴京考试，途经南安，借寓梅花观，发现丽娘的自画小像，见画生情，引得杜丽娘的魂灵出来与他幽会。柳梦梅从杜丽娘魂灵那里得知真情，掘墓开棺，杜丽娘起死回生，两人结为夫妻，同赴京城临安。柳梦梅考试之后，因金兵入侵延迟放榜，此时杜宝在淮安被乱兵包围，他受杜丽娘嘱托寻找岳父，杜宝却将自称女婿的柳梦梅囚禁起来。兵退榜发，柳梦梅中了状元。但杜宝仍不认这门婚事，要强行拆散杜丽娘与柳梦梅。皇帝得知，下旨命二人成婚。杜丽娘生生死死，历尽磨难，终于得到了幸福。

　　它与一般爱情剧多为批判封建门第、歌颂爱情自由的主题不同，它虽然也涉及门第观念，但不是中心，而以肯定人的包括情欲在内的自然本性，否定扼杀人性的理学为宗旨。"情"并非仅指男女爱情，还包括爱青春、爱自然、爱美的个性解放要求。"理"不但指封建婚姻制度，还包括扼杀人欲、自由和个性的封建专制主义。它不仅指出男女之情是人与生俱来的本性，是任何封锁防范都遏制不住的，更进一步肯定了它的美好和正当。剧中还以诗意的笔触，谱写了一曲曲美的颂歌，包括容貌美、自然美、青春美和爱情美，批判了封建礼教对美的压抑、漠视和毁灭。

它还成功地塑造了杜丽娘这个光辉形象，在她身上负载着新的时代理想，体现了新的时代特点。首先她遭受的封建礼教束缚更禁锢严厉。父亲是顽固的封建官僚和卫道士，将她牢牢控制在闺房中。她白天连睡会儿觉都不行，更不知道后花园的存在，父亲还为她请了个迂腐的老学究向她灌输封建教条。母亲一心想把她培养成具有三从四德的贤妻良母，看见她绣成对的花鸟都横加指责。其丫环更十分幼稚，不能像红娘那样给予她帮助。她的活动场所只有书房、绣楼，所接触的男子只有父亲和老师。现实中不可能有与青年男子相见的机会，更何况发生爱情，只能到梦中去寻找。与柳梦梅结合后，柳即使中了状元，也仍然得不到其父的批准。作品的悲剧气氛更强烈，反映了明代理学势力的猖狂严酷和封建压力的增大。但她对情的追求更决绝、更强烈，与封建理学的斗争更勇敢、更坚强，正如作者在《题辞》中所说："如杜丽娘者，乃可谓有情之人耳。……生者可以死，死者可以生。生而不可与死，死而不可与生，皆非情之至也。"为情可以去死，为情又可以复生。这种灌注着个性解放精神的对理想爱情追求，正是时代精神的折光，也是她超过以前文学中的妇女形象的突出之处，并对后代广大青年妇女争取爱情婚姻自由起着强大的鼓舞作用。《惊梦》一折用浓郁的抒情手法，描绘了一幅美丽动人、绚丽多彩的春景图，与美貌多情的妙龄少女交相辉映，历来让读者为之倾倒。如：

　　【步步娇】袅晴丝吹来闲庭院，摇漾春如线。停半晌、整花钿。没揣菱花，偷人半面，迤逗的彩云偏。步香闺怎便把全身现！

　　【醉扶归】你道翠生生出落的裙衫儿茜，艳晶晶花簪八宝填，可知我常一生儿爱好是天然。恰三春好处无人见。不提防沉鱼落雁鸟惊喧，则怕的羞花闭月花愁颤。

　　【皂罗袍】原来姹紫嫣红开遍，似这般都付与断井颓垣。良辰美景奈何天，赏心乐事谁家院！朝飞暮卷，云霞翠轩。雨丝风片，烟波画船。锦屏人忒看的这韶光贱。

　　【好姐姐】遍青山啼红了杜鹃，荼蘼外烟丝醉软。牡丹虽好，他春归怎占的先。闲凝眄，生生燕语明如剪，呖呖莺歌溜的圆。

《惊梦》中的这段曲词，含蓄蕴藉，情景交融，深微精细地揭示出杜丽娘复杂缠绵的内心世界。在书房里腐儒陈最良的一番说教，与花园的现实世界如此悬隔，杜丽娘来到花园展眼一看，春光如此艳丽，不由得不赞叹："不到园林，怎知春色如许！"这里唱出了这位被封建礼教禁锢而青春已经觉醒的少女的苦闷和哀怨。

另外，作为礼教化身的杜宝和陈最良塑造得也很成功，剧中没有把他们简单化、类型化和漫画化。杜宝是真心疼爱女儿，视女儿为掌上明珠的好父亲，也是品行端方、为官清正而又勤政爱民的封建官僚，是那个时代的正人君子形象。但他对女儿的爱恰恰窒息了女儿的青春，阻碍着女儿的健康成长，当女儿踏上反叛礼教、争取爱情自由和婚姻自主之路时，更成了女儿前进道路上的绊脚石。正因为他是一个封建"正面"人物，与杜丽娘的冲突才有典型意义。陈最良是一个被礼教和科举扭曲了和麻木了心灵的道学家形象，除了四书五经和八股文，几乎什么都不懂，但他是那个时代现实中经常会碰到的角色，既可厌又可气，既可悲又可怜。

《牡丹亭》艺术上的最大特色是浪漫主义。首先通过"梦而死"、"死而生"的幻想情节表现了理想和现实的矛盾。杜丽娘所追求的理想在当时的现实环境里几乎是不可能实现的；可是在梦想、魂游的境界里，她终于摆脱了礼教的束缚，实现了梦寐以求的愿望。其次采取抒情诗的手法，倾泻出人物的内心感情，如《惊梦》、《寻梦》、《闹殇》、《冥誓》等等。《牡丹亭》的宾白饶有机趣，曲词兼采北曲泼辣动荡及南词宛转精丽的长处，较好地体现了明清传奇的戏剧特征。

汤显祖的其他三梦均取材于唐传奇。《紫钗记》系根据《紫箫记》改写而成，歌颂李益与霍小玉之间的坚贞爱情，尤其突出了霍小玉的痴情，批判了富贵易妻的不良风气，并揭露了卢太尉的专横残暴。《南柯记》淳于棼梦入槐安国，做了驸马，并任南柯太守，颇有政绩，后回朝拜相，专权骄纵，终因淫乱被遣回。醒后方知为蚁洞。《邯郸记》写卢生于梦中中了状元，得了高官，位极人臣，享尽了荣华富贵，揭露了科举的腐败、官场的黑暗、吏治的败坏和统治阶级的荒淫腐朽，展现了仕途中的人情世态。

第五节　政治和爱情的二重唱：清代传奇

《清忠谱》：市民心声——《长生殿》：帝妃的悲欢离合——《桃花扇》：
"借离合之情，写兴亡之感"

李玉及其《清忠谱》

明末，东南沿海地区由于商品经济的发展，城市人民反对封建掠夺的斗争表现得更激烈；到了清兵入关，明王朝覆灭，又多次掀起反清的斗争。这些都加深了剧作家对现实的认识。这里又是明中叶以来戏曲演出最盛的地区，从而使剧作家有可能更好地联系舞台演出的要求来进行创作，以李玉为中心，活动在苏州地区的几位戏剧家，正是在这样的社会背景下创作的。

李玉，江苏吴县（今苏州市）人。其书斋为"一笠庵"，时人称他为一笠庵主人。出身寒微，曾在明万历朝首辅申时行家当过门客，为申家的乐班写戏、作曲。后申家败落，李玉又因得罪官府屡遭不幸，直到五十多岁才考中副榜举人。明亡后，他不想再通过考试去做官，致力于戏曲创作。其中最优秀的剧作是《清忠谱》。

《清忠谱》是李玉和同派作家朱素臣、毕万后、叶雉斐共同创作的。它以明末天启年间东林党人和苏州人民反抗阉党魏忠贤黑暗统治的斗争为题材。作品暴露了以魏忠贤为首的反动统治集团祸国殃民的罪恶，歌颂了周顺昌等东林党人的正义斗争，描绘了人民群众支持正义，反抗暴政的优秀品质和时代精神。作品把市民的政治斗争搬上舞台，是过去戏曲史上所未曾有的。

《清忠谱》在艺术方面最重要的成就在于比较真实地表现了一场轰轰烈烈、声势浩大的群众斗争，并通过斗争显示出各阶层人民的不同性格。周顺昌耿介正直，集中体现了东林党人清廉公正、疾恶如仇的优秀品质。他敢于为被魏忠贤逮捕的东林党人魏大中送行，并和他联姻；即使在他被捕入厂狱时仍痛骂魏忠贤"欺君虐民，残害忠良"，就义前仍高呼："魏忠贤，魏忠贤！……我周顺昌生不杀汝，死作厉鬼，击杀奸贼便了。"但这个人物毕竟是个士大夫，有顽固的忠君思想，"忠孝自根心，君亲魂梦钦"是他斗争的思想渊源。与周顺昌的"忠"对比，城市人民群众形象的代表颜佩韦，却有着勇敢、仗义的性格特点和毫不妥协的战斗精神。当有人提出向官府请求放了周顺昌时，他说："求他什么！他若放了周乡宦罢了，若弗肯放，我们苏州人一窝蜂，待我们几个领了头，做出一件轰轰烈烈惊天动地的事来，众兄弟不可缩头缩脑，大家并力同心便好。"表现了城市人民敢把皇帝拉下马的斗争精神。《清忠谱》还刻画了醉心于写呈子向地方官恳求的书生，以及北京校尉和地方大小官吏的不同精神面貌。

《清忠谱》主题突出，线索分明。全剧二十五出都按照周顺昌及苏州市民的反魏党斗争进行，没有多余的人物和情节，突破了明代传奇头绪纷繁、人物复杂的弱点。再次，作品写苏州实事，把作者耳闻目见的材料加以组织搬上舞台，甚至一些细节也有事实根据。《清忠谱》是我国戏曲史上第一部"事俱按实"的历史戏，在清代舞台上有着重要的地位。

除此之外，他还有"一、人、永、占"四剧，即《一捧雪》、《人兽关》、《永团圆》、《占花魁》。另有《千钟禄》写明代燕王靖难故事，曲词本色流畅，声情并茂，其中建文帝所唱［倾杯玉芙蓉］脍炙人口：

> 收拾起大地山河一担装，四大皆空相。历尽了渺渺程途，漠漠平林，叠叠高山，滚滚长江。但见那寒云惨雾和愁织，受不尽苦雨凄风带怨长。这雄城壮，看江山无恙。谁识我，一瓢一笠到襄阳。

写出了对江山的无限留恋和身世不幸的深切悲慨，与《长生殿·弹词》中的［一枝花］异曲同工，在当时就有"家家'收拾起'，户户'不提防'"的说法。（"不提防"是《长生殿》"弹词"一出中李龟年唱［南吕一枝花］的开头三字。）

洪昇与《长生殿》

传奇发展到洪昇，在文词、结构和音律方面都达到了成熟完美。洪昇早年求取功名，没有成功，旅居京华，只能靠别人接济和卖文为生。后因《长生殿》闯祸，终身不得录用，故当时有诗说："可怜一曲《长生殿》，断送功名到白头。"

《长生殿》写唐明皇和杨贵妃的爱情故事。李、杨爱情早已被写滥了，此剧则独辟蹊径，把重心放在两人爱情的发生发展上，"专写钗盒情缘"，表达崇高的爱情理想，从而成为同类题材中的佼佼者。两人的爱情作为帝妃之恋是有缺陷弱点的：最初是肤浅的皮肤滥淫、帝王的风流韵事，一为色，一为宠，同时李也不够专一，从而引起杨的不满，形成爱情的波折。他们沉迷于爱情，还给国家百姓带来不可估量的灾难：穷奢极欲，加重了百姓负担；送荔枝示爱，践踏着百姓的生命财产；重用杨国忠，造成他的专权误国；纵容安禄山，助长了他的狼子野心，并进而演化成安史之乱，激化了民族矛盾，导致国破家亡的惨祸。这些致命的弱点缺陷，最终造成了他们爱情的悲剧。他们的爱情如冬天里的一把熊熊烈火，在烧掉了国家和大唐的兴盛的同时，也引火烧身，葬送了自己的生命和帝王之尊。

再者，他们的爱情也是经过了一个发展过程的，由浅入深，由肉体欲望升华为精神之恋，由用情不专、互相利用变为真挚专一，志趣相投，并在七夕盟誓时达到高潮。但他们爱情给国家人民带来严重后果的致命缺陷一直没有克服，加之马嵬兵变关键时刻，李的动摇和缺乏自我牺牲精神，终于发展成赐死杨的悲剧结局。贵妃香销玉殒后，他们的爱情并没有停止发展，而是继续深化升华，由现实中的帝妃之爱转化为理想世界中的仙凡之恋，地点由人间移到月宫仙境。剧作极力渲染了李在贵妃死后的痛苦，铺叙了他的刻骨相思和深情，强调了他的固守前盟和坚贞专一，而月宫中的贵妃虽升了仙，但凡心不改，仍然怀抱痴情，甚至情愿为情而辞却仙籍。这样就使他们之间的爱情上升到生死不渝，感天动地的理想高度，同时他们爱情的缺陷也得以克服，不再是帝、妃，就与政治脱离了干系，对以前的所作所为也表示了真诚的忏悔，使其爱情变得更纯粹、纯洁了。这是一种高度理想化了的爱情境界。通过二人身份的变化、真诚的忏悔和境界的仙化，在仙界实现了鸳梦重温，从而改变了他们爱情的性质，表达了作家的爱情理想和对真情的向往。

李、杨爱情是全剧的主线，但并非惟一内容，随着他们爱情的展开，剧作展现了广阔的社会生活画面，揭示了安史之乱背后所隐含的深刻社会危机和政治危机。爱情主线和政治、社会副线，互为因果，互相推进，由爱情导致政治失误，致使杨氏家族权倾朝野，炙手可热，引起忠良侧目，百姓怨声载道，带来深刻的社会危机，最终使大唐王朝的繁华昌盛随安史之乱而落下帷幕。同时剧作还包含着兴亡之感和爱国精神，歌颂了郭子仪的赤胆忠心，赞美了乐工雷海青以琵琶击贼，壮烈殉国的民族气节，并借李龟年的弹词抒发兴亡之感、黍离之悲。

全剧结构精巧严密，以爱情的离合贯穿始终，二人定情的信物钗盒八次出现，关联全剧。正如吴舒凫的批语所说："翠阁交收，固宠也；马嵬殉葬，志恨也；墓门夜玩，写怨也；仙山携带，守情也；璇宫呈示，求缘也；道士寄将，征信也；至此重圆结案。大抵此剧以钗盒为经、盟言为纬，而借织女之机梭以织成之。呜呼，巧矣！"语言清丽流畅，充满诗情画意，如《密誓》中：

【二郎神】秋光静，碧沉沉轻烟送暝。雨过梧桐微做冷，银河宛转，纤云点缀双星。

景如画而又意境深远。再如《惊变》中的：

【南扑灯蛾】态恹恹轻云软四肢，影濛濛空花乱双眼。娇怯怯柳腰扶难起，困沉沉强抬娇腕。软设设金莲倒褪，乱松松香肩軃云鬟。美甘甘思寻凤枕，步迟迟倩宫娥搀入绣帷间。

曲词优美，生动形象，《续词余丛话》赞叹为："写美人之致，宛然一幅醉杨妃图。将醉中风致曲曲写来，虽仇十洲妙笔，不能得其仿佛也。"而《疑谶》中郭子仪所唱则是另一种风格：

【商调集贤宾】论男儿壮怀须自吐，肯空向杞天呼？笑他每似堂间处燕，有谁曾屋上瞻乌？不提防枰虎樊熊，任纵横社鼠城狐。几回家听鸡鸣，起身独夜舞。想古来多少乘除，显得个勋名垂宇宙，不争便姓字老樵渔。

雄浑高亢，充满愤激之情。李龟年的《弹词》则深沉凄怆：

【六转】恰正好呕呕哑哑《霓裳》歌舞，不提防扑扑突突渔阳战鼓。划地里出出律律纷纷攘攘奏边书，急得个上上下下都无措。早则是喧喧嗾嗾、惊惊遽遽、仓仓卒卒、挨挨拶拶出延秋西路，銮舆后携着个娇娇滴滴贵妃同去。又只见密密匝匝的兵，恶恶狠狠的语，闹闹炒炒、轰轰剨剨四下喳呼，生逼散恩恩爱爱、疼疼热热帝王夫妇。霎时间画就了这一幅惨惨凄凄绝代佳人绝命图。

雨夜闻铃，触景生情则是：

> 【前腔】淅淅零零，一片凄然心暗惊。遥听隔山隔树，战合风雨，高响低鸣。一点一滴又一声，一点一滴又一声，和愁人血泪交相逆。对这伤情处，转自忆荒茔。白杨萧瑟雨纵横，此际孤魂凄冷。鬼火光寒，草间湿乱萤。只悔仓皇负了卿，负了卿！我独在人间，委实的不愿生。语娉婷，相将早晚伴幽冥，一恸空山寂，铃声相应，阁道峻嶒，似我回肠恨怎平。

孔尚任与《桃花扇》

孔尚任(1648～1718)，是孔子的第 64 代孙。康熙皇帝南巡到曲阜祭孔时，孔尚任因御前讲《论语》受到褒奖，被任命为国子监博士。次年他参与了疏浚黄河海口的工程，接触到黑暗的现实，逐渐认识到吏治的腐败。回京后，虽继任国子监博士等官，却主要以读书和搜藏古物来打发闲散的生活；以戏曲、诗歌创作来抒发抑郁的胸怀。《桃花扇》贯注了孔尚任毕生的精力，十年惨淡经营，多方搜集材料，三次易稿，才在康熙三十八年成书，次年又因文字祸罢官。孔尚任晚景萧条，后于故乡去世。

《桃花扇》是"借离合之情，写兴亡之感"的历史剧。它通过复社文人侯方域和秦淮名妓李香君悲欢离合的爱情故事，反映南明弘光王朝覆亡的历史，揭示南明覆亡的原因，抒发了亡国之痛和故国之思。它写复社文人侯方域经画家杨文聪介绍，结识李香君，两人一见钟情，侯方域题扇相赠。杨文聪又出资帮助两人完婚，并送上一份丰盛的妆奁。原来杨是受魏忠贤阉党阮大铖指使来拉拢侯方域的。明末阉党垮台，但东林党的残余势力——复社尚在，阻止阮大铖东山再起。李香君知道杨文聪的用意后，坚决拒绝了妆奁，把阮大铖、马士英等阉党余孽痛骂了一顿。这时明朝处于风雨飘摇之中，武昌总兵左良玉因粮饷困乏，率军移驻南京，使朝野大为惊恐。侯方域修书劝阻左良玉，反被阮大铖诬陷为私通左良玉，侯避祸出走，投奔在扬州督师的史可法。这时李自成攻破北京，马士英、阮大铖拥福王在南京称帝，号弘光，历史上称为南明。马、阮得势后，对复社文人进行迫害，强逼李香君嫁给漕抚田仰做妾。李香君矢志不从，以头撞地，血溅桃花扇，并将扇子寄给侯方域。侯原奉史可法之命监军防河，但军中不和，只身回南，途遇友人得到桃花扇。他回到南京，李香君已被征入宫，自己也被抓入狱。不久清兵南下，攻陷南京，侯方域和李香君乘兵乱逃走，几经辗转，终于相会在栖霞山的白云庵。两人正要倾诉情怀时，被主坛法师喝破：沧桑已变，如何还恋儿女之情。于是割断情根，各自拜师出家。

《桃花扇》中侯方域与李香君的悲欢离合与当时的政治斗争是紧密相连的。两人的相识，是当时政治斗争的一部分。李香君的"却奁"，打破了阮大铖的阴谋，阮得势后，为报复复社文人，逼李香君再嫁，李香君誓死不从，这是阉党余孽与复社文人斗争的继续。侯、李二人在南明覆亡之中辗转流离，等到两人再度相会时，江山已改，南明王朝瓦解。所以两人的离合与南明王朝的兴亡息息相关，作品写他们爱情的不幸遭遇，就是写南明兴亡的短暂历史。通过对阮大铖、马士英及自私将帅的描写，对弘光皇帝醉生梦死的描写，对史可法这样的正直官员、侯方域这样的爱国文人的描写，以其动人的艺术形象再现了南明的历史并深刻揭示了南明覆亡的原因。

《桃花扇》成功地塑造了李香君的形象，她把个人的自由和幸福，人格的尊严与政治原则、政治理想结合起来，不同于以往小说戏剧中单纯追求个人幸福的妓女形象。当侯方域面对拉拢态度有所动摇时，李香君怒斥侯方域："官人是何说话，阮大铖趋附权奸，廉耻丧尽；妇人女子，无不唾骂。他人攻之，官人救之，官人自处于何等也？"后来她拒绝再嫁，面对威逼利诱毫不动摇，公开声称"奴是薄福人，不愿入朱门"，宁愿"碎着淋漓不肯辱于权奸"。这使李香君成为我国戏曲舞台上最光辉的妇女形象之一。剧中其他人物形象的塑造也各有特色，多而不杂，有着深厚的内涵。在艺术结构上，《桃花扇》以侯方域、李香君的爱情故事为全剧纲领，以桃花扇绾结全剧，编织了南明王朝复杂的政治斗争，展示了南明兴亡的历史。剧情起伏多变，头绪复杂错综，但在结构上不枝不蔓，浑然一体，显示了作者非凡的艺术概括能力，从而使《桃花扇》成为一部杰出的历史剧。

［作品选读］

关汉卿

　　【南吕】一枝花·不伏老（散曲）

　　【正宫】端正好（没来由犯王法）（存目）（选自《窦娥冤》）

　　【双调】新水令（大江东去浪千叠）（存目）（选自《单刀会》）

马致远

　　【越调】天净沙·秋思（存目）（散曲）

王实甫

　　【中吕】十二月带尧民歌·别情（散曲）

　　【正营】端正好（碧云天）（存目）（选自《西厢记》）

张养浩

　　【中吕】山坡羊·潼关怀古（存目）（散曲）

王磐

　　【中吕】朝天子·咏喇叭（存目）（散曲）

睢景臣

　　【般涉调】哨遍·高祖还乡（存目）（散曲）

汤显祖

　　懒画眉（最撩人春色）（存目）（选自《牡丹亭》"寻梦"）

洪昇

　　【南吕】一枝花（不提防余年值乱离）

孔尚任

　　【中吕】哀江南

无名氏

　　【中吕】山坡羊（小尼姑年方二八）（存目）（选自《思凡》）

南吕一枝花

不　伏　老

关汉卿

　　【南吕一枝花】攀出墙朵朵花①，折临路枝枝柳②。花攀红蕊嫩，柳折翠条柔。浪子风流，凭着我折柳攀花手，直煞得花残柳败休。半生来折柳攀花，一世里眠花卧柳。

　　【梁州第七】我是个普天下郎君领袖，盖世界浪子班头。愿朱颜不改常依旧，花中消遣，酒内忘忧；分茶㯝竹③，打马藏阄④，通五音六律滑熟⑤，甚闲愁到我心头。伴的是银筝女银台前理银筝笑倚银屏，伴的是玉天仙携玉手并玉肩同登玉楼，伴的是金钗客歌金缕捧金樽满泛金瓯⑥。你道我老也，暂休，占排场风月功名首，更玲珑又剔透。我是个锦阵花营都帅头，曾玩府游州。

　　【隔尾】子弟每是个茅草岗沙土窝初生的兔羔儿乍向围场上走⑦，我是个经笼罩受索网苍翎毛老野鸡蹅踏的阵马儿熟。经了些窝弓冷箭蜡枪头，不曾落人后。恰不道“人到中年万事休”，我怎肯虚度了春秋。

　　【尾】我是个蒸不烂煮不熟捶不扁炒不爆响珰珰一粒铜豌豆，恁子弟每谁教你钻入他锄不断斫不下解不开顿不脱慢腾腾千层锦套头。我玩的是梁园月⑧，饮的是东京酒⑨，赏的是洛阳花⑩，攀的是章台柳⑪。我也会吟诗，会篆籀⑫；会弹丝，会品竹；我也会唱鹧鸪⑬，舞垂手⑭；会打围，会蹴踘⑮；会围棋，会双陆⑯。你便是落了我牙，歪了我口，瘸了我腿，折了我手，天赐与我这几般儿歹症候⑰，尚兀自不肯休⑱。则除是阎王亲自唤，神鬼自来勾，三魂归地府，七魄丧冥幽⑲，天哪，那其间才不向烟花路儿上走⑳！

【注释】

　　①出墙朵朵花：宋陆游《马上作》：“杨柳不遮春色断，一枝红杏出墙头。”宋叶绍翁《游园不值》：“春色满园关不住，一枝红杏出墙来。”后人常用出墙花代指妓女。

　　②临路枝枝柳：《敦煌曲子词·望江南》：“我是曲江临池柳，这人折了那人攀。恩爱一时间。”后人以“临路柳”代指妓女。

　　③㯝竹：画竹。

　　④打马藏阄：古代的两种搏戏。打马，又称打双陆。

　　⑤通五音六律滑熟：指精通音乐。

　　⑥金缕：《金缕衣》，曲调名。

　　⑦子弟每：此处指嫖客们。每：们，用于名词或人称代词后表示复数。

　　⑧梁园：又名兔园。汉代梁孝王刘武建造的园林，故址在今河南商丘市东。后人用以代指游宴场所。

⑨东京：指汴梁(今河南开封市)。北宋时称洛阳为西京，开封为东京。

⑩洛阳花：指牡丹，因洛阳盛产牡丹，故称。此处也暗喻美妓。

⑪章台柳：唐许尧佐传奇《柳氏传》中，唐代诗人韩翃，有宠姬柳氏。后因战乱阻隔，二人难以相见。韩寄《章台柳》词于柳氏："章台柳，章台柳，昔日青青今在否？纵使长条似旧垂，亦应攀折他人手。"章台，汉代长安街道名，因妓院多，后以用作妓院的代称。

⑫篆籀(zhòu)：指书法。篆、籀是两种古代书体。

⑬唱鹧鸪：唱[瑞鹧鸪]、[鹧鸪天]等曲调。

⑭垂手：当时的舞蹈名。

⑮蹴鞠(cù jū)：古代的一种踢球游戏。

⑯双陆：古代的一种赌博的游戏，今已失传。

⑰歹症候：坏毛病。

⑱尚兀自：还自。

⑲冥幽：阴间。

⑳烟花路儿：指妓院。

【评点】

　　这是关汉卿的一首颇有特点的、常被人们提到的套曲。在这首套曲中，作者毫不掩饰，大力描写在勾栏妓院的放纵生活，并且直言不讳地宣称对这种生活的迷恋。后代研究者对这首曲有不同的看法，有人认为这首套曲是作者混迹勾栏、不检点生活的自供，有人认为是他宁折不屈的斗争生活的写照。应该说，就这个曲对"浪子"生活的描写如此突出、如此集中这一点说，并不一定完全是作者生活的真实记录，其中不乏艺术加工和夸张渲染。这首曲中包含着作者以玩世不恭的形式向社会表示的不服和抗争，表现出作者顽强的性格以及不受世俗观念束缚的生活态度。

［中吕］十二月带过尧民歌

别　情

王实甫

　　自别后遥山隐隐，更那堪远水粼粼①。见杨柳飞绵滚滚②，对桃花醉脸醺醺③。透内阁香风阵阵④，掩重门暮雨纷纷。

　　怕黄昏不觉又黄昏，不消魂怎地不消魂⑤。新啼痕压旧啼痕，断肠人忆断肠人⑥。今春，香肌瘦几分，裙带宽三寸⑦。

【注释】

　　①粼粼：形容水的微波。

　　②飞绵：指柳絮。

　　③醺醺：形容醉态，因醉脸红。取崔护"人面桃花相映红"句意。

　　④内阁：深闺。

　　⑤消魂：因感伤而失魂落魄的样子。

　　⑥断肠人：极其伤感的人。

　　⑦裙带宽三寸：形容消瘦。

【评点】

咏叹别情。前一支曲子(前六句)以景物衬托思念之情。"见杨柳飞绵滚滚"一句，隐含王昌龄《闺怨》中"忽见陌头杨柳色，悔教夫婿觅封侯"句意，看似写自然景色，实表现对游子的思念。后一支曲子中，"怕黄昏不觉又黄昏，不消魂怎地不消魂"两句，直抒女主人公的内心活动。黄昏容易引起人的寂寞惆怅之感，而黄昏又不知不觉地到了，强烈的思念之情不可抑制，让人失魂落魄。前支曲子多用叠字，融情于景；后一支曲子多用连环句式，直抒胸怀。全曲既委婉，又率真。周德清《中原音韵·作词十法》视这个带过曲为"定格"，意即可作为供人模仿学习的典范。并说它"对偶、音律、平仄、语句皆妙。"王世贞《艺苑卮言》附录一说它是"情中俏语"。

南吕一枝花

洪　昇

【南吕一枝花】不提防余年值乱离①，逼拶得歧路遭穷败②。受奔波风尘颜面黑，叹衰残霜雪鬓须白。今日个流落天涯，只留得琵琶在。揣羞脸，上长街③，又过短街。那里是高渐离击筑悲歌④，倒做了伍子胥吹箫也那乞丐⑤。

【梁州第七】想当日奏清歌趋承金殿⑥，度新声供应瑶阶。说不尽九重天上恩如海⑦：幸温泉骊山雪霁⑧，泛仙舟兴庆莲开⑨，玩婵娟华清宫殿⑩，赏芳菲花萼楼台⑪。正担承雨露深泽，蓦遭逢天地奇灾。剑门关尘蒙了凤辇鸾舆⑫，马嵬坡血污了天姿国色⑬，江南路哭杀了瘦骨穷骸。可哀落魄，只得把《霓裳》御谱沿门卖，有谁人喝声采！空对着六代园陵草树埋⑭，满目兴衰。

【注释】

①余年：晚年。

②逼拶(zā)：逼迫。

③揣羞脸：遮着脸，表示难为情。

④高渐离：战国时燕国人，擅长击筑。筑是古代的一种打击乐器。荆轲应燕太子丹的要求西去行刺秦王时，他在易水边击筑为荆轲送行。

⑤伍子胥：春秋时吴国大夫。名员，字子胥。楚大夫伍奢的次子，楚平王杀害了伍奢后，他逃到吴国，一度曾流落街头，吹箫为生。

⑥趋承金殿：在剧中演唱这套曲子的剧中人物李龟年，是唐代内苑伶工，在内廷当差。金殿，指皇宫。

⑦九重天上：此处指唐玄宗李隆基。开元年间李龟年备受玄宗宠幸，荣贵与王侯不相上下。

⑧骊山：在陕西临潼东南，山下有温泉和华清宫。

⑨兴庆：兴庆池，在西安兴庆宫内。

⑩玩婵娟：赏月。

⑪花萼楼：兴庆宫内的楼名。

⑫"剑门关"句：指安史之乱起，唐玄宗逃往四川。剑门关：即剑门山，在四川省剑阁县东北。

⑬"马嵬坡"句：写杨贵妃在马嵬坡被赐缢死事。

⑭六代：指建都南京的吴、东晋、宋、齐、梁、陈六个朝代。

【评点】

这两支曲子选自《长生殿》中第三十八出《弹词》。《长生殿》一剧写唐明皇与杨贵妃之间的爱情故事，赞美他们之间生死不渝的爱情。但同时也用了相当大的篇幅描写历史政治内容和抒发家国兴亡之叹。《弹词》这出戏的主人公是天宝年间的内廷艺人李龟年，他回顾当年富贵荣华、安乐平静的生活，对照安史之乱后种种灾难性现实，抒发了沉痛的故国之思和兴亡之感，全曲的风格慷慨悲凉，如泣如诉，体现了老伶工李龟年的爱国情怀。从这两支曲子可一定程度地看出洪昇剧作的特点：文辞典雅，精于音律，在舞台上有着很强的生命力。《弹词》这出戏便是昆曲舞台上久演不衰、深受欢迎的一个折子戏。

［中吕］哀江南①

孔尚任

【北新水令】山松野草带花挑，猛抬头秣陵重到②。残军留废垒，瘦马卧空壕；村郭萧条，城对着夕阳道。

【驻马听】野火频烧，护墓长楸多半焦。山羊群跑，守陵阿监几时逃③。鸽翎蝠粪满堂抛，枯枝败叶当阶罩；谁祭扫，牧儿打碎龙碑帽④。

【沉醉东风】横白玉八根柱倒，堕红泥半堵墙高，碎琉璃瓦片多，烂翡翠窗棂少⑤，舞丹墀燕雀常朝⑥，直入宫门一路蒿，住几个乞儿饿殍⑦。

【折桂令】问秦淮旧日窗寮⑧，破纸迎风，坏槛当潮，目断魂消。当年粉黛，何处笙箫？罢灯船端阳不闹，收酒旗重九无聊⑨。白鸟飘飘，绿水滔滔，嫩黄花有些蝶飞，新红叶无个人瞧。

【沽美酒】你记得跨青溪半里桥，旧红板没一条。秋水长天人过少，冷清清的落照，剩一树柳弯腰。

【太平令】行到那旧院门，何用轻敲，也不怕小犬哗哗⑩。无非是枯井颓巢，不过些砖苔砌草。手种的花条柳梢，尽意儿采樵；这黑灰是谁家厨灶？

【离亭宴带歇指煞】俺曾见金陵玉殿莺啼晓⑪，秦淮水榭花开早，谁知道容易冰消。眼看他起朱楼，眼看他宴宾客，眼看他楼塌了。这青苔碧瓦堆，俺曾睡风流觉，将五十年兴亡看饱。那乌衣巷不姓王⑫，莫愁湖鬼夜哭⑬，凤凰台栖枭鸟⑭。残山梦最真，旧境丢难掉，不信这舆图换稿⑮。诌一套哀江南，放悲声唱到老。

【注释】

①哀江南：曲题，这里包括了一个北双调套曲。这个套曲与贾凫西《木皮词》中的《历代史略鼓词·哀江南》大体相同。孔尚任删掉了原曲中每支曲子的标题。

②秣陵：指南京。

③阿监：内监。

④龙碑：指明孝陵的墓碑。

⑤窗棂：窗子上雕有花纹的木格。

⑥丹墀：宫殿前的石阶，因漆成红色。故称丹墀。

⑦饿殍(piǎo)：饿死的人。

⑧秦淮：指秦淮河流经南京的一段，一度是歌妓聚居的地方。

⑨"罢灯船"两句：意谓秦淮河一带，端阳节都不见灯船，重阳节也见不到酒幌子。

⑩哮哮(láo)：象声词，此处形容狗叫声。

⑪金陵：南京。

⑫乌衣巷：地名，在今南京市东南。三国时吴在此建乌衣营，因士兵穿黑衣服而得名。东晋时，王、谢等望族在此居住。此处"乌衣巷不姓王"句，感叹人世沧桑。

⑬莫愁湖：在南京水西门外，传说是莫愁旧居。

⑭凤凰台：在南京市。相传晋朝升平年间，有形状色彩如孔雀的鸟集于此地，当时人传谓凤凰，因起台于其地，名为凤凰台。枭鸟，即猫头鹰。

⑮舆图：地图。

【评点】

这个套曲选自孔尚任《桃花扇》传奇的续四十出《余韵》。《桃花扇》以侯方域和李香君的爱情故事为线索，描写了南明王朝衰亡的历史，即所谓"桃花扇底送南朝"。《桃花扇》是古典戏曲中"借离合之情，写兴亡之感"的成功之作，写出了明代亡国的历史悲剧。"余韵"这出戏颇具特色，它出现在全剧戏剧冲突结束以后。整出戏由剧中的三个非主要人物分别唱了三套曲子，老礼赞唱了一套[问苍天]、柳敬亭唱了套[秣陵秋]，苏昆生唱了这套[哀江南]。[哀江南]通过凭吊南京城的明孝陵、明故宫以及秦淮旧院，创造出凄清苍凉的意境，不仅写出了世事沧桑之感，国破家亡之痛，还昭示出封建末世的悲凉。

第八章　天地妙章　摹写世态人心
——古代小说

　　《红楼梦》之文，天地间之妙文也；《红楼梦》之事，古今来之妙事也。

——何炳麟

　　天下之文章，无有出《水浒》右者；天下之格物君子，无有出施耐庵先生右者。学者诚能澄怀格物，发皇文章，岂不一代文物之林，然但善读《水浒》而已，为其人绰绰有余也。

——金圣叹

第一节　星光熠熠：中国古代小说的生成

　　小说渊源：神话诸子和史传——旭日初升：志怪小说和志人小说——唐传奇：文言小说的高峰

　　作为中国古代文学的重要组成部分，中国古代小说具有其独特的发生发展演变的历史。在漫长的发展过程中，中国古代小说与古代文化的诸多因素形成错综复杂的关系，同时又演变出丰富多彩各具特色的文体，构成了或者独立发展或者交叉影响或者并列称雄的流变演进大格局。其主流，从先秦的孕育到汉代的命名，经历了汉魏六朝杂史、志怪的成长，唐宋元明传奇、话本的壮大，最后在明清章回小说中展示出生命的辉煌。

一、小说的渊源

　　中国古代小说孕育于中国古代文化最富于创造力和影响力的战国时期，其源头有三：神话、诸子和史传。明人胡应麟曾说，《山海经》等神话书是"古今小说之祖"。古代神话对小说的影响主要体现在三个方面：一是题材，二是幻想的方式，三是情节结构。

　　史传的第三人称全知视角叙事对小说叙事方式的影响十分深刻。《左传》、《国语》基本采用第三人称全知视角叙事的方式，这为小说叙事提供了范例。最早的杂史小说《穆天子传》就套用了这种方式来展开具体的叙述过程。后世小说也大体如此。这种叙事方式使叙述者超越时空限制，自由出入于叙述所及的任何时刻、任何场景，这一方面构成了全方位叙事，同时也使叙述者成为一个无所不在的全知全能者。这就要求叙述者即便是进行历史叙事也必须展开想象，以弥补实际素材的种种不足。而正是想象，使历史叙事顺利地过渡为小说叙事。《左传》记晋楚鄢陵之战，还采用限知视角叙事，其中以楚王和伯州犁的视线取代作者无所不见的眼光，来叙写晋军的种种动向。这种叙事方式变全知视角的外在叙述为限知视角的内在叙述，突出了叙述的现场感和真实感，对后世小说影响深远。六朝志怪小说多以这种方式来强调叙述的真实性。先秦史书如《左传》、《国语》、《战国策》中，多有情节完整、场面突出、人物生动、对话精彩的段落，往往为后世小说视作渊源和楷模。特别是《战国策》，其中许多篇章具有明显的虚构色彩，更是被当作最初的小说体裁之一——杂史小说的开端。《隋书·经籍志》将《战国策》从正史中剔出，列为"杂史"之首，下启《吴越春秋》、《越绝书》等汉代杂史小说，其中史传与小说的亲缘关系尤为明显。

汉代出现了第一篇粗具小说规模的《燕丹子》。《燕丹子》比《刺客列传》中的"荆轲传"更富于传奇性。这首先涉及其中的三个传奇性情节：一是乌白头、马生角、桥机不发而太子丹得归；二是太子丹以"黄金投龟、千里马肝、姬人好手盛以玉盘"厚待荆轲；三是荆轲刺秦王，秦王"乞听琴声而死"，秦姬鼓琴以隐语解秦王之困，致使荆轲功败垂成。这些传奇情节本之秦汉以来的民间传说，《史记》因其"太过"、"皆非"削之不载，以维护历史叙事的基础。但对于小说叙事来说，这些传奇情节却有特殊的艺术内涵。

二、旭日初升：志怪小说和志人小说

魏晋南北朝时代小说初具规模，从内容上可分两大类：志怪与志人。前者以写神灵鬼怪及其妖异怪诞之事为主，后者以记载人物的琐闻逸事为主。它们对后世文言小说的写作，不论是在题材内容、人物塑造上，还是在艺术手法、叙事模式上，都产生了深远影响，特别是确立了文言小说中志人与志怪二元对立的格局。而从艺术价值和小说发展史的角度来看，志怪小说要比志人小说更有价值，具备更多的小说因素。这也是中国志怪小说史上的黄金时期。正如鲁迅先生在《中国小说史略》中指出的："皆张皇鬼神，称道灵异，故自晋讫隋，特多鬼神志怪之书。"得道成仙或长生不老，消灾弭祸或求得解脱，这种鬼神迷信和宗教虚幻观念，不论是对醉生梦死的统治阶级，还是对陷入人生苦闷的士大夫阶层，抑或对处在兵荒马乱之中、备受折磨煎熬的黎民百姓，都是一根救命的稻草。而这种鬼神和宗教观念的流行，正是志怪小说得以滋生的温床。

志怪小说代表作是干宝的《搜神记》，其中有《干将莫邪》之类的许多名篇。它写春秋时代楚国工匠干将莫邪费尽千辛万苦铸成两把剑，他深知暴君楚王一定会在献剑后杀死他，就决定只献雌剑，并对妻子说等孩子长大后，一定叫他拿着雄剑为父报仇。后来他的儿子赤路遇一位侠客愿意带着赤的头代他复仇。赤当即自刎，侠客就以献头

的名义去见楚王，并要楚王将头放到锅里去煮，然后引诱楚王上前观看，乘机将楚王的头砍进锅里。他自刎后，头也落进锅中。三个头在锅中噬咬搏斗，最后纠结一起，分辨不清，楚人只好将他们埋葬在一起，通称三王墓。

这篇小说悲壮感人，情节一波三折，既出人意料，又真实可信，同时刻画了楚王的贪婪残暴、赤和侠客的勇敢卓绝和顽强斗争的英雄气概。鲁迅先生曾以此题材写了《铸剑》。同样令人回肠荡气的还有韩凭夫妇的故事：宋康王霸占了韩凭漂亮的妻子，韩悲愤自杀。他的妻子趁着与康王一同登台赏景的时候，跳台自尽，留下遗书要求与韩合葬。康王大为恼怒，下令不准合葬。但令人惊奇的是一夜之间，两座坟墓各长出一棵大树，枝叶交错一起，并有一对鸳鸯交颈哀鸣。韩凭夫妇不畏强暴、不慕富贵和追求忠贞不渝爱情的精神，给人留下深刻印象，具有强烈的艺术感染力。另一篇《紫玉》的故事也是对纯洁爱情的歌颂。小说写吴王夫差的女儿紫玉与穷人家的韩重相爱，并私订终身。后紫玉抑郁而死，韩重来其墓前吊唁痛哭之时，紫玉鬼魂从墓中走出，二人遂于墓中相会成亲。这里歌颂了坚贞不渝的爱情及其令人"生而死，死而生"的伟大力量，在后世的文学创作中产生了强烈的反响。

而干宝虽是抱着"发明神道之不诬"的观念创作此书的，但书中也有没有迷信色彩的佳作，《李寄斩蛇》就是其中的代表。故事语言简朴有力，情节紧张生动，结构完整丰富，具有引人入胜的美学效果，特别是少年女英雄李寄的勇敢机智、侠义聪慧和勇于挺身而出，为民除害的精神令人惊叹不已。

总起来说，这些故事优美的志怪小说一方面折射了时代的黑暗腐朽，抨击了统治阶级的专横跋扈及祸国殃民的罪行，对处于水深火热之中的黎民百姓寄予了深深的同情，表现出作者鲜明的爱憎倾向，具有深广的思想和社会意义；另一方面艺术上也成就卓著，它们有丰富奇特的想象幻想、鲜明生动的人物形象和完整曲折的故事情节，具有很高的艺术造诣和观赏价值，即构思奇幻惊人，文笔细腻迷人，情致哀婉动人。运用了多种艺术手段，增强了叙事的艺术性，避免了平铺直叙，有意造成情节的波澜起伏，描写成分增大，由作者代叙的比重降低，场面描写细致生动，善于通过作品中人物自己的对话和动作来表现人物性格，推进情节发展，并有意识地渲染细节，使人物形神兼备，增强了艺术感染力，贯穿着浪漫主义精神，寄托着人们的美好理想。

志人小说的勃兴除了文体自身的演变原因以外，还与汉末清议和品评人物之风盛行以及九品中正制选拔人才制度的确立有关。士大夫故标清高疏放，宗法老庄，不以世俗之务萦心，追求放诞任性，并袭取清议的形式，高谈玄理，于是在污浊的现实上营造出一个精神的象牙之塔，使士人们得以像鸵鸟般埋起头来躲避现实。志人小说的代表作是刘义庆的《世说新语》，它形象生动地描绘了"魏晋风度"与"名士风流"的真实面貌与生活情景。这种人格风度指：举止的放诞任性，不拘礼法，不与世俗苟同，如《任诞》中的"王子猷雪夜访戴安道"、《雅量》中谢安与顾雍的故事。再就是标榜清高雅致，追求清谈玄远，在《文学篇》中记述了大量清谈、玄谈的故事。

　　书中还暴露了当时的社会和政治的黑暗，对统治阶级和豪门世族的贪婪残暴、穷奢极欲和悭吝狠毒给予了不遗余力的谴责抨击，如《汰侈》中王恺与石崇斗富夸豪。书中也赞扬和肯定了许多正义的言行，如《简傲》中嵇康的不阿权贵，《方正》中何充的驳斥王敦等。最感动人的是"新亭对泣"，写南渡士人经常触景生情，新亭对泣，悲悼故国沦陷，念念不忘收复故土的爱国情怀，广为人道。

　　而从小说发展史的角度看，它不仅在于全景般地展示了六朝士人的生活情景，更重要的还在于写人的言行举止和刻画人物性格方面取得突出成就，为后世小说的写人提供了楷模。它善于选择简短典型的场面，画龙点睛般地勾勒出一个人独具的性情，并且刻画人的个性达到了形神兼备、描骨入神的地步，像写王蓝田的性急。

　　与此相应，其语言能够简洁传神，意味隽永，寥寥数语就写出一个人的音容笑貌，并使人过目不忘，像桓温见亲手栽的树已十围，乃感慨："木犹如此，人何以堪？"就有这样的效果。另外，它还善于熔铸口语和提炼富有生活气息的语言，写入小说，增强了小说的艺术感染力。书中的许多故事、言语还在后世变成了成语或典故，不胫而走，家喻户晓，如拾人牙慧、望梅止渴、难兄难弟、咄咄怪事之类。

三、唐传奇：文言小说的高峰

　　唐代传奇小说是文言小说发展史上的里程碑，代表着早期文言小说艺术的最高成就。它们在内容的丰富性、题材的多样性、人物的形象性、故事的艺术性和文笔的生动性等方面，都是六朝小说所无可比拟的。更重要的是"唐人乃作意好奇，假小说以寄笔端"（胡应麟《少室山房笔丛》），是"有意为小说"（鲁迅《中国小说史略》）的，故作为中国小说的自觉时代，实际上标志着中国小说的真正开端。

　　唐传奇的出现与唐代科举考试的"行卷"风气也有密切关系。南宋赵彦卫《云麓漫钞》卷八称："唐之举人，先借当世显人以姓名达之主司，然后以所业投献。逾数日又投，谓之温卷。……盖此等文备众体，可以见史才、诗笔、议论。"它经历了三大阶段，即神怪、恋爱和豪侠。以沈既济的《任氏传》为标志，传奇小说步入成熟和鼎盛时期，涌现出沈既济、许尧佐、李公佐、李朝威、白行简、元稹等一大批优秀作家，他们的作品充满着奇特瑰丽的想象、汪洋恣肆的气势和华丽丰赡的词句，足以代表着唐传奇的最高水平。内容以言情为主，叙事方式上借鉴了史传的客观记事记言的呈现方式，但打破了一般史书遵照自然时序叙述的方法，相当多的作品采用了倒叙、插叙等艺术手法，如《古镜记》、《补江总白猿传》、《薛伟》之类。

　　《任氏传》大大超越了志怪小说中人神恋爱的情节模式，不再以慕仙和艳遇及其借以表达寒门士子攀附显赫门第的潜意识欲望为主旨，表达出对人间真情的热烈追求和呼唤。小说塑造了一个多情善感、专一贞洁而又勇于为爱情献身的狐精任氏的光辉形象。她是一位美艳无比，妩媚多情而又风识卓异，性情高洁的奇女子。郑六明知任氏是狐精，但不改初衷，不在乎其出身的举动，使任氏大为感动，更坚定了她的爱情决心，并最终为了郑六而牺牲了自己的生命，爱得轰轰烈烈而又执着缠绵。小说也擅长刻画丰富多姿的女儿心态。篇中写任氏以大家女子的姿态与郑六欢好之后，次日清晨却被邻里胡商揭穿了真实身份，因此十天后与郑六在长安衣肆突然撞见，郑六急呼，任氏却"侧身周旋于稠人中以避焉"，羞见郑六，表现出低贱身份被揭穿后的深深羞耻和自卑心态。郑六连呼带赶，任氏躲避不过，"方背立，以扇障其后"。当得知郑六知情而又绝不嫌弃的表白后，"任氏乃回眸去扇，光彩艳丽如初"，表现出她狐疑化作惊喜，妩媚多情的女儿心态。面对郑六的眷恋不弃，任氏更以真情相托。

《李娃传》写荥阳公的儿子某生赴长安赶考时，爱上名妓李娃。一年后，钱财用尽，被鸨母设计驱逐出妓院，生活困顿不堪，最后沦为丧葬铺中的挽郎，不幸又被父亲发现，因有辱门风而惨遭鞭打，只能沿街乞讨为生。为李娃偶然碰见后，毅然收留了他，并资助和督促他攻读学业，两年后考中进士，做了高官。最后在其父的主持下，两人正式结婚，以大团圆终结。这篇小说第一次把妓女作为歌颂的对象，热烈赞美了其有情有义的高尚品德，纯洁心地及自我牺牲精神。某生也是很有光彩的形象，他一开始就没把李娃当作妓女看待，显得纯真可爱；飞黄腾达后也没有嫌弃李娃，而是一如既往地爱着她。小说歌颂了纯洁爱情，表达了反封建意义。

第二节　话本的集锦：三言、二拍、一型

宋元话本：爱情和公案——"三言"：精致的通俗小说——"二拍"：奇巧的模拟话本——《型世言》：俗世的劝喻故事

话本小说导源于唐代的佛教讲经及其"俗讲"活动，后来民间艺人借来讲史或演说时事等。这种说书人的底本及其摹拟"说话"的书面故事，就成了话本小说。它的显著特征是一篇故事通常包括"入话"、"正话"和"收场诗"三部分。入话在故事开头，起导引故事的作用，它可以是首诗或小故事，以小故事为入话的通常又称"得胜头回"或"笑耍头回"，属附加内容。

现存的话本以爱情和公案居多，直接取材于现实生活，表达市民心声。爱情题材的作品有《碾玉观音》、《闹樊楼多情周胜仙》、《快嘴李翠莲记》和《志诚张主管》；公案类代表性的有《错斩崔宁》、《宋四公大闹禁魂张》。《碾玉观音》写秀秀与崔宁的爱情故事，秀秀是王府里的婢女，趁王府失火时，与玉匠崔宁私奔。为怕王府追踪，逃到千里之外的地方谋生。后为王府家人发现，秀秀被抓回王府，拷打致死。其鬼魂依然追随崔宁一同生活，不幸又为那个家人发现，鬼魂面目暴露，只得揪着崔宁去做鬼夫妻。秀秀追求爱情的坚决大胆，给人留下了深刻印象。

《闹樊楼多情周胜仙》写富商的女儿周胜仙，春游时碰上范二郎，两人一见钟情。周故意当着范的面，与卖水的吵架，巧妙地介绍了自己，范心领神会，同样如法炮

制。周为父亲阻拦，一气而死，复活过后，得便就直奔范家。虽然被范误会为鬼而失手打死自己，也毫不怨恨。做了鬼，还请了三天假，与范约会。她的这种蔑视封建礼教，追求爱情和婚姻自主的精神感人肺腑，体现出妇女自主意识的觉醒。拟话本是文人介入话本小说领域，加工改造或模仿话本风格而创作出的小说。三言二拍一型是拟话本小说的代表作，也是我国古代白话短篇小说创作的高峰。

一、"三言"：精致的通俗小说

冯梦龙（1574～1646）字犹龙，别号墨憨子，江苏吴县人。他少年有才，然科举不得志，故一度"游戏烟花里"，成为放荡不羁之士，直到 57 岁才补得一名贡生。这一经历使他广泛接触了市民阶层，并深受流传市井的通俗文学的影响。在大量收集宋元话本和明代拟话本的基础上，冯梦龙于天启年间编选了"三言"，即《喻世明言》（原名《古今小说》）、《警世通言》、《醒世恒言》三部白话短篇小说集。从艺术形式上看，"三言"是文人对民间文学的加工、改造，即雅化的结果；从思想内容来说，则反映了原作深厚的市民意识和编者自身的士人情趣，是新兴阶级民主思想和封建社会传统观念的杂糅。

"三言"思想内容的进步性，主要体现在对封建道德的冲击和对封建政治的批判上。对封建道德的冲击突出表现在爱情题材和妇女题材的作品中。这类题材的作品在"三言"中占有相当大的比重。《杜十娘怒沉百宝箱》是其中的代表作，也是整个拟话本中成就最高的作品之一。小说描写了京城名妓杜十娘不甘屈辱，渴求"从良"，与太学生李甲相爱后与鸨母展开了争取人身自由的斗争，并凭借自己的机智跳出了火坑。在与李甲返乡成婚的路上，李甲担心这门婚事将不为封建官僚的父亲所容，竟在富商孙富的挑唆下把十娘卖给了孙富。十娘不从，怒斥李甲，怀抱宝匣以死抗争，投江自沉。小说一波三折，写尽了十娘的人生悲欢，爱情离合。其悲剧结局在众多的团圆收尾的拟话本中独树一帜，使读者在爱情与生命的毁灭中强烈感受到封建社会及其道德原则的虚伪和残酷。《卖油郎独占花魁》是"三言"中的另一名篇佳作。小说中的花魁娘子莘瑶琴虽为烟花女子，但才貌双全，名重一时，本可成为达官显贵的宠妾，跻身上流社会，却最终接受了地位卑微的卖油小贩秦重的爱，并表达了"布衣蔬食，死而无怨"的决心。说明真挚的爱情可以超越门第、等级、金钱。此外，《玉堂春落难逢夫》、《金玉奴棒打薄情郎》、《蒋兴哥重会珍珠衫》、《玉娇鸾百年长恨》、《宋小官团圆破毡笠》等篇目，或歌颂了坚贞爱情，或痛斥了薄幸负心，表达了冯梦龙"借男女之真情，发名教之伪药"（《叙山歌》）的文学主张。

在对封建政治的批判方面，公案题材的《十五贯戏言成巧祸》是一篇脍炙人口的作品。小说围绕十五贯钱被盗造成的命案，描写了临安府尹用想当然的官僚主义态度乱判官司，将半路邂逅相遇的清白男女小娘子和崔宁定为谋财害命的奸夫奸妇，并凌迟示众，揭示了封建衙门的黑暗无道。《沈小霞相会出师表》则直接反映了明代统治阶级内部的忠奸斗争，忠良沈炼父子与权奸严嵩父子的斗争，在史实的基础上通过艺术渲染显得曲折激烈。沈炼及其儿子沈小霞为此家破人亡，历经悲楚而最终赢得了胜利，说明正义必将战胜邪恶。此外《白娘子永镇雷峰塔》、《金令史美婢酬秀童》、《范鳅儿双镜重圆》等，都从不同角度揭示了封建专制的黑暗及人民的抗争。

"三言"所刻画的人物林林总总，其中最具特色的形象有两类，一类是妇女形象，另一类是商人形象。妇女形象中有忍辱负重、有胆有识的闻淑英（《沈小霞相会出师表》），才华横溢、聪慧过人的苏小妹（《苏小妹三难新郎》），但更多的是追求婚姻自主、爱情幸福的女性，尤其是生活在社会底层的妓女，如杜十娘、莘瑶琴、玉堂春等，她们心地善良、爱憎分明，渴求爱情、无视礼教。作者往往把她们置于悲欢离合的故事之中，通过她们的悲惨境遇，寄予对她们的同情和赞扬。商人形象的大量出现是拟话本人物形象的一大特色，它在传统的士人儒生形象中增加了城市经济繁荣产生的"新面孔"。如心术不正的暴发富商孙富，惜花怜香的卖油郎秦重，拾金不取的小商人施复（《施润泽滩阙遇友》）等形形色色的商人，在一定程度上反映了时代的特征，又丰富了中国小说的人物画廊。

"三言"对话本的雅化，是艺术上的一种超越。这种超越首先表现在加强了细节描写和心理描写。"三言"中人物心理的微妙变化，情节发展的微末细节，乃至于动作的一招一式，情感的一波一折都刻画得十分细腻。如《杜十娘怒沉百宝箱》中李甲与孙富密谋卖掉十娘，回到船上，十娘问起，李甲几度欲语不言，反反复复之中反映了李甲愧对十娘的心理。细节及心理的描写，丰富了小说内涵，扩大了艺术表现空间，烘托了人物形象，是说书艺术转向案头文学所产生的重大变化。

其次，小说的结构更加谨严，对入话进行了规范，使其与正文故事形成有机的艺术整体。文中的许多诗也进行了雅化，更符合书面阅读。如《苏小妹三难新郎》中的许多诗句是说书根本无法表达的。

"三言"是古代小说家对民间文学继承与革新的成功范例。它的现实主义精神与白话短篇形式直接推动了拟话本的繁荣，并对后世的小说创作产生了深远的影响。

二、"二拍"：奇巧的模拟话本

冯梦龙的"三言"把民间流传的话本推上了文学殿堂。市民的欢迎，出版商的重视，使更多的文人关注话本，但他们不再满足于对话本的整理加工，于是一大批对话本模拟创作的作品在晚明相继问世，严格意义上的拟话本出现了。凌濛初的"二拍"就是其中最有影响的拟话本集。

凌濛初（1580～1644），字玄房，号初成，别号即空观主人。曾任上海县丞，徐州通判等职。"二拍"，即《初刻拍案惊奇》、《二刻拍案惊奇》。"二拍"比"三言"带有更多的求奇求巧特征和更强烈的创作主体意识。"二拍"的艺术个性及其思想内容的局限性均由此而产生。

"二拍"追求奇巧的特征在《拍案惊奇》这一集名中已显露出来，从故事内容来看更是如此。如《转运汉巧遇洞庭红，波斯胡指破鼍龙壳》中，主人公苏州府商人文若虚航海到吉零国做生意，回国途中在一海上荒岛拾得一巨大的龟壳，拿回船中被同行商人一阵嘲笑，本以为是废物的龟壳没想到回国后被一波斯商人识出是万年鼍龙蜕下的壳，花五万两银子买下，文若虚一下暴富。而《叠居奇程客得助，三救厄海神显灵》中的徽州商人程宰则更遇奇事。他客居辽阳为商，几年奔波竟血本赔光，饥寒交迫之夜忽遇美女海神，不仅缠绵恩爱，还在海神指点下三笔生意赚了七万两，三次遇险均逃脱厄运。当然，"二拍"中更多的故事是通过巧合来表现奇异的。《陶家翁大雨留宾，蒋震卿片言得妇》讲的是杭州府儒生蒋震卿外出游玩时遇雨，到一庄宅门前暂避，一句对同伴的戏言"此乃是我丈人家里"却牵出一段离奇姻缘。原来此话正巧被庄宅主人陶翁听见，陶拉蒋的两位同伴入宅，关蒋于门外。是夜，恰遇陶翁女儿约表弟私奔，误认蒋为表弟，黑夜中随蒋一路狂奔，天明时才发现跟错了对象，只得认了缘分嫁给了蒋震卿。

"二拍"的奇、巧特征一方面来自书商的怂恿和市民对奇闻逸事的兴趣，另一方面更来自作者的创作指导思想。凌濛初说："今之人，但知耳目之外，牛鬼蛇神之为奇，而不知耳目之内，日用起居，其为谲诡幻怪非可以常理测者固多也。"因此在小说中"凡耳目前怪怪奇奇，当亦无所不有"（《拍案惊奇序》）这就是说，小说充满了奇异，但这些奇异都来自"耳目之内，日用起居"的现实生活。它既满足了读者对耳目外的奇幻世界的兴趣，又保持了作者对耳目内的现实世界的关注。它既有奇幻的色彩，又是十足的世情小说。

强烈的创作主体意识是"二拍"的又一显著特点。宋元以来的话本，稗官野史对于凌濛初来说只是创作的素材，他要从中演绎出一篇篇离奇而充满巧合的故事，就要对情节加以变动，对细节加以补充，对人物形象加以改造。在这一过程中，他又把自己的思想意识、道德原则通过直接议论的方式加了进去。因此，在小说艺术性加强了的同时，道德说教的色彩也相应浓厚了。但是，作者主观上的"劝戒"和作品客观上的描写往往出现道德的悖论。如《乔兑换胡子宣淫，显报施卧师入定》，胡生与铁生的妻子偷情，遭了报应痛毒大发，铁生借看望胡生，又勾搭了胡生的妻子。故事对男女偷情的细节大加渲染，在"劝戒"的标签下进行了露骨的色情描写，宣扬了因果报应。为此，"二拍"部分作品遭到后人的非议，认为消极因素较多。

不过"二拍"中仍有一些作品值得肯定。如爱情题材的《李将军错认舅，刘氏女诡从夫》写了金定和翠翠一对恩爱夫妻被李将军活活拆散，生不得再做夫妻，死后魂灵同归一处，歌颂了人间生死不渝的爱情。《钱多处白丁横带，运退时刺史当艄》中富商郭七郎挥金如土，花钱数百万，买得一刺史官职，最终落得家破人亡，身无分文，靠当艄公度日。故事讽刺了明代社会的丑恶现象。《同窗友认假作真，女秀才移花接木》刻画了一个女扮男装的小姐闻俊卿在学堂上学识不减男儿，在爱情上聪明觅得夫婿，歌颂了纯真的爱情、友情。《神偷寄兴一枝梅，侠盗惯行三昧戏》塑造了一个行侠好义又神通广大的侠盗懒龙，赞扬了他劫富济贫的侠肠义胆。从"二拍"描写的大量商人形象和商业贸易活动，还可以感受到明代中叶后商业的发展和资本主义的萌芽。

三、《型世言》：俗世的劝喻故事

在中国古典小说的发展史上，陆人龙的《型世言》是一部罕为人知但却值得重视的白话短篇小说集。它是"三言"、"二拍"的姊妹篇，被后人称为"三刻"。在创作精神上《型世言》继承了"三言"、"二拍"的传统，而在题材选择和表现手法上却另有创新。它直面现实生活，以写实为基本创作风格，在小说史上它标志着拟话本（白话短篇小说）由注重改编到注重独创的转变，引导着以后的小说创作一步步脱离讲史与传奇的老路子，走上小说家独立创作的道路。

《型世言》保留了鲜明的劝世功能。它把"三言"、"二拍"的教化原则继承了下来并发扬光大，作品反映出作者批判奢侈世风的明确态度和极大的社会责任心。当时不少作家为了高额的商业效益而全力迎合市民，在创作中力求奇怪，大肆宣淫，其实也是趁机自我放纵，与颓废侈靡的世风互相推波助澜。但是，《型世言》将健康的娱乐作为小说创作的价值标准，挽狂澜于既倒，打算以"寓教于乐"的方式匡正社会，改变世风。

陆人龙以严肃认真的态度使得这部短篇小说集在娱乐性之外又别具一种劝世的立意。全书四十回，或再现明初重大历史事件的某个侧面，或反映生活中的种种矛盾纠葛。讲老百姓熟悉的事情，并从中归纳出道德的内容。第一回"烈士不背君，烈女不辱父"，颂扬忠臣烈女。十六回是"内江县三节妇守贞，成都郡两孤儿连捷"，旌表妇德。第二十七回"贪花郎累及慈亲，利财奴祸贻至戚"劝人莫要生贪色贪财之心，以免祸害家人，如此等等。或者歌颂忠臣烈女，或者劝人积善积德，或者神侃因果报应……总之，天理昭昭，扶善祛恶。作者用正反两方面的例子劝说世人采取一种道德的生活姿态，这无疑是有一定积极意义的。但另一方面，陆人龙在教化上又走上了极端，他将"人欲"全然等同于动物性，认为这是世界黑暗的根源，因此宣扬一些血淋淋的证道方式，不免矫枉过正了。

《型世言》在一定程度上扭转了片面追求奇怪的文风，剥离了传奇色彩，开始了真正意义上的返朴归真的创作。如果撇开其中伦理的成分，这种变化昭示了创作观念的更新。《型世言》的创作手法是相当朴素而奇特的。第一，它的叙述手法，完全采用顺序方式，按故事发生、发展、结束的先后顺序展开叙述。在安排上追求平铺直叙，很少采用倒叙、插叙、补叙、平叙等手法。第二是小说将描写控制到很低的程度。但凡非得用描写时，则用概括描写，笔调朴素，接近白描。全书见不到细描的手法，也很少使用拟人、夸张等修辞手段。

在小说中，肖像描写通常要写容貌、服饰、体态、表情、仪表、风度等，语言要生动形象。尤其是写女子时更要烘托刻画。而《型世言》中的女子不过"果然好个女子","羞羞缩缩，掩掩遮遮，好不标致"而已，或者写几句诗，以虚写代替实描等，抑制形象的可视可感性。第三是特别重视议论，很难找到另一部小说像《型世言》那样大段大段地展开议论，讲叙一个故事之前或故事讲完之后总是触类旁通，引申推导出一种人生的道理，说教的功利色彩很浓。第四是结构奇特，全书四十个故事，结构如出一辙，安排成四个部分：首先是篇首的"引"、"小叙"、"序"、"题词"等，用一段话说明该故事将会涉及的大道理，篇篇如是。其次是回目之下定有一首诗词，用以点明本故事所蕴含的事理，之后有一段话从"世上"此类事迹开始，拉出一个例子。最后结尾处常由作者来段议论，仿照"太史公曰"的做法，以强化说教意图结束全篇。这种结构有鲜明的道德图式的意味，突出说教的功用。

第三节 《三国演义》：历史的审美演绎

尊刘贬曹——重义——线性辫状结构——"三奇""三绝"——军事百科全书——"犯而不犯"

《三国演义》是我国第一部白话长篇历史小说，也是我国章回小说的开山之作。它采用长篇章回体的形式艺术地再现了三国纷争的历史，在恢宏的历史画卷中描写了1183位人物形象，所写人物之多在我国小说中位居首位。

作者罗贯中(1310～1385)，山西太原人，号湖海散人。据载，罗贯中是"有志图王者"，但一生"与人寡合"，明建国后"不知其所终"。今存署名罗贯中的小说还有《隋唐志传》、《残唐五代史演义传》和《三遂平妖传》等。

《三国演义》的创作取材于民间长期流传的三国故事、三国题材戏曲、讲史话本《三国志平话》，以及陈寿的《三国志》和裴松之注。作者把讲史与正史融会贯通、提炼升华，辩证地处理了艺术虚构与历史事实的关系，使《三国演义》成为一部符合现实主义精神，又闪耀着理想光辉的文学名著。

小说的描写从汉灵帝中平元年(公元184年)起到晋太康元年(公元280年)止，历史跨度共96年。其间黄巾起义，群雄逐鹿，三国鼎立，天下归晋，情节的发展与结局完全符合历史的进程。在一些重大事件的处理上小说虽有细节的虚构，但基本保持了历史原貌。如围剿黄巾、讨伐董卓、三让徐州、赤壁大战、白帝托孤、六出祁山等，在正史上都有记载。即使一些虚构较多的情节，如三顾茅庐，也可在《三国志·诸葛亮传》中找到"凡三往乃见"的粗略记载。而小说约大多数人物更是来自历史人物的原型。这使《三国演义》具有厚重的历史感，从而保持了历史小说的历史特性。

然而小说的本质在于虚构。《三国演义》的情节和人物无处不有历史的影子，又无处不有艺术的虚构。桃园结义、过五关斩六将、草船借箭、华容道捉放曹、空城计等，都是作者的虚构。它不合史实，但合情理，起到了激活情节与人物的作用。它比纯粹的史实更富有戏剧性和艺术张力，更符合审美的需求。小说中的人物，如曹操、诸葛亮、刘备、关羽、张飞、周瑜等，是作者在史实基础上综合了封建社会各个历史时期的各种性格类型的特点，并融入自己的情感评价塑造出的艺术形象。他们比历史人物原型更具典型性和艺术的永恒价值。

《三国演义》的思想内容具有"尊刘贬曹"的鲜明倾向。这与《三国志》尊曹魏为正统的思想观念大相径庭。小说褒扬刘备，在于他是"中山靖王"之后，汉献帝的"皇叔"，因而寄予他"匡扶汉室"的重望。贬斥曹操，则因为他想当皇帝就是"篡逆"。但从深层意义上说，尊刘贬曹是罗贯中扬"王道"而斥"霸道"的传统道德观念的体现。小说中刘备以"德行"服天下，曹操以"霸力"争天下，三国纷争衍化为王、霸较量。代表王道的蜀汉集团首先灭亡，是作者对历史的尊重。作者的政治理想和这一理想实际上不可能实现，给小说中蜀汉人物抹上了浓烈的悲剧色彩。然而三国纷争没有真正的胜利者，曹魏集团最终被司马氏为代表的晋所取代，这种结局对同情蜀汉悲剧命运的作者和读者来说，无疑是心理的慰藉。

义，是《三国演义》思想内容的核心。小说以桃园结义为开篇，把义作为联系刘、关、张三人的纽带，蜀汉集团形成的重要基础。蜀汉兴于义，也毁于义。盲目的义，使刘备在关羽死后倾师伐吴，夷陵之战败于吴军，开始走上蜀汉衰败乃至灭亡之路。小说所标榜的义涵盖了各种传统道德原则：君主之义在于爱民，臣下之义在于忠君，朋友之义在于信用，兄弟之义在于生死与共。因此，义成为《三国演义》的最高道德准则，人物褒贬的一把尺子。

出于尊刘、重义，小说的描写自然以蜀汉为中心。《三国志》有魏志三十卷，吴志二十卷，蜀志只有十五卷，而《三国演义》却有五分之三的回目写蜀国。因此，小说是以蜀汉为中心，以蜀、魏、吴三方矛盾为线索来谋篇布局的。作品前三十七回写汉末动荡，群雄逐鹿，刘备、曹操、孙权脱颖而出，为三国鼎立打下伏笔。中间六十七回是三国纷争的正面描写，也是全书的主体内容。后十六回写三国相继灭亡，西晋王朝建立，是三方矛盾的结局。

从结构形态来说，《三国演义》属于"线性辫状结构"，即把历史的立体时空转化为叙述的线性时间，顺时推动情节的发展，同时采用交替、插入的手法使相互独立的各情节单元呈辫状交织，从而构成一个庞大而完整的结构体系。如赤壁之战是由舌战群儒、智激周瑜、蒋干中计、草船借箭、苦肉计、连环计、借东风一系列情节构成的。它涉及曹、刘、孙三方，作者常采用"话分两头"的交替手法，先说周瑜调兵遣将，再分说刘备厉兵秣马，曹操急候黄盖消息等等，把一场复杂的斗争交代得清楚有序。因此作品结构恢宏却不失精巧，事件纷繁却脉络分明。

《三国演义》写人物也是有板有眼，不使人有雷同之感，描画了叱咤风云、纵横捭阖的系列英雄人物画廊，塑造了大批性格鲜明的人物。其中刘备的宽仁厚德，黄盖的赤胆忠心，张飞、赵云的勇冠三军，周瑜、陆逊的雄韬谋略，姜维、邓艾的智勇双全，马超、张辽的骁勇善战等等，都给读者留下了深刻的印象。书中刻画的最出色的就是被称为"三奇"、"三绝"的诸葛亮、曹操和关羽。诸葛亮号称"千古第一贤相"、"古今来贤相中第一奇人"，是智的化身，达到了"智绝"；关羽号称"千古第一名将"、"古今来名将中第一奇人"，是义的化身，达到了"义绝"；曹操号称"千古第一奸雄"、"古今来奸雄中第一奇人"，是奸的化身，达到了"奸绝"。诸葛亮是小说中的第一主角，关系到三国命运走向的关键人物。罗贯中倾笔力将他描绘成智慧的化身、道德的楷模，在他身上汇集了中国士大夫阶层的所有优点，并寄托了自己的政治理想。曹操堪称小说中性格最复杂的人物。奸雄角色的定位，使他具有自私、残忍、狡诈、骄横的主导性格，但这掩盖不了他爱贤、恤民、机敏、刚毅的性格侧面。他是一个集真伪、善恶、美丑为一体的封建政治家典型，一个引起后人长期争议的艺术人物。

不过，《三国演义》的人物塑造还存在着类型化与定型化的不足，即人物一出场其基本性格已定，很少随环境的演变而变化，不少人物已成为政治化、伦理化的类型。

《三国演义》又以描写战争见长，称得上是一部形象的古代军事百科全书。小说把大大小小近百场战役描写得千变万化，各具特色。作者突出了人在战争中的主导地位，尤其是智谋的重要作用。如写赤壁之战的八回中，就用了七回刻画战前各方的斗智。连环计、苦肉计、美人计、反间计等各种军事谋略层出不穷。这使小说具有很深厚的军事文化蕴涵。

尽管全书头绪繁多，犹如层峦叠嶂，却写得丝丝入扣，游刃有余，从容镇定。它在情节设计上，善于从类似的事件中写出不同来，即善于犯而不犯，比如曹操有两次决水，一决漳河淹冀州，一决泗水淹下邳，但两次决水大不相同；还有两次诈降，一次是蔡和的诈降，一次是黄盖的诈降，也是各尽其妙，各有不同的诈法和降法。再如关羽有过五关斩六将，刘备有三顾茅庐，诸葛亮有三气周瑜、七擒孟获、六出祁山、九伐中原。这些情节事件都写得貌似神异，姿态纷呈，造成一波三折，构成横云断岭、藕断丝连、错综变化之妙。有时在同一回内就有这种异同对照、相映成趣的场面事件，如一面是刘备痛哭关羽之死，不是亲兄弟却胜过亲兄弟，一面是曹丕不念手足之情，苦苦威逼加害亲兄弟；一面是将星陨落，五丈原吹灯灭火，诸葛亮撒手人间，一面是上方谷大火熄灭，司马懿得救逃生。

再就是情节发展上常有出人意料而又合情合理之笔，将事情发展的偶然性和必然性有机结合起来。处在群雄并起的时候，各路英雄之间忽合忽离，忽战忽亲，关系错综复杂，使情节发展及事情结局难以预料，制造出多种悬念和紧张情节来，平添了瞬息万变，星移斗转的审美情趣。如公孙瓒向袁绍推荐了刘备，而本人却被袁绍杀掉了。袁术本和袁绍是同伙，袁术去打刘备，刘备竟然去向袁绍求救，而袁绍居然答应了。其间的恩恩怨怨，形势变化确有神奇之妙，常有神来之笔。

另外在情节发展上还注意冷热对比、审美境界的壮美和优美的相互转换，在激烈紧张、激昂慷慨的场面过后，就会有莺歌燕舞、轻松宁静的场面出现，使人有笙箫夹鼓之感。如关羽过关斩将，气氛热烈，忽有寺内遇普净长老的和风细雨，气氛顿时轻松缓和；刘备为追兵穷追，慌不择路，跃马檀溪，气氛紧张得使人透不过气来，不想忽有水镜庄遇司马先生，一下就使气氛松弛下来；还有第七回叙袁绍和公孙瓒、孙坚和刘表龙争虎斗，一片混战，正打得热火朝天，难解难分之际，第八回却笔锋一转，描绘貂蝉之事，情调一下变得温柔香软起来，风光旖旎，婀娜多姿。

《三国演义》的语言半文半白，具有"文不甚深，言不甚俗"的特点。它吸收了我国古代文言文的精华，并加以适当的通俗化，收到了雅俗共赏的艺术效果。这标志着中国古代小说从文言向白话的过渡。

1689 年（康熙二十八年），日本人湖南文山把《三国演义》译为日文，这是最早的外文译文。至今《三国演义》已被亚、欧、美各国译成多种文字，全译本和节译本达六十多种。

第四节 《水浒传》：悲壮的英雄传奇

"官逼民反"——侠义精神——对比烘托——单线连环结构

施耐庵和罗贯中在前代及民间广泛流传的水浒故事基础上，进一步加工整理，使其成为一部巨著。它是我国第一部以农民起义为题材的长篇白话小说。它通过梁山英雄从个人复仇到集体反抗乃至最终失败的悲壮历程，塑造了农民起义的英雄群象，揭示了封建时代尖锐的社会矛盾和起义产生、失败的社会根源。

施耐庵是江苏兴化人，曾参加过元末农民起义，与罗贯中交往甚密，是师生关系。《水浒传》的版本繁多，可分为简本、繁本、金评本三个体系。小说揭示了"官逼民反"是梁山起义的社会根源。作品把封建统治集团代表人物高俅的发迹作为开篇，开宗明义地表达了"乱自上作"的思想。高俅成为贯穿全书的一条黑线。他上与蔡京、童贯勾结，下与地方官吏串通，加之镇关西、蒋门神、祝朝奉、毛太公等豪霸，构成了自上而下的社会黑暗势力。这不仅使身处社会底层的李逵、阮氏三雄等奋起反抗，也迫使位属社会上层的林冲、鲁达、将门后裔杨志，世袭贵族柴进，开明地主卢俊义纷纷加入起义行列。智取生辰纲是梁山英雄从个人复仇到集体反抗的开始。此后经过"三山聚义"、清风寨报仇，起义军逐渐发展壮大，并在三打祝家庄、踏平曾头市、大破连环马中与统治阶级展开了大规模的武装斗争。"梁山泊英雄排座次"是梁山起义发展的高潮。

作品在七十回后写了起义军在两胜童贯，三败高俅的大好形势下竟接受了朝廷的招安，从此走上了失败的道路。如何看待招安，是《水浒传》评论的一个焦点问题。多年来对这部小说思想内容及其人物评价的褒贬，均由此而引发。从历史的真实来看，小说故事的原型宋江起义就是接受了招安的。这也是民族矛盾激化时期的一种思想倾向。鲁迅先生指出："招安之说，乃是宋末到元初的思想。"(《中国小说的历史变迁》)从艺术的真实来看，它符合宋江等人性格的发展，招安导致的悲剧结局客观上也揭示了农民起义的局限性和起义失败的根源。

《水浒传》第一次热情歌颂了农民起义，开创了中国文学的官民对立模式。它洗去统治阶级强加在起义者头上的污水，将起义者塑造成大忠大义的英雄豪杰，并描画了一个全新的异于现实的美好理想的世界：水泊梁山。它是"桃花源"母题的变形置换，不再是一个狭隘的地理概念，而演变成一个文化符号。这种以"侠"和"义"为基石构筑起来的理想大厦，也是文化史上的奇观。这种不好色、不贪财、不怕死，铲除不平、劫富济贫，兴利除弊，拯救他人就是拯救自我的精神，闪烁着永久的光芒。

宋江是《水浒传》中最为复杂的人物。他的性格始终具有反抗与妥协的二重性。一方面他能救困扶危，以重义而名扬江湖。论文才武略他在梁山英雄中并不出众，但其忠贞侠义的品格和养济万人的度量使他在梁山具有无人可取代的主心骨与凝聚力的作用。另一方面，他出身地主家庭，做过刀笔小吏，具有封建正统观念。即使被迫上了梁山，他报效朝廷的念头却没有断。直到接受招安，酿成悲剧，他临死仍表白"宁可朝廷负我，我忠心不负朝廷"。宋江促成了梁山的聚义，也毁掉了梁山的前程。因此宋江这一人物是小说情节发展演变的关键之所在。

《水浒传》还塑造了一系列起义英雄的形象。在人物刻画中，小说准确把握了人物与环境的关系，共性与个性的关系。林冲、鲁达、杨志都是武艺高强的军官。其中林冲是八十万禁军教头，又有美满的家庭，自然形成安于现状、忍辱求全的性格。刺配沧州后，地位、家庭丧失殆尽，甚至生命也受到威胁，他才忍无可忍，奋起反抗。鲁达则一无牵挂而无所顾忌，因此具有勇于抗争，好打不平的性格。这使他与社会现实格格不入，最终主动走上了反抗之路。"三代将门之后"的杨志一心追求功名，为此忍辱负重，百折不挠，直到生辰纲被劫，退路全无，才被逼上了梁山。

小说还善于在曲折的故事情节，尖锐的矛盾冲突中展示人物性格。如武松的英雄豪气在"景阳冈打虎"中已有展露，后又通过"斗打西门庆"、"醉打蒋门神"、"大闹飞云浦"等一系列你死我活的拼杀，刀剑血影的搏击中淋漓尽致地得以表现。

运用对比、烘托等艺术手法，写出人物种种差异，是小说描绘人物的高超技巧。林冲的息事宁人与鲁智深的打抱不平，宋江的深谋远虑与李逵的心直口快形成鲜明的对比。同是粗鲁，鲁智深急躁，李逵粗蛮，武松爽快，史进任气。同是粗中有细，李逵则天真淳朴，鲁智深则机智有谋。正如金圣叹所说："叙一百八人，人有其性情，人有其气质，人有其形态，人有其声口。"(《第五才子书施耐庵水浒传序三》)

《水浒传》的结构属于单线连环结构。它的叙事情节呈单线发展，由一个又一个的故事组成。这些故事既有相对独立性，又一环紧扣一环，从而构成一个完整的有机整体。如小说的二到七回是鲁智深的故事，七到十二回是林冲的故事，十三到二十二回是智取生辰纲的故事。接下去的十回是武松的故事，再往后的十回是宋江的故事。其中鲁智深的故事由史进引出，林冲的故事由鲁智深引出，生辰纲的故事由林冲引出，环环相扣，巧妙联缀。这种结构的形成是水浒故事长期在民间流传的结果。同时这也是小说内容的需要。梁山英雄个个有曲折复杂的经历，轰轰烈烈的事迹，最终都被逼上了梁山。通往梁山的条条道路，汇集起来就是一幅波澜壮阔的英雄画卷。

在情节设计上有意从类似的情节中写出不同来，或称"犯而不犯"，如写了武松打虎，又写李逵打虎。前者是骤然遇虎，赤手空拳与虎搏斗，惊险万状；后者是有心寻虎，用刀连杀四虎，有惊无险。武松杀嫂后，又有石秀杀嫂。前是亲嫂，后是义嫂。前者是因有杀兄之仇，告状不准，才被迫杀嫂，且请邻居作证，杀后又主动投案自首，不连累众人，显得光明磊落；后者是出于心胸狭窄，且滥杀无辜，嫁祸于人，显得自私狠毒。其他像江州劫法场救宋江以及大名府劫法场救卢俊义；武松发配以及宋江发配；林冲起解途遇公差刁难加害以及卢俊义起解遇公差加害；阎婆惜与人偷情要害宋江以及贾氏和管家通奸害卢俊义；三打祝家庄以及两打曾头市等。

作为我国第一部长篇白话小说，《水浒传》的语言在《三国演义》半文半白的基础上更进了一步，具有大众化、口语化的特点。它继承和发展了宋元以来"说话"的语言艺术，提炼了带有浓烈生活气息的大众口语，并使之洗炼，丰富而生动。无论是叙事或写人，常常是寥寥几笔便形神毕肖。如三十八回李逵初见宋江时，问戴宗道："哥哥，这黑汉子是谁？"戴宗介绍此人便是宋江。李逵说："若真个是宋公明，我便下拜。若是闲人，我却拜甚鸟。"当确认是宋江时，李逵"拍手叫道：'我那爷！你何不早说些个，也教铁牛欢喜！'扑翻身躯便拜"。三言两语，李逵率直粗放的个性便活脱脱呈现在读者面前。

《水浒传》首开中国小说英雄传奇的先河。后世的《说唐》、《杨家将》、《说岳》等无不受其影响。它们共同构成了中国小说的"英雄史诗"。

第五节　《西游记》：神魔的幻想之旅

借神魔故事影射现实——叛逆和英雄的统一：孙悟空——神性、人性和动物性融为一体——浪漫主义巨著

《西游记》是我国浪漫主义长篇小说的代表作，它的成书方式同样是在有一定历史根据和民间广为流传基础上，由文人集大成。在《西游记》成书以前，有关西游的故事已在民间流传了九百多年。九百多年里这个故事日渐远离最初的宗教意义而不断地民间化、市民化，最终成为一部具有鲜明大众色彩的小说。

作者吴承恩少年聪慧，喜欢博览群书，特别是爱读野史逸闻，但屡困场屋，大不得志，对黑暗的社会现实深感不满，他眄视时流，疏狂自傲，遂生借神魔鬼怪故事影

射现实之意。

《西游记》全书由三个部分组成。第一部分包括第 1 回至第 7 回，写孙悟空的出身和大闹天宫的故事。第二部分包括第 8 回至第 12 回，写唐僧身世、魏征斩龙、唐太宗入冥的故事，交代取经缘由。第三部分，包括第 13 回至第 100 回，写孙悟空皈依佛门，和猪八戒、沙和尚一起保护唐僧到西天取经，路上经历九九八十一难，终于取得真经，自己也修成了正果。

在小说中，作家强烈抨击了封建社会的腐朽黑暗及统治阶级的凶狠残暴，表现了鲜明的反抗精神。不论是天宫地府，还是西天龙宫，均是肮脏龌龊的世界，这正是人间丑恶腐败现实的真实写照。而那些神灵佛道，表面上神圣威严，实则是衣冠禽兽，同妖魔鬼怪没有什么两样，二者狼狈为奸，上下勾结，纯是一丘之貉。像唐太宗魂游地狱，判官竟敢私改生死簿，表明阴间地狱同样是贿赂公行。再如，唐僧师徒历尽千辛万苦终于到达西天，不想如来佛手下的弟子阿傩、伽叶竟然还向他们索要钱财，没有钱财就不给他们有字的真经。这与佛教口口声声宣扬的不贪财的宗旨可谓大相径庭，也说明极乐世界并非什么净土。

而取经路上的妖魔鬼怪与天上的神佛更是原本一家，或是神佛的亲友故旧，或是他们的下属奴仆，或由神佛派来故意刁难他们。这些鬼怪仰仗神佛在他们背后撑腰，使用着神佛的法宝荼毒生灵，无恶不作。像牛魔王和铁扇公主将八百里良田变成寸草不生的火焰山；妖道命比丘国王以一千多个小儿心肝做药引等。同时对那些奸僧邪道的罪恶行径也给予了毫不留情的曝光和控诉，表现出鲜明的反宗教、反神权精神。像全真道士冒充国王的为非作歹，三个妖道对僧人的赶尽杀绝及对百姓的肆无忌惮的残害等。

小说还热情歌颂了孙悟空的反抗和叛逆精神，赞扬了他不畏艰难险阻、顽强与妖魔作斗争，百折不挠、锲而不舍的战斗精神，并批判了唐僧对邪恶势力的妥协和软弱无能。孙悟空是最为光彩照人的艺术形象。他是封建社会的叛逆者和反抗者，同时也是降妖捉怪、为民除害的英雄。他喊出"皇帝轮流坐，明年到我家"的口号，从根本上否定了封建世袭制度和宗法观念，表现了反抗的坚决性和彻底性。从这里可见出人民勇于反抗、不畏强暴的斗争精神和争取摆脱封建压迫、统治的强烈愿望。一部《西游记》可说是孙悟空的英雄传记和建功立业的光荣史。

孙悟空是只天生地养的石猴，这只猴子的原型既可以从佛经中看到，又可以从大禹治水的传说中发现，它兼具了中外文化的一些精神要素，是中国小说史上十分特殊的艺术创造。吴承恩着力突出了它的战斗个性。当他还是下界的妖猴时，就胆大包天，反上了天庭，要夺玉帝之位。他神通广大，手段高超，敢于斗争，只"打得那九曜星闭门闭户，四天王无影无形"，抖足了"齐天大圣"的威风，大闹天宫中的孙悟空一副反抗传统、蔑视权威的无畏性格，在皈依佛门之后，猴子以正压邪，一路上打过去，与各路妖魔、各种艰难险阻作斗争，直至取回真经为止。如果说大闹天宫时期的孙悟空只是敢于斗争，那么取经时期的孙悟空已十分善于斗争了。他善于变化，讲策略讲战术，善于抓住妖怪的弱点，灵活机智地战斗，特别擅长攻心战，像变成小虫、钻进铁扇公主的肚子里之类。尤其能透过迷人的假象辨认妖精的本来面目，克敌制胜。

《西游记》艺术上取得的最大成就是塑造出孙悟空、猪八戒这类融神性、人性与动物性于一体的光彩照人的艺术形象。孙悟空自始至终是只猴子，他机敏、好动、顽皮，有一身用途无穷的猴毛，一根让他为难的猴子尾巴。然而它又是神，有七十二般变化，能够一个跟头翻出十万八千里，拔根毫毛就能变成兵将。在西行取经的路上，几乎没有他克服不了的困难，靠了他才一次又一次化险为夷，一双火眼金睛能够识别出各种各样的妖魔鬼怪。他有无穷手段，扛一万三千斤重的金箍棒，与各路仙家称兄道弟。他还是人，有人的意志品格与情绪特点，他勇敢无畏，聪明机智，直率天真而又有丰富的社会生活经验，他不太受得住委屈，而且性格也急躁。如此孙悟空既很神奇又有强烈的现实感，虽说是虚构的神话英雄，却与老百姓有亲近感，千百年来赢得了民众广泛的喜爱。

如果说孙悟空是个理想化的人物，猪八戒最突出的特点就是它的现实性与真实感。这是一个有缺点但又令人喜爱、让人发笑的人物形象。猪八戒的体形是猪，长鼻大耳，懒惰蠢笨，也像猪一样贪吃好睡，手持粗重结实的九齿铁耙，但他本领也十分高强，会三十六变，且作战勇敢，力大无穷。他能吃苦耐劳，也还憨厚纯朴，虽然武艺不十分好但有一定的原则性，落到妖精手里时从不投降。他一心两用，既希望取经得道又渴望回高老庄作女婿，一遇困难就嚷着散伙回家。他私心重，嫉妒心强，时常耍些愚笨的小聪明，具有浓厚的喜剧色彩。在取经路上这样艰险的情况下，他还私自攒下体己钱，可又被孙悟空稍微使个手段就诈了出来。怕孙悟空抢了头功，前去助战，败下阵来，却躲进草丛睡大觉。既滑稽荒唐，又可笑可恨，但也不得不承认其有直率可爱的一面。

猪八戒形象逼真地反映了当时小生产者、小市民的意识特点，在明朝的市民阶层中具有普遍性。猪八戒拉近了神魔世界与现实生活的距离。其他像牛魔王之类的妖怪同样也是动物性、神性和人性有机统一的，而且它们不是硬性地拼凑在一起，动物性和神性能够和谐地统一在人性上，以人性为中心。

唐僧是善良虔诚的苦行僧形象，他不辞劳苦、不畏艰险，毅然西行取经，且毫不动摇，确实难能可贵，但同时他又极其昏庸，经常听信谗言，以至是非不辨、敌我不分。在整个取经途中，他自身就是伴随始终的障碍。对妖魔也讲慈悲，且从不接受教训，顽固不化，特别是他的软弱无能，胆小怕事以及自私自利已到了令人厌恶的地步，同时其内心还有浓厚的封建正统观念和等级思想，同孙悟空的性格构成鲜明对比。除了别人披在他身上的袈裟外，《西游记》里的唐僧形象很接近老百姓所熟悉的迂腐无能的知识分子。

《西游记》是一部浪漫主义的巨著，它充分发挥了幻想小说的特点，凭借想象恣意展开情节。全书以自由热情的笔调渲染奇异的事物和非常的情节，充满着神奇美丽的幻想，如金箍棒、芭蕉扇之类的法宝，孙悟空闹天宫、偷吃人参果、智擒红孩儿、三借芭蕉扇、车迟国斗圣、盘丝洞遇妖等情节，紧张离奇，变化莫测，极具艺术魅力。人物活动的空间十分辽阔，试想孙悟空一筋斗能翻十万八千里，一连几个筋斗翻过去却翻不出如来佛的手掌心，可见如来之大，而如来只是芸芸神灵中的一个，可见神界之大，而神界之外尚有人世与下界，可见世界之大。宏大的空间尺度反映了想象力的大胆，而情节的多变，品物的奇异瑰妙则显示了想象的丰富。书里有百般神鬼，千般情节，万般景致，不可一一道来，翻开小说只让人觉得光怪陆离，奇妙非凡，这是《西游记》区别于其他名著的特质所在。所谓"文不幻不文，幻不极不幻，是知天下极幻之事，乃极真之事，极幻之理乃极真之理"（《西游记题辞》）。可以说《西游记》的浪漫主义是时刻关照现实的浪漫主义，在天堂地府背后迭现着人间的印象。人们并不把大闹天空、大战蜘蛛精等情节看作虚妄的闲话，常把它当作人生故事来解读。书中塑造了昏庸的玉皇大帝，精通吏道、娴于辞令的太白金星，虚构了充满暴力的朱紫国、灭法国，甚至借用明朝的官制和皇帝佞道的事实，十分辛辣地讽刺了明朝的黑暗政治，让读者获得了然于心的快意。

《西游记》的语言生动流利，尤其是人物对话，富有浓烈的生活气息，表现了幽默诙谐的艺术情趣。吴承恩善于提炼大众口语，吸收新鲜有力的词汇，利用其富有变化的句法，加工为成熟的艺术语言。为展示孙悟空无畏的性格，作者写他初到天庭时，玉帝问太白金星"谁是妖猴？"孙悟空主动抢先回答说："老孙便是。"写他顽劣的天性，就写他背着碍了他性子的菩萨骂道"该她一世无夫"。猪八戒的狡猾是透过他一再自称"老实"来揭露的，唐僧的昏迂则表现在动辄就念紧箍咒的行为。其他市井杂人、达官显贵、神祇佛徒等皆有自家腔调，个性化的语言是小说获得成功的一大要素。

第六节 《金瓶梅》：世情的现实摹写

开文人独立创作白话小说先河——天下第一奇书——在纵欲的变态中展示市井世界的阴暗面——西门庆：欲望畸形膨胀的化身——世情小说与写实性叙事

在中国古典小说史上，《金瓶梅》的创作标志着一次重大的历史性转变。它在小说的观念、小说的题材以及小说的主体等方面都有所突破，有力地促进了世情小说的成熟与繁荣。甚至可以说没有《金瓶梅》就没有《红楼梦》。

《金瓶梅》之前的章回小说都是在民间传说、演唱的基础之上由某一作家加工整理而成的，如《三国演义》、《水浒传》。《金瓶梅》在三个方面突破了传统。首先，《金瓶梅》在小说观念上与史传传统划出了清楚的界限，创作出了现实生活中并非实有而又在情理之中，必须存在或应该存在的人生图画，明确了小说的艺术本质；其次从作品内容上看，《金瓶梅》开拓了新的领域，它没有专心致志地重述历史而是把城市生活和市民形象引入长篇小说；再次，从创作主体上看，"兰陵笑笑生"是小说史上第一个独立创作小说的作家，他开启了文人创作小说的先河，此后，文人创作就逐渐代替宋元以来的"话本"模式成为小说的主流。

《金瓶梅》常见的有《金瓶梅词话》与《真本金瓶梅》两种版本。《金瓶梅》故事借《水浒传》中"武松杀嫂"一节引出以西门庆为主角的一段市井生活，借宋代的人物暴露明代社会的腐败。一般认为书名系摘取西门庆家三个重要女人名字中的各一个字拼凑成的。"金"指潘金莲，"瓶"指李瓶儿，"梅"指庞春梅。

《金瓶梅》是一部惊世奇书，也是"明代四大奇书"之一，还被清代小说评点家张竹坡称为"第一奇书"。从宏观批判的高度表现了那个时代所特有的放荡享乐的末世情绪，反映了这段历史时期出现的文化裂变、观念裂变、道德裂变的严重情况。作者兰陵笑笑生怀着对当时黑暗腐朽的社会无比痛恨的心情，在书中展示了一幅以"混账恶人"西门庆为中心的百丑图，表达了作者对现实生活中这类依仗权势钱财，横行霸道的歹徒淫棍的痛恨之情，而且作者并非只揭露西门庆为代表的"市井小人"的罪恶，而是由一人一家进而牵连整个国家社会，涉及了社会生活的方方面面。既写出了国家的衰败、朝廷的腐朽，又写出了充斥着整个社会的罪恶和阴暗，因而西门庆一家只是当时社会的缩影。

作者在对西门庆等人荒淫无耻的生活予以揭露批判的同时，还进一步指出财色对人心的腐蚀毒害，及其对人与人之间的关系和道德准则的颠倒破坏。在金钱、权势、美色面前，兄弟、父子、母女、夫妻这种原本应当纯洁无瑕的血缘伦理关系也会发生变质颠倒。有钱，不仅可以买到妻妾，也可以买到兄弟、父子或母女情分，如西门庆靠钱买来了众多的干兄弟，并用钱买到蔡太师的干儿子的名分，穷困贫贱，则亲父子、亲兄弟也可以视同路人。所以，此书的成就还在于它没有仅仅满足于写出现实生活层面的罪恶，而是进一步触及人性的深层和人们精神的底层，挖掘了人们在物欲、权欲和情欲的挤压下，精神的变异和心灵的蜕化。

它将人性深处的隐秘阴暗的角落暴露于光天化日之下，振聋发聩，发人警醒。在明朝中晚期思想解放运动的影响下，人性备受关注，文学家对人性乃至人欲的深刻描写构成这一时代的创作流行色。"世间乃渐不以纵谈闺帏方药之事为耻"，小说"且每叙床第之事"，而《金瓶梅》在这方面则走向了一个极端。在《金瓶梅》之前还没有一部小说如此直白地述写这种荒淫的市民生活，而且以精彩绝伦的文笔加以描写与渲染，突出了反道德的倾向，在创作上表现出自然主义特色。面对这部惊世骇俗的文字，人们不禁叹服它敢冒天下之大不韪的勇气，更为小说所呈现的赤裸裸的人欲所震惊，这构成了小说第二个"奇"点。第三个"奇"点在于作品中放纵的性描写与深刻的文化批判个性的奇妙结合。"时涉隐曲，猥黩者多"，但《金瓶梅》对人欲的描写并未停滞于单纯的享乐层次，在一番淋漓尽致地描写之后，作者将这种放纵推向了幻灭。西门家衰败了，酒、色、财、气如过眼云烟，只剩下陷入轮回的苦难。作者以这种"物极必反"的设计否定他所叙述的生活方式。小说描写的笔姿的确夸耀而恣纵，借用这一笔姿，作者以肯定的姿态作出了空前的否定，达到了相当深刻的批判程度。这种奇妙的组合能集深邃与俚俗，娱情与批判于一体，从一个方面成就了古今第一"奇书"。

《金瓶梅》着眼于现实中人们的衣食住行、柴米油盐这种富有浓郁的生活气息的场景，选取生活细节进行精雕细刻，摈弃那些过于虚妄怪诞的情节，描摹出一幅生动的社会风俗画。它拉近了小说与生活的距离，使小说更进一步贴近生活，走近现实，不像此前作品多写超现实或过去的生活，与现实生活存在着相当大的距离。正如张竹坡所指出的："似有一人亲曾执笔，在清河县前，西门家里，大大小小，前前后后，碟儿碗儿，一一记之，似真有其事，不敢谓为操笔伸纸做出来的。"(《金瓶梅》读法)二是所写生活场面精确细密翔实，注意细节刻画，使所写生活密度大大超过前人，不像以前作品的只是简单粗线条地勾勒生活场景，致使生活画面相当粗泛疏阔；三是把触角伸进了社会的各个角落、各个环节，上至王公贵族，下至黎民百姓，三教九流，网罗殆尽，其中奸夫淫妇、贪官污吏、帮闲娼妓、尼僧道士、地痞恶棍、流氓无赖，纷纷登场，尽显伎俩，生活画面广阔细腻，真实确凿。四是对生活场景进行如实的描绘，不加任何人为修饰和理想化，保持生活鲜活的原生态。即使对那些极端病态、丑陋、恶心和残忍，简直像地狱一般的场面，也不加讳饰地如实展现在读者眼前，使读者获得极为震惊、恐怖和颤栗的美感。而此前的作品则由于在描写中加进了理想化的成分，因此尽管写了许多恶人坏人和阴森恐怖的场面，但总能使人心理上获得舒缓纾展，不会引起人的惊恐震撼。

其次，《金瓶梅》在塑造个性化的人物性格方面也大大超过以前的作品，描画出一系列血肉丰满、栩栩如生、生动活泼的人物形象，组成一个丰富多彩的人物画廊。这些人物形象已达到个性化人物的高度，不像《水浒传》中人物不脱类型化的痕迹。在写人物时，它一是写了人物性格的发展变化，不像此前作品中人物在整部书中性格都是固定不变的，尤其揭示了环境对人物性格的影响。书中最有代表性的是对潘金莲的塑造，她本是穷裁缝家的女儿，不失善良本分；不幸先是被卖进招宣府当丫环，受招宣府男盗女娼的淫荡环境熏染，学会了倚门卖俏；后又落入张大户之手，受到欺凌霸占，性格也逐渐走向凶狠变态，再后来又被惩罚性地被迫嫁给与她反差太大、也实在难以般配的武大郎作妻。这使得她的性格更进一步变得乖戾狠毒起来。她内心充满了强烈的享乐欲望，在毒杀了丈夫武大郎后嫁给有钱有势的奸夫西门庆作了第四房姜，人称"五姐"。在西门庆的一妻五姜中，潘金莲的性格与西门庆最相似，她品格卑下而又工于心计，为了一己之欲可以不择手段。她一方面以妖媚的女色在西门庆面前争宠吃醋，一面又与西门庆的女婿陈经济私通。为了算计财产，她设计吓死了李瓶儿的儿子，断了西门家的香火。她撒谎放泼，胡搅蛮缠，西门家历来就有的勾心斗角和互相陷害，因潘金莲的出现而更趋卑污与残酷。她把西门庆的生存哲学运用在家庭内部，用围墙里的私欲狂涛映衬西门庆不断发迹的过程，构成了两者间奇妙的补充说明关系，她是家庭里的反道德典型。总之，她的狠毒、淫乱、骄横、轻浮等性格特点是在环境的逼迫下，一步步形成的。

再就是还善于运用高度个性化的语言来塑造人物性格，一个人有一个人的语气、腔调和习惯，不会混同别人，书中来来往往数百人物，个个声腔不同，反映出各自不同的文化修养、性格特征。就西门家的几个女人来说，吴月娘的口气平淡，李瓶儿的口气娇怯，孙雪娥言语粗陋，孟玉楼言语谨慎，潘金莲出语泼辣……无一不是其故事与命运的本色反映。书中第二十八回，潘金莲发现了表示西门庆与来旺媳妇私情的一只绣鞋，借题发挥冲丫头秋菊一顿臭骂，"那妇人骂道：'贼奴才，还叫甚么□娘哩。他是你家主子前世的娘，不然，怎的把他的鞋这等收藏的娇贵？到明日好传代，没廉耻的货！'秋菊拿了鞋就往外走，被妇人又叫回来，分付'取刀来，等我把淫妇鞋剁作几截子，掠到茅厕里去，叫贼淫妇阴山背后永世不得超生。'因向西门庆道：'你看着越心疼，我越发剁个样风你瞧'。"好一顿呵骂！作者准确把握了说话人的腔调、常用词汇及表达方式，写出了潘金莲泼辣刁蛮的个性。语言本身具有情节性和行动性。

而最受人称道的则是成功地运用了白描的艺术手法，使这一艺术手法达到了炉火纯青的地步。写应伯爵就纯用白描，开头写他与谢希大一起去见西门庆时，受到西门庆的责怪，就连忙对希大说"何如？我说"；再后结拜十兄弟叙齿时，又伸着舌头道："爷可不折杀小人罢了！如今年时，只好叙些财势，那里好叙齿？"寥寥几笔就勾画出一幅帮闲嘴脸，使人如闻其声，如见其影。还有写西门庆与潘金莲初次勾搭时的情景，作者对潘金莲只写了她的五次低头，七次笑，并没多费笔墨，就充分描画出潘的复杂微妙的神情心态，令人击案叫绝。

西门庆是全书的核心人物，他的发迹过程是全书的结构主线。作者花了大量笔墨生动地塑造了这个官商一体的市井人物，借这个人物揭示明朝中后期拜金主义对传统道德的冲击，暴露了腐败政治与奸商勾结横行霸道，为害社会的种种黑幕，因而具有相当深刻的认识价值。西门庆原是个破落财主、生药铺老板，他之所以能变泰发迹，靠了两件法宝：一是不择手段地聚敛财产；二是以钱买官，使官商结合为一体以便更多地谋取金钱。在西门庆的意识里拜金主义与享乐主义是最重要的两点，他的一切行为都是在这两种意识的指导下展开的。为了聚财，他把揽讼事，抢夺寡妇的财产，诱骗结义兄弟有钱的妻子，放高利贷，欺行霸市，干了不少伤天害理的事。他相信"钱"是最大的真理，有了钱便无所畏惧。第五十七回叙述西门庆在捐款助修永福寺后对吴月娘说："咱闻那佛祖西天，也止不过要黄金铺地，阴司十殿，也要些钿锭营求，咱只消散尽这家私，广为善事，就是强奸了嫦娥，和奸了织女，拐了许飞琼，盗了西王母的女儿，也不减我泼天富贵"。这段极为精彩的表白，活画出西门庆的泼皮市侩形象。值得注意的是，不仅吴月娘无法反驳他的理论，其实整部小说也就在证实这条逻辑在现实生活中的真实性。为了更快更多地聚敛财富，西门庆把目光转向官场，他大肆行贿，终于攀上了当时的宰相蔡京并拜其为义父。有这座大靠山，西门庆这个"不甚读书，终日闲游浪荡"的市井无赖居然做了朝廷官员，并且步步高升，被提升为山东理刑副千户，进而升为正千户。凭借权势，他变本加厉，贪赃枉法，演出了一台权钱一体的好戏。西门庆在当时是个变泰发迹的"成功"例子，一个赢得了市井舆论的典范人物。当然，有钱仍然不是最终目的，享乐才是人生。西门庆的私生活是相当荒淫的。家有一妻五妾和收房丫头，烟花巷里还包蓄私娼，一面与贵妇人私通，一面又强行霸占民间少女。为霸人妻子还闹出了几条人命，终因纵欲而暴亡。西门庆的基本性格特征是贪婪狠毒，一生可谓"多行不义"，他能变泰发迹不仅仅是西门庆个人才干的成功，更是那个时代社会道德缺损的明证。作者精心设计了西门庆这样一个活生生的人物，用他解读了那个时代焦灼、狂躁、享乐、放纵的文化个性。最后，作者让死后的西门庆陷入轮回转世的因果之中，从而结束了西门庆式生活方式的未来。

《金瓶梅》是一部大胆的暴露小说，他对人生与社会的剖析相当深刻，批判相当彻底，为那段独特的社会生活留下了丰富而准确的材料。正如张竹坡所说："西门庆是混账恶人，吴月娘是奸险好人，玉楼是乖人，金莲不是人，瓶儿是痴人，春梅是狂人，敬济是浮浪小人，娇儿是死人，雪娥是蠢人，宋蕙莲是不识高低的人……若王六儿于林太太等，直与李桂姐一流，总是不得叫做人。而伯爵、希大辈，皆是没良心的人，兼之蔡太师、蔡状元、蔡御史，皆是枉为人。"(《金瓶梅》读法)它展示了一幅充斥着恶人、歹人、坏人而没有好人、没有任何亮色、没有任何诗意的庸俗的生活画面，充满着浓重的窒息感。因此它也是第一部全面而深刻地揭示人性恶、人性丑的巨著，甚至称得上是古代小说史上空前绝后的审丑、审恶力作，是中国小说发展史上一块当之无愧的里程碑。但是，在阅读这部小说时，要留心其中的两点不妥当处，一是大量的色情描写，个别片段渲染得十分露骨，突出感官刺激，常常产生不良影响。二是全书深入骨髓的虚无观念与宿命论思想，给人世界末日来临的消极诱导。

第七节　《聊斋志异》：文言短篇的绝唱

爱情奏鸣曲——痛斥黑暗现实——抨击科举制——浓郁浪漫主义——文言表现力的极致

《聊斋志异》是一部独具艺术个性的文言短篇小说集，它在文言小说衰竭几百年后重新崛起，大放异彩，成为文言小说发展的高峰和总结。

作者蒲松龄(1640～1715)，山东淄博人，字留仙，号柳泉居士，世称"聊斋先生"。他出身诗书世家，其家为当地屈指可数的书香门第。少年即聪明过人，颇负文名，但此后却困顿场屋，屡试不第，一生都没有仕进和施展才华抱负的机会，只出任过短期幕僚，直到七十多岁才援例出贡，但很快就去世。终生穷困潦倒，坎坷落拓，但也因此使他有更多的机会接触下层百姓，体察民生疾苦，洞察人情世故，更清晰地认识到社会现实的黑暗、科举制的弊端及政治的腐败。蒲松龄从小喜欢民间文学，广泛搜集民间奇闻逸事，用几十年的时间完成了《聊斋志异》的创作。作者托笔于虚幻物象，以谈狐说鬼讽喻当时的社会现实，歌颂真、善、美，抨击假、恶、丑。

它浓墨重彩地渲染了花妖鬼狐与人之间的纯真美好而又坚贞不渝的爱情，猛烈抨击了封建礼教和封建婚姻制度的不人道、不合理及对人性的压制，体现出对封建制度的强烈反叛和批判精神，并闪烁着争取婚姻自由和妇女解放的近代民主和平等思想的折光。书中描写男女青年摆脱封建礼教的束缚，大胆追求自由恋爱的篇章俯拾即是，而且他们不同于唐传奇的猎艳式的爱情，而更多地体现为青年男女之间的知己之爱。如《鸦头》中狐女鸦头与书生王文大胆相爱，虽遭母亲百般阻拦和残酷惩罚，仍痴心不改。《香玉》中黄生真挚爱怜花妖香玉的精神，竟至感动了花神，使香玉死而复生，圆了这对痴情男女的美梦。

《青凤》是一篇人狐相恋的故事。性格狂放的书生耿生爱上了美丽的姑娘青凤，但因青凤叔父的强烈反对二人不得不分开。离别后，耿生始终思念着青凤。后来在路上救了一只被犬追逐的小狐狸，原来就是青凤。耿生知道青凤是狐狸后仍然一往情深，两人美满结合。当青凤的叔父遭难向耿生求救，耿生不计前嫌，毅然相救，于是"如家人父子，无复猜忌。"作品歌颂了真挚的爱情以及美好善良的人性。耿生和青凤的爱情经历体现了一定反封建礼教意义。小说在人物的关系、言行、神态以及情节的发展中逐步展示人物形象的个性，耿生和青凤多情相爱，但因性格的原因，两人爱情的表达方式迥异。写耿生着重强调一个"狂"字，表现了他的热情、勇敢和直率的性格。写青凤突出一个"娇"字，主要表现她娇羞、文静、含蓄的性格。人物形象个性鲜明，栩栩如生，在把握人物个性特色时很有分寸。如写耿生第一次见到青凤，其表现近于轻薄放浪，先是"瞻顾女郎，停睇不转"，然后是"隐蹑莲钩"，最后乘着酒性勾引青凤。但由于写出他对青凤的真心相爱，百般痛惜，用情至深而生死难忘，又使他有别于一般的轻薄之徒。"狂"而不"轻狂"可以说是耿生的个性特点。

该篇的故事情节充分体现了幻想和现实相结合的特点，变幻莫测，曲折有致。如先写怪异的旷宅，大门半开半掩，灯火时明时灭；然后写耿生到此与老叟、青凤闲谈，均为现实性情境；其后"一鬼披发入"，耿生研指涂墨使鬼离去，这是虚境；"俄闻履声细碎"，青凤出现，耿生求欢，叔父呵斥，这又宛如现实；后来，耿生搭救狐狸青凤及其叔父(黑狐)，纯属幻想情景。现实与幻想交叉重叠，忽真忽幻，以真实性感动读者，以奇幻性吸引读者。与唐传奇中男子对女子居高临下的色欲之恋不同，《聊斋》写爱情多为平民人家的儿女情，在平等的男女相悦的基础上，将爱情提升到男女双方互为"知己"的高度。如《连城》和《瑞云》的男欢女爱就超越了色欲和贫富贵贱的世俗偏见，因"知己"而相爱相许。这种真纯、崇高的爱情与《红楼梦》的爱情描写一起，共同营造出中国古代小说爱的绝唱。

书中的青年女性个个聪明伶俐、机智勇敢，才华超群，品行出众，热情善良，且才貌双全，能文能武；相比之下，男子则显得黯然失色，稍逊风骚了。有些女子的才能甚至大大超过了男性，如《颜氏》中的颜氏女扮男装，与丈夫一同应考，结果一举中式，而丈夫反名落孙山，后来做了官还能有声誉，极具政治才干。全书闪烁出为女子翻案，宣传男女平等，甚至女子胜过男子的思想火花，因而使本书染上女性的赞歌的色彩。像《婴宁》中天真烂漫的少女婴宁，宛如一朵不受任何污染的纯洁的鲜花，自由自在、无拘无束地成长着，养成了爽朗直率的性格特点，并敢于蔑视封建道德和强加在女性身上的三从四德、笑不露齿之类的传统训诫。她那随时随地，无所不在的爽朗大笑成了向封建礼教挑战的有力武器，撩动了读者的情思。

其次，还淋漓尽致地痛斥了封建社会的黑暗腐朽，愤怒谴责统治阶级罄竹难书般的罪恶和贪婪无耻，同时满怀热情地讴歌了下层民众的反抗精神。《梦狼》通过白翁梦游大儿子的衙门，看见府里全是虎狼当道，公堂上白骨堆积如山，直接点明官府皆是虎狼之窝。他让小儿子前去劝诫，反惹得大儿子嘲笑。而其子果然靠搜刮百姓，贿赂巴结上司而升官。《促织》则把矛头直接对准皇帝，正如古人所说的"天子好美人，夫妇不成双"，这里是皇帝好促织，百姓不成家。穷书生成名因贡不出善斗的促织，而遭致官府的毒打，全身被打得皮开肉绽。后好不容易捉住一只，不想为孩子失手弄死，孩子惧怕而死，死后变成一只促织，抵为贡品。因此，在作家笔下，上自皇帝朝廷，下至一般官吏，皆是鱼肉百姓，敲骨吸髓的虎狼豺豹。而在《席方平》等篇中，作者还歌颂了被压迫者的威武不屈的抗争精神。《商三官》中所刻画的女侠商三官，在父亲被打死后，只身逃亡，后来扮成优伶，趁为仇人庆寿之机，杀死了对方，替父报了仇。

再就是列举了科举制度的种种弊端，批判了它埋没、压制乃至毁灭人才的罪恶，也含泪讥讽了那些饱受科举摧残、人性扭曲而一味热衷功名利禄的士子。如《司文郎》中的盲僧能用鼻子嗅出文章优劣，有三位考生让其帮助评判文章高低，他认为文章高妙的反而没能中式。他得知后，感慨道："仆虽盲于目，而不盲于鼻；帘中人并鼻盲矣！"嘲讽了那些主考官的有眼无珠和昏庸无能。同样的还有《贾凤雉》，贾凤雉才名冠绝一时，但屡试不第，后来索性在考卷上胡乱拼凑他人的陈词滥调，结果反而高中榜魁。其中奥妙耐人寻味。《罗刹海市》则描写了一个不重文章品行，以貌取人的罗刹国，而他们对形貌的评价又是以丑为美，长得尖嘴猴腮，獐头鼠目，不通文墨的人反而得中状元。同时对那些迷恋科举功名、夜郎自大，实则不学无术的举子也给予了辛辣讽刺，如《沂水秀才》、《雨钱》中的士人执迷不悟、贪婪无耻、卑鄙龌龊的丑恶嘴脸，《叶生》中生前没能及第，死后鬼魂还念念不忘科举的叶生，叶生对科举的迷恋可谓达到至死不悟，死而不已的地步。《王子安》中还对挣扎在科举独木桥上、在考场上摸打滚爬、受尽欺凌的考生的悲惨遭遇，寄予了深深的同情和怜悯。文中指出举子入闱要历经乞丐、囚犯、冷蜂、病鸟、被絷之猱、饵毒之蝇和破卵之鸠这七种凄惨情形。总之，视野较唐传奇宽广得多，举凡官僚政治、科举功名、伦理道德、爱情婚姻等，都入之笔下。

《聊斋志异》兼有众体之长，不仅继承、发扬了六朝志怪的浪漫主义传统和唐代传奇的现实主义手法，而且还从话本小说、史传文学、散文中吸取了艺术经验，具有幻拟性、奇异性、真实性、寄托性融为一体的艺术个性。它在艺术上最突出的特点是浓郁的浪漫主义色彩，它突破现实生活的发展逻辑，用丰富的想象创造出奇异的情节，但这种浪漫主义却又建立在现实主义的基础之上，它追求真幻交融的艺术境界。它用幻想的方式把狐精、花妖、女鬼等置于现实生活中，不仅委婉而又辛辣地揭露了当时的社会现实，同时又借用她们的超现实力量来表达了作者反抗和改造当时社会的理想和愿望，所以读者眼中的《聊斋志异》非但不荒诞，反而是合情合理、充满斗争精神的千古佳作，并揭示出人性中崇高的闪光点，使读者在虚伪的黑暗的礼教社会里看到一线光明。

小说中所写的多是狐仙花妖，幽冥魔府，在具体描写这些非现实的事物时，又擅长把狐魅精怪人格化，把幽冥世界世俗化，使幻想世界和现实世界有机地结合在一起。如《席方平》中描写席方平在冥府惨遭锯刑的情景："锯方下，觉顶脑渐辟，痛不可忍，顾亦忍而不号。闻鬼曰：'壮哉此汉！'锯隆隆然寻至胸下。又闻一鬼云：'此人大孝无辜。锯令稍偏，勿损其心。'遂觉锯锋曲折而下，其痛倍苦。俄顷，半身辟矣，板解，两身俱扑。"阴曹受锯刑纯属想象，但这种非现实性的体验被作者绘声绘色地描写出来，逼真传神。鬼的带有世情的言谈冲淡了阴界阳间之别，强化了作品的真实感。同时，《席方平》中的冥府，从郡守到冥王，残害生灵，贪赃枉法，无恶不作，"金光盖地，因使阎王殿上尽是阴霾，铜臭熏天，遂教枉死城中全无日月。"这无疑只是人间官场才会有的写生。阴曹的小鬼对席方平，有的同情，有的欺负，正反映了衙役吏卒的真实情况。由此构成了一幅幅人鬼相杂、阴阳相同、"出于幻域、顿入人间"的生活画面。其艺术想象奇丽大胆，保持了志怪小说的荒诞离奇的特色，在荒诞之中又显示了真实和平常。正如鲁迅所说的："《聊斋志异》独于详尽之外，示以平常，使花妖狐魅，各具人情，和易可亲，忘为异类，而又偶见鹘突，知非复人。"在中国古典短篇小说中，像《聊斋》这样既反映现实，又充满幻想；既十分真实，又极其荒诞的作品实属少有。

用生活化的细节和场景细节创造幻境的真实感是《聊斋》的主要艺术手段。在幻想中，最主要的是在奇幻绚丽的艺术境界中所散发出的浓郁的人情味和芬芳的生活气息，使幻境的艺术效果得到了最大限度的发挥和创造。如《小谢》写二女鬼夜戏陶生，对二女鬼的言行描写极富人情味，活泼天真的二女鬼宛如调皮的女孩，全然无鬼之恐惧感："逡巡立榻下，相视而笑。生寂不动。长者翘一足踹生腹，少者掩口匿笑。生觉心摇摇若不自持，即急肃然端念，卒不顾。女近以左手捋髭，右手轻批颐颊，作小响。少者益笑。生骤起，叱曰：'鬼物敢尔！'二女骇奔而散。"具体、真实的情节，性格化的描写使读者忘记了幻境和真境，追求真幻交融的艺术境界与我国小说由尚"奇"到尚"真"的发展趋向是一脉相承的。

再就是塑造的人物形象鲜明生动、丰富多彩。作者在描写人物的过程中善于抓住他们最本质的性格特点，用符合人物身份、性情的语言和行动、神秘魔幻的故事情节来刻画出一系列栩栩如生的人物形象，女性形象塑造得尤其成功。既写出了她们表面的相似，又刻画了她们性格的不同，使得一个个心地善良、才貌双全而又各有千秋的女子跃然纸上，正如冯镇峦在《读〈聊斋〉杂说》中所说的："《聊斋》之妙，同于化工赋物，人各面目。"

《聊斋》是用文言写成的小说，它把文言语体的描摹力发挥到了对社会生活无事不可述的艺术化境，使之重新获得了高度的表现力和生命力。蒲松龄继承了先前传统文言作品的精练简洁、严谨准确的语言特色，在创作中，尤其在人物对话中又吸收和融汇了大量经过提炼的民间口语，大胆地摄取谚语、俗语、方言土语等，形成一种以文言为底色又有浓郁白话口语色彩、既典雅而又生动活泼的语言风格。如《翩翩》："一日，有少女笑入。曰：'翩翩小鬼头快活死！薛姑子好梦，几时做得？'女笑迎曰：'花城娘子，贵趾久弗涉，今日西南风紧，吹送来也！小哥子抱得未？'曰：'又一小婢子。'女笑曰：'花娘子瓦窑哉！那弗将来。'曰：'方鸣之，睡却矣。'于是坐以款饮。"文中两位年轻妇女见面时的对话被描摹得有声有色，活灵活现，打破了文言古板平正的格局，擅长创造生动、优美的语汇，对文言的发展做出了杰出的贡献。

第八节　《儒林外史》：讽刺艺术的高峰

　　　　彻底否定科举制——士子：呆子的代称——儒林怪胎——科考内幕揭秘——"戚而能谐，婉而多讽"

产生于清中叶的《儒林外史》是中国讽刺文学的集大成。作者吴敬梓（1701～1754），安徽全椒县人，字敏轩，自号秦淮客，晚年又自称文木老人。出身科举世家，曾有一门五进士的巨大荣耀，但到了其祖父这代，就开始走了下坡路。他幼年聪明异常，广有文名，且慷慨好施，挥金如土，性格放浪不羁，喜欢交接乐工、戏子、歌女等各阶层的人物，不几年就将家产散尽，受到乡邻的嘲笑责骂。家境由盛而衰，也使他对世态炎凉有了真切深刻的体会。早年本来也热衷科举功名，但屡遭挫折，加上父母去世后，族人争夺家产以及爱妻病故的打击，使他心灰意冷，终于弃绝科举功名，走上叛逆之路。

《儒林外史》将批判的锋芒直指封建科举制度，通过封建文士追求功名富贵的卑劣行径以及他们在科举桎梏下悲哀惨绝的人生，来揭露科举制度的腐败及其对人性的戕害。它直捣科举制的心脏，尖锐指出八股取士的科举制是腐蚀和毒害读书人，使读书人堕落的根源，从根本上否定了科举制的合法性。在《儒林外史》之前，《二拍》、《聊斋》等作品中已有对科举八股和追求功名富贵思想的讽刺，但尚未触及科举制度本身。《儒林外史》在第一回借作者理想的人物王冕之口直接批判了科举制度："这个法定的不好！将来读书人既有此一条之路，把那文行出处都看轻了。"作者认为正是有了这个"法"，才使"一代文人有厄"，才制造出许多丑恶与悲剧来。周进就是一个典型代表。他从小读书，一心参加科举考试，屡试不中，到了六十多岁还只是一个童生，连个秀才也没考中。为此，受尽世人的嘲弄，年轻秀才梅玖奚落他，王举人轻贱他，举人老爷吃的是美味佳肴，周进却只有"一碟老菜叶，一壶热水"，清晨起来还要替王举人打扫那"撒了一地的鸡骨、鸭翅膀、鱼刺、瓜子壳等"。黑皮瘦骨、穷困潦倒的周进最后连教馆也没了，为了活命度日，他进城去帮几个商人算账。因为考了几十年都不曾进学，所以他特意到省城举行乡试的地方看看。一到此地，不禁悲从中来，心酸不已，一头撞在号板上，号啕大哭，满地打滚，一直哭到口吐鲜血，不省人事为止。做买卖的姐夫金有余见周进可怜，就约几个人凑钱替他买了一个监生，以便取得参加乡试的资格。一听此话，周进便停止了痛哭，爬起来跪在地上磕头，感激涕零地表示："若得如此，便是重生父母，我周进变驴变马，也要报效！"这一次周进时来运转，竟然高中了，他的境况顿时大变，那"上汶县的人，不是亲也来认，不相与的也来相与"。从前曾经嘲笑奚落过他的梅玖反拜他为师，庙里的和尚也把当年周进所写的对联小心揭下来重新裱装后收藏。一个曾经卑贱的人，因为考中了，顿时成为人上人，荣华富贵一下都有了。作者通过周进科举考试中与不中的天壤之别，暴露出科举制度的荒唐可笑。作为封建文人的吴敬梓既把矛头指向科举制度本身，也对自己所属阶层的封建文人的心理、灵魂进行了无情的解剖，这种深刻的自我认识和反省，使作品具有了相当的深度和力度。小说中深刻揭露了科举制的愚民实质，描画了一群在科举腐化下已变得近乎疯狂、愚昧、庸俗的读书人众生相。范进突然听到中举的消息后，竟喜极而疯，被丈人一巴掌方才打醒。作家抓住他在科举美梦实现的高潮时刻的反常表现，生动揭示了科举戕害下读书人心灵的变态。他们被科举折磨得或悲极轻生，或喜极发疯，既可怜，又可悲。

而马二先生则是另一类老实迂腐、终困场屋不得发达的代表。虽然科考不利，但念念不忘举业，至死都执迷不悟，并振振有辞地告诫别人："'举业'二字，是从古及今，人人必要做的。……就是孔夫子在而今，也要念文章，做举业……何也？就日日讲究'言寡尤，行寡悔'，那个给你官做？"这段话被鲁迅先生称为："不特尽揭当时对于学问之见解，且洞见所谓儒者之心肝也。"这说明读书人狂热追求科举功名，根本原因在于它是封建等级制度的化身，是升官发财、享受特权的捷径。范进中举前，经常被他丈人胡屠户骂得狗血喷头，动辄就是"穷鬼"、"癞蛤蟆"；中举后，马上变成"老爷"、"天上的文曲星"，胡屠户自己则由"正经有体面的人"变成"仆役"，街坊邻居更是巴结唯恐不及。范进中举前，家里三天揭不开锅，也无人理睬，无人雪中送炭；中举后则是宾客盈门，送礼者络绎不绝，人人争着锦上添花。所以，周进、范进之流的悲剧是时代造成的，作家讽刺的矛头不仅对准读书人，同时也包括其他各个阶层受到科举毒害的人。

而这些所谓的读书人则除了那点可怜的举业知识外，一问三不知。科举造就了一批呆子和骗子。身为山东学政的范进连苏轼都不知是何许人，张静斋、汤知县更连刘基也不知是谁。鲁编修吹嘘学好八股文就无所不能，马二对此更是迷信到无以复加的地步，劝人生意做不好，孝顺父母不周都不必在意，只要一心学好八股就行。面对西湖美景，不懂也不会欣赏，只会做出大煞风景之举，像对各种小吃茫然大嚼，对敕封字样恭敬朝拜，见到女客不敢抬头之类。这反映了在科举的愚弄下，读书人已变成麻木病态之人，终日只知咬文嚼字，不是昏头昏脑，就是呆头呆脑，迂腐不堪。表面上是可笑又可怜的迂夫子，但实际上却是利欲熏心，内心燃烧着炽热的功名利禄之火，像马二先生的请人化炭为金，求仙卜问前程等。匡超人则是读书人堕落成势利之徒、招摇撞骗的骗子的典型。这样一个六亲不认，无所不为的骗子竟然因"品行兼优"而被推荐做了官，可见科举制的荒唐。在八股取士的科举模子里，铸造出来的都是一群畸形废物，既是封建思想的吹鼓手，又是封建制度的牺牲品；既可悲可怜，又可笑可恨。

再就是科举考试还催生出一批儒林怪胎败类：中了进士或做了官，就成了贪赃枉法、胡作非为的贪官污吏；不中进士，在乡间就成了横行霸道、为非作歹的土豪劣绅。这也从侧面暴露出封建政权的腐朽罪恶。像科举出身的王惠上任伊始，就做了一把头号的戥子，从此衙门里就只听到"戥子声、算盘声和板子声"三种声音了。老百姓被他打得魂飞魄散，连做梦都害怕，但就是这样一个摧残鱼肉百姓的奸官却步步高升。那些在乡间的同样仗着贡生、举人的特权，勾结官府，敲诈勒索。严监生就是其中的一个典型。他狠毒蛮横，强关了邻居的猪，反让人拿钱来赎；没有借给人钱，反讹诈别人利息；坐船赖船钱，反诬陷船工是贼……就是这样一个劣迹累累的恶霸却被保举为"优贡"，真是莫大的讽刺！

而那些所谓的江湖名士也不是什么好东西，装腔作势，沽名钓誉，其实是热衷功名富贵而又爬不上去的假名士，标榜无意功名只不过是谋求"异路功名"而已。那些西湖名士，表面上附庸风雅，十分清高，骨子里却利欲熏心，靠结交达官贵人，帮闲混饭，甚至已沦为流氓恶棍。被服儒雅，行若狗彘。而形形色色的世俗之人也拼命想朝"名士圈"里挤，像冒充诗人夜晚饮酒赋诗而被捉拿的盐商支剑峰，向妓女呈诗讨教的测字先生卜言志以及做生意折了本，却以作诗为由找人借钱的头巾店主景兰江等。这些都是科举带来的副作用，都是八股取士结出的恶果。

吴敬梓不仅仅是从儒林人物身上暴露科举制度的黑暗，而且将它对社会各阶层的腐蚀也生动地描绘出来。追名逐利的思想不仅毒害了文人而且还渗透到社会生活各个方面，腐败的科举制度造成了社会上虚伪势利的风气。小说中为人说合田地买卖的成老爹，小蜡店主的儿子牛浦郎，童养媳出身的妓女聘娘等，这些人与科举考试没有任何关系，但在读书中举，"一进龙门，身价十倍"的社会风气影响下，他们也趋炎附势，利欲熏心、虚伪狡诈。作者透过社会生活的方方面面，在更广的范围内揭露了科举给社会带来的恶劣影响。

作家还犀利揭露了科举考试的阴暗内幕，使人看到考场舞弊成风，纳贿行贿成风，有钱就能买通考官，打通关节，就可高中榜首的现实。并揭露了考官的昏庸无能，有眼无珠，无情撕下科举考试的神圣外衣。在作家笔下，神圣的考场成了藏污纳垢的地方，并把矛头指向八股的基础程朱理学，抨击了理学的虚伪残忍和封建礼教吃人的本质。

与科举考场紧密联系的是官场，因此揭露官场的腐败、黑暗是小说的另一重要方面。当时官吏贪赃枉法，贿赂成风，民间俗语讥讽说"钱到公事办，火到猪头烂"。大盐商宋为富依仗钱财骗取良家女子沈琼枝为妾，沈琼枝的父亲沈大年到县衙门状告宋为富。宋家财大气粗，只叫小司客送了一个诉呈，打通关节，知县便包庇强占民女为妾的宋为富，反断沈大年是"刁健讼棍"，强行押送回常州。

而作家心目中的理想人物就是王冕、杜少卿、沈琼枝这些具有真才实学，鄙视功名富贵，对科举嗤之以鼻的人。除此以外，还有四位市井奇人，分别精通琴棋书画，有一技之长，自食其力，与那些一心想着科举功名的读书人恰成鲜明对比。这说明作家的目光已越出了儒林，对市井细民投以希望的目光，从他们身上看到了个性解放和自由平等的曙光。

作为古代文学史上第一部优秀的长篇讽刺小说，它的艺术成就也是十分引人注目的，它继承和发扬了古代讽刺艺术的传统，并将其推进到一个新的高度，比之世界上的讽刺佳作也毫不逊色。它的讽刺艺术特点：一是注意将现实的真实性与艺术的合理夸张相结合，"婉而多讽"。作家抱着严肃的态度，将生活中司空见惯、习以为常的人物、事件，加以提炼概括，犹如用凸透镜将其清晰反射出来，收到将其丑恶本质暴露在光天化日之下的效果，笔锋犀利尖锐，直中要害。如家藏十万银两，广有田产的严监生，临死时却因心疼灯盏里点着两根灯草而迟迟难以瞑目，直到灭掉一根灯草，方才咽气。这一漫画式的夸张极为生动传神。二是作家采用不动声色的手法，不直接出面解说，也不加以主观评价，而让人物自己在那里表演露丑。如匡超人吹嘘自己知识渊博，远近闻名，说家家都供着"先儒匡子之神位"，别人告诉他先儒乃指死去的古人，他还强自辩解。再如范进之母死后，在筵席上大谈居丧守孝，连象牙筷子都不肯用，却拣了个大虾元子放到嘴里。这些地方，作家不出面，通过人物言行的自相矛盾，自己出自己的洋相，就将主人公的虚伪做作的面目暴露无遗。有时讽刺可收到一石三鸟的效果，像进士王惠去扶乩占卜，陈礼谎称请下的是关帝圣君，及至传下判词，却是词作。关羽时代词尚未产生，弄虚作假显而易见，作为进士的王惠却深信不疑，可见其愚昧无知了。再如严监生妻子死前，找来二位舅爷商量将妾扶正之事，刚开始都阴森着脸不做声，及至严监生拿出银子，立刻态度大变，赶在其妹妹咽气前，催促将妾扶正。

其次，它的结构也独具特色，"虽云长篇，颇同短制"，是典型的连环式章回小说。全书没有贯通始终的主角，而是在自成单元的故事中，由前一故事的主角在完成其故事后，又由一新的主角来完成他的新的故事。结构方式与中国画长卷的连环式空间构成，有着共同性。在叙事方式上则受史传体影响，名为"外史"，实即"儒林列传"。全书只有贯穿全书的中心线索，即对待功名富贵的态度，表达了反科举、反封建的主题，没有贯串始终的人物事件。全书可分成楔子、主体和尾声三部分，开头由王冕的蔑视功名富贵，淡泊名利，作为全书总纲。继而对科举迷、科举出身的官僚劣绅和名目繁多的"名士"进行了批判曝光。最后以四位辞却功名富贵、品行高尚、自食其力的市井奇人作结，与楔子遥相呼应，使全书首尾照应，谨严完整。

在语言风格上，《儒林外史》已脱尽"说话"的习气，锤炼出纯粹的书面白话叙述，其白描手法笔力超绝，达到炉火纯青的高度，可与《红楼梦》媲美。行文的幽默诙谐，妙趣横生，令人捧腹的高超讽刺艺术则是它最突出的艺术成就。吴敬梓创造了一系列悲喜融合的讽刺形象。在范进中举发疯，周进撞号板，王玉辉劝女殉夫等典型事例中，人物的行虽然具有喜剧性，但在喜剧、闹剧的背后却浓缩着深刻的社会悲剧，作者善于揭示出造成人物喜剧言行的悲剧性因素，让读者看到人物喜剧性表演实际上是悲剧性遭遇的变态形式，是科举制度吞噬人性的社会大悲剧。这种寓悲剧于喜剧中的"戚而能谐，婉而多讽"的讽刺艺术使吴敬梓成为中国古代讽刺文学的巨匠，并对后世的文学产生了深远的影响。

第九节 《红楼梦》：古代小说的集大成

"悲凉之雾，遍被华林"——爱情悲歌——人文主义曙光——知己之爱——女性赞歌——个性化典型人物

作者曹雪芹出生于钟鸣鼎食之家，他的祖父曹寅这一代是曹家最辉煌的时期，主管江宁织造局达 20 年之久，康熙六次南巡，曾有四次是以曹府为行宫，足见曹家的煊赫及与皇帝的亲密关系。曹寅还具有很高的文化艺术修养，工诗善书。少年时，曹雪芹曾过了一段衣来伸手，饭来张口的锦衣玉食的富贵繁华生活，但不久其父获罪革职，全家被抄，并被迫由南京迁往北京，过着朝不保夕的穷苦生活。再后来流落西郊，家徒四壁，举家食粥，连爱子生病也无钱医治。爱子夭折后不久，他也悲痛而死，留下半部《红楼梦》手稿。正因他经历了家庭的几次变故，经历了世态炎凉，才由贵族世家的纨绔子弟变成封建阶级的叛逆者。他一生多才多艺，能诗善文，晚年为写好这部书呕心沥血，"披阅十载，增删五次"，真是"字字看来皆是血，十年辛苦不寻常"。可惜最终没能完成，一般认为后四十回为高鹗所续。

《红楼梦》的诞生扭转了传统的审美思维定势并把中国的准悲剧意识深化为彻头彻尾的悲剧。曹雪芹提出与中庸美学相反的悲剧观点，强调个体人格在悲剧冲突中的失败。他以直面人生的勇气，真实地描绘了封建末世一个贵族大家庭的美丑同归的彻底毁灭："乱哄哄你方唱罢我登场，反认他乡是故乡。甚荒唐，到头来都是为他人作嫁衣裳！好似食尽鸟投林，落了片白白茫茫大地真干净！"生于乾隆盛世的曹雪芹是封建时代文人中最早敏感到封建社会"兴衰际遇"，"运终数尽不可挽回"的"悲凉之雾"的作家，他的悲哀已不仅仅是美好爱情的毁灭和家族的兴衰，由盛至衰的人生经历使他"不可避免地引起对于现存事物的永世长存的怀疑"（王国维《红楼梦评论》）。由此产生了一种朦胧的社会发展史观，显示出对人生"终极关怀"的博大深思。《红楼梦》中既有触目惊心的大悲大痛的悲剧事件，如晴雯、黛玉之死等，而更多的悲剧美是蕴藏在平凡之中，是那些"极平常的或者简直近乎没有事情的悲剧"。

《红楼梦》以宝黛爱情悲剧和宝钗婚姻悲剧为中心，写了贾府为代表的封建贵族大家庭的衰败过程，广泛暴露了封建末世的腐朽黑暗，深刻揭示了封建制度趋于崩溃和必然灭亡的历史规律，改变了传统的大团圆结局。它是一部彻底的反封建之作，真正突破了封建的陈腐观念，挣脱了封建思想的桎梏和束缚，在封建的重重铁幕中透出一道民主的折光，闪烁着近代人文主义精神的光芒。

宝玉是全书的主角，他是贾府的嫡传孙子，聪明灵秀，在众多子孙中出类拔萃，是家族所期望的继承人，但他背叛了家族给他指定的科举仕宦、追求功名利禄之路，贾母的纵容娇惯使他得以生活在大观园女儿国里，这促使他最终走上了叛逆之路。他的叛逆性表现为：一是憎恶没有自由的富贵之家，讨厌周围的生活环境，极力想逃出贾府这个封建牢笼。他像一个高级囚徒，被囚禁在贾府这个封建堡垒中，因此精神上感到极度压抑和痛苦。他的自哭自笑，与燕子、星月的对话，正是封建压抑的结果。二是极力摆脱名缰利索的桎梏，斥责八股文是饵名钓禄的工具，指责热衷此道的是"国贼禄蠹"，厌恶与官吏来往应酬，厌烦劝他留意功名的人。三是要求男女平等，反对男尊女卑和主贵仆贱的封建陈腐观念，反对以贵贱贫富看人，几乎把全部的热情和理想都寄托在那些被侮辱被损害的女孩子身上，并提出"女儿是水做的，男人是泥做的。我见了女儿便清爽，见了男子便觉浊臭逼人"的石破天惊之语。正如鲁迅先生所说："悲凉之雾，遍被华林，然而呼吸领会之者，独宝玉而已。"四是极力抨击程朱理学、宗法制度和封建伦理道德，对世俗贵族男子的虚伪造作和精神沦丧深恶痛绝。五是追求爱情自由、个性解放和婚姻自主。

贾家的男性贵族，一是狠，像贾赦为抢夺几把扇子，就使石呆子家破人亡；对他们来说，打死人，就像捻死个蚂蚁。二是贪，竭力搜刮钱财，贪得无厌。三是烂，没有任何道德观念，糜烂透顶，嫖妓纳妾，无所不为，纯粹是衣冠禽兽。贾珍与儿媳通奸，致使秦可卿命丧天香楼；色中厉鬼贾赦连其母亲房中的丫环也不放过，色中饿鬼贾琏奸占并致死尤二姐，还与仆妇鲍二家通奸，致使其上吊而死，凡此种种都说明道德败坏到什么程度。焦大骂他们家只剩门前的石狮子还干净，柳湘莲则说"只怕连猫儿狗儿都不干净"。四是伪，虚伪透顶，表面上道貌岸然，附庸风雅，实则一肚子坏水。五是蠢，愚笨无能，贾敬只会烧香念佛，"大有祖风"的贾政也只能训斥一下宝玉而已，除此以外，没有别的本领。总之，尽是不肖子孙，不配有好的命运。生于封建末世的贾府，是宝玉的不幸，而得以在大观园女儿国里成长，则是其不幸中的万幸。大观园是其叛逆性格发育生长的土壤，而园中女子的悲惨命运和斗争精神则是其催化剂。

黛玉与宝玉一样厌恶功名，反对仕途经济，勇于追求自由幸福爱情，是封建阶级的叛逆者，她多愁善感，葬落花，埋香冢，泣残红，悲秋雨，迎风洒泪，见花伤情，美丽博学，才华横溢。

宝黛爱情是全书的主线，他们的爱情是叛逆者的爱情，他们的悲剧不仅是爱情悲剧，同时也是叛逆者的悲剧。作家将其放在广阔的社会背景上，细致生动地展示出他们爱情的发生、发展、成熟直至毁灭的整个过程。他们的爱情不同于传统的郎才女貌、一见钟情的才子佳人的俗套，是建立在朝夕相处、耳鬓厮磨和相互了解、情投意合基础上的知己之爱。那些才子佳人小说中的青年男女是功名富贵和爱情婚姻两不误，爱情仅是追求功名富贵道路上的点缀，在实现了与有情人结成眷属之后，还是要踏上追求功名富贵的旅程。虽然曾与封建卫道士发生过冲突，但他们的人生道路却与之没有根本差别，仅在爱情上有一点叛逆性，而宝黛却与之有根本的不同。他们不仅在爱情上违背了"父母之命，媒妁之言"的封建古训，更主要的还是在整个人生道路和社会理想上，与封建统治阶级背道而驰。小说中还摈弃了以往小说戏曲中常见的"偷香窃玉，暗约私奔"之类的庸俗描写，歌颂了这对叛逆者之间纯洁真诚、专一的爱情。他们两在追求自由和个性解放方面是心有灵犀的，宝玉从黛玉身上看到了自己所向往的自由和个性解放的光芒，黛玉则从宝玉身上找到了灵魂的寄托和慰藉。宝玉要求摆脱功名利禄的束缚，黛玉则从不劝他"立身扬名"，从不说"仕途经济"的混账话。对那些"离经叛道"的闲书《西厢记》、《牡丹亭》之类，两人有共同的爱好和兴趣。在反封建的道路上，结伴而行，并互相聆听着对方心灵的召唤，用泪水和心血浇灌着爱情的芬芳花朵，共同演奏着反封建的爱情乐章。如果说宝玉在摆脱功名富贵的束缚时，播下了叛逆的种子，那么黛玉与其配合的泪水则是滋润这颗叛逆种子的甘露。"都道是金玉良缘，俺只念木石前盟。空对着山中高士晶莹雪，终不忘世外仙姝寂寞林。"

《红楼梦》还打破了以前才子佳人故事中金榜题名、奉旨成婚、夫贵妻荣的大团圆结局模式，写了一出惊天地、泣鬼神的爱情悲剧。在它之前，还没有一部作品能够像它这样写出震撼人心的爱情悲剧，也不能像它这样将悲剧的社会根源挖掘得这么深刻及对封建社会批判得这么彻底有力。他们的爱情严重妨碍着贵族阶级的根本利益，面临着重重阻力和压力，实现的可能性微乎其微。他们的悲剧是时代的悲剧，是当时的社会环境所决定的。有权势但财力枯竭的贾府和有钱财但缺权势的薛府，都想借联姻扩大自己的势力和影响，而联姻正好能够各取所需，故双方都极力撮合"金玉良缘"。总之，老谋深算的贾母、面善心狠的王夫人、嘴甜心辣的两面派王熙凤内外配合，左右夹击，并且上有元妃的支持，中有贾政的助威，下有袭人的摇旗呐喊，孤军奋战的宝黛失败是必然的。当然，这与他们本人的软弱和斗争无力也有一定的关系，另外黛玉的容貌才学、与贾府的亲疏关系上虽与宝钗不相上下，但在门第与处理人际关系的能力上，却远远不能与宝钗相提并论。

《红楼梦》不仅是爱情的悲剧，也是一曲女性的悲歌，人生和生命的绝唱，青春和美的悲剧。在它之前，还没有一部作品以如此细腻的笔触揭示女性的心灵美好和性情纯洁。园中那些丫环，大都纯洁善良，热情直率，而且富于反抗精神，有着铮铮铁骨，但结局都是悲剧。而那些有命无运的贵族小姐，结局也并不比丫环们好。元春名为贵妃，自认处在不得见人的去处，省亲时只是呜咽对泣；迎春做了五千两银子的抵押品，落入虎狼般的丈夫之手，朝夕挨着打骂，不及一年就一命呜呼；大观园里的改革家探春孤身远嫁；年幼的惜春，在家破人亡的前夕，做了尼姑，与黄卷青灯为伴，虽生犹死；湘云父母早逝，丈夫夭亡，孤身无依；其他如李纨、宝钗、黛玉更没有什么好结局。引人注目的是宝黛爱情的悲剧制造者之一王熙凤也是一个悲剧人物，下场十分悲惨。总之，这些美丽善良，纯洁多情的女子，最后流落到现实世界肮脏阴暗的角落受着不同的屈辱和蹂躏，"万艳同悲"，"千红一哭"。

在曹雪芹之前，众多小说中多为类型化、平面化的人物性格，《红楼梦》则继承和发扬了《金瓶梅》所开创的人物塑造方法，塑造出血肉丰满、多侧面、立体化和个性化的典型形象，决非"千人一面，千人一腔"，或好人绝对好，坏人绝对坏，从而使人物性格塑造站到了古典小说的最高点上。它所写的人物性格都不是单一、绝对和固定不变的，而是真实可信、复杂圆满的。像贾母就是集慈祥宽厚的老祖母、惟我独尊的老祖宗、纵情享乐的老手和竭力维护封建宗法制度的老顽固于一身的多侧面、立体化的人物形象，不能简单地评价其好坏善恶。她有善良慈祥的一面，像对宝玉和刘姥姥，也有狠毒虚伪和顽固不化的一面，有风趣乐观，怜贫惜老的一面，也有养尊处优，富贵骄人的一面。凤姐虽然歹毒奸恶，对下人虐待刻薄，对丈夫嫉恨严厉，但也有聪明干练、机智风趣、活泼能干的一面。再者，人物描写也没有脸谱化、公式化和模式化，像反面人物贾雨村就长得一表人才，相貌堂堂，并非獐头鼠目，猥琐不堪。同一人物，在不同场合、面对不同的人时，说话方式和行为态度也是不同的。如王熙凤，在贾母面前是婉转献媚，表面的放肆中透着阿谀奉承；在平辈姐妹面前，风趣和气；在奴仆面前，声色俱厉，威严凶狠；初见刘姥姥时傲慢而不失礼，托女时句句诚恳，字字含情。同一人物，性格也存在着发展演变的过程，特别是随环境变化而有所变化，如黛玉的性格就有一个发展的过程。最初是纯真率性；父亲去世，二入贾府，在大观园的浸染下，爱情萌芽渐生，表现为躁动不安、多愁善感而又爱耍性子；第32回后，和宝玉的心思得以沟通，变得开朗快乐，情绪平和，深沉自信起来；最后因爱情受到打击挫折，变得抑郁忧愁，终于悲伤而死。

再就是能够同中见异，写出同类人的差异和个性，如尤二姐柔弱怯懦，爱慕虚荣，渴求富贵，沦为小妾而遭致折磨，含恨死去；尤三姐则敢作敢当，泼辣豪放，视权贵金钱如粪土。薛蟠是吃喝嫖赌、无恶不作的呆霸王；其妹宝钗则是安分守己、颇有心计的窈窕淑女。同为姐妹，迎春软弱无能，探春机敏高傲，惜春悲观厌世。同是孤高自赏，黛玉更多的是对卫道者的尖刻嘲讽，妙玉却包含几分虚伪做作；湘云的豪爽中多的是富贵脂粉气，尤三姐的豪爽中则含着刚烈侠气；凤姐的泼辣中藏着阴谋诡计，探春的泼辣体现的是严正刚毅。

在人物塑造方法上，一是善于在同一场景中写出不同的人物行为举止和性格，如取笑刘姥姥的那个场面，就写出了湘云的心直口快，黛玉的清高自负，凤姐的刁钻阴险，王夫人的虚伪做作，贾母的娇惯子孙，探春的泼辣，迎春的老实等。再如抄检大观园抄到探春房间时，引起了争吵。这一个场面，就分别写出探春、凤姐、王善保家的等人物的各自性情，如见其人，如闻其声。二是善于通过环境、居室摆设来体现人物性格，衬托人物的情趣爱好，如秦可卿屋内摆放的香艳妖冶之物，就暗示出主人"擅风情、秉月貌"的淫荡性格。潇湘馆的幽雅静美反衬出主人的超凡脱俗。蘅芜院的简朴素净反映主人的圆滑世故等，不一而足。三是运用肖像、动作、语言和心理描写来刻画人物性格，如林黛玉初入荣国府时，从贾氏三姐妹的穿戴、身材、面貌和神态的不同，就可见出性格的差异，王熙凤的打扮形貌更是可显出风骚辣练嘴甜心狠的特点。再如丹凤三角眼可见出王熙凤的阴险，"眼同水杏"可看出宝钗的温柔矜持和美而不艳，"笼烟眉"、"含情目"和"泪光点点"可见出黛玉的多愁善感。再如第33回黛玉听到宝玉当众称赞她从不说混账话的心理活动，以及"牡丹亭艳曲警芳心"中黛玉的心理活动描写，都可充分揭示出人物性格。四是较好地运用了人物之间的对比衬托法，使得各自性格鲜明起来，如宝黛、刘姥姥与贾母、袭人与晴雯之间都存在着对比；而晴雯与黛玉、袭人与宝钗之间则是模仿映衬。

结构上，采用了纵横交织的网状结构，展现出一个万象纷呈的世界。小说的前五回是全书的总纲，概括交代了悲剧发展的轮廓、主要人物的遭遇。宝黛爱情是全书主线，除此之外，还有四条副线。一是刘姥姥的三进荣国府，贯穿起贾府的煊赫、衰落和崩溃三大阶段；二是通过跛僧癞道将神话世界和贾府的现实世界联系起来；三是通过贾雨村对贾府前后不同的两种态度，将假语村言与隐去的真事，将贾府内外矛盾斗争结合起来；四是通过元春命运的三个阶段，将宝黛爱情悲剧与统治阶级上层斗争联系起来。这五条线索纵横交织在一起，形成一张巨网，笼罩于封建社会末世。再就是情节设置上，犯而不犯，善于将两件相似的事情进行对比，以求同中见异，如两次抄家、两次发丧、两人出家等。还将冷热、悲喜、张弛的场面交替出现，相互映照对比。

《红楼梦》问世后，吸引着一代又一代读者和研究者，进而形成一门学问——"红学"。

[作品选读]

《搜神记》
　　　紫玉(存目)
　　　韩凭妻(存目)
　　　李寄(存目)

《世说新语》
　　　周处(存目)
　　　王子猷居山阴(存目)

李朝威
　　　柳毅传(存目)

白行简
　　　李娃传(存目)

沈既济
　　　任氏传(存目)

宋话本
　　　碾玉观音(存目)
　　　错斩崔宁(存目)
　　　闹樊楼多情周胜仙(存目)

冯梦龙
　　　杜十娘怒沉百宝箱(存目)
　　　卖油郎独占花魁(存目)
　　　沈小霞相会出师表(存目)

凌濛初
　　　转运汉巧遇洞庭红(存目)

罗贯中
　　　三国演义(存目)

施耐庵
　　　水浒传(存目)

吴承恩
　　　西游记(存目)

兰陵笑笑生
　　　金瓶梅(存目)

蒲松龄

  青凤（存目）

  促织（存目）

  梦狼（存目）

  司文郎（存目）

  席方平（存目）

  王子安（存目）

吴敬梓

  儒林外史（存目）

曹雪芹

  红楼梦（存目）

第九章　质文代变：激荡的时代大潮

——中国文学的历史性转折

　　吾革命军三大主义……曰推倒雕琢的阿谀的贵族文学，建设平易的抒情的国民文学。曰推倒陈腐的铺张的古典文学，建设新鲜的立诚的写实文学。曰推倒迂晦的艰涩的山林文学，建设明了的通俗的社会文学。

——陈独秀

　　由来新文明之诞生，必有新文艺为之先声。

——李大钊

第一节　孕育：告别古典时代

　　　古老民族的挣扎与再生——诗界革命——小说界革命——文学革命的先声

　　20世纪中国文学是在强烈的救亡意识的催生下形成和发展的。由救亡到启蒙，再由启蒙到救亡，是20世纪中国文学不断循环的主题。20世纪中国文学因此也充满了人文关怀与历史关怀，并呈现出崇高与悲凉、喧哗与宁静交错出现的多样风格。

　　一百多年前，帝国主义的坚船利炮对中国的侵略，从另一种意义上讲，是工业文明对农业文明实行的社会达尔文主义式的征服。以农业文明作根基的大国天朝立刻显出自身的脆弱。为了挽救垂危的民族，人们开始寻求各种各样的药方。"洋务派"面对"技不如人"的劣势，提出"富国强兵"的主张，但腐败的清朝政府并没有给现代兵器注入活力，北洋水师的覆没击碎了富国强兵的梦想，同时也使一些人认识到政治变革的重大意义。维新派将中国的希望寄托于政治上的变法与改良，但是，维新运动遭到失败，此后种种所谓的政治改良形同虚设。国民整体精神的僵化、愚昧与保守，注定了任何物质的和政治的变革都是无效的。于是，"更新中国人"便成了众多仁人志士的不懈追求。早在晚清末年，梁启超就提出"新民说"。此后又有鲁迅弃医从文，目的也在于唤醒国人沉睡的灵魂。文化启蒙成了拯救中国的首要选择。

　　早在20世纪初，梁启超等将目光转向文学改良，相继提出"诗界革命"和"小说界革命"，声称"欲新一国之民，不可不先新一国之小说"。他们将文学与民族的道德、风俗和人格的改造联系在一起，启蒙热情溢于言表。但晚清的"诗界革命"和"小说界革命"并没有给文学带来新思想，最终为浅俗的市民文化所取代。于是新文化运动的主将们便以全新的姿态推动文学的变革。陈独秀的《文学革命论》和胡适的《文学改良刍议》不仅是文学革命的宣言，也是新文化运动的宣言。旧有的文学观念和审美方式在这里受到了怀疑和批判，陈独秀鲜明地提出要"推倒雕琢的阿谀的贵族文学，建立平易抒情的国民文学"，"推倒陈腐铺张的古典文学，建立新鲜的立诚的写实文学"，"推倒迂晦的艰涩的山林文学，建立明了的通俗的社会文学"。胡适则提出"八不"主张，锋芒直指文言文。他们对古代文学的批判过于苛刻。但是，从启蒙的立场看，在农业文明中成长起来的古典文学，充斥了田园牧歌式的快乐与感伤，伦理热情有余而价值关怀不足，缺少对生命个体的独立价值的关注，多在等级链条上生发情感与思想，无法担当起文化启蒙的历史使命。因而，新文学的倡导者们对旧文学的批判实际上是功能性批判而非审美性批判。救亡焦虑驱使下的启蒙热情由此可见一斑。而这一切又为日后文学在民族危急关头直接走向救亡前台埋下了种子。中国文学就此告别古典走向了现代。

第二节　新文学观的确立与文体革命（1917～1927）

从主题革命到文体革命——文学社团与流派——鲁迅精神的意义

1917年新文学发端后的十年，是20世纪中国文学转向现代的第一个十年，在这十年里，新文学坚定不移地发扬启蒙精神。并且完成了中国文学由古典到现代的历史转型。通过对西方人文思想和文学思潮的传播，新文学确立了了全新的文学观念。无论是"为人生"还是"为艺术"而艺术，都表明文学已从以往对王权的依附中摆脱出来，并以独立的姿态表达作家的情感。温柔敦厚的传统美学原则也被打破了，作家们开始突破外在的和谐进而描绘人们内心的动荡与痛苦。以往文学中常见的忠奸对立、惩恶扬善一类的主题也被个性解放与人道主义精神所代替，"人的文学"得以确立。作家们不约而同地张扬个性，同情弱者，并最大限度地揭示几千年的封建奴役给国民带来的精神创伤。1918年，鲁迅发表了他的第一篇白话小说《狂人日记》，借助狂人的呓语揭露中国封建社会"吃人"的历史，展示了"自己被人吃，又去吃别人"的可怕的民族生存景观。胡适创作的新文学中的第一本新诗集《尝试集》也表现了抗议强权、同情弱者的人道主义精神。此后，便有不同的新人和不同的流派出现，表达个性解放的主题。

中国文学由此也实现了文体上的革命。与思想主题、文学思潮的进入相一致，在外来文学的示范下，各种与传统文学相异的文学样式应运而生，极大地丰富了中国文学的历史。诗歌从古典走向现代白话诗；小说由章回体的故事小说走向多样的性格小说和心理小说；戏剧从传统戏曲经"文明新戏"走向现代话剧；散文由文言文走向白话杂文和美文。

文学社团和流派也迅速丛生和更迭。其中，文学研究会和创造社是现代文学史上最早出现的也是最有影响的文学社团。文学研究会的作家们深受西方人道主义思想和理性精神的影响，将文学的目标确立为"为人生"，并将写实主义作为创作原则。他们反对将文学当作消遣的工具，努力在创作中为弱者辩护。叶圣陶致力于关注下层知识分子的灰色人生，通过《潘先生在难中》等小说写出了下层知识分子生存在人生夹缝中张皇失措、失去自我的平庸、懦弱和敷衍，在批判中渗入同情。冰心写《繁星》、《春水》，创造出风行一时的"小诗体"，力图用"童心"和"母爱"来关怀多灾多难的人生。她和王统照等人一样试图用爱的哲学和美的微笑来融化人间寒冷。许地山则将宗教世俗化，在坚信"生本不乐"的同时，又让人们以坚强的受难意识忍耐人间痛苦，用博爱情怀宽容罪恶，达观地坚守人生。他的作品集《缀网劳蛛》和《空山灵雨》题目本身就将其作品中的宗教境界显露无遗。而后来的小说《春桃》更从平实的生活中展示了爱的博大与完美。此间还有王鲁彦等人致力于乡土文学创作，他们一方面为故乡的愚昧落后而痛苦，另一面又因漂泊都市无所归依而深深思恋故土，使乡土世界在他们的创作中显得既苍凉而又美丽。

创造社与文学研究会不同的是，他们公开声称要"为艺术"而写作。他们的创作充满了浪漫主义的抒情色彩。但在创作中，他们依然为人生而抒情。只不过他们不太在乎西方启蒙时代流传下来的理性原则，而以非理性作为艺术操作的基本方式。郭沫若的新诗集《女神》奠定了新诗在现代文学史上的地位。他以狂飙突进般的呼号，呼唤新的世界、新的中国与新的自我，破坏和创造构成了自我扩张、舒展个性的抒情语境。郁达夫则将小说作为"自叙传"，以宣泄式的自我暴露展示出备受压抑的病态心理，在《沉沦》、《南迁》等小说中写出了自哀、自怜和自虐的弱者形象。他将弱者的不幸和民族的不幸联系在一起，由此将个人病归结于时代病，表现出郁达夫式的感伤的美。

"新月派"是继创造社后一个值得注意的诗歌流派。他们在新诗的理论与实践中进行坚实探索。闻一多和徐志摩都倡导"新格律诗"，并将"建筑美"、"绘画美"和"音乐美"作为诗歌艺术的原则。他们反对专制，呼唤自由和人性。不过他们既不像文学研究会那样关心底层苦难，也不像创造社那样表现出狂躁剧烈的反抗，他们更趋向于用温和的理性去创造太平世界。规范的优雅使他们的创作多少染上了西式的贵族气。

在这十年中，最引人注目的当属鲁迅。他自称是历史的"中间物"，肩起黑暗的闸门，背负因袭的重担，依然上下求索，为未来的光明而战。他一生中创作了《呐喊》、《彷徨》、《故事新编》等三部小说集和《野草》、《朝花夕拾》两部散文集，还写了十三集杂文。鲁迅致力于对民族精神的历史考察，在作品中不断地剖析"国民性"，为国人"画灵魂"，惊人地写出了等级文化带来的奴性与自大并存的病态国民心理，昭示了落后民族的精神危机，冷峻而悲怆。鲁迅解剖民族，也解剖自己。在《野草》中揭示出一个探索者心路历程。他追问着存在，面对着绝望，品味着孤影与过客、悲壮与苍凉，在一种荒原感中表达了一个精神界的战士"荷戟独彷徨"的自我拷问和执意前行的精神。

第三节　革命文学与文学的多元化(1927～1937)

从文学革命到革命文学——左翼文学的兴起——文学中的都市与乡村——现代派文学的发展——现代主义

1927 年以后，中国社会进入了更为漫长的动荡时期，社会危机与民族危机不断加深。文学在救亡和启蒙的主旋律中又呈现出多重变奏。文学家们在战争与苦难中寻找着自己的位置，有人投身于救亡，有人仍潜心于启蒙，也有人躲在时代的大风圈外为自我感觉而战。"五四"以来单一的启蒙历史已告终结。但这似乎并没有影响文学创作水平的提高。在此后的十余年里，小说出现过较为浑厚的长篇巨制，诗歌也因现代诗派的出现变得更加精美，话剧则因曹禺的出现显示了成熟。在灾难中，文学依然收获了果实。

总之，1927 年是文学转向更加多元化的开始。"革命文学"是这一转向的先声。北伐战争唤起的革命热情使文学暂时中断了"五四"以来的启蒙话语。文学在匆匆忙忙中呼唤革命，但是过于浪漫的革命热情和"革命加恋爱"式的叙事模式让革命文学变得千篇一律。倒是大革命失败后人们反思和祭奠革命的作品显得更为真诚和实在，茅盾的三部曲《幻灭》、《动摇》、《追求》，通过时代女性们在革命到来时的亢奋、革命过程中的动摇和革命失败后的苦闷，写出了那些热情有余准备不足的革命者的心灵史。革命文学还催生了以后的无产阶级文学运动。1930 年，左翼作家联盟成立，标志着无产阶级文学走向组织化。面对政治黑暗与民族危机，左翼作家率先走向救亡征途。他们以鲜明的政治意识批判现实黑暗并寻找时代英雄。夏衍的话剧《上海屋檐下》、洪深的话剧《五奎桥》都写出了底层人民的不幸与反抗。茅盾的小说《子夜》、《林家铺子》、《春蚕》则通过民族经济的衰败将锋芒直指外国势力的经济侵略。阶级意识和民族主义情绪成了左翼文学的基本主题。在诗歌界，诗人们在关注人民苦难的同时也唱人民的颂歌。艾青向左翼文学靠拢，他咏叹《大堰河，我的保姆》，并在"北方组诗"里为寒冷的大地落泪。在"太阳组诗"里，他又热情地拥抱光明。艾青的诗表现出了肩负民族重任的豪迈与沉重。

20 年代末期，启蒙文学开始复苏，现代派文学也在都市社会中出现。启蒙文学继承"五四"传统，在对民族文化的负面批判上获得了深度和广度。巴金在为民粹式的英雄作传后，将目光转向中国社会之本的"家"。他的激流三部曲(《家》、《春》、《秋》)控诉了旧家庭对青春和人性的扼杀，并通过高觉新在传统与现代两极之间的双重人格的悲剧性展示，道出了个人为封建家族牺牲的惨烈程度，巴金有关家的探索一直延伸到 40 年代中期。其中《寒夜》精细地描写了小家庭内部成员之间的角色冲突。与过去不同的是，巴金强化了社会批判，由此也加深了对"小人物"命运的同情。老舍则以老北京为背景，在充满"京味"的叙述中，展示了老北京的世俗文化。他热爱老北京风情，但又为老北京文化中的保守与苟且而担忧。《离婚》剖析了令人窒息的"敷衍"心态，《骆驼祥子》深深同情底层人在北平的生存境遇。40 年代后，老舍将救亡与启蒙的主题合而为一，在民族危亡的背景下凸现了老北京文化的脆弱。四世同堂的祁家在异族侵略的环境中被迫解体正是这种软弱性的证明。

30 年代，文坛有"京派"、"海派"之说。京派作家是 20 年代后期中国新文学中心南移之后，活跃在北京一带的作家沈从文、废名（冯文炳）、萧乾、芦焚等人以《水星》、《现代评论》、《大公报·文艺副刊》等为阵地而形成的一个北方作家群。京派的存在，具有以下两种意义：第一，通过对乡村中国的深情叙述表现出对于中国传统文化价值的反思。这是京派作家与新文学的第一代作家的最大不同。这种反思既是对"五四"文学的继承，又是对"五四"文学的批判。沈从文等人一般都有一个自己情之所系的乡村世界，这是他们所倾心的人生世界，也是他们所创造的艺术世界。在他们的作品中，文化的价值判断再也不像"五四"文学那样明确、单一，而有着某种程度的传统和乡村回归意识。通过乡村文明与都市文明、传统文明与现代文明的对比，使中国新文学的主题变得更加丰富，更加复杂。京派作家的创作把鲁迅等第一代现代作家所开拓的改造国民性的思想主题加以变化，更加注重民族道德人格的反思和重塑。他们往往把乡村社会的人性美和自然美作为自己最终的理想境界。第二，确立了一种抒情性的写实主义风格。京派文学是作家的一种人生体验，也是一种主观想象；是一种浪漫又是一种实在。纯情的乡间少女和睿智的山野老人，常常成为京派作家笔下的形象系列。自然化的性情和民间性的意识使作品长于抒情也长于叙事，创造了一种与当时革命小说和海派小说迥异的审美风格。

海派小说是指 30 年代前后以上海为中心、以《无轨列车》、《现代》等刊物为阵地，具有浓郁的都市风格和现代主义色彩的文学流派。由于这一流派的形成与日本新感觉派小说的影响有直接的关系，因此，当时被左翼人士称之为新感觉派文学。主要代表作家有施蛰存、刘呐鸥、穆时英等。新感觉派作家多以上海大都市的现代生活环境为场景，着重描写都市社会的人们对现代生活的复杂感受，表现现代物质文明与人性的冲突。施蛰存的《梅雨之夕》、刘呐鸥的《都市风景线》、穆时英的《上海的狐步舞》等作品所表达的都是这种现代场景和现代感受。通过他们的小说，使人真正认识了都市社会和现代文明。从小说艺术的角度来看，新感觉派可能给中国现代文学带来的艺术意义大于思想意义。作为现代主义艺术流派，新感觉派在描写生活时不注重写实而强调人物对环境的主观感受，在叙述中常常打破生活的逻辑，注重表现幻觉和下意识。作品场面转换迅速，节奏加快，具有现代心理小说的一般特征。必须指出的是，无论是思想意识还是审美风格，新感觉派与京派小说都形成了鲜明的对比。尽管京派小说以其乡村场景、平民意识以及抒情性的写实主义风格，为读者带来先天的亲和感而且至今深得人们的厚爱，但是，新感觉派小说为中国文学提供的新异素质，为中国读者提供的现代都市观念，则更有意义。

除了"海派"文学外，30年代的现代诗派也是现代主义文学的中坚。现代派诗人们重视自我的内心感受，善用象征暗示和幻觉境界抒发他们飘忽不定的意绪。戴望舒在"雨巷"世界里表达"单恋者"与"希望"失之交臂的感觉。卞之琳则在远离自己的世界里寻找感觉与理性的平衡。相比之下，具有唯美主义倾向的何其芳倒稍显明朗，他的诗集《预言》、散文集《画梦录》都表达了一种对心灵归宿的索求，引来一片轰动。

第四节　不同社会背景下的文学景观（1937～1949）

　　救亡主题的强化——沦陷区文学的异样品格——国统区文学的社会批判
色彩——解放区文学

1937年的卢沟桥事变又一次改变了中国社会的政治结构，也改变了中国文化和文学发展的历史进程。

在民族危亡之际，国共两党实现了第二次合作，而文学界出现了"五四"之后未曾有过的大团结、大统一。标志这一新局面形成的便是1938年3月27日成立的"中华文艺界抗敌协会"。"文协"集合了中国文艺界各方面的文艺家，它不但超越了社团、流派的界限，而且超越了新旧文学、文化的界限，更重要的是它超越了30年代以来最为尖锐、鲜明的阶级、党派的界限。"文协"创办了会刊《抗战文艺》，提出了"文章下乡，文章入伍"的口号，救亡成为这一时期文学的最大主题。抗战文学成为一股强大的创作潮流。

抗战文学的基本特点是，它有统一的主题：歌颂抗日志士的英勇，控诉敌人的残暴，揭露汉奸的卑鄙；有大体相近的形式：短小、通俗；有统一的风格：昂扬、热烈。这种"统一"来自于当时人们认识的普遍简单化和反应的急促化，这也是人们面对巨大事变在所难免的表现形态。在抗战前期救亡文学运动中重大收获之一就是小型化、纪实性作品的大量涌现。短剧、诗歌、报告文学、短篇小说等成为当时主要的文艺样式。为了适应这一时代的需要，作家们不仅暂时放弃了自己的思想个性，而且也真诚地放弃了自己的艺术个性。因为那是一个需要统一的时代，但也许正因如此，公式化、模仿化也便成为一种普遍性的弊病。

在民族危亡的时候，对于民族意识的强化、历史的肯定性回顾，是时代所确定的一般作家心理和社会心理的需要。因为民族意识和传统文化的高扬是人们获得精神支持的最重要的手段。所以，抗战文学的文化价值取向与"五四"文学有很大的不同：由反叛传统到向认同传统。这种文化意识到了抗日战争进入相持阶段的40年代前后表现得更加强烈。这便是以反映春秋战国、晚明和太平天国历史为中心的历史剧创作高潮的出现。如郭沫若的《屈原》、《虎符》，阳翰笙的《李秀成之死》、阿英的《明末遗恨》（又名《碧血花》）、欧阳予倩的《忠王李秀成》等。

除了救亡主题外，文学也呈现出不同景观。抗日战争爆发后，中国国土分成了三大板块：沦陷区、国统区和解放区。不同的背景造就了不同的文学倾向和文学格局。

沦陷区一直存在着自己的文学。早在30年代初，东北沦陷后就出现了沦陷区文学。东北沦陷区文学在殖民化的夹缝中多写俗世生活的平和之状，但也流露了国破家亡的感伤。而从东北逃离的作家萧军、萧红等则能尽情倾诉对黑土地的怀恋和救亡精神。萧军的《八月的乡村》歌颂铁血男女的反抗，肖红的《生死场》也写出蚊虫般生存的人们的苦难与搏击。上海沦陷后，依然有一批作家以隐含的方式书写抵抗文学，只有张爱玲等人置亡国于身外。张爱玲拒绝道德评价，也拒绝浪漫主义与英雄主义，她全力关注洋场世界里古老住宅中的那些平庸的生命，尤其是冷眼关注女性精神上的伤残和女人性的破损。她看穿了生命的无聊却要以无聊的心态去写无聊，于是生命在她的笔下失去了庄严和神圣。这种感受又因她雅俗互通的绝妙叙事手法而备受市井平民尤其是女人们的关注。张爱玲是那个特殊社会背景中的绝才。

国统区文学则充满了战争背景下的焦虑。尽管有人声称"文艺与抗战无关"，但文学的主题却不同程度地受到战争的影响。在大后方重庆，郭沫若等创作历史剧，借古人古事呼唤抗战，反对投降，沙汀则从社会批判的角度出发，写出"后方"政权的腐败。沙汀的长篇《淘金记》以冷峻的叙述将唯利是图又勾心斗角的乡村名流们的灵魂暴露在读者面前。艾芜则除了在《南行记》中描写生活在边缘的流浪汉的生存挣扎外，也写战地生活。路翎在《财主的儿女们》中将战争与家族的崩溃、知识分子在战争中的逃亡与流浪、疯狂与忏悔融为一体，构成了一部独特的心灵史，而对人的精神焦虑与漂泊的描写恰是路翎的一贯艺术追求。在诗歌界，"七月派"高扬战斗的旗帜。"九叶诗派"则在战争的废墟上凭吊和寻找鲜花。穆旦为生存和死亡、历史和现实、自我和社会等多重因素纠缠，展示着"丰富的痛苦"。郑敏则寻找雕塑般的宁静。九叶诗人们同时也为现代派诗歌的成长提供了新的范式。

在充满社会关怀的气氛中，钱钟书滞留于"人生边上"。他的创作少有种族倾向和政治倾向，在《围城》里，借助在战乱中奔波的知识分子的故事，写出人类生存的悖论。他高居云端，为走不出"围城"的芸芸众生报以幽默的微笑，但轻松中也透出沉重与悲凉。无名氏和徐讦则把奇特神秘的故事情节和对生命价值的严肃探讨结合起来，使作品既有大众化的通俗性，又有贵族化的先锋性。因此，他们的作品拥有大量的读者。徐讦的代表作《鬼恋》、《风萧萧》和无名氏的代表作《北极风情画》、《露西亚之恋》，都把当代政治内容和极其浪漫的爱情故事相融合，在当时颇为风行。

解放区的文学则呈现出另一种景观。政治意识和救亡热情使文学与政治联姻并终而为政治调遣。张扬个性的作家们在这里脱胎换骨，写过《莎菲女士的日记》为叛逆女性发出过绝叫的丁玲，融入了《太阳照在桑干河上》的土改浪潮里。农民作家赵树理创造了"民间化"的新体式。孙犁则用诗化的情境展示根据地农民、尤其是女性的人情美与人性美。歌剧《白毛女》，诗歌《王贵与李香香》都在展示阶级解放的历程。知识者缺席和劳动者作为主角则是解放区文学的重要特色。

第五节　政治与文学的一体化(1949～1978)

政治文学一体化——"放声歌唱"的主旋律——文学的黑暗期——"地下文学"

1949 年 7 月 2 日，全国第一次文艺工作者代表大会在北京召开。这次大会实际上是新中国文学的动员会。大会要求作家从组织上到思想上达到前所未有的统一，毛泽东《在延安文艺座谈会上的讲话》作为当代文学的基本纲领得到进一步确认和强化，此后的绝大多数文艺运动和论争都采用政治运动的方式和行政手段来进行和解决，包括 1951 年的"关于电影《武训传》的讨论"、1952 年"对于《红楼梦》研究中资产阶级唯心主义倾向"的批判、1953 年批判胡风"反革命集团"、1957 年文艺界"反右派"的斗争、1965 年批判新编历史剧《海瑞罢官》，直至 1966 年发生的"文化大革命"。

文艺的政治化决定了文学的基本面貌。"放声歌唱"成了文学的主旋律。《红岩》、《林海雪原》、《红日》、《敌后武工队》等小说续写解放区文学的英雄传奇。《青春之歌》以历史为蓝本给当代青年树立人生楷模。《上海的早晨》抹去都市气息而让对资本家的政治改造进入主题。《创业史》致力于为新一代农民造像。诗歌突出了政治鼓动的力量。郭小川、贺敬之的诗合乎文艺为无产阶级政治服务的要求。文学对政治的忠实达到了自觉的程度，个体声音在文学中逐渐消失。胡风因表达个人观点被投入监狱，一批"干预生活"的作品遭到批判。这种局面发展到"文化大革命"，文学终于落入毁灭之途。"文革"十年间，文学已是"四人帮"手中的工具，中国文学进入了最黑暗的时期。

"文化大革命"的十年，"五四"文学传统被割断，连"文革"前 17 年的文学也都被一笔抹杀，"工农兵方向"被强调到了极端的境地。适应这一潮流，有一些群众性创作的高潮，也出现了不无可取之处的专业作家创作，但作为"文革文学"中最具代表性的作品是"革命样板戏"。"三突出"原则(在所有人物中突出正面人物，在正面人物中突出英雄人物，在英雄人物中突出主要英雄人物)，成为文学创作的"金科玉律"。

"文革"期间，最有价值的是所谓"地下文学"、"知青文学"以及 1976 年春天出现的"天安门诗歌"等。"天安门诗歌运动"是一个预言：中国政治和文学的春天就要来了。

第六节　社会变革与文学的转型(1978～1998)

伤痕文学——改革文学——反思文学——寻根文学——朦胧诗——现代主义——新写实小说——走向私人化的女性文学

　　1976 年，粉碎"四人帮"标志着"文化大革命"走向终结。经历了缓慢的解冻，文学也随着思想解放运动回归自身。刘心武的《班主任》用怀疑与批判的口吻质问了已经存在过的历史，人们开始用自己的声音倾诉伤痛。此类"伤痕文学"虽然弥漫着政治控诉的味道，但话语权回到作家手中，宣告了文学新时代的开始。

　　70 年代末到 80 年代初，"朦胧诗"崛起。北岛、舒婷、顾城等成了令人刮目相看而又颇遭非议的人物。北岛以怀疑的姿态走向冬天，为孤独的英雄造像，顾城则以童话境界在黑夜中注视光明。他们的诗终于打破了政治诗一统天下的格局，使诗重新将丢失已久的自我作为咏叹对象，诗歌也因对隐喻象征及通感的使用告别了标语口号式的传声筒时代。

　　小说也开始关注个体的情感和命运。以张贤亮为代表的曾被打入另册的作家重新回顾自我的经历，在残酷的历史中寻找价值。《绿化树》、《男人的一半是女人》写出了苦难对人的精神异化，但同时又将苦难当作成全自我的"绿化树"，成为印证他们英雄品性的重要因素。这种叙事姿态将作家陷入历史评价和道德评价的矛盾中。此后又有"寻根文学"出现。"寻根文学"的姿态也是双重的。一批从"文革"时代走过来的作家用他们特有的理想主义精神审视正在变化的都市文明，这里没有他们渴望的清纯，于是便在乡土风情中寻找温情。史铁生的《我的遥远的清平湾》实际上是站在都市回望过去的乡村，张承志的《黑骏马》则写出一个都市与乡村之间的边缘人，白音宝力格不能接受城市的虚伪回到草原，但又无法容忍草原接近初民的原始生殖崇拜，在两难的选择中，寻找也转化成了复杂的意绪。当然，"寻根文学"还较多地表达了文明与愚昧冲突的主题。郑义的《老井》实际上就演示了古老愚昧的生活向文明艰难推进的过程；而王安忆的《小鲍庄》、韩少功的《爸爸爸》则在对"根"的生活的静态描述中将小说变成了文化寓言，并从中发现闭塞麻木的种族集体无意识。人物成了种族记忆的残留，这种残留进一步表现了在一个封闭的世界中，文化之根是何等的顽强。在"伤痕"和"寻根"的潮流之外，汪曾祺的追求诗意与超然韵致，带给经历了长期政治运动后的人们以慰藉。

　　应当说，80 年代前期乃至中期的文学依然隐含着启蒙情结。无论是自恋倾向还是对生活的质疑，都表现出在文化层面为人们安置价值坐标的愿望。尽管这种努力没有"五四"时期那样迫切和明确。

　　"拯救情结"也没有消失，只是不再以族群作为对象。比如张洁的小说就不停地为处于生活劣势中的女性辩护。她的《方舟》同情漂泊中的女性并声讨男性。显然她想借用女权精神充当女性的救主，为女性建造洪水时代的方舟，尽管言过其实，但拯救的心态却十分真诚。而在改革关头出现的"改革文学"，则更显出危难时刻普救苍生的姿态。从蒋子龙的《乔厂长上任记》到柯云路的《新星》，都不约而同地塑造了改革英雄的形象，他们大刀阔斧为改革带来生机。此处的英雄显然过于理想化，但理想化的意义也正表达了作者对改革方法与手段的强调，作家们参与改革的政治幕僚心态，也由此可见一斑。

80年代中期，中国文学发生了很大的变化。西方现代主义思潮的涌入与社会转型时期的价值迷失，导致了人们的价值焦虑和精神反叛。现代派式的书写语境走入文坛。刘索拉的《你别无选择》、徐星的《无主题变奏》、刘毅然的《摇滚青年》都在一种放纵与发泄的疯狂中表达了自我的焦躁不安，这种情态令人想起西方"垮掉的一代"。格非、马原等人则以编织文字游戏为能事。他们拒绝现实也拒绝历史，有时也以历史为对象，但是理性正史被解构了，由此他们便以虚假的还原方式构建一种非意识形态化的原初的自然历史境遇，历史成了道具与傀儡。苏童的"旧事小说"和莫言的红高粱系列莫不如此。而王朔等人的新市井小说则将生活边缘的"顽主"推向前台，并让他们毫无羞耻地展示利己主义和享乐主义的精神世界，嘲弄一切"正经"与"严肃"的理想主义和价值准则，在为俗世文化的辩护中也走向了媚俗。

五花八门的反叛精神使文学趋向了多元。这使得许多人能够更为从容地寻找不同的精神空间，探视生命存在的深层意蕴。比如刘恒的小说《伏羲伏羲》、《白涡》对情欲与伦理冲突的描写，莫言对生命力的张扬，都散发出鲜活的生命气息。

与此同时，文学不断地向日常生活靠近，由此形成了经久不息的新写实主义潮流。新写实小说避开了以往的"宏大叙事"，将日常生活作为书写对象，以不动声色的"零度叙述"将生活的原生状态呈现给读者，在这种貌似从容的描绘中让人看鸡毛蒜皮的琐碎小事对生命的无情消磨以及小人物们难以逃脱的无奈。人物迫不得已但又无意义的奔波实则制造了反讽的语境，让人觉出"天凉好个秋"的寒意。这些，在刘震云的《一地鸡毛》、池莉的《烦恼人生》中最为明显。

女性文学的兴起也是近二十年文学的独特景观。女人书写自己并为性别角色辩护成了众多女作家的自觉行动。这种写作自张洁和张辛欣开始。不过她们更多地是在社会道德层面为女人的社会地位呐喊。到了80年代中后期，女性对自己的书写转向了心理层次。王安忆的《小城之恋》写出社会政治道德对情欲的扭曲及情欲的变态释放。而90年代后，一些女作家如林白、陈染等人，索性暴露"私人生活"，从展露身体到公开隐私，她们似乎不愿再为一个性别群体说话，而是"由类走向个人"，并将过去女人由"被看"的角色转向"让人看"，同时也将既往历史中女人对男人的依从改变为对自身的依从，由此义无返顾地告别历史。

就像女性文学的发展一样，90年代随着经济时代的确立，人们越来越关注身边生活。生活向着务实和平庸伸展。文学也在众语喧哗中越来越关心起俗世生活。历史与未来已不太重要，"现在"时态充斥了文学空间。启蒙的历史似乎走向停顿。但停顿意味着将有新的开始，在新的世纪，人类仍需要新的精神家园，文学的使命并没有终结。

第十章 爱的大纛 憎的丰碑
——现当代诗歌

诗是艺术的语言——最高的语言，最纯粹的语言。

——艾　青

从积极的方面而言，诗之精神在其内在的韵律。……内在的韵律便是"情绪的自然消涨"。……内在韵律诉诸心而不诉诸耳。

——郭沫若

"五四"文学革命在创作实践上是以诗歌这一文体发端的。1918 年 1 月《新青年》4 卷 1 号上发表的胡适等人的第一批白话新诗，其实也是新文学的第一批作品。从这个意义上说，新诗一开始就处于新文学运动的中心，对其发生、发展轨迹的考察可以构成观照整个 20 世纪中国文学现代化进程的重要视角。

现代新诗最初是以对中国古典诗歌的拒斥和对西洋诗歌的迎合的自觉姿态出现的。胡适等人从理论上鼓吹诗的"散文化"，即一方面颠覆文言的权威，使用白话作诗歌语言，另一方面瓦解格律束缚，进行"诗体大解放"。但在创作上真正能成为现代新诗基石的，却是郭沫若的《女神》。在《凤凰涅槃》等名篇中，郭沫若不但创造出一种"绝端自由"的诗体，而且也确立了新诗的抒情品格，以奇伟飞腾的想象奏响了时代精神的最强音。继"湖畔诗人"和"小诗派"之后，"新月派"的出现是 20 年代诗体的一个重要事件。以闻一多、徐志摩为首的这群诗人，严厉批评了新诗浪漫主义气质和散文化倾向，相应地提出"理智节制情感"的美学原则和格律化的主张。在他们身上，我们可以明显觉察出西洋诗艺与中国古典诗歌传统的"合谋"。稍后，李金发和穆木天及后期创造社诗人通过搬运法国象征主义理论，为新诗注入了现代主义因素。他们超越"诗文同质"的文体观，开始注意到诗歌语言的暗示功能。进入 30 年代，诗坛被左翼革命诗歌和后期新月派——现代诗派两大流派所分割。革命诗歌以蒋光慈、殷夫为先驱，而 1932 年由穆木天、蒲风等发起的"中国诗歌会"则是实际上的中坚，他们都自觉追求诗歌的意识形态化，强调创作的无产阶级立场。与之针锋相对，新月派的创作则秉持一种超功利的自由主义态度。新月派到这时自身也有一些变化，比如前期所坚守的格律化主张已经有了松动，诗绪也更多地显露出迷茫幻灭的心态。徐志摩无疑是这一转化的最佳标本。30 年代的现代诗派是由后期新月派和象征诗派演变来的，戴望舒，卞之琳等都是代表诗人。他们追求一种"纯然的现代诗"，即"现代人在现代生活中所感受的现代的情绪，用现代的辞藻排列成的现代的诗形"（施蛰存语）。值得注意的是，他们普遍地质疑"诗和音乐性"这一命题，重提散文化和自由诗体，与"五四"新诗构成了呼应。抗战爆发以后，新诗被迫在相对隔离的地域内独立发展。国统区诗歌创作经过最初呐喊之后，逐渐沉淀出"七月派"和"中国新诗派"（"九叶诗派"）两个引人注目的群体。"七月派"是以胡风为中心形成的包括鲁藜、绿原等人的青年诗人群。被他们奉为"偶像"的则是不在其列的艾青。艾青是 40 年代最重要的一位诗人。他既接受了西方象征派的影响，又对中国现实有着深刻的体验，因而他的诗作既具现代性又有现实感，影响广泛。"七月派"延续了 30 年代左翼诗歌的革命现实主义传统，有很强的战斗性和功利性，但由于强调诗人的"主观战斗精神"，要求"突入生活"，在一定程度上避免了艺术性和创作个性的流失。"中国新诗派"包括穆旦、郑敏等人，他们当中不少人当时还是在校大学生。他们以西方现代诗潮为参照，抛弃了自郭沫若以来一直支配新诗发展的"抒情本质"论的诗学理念，自觉追求一种"思诗"。在解放区，受"文艺为工农兵服务"的意识形态影响，新诗歌着意于描绘宏大景观，出现了一大批仿民歌体的叙事诗，著名的有李季的《死不着》等。

　　建国以后继续发展着的新诗，一般被称作"当代诗歌"。建国之初 30 年的诗歌发展，其实只是自 30 年代左翼诗歌始，经由"七月派"和解放区诗歌而形成的诗歌传统的延续和强化。政治权威所控制的，不只是主题确立和题材选取，也包括审美情感、艺术表现和语言运用的方方面面。在此前提下，一方面依照领导人"在民歌和古典诗歌的基础上发展新诗"的指示，当代诗歌离开了现代新诗传统并隔绝了与异域诗歌资源的交流，已不可避免地出现"乏力"的症状。另一方面，当代诗歌也被前 30 年形成的"颂歌"和"战歌"两类写作模式所框范。50 年代歌唱光明与胜利的"颂歌"极度繁荣，批判性的"战歌"则占据了 60 年代诗歌的正统地位。"颂"或"战"的标准已不在诗人自己手中，而且"赞成/打倒"的二元对立模式的泛滥也必然磨钝鲜活的诗歌思维。在"文革"中诗歌终于沦为政治斗争的粗劣宣传品，堕落为"非诗"。现当代新诗面临着自它诞生以来最严重的一次生态危机。

　　以 1976 年"天安门诗歌运动"为先声，当代诗歌开始了对前一阶段发展路径的自我反思与校正。以对诗歌真实性的呼唤到对写作个人化的追求，实现自我纯化与独立的努力，这也是一次诗的"自觉"过程。80 年代初，"归来的诗人"和"崛起的诗群"是两种引人注目的诗歌现象。"归来的诗人"是指一大批在建国以来历次政治运动中被剥夺话语权力的诗人，这时他们重拾诗笔，抒发自己的心路历程，反思那场民族悲剧。当中包括艾青这样在解放前就卓有成就的老诗人，也包括公刘、邵燕祥等在 50 年代活跃一时的中年诗人。作为"崛起的诗群"的一批青年诗人，却没有他们的前辈幸运。他们的诗作一出现，就激起了对所谓"朦胧诗"的持续论争。在今天看来，北岛等人当时令人"惊愕"的先锋性，不过是某种反叛姿态加上对现代派诗艺的借用，其在现代诗歌发展史上的意义却是重要的。他们一方面联结起阻隔了 30 年的中国现代主义诗潮，另一方面也开启了新时期以来的主流诗风。经历了 80 年代中期主义飞扬流派遍地的热闹，90 年代的诗歌写作必须忍受寂寞与尴尬。在市场机制无往不胜的今天，诗歌已经被排除到了社会生活的边缘，陷入了无人喝采的境地。正因如此，我们应当对那些为信念而默默劳作的"守门人"表达我们的感激与关切。

第一节　郭沫若：中国"摩罗"诗人的诞生

寻找情绪的世界——泛神论者——推倒偶像——内在律与诗情的自由流动

郭沫若(1892～1978)，原名郭开贞，别号鼎堂，四川乐山人。1914 年东渡日本求学，后考入九州帝国大学医学部。1919 年底至 1920 年初，郭沫若进入新诗创作的"爆发期"，发表了《天狗》、《凤凰涅槃》、《立在地球边上放号》等著名诗篇。1921 年他的第一部诗集《女神》出版。同年他与郁达夫、成仿吾、张资平共同发起成立创造社。他不仅是创造社的领袖和灵魂，而且也是继鲁迅之后中国新文化战线上又一面旗帜。

郭沫若是一个主观抒情的文学天才。他的创作体现了创造社的艺术主张。他对自己性格气质和艺术个性的评价是："我是一个偏于主观的人"，"我又是一个偏于冲动的人"①。

作为一个"偏于主观"的文学家，前期郭沫若首先是本着"内心的要求，从事文艺活动"，进而确立了"文艺是出于自我的表现"的文艺本质观。在文艺的真实性问题上，他认为"艺术家的求真不能在忠于自然上讲，只能在忠于自我上讲"②。在 20 世纪中国文艺发展史上，他是肯定生命、肯定个性、肯定天才、肯定自由创造的开路人之一。作为一个"偏于冲动"的文学家，郭沫若空前地强调情绪在文艺诸因素中的本质作用和文学家生命自然流露的美学意义。他认为：文学的原始细胞是情绪，"文学的本质是有节奏的情绪的世界"。他从创作主体和文学本体两个方面共同阐发了"生命文学"的思想体系。

《女神》不是中国第一部白话新诗集，却是中国旧诗与新诗分野的真正的界碑。无论内容还是形式，它都是中国新诗真正的奠基之作。

前期郭沫若是一个泛神论者。泛神论是从 16 世纪起流行于欧洲大陆的一种哲学学说。这一学说否认世界上存在超自然的主宰和精神力量，认为宇宙本体即是神，神

---

① 郭沫若：《郭沫若全集》(文学编)，第 15 卷，225 页，北京，人民文学出版社。1990。

② 郭沫若：《印象与表现》，《时事新报·艺术》，1923 年 12 月 30 日。

存在于自然万物之中，泛神论来到刚刚脱离封建政体的中国时对国人观念的冲击，正如它出现在刚刚走出中世纪的欧洲时所产生的影响。由于它具有抗击宗教神学和封建专制的意义，所以不能以它存有与先进世界观的差距否定其历史作用，有时一种不科学的理论会暂时地比科学的理论发挥更大的历史效能。事实也的确证明：在"五四"时期的中国，对于封建文化体系破坏的最得力的思想先锋，一是进化论者，二是泛神论者。

当时的郭沫若是以诗人的角色和作为诗人最理想的宇宙观来认同泛神论的。因此真正被他吸收了的泛神论，与其说是哲学的，不如说是诗学的；与其说是他掌握神与自然关系的方式，不如说是他掌握艺术与世界关系的方式。郭沫若的泛神论，既是一种高扬主体性的人生哲学，又是一种追求物我同一的艺术哲学。当诗人把"神"拉到与自己和万物平等的地位，"一切的偶像都在我面前毁破"；当诗人把自我也奉为"神"，"一切自然都是我的表现"，于是郭沫若的诗歌获得了广袤无垠的自我表现世界："自我"可以气吞日月、志盖寰宇，社会万物可以"不断的毁坏、不断的创造"。这种泛神论宇宙观，既为《女神》提供了个人心灵和情感驰骋的空间领地，又为《女神》铺展了自我和万物能够不断超越、不断更生的时间流程，也为《女神》诗化"五四"时代精神提供了最有力的诗学基础。

时代精神本是理性的抽象观念，它本身是不能直接转化成诗歌成品的。《女神》对"五四"时代精神成功的诗化，是以郭沫若有效地运用了这种泛神的掌握世界的艺术方式为前提的。这一方式把"自我"与表现的对象沟通在一起，把生命与创造联结在一起，这才使反抗专制的个性解放精神进入《女神》中可以无限张扬的"自我"，这才使与传统决裂的叛逆精神化入《女神》中新生的"凤凰"，这才使走向世界的开放精神飞扬在《女神》中"四面的天郊"。

《凤凰涅槃》是《女神》的代表性诗篇，是作者诗化"五四"时代"破坏与创造"精神的典范之作。诗人把"五四"青年对旧时代的破坏和叛逆精神转化成诗中的凤和凰对"茫茫世界"的诅咒，把对新时代的渴望转化成诗中凤凰更生后那不厌其烦的欢畅。诗人形象地表现了我们民族必须经历从死灰中新生的决绝态度，更传达出"五四"青年在黑暗中看到曙光的欢呼雀跃之情。《女神》使读者不仅获得了"五四"时代精神的某种思想观念，而且更唤起了对自由的感情、昂扬的生命力和宇宙主宰意识的自我确认。

从诗歌本体来说，《女神》对中国新诗的最大贡献，就是它以"内在律"的发现和创造开了一代诗风。

中国的古典诗歌是中华民族的骄傲。在长期的艺术实践中，中国古代诗人创造并遵从着一套精致的形式体系。这一体系是东方古典式的生活情调、生产方式和审美理想的产物。当国门不得不向世界洞开，"亚细亚的生产方式"和以"和谐"为美的文艺理想也就不得不随之改变。就诗歌而言，中国旧体诗的"外在律"（即讲究平仄、对偶、韵式、句法等规则的以声调为核心的格律体系），已经无法适应中国人现代情绪的自由抒发。

　　郭沫若发现并创造了适应现代中国人思想情感、适于新诗表现的艺术法规——"内在律"。他说："诗之精神在其内在的韵律，内在的韵律并不是什么平上去入，高下抑扬，强弱长短，宫商徵羽；也并不是什么双声叠韵，什么压在句中的韵文！这些都是外在的韵律或有形律。内在的韵律便是'情绪的自然消涨'。"①郭沫若比早期白话诗人的高明之处首先在于，他从一开始关注的就不是白话能否入诗，而是为新诗寻找取代旧诗艺术规范的"诗之精神"。

　　依照"内在律"创作的《女神》，在意象、想象、节奏和诗体等方面，为后世中国新诗树立了成功的艺术典范。

　　由于"内在律"是以情绪表现为核心，所以现代人内在的自由开放情绪就需要与之相吻合的外在的寄托形式。中国古典诗歌中常见的意象如"杏花"、"春雨"、"晨钟"、"暮鼓"、"晓月"、"清风"——难以传达郭沫若的现代诗心。他的《女神》中充满了大量巨大的意象——"太阳"、"地球"、"无限的太平洋"、"雪的喜玛拉雅"——这些意象在诗中是强大生命的象征，是宇宙能量的象征，是寄托郭沫若庞大诗心的理想形式。在它们身上，郭沫若既注入了时代所匮乏的青春生命热情，又传达出变革中国所需要的"动"之源和"力"之源。

　　歌德说："每一种艺术的最高任务即在于通过幻觉，产生一个更高真实的假象。"②郭沫若深知"纯粹的感情是不能成为诗的"③。要把实情提升为诗情，离不开想象的参与。他的《天狗》就是想象艺术的杰出范例。诗作表现的是扩张自我和破坏旧世界的思想情绪。但诗中没有一句说教，丰富的理性意蕴全部隐藏在通过奇特想象所创造的意象中。诗的开头以幻觉让实我进入幻我——"我是一条天狗呀！——我把全宇宙来吞了——我是全宇宙底 Energy 底总量！——我的我要爆了！"在这一连串的想象活动中，张扬自我可谓达到极致，青春的热情光彩无比，一切旧的事物荡然无存。正是这丰富神奇的想象的力量，提高了《女神》的艺术品位，并为现代人自由情绪的抒发插上了宽广的翅膀。

　　在郭沫若的"内在律"体系中，节奏尤为重要。郭沫若认为："节奏之于诗是它的外形，也是它的生命。"④与中国古代诗歌讲究炼字、炼句相反，《女神》中每一诗行所独立具有的审美意义是很小的，即使抽出其中优秀诗篇的一两行，也会觉得口号般的缺乏诗意。然而，这些"缺乏诗意"的句子经郭沫若的排列组合，竟大放诗的光彩。其中奥秘之一，就是节奏的力量。如《凤凰涅槃》便是这样一曲跌宕起伏的动人乐章。从

---

　　①　郭沫若：《郭沫若全集》(文学编)，第 15 卷，337 页，北京，人民文学出版社，1990。
　　②　伍蠡甫主编：《西方文论选》(上)，446 页，上海，上海译文出版社，1979。
　　③　郭沫若：《郭沫若全集》(文学编)，第 15 卷，348 页，北京，人民文学出版社，1990。
　　④　郭沫若：《郭沫若全集》(文学编)，第 15 卷，353 页，北京，人民文学出版社，1990。

《序曲》的沉郁，经《凤歌》的愤懑，到《凰歌》的凄婉，再到《凤凰同生歌》的激昂，形成了"弱——强——弱——特强"的节奏起伏，把对旧世界的诅咒、对新生的渴望和新生后的欢快逐层次地尽情渲染。诗中的节奏形成了新诗特有的宏大气势，是诗人炽烈、奔放的青春热情的外化，让读者从中深切地感到生命的力量、自由的力量和不可阻挡的时代的力量。

自由体新诗不是郭沫若首创，却是在他手里成熟。他的自由体诗歌对前人的超越表现在他让这一解放了的诗体自由而不随意。他的自由体不受"外在律"的束缚，却受"内在律"的支配；不受理性规范的约束，却受情绪表现的支配。《女神》中的作品，篇与篇行数不等，行与行长短不一，但有共同的规律，即"情绪的自然消涨"。《天狗》中连续出现的"我飞跑"，每行3个字，以飞奔的节奏书写自我超越的急切心情。《立在地球边上放号》中的"无限的太平洋提起他全身的力量来要把地球推倒"，一行多达21个字，而且故意不加标点停顿，试图以海涛般的句式表达对"动"与"力"的呼唤和颂扬。正是郭沫若这种自由而有"体"的诗歌形式，从此引导了80多年中国新诗形体的主流。

第二节　新月诗派：戴着镣铐跳舞

　　　新格律诗的倡导者——徐志摩：风流与灵性合一——闻一多：红烛下的沉思

新月诗派，与新月社确有联系，但又不能混同。

新月社不是一个纯文学社团。它是1923年至1924年间，一批归国的英美留学生，在"聚餐会"的基础上发展起来的文人团体。他们在一起经常交流的主要话题，既有文学的，又有政治、经济、学术和文化的。主要成员有胡适、梁实秋、徐志摩、陈西滢和闻一多等人。这些人标榜西方的自由主义和个性主义，多以西式的绅士自居。新月诗派则是一个纯文学流派。它是20年代中期至30年代初期，一批志趣相投的青年诗人以闻一多和徐志摩为核心，先后以《晨报·诗镌》、《新月》月刊和《诗刊》为阵地，形成的独具特色的新诗创作群体。

新月诗派的出现，是在以胡适为代表的早期白话诗派和以郭沫若为代表的自由诗派基础上，中国新诗的一次新的综合。

新月诗人对于中国新诗的最大贡献，是对新诗格律化的倡导。因此，新月诗派又被称为格律诗派。他们认为："格律是艺术必须的条件。实在艺术自身便是格律。"[①]他们试图以格律化，纠正早期白话诗的散文化；以"理性节制情感"的美学原则，抑制

---

① 闻一多：《闻一多全集》，第10卷，158页，武汉，湖北人民出版社，1994。

仅仅强调"自我表现"的滥情之风；以"音乐的美，绘画的美，建筑的美"的"三美理论"，建立了一套具有相当理论深度和实践价值的现代诗学体系。

新月诗派拥有一批中国新诗史上杰出的诗人，如徐志摩、闻一多、朱湘、陈梦家等。他们追求新诗的形式美，以其优秀的作品实践了他们的"三美理论"，体现了新诗从内在意蕴到外在规则向诗歌艺术自身的全面回归。这些优秀诗作把中国现代抒情诗创作的艺术水准和审美品位提高到一个新层次。

徐志摩（1897～1931）出身于浙江海宁的一个富商之家。1917 年入北京大学。1918 年赴美国留学，先后在克拉克大学和哥伦比亚大学攻读历史学和经济学。1920 年获得经济学硕士学位后，由于迷恋罗素的思想而转赴英国留学。在剑桥大学皇家学院学习期间，他的志趣又从哲学转向文学，开始了新诗创作。1922 年秋回国。1923 年作为发起成员组织新月社。1924 年泰戈尔访问中国期间作为随从翻译，陪同泰戈尔访问了上海、杭州、北京、香港等地，并拜访了一些国内要人。1925 年出版了他的第一部新诗集《志摩的诗》，并接手编辑《晨报副刊》。次年创办《晨报·诗镌》。1927 年出版诗集《翡冷翠的一夜》。1928 年主编的《新月》月刊创刊。1931 年初创办的《诗刊》问世，8 月出版《猛虎集》，11 月因空难身亡。

徐志摩是新月诗派最有代表性的诗人和散文家。

他深受本色的欧美文化熏染，形成了他特有的人生理想和艺术追求。他自称是一个顽强的个性主义者。只是他的个性主义，不同于鲁迅式的"独战多数"的个性主义，也不同于郭沫若式的自我扩张的个性主义，而是追求生命性灵自由飞扬的个性主义。他的政治理想是欧美式的民主体制，因而他既痛恨北洋军阀政权的专制统治，又敌视苏俄式的社会主义。他的生活理想是"爱、自由和美"的结合，他向往这三者在超现实的境界中的和谐形态。

徐志摩是继胡适、郭沫若之后中国新诗发展史上又一位标志性的诗人。如果说，胡适是以白话入诗和诗体解放进行新诗的草创，郭沫若是以"内在律"的发现和自由诗体的创建为新诗奠基，那么徐志摩则是以提高新诗的形式美及其艺术品位巩固了新诗的阵地。因此，他被称为中国新诗的一代"诗哲"。他的诗歌名篇有《再别康桥》、《沙扬娜拉》、《雪花的快乐》、《我不知道风是在哪一个方向吹》、《为要寻一个明星》等。

徐志摩诗歌最突出的艺术特征，表现为富有"诗感"的音乐美。徐志摩认为："一首诗的字句是本身的外形，音节是血脉，'诗感'或原动的诗意是心脏的跳动，有它才有血脉的流转"。[①] 徐志摩对于语言有着敏锐的感觉和把握能力，对于语言文字及声音、节奏之间的"诗感"，更具有天才的发现和创造能力。请看《再别康桥》的开头：

轻轻的我走了，

---

① 徐志摩：《徐志摩诗全编》，568 页，杭州，浙江文艺出版社，1990。

> 正如我轻轻的来；
>
> 我轻轻的招手，
>
> 作别西天的云彩。

　　这多像是些信手拈来的词句，用的又是些多么普普通通的现代汉语词汇。可是经过徐志摩的组合，竟成了传诵70多年的名篇。尽管读者对这首诗的内容有见仁见智的不同理解，但无不为诗的节奏感和旋律美所倾倒。人们从这节奏和旋律中听到了"欲说还休"的缠绵依恋，品出了"到黄昏，点点滴滴"的别绪离愁，体味到一个风流才子的万般柔情。徐志摩追求的"诗感"的音乐美，是生活旋律的艺术化，客观节奏的心灵化。

　　徐志摩的诗歌让人确信：现代人的口语不仅能够入诗，而且能让三言两语的诗句表达千言万语所能传达的意蕴。《沙扬娜拉——赠日本女郎》便是这样一首杰作。

> 最是那一低头的温柔，
>
> 像一朵水莲花不胜凉风的娇羞，
>
> 道一声珍重，道一声珍重，
>
> 那一声珍重里有蜜甜的忧愁
>
> 沙扬娜拉！

　　这首小诗只有短短的五行，描绘的是一个送别情境中的日本女郎形象。那温柔的美，那蜜甜的忧，是多么难以传达的复杂感觉。诗人却能写得那么真、那么切、那么美。尤其是那"一低头"的意象，具有极大的包蕴性。它是最能体现日本女性温柔谦恭的意象，又是最能启发读者想象的意象。这再次印证了：最伟大的诗人，不是创作最多的诗人，而是启发性最多的诗人。

　　闻一多(1899~1946)，1913年考入北京清华学校。1922年留美学习美术。其间初步从事中国诗歌格律的研究和新诗创作。1923年出版了他的第一本新诗集《红烛》。1925年回国后在大学里任教，同时致力于新诗格律化的倡导与实践，一度成为前期新月诗派的领袖人物。归国后创作的代表诗集是《死水》。而后主要从事文学教学和研究工作。40年代中期作为中国民主同盟的重要领导人，冒着生命危险组织爱国民主运动，在发表了著名的《最后一次演讲》之后，被国民党特务暗杀。

　　闻一多是20世纪最杰出的爱国诗人之一。他以爱国的至情至性铸成了自己的创作个性。闻一多是唯美的，但他却充满了社会关怀与爱国情感。因而，他一方面在诗中营造一种烛光般幽美的画图，另一方面从中融入对民族命运的焦虑，在自然的和谐与社会的不和谐的对立中，表达了沉郁的情感。《红烛》中的诗篇所表达的多是他异域飘零的孤独和游子怀乡的离愁。他回国以后的诗歌，对祖国满目疮痍的现实深感失望，迸着血泪喊出了这样的诗句："这不是我的中华，不对，不对!"此后，他诗歌中的爱国情感开始变得深沉、复杂而富有张力。他表现爱国深情的名篇有《太阳吟》、《忆菊》、《发现》、《祈祷》、《死水》、《一句话》、《我是中国人》等。

闻一多对中国新诗的理论贡献大于他的创作成就。他是中国新诗幼年时代致力于新诗形式理论建设的第一人。他发表的大量论文，在诗歌的审美本质、新诗的形式美、新诗的前途和诗人的人格要求等方面，提出了自己的一整套创见，特别是他提出的"三美理论"，对于新诗诗学建设贡献极大。关于"音乐的美"，他根据现代汉语的音节特点首创"音尺"概念，主张以"二字尺"和"三字尺"的参差排列形成整齐顿挫的节奏效果。如他的诗作《死水》、《也许》等。关于"绘画的美"，是基于中国古代诗歌诗画相通的传统，又以他的美术之长选择最有表现力的词句在诗中设色、作画。如《荒村》、《收回》等。"建筑的美"是注重"节的匀称和句的均齐"，在这方面闻一多是根据汉字的可视性，以不同诗歌内容的需要进行不同外观形式的尝试。如他的《死水》集中的诗篇多数都是诗节匀称，诗行均齐，形成一种建筑美。

闻一多在新诗格律化方面的理论和实践，从音、色、形三个方面带动了新诗艺术探索的全方位深化，对于匡正新诗诗风中的流弊、启发诗坛对新诗诗学的关注、提高新诗的艺术水平，都起到了巨大的历史作用。

第三节　李金发：象征派的播火者

恶之花的欣赏者——丑陋的美——为恐怖而歌——代表作《弃妇》

象征派是我国现代文学史上较早出现的一支现代主义诗歌流派。它出现在20年代中期，主要代表诗人是李金发，还有创造社的三位诗人穆木天、冯乃超、王独清以及姚蓬子、林庚、石民、侯汝华等。他们除了共同倾向于法国象征派外，在创作上又各有特色。这一诗派以其独特的诗艺为新诗的发展带来了深刻的影响，开创了一股象征主义诗风。

象征主义作为一个诗歌派，最早产生于19世纪中叶的法国。1875年，法国年轻诗人波德莱尔因出版了他的诗集《恶之花》给法国的诗歌带来了"新的颤栗"，从此，波德莱尔被公认为象征派诗歌的始祖，他的《恶之花》也被公认为象征主义的开山作和整个现代派文学的奠基篇。继波德莱尔之后，陆续出现的象征主义诗人有魏尔伦、兰波、马拉美等。到19世纪末20世纪初象征主义文学思潮已经波及欧洲各国，成为风靡一时的世界性现代派文学运动了。

象征诗派在中国20年代中期的崛起，既有其历史原因，也是新诗自身艺术发展的必然结果。中国在"五四"前后是个开放时期，世界各种思潮，源源不断涌进来。"五四"退潮后，作为受过新思潮激荡过的文学青年，从狂热的高歌呐喊转向苦闷彷徨。而象征主义诗人那种逃避现实的、以幻想为真实、以忧郁为美丽的"世纪末"思想引起了他们的共鸣，使他们在创作中极力地汲取来自异域的营养，用诗来宣泄积淀在心底的感伤和郁闷。从新诗本身的发展来看，早期新诗在完成了"诗体大解放"的任务后，开始按照新诗本体的艺术规律去追求自身的提高与完善。早期新诗，从思想内容上包括写实派的白话诗和浪漫派的自由诗，都彻底地挣脱了旧诗词格律的束缚，可以自由地抒发思想感情，为中国诗歌走向现代化开辟了道路。但在艺术上，大多数作品"都像是一个玻璃球，晶莹透澈得太厉害了，没有一点儿朦胧，因此也似乎缺少了一种余香与回味。"到了闻一多为代表的格律诗派，丰富的想象和奇丽的譬喻发展和提高了新诗的抒情艺术，增添了诗的语言，这是新诗的又一进步。与此同时，另一些饱吮了西方现代主义诗歌乳汁的诗人，却又不满足于新格律诗所展现的那一幅幅平面的感情画面，而另辟蹊径，追求一种立体的雕塑效果了。这便是中国象征主义诗派的崛起。

象征派诗歌在中国最早的自觉实践者并有突出成就的就是被称为"诗怪"的诗人李金发。

李金发(1900～1976)，原名遇安，又名淑良，广东梅县人。1919年赴法国留学，在巴黎国家美术院学习雕塑，次年开始从事新诗创作。此时正值法国后期象征主义诗歌运动兴起，他爱不释手地捧读了波德莱尔、魏尔伦、马拉美和瓦雷里等象征派大师的诗作。特别是对波德莱尔诗集的《恶之花》，更是每天"手不释卷"，有时"同情地歌咏起来"。这些法国象征主义诗歌的内容和迥异于别派诗的技艺，使他受到极深的浸润，与他当时颓废厌世的情绪很合拍，引起了他思想上的共鸣。受着这一艺术的熏染，于是1920年他开始了象征诗的创作，并逐渐形成了他那充满着神秘色彩的感伤、颓废的诗歌风格。1925年他的第一部诗集《微雨》出版，引起诗坛的震动，此后又有《为幸福而歌》和《食客与凶年》出版。有人称李金发是"中国诗界的晨星"，"东方的波德莱尔"，并送给李金发一个"诗怪"的称号。《微雨》的问世，标志着中国象征派诗的诞生，李金发也以此奠定了他在这一流派中的"开山祖"的地位。

李金发一生共写了400多首诗。这些诗作，无不体现着象征诗派的影响。

在思想内容上，他要表现的是"对于生命欲揶揄的神秘及悲哀的美丽"(朱自清：《中国新文学大系·诗集导言》)，用臧克家的话说，把握的是"以梦幻为真实，以颓废为美丽的世界末思想"。具体说来，李金发诗歌的主要内容有：

1. 描写人生的苦恼和命运的悲哀。如《弃妇》，借被遗弃妇女的遭遇和痛苦，抒发诗人对人生命运的感叹和不幸；如《手杖》，诗人将自己比作人生旅途中飘零无靠的过客，拄着手杖，在"冷风细雨"中，在"死神般之疾视下"，走过"荒凉"而"广淡之野"，像个"末路之英雄"，"灵魂亦冷了"；《时之表现》，写"我们的生命太枯萎了"，"如牲口践踏之稻田"，等等。

2. 讴歌死亡和梦幻。如《夜之歌》，写爱情失落后的孤独、痛苦之情；《生活》，企图告诉人们，生活的本身就是死亡和坟墓；《有感》，告诉人们一个荒谬而可怖的"真理"：人生是短暂的，生与死近在咫尺，应当以"裂喉的音"、"载饮载歌"，及时行乐，"抚慰你所爱的去"；再如《寒夜之幻觉》，写"孤客"在寒夜里受到冷气的威逼，在恍惚迷离中产生的幻觉：塞纳河水泛滥，往日繁华的巴黎，变成一片汪洋，到处漂浮着人尸和牲畜，"我"被"人兽引着"，"四肢僵冷如寒夜"……

3. 更多的是歌唱爱情的欢乐和失恋的痛苦。如《温柔》，写对往日爱情的追忆；《在淡死的灰里》，写爱尽管如流水般逝去了，但仍可"在淡死的灰里，寻找着当年的火焰"，现在"我"仍对你怀着炽热的爱情。此外诗集《为幸福而歌》里"多半是情诗"，有的描绘自然景物，抒发个人感受，如《园中》、《临窗叩首》、《律》、《故乡》等。

4. 表现异国情趣。如《寒夜之幻觉》、《巴黎的呓语》等等。从以上可以看出，李金发的诗多数具有浓重的颓废情调和神秘色彩。它的诗，纯属于他自己的。

在艺术表现上，李金发的象征诗开创了许多新奇的表现手法，以他的《弃妇》诗为例，主要表现在以下几方面：

1. 注重开拓诗的象征和暗示功能。李金发认为"诗只需要 image（象征、形象）犹人身之需要血液"。这一观点与法国象征诗人视诗为"用象征镌刻出来的思想"是一脉相承的。所谓象征就是诗人通过特定的具体形象来表现与之相对应的思想情感。李金发的代表作《弃妇》，全诗采用象征手法以及富有感染力的意象和新颖独特的比喻，来镌刻出弃妇这一凸出而鲜明的形象。表面上写一个被遗弃妇女的遭遇和痛苦，实际上诗人是借弃妇的遭遇和痛苦，来抒发诗人自己对落寞人生命运的感叹和不平。全诗四节，前两节的主述者是弃妇自身，采用第一人称，写弃妇由于被遗弃受歧视而感到的痛苦，由于不被理解而产生的孤独感和哀戚，精神已经恍惚了。于是，以披遍两眼的长发为屏障，来割断丑恶人间向"我"投来的丑恶和一切尔虞我诈的流血争斗。但每当黑夜，"我"的心就如惊弓之鸟，惶恐不安，生怕有灾祸袭来。即使很小的蚊虫鸣声，于"我"，也像那使无数游牧战栗的荒野的狂风怒吼。在孤苦无援的处境中，祈求上帝之灵来怜悯抚慰"我"，否则，"我"只有随山泉和红叶撒手而去。后两节突然改变了人称，以旁观者的视角写弃妇的"隐忧"与"哀吟"。她度日如年，尽管黑夜将至，一整天的"烦闷"也不能化为灰烬飘散，仍郁结在心底，这样活着还不如死去的好。诗的最后一节写弃妇在极度的孤独与哀戚中，只身"徜徉在丘墓之侧"，欲向那永诀的人倾诉自己的痛苦。然而，由于长久的悲哀与不幸，她的热泪早已干涸，感情早已枯竭，只有那破旧的裙裾在荒野中发出哀吟，只有心灵的血泪"点滴在草地"，"装饰"这丑恶、冷酷的世界。

2. 追求意象的凝力与朦胧。李金发的诗极力避免对事物作白描式的描写或采取抒情的方式，而力求化思想、情绪、感觉为可感触的具体形象，追求立体的雕塑感。《弃妇》全诗采用象征手法描写弃妇复杂痛苦的内心世界，意象朦胧。《弃妇》诗中的"鲜血"、"枯骨"、"黑夜"、"蚊虫"、"荒野"、"空谷"、"游蜂"、"悬崖"、"红叶"、

"夕阳"、"灰烬"、"游鸭"、"海啸"、"丘墓"等一个个意象，像散落在地上的珠子，表面上看彼此之间没有什么联系，读者必须通过联想把它们传串起来。这首诗，意象与意象、词语与词语之间跳跃性很大，有些显得不连贯，如"弃妇之隐忧堆积在动作上"，"衰老的裙裾"怎么"衰老"，又怎么会"发出哀吟"？这些都得让读者去思考。

3. 奇特的想象和新鲜的隐喻。想象的丰富和奇特，是李金发诗作的长处，这与他作为一个艺术家对周围现象观察的细腻和感觉的敏锐有直接联系。《弃妇》的开头一段写夜幕降临，寄身颓墙断垣的弃妇顿生惶恐之感，如惊弓之鸟屏息凝神地倾听四周的动静，清细的蚊虫叫声在她听来也如"狂呼"那样惊心动魄，蚊虫的鸣声用"狂呼"来形容已属夸张，而由此想到"如荒野狂风怒号，战栗了无数游牧"，这联想就更奇特了。而这正好表现了弃妇担惊受怕，预感到灾祸袭来的恐怖心理，浓重地渲染出笼罩在弃妇心头的孤苦无助的氛围。至于比喻，更是象征诗的生命。

象征派于20年代中期出现并风行一时，形成潮流，到20年代后期逐渐衰退。30年代初期出现在诗坛的现代诗派，既是象征诗派的一种继承，又是新月诗派演变发展的结果，正如艾青所说："新月派与象征派演变成为现代派"。（艾青：《中国新诗六十年》）。可见，象征派是现代诗派兴起和发展的基础和源头。

第四节　戴望舒："雨巷"中的失落与寻找

肉体对心灵的重创——雨巷中的零余者——用残损的手掌抚摸大地

1905年3月5日，戴望舒出生在浙江杭州大塔儿巷11号。他在西子湖畔青石板铺成的小巷中，度过了自己的青少年时代，那纵横交错的石路上留下了他小学和中学时代的足迹。不幸的是，少年时一场天花在他脸上留下了麻点，因此他经常遭到别人的嘲笑和戏弄，自尊心受到极大的伤害，气质日渐抑郁，并给未来的恋爱婚姻生活种下了蒺藜和苦根，影响着他的恋爱婚姻生活和艺术风格。

1923年夏，戴望舒考入上海大学文学系。在这里他受到革命师友和新文化氛围的熏陶，极大地开阔了自己的思想视野、这时的戴望舒和志同道合的朋友施蛰存徜徉于文学之中，主要接受了英国颓废派诗人道生，法国浪漫派诗人雨果以及中国晚唐纤细感伤诗风的影响。这些影响造成了他早期诗歌表现脱离现实生活的"另一种人生"和"泄露隐秘的灵魂"的特征，具有浓郁的哀愁感伤色彩。1925年，戴望舒转入震旦大学法文班学习，过着一种充满美丽梦想轰轰烈烈的生活。这个时期戴望舒翻译了一些法国象征派的作品，"望舒在神父的课堂里读拉马丁、缪塞，在枕头底下却埋藏着魏尔伦和波德莱尔。他终于抛开了浪漫派，倾向了象征派"（施蛰存：《戴望舒译诗集》序）。

1927年的反革命政变打破了戴望舒的梦想。在恐怖的政治高压下他躲避在施蛰存的家里，于沉闷窒息的时代气候中开始专心创作和翻译的生活。《雨巷》、《我的记忆》就产生于这个时期。

《雨巷》是中国古典诗词和法国象征派诗艺术融合的展示。全诗只有淡淡的情节：在细雨濛濛的小巷中，"我"遇见一个姑娘，两个人什么也没有说——"像梦中飘过"。而且所有这一切还只是诗人的"希望"。全诗描绘烘托了一幅梅雨季节江南小巷的阴沉图景，这种图景主要是依靠第一段和后一段的重复以及诗中间或夹杂的重复语句来描绘和点染的。请看这凄美的诗句：撑着油纸伞，独自／彷徨在悠长，悠长／又寂寥的雨巷，／我希望逢着一个丁香一样地／结着愁怨的姑娘。诗人很孤独，很寂寞，在绵绵的细雨中，在这样一个阴郁而孤寂的环境中，心里怀着一种朦胧而痛苦的"希望"——"逢着一个丁香一样地结着愁怨的姑娘"。

诗中所描绘的图画经过精心安排的反复和每句中具有规律性的停顿造成的节奏和旋律为整首诗创造了一种凄清、寂寥的气氛，在这种气氛中有一种寂寞而痛苦的旋律在回荡，让人望不透那绵绵细雨，看不尽那空寂小巷，无限惆怅但又怀着一丝期望，和诗人一样期望着"丁香"一样的姑娘的出现。

如果我们穿透诗句的表层氛围和意象，就会发现，诗中意象是别有象征意味的，正是这种意味造成了全诗凄迷的意境。

1928年的中国，反对派对革命者的血腥屠杀，造成了笼罩全国的白色恐怖。戴望舒就为躲避通缉而隐匿于施蛰存家中。原来热烈响应革命的青年找不到革命前途，他们在痛苦中陷于彷徨迷惘，在失望中渴盼着新的希望出现，在阴霾中盼望飘起绚丽的彩虹。《雨巷》正是一部分青年这种心境的反映，诗中彷徨感伤的情绪既有诗人个人的感伤，更是现实的黑暗和理想的幻灭在诗人心中投影。诗中"雨巷"这一意象正是当时黑暗沉闷没有希望光芒照耀的社会现实的象征。

古代李商隐有"芭蕉不展丁香结，同向春风各自愁"的诗句。南唐李璟更把丁香结和雨中惆怅联系到了一块儿。他在《摊破浣溪沙》一词中写道："青鸟不传云外信，丁香空结雨中愁。"这里丁香就不只与愁，而且与雨联系到了一起，雨中丁香成为愁心的象征。戴望舒经过想象变异，创造了一个如丁香一样地结着愁怨的姑娘："她是有／丁香一样的颜色，／丁香一样的芬芳，／丁香一样的忧愁，／在雨中哀怨，／哀怨又彷徨"。这里的姑娘不但有丁香一样的忧愁，而且由丁香这意象的古典情韵向姑娘这一创新意象的渗透，给千载之后的我们感觉是那样的美丽而芬芳。不但美丽，而且有着"太息般的眼光"和"丁香般的惆怅"，"像梦一般地凄婉迷茫"。这样，"姑娘"就由单纯的愁心的借喻，变成了含着忧愁的美好理想的化身。这个新的形象寄托了作者对美的追求。同时也是诗人美好理想幻灭的见证和痛苦的慰藉。

在明白了诗中"雨巷"与"丁香姑娘"的象征意味之后，我们就能更好地解读欣赏这首诗。其实"雨巷"、"丁香"、"姑娘"以及"我"都不是可以从诗中分离出来的。全诗正是通过这些意象的整合形成一种凄迷的意境，朦胧的诗意的。诗中同样的字在韵脚中多次出现，如"雨巷"、"姑娘"、"芬芳"、"哀怨"等等，有意使一个音响在人的听觉中反复。这样就造成了一种回荡的旋律和悠扬的节奏，贯穿于整首诗。在这种节奏的不断反复流淌中，由于一些感情色彩非常浓的词如"彷徨"、"惆怅"、"太息"和感情凝结其中的意象如"丁香"的反复出现，给诗造成了一种忧郁的情绪之流和朦胧的色调。

《我的记忆》也是戴望舒的代表作之一。这首诗不同于《雨巷》处在于它的节奏是情绪的节奏而非字句的节奏，而且采用了明显的象征主义的"思想知觉化"的技巧。

人在美好的一切，包括理想、爱情失去之后，伴随孤独寂寞而来的最忠实的朋友，就是对于往日生活的记忆。记忆忠实而亲切，它可以慰藉心怀，倾吐心声，然而，当人以记忆寄托思绪的时候，那是怎样一种辛酸而幸福的心境！《我的记忆》为了写出这种心境，采用了思想知觉化的技巧和拟人化的手法。

诗第一节是一个概括，说明了我与记忆之间亲切的关系。使记忆获得了人的灵性。第二节将思绪知觉化，将记忆活化为具体的事物：

> 它生存在燃着的烟卷上，/它生存在绘着百合花的笔杆上，/它生存在破旧的粉盒上，/它生存在颓垣的木莓上，/它生存在喝了一半的酒瓶上，/在撕碎的往日的诗稿上，在压干的花片上，/在凄暗的灯上，在平静的水上。

这些事物没有灵魂，但它们充满生活的气息，将记忆的亲切近人的感觉展示得恰到好处。

第三节以充满人情味的口吻描绘了记忆对"我"的拜访：

> 它的声音是低微的，/但它的话却很长，很长，/很长，很琐碎，而且永远不止休；/它的话是古旧的，老讲着同样的故事，/它的音调是和谐的，老唱着同样的曲子。/有时它还模仿着爱娇的少女的声音，/它的声音是没有气力的，/而且还夹着眼泪，夹着叹息。

诗人完全以一个老朋友的心境去感受记忆的拜访，使记忆的艺术感染力深入人心，读者还没来得及回味这样平常的句子是诗句时，这些句子已经深入了他的内心。

最后两节接着描绘记忆的拜访并以平直俗白的口语抒写了"我"对它的情感："但是我永远不讨厌它，/因为它是忠实于我的。"全诗利用拟人将抽象的记忆变为具体的事物，将飘然而逝的感情实在化为有生命的"老朋友"，从而唤起了读者对于记忆的回想，而在读者的想象中，诗人对过去的生活的失落无限眷恋之感已经像小溪一样缓缓流过每个读者的心灵。

戴望舒于1932年赴法国留学，在法国，他对象征主义的热衷转向对现代派、超现实主义诗人的推崇。从艾吕雅、许拜维艾尔等人的诗作中，戴望舒获得了诗是心灵

"难以把握住的东西"的艺术观念。在他的所有诗作中，对现代派的追求是一个突出的特点。

抗日战争后，诗人卷入了更广阔的社会生活，艺术境界开阔了。戴望舒写于日本人铁牢中的《我用残损的手掌》成功完成了现代主义艺术手段和抒写现实感情的完美结合，诗人绝妙的艺术才华和炎黄子孙炽热的爱国情感结合，产生了中国现代诗史上的这颗光芒的明珠。

诗中诗人将超现实主义的意识流动组合展开想象：

> 我用残损的手掌/摸索这广大的土地：/……这长白山的雪峰冷到彻骨，/这黄河的水夹泥沙在指间滑出；/江南的水田，你当年新生的禾草，/是那么细，那么软……现在只有蓬蒿；/岭南的荔枝花寂寞地憔悴，/在那边，我蘸着南海没有渔船的苦水……/无形的手掌掠过无限的江山，/手指沾了血和灰，手掌沾了阴暗，/祖国处于苦难中的山河。

——这诗人的手掌，想象中的抚摸给人的是粗糙的摩擦，因为这山河现在正被蹂躏。每个自然景物不是诗人记忆中的自然景物，而是承载着人民的苦难与不幸的沉重的想象中的意象。这些意象有连续闪现和叠加有力地激起了诗人也激起了读者的情感波澜。

在诗的后半部分，诗人的情感出现巨大的转折，其中抒写的渴慕中的明朗与前面苦难的沉痛构成了强烈的反差。诗人用明朗的调子唱道："只有那辽远的一角依然完整，/温暖，明朗，坚固而蓬勃生春。/在那上面，我用残损的手掌轻抚，/像恋人的柔发，婴孩手中乳。"这温暖的一角是诗人光明信念的象征。这温暖的一角激发了身陷囹圄的诗人的极大希望，也带来了酣畅的欢乐，以至于最后的几句抒情如此直露，但这是诗人强烈的激动心绪的外露，虽然与前半部分在艺术手法上不够统一，但整首诗的情感激荡变化是一气呵成，自成一体的，不同的艺术手法毫不损害诗人深沉热烈的感情的抒发。

统观全诗，我们可以看到，走过了"雨巷"的戴望舒，以变幻多姿的手法抒写了一首悲壮、阔大的铁牢歌，这首诗中透出的诗人的渴慕、欢乐、明朗的情绪正显示了诗人一生中精神求索的总体走向：由小我的低吟浅唱走向大我的慷慨阔大。

第五节　艾青：土地与太阳的歌者

　　　为母爱而歌——北方的忧郁——迎接黎明——素朴的感伤

艾青（1910～1996），原名蒋正涵，字养源，号海澄，笔名艾青。1910年生于浙江省金华县一个封建地主家庭里，艾青生时难产，被父亲认定为"克星"，因而被送到一个叫大堰河的贫苦农妇家抚养，朴实、勤苦、宽厚、仁爱的大堰河给了艾青母亲般的温暖，家一样的爱护。同时，幼时的这段寄养生活也使艾青对农民的苦难艰辛、忧伤、痛苦有了深刻的理解和永久的记忆，以至造成了他后来诗作中的忧郁风格。艾青从小热爱艺术，对大自然、养育他的土地和劳动人民怀有真挚热烈的情感。初中毕业后，艾青考入杭州国立西湖艺术学校绘画系，翌年，赴法勤工俭学。在巴黎，艾青深受兴起于 20 年代的现代艺术思潮的洗礼，并且大量阅读了波德莱尔、兰波和维尔哈仑、叶赛宁、马雅可夫斯基的诗歌。巴黎的生活扩大了艾青的审美视野，赋予了艾青对艺术的信念和生活的激情。1932 年艾青回国，不久被投入上海监牢。在三年多的苦闷孤寂的牢狱生活中艾青开始了诗歌创作，并以《大堰河——我的保姆》一举成名。艾青先后出版诗集《大堰河》、《北方》、《他死在第二次》、《旷野》、《土地集》、《黎明的通知》，出版长诗《向太阳》、《火把》等，这些诗将新诗艺术推上了新的高峰。奠定了艾青在现代诗史上的"泰斗"和"王子"地位。

《大堰河——我的保姆》是艾青的早期代表作。诗中艾青以真挚虔诚的心情，怀念和赞美了养育了自己的保姆大堰河，并为她受尽人间凌辱的悲苦命运抒发了愤懑和不平。整首诗围绕"我"和"她"的关系展开，以回忆的方式深情地描绘了儿时共同生活中诗人接受保姆爱抚的种种细节：

> 你用厚大的手掌把我抱在怀里，抚摸我；/在你搭好了灶火之后，/在你拍去了围裙上的炭火之后；/在你尝到饭已煮熟了之后，/在你把乌黑的酱碗放到乌黑的桌子上之后；/在你补好了儿子们的为山腰荆棘扯破的衣服之后，/在你把小儿被柴刀破伤了的手包好之后，/在你把夫儿们的衬衣上的虱子一颗颗的掐死之后，/在你拿起了今天的第一颗鸡蛋之后，/你用你厚大的手掌把我抱在怀里，抚摸我。

诗作在细节的描写中表达了一个乳儿对保姆的深切的爱和怀念。每个人儿时的记忆都是十分鲜明深刻的，儿时所受的影响和熏陶对人的感情生活有至关重要的决定作用，艾青对农民生活怀有真挚的感情，对普通平凡、勤劳朴实、仁爱宽厚的保姆大堰河怀着醇厚而热烈的爱。写此诗时，艾青正在狱中。他从 19 岁离家，一直过着一种颠沛流离的生活，而长期的监牢生活更加剧了他内心的苦闷孤寂和忧伤。身处绝境之中，人往往返本，追怀最质朴的亲情，以获得生命的慰藉。艾青心理感情上的母亲正是儿时的保姆大堰河。窗外的大雪用寒冷枯寂笼罩了诗人的心，在这种心境之中，诗人自然而然回想起人生最初的温暖的柔情。更进一步，大堰河不仅给了诗人最初的母爱，还给了他劳动者的朴实纯厚的真情，这情使乳儿和保姆几十年心魂相系，难以忘怀。这首诗正是通过大量的排比句，在对大堰河生活细节描绘之中，传达了诗人对她所怀的挚爱。

　　艾青诗歌创作具有自己鲜明的个人特色。他诗歌中最主要的两个主题是对祖国和土地的热爱以及对光明美好生活的追求。在《手推车》中诗人描绘了 30 年代的中国大地上，经常出现这样一种景象：在战火逼近的情况下，数以百计的由满面愁苦的农民推着独轮手推车颠簸在泥泞的布满深深车辙的路上，独轮车那使天穹痉挛的尖音曾经记录了中国大地上农民的苦难和悲哀。《手推车》选取了这样一种高度典型化的情景，将土地和土地上流亡的劳动者联系起来，寄托了诗人心中那沉重苦难意识和对劳动者深沉的爱。在长诗《北方》中诗人写道：

> 而我/——这来自南方的旅客，/却爱这悲哀的北国啊。/扑面的风沙/与入骨的冷气/决不曾使我咒诅：/我爱这悲哀的国土，/一片无垠的荒漠/也引起了我的崇敬/——我看见/我们的祖先/带领了羊群/吹着茄笛/沉浸在这大漠的黄昏里；/我们踏着的/古老的/松软的黄土层里/埋有我们祖先的骸骨啊，/——这土地是他们所开垦/几千年了/他们曾在这里/和带给他们以打击的自然相搏斗，/他们为保卫土地/从不曾屈辱过一次，/他们死了/把土地遗留给我们——我爱这悲哀的国土/它的广大的而瘦瘠的土地/带我们淳朴的言语/与宽阔的姿态，/我相信这言语与姿态/坚强地生活在大地上/社会不会灭亡；/我爱这悲哀的国土；/古老的国土/养育了为我所爱的世界上最艰苦与最古老的种族。

　　这首诗写于 1938 年 2 月 4 日，当时战火迅雷般逼近了黄河，离乱中的艾青在古老的潼关感时伤事，满怀忧虑和热望，写下了长诗《北方》。诗中描绘了在战火蹂躏下苦难深重的北方大地，以及大地上生存着的古老种族，笔触之中浸透了对灾难的哀伤，字里行间渗透了诗人的忧郁，然而这些却并没有掩盖住诗人内心坚强的信念和浓郁的土地情结。"风沙"与"冷气""决不曾使我咒诅"。"我相信这言语和姿态/坚强地生活在大地上/永远不会灭亡"，尽管眼前的北方为痛苦、屈辱、灾难、悲哀所充塞，但诗人坚信祖先们保卫大地、战胜自然的勇敢与刚毅是不死的，它必会在这个时代再度升腾，为悲哀的北方赢得荣光与安宁。把艾青对土地的感情表现得最淋漓尽致的是《我爱这土地》：

> 假如我是一只鸟，/我也应该用嘶哑的喉歌唱：/这被暴风雨所打击着的土地，/这永远汹涌着我们的悲愤的河流，/这无止息地吹刮着的激怒的风，/和那来自林间的无比温柔的黎明……/——然后我死了/连羽毛也腐烂在土地里面/为什么我的眼里常含泪水？/因为我对这土地爱得深沉……

　　诗人把自己比作一只鸟，要为土地、河流、风、黎明而歌唱，即使是死，也义无反顾绝不后悔，而且，连羽毛也要腐烂在土地里面。诗写到此，诗人和土地的血肉之情，对土地的热烈情思已表达得淋漓尽致，真切感人，但诗人内心的情感洪流还未泄毕，于是又喷出两句：为什么我的眼里常含泪水？/因为我对这土地爱得深沉……这后两句直逼人心，真有千钧之力，震撼人心，惊天动地，在朴实的字句中将诗人的感情升华到了最高点。

　　艾青诗歌的第二个鲜明主题是对光明和美好生活的热烈的不息的追求。长诗《向太阳》正是这一方面的代表。它共分九节：一至三节，写"我"从昨天来，"昨天"我生活在"精神的牢房里"，"被不停的风雨所追踪，为无止的噩梦所纠缠"。这种交织着昨夜的伤痛和迎接黎明的生命苏醒时含泪的欢欣，既是千千万万为了祖国民族苦难奔走抗争的赤子的心声，又是旧中国人民命运的高度概括。第四、五节正面写日出之美和太阳的光辉，太阳在此象征了响亮的歌曲，伟大的革命和英雄人物，如海洋一样开阔的诗篇，如燃烧的向日葵，如崇高的舞姿……太阳是光明的使者，能够把人类从苦难中拯救出来，赐予人类以博爱、平等、自由……第六、七节，歌颂了太阳照耀下的抗日解放战争新时代里，祖国山河的苏醒与人的新生。其中着重抒写了现实生活中的伤兵、少女、工人及士兵形象，写出了他们新的精神面貌。八至九节，转向写自己在太阳普照之下心灵的喜悦与欢呼，诗人不再寂寞、彷徨与哀愁，而是勇敢地走向太阳，走向新生活，甚至想在生命的巨大喜悦和欢乐中"在这光明的际会中死去"。这首诗从一个独特的角度歌颂了抗日解放战争给民族带来的新生以及与此相联系的诗人痛苦而忧伤的灵魂在此过程中的巨大变化。艾青的另一首呼唤光明的诗《黎明的通知》写于诗人历尽艰险，从重庆到达延安之后，在延安这片新天地里，诗人感到中华民族的黎明就要到来了，他首先接到了《黎明的通知》，用欢快、乐观、明朗的调子呼喊："趁这夜已快完了，请告诉他们/说他们所等待的就要来了。"诗作把黎明拟人化，以黎明的口气、眼光和心绪将人们的祈盼和欢悦道出，新鲜而亲切。诗人变成了一个传达黎明的祈愿的使者，理想世界的呼唤者。

　　感情的表达上，艾青也形成了自己的鲜明风格，即以朴素的语言抒写饱含忧郁的深情。他的许多诗句都具有这个特点："你悲哀而旷达，辛苦而又贫困的旷野啊……"（《旷野》）。"中国的苦痛和灾难，像这雪夜一样广阔而又漫长呀"（《雪落在中国的土地上》）。"北方是悲哀的/而万里的黄河/汹涌着混浊的波涛/给广大的北方/倾泻着灾难与不幸；/而年代的风霜/刻划着/广大的北方的/贫穷与饥饿啊。"（《北方》）。"冬天的池沼，/阴郁得像一个悲哀的老人——/佝偻在阴郁的天幕下的老人。"（《冬天的池沼》）。艾青在诗中的忧郁是他个人经历气质与民族传统、时代情绪相结合的产物。艾青谈到，大堰河"把自己的女孩溺死，专来哺育我。我觉得自己的生命，是从另外一个孩子那里抢夺来的，一直总是十分愧疚和痛苦。这也使我早就感染了农民的忧郁，成了个人道主义者"（艾青语）。长时间过着一种漂泊流浪的生活，形成了他个人体验中那种浓浓的忧郁。中国传统知识分子一向感时愤世，忧国忧民，在人民遭殃、生灵涂炭之际，忧患意识更为强烈，杜甫有诗"穷年忧黎元，叹息肠内热"，正是这种传统的真切表现。在抗日战争的炮火中，艾青辗转全国各地，古老的国土上农民的现实苦难强烈地震撼着他的心，艾青说："叫一个生活在这年代的忠实的灵魂不忧郁，这有如叫一个辗转在泥泞的梦里的农夫不忧郁，是一样的属于天真的一种奢望。"战争的危机，大地的贫穷，人民的苦难使艾青不禁喊出："中国的路，是如此的崎岖，是如此的泥泞呀。"(《雪落在中国的土地上》)然而，艾青的忧郁所表达的不是对生活的灰心与绝望，而是对美好生活执着的追求与坚强的信念。

第六节　穆旦：智性化抒情的探索者

　　中国新诗派的诗学精神——新诗派的中坚——玄远的诗境——在丰富中品味残缺——"非诗意"性表达

　　崛起于 40 年代的中国新诗派是现代诗歌发展中的神秘之旅。新诗派的作家们成长于西南联大校园，沉潜于西方现代艺术和中国古典诗学的滋养，却举起反叛的旗帜，以既不同于西方现代派也有别于中国古典诗歌的异质性，创造了具有独立品格的中国现代诗。

　　中国新诗派跨越了"五四"以来新诗的所有领地，既不追求诗的"纯艺术"，也不刻意张扬诗的战斗性。他们提出的诗学主张是"综合"。袁可嘉认为，诗应该"纯粹出自内发的心理需要，最后必是现实、象征、玄学的综合"。[①] 现实被提到首要位置，但这里的现实与主流文化认可的"社会生活"截然不同。它不单包含了社会，也包含了个人内心生活，是个人与社会，自我与他人以及生命内部诸因子的有机结合。诗所抵达的境界应包含着"生活现实的突进"和"心灵现实的突进"的统一。于是，"现实"便从既往的"个人"与"社会"的二元对立中走向统一。中国新诗派也借用了现代诗派常用的"象征"概念，但这里的象征不像现代诗派那样将象征作为抒情的因素，而是竭力避免情感的直接介入。他们追求的是"表现上的客观性和间接性"和由此形成的"新诗的戏剧化"。象征因此也成了"客观化"的手段。与此相适应的是，他们认为诗的最高境界也不再是情感与意象的融合，而是意象与理性思考的统一。所谓"玄学"，就是要将抒情变为玄想，将对生活的感觉提升为理性。这样，中国新诗派便彻底抛弃了"诗的本质是抒情"的诗学观念，表现出与传统对立的异质性。

　　中国新诗派以"九叶派"诗人为骨干，主要诗人有袁可嘉，穆旦、辛笛、郑敏等。而穆旦则是新诗派的旗帜。

---

　　① 袁可嘉：《论新诗现代化》，7 页，北京，三联书店，1988。

　　穆旦(1918～1977)原名查良铮,曾就读于清华大学及西南联大,是校园诗群的中坚。此后他又加入中国远征军,转战滇缅战场,体验过流血和死亡。穆旦长期致力于新诗创作,出版过诗集《探险队》、《穆旦诗集》等。解放后,他主要从事教学和科研,但依然译介了大量外国诗歌作品,为新诗发展充当铺路人。

　　早期穆旦是一位浪漫主义者。他常以自我爆发式的呐喊和讴歌来抒发情感,但对浪漫主义的反叛又使穆旦找到了自己的艺术个性。从四十年代初开始,穆旦就追求一种智性化抒情。智性化抒情就是让诗由情感情绪内质转向思想经验内质,让原本外化的情感释放变为理性的内省。对于穆旦,智性化抒情不仅是一种表达方式,更是对诗的本体精神的追求。这和袁可嘉所说的“玄学”是完全一致的。因此,穆旦的诗总是能自觉地抑制有可能出现的情感爆发,直接切入对人生宇宙的形而上的玄想。《被围者》就是这样一首诗。诗中写道:“一个圆,多少年的人工,/我们的绝望将它完整。/毁坏它,朋友!/让我们自己/就是它的残缺。”这首诗形成于被敌人包围的日子,却全然没有对战争和死亡的情绪体验,有的只是由被围状态引发的对人类“残缺”的生存状态的联想,诗的空间也从有限走向无限。而这种由有限走向无限,将诗变成对人的生存的终极性追问,正是穆旦期望达到的艺术境界。因此,他常常从日常化的情景中生发出绵长悠远的智性体验:“我正在高楼上睡觉,一个说,我在洗澡,/你想最近的市价有变动吗?府上是?/哦哦,改日一定拜访,我最近很忙,/寂静。他们觉到了氧气的缺乏。”(《防空洞里的抒情诗》)这种搭讪式的闲话将诗客观化为戏剧性场景。穆旦让这种充满闲话的场景暴露出一种存在的虚无:防空洞可以让人避开战争的危险,但是,那无聊的对白表明,即使没有战争的危险,人们也极有可能在对生活琐事的重复中卷入一种“无意义”的危险。于是,场景便蕴含了哲理,诗境也穿越具体而走向玄远。

　　自古以来,追求玄远者往往会放弃对现实的关怀。但是,穆旦对现实关怀的热情却异常强烈,战争与流亡,祖国与民族时常都成为他诗中的内容。但是,和当时流行的许多社会诗相比,穆旦显然避免了表面上的善恶的对立与相克,而是将“现实”作为自我与自我,自我与历史对话的另一元素,从中展开理性的玄思,并将诗境引向复杂。于是,复杂又成了穆旦智性抒情的又一特征。这种复杂并不只是生活表面的多变,更是“情感的复杂化,思维的线团化”①。是对那种直线式的抒情的刻意“歪曲”。正是在对“复杂”的追求中,诗也形成了几个声音对话的多声部组合,获得了一种“丰富的美”。《从空虚到充实》就是如此。诗中的抒情主人公 Henry 王因与家庭产生矛盾,于是到咖啡店中喝酒解闷,他不断地反思着自我,最后终于投身于民族救亡的洪流。穆旦在这里套用了流行诗风惯用的“新我”战胜“旧我”的模式,但同时又将这种简单的模式复杂化。在放弃“旧我”的过程中,诗人让抒情主人公进行灵魂自审,自我被一分为二,那个“旧我”变成了一个“陌生”的“不讲理的人”,与“我”同为一体却又彼此

---

　　①　郑敏:《诗人与矛盾》,见《一个民族已经起来》,39 页,南京,江苏人民出版社,1987。

"变换冷笑、阴谋和残酷"。穆旦正是用这种逼视自我的方式发现了人的精神的多面性，于是，自审便成了一个灵魂对另一个灵魂的拷问，独白也变成了思辨。"现实"也在思辨中变得丰富了。

穆旦在对复杂的玄思中实践着中国新诗派的诗学原则，也从中找到了自己的精神领地。与那些追求完美的作家不同的是，穆旦将对"残缺"的发现作为他智性抒情的核心。几乎所有穆旦的诗都涉及"残缺"。即使是像《赞美》那样以"一个民族已经起来"为目标的诗，也是从"残缺"开始的。在穆旦看来，残缺是生活无法回避的另一面。世界是残缺的，自我也是残缺的，连同常被人推向永恒的爱情也布满了残缺："你底眼睛看见一场火灾，/你看不见我，虽然我为你点燃，/唉，那燃烧着的不过是成熟的年代，/你底我底。我们相隔如重山"（《诗八章》）。这里，爱的表面与实质分离了。表面上，爱意如火，实质上，如火的爱只是对"成熟年代"的燃烧，它无法取代心灵之间的距离。因而，即便是相爱，也难免"相隔如重山"，即便因爱"哭泣，变灰，变灰而又新生"，那也是"上帝玩弄他自己"。穆旦在这里写出了爱意都无法融化的"陌生"。因而，在承认爱的"真诚"时，又以警告的口吻提醒姑娘留心爱意之火中隐含的灾难。于是，爱情永恒的神话便被打破了。穆旦就是这样，常站在智性的高点上注视着人类生活的另一面，不断瓦解各种各样的完美的神话，将残缺凸现给读者。这种理性的探求不仅表达了对人生的理解，而且也是对诗学的革命。从古至今，残缺就一直是诗人咏叹的对象。从古人的悲士不遇到现代诗人的苦难意识，无不包含着"残缺"。但是，以往的诗人总是在抚摸伤疤时将残缺审美化，同时也将自我神圣化。包括戴望舒的《雨巷》也是在咏叹孤独时表现出难以掩饰的自恋情结。于是，诗人们便在欣赏残缺中抵消了残缺。穆旦则完全从"受难者"情境中摆脱出来，以评判者的姿态将残缺作为"实情"不加粉饰地告诉给读者，不仅呼应了以"残缺"为中心的现代哲学，同时也超越了以"圆"为中心的中国传统美学。

"残缺"的穆旦因此也给诗歌世界带来了"荒凉"。这种"荒凉"不仅是"残缺"本身，同时也包含了带有荒凉色彩的语言。穆旦主动地放弃了传统诗学崇尚的"风花雪月"式的诗歌语言，而将"非诗意"表达作为他语言操作的原则。他的诗中常充斥着"污泥"、"生了翅膀"的"猪"以及不停说着"你爱我吗?"的"跳蚤、耗子"。原来属于诗的美丽在这里变得荒凉了。穆旦有意识地制造诗歌语境的"不和谐"，由此也大大强化了他的"残缺"。这一点似乎与19世纪展览"恶之花"的法国作家波德莱尔相通。但穆旦的"荒凉"又没有波德莱尔式的颓废。他是绝望的，但他常在丰富的痛苦中表现出坚强，并以"带血的手"拥抱世界（《赞美》），反抗着绝望。这一切，又使他的诗在荒凉冷峭中透着"新诗中不多见的沉雄之美"①。

---

① 袁可嘉：《诗人穆旦的位置》，见《一个民族已经起来》，11页，南京，江苏人民出版社，1987。

［作品选读］

郭沫若
　　凤凰涅槃（存目）
　　天狗

徐志摩
　　雪花的快乐（存目）
　　再别康桥
　　我不知道风是在哪一个方向吹

闻一多
　　红烛（存目）
　　死水

李金发
　　弃妇（节选）

卞之琳
　　断章（存目）

戴望舒
　　雨巷
　　我用残损的手掌（存目）
　　狱中题壁（存目）

艾青
　　大堰河——我的保姆（存目）
　　北方（存目）
　　手推车
　　乞丐（存目）

穆旦
　　赞美（节选）

贺敬之
　　放声歌唱（存目）

郭小川
　　一个和八个（存目）
　　团泊洼的秋天（存目）

北岛
　　回答
　　走向冬天（存目）

顾城
　　回归（存目）

天　狗

郭沫若

我是一条天狗呀！

我把月来吞了，

我把日来吞了，

我把一切的星球来吞了，

我把全宇宙来吞了。

我便是我了！

我是月底光，

我是日底光，

我是一切星球底光，

我是 X 光线底光，

我是全宇宙底 Energy 底总量！

我飞奔，

我狂叫，

我燃烧。

我如烈火一样地燃烧！

我如大海一样地狂叫！

我如电气一样地飞跑！

我飞跑，

我飞跑，

我飞跑，

我剥我的皮，

我食我的肉，

我吸我的血，

我啮我的心肝，

我在我神经上飞跑，

我在我脊髓上飞跑，

我在我脑筋上飞跑。

我便是我呀！
我的我要爆了！

1920 年 2 月初作

再别康桥

徐志摩

轻轻的我走了，
　　正如我轻轻的来；
我轻轻的招手，
　　作别西天的云彩。

那河畔的金柳，
　　是夕阳中的新娘；
波光里的艳影，
　　在我的心头荡漾。

软泥上的青荇，
　　油油的在水底招摇：
在康河的柔波里，
　　我甘心做一条水草！

那榆荫下的一潭，
　　不是清泉，是天上虹；
揉碎在浮藻间，
　　沉淀着彩虹似的梦。

寻梦？撑一支长篙，
　　向青草更青处漫溯，
满载一船星辉，
　　在星辉斑斓里放歌。

但我不能放歌，
　　悄悄是别离的笙箫；
夏虫也为我沉默，

沉默是今晚的康桥！

悄悄的我走了，

　　正如我悄悄的来；

我挥一挥衣袖，

　　不带走一片云彩。

一九二八年十一月六日　中国海上

我不知道风是在哪一个方向吹

徐志摩

我不知道风

是在哪一个方向吹——

我是在梦中，

在梦的轻波里依洄。

我不知道风

是在哪一个方向吹——

我是在梦中，

她的温存，我的迷醉。

我不知道风

是在哪一个方向吹——

我是在梦中，

甜美是梦里的光辉。

我不知道风

是在哪一个方向吹——

我是在梦中，

她的负心，我的伤悲。

我不知道风

是在哪一个方向吹——

我是在梦中，

在梦的悲哀里心碎！

我不知道风

是在哪一个方向吹——

我是在梦中，
黯淡是梦里的光辉。

一九二八年三月十日　中国海上

死　水

闻一多

这是一沟绝望的死水，
清风吹不起半点漪沦。
不如多扔些破铜烂铁，
爽性泼你的剩菜残羹。

也许铜的要绿成翡翠，
铁罐上锈出几瓣桃花；
再让油腻织一层罗绮，
霉菌给他蒸出些云霞。

让死水酵成一沟绿酒，
漂满了珍珠似的白沫；
小珠们笑声变成大珠，
又被偷酒的花蚊咬破。

那么一沟绝望的死水，
也就夸得上几分鲜明。
如果青蛙耐不住寂寞，
又算死水叫出了歌声。

这是一沟绝望的死水，
这里断不是美的所在，
不如让给丑恶来开垦，
看他造出个什么世界。

一九二六，四

弃　妇（节选）

李金发

长发披遍我两眼之前，

遂隔断了一切羞恶之疾视，
与鲜血之急流，枯骨之沉睡。
黑夜与蚊虫联步徐来，
越此短墙之角，
狂呼在我清白之耳后，
如荒野狂风怒号：
战栗了无数游牧。

靠一根草儿，与上帝之灵往返在空谷里。
我的哀戚惟游蜂之脑能深印着；
或与山泉长泻在悬崖，
然后随红叶而俱去。

弃妇之隐忧堆积在动作上，
夕阳之火不能把时间之烦闷
化成灰烬，从烟突里飞去，
长染在游鸦之羽，
将同栖止于海啸之石上，
静听舟子之歌。

衰老的裙裾发出哀吟，
徜徉在丘墓之侧，
永无热泪，
点滴在草地
为世界之装饰。

雨　巷

戴望舒

撑着油纸伞，独自
彷徨在悠长，悠长
又寂寥的雨巷，
我希望逢着
一个丁香一样地
结着愁怨的姑娘。

她是有
丁香一样的颜色，

丁香一样的芬芳，
丁香一样的忧愁，
在雨中哀怨，
哀怨又彷徨。

她彷徨在这寂寥的雨巷，
撑着油纸伞
像我一样，
像我一样地，
默默彳亍着，
冷漠，凄清，又惆怅。

她静默地走近，
走近，又投出
太息一般的眼光，
她飘过
像梦一般地，
像梦一般地凄婉迷茫。

像梦中飘过
一枝丁香地，
我身旁飘过这女郎；
她静静地远了，远了，
到了颓圮的篱墙，
走尽这雨巷。

在雨的哀曲里，
消了她的颜色，
散了她的芬芳，
消散了，甚至她的
太息般的眼光，
她丁香般的惆怅。

撑着油纸伞，独自
彷徨在悠长，悠长
又寂寥的雨巷，
我希望飘过
一个丁香一样地

结着愁怨的姑娘。

手推车

艾　青

在黄河流过的地域
在无数的枯干了的河底
手推车
以唯一的轮子
发出使阴暗的天穹痉挛的尖音
穿过寒冷与静寂
从这一个山脚
到那一个山脚
彻响着
北国人民的悲哀

在冰雪凝冻的日子
在贫穷的小村与小村之间
手推车
以单独的轮子
刻画在灰色土层上的深深的辙迹
穿过广阔与荒漠
从这一条路
到那一条路
交织着
北国人民的悲哀

1938 年初

赞　美（节选）

穆　旦

走不尽的山峦的起伏，河流和草原，
数不尽的密密的村庄，鸡鸣和狗吠，
连接在原是荒凉的亚洲的土地上，
在野草的茫茫中呼啸着干燥的风，
在低压的暗云下唱着单调的东流的水，
在忧郁的森林里有无数埋藏的年代。
它们静静的和我拥抱：

说不尽的故事是说不尽的灾难，沉默的
是爱情，是在天空飞翔的鹰群，
是忧伤的眼睛期待着泉涌的热泪，
当不移的灰色的行列在遥远的天际爬行；
我有太多的话语，太悠久的感情，
我要以荒凉的沙漠，坎坷的小路，骡子车，
我要以槽子船，漫山的野花，阴雨的天气，
我要以一切拥抱你，你
我到处看见的人民呵，
在耻辱里生活的人民，佝偻的人民，
我要以带血的手和你们一一拥抱，
因为一个民族已经起来。

一个农夫，他粗糙的身躯移动在田野中，
他是一个女人的孩子，许多孩子的父亲，
多少朝代在他的身边升起又降落了
而把希望和失望压在他身上，
而他永远无言地跟在犁后旋转，
翻起同样的泥土溶解过他祖先的，
是同样的受难的形象凝固在路旁。
在大路上多少次愉快的歌声流过去了，
多少次跟来的是临到他的忧患，
在大路上人们演说，叫嚣，欢快，
然而他没有，他只放下了古代的锄头，
再一次相信名辞，溶进了大众的爱，
坚定地，他看着自己移进死亡里，
而这样的路是无限的悠长的
而他是不能够流泪的，
他没有流泪，因为一个民族已经起来。

……

一样的是这悠久的年代的风，
一样的是从这倾圮的屋檐下散开的
无尽的呻吟和寒冷，
它歌唱在一片枯栖的树顶上，
它吹过了荒芜的沼泽、芦苇和虫鸣，
一样的是这飞过的乌鸦的声音。

当我走过，站在路上踟蹰，
我踟蹰着为了多年耻辱的历史
仍在这广大的山河中等待，
等待着，我们无言的痛苦是太多了，
然而一个民族已经起来，
然而一个民族已经起来。

一九四一年十二月

回 答

北 岛

卑鄙是卑鄙者的通行证，
高尚是高尚者的墓志铭。
看吧，在那镀金的天空中，
飘满了死者弯曲的倒影。

冰川已经过去了，
为什么到处都是冰凌？
好望角发现了，
为什么死海里千帆相竞？

我来到这个世界上，
只带着纸、绳索和身影。
为了在审判之前，
宣读那些被判决的声音：

告诉你吧，世界，
我——不——相——信！
如果你脚下有一千名挑战者，
那就把我算作第一千零一名。

我不相信天是蓝的；
我不相信雷的回声；
我不相信梦是假的；
我不相信死无报应。

如果海洋注定要决堤，
就让所有苦水都注入我心中；

如果陆地注定要上升，
就让人类重新选择生存的峰顶。

新的转机和闪闪的星斗，
正在缀满没有遮拦的天空，
那是五千年的象形文字，
那是未来人们凝视的眼睛。

一九七六年四月

一代人

顾　城

黑夜给了我黑色的眼睛
我却用它寻找光明

远和近

顾　城

你
一会看我
一会看云

我觉得
你看我时很远
你看云时很近

感　觉

顾　城

天是灰色的
路是灰色的
楼是灰色的
雨是灰色的

在一片死灰之中
走过两个孩子
一个鲜红

一个淡绿

致 橡 树

舒 婷

我如果爱你——
绝不像攀援的凌霄花
借你的高枝炫耀自己；
我如果爱你——
绝不学痴情的鸟儿
为绿荫重复单调的歌曲；
也不止像泉源
长年送来清凉的慰藉；
也不止像险峰
增加你的高度，衬托你的威仪。
甚至日光。
甚至春雨。
不，这些都还不够！
我必须是你近旁的一株木棉，
作为树的形象和你站在一起。
根，紧握在地下
叶，相触在云里。
每一阵风过
我们都互相致意，
但没有人
听懂我们的言语。
你有你的铜枝铁干
像刀、像剑，
也像戟；
我有我红硕的花朵
像沉重的叹息，
又像英勇的火炬。
我们分担寒潮、风雷、霹雳；
我们共享雾霭，流岚，虹霓。
仿佛永远分离，
却又终身相依。
这才是伟大的爱情，
坚贞就在这里：

爱——

不仅爱你伟岸的身躯，

也爱你坚持的位置，足下的土地。

1977.3.27

芸芸众生·罗家生

于　坚

他天天骑一辆旧"兰陵"

在烟囱冒烟的时候

来上班

驶过办公楼

驶过锻工车间

驶过仓库的围墙

走进那间木板搭成的小屋

工人们站在车间门口看到他　　就说

罗家生来了

谁也不知道他是谁

谁也不问他是谁

全厂都叫他罗家生

工人常常去敲他的小屋

找他修手表　　修电表

找他修收音机

文化大革命

他被赶出厂

在他的箱子里

搜出一条领带

他再来上班的时候

还是骑那辆旧"兰陵"

罗家生

悄悄地结了婚

一个人也没有请

四十二岁
当了父亲

就在这一年
他死了
电炉把他的头
炸开了一大条口
真可怕

埋他的那天
他老婆没有来
几个工人把他抬到山上
他们说　他个头小
抬着不重
从前他修的表
比新的还好

烟囱冒烟了
工人们站在车间门口
罗家生
没有来上班

　　　　　　　　　　　　　　　　　　　1983 年

第十一章　百态人间世　群像艺术廊

——现当代小说

> ……向外，在摄取异域的营养；向内，在挖掘自己的魂灵，要发见心里的眼睛和喉舌，来凝视这世界，将真和美歌唱给寂寞的人们。
>
> ——鲁　迅
>
> 创作的中心是人物。凭空给世界增加几个不朽的人物，如武松、黛玉等，才叫作创作。因此，小说的成败，是以人物为准，不仗着事实。
>
> ——老　舍

1918 年 5 月，鲁迅在《新青年》4 卷 5 期上发表了现代文学史上第一篇白话小说《狂人日记》。这样，小说作为中国古已有之的文体开始了它的现代化进程。现代小说是由晚清"小说界革命"和西洋小说大量译介的合力作用，在新文化运动和文学革命的环境下产生的。在第一个十年，以文学研究会和创造社为界，它大体呈现出客观写实和主观抒情两种不同的创作倾向。前者出现了冰心等人的"问题小说"和王鲁彦等人的"乡土小说"，后者以郁达夫的"自叙传小说"为代表。鲁迅无疑是这一时期惟一的大家。他不但一手开创了现代小说，而且以《阿 Q 正传》等经典性作品标志了现代小说、尤其是中短篇小说的成熟。进入 30 年代，小说创作最大的收获是长篇小说的成熟。茅盾的《子夜》、巴金的《家》、老舍的《骆驼祥子》的相继发表，不仅奠定了三个小说大师的地位，而且也标志了小说在现代化进程中取得了里程碑式的成绩。前一期创作中写实/抒情的分野这时逐渐淡化，小说发展重新组合为左翼小说、海派小说和京派小说的三分格局。左翼小说提倡一种革命的功利主义，以对政治的自觉介入为基本姿态，注重作品的社会价值。它以"左联"成员为主体，集中了茅盾、丁玲、沙汀、张天翼等一大批重要作家。海派小说以当时的现代大都市上海为生存空间。现代的消费文化环境使其创作显现出明显的世俗化、商业化特征。而其中刘呐鸥、穆时英等人的新感觉派小说则第一次完整地引入了西方现代派文学，又具有某种先锋性。京派是指一群以北平为活动中心的作家，相比于其他两个流派，他们自觉地间离政治性和商业性对文学的影响，而选取了一种自由的文化立场。作为代表的沈从文、废名、芦焚等人普遍地表现出对乡村生活的叙述热情，这也成为京派小说的一大特点。1937 年抗战全面爆发，战时的中国被分割为国统区、解放区和沦陷区三大区域，小说创作的格局也被迫再次重组，在这三个政治区域中以不尽相同的方式继续发展。国统区小说创作出现了暴露讽刺国统区现实和追忆往日故乡两种潮流，前者的代表如茅盾的《腐蚀》、巴金的《寒夜》，张天翼的《华威先生》等，后者则有萧红的《呼兰河传》、沈从文的《长河》等。解放区小说某种程度上是30年代左翼小说的延续，也是自觉地以政治性为创作底色的。1942年之后，以《在延安文艺座谈会上的讲话》为指针，大规模地出现了民间化、通俗化的潮流。既有赵树理、孙犁的短篇杰作，又有《太阳照在桑干河上》、《暴风骤雨》等长篇佳构。沦陷区小说由于特殊的政治、文化环境，呈现出通俗/先锋相混合的特殊形态。

1949年共和国成立，中国社会进入了"当代"阶段，由此至今的文学一般被称为"当代文学"。但事实上，当代文学相对于现代文学，并非是决然的断裂。就小说而言，建国之初十七年的创作其实正是40年代解放区小说模式的延续和强化。在这一时期，现实主义以"革命的现实主义"，"社会主义现实主义"等名义取得了小说创作方法上的独尊地位。同时，大多数作品又都散发着强烈的理想主义、英雄主义、乐观主义气息。这样，一种"外在的现实主义创作方法/内在的浪漫主义精神气质"的二元张力结构的存在，便构成了十七年小说创作的基本模式。革命斗争历史和农村现实生活是两类最受关注的题材，分别产生了《保卫延安》、《红日》、《红旗谱》和《三里湾》、《山乡巨变》、《创业史》等一大批作品。但由于过于贴近现实政治而失去独立品格，使小说创作从60年代中期开始日益萧条，在"文革"中甚至沦为了政治斗争的工具。现当代小说发展面临着自它诞生以来最严重的生存危机。

"文革"结束后，随着政治文化环境的宽松，这场危机才得以化解，小说逐渐复兴。新时期以来20年的小说一改前一阶段的单调局面，呈现出多元共生并荣的活跃态势。就小说创作方法而言，大致可分出现实主义和现代主义两条线索。在现实主义线索内，先后出现了"伤痕小说"、"反思小说"、"改革小说"等几个创作潮流，刘心武的《班主任》、卢新华的《伤痕》等"伤痕小说"表达了对十年浩劫的控诉情绪，王蒙的《蝴蝶》、谌容的《人到中年》等"反思小说"则注入了更深沉的理性思考，蒋子龙的《乔厂长上任记》、贾平凹的《浮躁》等"改革文学"则把关注的焦点又拉回到现实。

汪曾祺在70年代末期开始大量写小说。他带入小说里的名士气质和隐者风度，和他的阅历、学养有关。他凭着独特的人生体验和深厚的艺术功力，写一般中青年作家不曾有的，同时又追求超然的韵致，故能独树一帜。他不重视情节的编撰和性格的刻画，而致力于气氛的营造。他的作品不是悲剧，只是带有悲剧色彩，如《大淖记事》、《岁寒之友》表现生涯艰难，《八月骄阳》、《寂寞和温暖》展示政治迫害，但都放到了背景上，给予人的是慰藉，不是悲苦。《受戒》、《仁慧》带有离经叛道、追求自由精神的味道，但表现为田园牧歌色彩，使倾向性消融在美的氛围中。他在风物、风情画中追求诗意和禅趣，故事平淡而意味隽永，这承接了沈从文的风格，而汪的田园隐士味更浓。这也许是对沈从文小说长期冷落后的一种回应，是文学作品异化为政治附庸后向"纯美"的一种回归。

现代主义文学是以 80 年代初王蒙等中年作家尝试借用意识流等一些西方现代派文学手法为先声的。1985 年后迅速兴起的"新潮小说"、"先锋小说"标志着当代小说对西方现代主义文学从操作技巧到思维方式的全面引进。一时间，意识流、存在主义、荒诞派、黑色幽默、魔幻现实主义等等几乎整个 20 世纪西方现代主义小说流派都可以在中国找到各自的投影。刘索拉、马原、残雪、莫言、洪峰……也都成了不断引起轰动与论争的名字。90 年代之后，小说创作突破了创作方法上的壁垒，出现了新写实小说、新状态小说、新现实主义小说、新生代小说等名目繁多的潮流，当代文坛进入了众声喧哗的杂语共生时期。

需要补充的是，在我们的现当代小说叙述中，通俗小说作为一条线索，是不应该被忽略的。这不只因为它在读者群中影响广泛，而且更因为它本身也有一个由传统到现代的发展过程，事实上它参与了小说现代化的整体进程。现代通俗小说来源于鸳鸯蝴蝶派小说、黑幕小说等民国旧流小说，而与新文学形成了俗/雅对峙的关系。到了张恨水等人手中，通过借鉴新文学资源，通俗小说从主题到体式都有大幅度翻新，已具有某种现代性。同时，作为新文学的海派小说，沦陷区小说受市场机制作用也在追求一种通俗性。于是，到三四十年代"雅"与"俗"的对立通过互渗已趋于合流了。而且，解放区小说因其对大众化、民间化的鼓吹，在某种程度上也可以被看做是另一类通俗小说，并在建国之后仍作为一条线索存在。80 年代以后，随着市场机制的确立，通俗小说全面复兴进而出现了繁荣。不绝如缕的金庸热、琼瑶热的出现预示着通俗小说在未来的小说发展格局中将是举足轻重的一极。

第一节　鲁迅：民族精神苦难的发现者

关注病态社会中的不幸者——从看与被看到吃与被吃——逃离的意义——独特的叙事艺术

鲁迅(1881~1936)，浙江绍兴人，20 世纪中国伟大的思想家与文学家。自幼接受中国传统文化与民族文化的熏陶；后在南京求学及在日本留学(1902~1909)时，又广泛接触西方文化。一生勤于笔耕，一息尚存，战斗不止，为后人留下了大量优秀的作品，如小说集《呐喊》、《彷徨》、《故事新编》，散文诗集《野草》，散文集《朝花夕拾》以及《热风》、《坟》、《华盖集》、《而已集》等 16 部杂文集，另有其他著述。他的思想精神影响了一代代读者；他的文学创作还为中国现代文学的发展奠定了坚实的基础。

鲁迅是中国现代小说的奠基者。1918 年 5 月，他发表了第一篇白话小说《狂人日记》，以"表现的深切和格式的特别"把中国小说引向现代。此后"一发而不可收"，在 1918 年至 1922 年先后写了 15 篇小说，并于 1923 年编为小说集《呐喊》(后抽出《不周山》)。1924 年至 1925 年他又写了 11 篇短篇小说，编为《彷徨》，其中《阿 Q 正传》因其对"国民性"和"人的精神困境揭示"而闻名中外。30 年代，鲁迅转向历史小说创作，并将所写的 5 篇小说连同《不周山》等其他 3 篇小说一起编为《故事新编》。《故事新编》是鲁迅对历史小说的新探索，小说打破了以往历史小说的正史叙述和实录原则，采取戏拟的方式重写历史。鲁迅常常将与史实不符或与真实相悖的情节写入小说，由此造成了滑稽乃至荒诞的意味，从而也将历史小说非历史化。在对历史的这种拆解中，鲁迅又重构了历史精神，比如他在《非攻》中对墨子埋头苦干的赞颂，就表达了对"中国的脊梁"的寻求。同时，鲁迅也在拆解历史时也表达了对现实荒诞的感受，以游戏的形式表达了他和"无物之阵"搏斗后的寂寞与悲凉。这一切，都使《故事新编》超越了以往的历史叙事原则。《故事新编》无疑是历史小说现代化进程中独树一帜的杰作。但从鲁迅对中国现代文学和现代文化的贡献看，《呐喊》和《彷徨》仍然是不可替代的文本。

一、小说观：揭出病苦，引起疗救

尽管从古至今一直有人标榜"纯艺术"论，但许多伟大的作品证明，热情的人文价值关怀往往是产生不朽杰作的重要源泉。鲁迅的小说创作也并非出自单纯的艺术追求，而主要是来自对民族命运的关注。鲁迅从青年时代起就对多灾多难的祖国充满忧患。1902 年他东渡日本，专攻医学，试图以此实现许多人都怀有的"科学救国"的梦想。但当发现国人精神的残缺远胜于肉体的病苦后，他毅然弃医从文，想通过文学唤起民众，改造国民精神。十几年后，鲁迅在谈到自己的小说时就明确指出："说到'为什么'做小说罢，我仍抱着十多年前的'启蒙主义'，以为必须是'为人生'，而且改良这人生。我深恶先前的称小说为'闲书'，而且将'为艺术而艺术'看作不过是'消闲'的新的别号。所以，我的取材多采自病态社会中的不幸的人们中，意思是在揭出病苦，引起疗救的注意。"[①]鲁迅在这里将小说由"闲书"提升为文化启蒙的武器，赋予传统文化认为的"引车卖浆者流"的小说以崇高的历史使命。这正是《呐喊》、《彷徨》创作的原动力，也体现了鲁迅崭新的文学观。

鲁迅将自己的文学观念称为"遵命文学"，但这种"遵命"和封建文人听命于王权的创作立场截然不同。鲁迅所听命的是历史的召唤以及他对民族苦难的深切体验。他的启蒙也不是封建文人"文以载道"式的宣达王命，而是试图用全新的现代意识去更新国民精神，清除民族的劣根性。这也使他超越了晚清时代的启蒙主义文学观，进而成为现代小说的先驱。毫无疑问，鲁迅的小说观深受晚清梁启超等人的影响。梁启超曾在《小说与群治的关系》一文中，将小说与启蒙的关系提到了空前的高度，提出："欲新一国之民，不可不先新一国之小说。"鲁迅对梁启超的"新民说"深有同感。与梁启超不同的是，梁启超从政治家的立场出发，重视的是通过"开官智"而"新民"，鲁迅则坚决主张"开民智"。并且，这种"开民智"不单是知识层次上的智力开发，而是让民众摆脱

---

① 鲁迅：《我怎么做起小说来》，见《鲁迅全集》，第 4 卷，512 页，北京，人民文学出版社，1981。

愚昧，使残缺的人格走向健全，使"沙聚之邦，由是转为人国"。鲁迅一直认为，中国封建社会的等级文化以及由此形成的封建礼教，使中国人一直处在非人的状态中，由此也形成了中国国民的主奴人格。中国人一直就生活在主子与奴才对立而又共生的状态中，因此也就不能获得做人的资格，至多只能做个奴隶。中国的历史不外乎两种状态，一种是想做奴隶而不得的时代，一种是暂时做稳了奴隶的时代。而由此派生出的奴性与自大，势利与自私，冷漠与麻木成了国民精神的共性。因此，启蒙的任务就是揭出和医治这些病苦，改造"国民性"将奴隶提升为现代意义上的人。这样，鲁迅也将他的启蒙精神推上了现代精神的制高点，并赋予小说观念以全新的意义，也赋予《呐喊》、《彷徨》以全新的主题。

二、苦难轮回：无望的自我赎救

因此，对国民精神状态的关注也就成了《呐喊》、《彷徨》中大多数小说叙事的焦点。鲁迅在这里重点跟踪的是处于社会底层的农民，其中也包括孔乙己一类滑落于底层农民中的落魄文人。鲁迅也像其他作家那样关心他们物质上的困境，但他更多关心的是他们的精神困境，并将物质困境与精神疾苦结合起来，从中发现精神解放的意义。

毫无疑问，物质困顿及生活环境的恶化是对人的生存的首要威胁，因而，改变物质困顿与生活环境也就成了人们的基本努力。但鲁迅所要强调的是，当一个人在精神上还不能进行自我把握时，他的物质解放的努力也没有多大意义。鲁迅的疗救主题也就从这里开始。首先，他让那些身处不幸的底层人进行自我解救，但他发现，所有的自救都失败了。闰土辛苦得近乎麻木，但却将希望寄托于香炉；华老栓面临丧子的危险，却把人血馒头当作救子的良方；祥林嫂想做奴隶都不得，因此，她反抗、奋斗，但撞香炉拒绝改嫁只是想做个节妇，捐门槛也只是为了在人间做一个稳妥的奴隶，在阴间做一个完整的鬼魂。结果他们无一能改变自己的处境。这里的关键是，他们在自救的过程中还不能用自己的意志去改变自己的命运，相反，他们沿用的依然是传统的神权礼教所规定的生存规则，在这些愚昧的生存规则前，他们是依附者，而不是解放者。因而，他们的自救也必然按旧有的轨道进行，自救也就成了苦难的轮回。

在《阿Q正传》中，鲁迅全方位地展示了一个受难者自救失败的全过程。主人公阿Q无疑是生活的失败者，在他生活的未庄社会中，除了王胡和小D外，没有谁比他更悲惨。他一贫如洗，无家无业，甚至没有自己的住所，是个典型的乡村漂泊者。他甚至可怜到无人知晓他的姓名，偶然说了一声自己和赵太爷一样姓赵，也被一个嘴巴的警告整得无声无息。我们不能说阿Q是完全麻木的，阿Q对自己的处境相当敏感。因而，他时刻都渴望着"改变"。但他改变自我处境的策略却极其虚假，"瞒"和"骗"的精神胜利法是他常用的武器。面对贫困，他用"我们先前比你阔多了"的无根据的辩解掩饰眼前的尴尬。被假洋鬼子棒打之后，又以忘却来转换痛苦，或者是通过欺凌更弱者来转嫁自己的耻辱。当强者不依不饶，被打的阿Q无路可退，他又自轻自贱，自认"虫豸"，并以此显示自己的谦虚与大度。这一切都无效后，他便用"儿子打了老子"的假设获得精神上的优越感。有时他还在失败时自己打自己的嘴巴，"仿佛是自己打了别个一般"，由此又变成了一个假想的征服者。于是，失败的阿Q便可以将现实中的失败转化为心理上的胜利，由此也沉浸在对虚假胜利的满足中。阿Q这种提升自我的手段实际上是失败主义者的普遍逻辑，因而具有人类性。但是，在等级链条下生存已久的中国人，长期经受着强者对弱者的凌辱，失败主义情绪尤为普遍，因而也就多有以作假来掩饰失败的表现，精神胜利法因此也更具有民族性。但是，精神胜利法是典型意义的自我欺骗，它不能丝毫改变人的现实处境。因而，它也同样构成了苦难的轮回。

在阿Q与革命的故事中，阿Q卷入了新一轮苦难。投身"革命"是阿Q自救行为中最为坚实的一步。当革命浪潮波及未庄时，阿Q欣然响应。阿Q此时已跌入人生低谷，因向吴妈求爱而失掉了打工的机会，同时也被赶出了土谷祠，变成了彻底的流浪者，而迫不得已的行窃度日的劣迹又让未庄人处处提防，阿Q已经山穷水尽，急需找到出路。既然革命不仅使百里闻名的举人老爷闻风丧胆，也使赵太爷以及未庄社会的"鸟男女们"诚惶诚恐，那么对他一定大有好处。怀着这种改变自我境遇的动机，阿Q第一个站出来革命。但他的努力最终失败了。这种失败不单是因为假洋鬼子不许阿Q革命，革命党忘了和阿Q打招呼，还因为阿Q的革命观不足以使他变成真正的人。阿Q在土谷祠里对革命的幻想的内容无非是：一、复仇，杀掉仇人，让未庄的人在他面前求饶。二、将赵太爷家的秀才娘子的宁式床等贵重物品据为己有。三、让小D等人做自己的奴隶。四、随心所欲地选择自己看中的女人。显然，阿Q不是以人的理想而是以奴隶的理想投身革命的，他的目标只不过是想在革命中获得特权，将昔日的奴隶变成今天的主子。因此，他进而试图将革命私有化，当假洋鬼子不许他人革命时，他也不许小D之流革命，将革命变成自己的特权，做主子的野心昭然若揭。这样的革命即使成功了也意味着失败，最多不过是多了一个赵太爷而少了一个阿Q。阿Q在革命中既不能抹去霸气也不能丢掉奴性，主奴人格根深蒂固。所以，当阿Q被当作替罪羊抓进衙门面对大堂时，他意识到坐在堂上的人都"有头有脸"，于是"膝关节立刻自然而然的宽松，便跪下了"。阿Q最终也不能改变他奴隶的身份与人格。因此，阿Q式的革命也无法使阿Q获得自救。小说最后为阿Q安排了死亡，并称之为"大团圆"，这安排决非是对统治者残酷的控诉，而是对一个不能自救的灵魂的绝望性的表态。因为，对于这样一个不可赎救的灵魂，存在意味着苦难，死亡才是真正的"大团圆"。鲁迅也由此揭示出国民精神病态的严重性。

三、人性的荒原：解救者的遭遇

当个体受难自救无望时，他人的解救就显得十分必要了。《呐喊》、《彷徨》在展示个体苦难时，也写了与之相对应的他人。这里的他人分作两类，一类是受难者的邻里同乡，另一类是这一生存环境之外的外来者。但面对受难者，同类人既拒绝解救也无力解救，外来者作为启蒙者的化身主动出场援救，但是不仅解救未成而且连自己也被吃掉。鲁迅从中揭示出解救者的境遇。

受难者的乡党邻里是受难的同类人，但他们往往置受难者的痛苦于不顾，有时甚至做了受难者的看客。处在不幸位置的人成了公众观赏的对象。咸亨酒店就是"看"的场所。孔乙己不幸地和短衣帮贫民为伍，于是便在咸亨酒店不断被人围观嘲笑，而且被人专寻不幸的地方取乐。在《祝福》中，祥林嫂最伤心的事就是阿毛被狼吃掉，但鲁镇的人的反应起先是有老女人特意寻来听她讲这段悲惨的事情，并且流出一滴眼泪。但等到祥林嫂反复诉说后，祥林嫂的不幸便成了众人取笑的话题。钱理群指出，祥林嫂的不幸在这里不仅没有引起真正的同情，反而转化为可供消遣的"故事"，这些乡村女人正是在鉴赏他人的痛苦中，鉴赏着自己的表演（比如说流泪），并从中将自我崇高化。而相继而来的嘲笑则明显地表现出幸灾乐祸的优越感。《呐喊》、《彷徨》中有许多这样的看客，其实他们自己也并不怎么幸福，只不过是能"暂时做稳奴隶"罢了，但他们都喜欢将同类中的更不幸者作为鉴赏的对象，这里表现的不单单是一种冷漠，而且也是一种人性意义上的残酷。因为，这里的"看"中已包含了"吃"，当看客将他人的痛苦作为鉴赏对象时，实际上也是通过咀嚼他人的痛苦来满足自己。"看与被看"也由此转化为"吃与被吃"。而其中的悲剧还在于：弱者总处在被看和被吃的位置上，但他们又将比自己更弱的人作为"看""吃"的对象。于是"看"与"吃"便成了集体行为，形成了"自己被人吃，又反过来吃别人"的循环不断的"生物链"。正像《狂人日记》里描绘的："他们——也有给知县打过枷的，也有给绅士掌过嘴的……也有老子娘被债主逼死的"，但他们却又都是"吃人"者，每个人都处在"看"与"被看"和"吃"与"被吃"的位置上，个体的生存环境由此也变成了人性荒原，弱者只能被吃不能被救。

真正的解救者是承担启蒙角色的"外来者"。这些"外来者"有的和人物一起出场，如"狂人"、夏瑜、《祝福》中的"我"等。有的则深藏于情节背后，以叙事人的姿态关注着人物的命运。由于人性的荒原是意识的愚昧所致，他们都试图以现代启蒙者的身份去从精神上解救大众。但是他们得到的却是从"看与被看"到"吃与被吃"的不幸结局。《药》中夏瑜声称"大清的天下是我们的"，并动员牢头造反。但是他崇高的壮举和牺牲却成了茶客们的谈资。他英勇就义的场面成了"众人"观看的表演。更惨痛的是，他最终难逃被吃的厄运。华小栓吃掉了蘸着他的血的馒头，而且"全忘了什么味"。启蒙者的这种遭遇显然来自启蒙对象对启蒙精神的冷漠与拒绝。在他们看来，他们不需要这种解救。因为，"看"与"被看"和"吃"与"被吃"，在生活中并不是一种残酷的事件，而是生活的常态，用《狂人日记》中的话说就是"从来如此"。因为"从来如此"，所以"看"与"吃"的动作便被习惯化和合法化了。不幸者渴求解放的目标也只是在这种合法化设定的界限之内，只是想改变一下单一化的弱者境遇，就像祥林嫂渴望做稳奴隶一样。

因此，他们不但不能理解与"从来如此"相对抗的行为，反而将其视为异端。狂人因此被称做疯子，夏瑜也被称做疯子。这样，受难者不但可以拒绝解救，而且也可以心安理得地充当看客，并"吃"掉启蒙者。真正意义上的救助也在这种"荒原"中被无声地绞杀了。

四、被搁置的解救

由于启蒙者面临的艰难困境，在《呐喊》、《彷徨》中，解救越来越处在被搁置状态，解救的信心也呈现出弱化趋势。在《狂人日记》和《药》中尚有狂人、夏瑜与被启蒙者的主动对话，他们意志坚定地"劝转"吃人者和发动牢头造反。但在以后的小说中，启蒙者和被启蒙者越来越处在非对话状态。未出场的启蒙者转化为立场近乎中立的叙事者，以冷静的口吻展示着人们精神的不幸，出场的启蒙者也与其对象保持着距离甚至选择了逃离。前者如《孔乙己》、《阿Q正传》，叙事人不指《狂人日记》那样，让主体的情感和狂人的立场合而为一，而是努力节制主体情感的渗透，以近乎旁观者的姿态展示人物的命运。后者如《故乡》、《祝福》等，出场的启蒙者并没有向麻木的闰土和祥林嫂灌输自己的立场，而是在保持沉默后走向逃离。于是，解救终而被搁置。

这种医生对病人的沉默与逃离近乎残酷，但它并不表明对"看与被看"和"吃与被吃"的人性荒原的畏惧，它所引发的是小说中另一种声音的出现，那就是对启蒙自身以及启蒙者自身的拷问。在启蒙者"被看"和"被吃"的命运中，包含着启蒙精神与大众难以沟通的距离。这种距离决定了期望得救的不幸者们拒绝与启蒙者对话，启蒙因失去了对象而变得无意义。即使对话成为可能，也往往因为启蒙对象与启蒙者之间的价值目标的冲突让启蒙话语陷入尴尬。在《祝福》中，扮演启蒙者角色的"我"和祥林嫂实现了对话。在这里，"我"是读书人，又见过世面，因而极受祥林嫂的信任，所以才主动请教。但是祥林嫂只关心死后的去向却不问生存的意义，并且将避开在地狱里被两个男人分割的惩罚当作得救的希望。于是，对话意义即刻被消解："这时我已知道自己也还完全是一个愚人，什么踌躇，什么计画，都当不住三句问。"这种无言以对的尴尬并不是因为"我"的知识不足，而是即便是做出一个正确和满意的回答，给祥林嫂的也只不过是暂时的安慰，无法帮助她走出精神荒原。正是对解救效果的预见才导致了行动上的逃离。这也是鲁迅对启蒙具有历史深度的冷静反思。

不仅如此，鲁迅还从中体味了启蒙者自身的境遇。他特别关注那些"梦醒者"的命运。在那些知识者形象系列中，有一大批"梦醒"者。他们都接受了现代精神的洗礼，并试图以自己的觉醒去实现社会的觉醒，但在现实的荒原中他们都成了碰壁者。吕纬甫（《在酒楼上》）和魏连殳（《孤独者》）在现实中被作为异类受到了普遍排斥。他们和中国现实处在"不属于"的关系中，"不属于"迫使他们无路可走，于是不得不向现实投降，堕落为"庸众"的一员，重新被"吃"掉了。子君（《伤逝》）也是被启蒙思想唤醒的人，她勇敢地从无个性的世界走出，喊出"我是我自己的，谁也没有干涉的权力"。但是走出来的子君最终也没能战胜窒息的环境，在意识到"就死的悲哀中"走向死亡。鲁迅在这些无路可走的人的身上看到了启蒙者的命运，看到了置身于荒原的孤单。由此也产生了对自我存在的终极性追问。显然，启蒙的困境与解救的被搁置，实际上也意味着自我的被搁置。真诚的呐喊得不到呼应，呐喊本身也就变得荒诞了。于是，自我也成了荒原世界的悬浮物，体验着"高处不胜寒"的悲凉。但鲁迅不想像魏连殳们那样在绝境中"回去"，也不想像子君那样走向死亡。他在绝望中宁愿继续被悬置，宁愿等待。因而，他也就在《故乡》和《祝福》中让满怀忧虑的知识者们选择了"逃离"，并指望着在逃离中走出一条路来。正像《故乡》中所说的："希望本无所谓有，无所谓无的。这正如地上的路，其实地上本来没有路，走的人多了，也便成了路。"因此，被悬置的状态表现出的并不是尴尬，而是悲凉之中的崇高。

五、新形式的先锋：《呐喊》、《彷徨》的叙事艺术

《呐喊》、《彷徨》也以"格式的特别"为现代小说创造了新体式。鲁迅博采中外文学之优长，勇敢地进行着新小说的文体实验，将现代中国现代小说叙事艺术推向成熟。

鲁迅对小说文体的探索是积极的，茅盾称他"几乎一篇都有一篇新形式"。但他的叙事精神却保持着高度的一致性。他始终坚持写实的立场，忠实冷静地直面人生。他将目光转向生活的基础部位，多从底层人的日常生活中发现民族精神的负面因素。因此，他打破了传统小说的叙事原则，不刻意追求故事情节的生动与完整，经常截取生活的横断面，从典型的生活场景中寻找意义。在具体描写上他很少细致完整地描绘人物或景物，而是多采用中国传统小说的白描手法，善于抓住传神的细节与动作写人物的精神。仅"画眼睛"就足见他的白描功夫。比如阿Q说话时"瞪着眼睛"，刽子手康大叔则有一种"攫取"的眼神，沦为乞丐的祥林嫂的眼睛则只是"间或一轮"，如此，便以俭省的笔墨中写出人物的性格与品性，在简约中显出了深厚。

反讽是鲁迅小说叙事的又一特征。反讽是同一主体在自身语义和行为分裂时的自我否定和自我消解。鲁迅经常在动机和行为之间，理想和现实之间寻找人物身上自我对立的因素，在否定性叙事中对人物精神进行深度开掘。阿Q站在同一宗法礼教的立场上既反对女人又追求女人就是一种反讽。在"恋爱的悲剧"中，他一方面从男尊女卑的立场将女人视为祸水，另一方面又因"不孝有三，无后为大"的恐惧主动去追求女人。同一立场在行为上表现出二元对立，阿Q的"正经"也因此成了"假正经"。而鲁迅小说中到处存在的"看与被看"，"吃与被吃""归来和出走"等现象，都无不充满反讽的意味。这里种种二元对立的因素都在互相颠覆和嘲弄中瓦解了意义，并常将有意义的行为无意义化。鲁迅则在这种无意义中找到了意义的深度。

鲁迅注意通过调节主体的叙事态度来深化主题。因此，他不断探索主体渗入小说的不同方式。在《狂人日记》中，主体与人物合而为一，狂人宣泄式的抒情也表达了作者的立场。在《孔乙己》中，鲁迅采取了极为节制的态度避免主体直接参与意义的表达。小说的主要人物是孔乙己和酒客，孔乙己已因其由"读书人"的社会地位跌入短衣帮群落中，因而成了"被看和被笑"的对象。但鲁迅没有让孔乙己或酒客作为小说的叙事者，而是让酒店的小伙计当叙述人。面对孔乙己的迂腐与潦倒和被看的尴尬，小伙计采取了冷眼旁观的态度，他不动声色地叙述了故事的全过程，没有发出任何同情的信息。这样也使孔乙己陷入了又一层被看的尴尬，其荒原性生存在这种叙事姿态中也变得更加突出了。在《祝福》等小说中，鲁迅又让主体直接介入。小说中的"我"实际上也代表了主体的立场。不过这种介入往往在与主干故事相对分离的层次中进行。小说一面叙述祥林嫂的命运，一面叙述"我"对祥林嫂无能为力的同情与逃离。这样，小说里便形成了两种相反的声音在对话，一种是启蒙话语，一种是启蒙者对自身的拷问。两种声音交互作用，给小说带来了明显的复调特征，大大深化了祥林嫂的悲剧和启蒙者的精神困境，拓宽了小说的意义空间。

第二节　郁达夫：为"零余者"作传

"自叙传"的创作立场——"零余者"的感伤——情欲的压抑与释放——走出私小说的文学境界

郁达夫(1896～1945)，浙江富阳人，创造社发起者之一。他早年留学日本，此后经历了"五四"运动、北伐战争和抗日救亡等重大历史事件，一生充满矛盾。1945年在马来西亚被日军暗杀。郁达夫的主要创作活动在1935年以前。主要作品有小说《沉沦》、《薄奠》、《春风沉醉的晚上》、《迷羊》、《迟桂花》及散文集《屐痕处处》等。

郁达夫的小说首先是以"私人性"面目出现的。在中国，从来没有人像郁达夫那样以自叙的口吻将自我的内心暴露给世界。从他的第一部小说《沉沦》开始，郁达夫就一直将自我经历与小说人物联系在一起，尽管这些人物以"他"、"于质夫"甚至认古人的名字"黄仲则"命名，但这些人物无不闪动着作者的身影。人物所有的经历和遭遇也大多与作者的生活轨迹吻合。不仅如此，小说还将抒情主体与人物合二为一，使人物不仅是事件的亲历者，同时也是情感的直接体验者与抒发者，充满了主观抒情色彩。郁达夫的这种叙事风格突出地反映了创造社(尤其是他自己)的创作原则。创作社的作家们不在乎外在描写，也不注意人物刻画，更不愿意以理服人。他们以情感安排事件来调遣人物，并希望通过情来打动人。郭沫若将这种创作原则称作"主情主义"。在郁达夫那里，这种主情主义更为特别。他公开声称，小说都是作家的"自叙传"，作者的经验"除了自己之外，实在另外也并没有比此再真切的事情"。但这种"自叙传"又不同于自传，郁达夫写小说的目的也不是为自我立传，而是想"赤裸裸地把我的心境写出来"，① 以求"世人能了解我内心的苦闷"。因而，他的小说完全排除了以情节为中心的叙述方式，直接表达内心的感受与情绪的流动。他毫无遮掩地披露内心的痛苦和企求以及个人的身世感伤。由此也开辟了现代抒情小说的新体式。

尽管郁达夫的小说背离了一般小说的创作规范，但是它在当时就引发了一阵阵郁达夫热，并且成了中国文学历史不可缺少的风景。其中奥妙不在于小说因暴露私人生活而引发的窥探欲，而在于它给文学世界带来一种真诚的美。长期以来，小说家大多都充当社会的代言人，往往以社会审判者的姿态展开自己的言说。小说家当然也不乏个人的感受，但大多都经过了创作的改装，借他人酒杯浇自己块垒。而郁达夫则将自我的存在真实地袒露给读者，并将心灵的苦难作为自我与社会冲突的见证。这种坦率与真诚使小说与读者的对话更加直接了，因而也引起了读者广泛的关注。

作为自叙替身的是郁达夫笔下的大批"零余者"。这些零余者都渴望在社会中找到位置，但他们却无一例外地被放逐了。与19世纪俄罗斯作家笔下的"多余人"相比，郁达夫笔下的零余者显得过于沉重。俄罗斯作家笔下的"奥勃罗摩夫"之流是一群没落的贵族，他们对旧有的生活失去了兴趣，但是又懒于寻找新的生活，他们的特征是倦怠。而郁达夫的零余者则焦灼地寻找着自我的位置，而他们的"自我"又往往心系祖国，充满理想，他们的零余是因热情得不到回报。他们热爱祖国，却不幸做了弱国子民；他们渴望理解，但是面对着孤独；他们渴望爱情，但是总是难觅知音；他们才华横溢，却又一贫如洗。他们更像中国古代怀才不遇的仕人，在找不到位置时，他们变成了漂泊者，他们焦虑甚至疯狂。于是，《沉沦》的主人公便一面声称"知识我也不要，名誉我也不要，我只要一个能安慰我体谅我的'心'"，另一方面，又在异国他乡呼喊："祖国呀，祖国！我的死是你害的！你快富起来，强起来吧！你还有许多儿女在那里受苦呢！"应该说，郁达夫笔下的这些零余者们正是在完美的精神渴求和受挤压的小人物的身份之间的矛盾中被挤到生活边缘的。他们的境遇实际上也是"五四"时期众多青年的共同境遇。因此，他们的精神创伤都属于典型的时代病。

总而言之，郁达夫小说主人公的感伤和痛苦表面上是个人的，实际上却是个人与环境冲突的产物。这也使"私人生活"充满了社会意义。有了这一点作为基石，人们便可对郁达夫小说中露骨的情欲描写持以理解和宽容。毫无疑问，对变态情欲的大胆暴露是郁达夫小说最突出的部分。郁达夫小说里的主人公大多都存在着高度的情欲压抑，但他们的情欲释放却是变态的。他们充满性幻想、偷窥、寻妓甚至卷入同性恋。郁达夫这种毫不掩饰的描写显然受了日本"私小说"的影响。但与"私小说"的展览色彩不同的是，郁达夫是以同情的姿态去描绘这种苦闷的。他将人物的情欲变态当作一种精神苦难加以倾诉。他毫不迟疑地将锋芒指向了变态的生存环境，他笔下的主人公都是在社会的逼迫下走向变态的。《沉沦》的主人公就是如此，他原本是一个"思想太活"

① 郁达夫：《序李桂著的〈半生杂忆〉》，见《郁达夫文集》第七卷，279页，广州，花城出版社，1983。

的青年，因追求自由和个性解放，反抗专制，被学校开除又为社会不容，结果酿成"忧郁症"。他东渡日本留学，又受到异族人对弱国子民的歧视。在孤独与压抑中，他渴望得到爱情来温暖自己，但一无所获。于是他自卑、自虐、变态，转而以种种堕落的方式来释放压抑。但这种释放并未带来任何快乐，反而招致良心的自责从而陷入自我折磨之中。可见，郁达夫在这里展示的是个体生命在变态社会中的心理畸变，它将个体的不幸进一步具体化了。由此看来，对待情欲的姿态有两种，一种是猎奇式的变态欣赏，另一种是充满同情和批判精神的人文关怀，郁达夫属于后者。这也正是他被历史承认的重要原因。

零余者的心理畸变以及对变态人生的反省与忏悔，是零余者的基本特点。而这也加剧了主人公的心灵冲突与情感震荡，因此也使小说充满了宣泄式的情绪释放。郁达夫的小说不仅情感化而且也情绪化。在他的笔下，人物乃至自然都成了情感的对象，而感伤的情调又使小说的整体氛围充满了压抑。由此也造成了无节制的释放。随意性是郁达夫早期小说的抒情特点。《沉沦》、《银灰色的死》、《南迁》等都是如此。不过，我们也看到，当人物明显确知自己的弱者身份时，这种随意性便加强了。当人物的期待得以满足或者是他处于相对的强者位置时，便有了抒情的节制性。如《薄奠》的主人公因对比自己更悲惨的车夫的同情而多了一份理性。《春风沉醉的晚上》的主人公则因巧遇同命相怜的女工而多了一份安慰。到了30年代，郁达夫的小说则有了绅士意味，在写《迷羊》这样的情欲小说的同时，他的《迟桂花》却在自然的宁静中净化了情欲，也抹平了感伤。而这一切，也基本显示了郁达夫创作的走向。

第三节　茅盾："史诗情结"与"宏大叙事"

追求文学的时代性与时事性——《子夜》：对民族资本家命运的真实描写——社会分析与立体叙事

茅盾（1896～1981），原名沈德鸿，字雁冰，浙江桐乡人。"茅盾"是他1927年发表第一篇小说《幻灭》时开始使用的笔名。他是现代文学第二个十年极具代表性的小说家。他将"五四"时期文研会"人生派"的现实主义精神接过来再加以发展，建立了30年代革命现实主义文学模式，开创了一个全新的文学时代。

茅盾是具有社会科学家气质的优秀小说家，擅长以严谨的理性精神分析社会现象，构思长篇巨制。这归功于他的依靠理性分析来开拓形象思维的艺术功力。他的创作成为30年代左翼文学的代表作，被称为"社会剖析小说"，影响深远。之所以如此，是与茅盾在理论、生活、文学修养上的充分准备分不开的。"五四"时期，他积极从事外国文学介绍工作，改办《小说月报》，以现实主义文学理论为指导进行文学批评，并且亲自参加政治活动，为以后的创作打下了坚实的基础。他是彻底改变"五四"中长篇小说的幼稚状态并使之走向完善的最突出的小说家。他的中长篇小说从《幻灭》、《动摇》、《追求》到《子夜》，标志着第二个十年长篇小说达到的高峰。茅盾与同时代的作家巴金、老舍等一道完成了生活向文学提出的新任务，表现了在西方文明冲击下，处于急剧变动中的正在走向现代化的都市生活。茅盾的贡献之一便是适应了 30 年代生活内容的变化，拓展了鲁迅开创的现代化短篇小说文体，向中长篇延伸，大大增加了中国现代小说反映人的心灵深广度以及生活的繁复多变的可能性。

茅盾的小说注重题材与主题的时代性与时事性，自觉追求"巨大的思想深度"与"广阔的历史内容"，能反映时代全貌及其发展的史诗性。① 这与鲁迅的注重从日常生活发掘悲剧性与喜剧性不同。茅盾更善于从重大事件中对中国社会进行全景式的描写。在空间上，他既写都市，也写农村；从时间上，他力求将 20 世纪不同时期发生的重大事件都写在小说中，体现了自觉的史诗追求。

《子夜》最能体现茅盾的史诗风格。《子夜》的故事发生在 1930 年的大都市——上海。主人公吴荪甫雄心勃勃地企图在中国发展民族工业，建立资本王国，但这一理想在半殖民地社会现实面前迅速地被击成碎片，转瞬之间他破了产，把自己苦心经营起来的产业出卖给帝国主义了。吴荪甫是民族资产阶级的典型，他的悲剧是民族资产阶级的共同悲剧。围绕吴荪甫的活动，《子夜》描绘了 30 年代中国社会的广阔画面——工人罢工、农民暴动，反动当局镇压和破坏人民革命运动，帝国主义掮客的活动，中小民族工业的被吞并，公债市场上的惊心动魄的斗法，各色地主的行径，资本家家庭内部的各种矛盾……五彩缤纷，绚丽多姿，在较大规模上反映了当时复杂的阶级矛盾，其中最主要的一条线索，即吴荪甫与买办资本家赵伯韬的矛盾，写得最为充分、深刻。像这样规模巨大，反映生活深刻的作品，不能不说是中国文学的一个重大收获。1933 年《子夜》的出版轰动了文坛，瞿秋白曾把这一年称为"子夜年"，足见这部小说的影响之大。

《子夜》在艺术上取得的成就也是令人瞩目的，它给后人们提供了很重要的创作经验，并把现代长篇小说的艺术性提高到了前所未有的高度。

首先是吴荪甫形象的塑造，他是作家贡献给现代文学的一个成功的中国民族资本家的典型形象。作家笔下的吴荪甫是个有血有肉的活人。一方面是魄力和学识所养成的冷静、清醒，一方面是由残忍和虚弱结合所产生的暴躁，形成了吴荪甫特有的矛盾心理状态。基本特征是似强实弱、外强中干。吴荪甫应算是中国现代社会出现的"新人"，他与旧的封建地主阶级完全不同，而是具有西方资产阶级精神的民族资产阶级，茅盾称他为"二十世纪机械工业时代的英雄、骑士和王子"，他有着发展中国独立的民族工业的雄才大略，具有激越的生命力，刚毅、顽强、果断的铁腕与魄力，更有现代科学管理的经营之才，他的确应该成为时代发展的主角。然而他生不逢时，他是在半

---

① 参见钱理群等：《中国现代文学三十年》，223～225 页，北京，北京大学出版社，1998。

封建半殖民地的中国，是在帝国主义经济大肆侵入中国的 30 年代开创他的事业的，他的社会根基十分脆弱。他自身也有着种种不可克服的矛盾：他自身所具的封建性，使他与周围的人际关系常常处于紧张状态；作为民族资本家，他在与背后有着帝国主义撑腰的买办资本家的搏斗中，不能不感到自己在政治、经济上的软弱无力。这种软弱性投射到他的心灵、性格上，就形成了他本质上软弱的一面，果决善断的背后是惶惑狐疑，充满自信的背后是悲观绝望，遇事胸有成竹的背后是张皇失措，最后导致了他精神的崩溃。吴荪甫性格的复杂性有其深刻的社会基础，这正是中国资产阶级两面性的体现。而他所引起的读者的感情也是复杂的。他的自私、贪婪专断、残酷与荒唐都会引起读者的反感，但对于这一人物更多的却是同情，因为他那强悍的生命力正是我们这个民族所缺少与渴望的，看到这样的"铁腕人物"落入中国现代政治、经济、社会关系网中，困兽般地挣扎与失败，实在让人痛心。正如茅盾在《再来补充几句》中说的那样："吴荪甫的悲剧中是带有某些悲壮性的。"茅盾对吴荪甫这一复杂性格的刻画，相对于当时左翼小说人物形象的单一化、模式化无疑是一个重大的突破，但我们也看到茅盾的小说是以社会斗争为故事的轴心，而且所选题材带有强烈的政治性。小说叙述者的身份与"五四"时期大部分的叙事作品以个人立场叙述完全不同。社会化的、集体化的视点，从另一方面显出作家个性化体验的缺乏，因而他更多的是历史的代言者，这自然也影响了人物性格的深度，使人物的复杂性格过于明确化和理性化。

其次，小说宏大的艺术结构，体现了作者高度的概括能力。茅盾把精心构制小说结构作为艺术构思的重要一环，追求严谨的布局："把好几个线索的头，同时提出然后来交错地发展下去……在结构技巧上要竭力避免平淡"。这篇小说共十九章，第一章作者匠心独运地以吴老太爷"因为土匪实在太嚣张，而且邻省的共产党红军也有燎原之势"而来上海避难起笔，从侧面表现了农村的动荡，而且以吴老太爷的猝死象征封建地主阶级旧的一章已经结束，开始了中国新兴资产阶级的历史悲喜剧；第二章、三章，写吴老太爷的丧事，描绘了"热闹场面"，小说的主要人物全部出场，小说的各种矛盾全面铺开；第四章到第十六章是小说的主体部分，各有侧重地描写了双桥镇农民暴动、裕化丝厂女工罢工，而重点则是描写吴荪甫与赵伯韬的初次交锋、暂时取胜、陷入困境的过程，逐渐走向高潮；第十七到第十九章，写吴荪甫背水一战的内心活动以及最后的惨败。小说情节安排有张有弛，富有节奏，多种矛盾同时出现，互相纠缠，这样，既有利于多侧面地展开主人公的多重性格，又便于揭示生活中各种矛盾的内在联系和相互影响，使小说的结构形式与所要反映的纷繁复杂的内容达到了较完满的一致性。

第四节　巴金：从《家》到《寒夜》

燃烧自我的作家——《家》：从批判"作揖主义"到赞扬"叛徒"——《寒夜》：寒冷人生

巴金（1904～2005），原名李尧棠，字芾甘。现当代著名的小说家、散文家、翻译家、编辑家。

巴金出生于四川成都一个旧封建官僚家庭，"有将近二十个长辈，有三十个以上的兄弟姊妹，有四五十个男女仆人"。他从小目睹了封建家族制度的腐朽罪恶，因此反抗的火焰早已在幼小的心灵里点燃。"五四"运动后，巴金受新思潮的影响，积极参加反封建的社会活动，并于 1923 年勇敢地冲出了"象牙的牢笼"，离家到上海、南京求学，接受了大量的资产阶级民主主义思想。1927 年，巴金怀着向西方寻求真理的理想，赴法国留学。法国大革命的伟大史迹和卢梭等人的民主主义思想，在他心中重又燃起了反抗专制统治的"那股不能扑灭的火"。于是，巴黎圣母院的钟声陪伴着他开始处女作《灭亡》的写作。巴金从此开始了他追求朴素、自然、真挚风格和漫长而绚丽的创作生涯。

巴金从 1927 年开始创作以来，除了十年浩劫，他从来没有停止过写作。解放前，他写了《爱情三部曲》(《雾》、《雨》、《电》)、《激流三部曲》(《家》、《春》、《秋》)、《憩园》、《寒夜》等二十多部中长篇小说，七十多篇短篇小说及大量的散文、随笔，翻译了十几部世界名著。其中影响最大的还是小说创作，特别是在中长篇小说里，巴金所创造的"青年世界"，是现代文学画廊中最富魅力的一部分，为现代文学史作出了不可替代的卓越贡献。建国后，巴金除了长期担任上海作协主席、全国作协主席等职务、主编《收获》以外，还以饱满的激情深入生活，他两次赴朝鲜战场，多次下农村、进工厂、出国访问，创作了大量歌颂新生活、新人物，歌颂中国人民同世界各国人民友谊的散文作品。"文革"后出版的《随想录》，反思深刻，胸襟坦荡，在娓娓絮语中把心交给了读者，再现了作者热爱祖国、追求光明的赤子之心，深受读者热爱。

六十年来，在作品中坦诚地记叙描写自己的生活经验，表现自己对生活的理解和追求，爱国、进步、热情、正直，是巴金一贯的思想。在他那里，生活与艺术，人品与文品，是统一的。"不说谎，把心交给读者"是巴金为人为文的一贯原则。加上他又总是用饱满的激情去描写青春，讴歌青春，所以在现代文学史上他受到众多青年读者喜爱，成了青年所信赖的朋友。巴金说他的书不是革命的书，但事实上不少人读了他的书而走上了革命的道路。正如屠格涅夫评赫尔岑的书所说的"它像一团火似的在燃烧着，也使别人燃烧"。巴金自己也说："我一刻也不停止我的笔，它点燃火烧我自己，到了我成为灰烬的时候，我的爱、我的感情也不会在人间消失。"

《家》成书于 1931 年，在《激流三部曲》中成就最高，影响最大，是巴金的代表作。它既是一个对罪恶制度的控诉，又是一曲对叛逆者青春的赞歌。巴金说：写《家》的目的，是充满勇气地"来宣告一个不合理的制度的死刑。我要向一个垂死的制度叫出我的 I accuse（我控诉）。我不能忘记甚至在崩溃的途中它还会捕获更多的'食物'：牺牲品……我要为过去那些无数的无名的牺牲者'喊冤'！我要从恶魔的爪牙下救出那些失掉了青春的青年"，"我最后还要写一个叛徒，一个幼稚然而大胆的叛徒。我要把希望寄托在他的身上，要他给我们带来一点新鲜空气"。本着这样的创作目的，巴金在《家》中，通过对封建大家庭高公馆中悲欢离合故事的描绘，揭露了这个封建大家庭的腐败和糜烂生活，控诉了封建制度和封建礼教的黑暗和罪恶，反映了青年一代的觉醒，歌颂了他们的反抗精神，批判了"不抵抗主义"和"作揖哲学"。

《家》在结构艺术上以觉慧和鸣凤，觉新与钱梅芬、瑞珏，觉民与琴等几对青年的爱情故事为情节发展主线，把典型形象和众多的人物全面交织，展示了高公馆必然衰亡的命运。《家》中写到的人物有六七十个之多，但最典型的人物是高老太爷、觉慧和觉新，他们是三种人物的代表。

高老太爷是高公馆封建宗法统治的君主，他专横、衰老、腐朽，表面上道貌岸然，骨子里肮脏无耻、凶残荒淫，他像幽灵似的无处不在，《家》里所发生的一系列悲剧，都直接、间接地和他有关。他掌握着全家的经济大权，推行着"君君臣臣，父父子子"的等级制度，用礼教的绳索规范着子孙的言行，但终于他"万恶淫为首，百善孝为先"的家训，被他自己的淫乱行径所戳破。高老太爷的这种罪恶为儿子克安、克定所效法，乃至在年青一代（孙辈）面前闹出了一幕幕丑剧。小说通过高老太爷这个封建统治者、卫道者丑恶嘴脸的描绘，暴露了他的罪恶本质，控诉了封建家长制和旧礼教对于人的青春、爱情、生命的摧残，揭示了封建家族制度崩溃的必然性。

觉慧是高家这个黑暗王国里"一个幼稚而大胆的叛徒"。"五四"思潮的冲击，使他最早觉醒，他痛苦地感到"家"像沙漠，是一个"狭小的笼"，他要冲开这四周无形的栅栏，不做高老太爷所希望的"绅士"，也不愿像大哥觉新那样忍受下去，他"要做自己的主人，把自己的幸福拿过来"。他热烈追求新思想、新事物，他敢于违抗爷爷的旨意，以极大的热情投身于社会革命活动；他蔑视等级制和旧礼教，大胆地爱恋着仆女鸣凤；他同情下人，并喜欢和他们一起玩；和二哥出去从不坐轿，因为他不愿再过寄生生活；他厌恶"家"，认为这个"家"总是要腐败下去的，他不能再住下去；鸣凤的死，使他愤慨，认为"杀死鸣凤的凶手是我们这个家庭和我们这个社会"；梅表姐的死，使他化愤慨为力量，于是他帮助二哥抗婚，劝说大哥觉醒；长辈们的丑闻，更增加了他反抗的勇气；大嫂的死，成了他与"家"决裂的导火线，使他终于冲出了封建牢笼，勇敢地奔赴光明的道路。觉慧的道路目标尽管还不十分明确，却鼓励了和他相同经历的青年人，给了他们反抗封建专制和礼教的勇气与力量。因此，觉慧形象深刻地反映了被"五四"思潮所唤醒的年青一代的时代特点。作者热情歌颂了他的叛逆精神。

　　觉新，既是这个封建大家庭的受害者，客观上又是旧礼教的维护者。"五四"的新思潮，使他头脑清醒地认识到夺去他青春的"是整个制度，整个礼教，整个迷信"，可言行上却又屈服投降，逆来顺受。这是因为"孝"的枷锁，长房长孙的特殊地位，家业兴衰的重任，已把他生命的活力和棱角消磨殆尽，使他成了一个"读新书，过旧式生活"的人。他奉行"不抵抗主义"，"作揖哲学"，只求大家相安无事，家道振兴。作者把觉新放在充满矛盾的环境中，怀着深切的同情和批判态度，描写了他的矛盾性格：他善良忠厚，内心深处郁积着个性自由的渴望，从而同情新生力量，但行为上却又屈从于旧势力，如阻止觉慧参加学运，支持爷爷为觉民包办的婚姻，客观上助纣为虐；他一面为高家的衰落而悲哀，一面又为高家的叛逆者筹款送行；他是封建家庭的孝子贤孙，更是封建礼教的牺牲者：他自己的理想破灭，梅表妹悒郁而死，妻子瑞珏临产丧生，儿子海臣夭亡，血淋淋的事实，痛苦地煎熬着他的灵魂。可以说觉新的悲剧，既是一个性格的悲剧，又是一个生活、社会的悲剧。觉新的形象，启迪读者认识到：面对封建社会的压迫，忍辱、妥协、懦弱、苟安，不但丝毫得不到旧势力的让步和宽容，反而只会害人又害己；只有通过不断的斗争，才能取得真正的自由和幸福。

　　觉新的形象极为本色地表现出了一个旧家族的长子在历史转换时期的尴尬位置。长子在中国文化中是一个极为特殊的身份。他有获得家族继承权的优先权利，又负有确保家族平安发展的伦理责任。在礼教中国，他们同时又是封建礼教的坚强护卫者。但在封建制度趋向瓦解的时代，他们的精神也发生裂变。他们并不厌恶新思想，甚至还怀有高度同情，但他们又无法摆脱长子责任的重负，在行动上又不断向旧势力妥协，不自觉地做了旧势力摧残人性的帮凶。尽管他们一次又一次为妥协带来的恶果而忏悔，但是又不能义无返顾地走向反叛，这样，他们便一直生活在良心的自责中，成了新时代的"多余人"。在现代文学史上，有一些"高觉新型"的"长子群体"，比如《四世同堂》中的祁瑞宣等，但以高觉新最为典型。

　　作为一部家庭小说，《家》在艺术上借鉴了《红楼梦》的写法。但与《红楼梦》不同的是《家》在叙事中毫不掩饰主观情感的介入，将对礼教控诉与客观叙述结合起来，以倾诉的姿态去感染读者，体现了"青春型"创作的艺术气质。

　　在1946年发表的长篇小说《寒夜》里，巴金将家纳入普通的平民生活，把生存压力与家庭伦理冲突结合起来，写出了在险恶的社会环境中，"小人物"家庭的脆弱，从而将家庭小说变成了艰难时世中的平民史诗。

　　尽管《寒夜》暂时中止了对旧家庭的清算，但仍然保留作者对家庭的黯淡记忆。家不仅没有变成劳碌人生的栖息港湾，反而成了充满烦恼的是非之地。婆婆汪母一方面仗着长者的地位，另一方面也仗着她来到汪家属于"明媒正娶"的历史，不停地向没有坐八抬大轿就进入汪家的儿媳曾树生发难，婆媳之间一直处在家庭冷战中。这里婆媳之间的矛盾不仅包含了旧式婆婆和新式儿媳在价值观上的冲突，同时也包含了两代女人为争夺一个男人的情感而进行的搏斗。曾树生与汪文宣自由恋爱相亲相爱，这使视儿子的爱为惟一的汪母的母爱受到了挑战。因为在汪母看来，汪文宣对妻爱的接受就是对母爱的冷落，因而，她便以一种变态的防卫、刻薄的嫉妒瓦解儿媳之间的情感，母爱的自私给家庭蒙上了阴影。汪文宣在此时再次表现出中国长子的软弱。他挤在两个女人的夹缝中，一方面不愿伤害受气的妻子，另一方面出于孝心又不能阻止母亲的过激行为。于是既不能得到妻子的理解，也不能讨得母亲的欢心。家常常让他觉得精疲力竭。

当然，巴金在这里并不只是从家庭伦理学的角度写家庭成员的角色冲突。他同时也注意到了日益恶化的生存环境对家的摧毁。在《寒夜》里，到处出现失业、流浪和贫困，"小人物"汪文宣挣扎在死亡线上。这个科班出身的大学生曾有过校园里的浪漫理想，现在却为了一个小职员的位置而失去了所有的锐气，他平庸、怯懦，但最终仍未能保住饭碗。生活的重压使他精神耗尽，疾病缠身，终于在抗战胜利前夜忧愤而死。家的解体实际上是从曾树生的出走就开始了。这个依然美丽而又充满活力的女人，在生活中却充满了苦闷。她是一个完美主义者，但她面对的生活却是残缺的。生活的贫困，丈夫的病弱与怯懦，使她深感压抑和厌倦。因而，当年轻富有的陈经理向她频频进攻、不断诱惑时，她终于在抗拒与惶惑中离开了丈夫。曾树生的出走显示了生存危机对情感世界的磨损。在婆媳之战中，曾树生可以用明达事理的姿态去退让求全，但是当物质生活受到威胁时，同甘共苦的情谊就变得脆弱起来。然而，物质生活也未必能够给人带来永久的安宁。当曾树生认识到自己只是一个"花瓶"的角色时，她的内心充满了无奈的痛苦。结尾时，曾树生只身回到汪家旧居，看到人去楼空，她的孤单和凄凉加剧了，夜晚因此显得更加寒冷。曾树生的命运表明在灾难与贫困中，小人物挣扎的无奈与徒劳。

与《家》不同的是，巴金在《寒夜》里的叙事更加冷静和客观了。在《家》中，他让一个大胆的叛徒出走给黑暗王国带来一线光明，但在《寒夜》里，曾树生的逃离与出走并没有能完成个人的自救，而汪文宣也在对死亡的明确预感之中死去。这一切都大大加深了小说的悲剧主题。巴金善于将诗情引入小说，但《家》是率直的抒情，《寒夜》是含蓄的流露。一方面，叙事人以同情者的姿态将体验融汇在叙事过程中，另一方面，又利用清冷凄寒的寒夜氛围，烘托悲剧气氛，使《寒夜》充满了带有悲怆意味的诗化叙事特征。

第五节　老舍：市民文化的批判者

市民生活"常态"的悲剧——虚假的都市侠客——城与人的对立——温和的幽默品格

老舍（1899～1966），原名舒庆春，字舍予，满族。是我国现当代著名的爱国小说家、戏剧家。

　　老舍生于北京的贫民家庭，幼年丧父，贫寒使他熟悉北京的贫民生活；母亲的骨气、刚强，深深地影响了他；半封建半殖民地社会的黑暗加深了他的不满和愤恨，这些都深刻地影响了他的创作。在中国社会半殖民化过程中，东、西方文化互相撞击，皇城帝都历史蜕变的时代背景下，第一个把北京小市民阶层的命运、思想和心理引进现代文学领域并获得了巨大的成功，是老舍对现代文学的独特贡献。他的作品对市民阶层广大小生产者在新旧嬗替时期的悲剧命运以及与时代的关系，他们赖以生存的生产和生活方式、精神准则和价值观念，进行了全面的审视和思考，创造了一个形象丰富的"市民世界"，真实地反映了市民生活。加之其地道的"北京味儿"和通俗简洁的语言等表现形式，都适应并提高了市民阶层的欣赏趣味，于是很快赢得了广大的市民读者，从而扩大了现代文学的影响。老舍及其作品的出现，标志着我国现代长篇小说在"民族化"、"个性化"的追求中取得了突破性的成就。老舍是现代文学史上最杰出的市民文学作家。

　　老舍一生创作了七十多部（篇）小说，二十多部剧本。小说成就较高的多属中长篇，主要有20年代的《老张的哲学》、《二马》，30年代的《猫城记》、《离婚》、《骆驼祥子》，40年代的《四世同堂》。这些作品大多以市民生活为内容，展示市民心态，堪称中国市民社会的百科全书。

　　在现代文学史上，以市民生活为题材的作品并不少见，但很少有人像老舍那样执著地关注"城与人"的关系。他始终与主流文学保持一定的距离，很少像主流文学那样用阶级分析的方法去审视社会，而是将对市民社会的"文化"审视作为创作的起点。他关注特定文化背景下的世态人情以及市井文化对人的生活的制约和对人的命运的影响。这就避免了主流文学不免出现的简单化倾向，从而将人的精神引向丰富的历史文化层面，大大地延长了作品的艺术生命。

　　市民人物是老舍剖析市民文化的关节点。在老舍的作品中，存在着老派市民、新派市民以及正派市民等多种不同的人物系列。老舍在人物与人物，人物与社会的冲突中不断展示市民社会的精神世界，并在善意的微笑中表现出对市民文化危机的焦虑。

　　老派市民是老舍写的最为出色的人物。他们是"城里人"，但是却依然保留着中国的乡土本性。他们代表了市民生活的"常态"，而这种"常态"中包含了沉重的传统因袭。守旧闭塞、苟安和敷衍使生活失去了原动力，也使市民生活在停滞般的重复中显示出脆弱来。早在1929年，老舍就在《二马》中塑造了一个迷信、中庸、没有原则、懒散而又充满奴性的人物老马。作者有意将人物放在西方世界的生活背景中，由此突现"老中国儿女"在人格上的高度扭曲。1934年发表的长篇小说《离婚》，成为老舍创作道路上的新的里程碑。

　　在《离婚》中，人们可以看到市民社会的失去血性的生存状态，而非强制性同化又使这种生存方式得以顽强地延续。在这个生存环境中，人与人以关心的面目行使着文化监督的权力。貌似温情的交往将每个人都同化为老式市民，从而保证了市民社会沉闷的平稳。主人公张大哥就是这种市民精神的代表，他求稳求安，害怕生活的变化。因而，他不仅是既成生活方式的实践者，也是既成生活方式的维护者。小说在开头就不无夸张地说，张大哥一生热衷于两件事，一是做媒，二是反对离婚。做媒是调和，反对离婚则是扑灭生活的变异。实际上，这两种行为可以引申到张大哥生活的方方面面，在生活中，他一直是各种是非争端的调解者，他总是千方百计地将生活中的变化窒息于萌芽状态。张大哥因此成了市民世界中的能人和好人，成了"一切人的大哥"。你几乎找不出他道德上的瑕疵。然而，这种市井世界中的好人实际上是乡愿的化身。乡愿的特征在于他们常以好心让别人放弃原则，不分善恶，变成生活的妥协者。张大哥就是如此，他不分好坏地亲近任何人，总是在不停地帮忙和请客，既亲近正直的老李，也亲近市井恶棍小赵。他试图在你好我好大家都好的气氛中创造一个安稳的生活环境。敷衍因此成了他的生存策略。但是，这种"敷衍"式的生存并不能有效地保护生活的安宁。因为它在平息生活风波时既不能助长善，也不能抑制恶，反而让人丧失了是非观念和惩恶扬善的血性，变得明哲保身、得过且过了。因此，当张大哥儿子被抓，面临灾难时，小赵却趁火打劫，同室的科员竟也无人帮助，反而算计起张大哥可能留下的空缺。善于敷衍的好人并没有在他营造的生存空间中得到保护。这也宣告了敷衍式的人生策略的失败。

尽管如此，老舍依然认为这种"老中国儿女"的生存形式不会因此丧失了生命力。因为它经历了历史的积累，已完全社会化为群体的选择，这种群体化选择进而转化为非法定性规则，变成了对所有个人的限制，迫使每个人都去敷衍。在《离婚》中，敷衍者可以"混"下去，但认真者却被挤到生活边缘。纳妾被赞成，但离婚却遭到男男女女的集体抵抗。老李不甘生活的平庸，不满乏味的婚姻，想寻找"诗意"，爱上了马少奶奶，但面对群体的监督，只好敷衍。当张大哥家中有难时，他试图认真地去救助，但是在他人怯懦式的敷衍中未能如愿。于是，生活在敷衍中失去了生机，失去了血性，认真的老李被迫逃离。好人的逃离进一步说明了这种老式市民生存方式的排异性。

在《四世同堂》里，老舍将市民生活原则与民族危机联系起来，由此写出这种苟安的生存方式的脆弱。"墙"曾是自我生存空间的标志。市民阶级的小四合院是一个自保的天下，祁老人坚信守住四合院就守住了一切。于是在日本人攻破了"城"之后，他囤积口粮，紧闭大门，以此来确保四世同堂的安宁。他试图依靠传统的礼节与谦恭做一个顺民，但是这一切都失败了。小羊圈胡同天天发生悲剧，最后连祁家也家破人亡，四世同堂解体了。祁老人才终于奋起，捍卫人的尊严。四世同堂的解体，实际上就是苟安人生的葬礼。

老舍是以批判的姿态去审视传统文化的，尽管他对种种善良美德也有过歌颂。但是他并不因此认为新兴的西式文化就是市民文化更新的出路。在他的笔下，新派市民是以堕落轻浮为特征的，他们在追求洋味中丧失了人格。《离婚》中的张天真，只知花钱买帅气，吹牛撒谎。《四世同堂》中的瑞丰不仅轻浮，而且丧失了民族气节，他们甚至完全失去了老派市民身上特有的纯朴，进而变为市井恶无赖。在新派市民与旧派市民之间，老舍还特意塑造了反派市民，《老张的哲学》中的老张，信奉的是市井恶棍的利己主义哲学，《离婚》中的小赵则不停地谀上欺下，捉弄和伤害善良人，在《四世同堂》中，类似的市井恶棍都变为汉奸，充当异族侵略者的帮凶、走狗，显然，这些市井恶棍都是保守麻木的市民文化的副产品，市民社会整体的怯懦客观上纵容了恶势力的横行。老舍以强烈的道德义愤对他们进行漫画式的描写，同时也为市民世界失去伸张正义的血性悲哀。但是，到底谁是市民文化的更新者？谁能在善恶对立中惩恶扬善？老舍显然没有找到理想的目标，于是，他又将目光转向传统，把希望寄托在侠客型人物身上。《离婚》中的丁二爷，《四世同堂》中的诗人钱默吟，都是老舍笔下的新侠客。他们总是在危难之际以侠肝义胆去除暴安良，挽狂澜于既倒。但是，当恶势力作为一种社会性存在时，个体英雄的行侠总是力不从心。因而，当老舍试图将侠客型人物作为他的理想新人时，我们看到了他思想上的贫弱，同时也看出了他在解决文化危机时的紧张和急迫的心态。

除了对传统市民文化的反思以外，老舍还深入探讨了城市文明病与人性的关系。[①]《骆驼祥子》所写的正是"城市"对善良人性的无情吞噬。主人公祥子原本是一个纯朴的农民，他怀着希望来到城市。他带着乡间小伙子的健壮与诚实，把凡是能卖力气吃饭的事儿全都做了。他的奋斗目标极其简单，就是希望买一辆属于自己的洋车，就像在乡间拥有自己的土地一样，能以此过上安稳的生活。他坚信，凭着诚实和力气，他完全能实现自己的理想。但是，城市并没有给他提供任何机会。经过三年的艰辛，祥子终于买了一辆新车，但不到半年便被匪兵抢去。虎口逃生后，他意外地捡了三匹骆驼，卖了三十元钱，准备积攒起来买第二部车，但不久便被孙侦探敲诈一空。就在走投无路的时候，他又陷入婚姻的苦难中，又老又丑的虎妞闯进了他的生活。虎妞是商业文化的畸形生态环境造就的变态女人。她的父亲刘四爷是一个被铜臭磨掉人性的车厂老板。他是那种守财奴式的老式城市商人，只求占有而不肯付出。他对车夫们除了挖空心思地盘剥外，毫无温情可言。甚至对自己惟一的女儿也剥夺了她做女人的权利。他一直不让女儿出嫁，除了潜意识深处变态的恋女情结外，更主要的是他将女儿当作一种财产和一个不领工资的可靠雇员和管家。因而，他一直控制着女儿的自由，让她空耗了青春。虎妞在这种冷酷的监控下变得怪异而暴躁，变成了无人敢与之亲近的"虎妞"。尽管如此，她依然渴望着自己的生活，于是她喜欢上了老实忠厚的祥子。祥子不喜欢虎妞，但又没能防备住她精心设计的诱惑，被迫和虎妞结婚。然而婚姻给祥子带来的是无穷的烦恼。虎妞对祥子不乏温情，但是对已逝青春的变态补偿以及对男人的支配欲，使祥子变成了虎妞的情欲工具和生活的奴仆。祥子在虎妞

---

① 参见钱理群等：《中国现代文学三十年》，249 页，北京，北京大学出版社，1998。

的资助下买到了自己的洋车，但是，面对虎妞掠夺式的关怀，他却充满了对虎妞的畏惧，家成了一个耗费生命活力的地方。接踵而来的是虎妞难产而死，祥子被迫卖掉洋车。三起三落的经历后，祥子失去了一切。老舍以同情的口吻描写了祥子的不幸遭遇："一个拉车的吞的是粗粮，冒出来的是血；他要卖最大的力气，得最低的报酬；要立在人间低处，等着一切人一切法一切困苦的击打。""城市"就是这么残酷，连祥子爱恋着的善良少女小福子也为生计被父亲逼迫出卖肉体，最终被卖进下等妓院惨死。祥子的城市奋斗破灭了。绝望的祥子开始自暴自弃，他冷漠、懒惰、麻木、缺德、逛窑子，变成了市井无赖，一个"个人主义的末路鬼"。小说正是从祥子的经历中写出了城市社会中底层贫民的生存境遇。这里当然也写到了他们自私、狭隘的缺陷对他们生存的不利，但是从整体上，老舍依然以同情的姿态说明在这个残酷的世界中，小人物是无法通过自己的努力改变命运的。"城"与"人"在这里显示出高度的对立。老舍正是在这种对立中以独特的方式批判了 30 年代的城市文明病。

老舍对市民文化的审视是与对市民文化的"个性"的把握联系在一起的，而这种"个性"就是作家对北京特有的风韵和独具的人文景观的展示。由此也形成了老舍小说所独具的"京味"特征。老舍将北京的四合院和胡同及已经破败但仍不失雍容气度的文化情趣连在一起，构成了丰富多彩的北京风俗画卷。风俗和人物成了一个整体，人的个性也在风俗中显露出来。比如，老舍抓住了旧皇城根下老北京人的生活习性和价值观念，用"官样"来概括北京文化的特征。北京人的排场、体面、气派及对"生活艺术"的追求，对"礼仪"和"规矩"的讲究，懒散与谦和，温厚与怯懦，都成为老舍着力描写的内容，这也使他的小说更有历史感和生活气息。

与巴金比，老舍的创作更偏重于理性。这种理性同时也贯穿着机智与幽默。这种幽默一方面带有狄更斯式的英国绅士风度，同时也带有北京平民社会温厚态度和随意性。应该说，对人物进行机智的评点增强了文化批判深度，而幽默色彩则使阅读变得更加轻松。由于老舍的幽默带有明显的道德色彩，因而他的幽默表现出两种不同的风格。当他发现好人的行为出现悖谬时，他报以善意的微笑。当面对恶人自相矛盾的行为时，他的幽默往往变成了讽刺。不过，在早期小说创作中，老舍因刻意追求幽默使他的小说充满油滑从而影响了对人物精神的挖掘。直到小说《离婚》的出现，他的幽默才走向成熟。在这里，老舍力求保持生活的原生状态，在庸常的人性矛盾中领略喜剧意味。同时，他将幽默的态度与对生活的理智结合起来，增强了幽默的内涵，由此也提高了市民趣味的文化品位。

第六节　沈从文：在原始风情中寻找诗意人生

写实与梦幻的统一——边城风情与诗意人生——追求生命之真——平淡隽永的语言

　　沈从文，原名沈岳焕，生于荒僻而美丽的湘西凤凰县。非同一般的家族历史和个人经历造成他独特的气质、非凡幻想以及对生命的丰富体验。他的祖父曾任清朝贵州提督，嫡祖母为苗族，父亲曾于辛亥革命时组织参与当地的武装起义，后因谋刺袁世凯事泄而亡命关外。母亲是世家之女，"极小就认字读书"，对沈从文有很大影响。少年时期，他就熟读社会这本大书，生命的智慧多半从生活中直接得来。他6岁入私塾，14岁高小毕业后按当地习俗加入地方行伍，以后做过卫兵、班长、司书、文件收发员、书记等，后随部队在沅水流域各县驻留，看惯了军队残酷杀戮大批无辜乡民的惨状。过早地面对残酷和愚昧，使他以后将其写入作品时，避免了猎奇与张扬，叙述平和而冷静，向往善良美好的人生。几十年后，他在回顾自己的小说创作时说："笔下涉及的社会面虽比较广阔，最亲切熟悉的或许还是我的家乡和一条延长千里的沅水，及各支流县分乡村人事。"（《沈从文小说选集·题记》）自小谙熟沅水流域的乡俗民风、爱乐哀愁，形成了他笔下独特的湘西边地风情。

　　沈从文的创作以小说的成就最高，代表作有短篇《月下小景》、《丈夫》、《八骏图》，中篇《边城》，长篇《长河》等。在30年代繁盛的创作潮流中，沈从文是京派小说的领衔者。无论是其湘西小说所负载的乡村生命形式的美丽，还是都市小说对于湘西生命形式对照物——城市生命形式的批判，都独具特色。他笔下的湘西世界，包含着对于人的生命形态中有别于现代文明的健全、协调、化外境界的重新发现，并大量渗入作家的情感、情绪，把自己童年的记忆长久地带入笔下的记述，从而增强了叙事作品的抒情倾向，这也正形成了其小说的重要特色：

一、扬抒情写意小说的长处，熔写实、记"梦"、象征于一炉

　　沈从文被称为"文体作家"，首先是其创造性地运用和发展了一种特殊的小说形式：诗小说或抒情小说。这类小说，不注重人物和情节，而强调叙述主体的感觉、情绪在创作中的重要作用。沈将其归纳为"情绪的体操"、"情绪的散步"，就是这个意思。他有一篇文章《情绪的体操》，说自己在写作时"习惯应用一切官觉"、"必须懂得'五官并用'不是一句空话"，使直觉印入物象，叙述灵动而富有生气。如《八骏图》意象丰满，用各种颜色代表女性，像紫色、红色，尤其是自始至终撩人的黄色，使读者对人物发生无限联想。《边城》、《三三》恬淡清丽，感情平缓而深远，如自然生命之流注。沈从文的抒情小说除了注意人生体验的感情投射，还有抒情主人公的确立、纯情人物的设置、自然景物的描绘与人物的调和等。另外，"造境"——营造气氛的成功也是抒情小说至为重要的一环，环境可以说是人物的外化、人物的衍生物。沈从文的许多小说是从交代环境开始的，如《柏子》从写如何泊船、如何爬桅杆入题，《边城》由描写"茶峒"开始，到西水、河街、吊脚楼、妓女，竟不惜写了长长的几节，来为翠翠出场做铺垫。

沈从文在《烛虚》集《小说作者和读者》一文里说：小说"容许包含两个部分：一是社会现象，即是说人与人之间的种种关系；二是梦的现象，即是说人的心或意识的单独种种活动"。他认为写小说"必须把'现实'和'梦'两种成分相混合"，即：溶作家的"情"入小说、溶作家的"意"入小说、溶作家的想象入小说、溶作家的美学理想入小说。像《月下小景》这样的爱情悲剧故事，从叙述的幽婉笔调、神异的气氛烘托、清丽的月色衬景，到以男女主人公双双含笑死去作结，充满了浪漫的想象与和谐美好的气氛，全篇小说就是一首诗。

记"梦"之外，象征是沈从文抒情小说的又一重要特色。沈从文的中篇《边城》，蕴蓄着较全书字面远为丰富的更深的意义，可以说是一个大的象征整体。不但白塔的坍塌象征着原始、古老的湘西的终结，它的重修意味着重造人际关系的愿望，而且翠翠、傩送的爱情挫折象征着湘西边地淳朴的乡民难以掌握自己命运的历史悲剧。朱光潜谈到《边城》时认为"它表现受过长期压迫而富于幻想和敏感的少数民族在心坎里那一股沉郁隐痛，翠翠似显出从文自己的这方面性格。……他不仅唱出了少数民族的心声，也唱出了旧一代知识分子的心声，这就是他的深刻处。"[①]可以说，沈小说意象中象征性内涵的出现，大大丰富了作品的抒情容量，扩大了小说的艺术空间。

沈从文用水一般流动的抒情笔致，通过描摹、暗示、象征、甚至穿插议论，来开拓作品的情念、意念，加深了小说文化的纵深度，从而制造了现实和梦幻水乳交融的意境。虽然他的有些小说结构散漫，如《渔》，但情境美不胜收，弥补了不足，这类诗化小说别具民族韵味。

二、赞颂纯朴、原始的人性美、人情美

沈从文在他的《〈从文小说习作选〉代序》中，把自己的创作比喻为建造庙宇，说"这神庙供奉的是'人性'"。在《〈看虹摘星录〉后记》中，他称自己的一些短篇小说是在"用人心人事作曲"，"其间没有乡愿的'教训'、没有腐儒的'思想'，有的只是一点属于人性的真诚情感"。在《〈篱下集〉题记》中，他又说：

> 曾经有人问我，你为什么要写作？我告他我这个乡下人的意见："因为我活到这世界里有所爱。美丽、清洁、智慧，以及对全人类幸福的幻影，皆永远觉得是一种德性，也因此永远使我对它崇拜和倾心。这点情绪同宗教情绪完全一样。这点情绪促使我来写作，不断地写作，没有厌倦，只因为我将在各个作品各种形式里，表现我对于这个道德的努力。人事能够燃起我感情的太多了，我的写作就是颂扬一切与我同在的人类的美丽与智慧……"

---

① 《从沈从文先生的人格看他的文艺风格》1980 年第 5 期《花城》。

的确，沈从文笔下的故乡人物，不论是农民、士兵、猎人、渔夫、土娼、富家子弟、青年男女，都那么淳厚、真挚、热情、善良、守信用、重情谊、粗犷中带着野蛮，显示出一种原始古朴的人性美、人情美。《龙朱》写过去年代白耳族王子龙朱爱上黄牛寨寨主女儿的故事，龙朱被赋予了高贵的性格，热情、勇敢、诚实、"美丽强壮像狮子，温和谦顺如小羊"，他的爱是美丽的。爱到极致则酿成悲剧；《媚金、豹子与那羊》里民间的英雄豹子与美人媚金约会，却因寻找避邪的白羊发生误会，先后拔刀自尽；《月下小景》的男女主人公，为反抗女人只能同第一个男人相恋而与第二个男人结婚的习俗，在不能自禁中发生两性关系又无法在现实中结合，便双双服毒而死。这些小说都是沈写得最美的文字，所赞扬的爱与美达到人生的极致。至于《边城》中所充满的那种淳厚朴实、老少无欺的古风；《会明》与《灯》中，外表固执、雄壮，实际天真、憨痴如儿童一般的伙夫老兵，都已作为对湘西人性美的怀念，永远留在一代代读者的记忆中。

三、平和、淡远、隽永的风格

这种风格的形成，与沈从文对题材的选择处理及其人生哲学有关。沈从文选取的题材是平和的。即使是一些时代性很强的尖锐题材，他也处理得从容冷静。在他的作品中，很少有强烈激越的悲剧，也很少有横眉怒目的姿态和剑拔弩张的气氛。如果有悲剧成分，也往往像《三三》那样是淡淡的，或者像《边城》结尾的两句："这个人也许永远不回来了，也许明天回来！"对此沈从文自己说："神圣伟大的悲哀不一定有一摊血一把眼泪，一个聪明的作家写人类痛苦是用微笑来表现的。"而穷苦人的妻子被迫卖淫这类题材，在左翼作家笔下一定写得义愤填膺，而沈从文的《丈夫》却避开了事情本身，将冷酷的背景推向远处，淡化的处理却更发人深思。《大小阮》中对于大阮这类见利忘义的投机者和飞黄腾达的新贵的鞭挞，理应酣畅地抒其愤慨，然而沈从文却在小说结尾时只轻轻落笔：

> "他很幸福，这就够了。这古怪时代，许多人为多数人寻找幸福都在沉默里倒下，完事了。另外一种活着的人，都照例以为自己活得很幸福，生儿育女，还是社会中坚，社会上少不得他们。尤其像大阮这种人。"

点得似乎很轻，却在沉痛中流露出深深的鄙视，然而，这种感情一旦和怜悯相混合，又显得温厚蕴藉。它不仅由于艺术追求表现上的含蓄所致，而且同作家的美学理想有关。沈从文在《〈看虹摘星录〉后记》中说："不管是故事还是人生，一切都当美一些！丑的东西虽不全是罪恶，总不能使人愉快，也无从令人从痛苦中见出生命的庄严，产生那个高尚的情操。"在《长河·题记》中又说："叙述到地方特权者时，一枝笔再残忍也不能写下去。"正是这样一种审美追求，造成了沈从文小说平和冲淡的境界。

　　他的一些牧歌情调的小说更是别具清淡悠远的风格。在小说《水云》中他说："完善爱情生活不能调整我的生命，这要用一种温柔的笔调来写爱情，写那种和我们目前生活完全相反，然而与我们过去生活又十分相近的牧歌，方可望使生命得到平衡。"这大概就是《夫妇》、《三三》、《雨后》到《边城》一类作品产生的原因。沈从文在谈到《边城》写作时说："我要表现的本是一种'人生的形式'、一种'优美、健康、自然而又不悖乎人性的人生形式'。我立意不在领导读者去桃源旅行，却想借助桃源上行七百里路西水流域一个小城市中几个愚夫俗子，被一件普通人事牵连在一处时，各人应有的一份哀乐，为人类'爱'字作一度恰如其分的说明。"(《〈从文小说习作选〉代序》)。又说写《边城》时"心若有所悟，若有所契，无滓渣，少凝滞"(《烛虚》)。《边城》的风格淡远隽永，也正是"温柔的笔调"和"心若有所悟"所致。

　　另外，沈从文美学思想中的"泛神情感"、"人与自然的契合"的主张，体现在其作品中，达到一种情景人事水乳交融的和谐境界。沈从文在《潜渊》中有这样一段文字"美固无所不在，凡属造形，如用泛神情感去拉近，即无不可以见出其精巧处和完整处。生命的最大意义能用于对自然或人工巧妙完美而倾心，人之所同。"中篇小说《凤子》中，采矿工程师在欣赏湘西大自然的美之后，与人讨论泛神论的问题，得出"神即自然"的结论。可以说，是泛神倾向促使沈从文讴歌自然之美，并形成一派和谐、隽永之气浸润在其作品之中。

四、奇特、纯真的语言

　　沈从文早期小说的语言有些拗曲，到了写《边城》则明净澄澈，完全成熟了。他曾长期在大学里讲授写作课程，又有意用不同的叙述方式进行练习，这使他拥有了多样的小说形式和语言。他以诗、散文融入写实的乡土小说，质朴自然；描写都市的讽喻小说则文字细腻、内容幽默；以苗族传说和佛经故事铺叙的浪漫小说，又较华丽铺张。体制也灵活不拘，如《记一大学生》全无人物对话，纯用分析性的讲述来展开；有的通篇对话到底，如《某夫妇》、《雨后》的对话成分极多；有的采用书信、日记的穿插；有的是寓言、传奇民间故事体；他的惯用写法是在自然素朴的叙述中，注入诗的节奏，实现物我浑一的境界。

　　总观沈从文小说的语言，具有尚奇特、存真意、去伪饰、显个性、追求纯和真的美文效果。他在生机勃勃的湘西口语基础上，吸收了书面语、古文言的特长，使得他的小说长句精确、曲折而富韧性，短句重感性、活泼而明净。凌宇曾说沈从文成熟期湘西题材小说的语言"格调古朴，句式简峭，主干突出，少夸饰、不铺张、单纯而厚实、朴讷而又传神……无废名的晦涩与朦胧，无废名之雅——一种文人语言的气度，却多生活实感、富泥土气息。究其根源……沈是以湘西地方话为母体，经过提炼与加工，予以书面化的结果。"试举《山道中》一段文字为例：

　　　　这时节他们正过一条小溪，两岸山头极高。溪上一条旧木桥，是用三根
　　　树干搭成，行人走过时便轧轧作声。傍溪山腰老树上有猴子叫喊。水流汩
　　　汩。远处山鹊飞起时，虽相距极远，朋朋振翅声音依然仿佛极近。溪边有座
　　　灵官庙，石屋上尚悬有几条红布，庙前石条上过路人可以休息。

　　整段都没有一个"的"字，句子长短不一、简峭利索，很能绘声绘色。实际上他在
行文时，一贯摒弃浮文，绝少用虚词，很少用"的"、"了"、"吗"、"呢"这类字样，有
浅近文言文的简约精炼，又保持着口语的绘声绘色。从这两段文字中又可见沈从文极
善于将描写化为叙述，在叙述中杂以情趣，因而更收到古朴悠远的效果，这些长处的
得来，很可能受了传统白话小说影响。

第七节　萧红：写出对呼兰河的苦难记忆

　　　苦难的童年——《生死场》：对苦难的独特理解——《呼兰河传》：对国民
　　劣根性的远距离观照——散文化叙事

　　"田军（指萧军）的妻子萧红，是当今中国最有前途的女作家，很可能成为丁玲的
后继者，而她接替丁玲的时间，要比丁玲接替冰心的时间早得多。"这是鲁迅先生对于
萧红的评价。这位深受鲁迅厚爱的东北女子，在短暂的十年左右的创作中，建立了中
国现代文学史上的一座丰碑。从她的处女作《王阿嫂的死》到成名作《生死场》，从她创
作巅峰期的《呼兰河传》到转变风格的作品《马伯乐》，还有一系列至情至性的带有自传
性的散文创作，萧红以散文化叙事的手法创造出了独具一格的"萧红体"。钱理群等人
在《中国现代文学三十年》中认为："萧红创造出一种介于小说和散文诗之间的新型小
说样式，善于捕捉人、景的细节，并融进作者强烈的感情气质，风格明丽凄婉，又内
含'英武'之气，可谓别具一格。"其实"别具一格"的还有萧红的身世，她的一生就是一
部富有传奇色彩的小说。

　　萧红（1911～1942）原名张乃莹，生于黑龙江呼兰县一个士绅家庭。萧红从小并未
得到太多温暖，父亲为人阴冷高傲，贪婪而缺乏人性；母亲重男轻女，对萧红也是恶
言恶色，只有老祖父给了她一个可以回味的童年。读者可以从她的作品尤其是《呼兰
河传》中看到萧红童年生活的深深印记。那些居住于她家院落四周的劳苦大众，他们
蚁群般的悲惨命运，使萧红从小呼吸到小百姓的空气，贴近大地和生活，形成了她早
熟而敏感的性格。

　　1930年萧红逃避家庭的包办婚姻，开始了流浪生活。可这并未能躲开已与之定
亲的汪某的魔掌。1932年，萧红被汪某遗弃在哈尔滨的一家旅馆里，负债累累，面
临被卖入青楼的困境，当时在《国际协报》的萧军等人接到萧红的求救信后才把她营救

出来，从此，二萧也开始了他们的情侣作家生涯。

《生死场》是萧红的第一部长篇小说，1935 年 12 月这部小说和萧军的《八月的乡村》、叶紫的《丰收》一起，收入由鲁迅主编的"奴隶丛书"出版。二萧的这两部作品，被人们看做是"东北向征服者抗议的里程碑作品。"①

《生死场》共 17 章，8 万字，真切地反映了东北人民沦陷前的生活，正像鲁迅在序文里所写的，它是"北方人民的对于生的坚强，对于死的挣扎"的一幅"力透纸背的画卷"。在哈尔滨附近的农村里，"人和动物一起忙着生，忙着死"，农民把耕田的老马送进屠场换来两张纸币，却又悲惨地被地主掠走；人们试图用自己的力量来惩戒压迫者，换来的却是更深的灾难；人们为生而挣扎，死却威胁着每一个人。这些是作品前九章展示的沦亡前的东北；第十章以后，"十年过去了，世道依旧，丝毫没有变化"，"年盘转动了"，黑土地上却"转"来了日本人的铁蹄。作品描写了人民在日本人侵占东北后的苦难与斗争。

《生死场》没有一条贯穿全局的故事线索，只是通过一个个人物的遭遇，描绘出一幅悲恸凄哀的画卷，写出沦于奴隶地位的农民，在生与死两条界限上辗转、挣扎、浴血斗争的故事。王婆为纳租而卖马；赵三组织"镰刀会"抗租却赔牛坐牢，农民们在永无止境的难产、衰老、病痛、自杀、瘟疫和饥饿中"忙着生，忙着死"，一切不曾有丝毫变化，只有坟场的面积不断扩大。

萧红在《生死场》中以"细致的观察和越轨的笔致"塑造了王婆的形象，她质朴、善良、性格坚毅，而命运悲惨。她虽很土，有些泼辣，但她那"发着颤响，飘着光带"的豪放之气，颇有珂勒惠支刻刀下"母亲"的力度与刚劲。对王婆这个硬性女人的塑造以及对奴隶之奴隶——广大农村贫困妇女如金枝、月英等人悲惨命运的描写，以及萧红在作品中时时表现出的对男性世界的藐视，体现了萧红作品中觉醒的女权意识。

《生死场》像一首长篇散文诗。萧红以浓郁、感伤的抒情笔调，多侧面刻画地描绘了一幅东北农村的风俗图，全书十七章犹如十七幅色彩斑斓的图画，从不同侧面画出了农村的田园风光、农民的苦难遭际、敌人的凶残暴虐、人民的英勇斗争。萧红不仅写出了在沉滞的旧生活中苟安于残酷剥削与贫困的农民，更写出了在惨遭日寇蹂躏的黑土地上顽强站起来的农民，这让读者看到了女性纤巧的笔致，也看到了非女性的豪迈雄壮的胸怀。

《马伯乐》是萧红的第二部长篇小说，1940 年写于香港，最终未完成全稿。这部作品里，萧红师承鲁迅，把矛头指向国民的劣根性——卑微的洋奴哲学，并表现出从未表现过的幽默和讽刺才能，相当生动地塑造了一个阿 Q 式的都市人形象。马伯乐在战争面前惊慌失措，不断逃难。他虚伪、无聊、自欺欺人。他咒骂自己崇信洋教的家庭，但到上海办书店时却跪拜在洋人脚下；他的口头禅除了"万事总要留下退路"，

---

① 许广平《追忆萧红》。

就是"他妈的中国人",把中国人看得一钱不值;他在屋里偷看日本人"闹房",没有一点羞耻心;自己嚷着要抗日,但除了用老婆的钱交女朋友或一次次带着老婆孩子演习背包逃难外,什么正经事也没干过。《马伯乐》反映了萧红对国民愚昧的深深忧思和铸造新的国民精神的热切期望。

1940 年 12 月,萧红完成了她传世不朽的长篇小说《呼兰河传》,借一个解事颇早的小姑娘的眼睛观察社会,把矛头指向封建统治势力和腐朽的传统习惯。小说取材于作者的童年生活,有较明显的自叙传风格。萧红通过呼兰镇上卑琐平凡的日常生活和各类"精神上的盛举"——包括跳大神、放河灯、唱野台子戏、娘娘庙大会的描述,把封建蒙昧主义对农民的欺诳以及农民在鄙风陋俗中受到的麻痹,逐层铺叙点染开来,展开了中国 20 年代东北偏僻乡村的一部风俗史、一幅乡土图,而其内核则是对愚妇们各种精神痼疾——落后、迷信、麻木、鄙陋、冷酷、蛮横等的揭示。作者对童年美好的回忆,对故乡抒情的笔致,都掩饰不了她对封建蒙昧主义的深广忧愤。小说对国民劣根性的思考,对农业文明传统的思考达到了一定的高度。

《呼兰河传》在描绘呼兰镇上民风民俗这幅"清明上河图"之时,以小团圆媳妇、有二伯、冯歪嘴子为中心,通过对他们不幸生活的描写,尖锐揭露了封建思想、伦理道德与习俗对人们纯洁灵魂的荼毒。萧红对于这三个人寄予了不同的感情。在纯朴可爱、美丽活泼、性格倔强的小团圆媳妇身上,寄托了萧红至为深切的同情。小团圆媳妇被婆婆以及周围的帮凶们折磨至死,是一个完完全全的悲剧形象;对于有二伯,萧红则"哀其不幸、怒其不争",一方面同情他作为"奴才"的不幸遭际和悲苦可怜的一生,另一方面她又深深讽刺了他作为封建统治者帮凶的病态心理和阿 Q 精神的影子;磨倌冯歪嘴子是萧红着力刻画、寄予厚望的一个人物,他虽身为奴隶,却是个具有坚韧性格的战士,勇于追求自己的爱情和幸福,力图把握自己的命运。萧红在《呼兰河传》中不仅对旧的封建势力进行了控诉,更对以冯歪嘴子为代表的劳动人民坚强求生的韧性战斗精神进行了热情的歌颂。

常有人指责萧红后期作品思想退步、缺乏战斗性,这是一种误解。正如有的研究者所指出的:萧红后期创作是始终遥遥与革命主力驻在地的西北圣地延安的大旗所指相呼应,与中国人民有着共同命运和呼吸的。

正当萧红的创作达到顶峰之时,她的人生却走入了低谷。1942 年 1 月,萧红身患肺病、喉瘤炎等,生命垂危。"我将于蓝天碧水处,留着那半部'红楼'给别人写去,不甘,不甘……",萧红最后的遗言更为她传奇悲剧的一生增添了诗性色彩。

第八节　张爱玲:撕开女性历史的沉重一角

对女人的质疑——让美丽远离女人——消解诗意与浪漫——大俗与大雅

1921 年的上海，在一幢别致清雅的洋房里，一个柔弱细小的女婴诞生了。她就是在二十年后的上海横空出世、名噪一时、八方颂誉的才女张爱玲。

张爱玲的祖父张佩伦，乃清末"清流派"的主要人物，并与李鸿章的女儿结合。小小年纪的张爱玲，就在这位满清遗老膝下吟唱"商女不知亡国恨，隔江犹唱后庭花"。张爱玲的父亲有典型的遗少作风，而张爱玲的母亲则是一位受西方文化熏陶很深，而又清丽孤傲的女子。这样的一对夫妻，自然生成独具一格的家庭环境，由此造就了大开大阖、冷艳奇谲的张爱玲。

1943 年，从香港大学回到上海的张爱玲，在刚刚复刊的《紫罗兰》上发表了《沉香屑——第一炉香》和《沉香屑——第二炉香》。从此一发不可收拾，如吐珠啐玉般的写出了《倾城之恋》、《金锁记》、《红玫瑰与白玫瑰》、《更衣记》、《童言无忌》等小说和散文。青云直上般坐到了上海文坛金字塔的顶端。

1995 年，张爱玲在其美国寓所飘然远逝，把无尽的话题留给了后人。

一、张爱玲的"女性意识"

从张爱玲一出道，就有人称赞她深入挖掘了被人忽略的女性内心世界，甚至誉为"鲁迅后的第一人"。这个特色，在她早期的作品里就已露端倪。

她中学的一篇习作《霸王别姬》，以她过人的才华，超越了中国历史上典型的英雄美人的故事，赋予美人极为强烈的象征生命。书中写道：当那叛军的领袖骑着天下闻名的乌骓马一阵暴风似的驰过的时候，江东的八千子弟总能够看到在后面跟随着虞姬，那苍白、微笑的女人，紧紧控着马缰绳，淡绯色的织锦斗篷在风中鼓荡。十余年来，她以他的壮志为她的壮志，以他的胜利为她的胜利，以他的痛苦为她的痛苦。然而，每逢他睡了，她独自掌了蜡烛出来巡营的时候，她开始想起她个人的事来了，她怀疑她这样存在世界上的目标究竟是什么。他活着，为了他的壮志而活着。他知道怎样运用他的佩刀，他的长矛，和他的江东子弟去获得他的皇冕。然而她呢？她仅仅是她的高亢的英雄的呼啸的一个微弱的回声，渐渐轻下去，轻下去，终于死寂了……假如他成功了的话，她将得到些什么呢？她将得到一个"贵人"的封号，她将得到一个终身监禁的处分。她将穿上宫装，整日关在昭华殿的阴沉古暗的房子里，领略窗子外面的月色，花香，和窗子里面的寂寞。她要老了，于是他厌倦了她，于是其他的数不清的灿烂的流星飞进了他和她共享的天宇中，隔绝了她十余年来沐浴着的阳光。她不再反射他照在她身上的光辉，她成了一个被蚀的明月，阴暗，忧愁，郁结，发狂。当她结束了她这为了他而活着的生命的时候，他们会送给她一个"端淑贵妃"或"贤穆贵妃"的谥号，一只锦绣装裹的沉香木棺材，和三四个殉葬的奴隶。这就是她的生命的冠冕。

这是虞姬代表的中国女性的整体，对自己固有的角色，生命本质，价值进行的解剖、总结、质疑、反思。她恐怕是生平第一次坚决反抗了男人为她安排的结局，既不

"你得跟随我，直到最后一分钟，我们都要死在马背上"，也不"那你就留在后方，让汉军的士兵发现你，去把你献给刘邦吧"，而是自己创造了"我比较喜欢那样的收梢"。这是一个勇敢地选择了自己生存方式的虞姬，这是一个不仅有反抗意识，而且明白如何反抗的虞姬，这是一个脱离了男性视角下陪衬的花环的虞姬。早熟的张爱玲，已经以她敏锐的直觉，撕开了历史沉重的一角。

在《传奇》中，张爱玲塑造了一群居于"安稳"境地的、中国新旧合璧的普通女性。她们大都是生长于旧家庭，生活于行将破落或已经破落的书香门第。她们坦然地、无所困惑地接受着现代文明的馈赠，或作职业女性、交际花，或跳舞谈西式恋爱。但她们总是为男性苦恼、抽泣，刚刚过去的时代留给她们的仅仅是生活形式的变革，她们的意识仍被男性世界所支配和控制。

这些女性中有知识女性白流苏（《倾城之恋》），无知识的如《金锁记》中的曹七巧，为经济的如《留情》中的淳于敦凤，为爱情的如《沉香屑——第一炉香》中的薇龙。她们都鲜有丁玲笔下女性一致向外汲取生活信心的勇气，更鲜有从自身寻找改变生活的觉悟。

在《倾城之恋》中的白流苏西式的外壳里，裹着一颗最典型的封建灵魂。她的择爱仅是为了寻找一个经济靠山，所以总因为功利的计算而患得患失。《金锁记》中的曹七巧，也是被黄金泯灭了人性的。她牺牲了自己的青春爱情和正常人的生活，被迫守着一个活僵尸丈夫。黄金像一把沉重的枷锁窒息了她的呼吸。当她以青春爱情乃至一生的代价获得了黄金之后，她却已被枷锁变形。她把过去所受的一切苦难，变本加厉的报复于子女身上，破坏儿子的婚姻，拆散女儿的情侣。那种被黄金异化了的女性偏狭的阴暗心理就在这黄金与报复的间隔中反复碰撞，弄得自己满身都是伤痕。《金锁记》写出了女性在经济限制下的心灵畸变。张爱玲让这些身受经济之压、黄金之苦的女性，以她独有的方式提出了被鲁迅先生早在"五四"文坛洋溢着娜拉们的兴奋时就冷静指出的问题："娜拉或者也实在只有两条路：不是堕落，就是回来……所以为娜拉计，钱——高雅的说罢，就是经济是最要紧的了"。

女性谈恋爱离不开靠山，寻爱离不开经济，恋爱摆脱不掉对男人的依附，始终是张爱玲作品关注的焦点。

二、张爱玲笔下的"变态人格"

早年父母离异，使张爱玲的童年缺少母爱。她在孤独中长大，形成了带有缺憾的人生。这也许直接导致了她对于描写病态女性的专注。在她的小说中，畸恋比比皆是。《心经》中的小寒，正值豆蔻年华，却为喜欢自己的父亲而一遍一遍地扼杀掉健康的爱情。《红玫瑰与白玫瑰》中的妖蕊，爱上自私而虚伪的振保，毁灭了自己的家庭。曹七巧（《金锁记》）与薇龙（《沉香屑——第一炉香》）可谓畸恋的典型代表。

薇龙原本是一个纯情而又有个性的女学生，为求学而客居姑妈家，不幸爱上了一个放荡不羁的纨绔子弟而不能自拔。为了得到爱情，她不惜将自己卖给了"交际"，变成了"造钱"的交际花以取悦并不爱她的丈夫。一个鲜活的生命，就这样被拖向黑暗。正如薇龙自己所体会的："她在人堆里挤着，有一种奇异的感觉……然而在这灯与人与货之外，还有那凄清的天与海——无边的荒凉，无边的恐怖。她的未来也是如此——不能想，想起来只有无边的恐怖。"最恐怖的还不是在这里，薇龙自己看着自己走上了那条将一生悲欢系于男人身上的浮萍之路，清醒却不能自拔，眼看着自己堕落却无能为力。

《留情》中的淳于敦凤为了金钱嫁给了比她大二十多岁的米尧晶做姨太太，心中满是委屈。然而，在她接受这个无法改变的现实时，却又掩饰不了自足与自得。这正是"做稳了奴隶"而自得的心态，可哀可叹。

最可怖的是《金锁记》中的曹七巧。她是担当不起情欲的，却偏偏要压抑了情欲去谋取黄金；原本是压倒了情欲去服侍病人的，情欲却在她心里变得更为强烈，死灰复燃般地要求自己的那份权利。正如傅雷先生所言："爱情在一个人身上不得满足，便需要三四个人的幸福与生命来补偿。"当七巧回想着早年当曹大姑娘的时代，和肉店里的伙计朝禄打情骂俏时，"一阵温风直扑到她脸上，腻滞的死去的肉体的气味……她皱紧了眉毛，床上睡着她的丈夫，那没生命的肉体……"当年的肉腥虽然让她皱眉，但究竟是美妙的憧憬，洋溢着希望；而眼前的肉腥，却是刽子手的气味。这刽子手便是黄金与情欲。人类最大的苦难是来自内心的。外来的打击、折磨，至少还有诅咒、反抗、攻击、唾骂，并赚取别人同情的机会；然而，当个人的贪欲与情欲控制不住而招致祸害的时候，不仅失去了发泄愤怒的目标，相反，还会招致"自作自受"的谴责。此时此刻，她内心的痛苦与煎熬，更是难以言说的，这种煎熬因为没有可以倾诉的人，更加郁结在心里，如跗骨之疽时时地咬噬着她。

三、张爱玲的"奇诡"

不论是哪一种文艺观指导下的创作，如果没有深刻的人生体验，没有犀利的目光和深邃的洞察力，熟练的文字技能和活泼丰富的想象，都是产生不了好作品的。而张爱玲的文字能力却是出人意料的早熟，描写微妙尴尬的局面，是张爱玲的拿手好戏。时代、阶级、教育程度、利害观念完全不同的人们相处在一起时的那种含糊暧昧的情景，各种心理互相揣摩、进攻、摩擦、互相闪避，显得那么自然而且风趣。

她从不进行大段的心理描写和冗长的心理独白。她总是利用暗示，把动作、言语、心理打成一片。在《金锁记》中，两次叔嫂调情的场面里，含蓄、朴素、细腻、强烈、抑制、大胆的这许多相反的优点，完全蕴涵其中。形成一种奇妙而诡谲的美。

张爱玲的散文也一样出色。"回忆这东西若是有气味的话，那就是樟脑的香，甜而稳妥，像记得分明的快乐，甜而怅惘，像忘却了的忧愁。""她睡在那里像船舱的玻璃上反映的海，绿色的小薄片，然而有海洋的无穷尽的颠簸悲恸。""任是铁铮铮的名字，挂在千万人的嘴上，也在呼吸的水蒸气里生了锈。"这样的句子，在张爱玲的文字里，随处可见。新旧文字的糅合，新旧意象的交错，仿佛天造地设地摆在那里等着叙述这样的故事一般。张爱玲对音乐、绘画的良好感觉，全部移植到文字里，使她的字里行间泼采流声。

她有时运用电影的闪回手法。"风从窗子进来，对面挂着的回文雕漆长镜被吹得摇摇晃晃，磕托磕托敲着墙。七巧双手按住镜子。镜子里反映着竹帘和一幅金绿山水屏条依旧在风中来回荡漾着，望久了，便有一种晕船的感觉。再定睛看时，翠竹帘已经褪色了，金绿山水换了丈夫的遗像，镜子里的她也老了十年。"时间和空间，隐隐约约地淡下去，又模模糊糊地升上来。

四、张爱玲的小说与尘世

张爱玲在内地销声匿迹之时，台湾却兴起了研究她的热潮。这一冷一热，全因爱玲的政治行为而起。她在日本占领期间火爆文坛，甚至与汉奸文人胡兰成结婚，文字又有粉饰太平之嫌，再加上她后期写过有反动倾向的《赤地之恋》和《秧歌》。然而，1956 年 8 月，张爱玲在美国与 Fedinand Reyher 赖雅先生结婚，这位布莱希特的好友，竟是一位马克思的信徒，且比张爱玲大了三十岁。这与张爱玲的第一次婚姻恰好相反，胡兰成反共投敌卖国，赖雅却信仰共产主义。在表面极其矛盾的背后，显示出张爱玲对政治的一贯漠然。她看人全凭才华与情趣，政治倾向似乎完全不在她的眼中。

看来张爱玲是没有什么政治倾向的。"民族"、"国家"、"正义"，这些一般人人生意识中很重要的观念，在她是极其淡薄的。这正是张爱玲奇谲的原因。"我"是她衡量世界及人生的惟一标准。具体而言，她用"安稳"这种情感标准来衡量一切。而非政治标准。在作品中，她也是以安稳的和谐与诗意的自我作为价值的归宿。

因此，张爱玲的小说是尘世的小说，表达的是凡夫俗子的渴求和心声。"一将功成万骨枯"的世界是张爱玲最不喜欢，也决不能入她的小说的。看她笔下对香港沦陷时光的描写，看她对战争和生死的无视，人们都会体会到一份离世的凄清与冷漠。

第九节　钱钟书：在人生边上写人生

智者的微笑——《围城》：无望的命运之舟——学者的幽默

钱钟书(1910～1998)是现代文学史上的奇才。他出生在书香之家，其父钱博基是著名的古文家。他本人先后留学英美，学贯中西，学术造诣极深，在海内外有很大影响。他的文艺理论著作《谈艺录》和《管锥编》浑厚博大，现代学者鲜有人能出其右者。而令人惊讶的是他在文学创作上也有惊人的才华，他的创作屈指可数，主要有短篇集

《人兽鬼》和长篇小说《围城》等，但却都成了现代小说中的不朽之作，并由此奠定了他小说家的地位。

　　钱钟书的小说主要创作于 40 年代中期。此时中国正处在社会危机与民族危机不断加深的动荡年代，大多数中国作家都以强烈的政治关怀注视着社会，钱钟书却有所不同，他超逸于政治也超逸于时代，将目光直接指向人生。他对人生的关注似乎也更倾向于抽象，因为，他总是把时代背景放到一个指示时空的机械位置上。他的创作姿态是超然的，他仿佛是一个能看破一切的智者，高居云端点评着芸芸众生。他曾出版过一本散文集《写在人生边上》，这个题目似乎就是钱钟书创作态度的注脚。他认为人生"是一本大书"，他一方面密切地关注着人生，另一方面又理智地保持着距离，在人生边上写人生。

　　《围城》就是一部在人生边上审视人生的小说。1946 年发表后就震惊了读书界。多年来，《围城》蜚声海内外，获得了极高的评价。有人认为它是中国现代长篇小说中展示最丰富的知识界众生相的杰作，将它称作新《儒林外史》。的确，在现代小说中像《围城》这样完全以知识分子为对象的作品委实不多，但将这本书仅仅说成是对"儒林"的点评似乎也低估了《围城》的写作境界。《围城》写的是知识者，但知识者在这里不只代表了他们所处的特定阶层，而且也是人类的化身。钱钟书在这里着意对人生进行"类"的评价与剖析。在该书序言中写道："在这本书里，我想写现代中国某一部分社会，某一类人物。写这类人，我没有忘记他们是人类，只是人类，具有无毛两足动物的基本根性。"

　　显然，当钱钟书将人类说成是"无毛两足动物"时，他对人类"基本根性"采取的是否定性立场。在他看来，由于本真性情的丧失和私欲的扩张，人类的精神在走向堕落，虚伪说谎、寡廉鲜耻、尔虞我诈充斥着这个世界。从国外到国内，从都市到乡村，无不弥漫着迂腐和市侩相。《围城》选取了号称社会精英的知识分子作为样本，在展示众生相的同时让他们一个个撕掉斯文的面具，露出作假与虚伪的面目。女博士苏文纨故作高雅的庸俗，大学教授李梅亭的狭隘阴暗和自私，包括大学校长高松年也是男盗女娼的模样，这一切都似乎说明文明与知识未必一定会塑造出真正的精英，而这也正显示了人类精神堕落的程度。

　　但是，钱钟书并不专门着意于道德意义上的褒贬讽刺。他在道德批判的同时将小说的主题引向了对人生存境遇的思考。面对精神信仰不断瓦解的人生，钱钟书似乎在提问，人类能克服这种精神上的残缺吗？接踵而来的答案充满了否定。在钱钟书看来，精神的堕落已不可救药。因为不可救药，这种堕落便成了人类基本的生存境遇，纵然你做出无数次努力，结果也不会改变。因而，小说的题目"围城"便带有了形而上的思考，它成了人类生存形式的象征。这种象征意味着良知尚在的人在无法改变的现状面前的居无定所的流浪。苏文纨在讨论婚姻时，引用了一句法国谚语，她说："法国也有这么一句话，不过，不说是鸟笼，说是围困的城堡，城外的人想冲进去，城里的人想逃出来。"这里将婚姻形容为城堡，面对这个城堡，人们总是处在追求和逃离的矛盾中。其实，在钱钟书看来，如同婚姻一样，整个人生都犹如一座充满是非的围城。"进去"只能加深逃离的愿望，但"出来"又预示着新的进去。于是，钱钟书也将"围城"描绘为一个无望的命运之舟。

方鸿渐是这"围城"世界的亲历者和体验者。他主动地投入了对人生位置的种种寻找，但每一次寻找都遭遇了陷阱。当他主动撤退，以新的寻找去弥补以往的失落时，他又重新落入围城的困境。由于方鸿渐清醒地认识到了自己的处境并力图拒绝卷入，他的生存的荒诞意味便大大强化了。从游学倦归之日起，他就陷入了家庭、事业和婚姻的种种困境。他游学四年，全无心得，为了顾全前清举人的父亲和挂名岳父银行周经理的面子，他不得不买了一张"克莱登大学"的假文凭敷衍塞责，没想到此事竟让两位老人引以自豪，登报炫耀，弄得方鸿渐无地自容。在回国的船上，他接受了澳门女郎鲍小姐的诱惑，但船一靠岸，鲍小姐便弃他而去，奔向自己的夫君。他借亲近"艳若桃李，冷若冰霜"的留洋博士苏文纨求得心理平衡，没想到苏文纨却动了真情。方鸿渐遇上了温柔天真的唐晓芙，几乎一见钟情，但是求爱失败的苏文纨却醋意大发，巧施间离计让他们双方误会重重，轻松地粉碎了方鸿渐的爱情梦想。爱情貌似浪漫实则令人疲倦不堪，他决定逃离。他千里迢迢来到三闾大学，追求事业以摆脱恋爱的痛苦。但这种选择一开始便显出了被愚弄的境况。就在前往三闾大学的路上，方鸿渐就发现，他的同行者甚至比他在情场上遭遇的一些人更令人恶心。李梅亭自私、贪财而又下流，顾尔谦趋炎附势。方鸿渐感到这次旅行如同一次堕落，于是与周围的人拉开了距离。而三闾大学更是一个充满是非的地方。形如谦谦君子的学者们都在为地位薪水和女人，勾心斗角、拉帮结派。方鸿渐保持清高却招致了集体的疏远和排斥，连惟一能和方鸿渐对话的世故的赵辛楣，也被迫出走。在这个蝇营狗苟的世界里，方鸿渐变成了多余人。于是他再次进入爱情世界。由于方鸿渐的落寞和孙柔嘉不断的迂回包抄，再加上两人同样的境遇，方鸿渐与孙柔嘉终于成为夫妻。但是，家庭同样不能给他带来任何安宁。结了婚的方鸿渐才知道家原来也是一个龌龊的地方。婚后的孙柔嘉一改婚前的温顺，由恋人变成了主人，她力图控制方鸿渐，并以自己的理想改造他。但方鸿渐的清高和孙柔嘉的实际注定了他们之间的精神距离。方鸿渐在婚姻中找到了妻子但并没有找到伴侣。当方鸿渐明白孙柔嘉为追求他而采取的一系列计谋时，被人暗算的感觉油然而生。轰轰烈烈的亲近中居然也包含了难以坦诚相见的疏远。他们是熟悉的，同时也是陌生的。回到上海后，矛盾日益加剧。方家的老人和妯娌挑剔孙柔嘉不谙妇道，孙家的亲戚则嘲讽方鸿渐"本领小，脾气大"，而孙柔嘉则变得更加实际，与方鸿渐的矛盾不断加深。家也成了是非窝。方鸿渐决定再次出走，准备到重庆找赵辛楣谋职。但答案似乎很清楚，方鸿渐不会找到自己的归宿，因为以前的经历证明，人生处处皆"围城"，方鸿渐频频转换，都没有走出围城困境，启程意味着漂泊，获得一如丧失。方鸿渐新的出走终将一无所获。这正如他过去在到达三闾大学时的感受那样。那时，当方鸿渐即将进入新的生活时，他曾这样预见过未来：

> 方鸿渐在轿子里想，今天到学校了，不知是什么样子，反正自己也不存
> 在奢望。适才火铺屋后面那个破门倒是好象征。好像个进口，背后深藏着深
> 宫大厦，引得人进去了，原来什么也没有，一无可进的进口，二无可去的
> 出处。

这足以预示方鸿渐重新出走后的未来。《围城》正是通过这种人生境遇的循环，从存在论意义上写出了人生的悖谬乃至虚无，在深层意义上写出了家园无定的漂泊感。这使他的小说在幽默与讽刺中饱含了对人的命运的悲悯，由此也跨上了现代讽刺小说的制高点。

在叙事上，《围城》也显示出与众不同的特色。一是它放弃了对情节的追求，以横向空间转移为线索，采用串珠式的结构将同一人物在不同地点的互无联系但又相似的故事连接在一起。正是这种珠式重复强化了《围城》的主题。其次，他在叙述中不断加强对生活的"点评"姿态，或直接议论，或借助人物转述。充满哲理的点评不露痕迹地将主题引向更深层次。而在"点评"中，博引古今，妙喻连篇，借助丰富的知识扩展想象，使小说显示出学者的幽默与智慧。

第十节　赵树理：俗中求雅的农民作家

通俗政治小说家——在风俗中发现"民间政治"——《小二黑结婚》——
《李有才板话》

赵树理（1906～1970），1906年生于山西沁水县尉迟村。从小受到民间文化的滋养，30年代参加革命并开始创作。在"文化大革命"中深受迫害，1970年含冤而死。赵树理一生都致力于通俗化创作，是在中国现当代产生过广泛影响的作家。主要作品有小说《小二黑结婚》、《李有才板话》、《李家庄变迁》、《孟祥英翻身记》、《三里湾》等。

文学的通俗化与民间化是现代小说发展的另一股潮流，它一分为二，一为追求趣味的城市通俗小说，一为左翼文学倡导的大众化文艺运动。赵树理是左翼大众化文艺坚定的实践者。虽然他也曾是"五四"新文学的爱好者，但是由于乡间农民对新文学的拒绝，他又变成了"欧化文学"的抵抗者。赵树理说，当他把从学校里带回的带有欧化意味的新文学杂志带给父亲时，这位乡间文人对此毫无兴趣。赵树理觉得失望和孤独，于是从此放弃了对欧化风格的追求，他最早发表的作品完全是以旧体俚调写成的。可见，赵树理是一位民间本位主义者，民间的价值判断总是能影响他的艺术选

择。因此，赵树理不仅是一位通俗化的作家，而且也是民间审美趣味的代言者。

由左翼作家发起的通俗化运动一开始就和政治革命相关。文艺的大众化和通俗化运动主要是想让文艺走向民间，唤起民众。赵树理的通俗化选择同样也怀有政治动机。赵树理在中学时代就是革命的同情者与参与者。他早期的作品《蟠龙峪》指斥山西地方政权的弊政，政治倾向十分明显。这部小说完全以通俗文体写出，表现了作者将通俗性与政治性相结合的努力。赵树理说："我有意识地使通俗化为革命服务萌芽于一九三四年，其后一直支持下来。"①这里"为革命服务"与"给群众写点东西"是完全一致的。1943 年，他成功地写出了《小二黑结婚》，引起一片轰动，他的创作也成了解放区文学的典范，一度被人称作"赵树理方向"。"赵树理方向"影响了中国文学的几代人，由此而形成的带有山西风味的创作群体也被人称作"山药蛋派"。此中包含的政治意识使赵树理同三四十年代风靡一时的市井通俗小说家张恨水等人区别开来。赵树理因此可以称为通俗政治小说家。

但是，解放区的通俗政治小说一直存在着艺术走失的缺陷。有的作品因刻意追求民间化反而失掉了民间的自然性，更多的作品则因以政治观念限定人物和情节走向概念化。但赵树理却较成功地完成了政治性和通俗性的结合，使乡土民俗成为增强小说艺术感染力的重要因素，在大俗中求得了大雅。

雅与俗是对立的美学范畴。但真正意义的雅与俗的界线决非原初的平民与贵族的区分。雅应该是一种优美的博大的精神。如果仅仅为了妆点贵族气，那么雅就变成了俗，但是如果在粗鄙的平民世界中能找到优美的精神或者以一种优美的精神去观照世俗生活与世俗情趣，那么，俗便包含着雅了。赵树理的小说正是一边致力于民间生活并用通俗的形式将它描绘出来，另一方面又在朴素的生活中传达了带有个性的社会关怀，由此也在俗中寻求出雅来。

赵树理小说的通俗性表现在两个方面，一是将小说内容民间化风俗化，二是将叙事方式民间化。由此实现了真正意义的民间叙事。但赵树理在这里不是以"风俗中人"的姿态去叙事，而是以民间精英的姿态去叙事。风俗向来是乡村生活的重要组成部分。赵树理在这里也没有只将风俗当作通俗化的点缀，而是将风俗当成观察乡村精神的主要桥梁。他从风俗文化中发现了滞后于时代的精神内容，并由此组织矛盾冲突。《小二黑结婚》描写的一是自由恋爱与家长专制的冲突，二是写自由恋爱和乡村恶霸的冲突。其中小芹与三仙姑，小二黑与二诸葛之间的冲突最有活力。这里，三仙姑经常假扮天神，二诸葛则迷信阴阳八卦。因此，当他们在干预儿女婚姻时，一方面依传统礼俗加以限制，三仙姑将小芹匆匆忙忙许配给阎军的旅长，二诸葛则以收养童养媳做盾牌。同时，他们又用乡村人笃信的迷信观念试图拆除这对青年男女的自由爱情，三

---

　　①　赵树理：《回忆历史认识自己》，转引自杨义《中国现代小说史》，第 3 卷，533 页，北京，人民文学出版社，1998。

仙姑以神的名义高喊"前世姻缘由天定"，二诸葛则将"命相不对"作为反对自由婚姻的全部理由。于是，人们从风俗中看到了乡村生活的封建性和原始性，看到了中国父母为儿女安排婚事只是为了传宗接代，完全忽视了个体选择的自由。正是这样，小二黑与小芹的恋爱更具有时代意义。同时，风俗化的环境和风俗化的人也使人物以生活原生的姿态出现在小说中，三仙姑装神弄鬼的妖艳做作，刘修德的顽愚和木讷，无不从风俗中表现出来，而赵树理正是从风俗中来又站在风俗之上，将风俗变为农村需要变革的基本因素。

不可忽视的是，政治意识依然是支配赵树理小说的基本力量。赵树理小说的基本主题是揭示农民跟共产党走求得翻身解放的意义。由于先验的主题设定，解放区文学经常出现以政治手段代替生活进程的简单化倾向，赵树理的许多小说同样未能避免这类弊病。比如，他有时将某些概念化人物的到来作为农民解放的重要目标，由此便将农民解放的问题简单化了。但在大多数情况下赵树理也尽量避免政治概念化的倾向。他注意发现生活本身的政治因素，以达到民间政治与主流政治观念的沟通。

赵树理多从乡村社会几千年积累而成为村规民约、风俗习惯及宗族势力等复杂关系入手，以发现社会变革中的负面因素。比如，他特别关注封建主义的特权意识在社会变革后死而复生以及农民精神解放的迟滞对社会变革的影响。《李有才板话》就是一部政治小说。在这部小说中人们看到，农村的政治革命和民主建设反映了农民的历史要求，但是盘踞已久的宗族势力往往也借机卷入权力中心，从而使乡村变革在历史的老路上循环。被誉为"模范村"的阎家山，却是一个被土豪恶霸盘踞的地方。原因是阎恒元依靠宗族势力与亲信众多等条件，竟十几年连任村长。凭着这种基础，阎恒元逐渐由村长演变为村霸，他不断弄虚作假，欺上瞒下，落了一个好名声。他又不断打击异己，使阎家山人对他言听计从，这样，他便可以在阎家山横行霸道，作威作福。阎家山政权变了，但换汤不换药。赵树理在这里发现的是，在封建思想统治已久的乡村，政权最容易封建化，变公权为私权，即使是新政权也容易出现这样的倒退。这样就强调了农村变革的艰苦性。

农村政权的变味不只是因为封建残余势力趁虚而入，还因为底层农民自身的封建性，即他们身上的奴性。在《李有才板话》中就有老秦一类的"老字辈"农民。他贫困辛苦，但是充满了旧观念，"吃亏怕事，受一辈子穷，可瞧不起穷人"。在任何政权面前，他都是逆来顺受、忍气吞声，他的目标只是做一个顺民。因而面对阎恒元的欺压，他不作丝毫反抗。农会主席老杨来到阎家山，他先是肃然起敬，但是听说他是长工出身，便又瞧不起他。老杨向他调查阎恒元的罪恶，他却认为"官官相护"，不予配合。等到老杨发动群众斗倒了阎恒元，他又对老杨产生莫名的崇拜，跪下叩头，直呼"恩人"。老秦身上所表现的正是宗法封建社会带来的奴性人格。赵树理并没有在他崇拜老杨时让他觉醒，而是指通过下跪说明了政治翻身的农民精神上并未翻身。而他们正是阎恒元能横行霸道的另一种社会基础，这样，便将政治问题和历史文化联系在一起，使小说获得了历史感。

赵树理在这里暗示，靠农民自身去解放自身几乎不可能，他们的精神状态极有可能培育出新的恶霸。这样，他便将希望寄托在外来力量——上级派来的干部身上，并说明干部的正确与否是农民翻身的关键。阎恒元的霸道和章工作员的官僚主义不无关系。充满党性而又联系群众的老杨终于使阎家山旧貌变新。但赵树理并没有因上级的正确就让农民都变成"新人"，而是从中揭示出农民身上挥之不去的依附性，从而让极易被人简单化的"共产党救穷人"的叙事模式有了丰厚的现实内容。

由此可见，赵树理在处理政治叙事时尽可能不以先验的政治观念图解生活，而是从对民间政治的深入观察中发现它与主流政治的冲突，使主流政治观念不再游离于生活之外，这样，他的小说不仅具有政治文本的特征，而且超越政治文本变成映现乡村中国文化精神的历史文本。应该说，对民间形式的自由运用和对民间风俗的审美观照使他的小说具有了本色的通俗美。而政治主题生活化风俗化则使他的小说获得了历史深度和泥土气息。在将通俗文学由俗变雅的探索中，赵树理有一定的贡献。

第十一节　金庸：侠之大者

大侠之侠——江湖与江山——无情与多情——犯禁情结

金庸，原名查良镛，江南名门之后，以一部《书剑恩仇录》在武侠小说界声名鹊起。他的一系列小说名被编为"飞雪连天射白鹿，笑书神侠倚碧鸳"的对联（再加上《越女剑》），在华人世界广为流传，几至有华人处就有金庸。他与梁羽生、古龙在新武侠小说界并称为三大家。

金庸的武侠小说创作，可以分为三个阶段。从《书剑恩仇录》到《雪山飞狐》，为第一阶段，已经给它的小说定下了"侠、情、义"并举的基调；《射雕》三部曲，《倚天屠龙记》为第二阶段，塑造了几位真正的大侠；《笑傲江湖》、《天龙八部》、《鹿鼎记》则是艺术上炉火纯青的第三阶段。读金庸的小说，大可以"会看的看门道，不会看的看热闹"，大可以如读《红楼梦》一般，"才子看见缠绵，革命家看见排满，流言家看见宫闱秘事"，这是为什么呢？

一、金庸之"侠"：

金庸在小说中塑造的侠客，大都武艺超群、经历奇特，各有各的风采气度。然而，究竟哪一个是他心目中最理想的侠客呢？在作品中他已经给出了答案。

《射雕英雄传》中，郭靖给侠下了一个定义："侠之大者，为国为民"。而他自己则是这个定义的典型代表。郭靖自幼生长于大漠，心地善良，宽大仁厚。在他获得绝世的武功之后，他没有为自己争名逐利，而是誓死监守襄阳，终于为国捐躯，战死阵中。这一切都是他一心为国为民使然。

《射雕英雄传》写道："……成吉思汗勒马四顾，忽道：'靖儿，我们建大国，历代莫可能比。自国土中心达于诸方极边之地，东西南北皆有一年行程。你说古今英雄有谁及得上我？'郭靖沉吟片刻，说道：'大汗武功之盛，古来无人能及。只有大汗一人威风凛凛，天下却不知积了多少白骨，流了多少孤儿寡妇之泪。'……当晚成吉思汗崩于金帐之中，临死之际，口里喃喃着：'英雄，英雄……'想是心中一直琢磨着郭靖的那番言语。"

成吉思汗作为震惊历史的不朽功业的创造者，想必是许多人心目中的大英雄，然而，在郭靖这样的大侠看来，他只不过是历史的赌徒。丘处机曾称赞郭靖的言论并解释道："正是，靖儿，这些帝王元帅们以天下为赌注，输了的不但输去了江山，输去了自己的性命，可还害苦了天下百姓。"

按照这样的思路，金庸笔下还有一位可以与郭靖比肩的大英雄，他就是萧峰。萧峰不仅英勇无敌，豪迈超群，而且身为契丹子民，官居辽国南院大王，却在他的结义兄长、辽王耶律洪基兴兵南下侵宋之际，义无反顾地捉了耶律洪基，逼他立下此后不再兴兵犯宋的誓言。从而以一己之死换得了辽宋两国十多年的平安。

书中写道："耶律洪基回过头来，只见萧峰仍是一动不动地站在当地。耶律洪基冷笑一声，朗声道，'萧大王，你今日为大宋立下如此大功，高官厚禄，指日可待'。萧峰大声道：'陛下，萧峰是契丹人，今日威逼陛下，成为契丹的大罪人，此后有何面目立于天地之间？'拾起地下两截断箭，内功运处，双臂一回，噗的一声，插入了自己的心口……耶律洪基见萧峰自尽，心下一片茫然，寻思：'他到底于我大辽有功还是有过？他苦苦劝我不可伐宋，到底是为了宋人还是为了契丹？他和我结义为兄弟，始终对我忠心耿耿，今日自尽于雁门关前，自然决不是贪图南朝的功名富贵，那……那却是又为了什么？'"

耶律洪基永远也不会懂得他的这位结义兄弟的心事。因为他心里只想着建功立业，开拓疆土，而萧峰想到的则是天下苍生，从而不惜牺牲自己，为民，为宋国之民同时也是为辽国之民与兵请命，求得和平。耶律洪基只不过是一位赌徒，而他的结义兄弟才是一位真正的大侠。这种舍己为民，有所不为的行径，才是真正的英雄气概，真正的侠义行为。这种气概才是照耀千古的"侠"的精神，才是中华民族理想的人格与美好的品质。正是萧峰的为民请命，才使他跳出单纯忠君的框子，上升到古往今来前所未有的高度。这是对郭靖为黎民免遭屠戮而死守襄阳时坚信的人道主义的发扬，也是对陈家洛当年"救人危难，奋不顾身，虽受牵累，终无所悔"的信念的完成。

对"侠"的内涵与意义，金庸在其小说《神雕侠侣》的后记中作了如下的解说：郭靖说"为国为民，侠之大者"，这句话在今日仍有重大的积极意义。但我深信将来国家的界限一定会消灭，那时候"爱国"、"抗敌"等等观念就没有多大意义了。然而，父母子女兄弟间的亲情、纯真的友谊、爱情、正义感、仁善、勇于助人、为社会献身等等感情与品德，相信今后还是长期为人们所赞美，这似乎不是任何政治理论、经济制度、社会改革、宗教信仰所能代替的。

正是这样一种信念，使金庸笔下的侠客具有富有魅力的理想人格。这些侠客本身作为人来说，就已经是"大人"——精神上崇高伟大的人，这才是侠之所以为大的原因。

二、金庸之"江湖"

武侠小说总是脱离不开"江湖"的，这是人物活动的舞台。梁羽生的"江湖"历史意味太浓，接近于演义作品；而古龙的小说则常常没有时间、地点，处于不确定的时空之中。金庸的"江湖"则使他的小说具有了史诗的意味。

金庸的"江湖"大多有其明确的时代背景乃至于准确的时间。在他的处女作《书剑恩仇录》的开头写道：清乾隆十八年六月，陕西扶风延绥镇总兵衙门内院，一个十四岁的女孩儿蹦蹦跳跳地走向教书先生的书房。《天龙八部》"……本书故事发生在北宋哲宗元祐，绍圣年间，公元 1094 年前后"而且，这些时代往往具有其特殊之处——大都是一些朝代更替、社会动荡、民族矛盾激化的时期。

例如：《书剑恩仇录》、《飞狐外传》、《鹿鼎记》等作品的年代在"清初"。《神雕侠侣》、《射雕英雄传》在宋末元初；《倚天屠龙记》在元末明初；《天龙八部》是在宋辽、西夏、大理、西藏并峙时期。选择这样的时期，虽说社会动荡，但有利于表现古代英雄的民族主义与爱国主义精神，正所谓"天下兴亡，匹夫有责"，不仅能写出扶困扶危的"侠"，而且能写出为国为民的"侠之大者"。而且，这样的时代也需要英雄，呼唤英雄，也产生英雄，于是这样的时期便成了英雄传奇及传奇英雄最好的活动时期。它不仅提供了武侠人物活动的最热闹的场景，也使简单的道德标尺和哲学裁定失去了意义。

这样的江湖，不仅给小说中的大侠们提供了广阔的历史舞台及复杂的人生背景，也给武侠小说提供了巨大的场面、画卷、曲折的情节、丰富的故事，也同时给小说的结构的宏大与复杂提供了应有的基础。江湖在金庸的笔下，表现为特有的大场面、大气势、大胸怀、大眼界与大气度。

而且，金庸书中的"江湖"，是与"江山"相对应的概念。他们总是力图以自己在江湖中的力量来影响乃至改变江山的面貌。

《书剑恩仇录》中的陈家洛正是其最明显的代表。其次，郭靖、袁承志、乃至无意改变江山的张无忌都参与了朝代的更替。金庸笔下的"江湖"其实是"江山"的一种补充。到他的最后一部小说《鹿鼎记》中，江山与江湖则完全融为一体。韦小宝混迹皇宫与江湖之间，全然不知这二者有何不同，并且都能左右逢源，实在难以分清这二者之间的区别。韦小宝更是以一个江湖无赖的身份，成为满清历史的创制者，足以见出金庸对江湖干政的偏好。惟其如此，金庸笔下的武侠世界，早已超出江湖的界限，成为宏大的历史主体。金庸对政治如此钟情，也许与他早年研读国际政治专业不无关系。

三、金庸之"情"

金庸的小说和所有新派武侠一样，都不再只是男人的世界，而且可以说金庸对武与情同等重视。金庸小说中的感情情节与故事，比之琼瑶也毫不逊色。而且其感情之奇，之曲折，之美真，之深邃，远非一般寻常的言情作家可比。元好问的那首《迈陂塘》"问世间，情为何物，直教生死相许？天南地北双飞客，老翅几回寒暑"，随着《神雕侠侣》中的李莫愁走遍了大江南北。

不过，金庸的小说中的爱情大多是悲剧故事。从陈家洛辜负霍青桐、喀丝丽姐妹俩开始，金蛇郎君夏雪宜与温仪的悲剧，阿九公主与袁承志的悲剧，杨康与穆念慈的悲剧……数不胜数。《连城诀》中狄云与师妹戚芳的阴差阳错又不禁让人怀疑爱情的坚贞与纯洁。就连喜结良缘的佳侣们也时不时让人产生疑惑。在《射雕英雄传》中活泼伶俐的黄蓉，到了《神雕侠侣》中，却变成了一个心机诡谲的小妇人，似乎验证了"婚姻是爱情的坟墓"这句俗语。小龙女与杨过之间惊天动地的爱情却要经过十六年的分离煎熬。萧峰亲手打死自己的爱人痛苦一生，最后也因此了无生趣自杀殉国。段誉则死缠烂打追到了一个并不爱他却又走投无路的王语嫣。娶了七位夫人的韦小宝可谓欢天喜地，只是七女中没有一个爱的是他，而韦小宝自己也是一个无爱无情，只有情欲、占有欲的小混混而已。

金庸笔下的爱情世界尽是一片灰暗悲凉，书中的爱情似乎不是爱情而是情孽，金庸似乎在告诉人们，只有逃脱情欲才是幸福人生。其实不然。且看《笑傲江湖》中岳灵珊之死。她所嫁非人，却痴心不改，被无情无义的林平之所杀，临死之前却依然如故地爱着他。书中写道："忽然之间，岳灵珊轻轻唱起来。令狐冲胸口如受重击，听她唱的正是福建山歌，听到她口中吐出了'妹妹上山采茶去'的曲调，那是林平之教她的福建山歌……她这时又唱起来，自是想着当日与林平之在华山两情相悦的甜蜜时光。她歌声越来越低，渐渐松开了抓着令狐冲的手，终于手掌一张，慢慢闭上了眼睛。歌声止歇，也停止了呼吸。"

这可谓痴到了极处，多半会让人有不值之感。然而，这才是至死不渝、海枯石烂永不变心的爱情，这才是真正的爱的心理。

正是这样一种如痴如疯的非理性心理，才使得恋爱中的男女有别人无法体会的幸福与痛苦，也才有人生的高峰体验。在爱情这个非理性的世界里，痴也罢愚也罢，怨也罢恨也罢，生也罢死也罢，真人也罢幻象也罢，都没有什么区别。惟一的区别就在于，是爱得真还是爱得假或爱得深还是爱得浅。

在这个独特的视角下，通过爱情的表象揭示出了更深层的人性内涵。陈家洛的辜负爱情是因为自私与怯懦；张无忌周围有众多的女性他却拿不定主意是因为软弱没有主见……主人公的性格通过爱情这面镜子被照得清清楚楚。

《神雕侠侣》中李莫愁之死，更是具有深意。"瞬息之间，火焰已经将她全身裹住。突然火中传来一阵凄厉的歌声：'问世间，情为何物，直教人生死相许？天南地北……'唱到这里，声若游丝，悄然而绝……众人心想李莫愁造孽万端，今日丧命实属死有余辜，但她并非天生狠毒，只因误于情孽，以至走入歧途，愈陷愈深，终于不可自拔，思之也是恻然生悯。"正如众人所想，她的作恶，并不一定是"本性如此"，而更可能是对自己的变态情欲的一种疯狂的"发泄"。这样的爱情心理描写，已经达到了对心理病症的揭示与分析的程度。

四、回头看金庸

金庸的武侠小说，远远没有停留在侠的观念上。它的情节与人物，并不都是侠的观念的演绎，它的主题也就不是侠的行为与思想的精神归纳，金庸力图写出活生生的人，并借此透视历史。

小说《碧血剑》，既超越了袁承志的复仇故事，也超越了对明末清初历史的演义，而是从中透视出了"昨日的万里长城，今日的一缕英魂"与"嗟乎兴圣主，亦复苦生民"的历史真相。以人物的传奇故事来概括一种几千年历史文化传统所形成的特异的文化品格。

在《天龙八部》中，对人性的常态与变态以及对人类心理的意识与无意识的描写，对它们之间的互渗、矛盾、纷争、对抗与扭曲的描写，达到了令人惊讶的程度。其对人性及人类心理的深刻性与广泛性的描写，给其他的小说也留下了宝贵的启示。

然而，反观金庸的武侠小说及其在华人世界广泛受到欢迎的现象，不能不使我们想到，在我们民族的潜意识深处，始终埋藏着对无法无天的向往。武侠小说与侦探小说最为不同之处就在于，侠能以武犯禁，能目无法纪。这与我们民族始终难以树立法律意识在深层价值取向上似有一定联系。金庸小说在我们民族心理的探索方面，提供了某种参照。

金庸在他的小说中不断扩展着恶的势力，甚至到后来，心肠越来越硬，使萧峰自绝，刘正风、曲洋惨遭灭门；但是丑恶决不会将善良吞噬得一干二净。萧峰是自己选择了自杀，刘曲二人留下了《笑傲江湖曲》并有令狐冲延嗣。其他如丁典虽死，还有狄云继承遗志；胡一刀被害，还有儿子胡斐；陈近南被害，害他的人也没有好下场。善的精神屹立不倒，永远不倒，这才是金庸十数年间坚持的理想与美的精神。

[作品选读]

鲁迅

　　狂人日记(存目)

　　阿 Q 正传(存目)

　　祝福(存目)

伤逝(存目)

郁达夫

沉沦(节选)

薄奠(存目)

迟桂花(存目)

叶圣陶

潘先生在难中(存目)

丁玲

莎菲女士的日记(存目)

茅盾

幻灭(存目)

追求(存目)

子夜(存目)

巴金

家(存目)

寒夜(存目)

老舍

二马(存目)

离婚(存目)

骆驼祥子(存目)

四世同堂(存目)

沈从文

八骏图(存目)

边城(存目)

丈夫(节选)

沙汀

淘金记(存目)

施蛰存

梅雨之夕(存目)

艾芜

山峡中(存目)

张爱玲

封锁

金锁记(存目)

倾城之恋(存目)

萧红

生死场(存目)

呼兰河传（存目）

钱钟书

围城（存目）

赵树理

小二黑结婚（存目）

李有才板话（存目）

孙犁

芸斋小说（存目）

金庸

书剑恩仇录（存目）

天龙八部（存目）

神雕侠侣（存目）

王蒙

春之声（存目）

布礼（存目）

陆文夫

美食家（存目）

高晓声

陈奂生上城（存目）

宗璞

三生石（存目）

邓友梅

烟壶（存目）

汪曾祺

受戒（存目）

大淖记事（存目）

张贤亮

男人的一半是女人（存目）

张洁

方舟（存目）

张承志

黑骏马（存目）

北方的河（存目）

郑义

老井（存目）

刘索拉

你别无选择（存目）

韩少功
　　爸爸爸（存目）
　　马桥词典（存目）
王安忆
　　小鲍庄（存目）
　　小城之恋（存目）
贾平凹
　　浮躁（存目）
陈忠实
　　白鹿原（存目）
莫言
　　红高粱（存目）
刘恒
　　伏羲伏羲（存目）
　　白涡（存目）
苏童
　　妻妾成群（存目）
　　我的帝王生涯（存目）
余华
　　活着（存目）
　　许三观卖血记（存目）
刘震云
　　单位（存目）
　　一地鸡毛（节目）
王朔
　　顽主（存目）
池莉
　　烦恼人生（节选）
陈染
　　私人生活（存目）
白先勇
　　游园惊梦（存目）
刘以鬯
　　寺内（存目）
　　酒徒（存目）
陈映真
　　将军族（存目）

陈若曦

　　大青鱼(存目)

於梨华

　　小琳达(存目)

聂华苓

　　一捻红(存目)

沉　　沦(节选)

郁达夫

二

　　他的忧郁症愈闹愈甚了。

　　他觉得学校里的教科书，味同嚼蜡，毫无半点生趣。天气晴朗的时候，他每捧了一本爱读的文学书，跑到人迹罕至的山腰水畔，去贪那孤寂的深味去。在万籁俱寂的瞬间，在天水相映的地方，他看看草木虫鱼，看看白云碧落，便觉得自家是一个孤高傲世的贤人，一个超然独立的隐者。有时在山中遇着一个农夫，他便把自己当作了 Zaratustra①，把 Zaratustra 所说的话，也心里对那农夫讲了。他的 megalomania② 也同他的 hypochondria③ 成了正比例，一天一天的增加起来。他竟有连接四五天不上学校去听讲的时候。

　　有时候到学校里去，他每觉得众人都在那里凝视他的样子。他避来避去想避他的同学，然而无论到了什么地方，他的同学的眼光，总好像怀了恶意，射在他的脊背上面。

　　上课的时候，他虽然坐在全班学生的中间，然而总觉得孤独得很；在稠人广众之中，感得的这种孤独，倒比一个人在冷清的地方，感得的那种孤独，还更难受。看看他的同学们，一个个都是兴高采烈的在那里听先生的讲义，只有他一个人身体虽然坐在讲堂里头，心思却同飞云逝电一般，在那里作无边无际的空想。

　　好容易下课的钟声响了！先生退去之后，他的同学说笑的说笑，谈天的谈天，个个都同春来的燕雀似的，在那里作乐；只有他一个人锁了愁眉，舌根好像被千钧的巨石锤住的样子，兀的不作一声。他也很希望他的同学来对他讲些闲话，然而他的同学却都自家管自家的去寻欢作乐去，一见了他那一副愁容，没有一个不抱头奔散的，因此他愈加怨他的同学了。

　　"他们都是日本人，他们都是我的仇敌，我总有一天来复仇，我总要复他们的仇。"

　　一到了悲愤的时候，他总这样的想的，然而到了安静之后，他又不得不嘲骂自家说：

　　"他们都是日本人，他们对你当然是没有同情的，因为你想得他们的同情，所以你怨他们，这岂不是你自家的错误么？"

　　他的同学中的好事者，有时候也有人来向他说笑的，他心里虽然非常感激，想同那一个人谈几句知心的话，然而口中总说不出什么话来；所以有几个解他的意的人，也不得不同他疏远了。

---

　　①　古代波斯的国教拜火教的始祖(公元前 1000 年左右)。为尼采著"查拉图斯特拉如是说"一书之主人公。

　　②　夸大妄想狂。

　　③　忧郁症。

他的同学日本人在那里欢笑的时候，他总疑他们是在那里笑他，他就一霎时的红起脸来。他们在那里谈天的时候，若有偶然看他一眼的人，他又忽然红起脸来，以为他们是在那里讲他。他同他同学中间的距离，一天一天的远背起来，他的同学都以为他是爱孤独的人，所以谁也不敢来近他的身。

有一天放课之后，他挟了书包，回到他的旅馆里来，有三个日本学生系同他同路的。将要到他寄寓的旅馆时候，前面忽然来了两个穿红裙的女学生。在这一区市外的地方，从没有女学生看见的，所以他一见了这两个女子，呼吸就紧缩起来。他们四个人同那两个女子擦过的时候，他的三个日本人的同学都问她们说：

"你们上哪儿去？"

那两个女学生就作起娇声来回答说：

"不知道！"

"不知道！"

那三个日本学生都高笑起来，好像是很得意的样子；只有他一个人似乎是他自家同她们讲了话似的，害了羞，匆匆跑回旅馆里来。进了他自家的房，把书包用力的向席上一丢，他就在席上躺下了。他的胸前还在那里乱跳，用了一只手枕着头，一只手按着胸口，他便自嘲自骂的说：

"You are coward fellow，you are too coward！"[①]

"你既然怕羞，何以又要后悔？"

"既要后悔，何以当时你又没有那样的胆量？不同她们去讲一句话？"

"Oh，Coward，coward！"[②]

说到这里，他忽然想起刚才那两个女学生的眼波来了。

那两双活泼泼的眼睛！

那两双眼睛里，确有惊喜的意思含在里头。然而再仔细想了一想，他又忽然叫起来说：

"呆人呆人！她们虽有意思，与你有什么相干？她们所送的秋波，不是单送给那三个日本人的么？唉！唉！她们已经知道了，已经知道我是支那人了，否则她们何以不来看我一眼呢！复仇复仇，我总要复她们的仇。"

说到这里，他那火热的颊上忽然滚了几颗冰冷的眼泪下来。他是伤心到极点了。这一天晚上，他记的日记说：

我何苦要到日本来，我何苦要求学问。既然到了日本，那自然不得不被他们日本人轻侮的。中国呀中国！你怎么不富强起来。我不能再隐忍过去了。

故乡岂不有明媚的山河，故乡岂不有如花的美女？我何苦要到这东海的岛国里来！

到日本来倒也罢了，我何苦又要进这该死的高等学校。他们留了五个月学回去的人，岂不在那里享荣华安乐么？这五六年的岁月，教我怎么能挨得过去。受尽了千辛万苦，积了十数年的学识，我回国去，难道定能比他们来胡闹的留学生更强么？

人生百岁，年少的时候，只有七八年的光景，这最纯最美的七八年，我就不得不在这无情的岛国里虚度过去，可怜我今年已经是二十一了。

---

① 英语："你这懦夫，你太怯懦！"
② 英语："啊，怯懦！怯懦！"

槁木的二十一岁！

死灰的二十一岁！

我真还不如变了矿物质的好，我大约没有开花的日子了。

知识我也不要，名誉我也不要，我只要一个安慰我体谅我的"心"。一副白热的心肠！从这一副心肠里生出来的同情！从同情而来的爱情！

我所要求的就是爱情！

若有一个美人，能理解我的苦楚，她要我死，我也肯的。

若有一个妇人，无论她是美是丑，能真心真意的爱我，我也愿意为她死的。

我所要求的就是异性的爱情！

苍天呀苍天，我并不要知识，我并不要名誉，我也不要那些无用的金钱，你若能赐我一个伊甸园①内的"伊扶"②，使她的肉体与心灵，全归我有，我就心满意足了。

七

他饭也不吃，一直在被窝里睡到午后四点钟的时候才起来。那时候夕阳洒满了远近。平原的彼岸的树林里，有一带苍烟，悠悠扬扬的笼罩在那里。他踉踉跄跄的走下了山，上了那一条自北趋南的大道，穿过了那平原，无头无绪的尽是向南走去。走尽了平原，他已经到了神宫前的电车停留处了。那时候恰好从南面有一乘电车到来，他不知不觉就跳了上去，既不知道他究竟为什么要乘电车，也不知道这电车是往什么地方去的。

走了十五六分钟，电车停了，开车的教他换车，他就换了一乘车。走了二三十分钟，电车又停了，他听见说是终点了，他就走了下来。他的面前就是筑港了。

前面一片汪洋的大海，横在午后的太阳光里，在那里微笑。超海而南有一发青山，隐隐的浮在透明的空气里。西边是一脉长堤，直驰到海湾的心里去。堤外有一处灯台，同巨人似的，立在那里。几艘空船和几只舢板，轻轻的在系着的地方浮荡。海中近岸的地方，有许多浮标，饱受了斜阳，红红的浮在那里。远处风来，带着几句单调的话声，既听不清楚是什么话，也不知道是从哪里来的。

他在岸边上走来走去走了一会，忽听见那一边传来了一阵击磬的声来。他跑过去一看，原来是为唤渡船而发的。他立了一会，看有一只小火轮从对岸过来了。跟着了一个四五十岁的工人，他也进了那只小火轮去坐下了。

渡到东岸之后，上前走了几步，他看见靠岸有一家大庄子在那里。大门开得很大，庭内的假山花草，布置得楚楚可爱。他不问是非，就踱了进去。走不上几步，他忽听得前面家中有女人的娇声叫他说：

"请进来呀！"

他不觉惊了一下，就呆呆的站住了。他心里想：

"这大约就是卖酒食的人家，但是我听见说，这样的地方，总有妓女在那里的。"

一想到这里，他的精神就抖擞起来，好像是一桶冷水浇上身来的样子。他的面色立时变了。要想进去又不能进去，要想出来又不得出来；可怜他那同兔儿似的小胆，同猿猴似的淫心，竟把他陷

---

① 伊甸园是亚当和夏娃最初生活的地方（见"旧约"）。

② "伊扶"即夏娃，圣经故事中上帝所造的女人。

到一个大大的难境里去了。

"进来呀！请进来呀！"里面又娇滴滴的叫了起来，带着笑声。

"可恶东西，你们竟敢欺我胆小么？"

这样的怒了一下，他的面色更同火也似的烧了起来。咬紧了牙齿，把脚在地上轻轻的蹬了一蹬，他就捏了两个拳头，向前进去，好像是对了那几个年轻的侍女宣战的样子。但是他那青一阵红一阵的面色，和他的面上微微儿在那里震动的筋肉，他总隐藏不过。他走到那几个侍女的面前的时候，几乎要同小孩似的哭出来了。

"请上来！"

"请上来！"

他硬了头皮，跟了一个十七八岁的侍女走上楼去，那时候他的精神已经有些镇静下来了。走了几步，经过一条暗暗的夹道的时候，一阵恼人的花粉香气，同日本女人特有的一种肉的香味，和头发上的香油气息合作了一处，哼的扑上他的鼻孔来。他立刻觉得头晕起来，眼睛里看见了几颗火星，向后边趺也似的退了一步。他再定睛一看，只见他的前面黑暗暗的中间，有一长圆形的女人的粉面，堆了了微笑，在那里问他说：

"你！你还是上靠海的地方去呢？还是怎样？"

他觉得女人口里吐出的气息，也热和和的喷上他的面来。他不知不觉把这气息深深的吸了一口。他的意识，感觉到他这行为的时候，他的面色又立刻红了起来。他不得已只能含含糊糊的答应她说：

"上靠海的房间里去。"

进了一间靠海的小房间，那侍女便问他要什么菜。他就回答说：

"随便拿几样来吧。"

"酒要不要？"

"要的。"

那侍女出去之后，他就站起来推开纸窗，从外边放了一阵空气进来。因为房里的空气沉浊得很，他刚才在夹道中闻过的那一阵女人的香味，还剩在那里，他实在是被这一阵气味压迫不过了。

一湾大海，静静的浮在他的面前。外边好像是起了微风的样子，一片一片的海浪，受了阳光的返照，同金鱼的鱼鳞似的，在那里微动。他立在窗前看了一会，低声的吟了一句诗出来：

"夕阳红上海边楼。"

他向西一望，见太阳离西南的地平线只有一丈多高了。呆呆的看了一会，他的心里怎么也离不开刚才的那个侍女。她的口里的头上的面上的和身体上的那一种香味，怎么也不容他的心思去想别的东西。他才知道他想吟诗的心是假的，想女人的肉体的心是真的了。

停了一会，那侍女把酒菜搬了进来，跪坐在他的面前，亲亲热热的替他上酒。他心里想仔仔细细的看她一看，把他的心里的苦闷都告诉她，然而他的眼睛怎么也不敢平视她一眼，他的舌根怎么也不能摇动一摇动。他不过同哑子一样，偷看看她那搁在膝上的一双纤嫩的白手，同衣缝里露出来的一条粉红的围裙角。

原来日本的妇人都不穿裤子，身上贴肉只围着一条短短的围裙。外边就是一件长袖的衣服，衣服上也没有纽扣，腰里只缚一条一尺多宽的带子，后面结着一个方结。她们走路的时候，前在的衣服每一步一步的掀开来，所以红色的围裙，同肥白的腿肉，每能偷看。这是日本女子特别的美处，他在路上遇见女子的时候，注意的就是这些地方。他切齿的痛骂自己，畜生！狗贼！卑怯的人！也便是这个时候。

他看了那侍女的裙角，心里便乱跳起来。愈想同她说话，他觉得愈讲不出话来。大约那侍女是看得不耐烦起来了，便轻轻的问他说：

"你府上是什么地方？"

一听了这一句话，他那清瘦苍白的面上，又起了一层红色；含含糊糊的回答了一声，他呐呐的总说不出清晰的话来。可怜他又站在断头台上了。

原来日本人轻视中国人，同我们轻视猪狗一样。日本人都叫中国人作"支那人"，这"支那人"三字，在日本，比我们骂人的"贱贼"还更难听，如今在一个如花少女前头，他不得不自认说"我是支那人"了。

"中国呀中国，你怎么不强大起来！"

他全身发起痉来，他的眼泪又快滚了下来了。

那侍女看他发颤发得厉害，就想让他一个人在那里喝酒，好教他把精神安镇安镇，所以对他说：

"酒就快没有了，我再去拿一瓶来罢？"

停了一会，他听得那侍女的脚步声又走上楼来。他以为她是上他这里来的，所以就把衣服整了一整，姿势改了一改。但是他被她欺骗了。她原来是领了两三个另外的客人，上间壁的那一间房间里去了。那两三个客人都在那里对那侍女取笑，那侍女也娇滴滴的说：

"别胡闹了，间壁还有客人在那里。"

他听了就立刻发起怒来。他心里骂他们说：

"狗才！俗物！你们都敢来欺侮我么？复仇复仇，我总要复你们的仇。世间哪里有真心的女子！那侍女的负心东西，你竟敢把我丢了么？罢了罢了，我再也不爱女人了，我再也不爱女人了。我就爱我的祖国，我就把我的祖国当作了情人罢。"

他马上就想跑回去发愤用功。但是他的心里，却很羡慕那间壁的几个俗物。他的心里，还有一处地方在那里盼望那个侍女再回到他这里来。

他按住了怒，默默的喝干了几杯酒，觉得身上热起来。打开了窗门，他看看太阳就快要下山去了。又连饮了几杯，他觉得他面前的海景都朦胧起来。西面堤外的那灯台的黑影，长大了许多。一层茫茫的薄雾，把海天融混作了一处。在这一层混沌不明的薄纱影里，西方那将落不落的太阳，好像在那里惜别的样子。他看了一会，不知道是什么缘故，只觉得好笑。呵呵的笑了一回，他用手擦擦自家那火热的双颊，便自言自语的说：

"醉了醉了！"

那侍女果然进来了。见他红了脸，立在窗口在那里痴笑，便问他说：

"窗开了这样大，这样好的落照，谁舍得不看呢？"

"你真是一个诗人呀！酒拿来了。"

"诗人！我本来是一个诗人。你去把纸笔拿了来，我马上写一首诗给你看看。"

那侍女出去了之后，他自家觉得奇怪起来。他心里想：

"我怎么会变了这样大胆的？"

痛饮了几杯新拿来的热酒，他更觉得快活起来，又禁不得呵呵的笑了一阵。他听见间壁房间里的那几个俗物，高声的唱起日本歌来，他也放大嗓子唱着说：

"醉拍阑干酒意寒，江湖牢落又冬残。剧怜鹦鹉中州骨，未拜长沙太傅官。一饭千金图报易，几人五噫出关难。茫茫烟水回头望，也为神州泪暗弹。"

高声的念了几遍，他就在席上醉倒了。

丈　夫（节选）

沈从文

落了春雨，一共有七天，河水涨大了。

河中涨了水，平常时节泊在河滩的烟船妓船，离岸极近，船皆系在吊脚楼下的支柱上。

在四海春茶馆喝茶的闲汉子，伏身在临河一面窗口，可以望到对河的宝塔边"烟雨红桃"好景致，也可以知道船上妇人陪客烧烟的情形。因为那么近，上下都方便，有喊熟人的声音，从上面或从下面喊叫，到后是互相见到了，谈话了，取了亲昵样子，骂着野话粗话，于是楼上人会了茶钱，从湿而发臭的甬道走去，从那些肮脏地方走到船上了。

上了船，花钱半元到五块，随心所欲吃烟睡觉，同妇人毫无拘束的放肆取乐，这些在船上生活的大臀肥身的年青乡下女人，就用一个妇人的好处，热忱而切实的服侍男子过夜。

船上人，把这件事也像其余地方一样称呼，这叫做"生意"。她们都是做生意而来的。在名分上，那名称与别的工作同样，既不与道德相冲突，也并不违反健康。她们从乡下来，从那些种田挖园的人家，离了乡村，离了石磨同小牛，离了那年青而强健的丈夫，跟随到一个同乡熟人，就来到这船上做生意了。做了生意，慢慢的变成为城市里人，慢慢的与乡村离远，慢慢的学会了一些只有城市里才需要的恶德，于是妇人就毁了。但那毁，是慢慢的，因为很需要一些日子，所以谁也不去注意了。而且也仍然不缺少在任何情形下还依然会好好的保侍着那乡村纯朴气质的妇人，所以在市的小河妓船上，决不会缺少年青女子的来路。

事情非常简单，一个不亟亟于生养孩子的妇人，到了城市，能够每月把从城市里两个晚上所得的钱，送给那留在乡下诚实耐劳种田为生的丈夫处去在那方面就可以过了好日子，名分不失，利益存在，所以许多年青的丈夫，在娶妻以后，把她送出来，自己留在家中耕田种地安分过日子，也竟是极其平常的事情。

这种丈夫，到什么时候，想及那在船上做生意的年青的媳妇，或逢年过节，照规矩要见见媳妇的面了，媳妇不能回来，自己便换了一身浆洗干净的衣服，腰带上挂了那个工作时常不离口的短烟袋，背了整箩整篓的红薯、糍粑之类，赶到市上来，象访远亲一样，从码头第一号船上问起，一直到认出自己女人所在的船上为止。问明白了，到了船上，小心小心的把一双布鞋放到舱外护板上，把带来的东西交给女人，一面便用着吃惊的眼睛，搜索女人的全身。这时节，女人在丈夫眼下自然已完全不同了。

大而油光的发髻，用小镊子扯成的细细眉毛，脸上的白粉同绯红胭脂，以及那城市里人神气派头，城市里人的衣服，都一定使从乡下来的丈夫感到极大的惊讶，有点手足无措。那呆相是女人很容易清楚的。女人到后开了口，或者问："那次五块钱得了么？"或者问："我们那对猪养儿子了没有？"女人说话时口音自然也完全不同了，变成象城市里做太太的大方自由，完全不是在乡下做媳妇的羞涩畏缩神气了。

听女人问到钱，问到家乡豢养的猪，这作丈夫的看出自己做丈夫的身分，并不在这船上失去，看出这城里奶奶还不完全忘记乡下，胆子大了一点，慢慢的摸出烟管同火镰。第二次惊讶，是烟管忽然被女人夺去，即刻在那粗而厚大的手掌里，塞了一枝"哈德门"香烟的缘故。吃惊也仍然是暂时的事，于是这做丈夫的，一面吸烟一面谈话，……

到了晚上，吃过晚饭，仍然在吸那有新鲜趣味的香烟。来了客，一个船主或一个商人，穿生牛皮长统靴子，抱兜一角露出粗而发亮的银链，喝过一肚子烧酒，摇摇荡荡的上了船，一上船就大声的嚷要亲嘴要睡觉，那洪大而含胡的声音，那势派，都使这作丈夫的想起了村长同乡绅那些大人物的威风，于是这丈夫不必指点，也就知道怯生生的往后舱钻去，躲到那后梢舱上去低低的喘气，一面把含在口上那枝卷烟摘下来，毫无目的的眺望河中暮景。夜把河上改变了，岸上河上已经全是灯火，这丈夫到这时节一定要想起家里的鸡同小猪，仿佛那些小小东西才是自己的朋友，仿佛那些才是亲人；如今和妻接近，与家庭却离得很远，淡淡的寂寞袭上了身，他愿意转去了。

当真转去没有？不。三十里路，路上有豺狗，有野猫，有查夜的放哨的团丁，全是不好惹的东西，转去自然做不到。船上的大娘自然还得留他上"三元宫"看夜戏，到"四海春"去喝茶，并且既然到了市上，大街上的灯同城市中的人更不可不去看看。于是留下了，坐到后舱独自看河中景致，等候大娘的空暇。到后要上岸时，就由船边小阳桥攀援篷架到船头；玩过后，仍然由那旧地方转到船上，小心小心使声音放轻，省得留在舱里躺到床上烧烟的人发怒。

到要睡觉的时候，城里起了更，西梁山上更的更鼓咚咚响了一会，悄悄的从板缝里看看客人还不走，丈夫没有什么话可说，就在梢舱上新棉絮里一个人睡了。半夜里，或者已睡着，或者还在胡思乱想，那媳妇抽空爬过了后舱，问是不是想吃一点糖。本来非常欢喜口含冰糖的脾气，是做媳妇的记得清楚明白，所以即或说已经睡觉，已经吃过，也仍然还是塞了一小片糖在口里。媳妇用着略略抱怨自己那种神气走了，丈夫把糖含在口里，正像仅仅为了这一点理由，就得原谅媳妇的行为，尽她在前舱陪客，自己仍然很和平的睡觉了。

这样的丈夫在黄庄多着！那里出强健女子同忠厚男人。地方实在太穷了，一点点收成照例要被上面的人拿去一大半，手足贴地的乡下人，任你如何勤省耐劳的干做，一年中四分之一时间，即或用红薯叶和糠灰拌和充饥，总还是不容易对付下去。地方虽在山中，离大河码头只三十里，由于习惯，女子出乡讨生活，男人通明白这做生意的一切利益。他懂事，女人名分上仍然归他，养得儿子归他，有了钱，也总有一部分归他。

那些船只排列在河下，一个陌生人，数来数去，是永远无法数清的。明白这数目，而且明白那秩序，记忆得出每一个船和摇船人样子，是五区一个老"水保"。

水保是个独眼睛的人。这独眼据说在年青时节因殴斗杀过一个水上恶人，因为杀人，同时也就被人把眼睛抠瞎了。但两只眼睛不能分明的，他一只眼却办到了。一个河里都由他管事。他的权力在这些小船上，比一个中国的皇帝、总统在地面上的权力还统一集中。

……

他这时正从一个跳板上跃到一只新油漆过的"花船"头，那船位置在较清静的一家莲子铺吊脚楼下。他认得这只船归谁管业，一上船就喊"七丫头"。

没有声音。年青的女人不见出来，年老的掌班也不见出来。老年人很懂事情，以为或者是大白天有年青男子上船做呆事，就站在船头眺望，等了一会。

　　过一阵，他又喊了两声，又喊伯妈，喊五多；五多是船上的小毛头，年纪十二岁，人很瘦，声音尖锐，平时大人上了岸就守船，买东西煮饭，常常挨打，爱哭，过了一会儿又唱起小调来。但是喊过五多后，也仍然得不到结果。因为听到舱里又似乎实在有声音，象人出气，不象全上了岸，也不象全在做梦。水保就偻身窥觑舱口，向暗处询问"是谁在里面"。

　　里面还是不敢作答。

　　水保有点生气了，大声的问："你是哪一个？"

　　里面一个很生疏的男子声音，又虚又怯回答说："是我。"接着又说："都上岸去了。"

　　"都上岸么？"

　　"上岸了。她们……"

　　好象单单是这样答应，还深恐开罪了来人，这时觉得有一点义务要尽了，这男子于是从暗处爬出来，在舱口，小心小心扳着篷架，非常拘束的望着来人。

　　先是望到那一对峨然巍然似乎是为柿油涂过的猪皮靴子，上去一点是一个赭色柔软麂皮抱兜，再上去是一双回环抱着的毛手，满是青筋黄毛，手上有颗其大无比的黄金戒指，再上去才是一块正四方形象是无数橘子皮拼合而成的脸膛。这男子，明白这是有身分的主顾了，就学到城市里人说话："大爷，您请里面坐坐，她们就回来。"

　　从那说话的声音，以及干浆衣服的风味上，这水保一望就明白这个人是才从乡下来的种田人。本来女人不在船就想走，但年青人忽然使他发生了兴味，他留着了。

　　"你从甚么地方来的？"他问他，为了不使人拘束，水保取的是做父亲的和平样子，望到这青年人。"我认不得你。"

　　他想了一下，好像也并不认得客人，就回答："我是昨天来的。"

　　"乡下麦子抽穗了没有？"

　　"麦子吗？水碾子前我们那麦子，哈，我们那猪，哈，我们那……"

　　这个人，像是忽然明白了答非所问，记起了自己是同一个有身分的城里人说话，不应当说"我们"，不应当说"我们水碾子"同"猪"。把字眼儿用错，所以再也接不下去了。

　　因为不说话，他就怯怯的望到水保微笑，他要人了解他，原谅他——他是一个正派人，并不敢有意张三拿四。

　　水保懂得这个意思的。且在这对话中，明白这是船上人的亲戚了，他问年青人："老七到什么地方去了，什么时候可以回来？"

　　这时节，这年青人答语小心了。他仍然说："昨天来的。"他又告水保，他"昨天晚上来的"；末了才说，老七同掌班同五多上岸烧香去了，要他守船。因为守船必得把守船身分说出，他还告给了水保，他是老七的"汉子"。

　　因为老七平常喊水保都喊"干爹"，这干爹第一次认识了女婿，不必挽留，再说了几句话，不到一会儿，两人皆爬进舱中了。

　　舱中有个小小床铺，床上有锦绸同红色印花洋布铺盖，折叠得整整齐齐。来客照规矩应当坐在床沿。光线从舱口来，所以在外面以为舱中极黑，在里面却一切分明。

　　年青人，为客找烟卷，找自来火，毛脚毛手打翻了身边那个贮栗子的小坛子，圆而发乌金光泽的板栗便在薄明的船舱里各处滚去，年青人各处用手去捕捉，仍然放到小坛中去，也不知道应当请客人吃点东西。但客人却毫不客气，从舱板上把栗拾起咬破了吃，且说这风干的栗子真好。

"这个很好，你不欢喜么?"因为水保见到主人并不剥栗子吃。

"我欢喜。这是我屋后栗树上长的。去年结了好多，乖乖的从刺球里爆出来，我欢喜。"他笑了，近于提到自己儿子模样，很高兴说这个话。

"这样大栗子不容易得到。"

"我一个一个选出来的。"

"你选?"

"是的，因为老七欢喜吃这个，我才留下来。"

"你们那里可有猴栗?"

"什么猴栗?"

水保就把故事所说的："猴子在大山上住，被人辱骂时，抛下拳大栗子打人。人想得到这栗子，就故意去山下骂丑话，预备捡栗子。"——说给乡下人听。

因为栗子，正苦无话可说的年青人，得到同情他的人了。他知道的乡下问题可多咧。于是他说到地名"栗坳"的新闻。又说到一种栗木做成的犁柄如何结实合用。这个人太需要说些家常了。昨天来一晚上都有客人吃酒烧烟，把自己关闭在小船后梢，同五多说话，五多却睡得成死猪。今天一早上，本来应当有机会同媳妇谈到乡下事情了，女人又说要上岸过七里桥烧香，派过一个人守船。坐船上等了半天，还不见人回，到后梢去看河上景致，一切新奇不同，只给自己发闷。先一时，正睡在舱里，就想这满江大水若到乡下去涨，鱼梁上不知道应当有多少鲤鱼上梁! 把鱼捉来时，用柳条穿鳃到太阳下去晒，正计算那数目，总算不清楚。忽然客人来到船上，似乎一切鱼都争着跳进水中去了。

来了客人，且在神气上看出来人是并不拒绝这些谈话的，所以这年青人，凡是预备到同自己媳妇在枕边诉说的各样事情，这时得到了一个好机会，都拿来同水保谈着。

他告给水保许多乡下情形，说到小猪捣乱的脾气，叫小猪名字是"乖乖"。又说到新由石匠整治过的那副石磨，顺便告给了一个石匠的笑话。又提起一把失去了多久的小镰刀，一把水保梦想不到的小镰刀，他说:

"你瞧，奇怪不奇怪? 我赌咒我各处都找到了。我们的床下，门枋上，仓角里，什么不找到? 它简直躲了。躲猫一样，不见了。我为这件事骂老七。老七哭过。可还是不见。鬼打岩，蒙蒙眼，原来它躲在屋梁上饭箩里! 半年躲在饭箩里! 它吃饭! 一身锈得像生疮。这东西多坏多狡猾! 我说这个你明白我没有? 怎么会到饭箩里半年? 那是一只做样子的东西，挂到斗窗上。我记起那事了，是我削楔子，手上刮了皮，流了血，生了大气，抖气把刀那么一丢。……到水上磨了半天，还不错; 仍然能吃肉，你一不小心，就得流血。我还不曾同老七说起这个，她不会忘记那哭得伤心的一回事。找到了，哈哈，真找到了。"

"找到它就好了。"水保随便那么说着。

"是的，得到了它那是好的。因为我总疑心这东西是老七掉到溪里，不好意思说明。我知道她不骗我。我明白了。我知道她受了冤屈，因为我说过: '找不出么? 那我就要打人!'我并不曾动手。可是生气时也真吓人。她哭了半夜!"

"你不是用它割草么?"

"嗨，哪里，用处多咧。是小镰刀，那么精巧，你怎么说是割草? 那是削一点薯皮，刮刮箫，这些这些用的。小得很，值三百钱，钢火妙极了。我们都应当有这样一把刀，放到身边，不明白么？"

水保说："明白明白，都应当有一把，我懂你这个话。"

他以为水保当真懂的，因此再说下去，什么也说到了，甚至于希望明年来一个小宝宝，这样只合宜于同自己的媳妇睡到一个枕头上商量的话也说到了。年青人毫不拘束的还加上许多粗话蠢话，说了半天，水保起身要走了，他记起问客人贵姓。

"大爷，你贵姓？留一个片子到这里，我好回话。"

"不用不用。你只告她有这么一个大个儿到过船上，穿这样大靴子。告她晚上不要接客，我要来，有事情。"

"不要接客，您要来？"

"就是这样说，我一定要来的。我还请你喝酒。我们是朋友。"

"是朋友，是朋友"。

水保用他那大而厚的手掌，拍了一下年青人的肩膊，从船头跃上岸，走到别一个船上去了。

水保走后，年青人就一面等候一面猜想到这个大汉子是谁。他还是第一次和这样尊贵的人物谈话，他不会忘记这很好的印象的。人家今天不仅是和他谈话，还喊他做朋友，答应请他喝酒！他猜想这人一定是老七的"熟客"。他猜想老七一定得了这人许多钱。他忽然觉得愉快，感到要唱一个歌了，就轻轻的唱了一首山歌。用四溪人体裁，他唱的是"水涨了，鲤鱼上梁，大的有大草鞋那么大，小的有小草鞋那么小。"

但是等了一会，还不见老七回来，一个鬼也不回来，他又想起那大汉子的丰采言谈。他记起那一双靴子，闪闪发光，以为不是极好的山柿油涂到上面，是不会如此体面好看的。他记起那黄而发沉的戒子，说不分明那将值多少钱，一点不明白那宝贝为什么如此可爱。他记起那伟人点头同发言，一个督抚的派头，一个省长的身分——这是老七的财神！他于是又唱了一首歌，用杨村人不庄重口吻，唱的是"山坳里团总烧炭，山脚里地保爬灰；爬灰红薯才肥，烧炭脸庞发黑。"

到午时，各处船上都已经有人在烧饭了。湿柴烧不燃，烟子各处窜，使人流泪打嚏。柴烟平铺到水面时如薄绸。听到河街馆子里大师傅用铲子敲打锅边的声音，听到邻船上白菜落锅的声音，老七还不见回来。可是船上烧湿柴的本领年青人还没有学会，小钢灶总是冷冷的不发吼。做了半天还是无结果，只有拿它放下了。

应当吃饭时候不得吃饭，人饿了，坐到小凳上敲打舱板，他仍然得想一点事情。一个不安分的估计在心上滋长了。正似乎为装满了钱钞便极其骄傲模样的抱兜，在他眼下再现时，把原有和平已失去了。一个用酒糟同红血所捏成的橘皮红色四方脸，也是极其讨厌的神气，保留在印象上。并且，要记忆有什么用？他记忆得到那嘱咐，是当到一个丈夫面前说的！"今晚上不要接客，我要来。"该死的话，是那么不客气的从那吃红薯的大口里说出！为什么要说这个？有什么理由要说这个？……

胡想使他心上增加了愤怒，饥饿重揪着了这愤怒的心，便有一些原始人不缺少的情绪，在这个年青简单的人情绪中滋长不已。

他不能再唱一首歌了。喉咙为妒嫉所扼，唱不出什么歌。他不能再有什么快乐。按照一个种田人的脾气，他想到明天就要回家。

有了脾气，再来烧火，自然更不行了，于是把所有的柴全丢到河里去了。

"雷打你这柴！要你到洋里海里去！"

但那柴是在两三丈以外，便被别个船上的人捞起了的。那船上人似乎一切都准备好了，正等待一点从河面漂流而来的湿柴，把柴捞上，即刻就见到用废缆一段引火，且即刻满船发烟，火就带着小小爆裂声音燃好了。眼看这一切，新的愤怒使年青人感到羞辱，他想不必等待人回船就要走路。

在街尾却遇到女人同小毛头五多两个人，正牵了手说着笑着走来。五多手上拿得有一把胡琴，崭新的样子，这是做梦也不曾遇到的一个好家伙！

"你走那里去？"

"我——要回去。"

"教你看船船也不看，要回去，甚么人得罪了你，这样小气？"

"我要回去，你让我回去。"

"回到船上去！"

看看媳妇，样子比说话还硬劲，并且看到那一张胡琴，明知道这是特别买来给他的，所以再不能坚持。摸了摸自己发烧的额角，幽幽的说："回去也好，回去也好。"就跟了媳妇的身后跑转船上。

掌班大娘也赶来了。原来提了一副猪肺，好像东西只是乘便偷来的，深恐被人追上带到衙门里去。所以跑得颧骨发了红，喘气不止。大娘一上船，女人在舱中就喊：

"大娘，你瞧，我家汉子想走！"

"谁说的，戏也不看就走！"

"我们到街口碰到他，他生气样子，一定是怪我们不早回来。"

"那是我的错；是菩萨的错；是屠户的错，我不该同屠户为一个钱吵闹半天，屠户不该肺里灌了这样多水。"

"是我的错。"陪男子在舱里的女人，这样说了一句话，坐下了。对面是男子汉，她于是有意的在把衣服解换时，露出极风情的红绫胸褡。胸褡上绣了"鸳鸯戏荷"，是上月自己亲手新作的。

男子觑着不说话。有说不出的什么东西，在血里窜着涌着。

"都完了。"

"去前面搬一捆，不要说了。"

"姊夫只知道淘米！"小五多一面说一面笑。

听到这些话的年青汉子，一句话不说，静静的坐在舱里，望着那一把新买来的胡琴。

女人说："弦早配好了，试拉拉看。"

先是不作声，到后把琴搁在膝上，查看琴筒上的松香。调弦时生疏的音响从指间流出，拉琴人便快乐的笑了。

不到一会满舱是烟，男子被女人喊出，依旧把琴拿到外面去，站在船头调弦。

到吃中饭时，五多说：

"姊夫你回头拉'孟姜女哭长城'，我唱。"

"我不会拉！"

"我听说你拉得很好，你骗我谎我。"

"我不骗你。我只会拉'娘送女'流水板。"

大娘说："我听老七说你拉得好，所以到庙里，一见这琴，我想起你，才说就为姊夫买回去吧。真是运气，烂贱就买来了。这到乡里一块钱还恐怕买不到，不是么？"

"是的，值多少钱？"

"一吊六。他们都说值得！"

五多笑着搭嘴说："谁那么说值得？"

大娘很生气的说："毛丫头，谁说不值得？你知道什么？撕你的嘴！"五多把舌伸伸，表示口不关风说错了话。

原来这琴是从个卖琴熟人手上拿来，一个钱不花，听到大娘的谎话，五多分辩，大娘就骂五多。老七却笑了。男子以为这是笑大娘不懂事，所以也在一旁干笑着。

男子先把饭一骨碌吃完，就动手拉琴，新琴声音又清又亮。五多高兴到得意忘形，放一碗筷唱将起来，被大娘结结实实打了一筷子头，才忙着吃饭、收碗、洗锅子。

到了晚上，前舱盖了篷，男子拉琴，五多唱歌，老七也唱歌。美孚灯罩有红纸剪成的遮光帽，全舱灯光红红的如过年办喜事，年青人在热闹中心上开了花。可是不多久，有兵士从河街过身，喝得烂醉，听到这声音了。

两个醉鬼跟跟跄跄到了船边，两手全是污泥，手扳船沿，像含胡桃那么混混胡胡的嚷叫：

"甚么人唱，报上名来！唱得好，赏一个五百，不听到么？老子赏你五百！"

里面琴声嘎然而止，沉静了下来。

醉鬼用脚不住踢船，篷篷篷发出钝而沉闷的声音，且想推篷，搜索不到篷盖接榫处，于是又叫嚷："不要赏么，婊子狗造的！装聋，装哑！甚么人敢在这里作乐？我们军长师长，都是混账王八蛋，是皮蛋鸡蛋，寡了的臭蛋，我才不怕！我怕谁？皇帝我也不怕。大爷，我怕皇帝我不是人！"

另一个喉咙发沙的说道：

"骚婊子，出来拖老子上船！"

并且即刻听到用石头打船篷，大声的辱宗骂祖，一船人都吓慌了。大娘忙把灯扭小一点，走出去推篷。男子听到那汹汹声气，挟了胡琴就往后舱钻去。不一会，醉人已经进到前舱了，两个人一面说着野话，一面还要争夺同老七亲嘴，同大娘、五多亲嘴。且听到有个哑嗓子问："是什么人在此唱歌作乐？把拉琴的抓来再为老子唱一个歌。"

大娘不敢作声，老七也无了主意，两个酒疯子就大声的骂人：

"臭货，喊龟子出来，跟老子拉琴，赏一千！英雄盖世的曹孟德也不会这样大方！我赏一千，一千个红薯。快来，不出来我烧掉你们这只船！听到没有，老东西!? 赶快，莫让老子们生了气，灯笼子认不得人！"

"大爷，这是我们自己家几个人玩玩，不是外人。……"

"不！不！不！老婊子，你不中吃。你老了，皱皮柑！快叫拉琴的来！杂种！我要拉琴，我要自己唱！"一面说一面便站起身来，想向后舱去搜寻。大娘弄慌了，把口张大合不拢去。老七人急智生，拖着那醉鬼的手，安置到自己的大奶奶上。醉鬼懂到这个意思，又坐下了。"好的，妙的，老子出得起钱。老子今天晚上要到这里睡觉！"

这一个在老七左边躺下去后，另一个不说什么，也在右边躺了下去。

年青人听到前舱仿佛安静了一会，在隔壁轻轻的喊大娘。正感到一种侮辱的大娘，悄悄爬过去，男子还不大分明是什么事情，问大娘："甚么事情？"

"营上的副爷，醉了，像猫。等一会儿就得走。"

"要走才行。我忘记告诉你们了，今天有一个大方脸人来，好像大官，吩咐过我，他晚上要来，不许留客。"

"是脚上穿大皮靴子，说话像打锣么？"

"是的，是的。他手上还有一个大金戒子。"

"那是老七干爹。他今早上来过了么？"

"来过的。他说了半天话才走，吃过些干栗子。"

"他说些什么？"

"他说一定要来，一定莫留客，……还说一定要请我喝酒。"

大娘想想，来做什么？难道是水保自己来歇夜？难道是老对老，水保注意到……？想不通，一个老鸨虽说一切丑事做成习惯，什么也不至于红脸，但被人说到"不中吃"时，是多少感到一种羞辱的。她悄悄的回到前舱，看前舱新事情不成样子，扁了扁瘪嘴，骂了一声"猪狗"，终归又转到后舱来了。

"怎么？"

"不怎么。"

"怎么，他们走了？"

"不怎么，他们睡了。"

"睡——？"

大娘虽看不清楚这时男子的脸色，但他很懂得这语气，就说："姊夫，你难得上城来，我可以上岸玩玩去，今夜三元宫夜来，我请你坐高台子，戏是'秋胡三戏结发妻'。"

男子摇头不语。

兵士胡闹了一阵走后，五多、大娘、老七都在前舱灯光下说笑，说那兵士的醉态。男子留在后舱不出来。大娘到门边喊过了二次，不答应，不明白这脾气从什么地方发生。大娘回头就来检查那四张票子的花纹，因为她已经认得出票子的真假了。票子倒是真的。她在灯光下指点给老七看那些记号，那些花，且放近鼻子上嗅嗅，说这个一定是清真牛肉馆子里找出来的，因为有牛油味道。

五多第二次又走过去，"姊夫，姊夫，他们走了，我们来把那个唱完，我们还得……"

女人老七像是想到了什么心事，拉着五多，不许她说话。

一切沉默了。男子在后舱先还是正用手指扣琴弦，作小小声音，这时手也离开那弦索了。

船上四个人都听到从河街上飘来的锣鼓、唢呐声音。河街上一个做生意人办喜事，客来贺喜，大唱堂戏，一定有一整夜的热闹。

过了一会，老七一个人轻脚轻手爬到舱去，但即刻又回来了。显然是要讲和，交涉办不好。

大娘问："怎么了？"

老七摇摇头，叹了一口气："牛脾气，让他去。"

先以为水保恐怕不会来的，所以大家仍然睡了觉，大娘、老七、五多三个人在前舱，只把男子放到后面。

查船的在半夜时，由水保领来了，水面鸦雀无声，四个全副武装警察守在船头，水保同巡官晃着手电筒进到前舱。这时大娘已把灯捻明了，她经验多，懂得这不是大事情，老七披了衣坐在床上，喊"干爹"喊"巡官老爷"，要五多倒茶。五多还睡意迷蒙。只想到梦里在乡下摘三月莓。

男子被大娘摇醒揪出来，看到水保，看到一个穿黑制服的大人物，吓得不能说话，不晓得有什么严重事情发生。

那巡官于是装成很有威风的神气开了口："这是什么人？"

水保代为答应："老七的汉子，才从乡下来走亲戚。"

老七补说道："巡官，他昨天才来。"

巡官看了一会儿男子，又看了一会儿女人，仿佛看出水保的话不是谎话，就不再说话了。随意在前舱各处翻翻。待注意到那个贮风干栗子的小坛子时，水保便抓了大把栗子，塞进巡官那件体面制服的大口袋里去。巡官只是笑，也不说什么。

一伙人一会儿就走到另一船上去了。大娘刚要盖篷，一个警察回来传话。

"大娘，大娘，你告老七，巡官要回来过细考察她一下，你懂不懂？"

大娘说："就来么？"

"查完夜就来。"

"当真吗？"

"我什么时候同你这老婊子说过谎？"

大娘很欢喜的样子，使男子奇怪，因为他不明白为甚么巡官还要来考察老七。但这时节望到老七睡起的样子，上半晚的气已经没有了，他愿意讲和，愿意同她在床上说点家常私话，商量件事情，就傍床沿坐定不动。

大娘像是明白男子的心事，明白男子的欲望，也明白他不懂事，故只同老七打知会："巡官就要来的！"

老七咬着嘴唇不作声，半天发痴。

男子一早起身就要走路，沉沉默默的一句话不说，端整了自己的草鞋，找到了自己的烟袋。一切归一了，就坐到那矮床边沿，像是有话说又说不出口。

老七问他："你不是昨晚上答应过干爹，今天到他家中吃中饭吗？"

"……"摇摇头，不作答。

"人家特意为你办了酒席！四盘四碗一火锅，大面子事情，难道好意思不领情？"

"……"

"'满天红'的荤油包子，到半日才上笼，那是你欢喜的包子！"

"……"

一定要走了，老七很为难，走出船头呆了一会，回身从荷包里掏出昨晚上那兵士给的票子来，点了一下数目，一共四张，捏成一把塞到男子左手心里去。男子无话说，老七似乎懂到那意思，"大娘，你拿那三张也把我。"大娘将钱取出。老七又将这钱点数一下，塞到男子右手心里去。

男子摇摇头，把票子撒到地下去，两只大而粗的手掌捂着脸孔，像小孩子那样莫名其妙的哭了起来。

五多同大娘看情形不好，一齐逃到后舱去了。五多心想这真是怪事，那么大的人会哭，好笑！可是她并不笑。她站在船后梢看见挂在梢舱顶梁上的胡琴，很愿意唱一个歌，可是不知为什么也总唱不出声音来。

水保来船上请远客吃酒时，只有大娘同五多在船上，问及时，才明白是两夫妇一早都回转乡下去了。

1930 年 4 月 13 日作于吴淞

1934 年 7 月 21 日改于北京

1957 年 3 月重校

封　锁

张爱玲

开电车的人开电车。在太阳底下，电车轨道像两条光莹莹的，水里钻出来的曲鳝，抽长了，又缩短了；抽长了，又缩短了，就这么样往前移——柔滑的，老长老长的曲鳝，没有完，没有完……开电车的人眼睛盯住了这两条蠕蠕的车轨，然而他不发疯。

如果不碰到封锁，电车的进行是永远不会断的。封锁了。摇铃了。"叮玲玲玲玲玲"，每一个"玲"是冷冷的一小点，一点一点连成一条虚线，切断了时间与空间。

电车停了，马路上的人却开始奔跑，在街的左面的人们奔到街的右面，在右面的人们奔到左面。商店一律的沙啦啦拉上铁门。女太太们发狂一般扯动铁栅栏，叫道："让我们进来一会儿！我这儿有孩子哪，有年纪大的人！"然而门还是关得紧腾腾的。铁门里的人和铁门外的人眼睁睁对看着，互相惧怕着。

电车里的人相当镇静。他们有座位可坐，虽然设备简陋一点，和多数乘客的家里的情形比较起来，还是略胜一筹。街上渐渐的也安静下来，并不是绝对的寂静，但是人声逐渐渺茫，像睡梦里所听到芦花枕头里的窸窣。这庞大的城市在阳光里盹着了，重重的把头搁在人们的肩上，口涎顺着人们的衣服缓缓流下去，不能想象的巨大的重量压住了每一个人。上海似乎从来没有这么静过——大白天里！一个乞丐趁着鸦雀无声的时候，提高了喉咙唱将起来："阿有老爷太太先生小姐做做好事救救我可怜人哇？阿有老爷太太……"然而他不久就停了下来，被这不经见的沉寂吓噤住了。

还有一个较有勇气的山东乞丐，毅然打破了这静默。他的嗓子浑圆嘹亮："可怜啊可怜！一个人啊没钱！"悠久的歌，从一个世纪唱到下一个世纪。音乐性的节奏传染上了开电车的。开电车的也是山东人。他长长的叹了一口气，抱着胳膊，向车门上一靠，跟着唱了起来："可怜啊可怜！一个人啊没钱！"

电车里，一部分的乘客下去了。剩下的一群中，零零落落的也有人说句闲话。靠近门口的几个公事房里回来的人继续谈讲下去。一个撒喇一声抖开了扇子，下了结论道："总而言之，他别的毛病没有，就吃亏在不会做人。"另一个鼻子里哼了一声，冷笑道："说他不会做人，他把上头敷衍得挺好的呢！"

一对长得颇像兄妹的中年夫妇把手吊在皮圈上，双双站在电车的正中，她突然叫道："当心别把裤子弄脏了！"他吃了一惊，抬起他的手，手里拎着一包熏鱼。他小心翼翼使那油汪汪的纸口袋与他的西装裤子维持二寸远的距离。他太太兀自絮叨道："现在干洗是什么价钱？做一条裤子是什么价钱？"

坐在角落里的吕宗桢，华茂银行的会计师，看见了那熏鱼，就联想到他夫人托他在银行附近一家面食摊子上买的菠菜包子。女人就是这样！弯弯扭扭最难找的小胡同里买来的包子必定是价廉物美的！她一点也不为他着想——一个齐齐整整穿着西装戴着玳瑁边眼镜提着公事皮包的人，抱着报纸裹的热腾腾的包子满街跑，实在是不像话！然而无论如何，假使这封锁延长下去，耽误了他的晚饭，至少这包子可以派用场。他看了看手表，才四点半。该是心理作用罢？他已经觉得饿了。他轻轻揭开报纸的一角，向里面张了一张。一个个雪白的，喷出淡淡的麻油气味。一部分的报纸粘住了包子，他谨慎地把报纸撕了下来，包子上印了铅字，字都是反的，像镜子里映出来的，然而他有这耐心，低下头去挨个认了出来："讣告……申请……华股动态……隆重登场候教……"都是得用的字眼儿，不知道为什么转载到包子上，就带点开玩笑性质。也许因为"吃"是太严重的一件事了，相形之下，其他的一切都成了笑话。吕宗桢看着也觉得不顺眼，可是他并没有笑，他是一个老实人。他从包子上的文章看到报上的文章，把半页旧报纸读完了，若是翻过来看，包子就得跌出来，只得罢了。他在这里看报，全车的人都学了样，有报的看报，没有报的看发票，看章程，看名片。任何印刷物都没有的人，就看街上的市招。他们不能不填满这可怕的空虚——不然，他们的脑子也许会活动起来。思想是痛苦的一件事。

只有吕宗桢对面坐着的一个老头子，手心里谷碌碌谷碌碌搓着两只油光水滑的核桃，有板有眼的小动作代替了思想。他剃着光头，红黄皮色，满脸浮油，打着皱，整个的头像一个核桃。他的脑子就像核桃仁，甜的，滋润的，可是没有多大意思。

老头子右首坐着吴翠远，看上去像一个教会派的少奶奶，但是还没有结婚。她穿着一件白洋纱旗袍，滚一道窄窄的蓝边——深蓝与白，很有点讣闻的风味。她携着一把蓝白格子小遮阳伞。头发梳成千篇一律的式样，唯恐唤起公众的注意。然而她实在没有过分触目的危险。她长得不难看，可是她那种美是一种模棱两可的，仿佛怕得罪了谁的美，脸上一切都是淡淡的，松弛的，没有轮廓。连她自己的母亲也形容不出她是长脸还是圆脸。

在家里她是一个好女儿，在学校里她是一个好学生。大学毕了业后，翠远就在母校服务，提任英文助教。她现在打算利用封锁的时间改改卷子。翻开了第一篇，是一个男生做的，大声疾呼抨击都市的罪恶，充满了正义感的愤怒，用不很合文法的，吃吃艾艾的句子，骂着"红嘴唇的卖淫妇……大世界……下等舞场与酒吧间"。翠远略略沉吟了一会，就找出红铅笔来批了一个"A"字。若在平时，批了也就批了，可是她有太多的考虑的时间，她不由得要质问自己，为什么她给了他这么好的分数。不问倒也罢了，一问，她竟涨红了脸。她突然明白了：因为这学生是胆敢这么毫无顾忌地对她说这些话的惟一的一个男子。

他拿她当做一个见多识广的人看待；他拿她当做一个男人，一个心腹。他看得起她。翠远在学校里老是觉得谁都看不起她——从校长起，教授、学生、校役……学生们尤其愤慨得厉害："申大越来越糟了！一天不如一天！用中国人教英文，照说，已经是不应当，何况是没有出过洋的中国人！"翠远在学校里受气，在家里也受气。吴家是一个新式的，带着宗教背景的模范家庭。家里竭力鼓励女儿用功读书，一步一步往上爬，爬到了顶儿尖儿上——一个二十几岁的女孩子在大学里教书！打破了女子职业的新纪录。然而家长渐渐对她失掉了兴趣，宁愿她当初在书本上马虎一点，匀出点时间来找一个有钱的女婿。

她是一个好女儿，好学生。她家里都是好人，天天洗澡，看报，听无线电向来不听申曲滑稽京戏什么的，而专听贝多芬瓦格涅的交响乐，听不懂也要听。世界上的好人比真人多……翠远不快乐。

生命像圣经，从希伯来文译成希腊文，从希腊文译成拉丁文，从拉丁文译成英文，从英文译成国语。翠远读它的时候，国语又在她脑子里译成了上海话。那未免有点隔膜。

翠远搁下了那本卷子，双手捧着脸。太阳滚热的晒在她背脊上。

隔壁坐着个奶妈，怀里躺着小孩，孩子的脚底心紧紧抵在翠远的腿上。小小的老虎头红鞋包着柔软而坚硬的脚……这至少是真的。

电车里，一个医科学生拿出一本图书簿，孜孜修改一张人体骨骼的简图。其他的乘客以为他在那里速写他对面睏着的那个人。大家闲着没事干，一个一个聚拢来，三三两两，撑着腰，背着手，围绕着他，看他写生。拎着熏鱼的丈夫向他妻子低声道："我就看不惯现在兴的这种立体派，印象派！"他妻子附耳道："你的裤子！"

那医科学生细细填写每一根骨头，神经，筋络的名字。有一个公事房里回来的人将摺扇半掩着脸，悄悄向他的同事解释道："中国画的影响。现在的西洋画也时行题字了，倒真是'东风西渐'！"

吕宗桢没凑热闹，孤零零的坐在原处。他决定他是饿了。大家都走开了，他正好从容地吃他的菠菜包子。偏偏他一抬头，瞥见了三等车厢里他一个亲戚，是他太太的姨表妹的儿子。他恨透了这董培芝。培芝是一个胸怀大志的清寒子弟，一心只想娶个略具资产的小姐，作为上进的基础。吕宗桢的大女儿今年方才十三岁，已经被培芝睃在眼里，心里打着如意算盘，脚步儿越发走得勤了，吕宗桢一眼望见了这年轻人，暗暗叫声不好，只怕培芝看见了他，要利用这绝好的机会向他进攻。若是在封锁期间和这董培芝困在一间屋子里，这情形一定是不堪设想！他匆匆收拾起公事皮包和包子，一阵风奔到对面一排座位上，坐了下来。现在他恰巧被隔壁的吴翠远挡住了，他表侄绝对不能够看见他。翠远回过头来，微微瞪了他一眼。糟了！这女人准是以为他无缘无故换了一个座位，不怀好意。他认得出那被调戏的女人的脸谱——脸板得绷丝不动，眼睛里没有笑意，嘴角也没有笑意，连鼻洼里都没有笑意，然而不知道什么地方有一点颤巍巍的微笑，随时可以散布开来。觉得自己太可爱了的人，是熬不住要笑的。

该死，董培芝毕竟看见了他，向头等车厢走过来了，谦卑地，老远地就躬着腰，红喷喷的长长的面颊，含有僧尼气息的灰布长衫——一个吃苦耐劳，守身如玉的青年，最合理想的乘龙快婿。宗桢迅疾地决定将计就计，顺水推舟，伸出一只手臂来搁在翠远背后的窗台上，不声不响宣布了他的调情的计划。他知道他这么一来，并不能吓退了董培芝，因为培芝眼中的他素来是一个无恶不作的老年人。由培芝看来，过了三十岁的人都是老年人，老年人都是一肚子的坏。培芝亲眼看见他这样下流，少不得一五一十要去报告给他太太听——气气他太太也好！谁叫她给他弄上这么一个表侄！气，活该气！

他不怎么喜欢身边的这女人。她的手臂，白倒是白的，像挤出来的牙膏。她的整个的人像挤出来的牙膏，没有款式。

他向她低声笑道："这封锁，几时完哪？真讨厌！"翠远吃了一惊，掉过头来，看见了他搁在她身后的那只胳膊，整个身子就僵了一僵。宗桢无论如何不能容许他自己抽回那只胳膊。他的表侄正在那里双眼灼灼望着他，脸上带着点会心的微笑。如果他夹忙里跟他表侄对一对眼光，也许那小子会怯怯地低下头去——处女风的窘态；也许那小子会向他挤一挤眼睛——谁知道？

他咬一咬牙，重新向翠远进攻。他道："您也觉着闷罢？我们说两句话，总没有什么要紧！我们——我们谈谈！"他不由自主的，声音里带着哀恳的调子。翠远重新吃了一惊，又掉回头来看了他一眼。他现在记得了，他瞧见她上车的——非常戏剧化的一刹那，但是那戏剧效果是碰巧得到的，并不能归功于她。他低声道："你知道么？我看见你上车。车前头的上贴的广告，撕破了一块，从这破的地方我看见你的侧面，就只一点下巴。"是乃络维奶粉的广告，画着一个胖孩子，孩子的耳朵底下突然出现了这女人的下巴，仔细想起来是有点吓人的。"后来你低下头去从皮包里拿钱，我才看见你的眼睛，眉毛，头发。"拆开来一部分一部分的看，她未尝没有她的一种风韵。

翠远笑了。看不出这人倒也会花言巧语——以为他是个靠得住的生意人模样！她又看了他一眼。太阳红红地晒穿他鼻尖下的软骨。他搁在报纸包上的那只手，从袖口里出来，黄色的，敏感的——一个真人！不很诚实，也不很聪明，但是一个真的人！她突然觉得炽热，快乐。她背过脸去，细声道："这种话，少说些罢！"

宗桢道："嗯？"他早忘了他说了些什么。他眼睛盯着他表侄的背影——那知趣的青年觉得他在这儿是多余的，他不愿得罪了表叔，以后他们还要见面呢，大家都是快刀斩不断的好亲戚；他竟退回三等车厢去了。董培芝一走，宗桢立刻将他的手臂收回，谈吐也正经起来。他搭讪着望了一望她膝上摊着的练习簿，道："申光大学……您在申光读书？"

他以为她这么年轻？她还是一个学生？她笑了，没做声。

宗桢道："我是华济毕业的。华济。"她颈子上有一粒小小的棕色的痣，像指甲刻的印子。宗桢下意识地用右手捻了一捻左手的指甲，咳嗽了一声，接下去问道："您读的是哪一科？"

翠远注意到他的手臂不在那儿了，以为他态度的转变是由于她端凝的人格，潜移默化所致。这么一想，倒不能不答话了，便道："文科。您呢？"宗桢道："商科。"他忽然觉得他们的对话，道学气太浓了一点，便道："当初在学校里的时候，忙着运动。出了学校，又忙着混饭吃。书，简直没念多少！"翠远道："你公事忙么？"宗桢道："忙得没头没脑。早上乘车上公事房去，下午又乘车回来，也不知道为什么去，为什么来！我对于我的工作一点也不感到兴趣。说是为了挣钱罢，也不知道是为谁挣的！"翠远道："谁都有点家累。"宗桢道："你不知道——我家里——咳，别提了！"翠远暗道："来了！他太太一点都不同情他！世上有了太太的男人，似乎都是急切需要别的女人的同情。"宗桢迟疑了一会，方才吞吞吐吐，万分为难地说道："我太太——一点都不同情我。"

翠远皱着眉毛望着他，表示充分了解。宗桢道："我简直不懂我为什么天天到了时候就回家去。回到哪儿去。实际上我是无家可归的。"他褪下眼镜来，迎着亮，用手绢子试去上面的水渍，道："咳，混着也就混下去了，不能想——就是不能想！"近视眼的人当众摘下眼镜子，翠远觉得有点秽亵，仿佛当众脱衣服似的，不成体统。宗桢继续说道："你——你不知道她是怎么样的一个女人！"翠远道："那么，你当初……"宗桢道："当初我也反对来着。她是我母亲给订下的。我自然是愿意让我自己拣，可是……她从前非常的美……我那时又年青……年青的人，你知道……"翠远点点头。

宗桢道："她后来变成了这么样的一个人——连我母亲都跟她闹翻了，倒过来怪我不该娶了她！她——她那脾气——她连小学都没有毕业。"翠远不禁微笑道："你仿佛非常看重那一纸文凭！其实，女子教育也不过是那么一回事！"她不知道为什么她说出这句话来，伤了她自己的心。宗桢道："当然哪，你可以在旁边说风凉话，因为你是受过上等教育的。你不知道她是怎么样的一个——"他顿住了口，上气不接下气，刚戴上了眼镜子，又褪下来擦镜片。翠远道："你说得太过分了一点罢？"宗桢手里捏着眼镜，艰难地做了一个手势道："你不知道她是——"翠远忙道："我知道，我知道。"她知道他们夫妇不和，决不能单怪他太太。他自己也是一个思想简单的人。他需要一个原谅他，包涵他的女人。

街上一阵乱，轰隆轰隆来了两辆卡车，载满了兵。翠远与宗桢同时探头出去张望；出其不意地，两人的面庞异常接近。在极短的距离内，任何人的脸都和寻常不同，像银幕上特写镜头一般的紧张。宗桢和翠远突然觉得他们俩还是第一次见面。在宗桢的眼中，她的脸像一朵淡淡几笔的白描牡丹花，额角上两三根吹乱的短发便是风中的花蕊。

他看着她，好红了脸。她一脸红，让他看见了，他显然是很愉快。她的脸就越发红了。

宗桢没有想到他能够使一个女人脸红，使她微笑，使她背过脸去，使她掉过头来。在这里，他是一个男子。平时，他是会计师，他是孩子的父亲，他是家长，他是车上的搭客，他是店里的主顾，他是市民。可是对于这个不知道他的底细的女人，他只是一个单纯的男子。

他们恋爱着了。他告诉她许多话，关于他们银行里，谁跟他最好，谁跟他面和心不和，家里怎样闹口舌，他的秘密的悲哀，他读书时代的志愿……无休无歇的话，可是她并不嫌烦。恋爱着的男子向来是喜欢说，恋爱着的女人向来是喜欢听。恋爱着的女人破例地不大爱说话，因为下意识地她知道：男人彻底地懂得了一个女人之后，是不会爱她的。

宗桢断定了翠远是一个可爱的女人——白，稀薄，温热，像冬天里你自己嘴里呵出来的一口气。你不要她，她就悄悄地飘散了。她是你自己的一部分，她什么都懂，什么都宽宥你。你说真话，她为你心酸；你说假话，她微笑着，仿佛说："瞧你这张嘴！"

宗桢沉默了一会，忽然说道："我打算重新结婚。"翠远连忙做出惊慌的神气，叫道："你要离婚？那……恐怕不行罢？"宗桢道："我不能够离婚。我得顾全孩子们的幸福。我大女儿今年十三岁了，才考进了中学，成绩很不错。"翠远暗道："这跟当前的问题又有什么关系？"她冷冷的道："哦，你打算娶妾。"宗桢道："我预备将她当妻子看待。我——我会替她安排好的。我不会让她为难。"翠远道："可是，如果她是个好人家的女孩子，只怕她未见得肯罢？"种种法律上的麻烦……宗桢叹了口气道："是的。你这话对。我没有这权利。我根本不该起这种念头……我年纪太大了。我已经三十五了。"翠远缓缓的道："其实，照现在的眼光看来，那倒也不算大。"宗桢默然，半晌方说道："你……几岁？"翠远低下头去道："二十五。"宗桢顿了一顿，又道："你是自由的么？"翠远不答。宗桢道："你不是自由的。即使你答应了，你家里人也不会答应的，是不是？……是不是？"

翠远抿紧了嘴唇。她家里的人——那些一尘不染的好人——她恨他们！他们哄够了她。他们要她找个有钱的女婿，宗桢没有钱而有太太——气气他们也好！气！活该气！

车上的人又渐渐多了起来，外面许是有了"封锁行将开放"的谣言，乘客一个一个上来，坐下，宗桢与翠远给他们挤得紧紧的，坐近一点，再坐近一点。

宗桢与翠远奇怪他们刚才怎么这样的糊涂，就想不到自动的坐近一点。宗桢觉得他太快乐了，不能不抗议。他用苦楚的声音向她说："不行！这不行！我不能让你牺牲了你的前程！你是上等人，你受过这样好的教育……我——我又没有多少钱，我不能坑了你的一生！"可不是，还是钱的问题。他的话有理。翠远想道："完了。"以后她多半是会嫁人的，可是她的丈夫决不会像一个萍水相逢的人一般的可爱——封锁中的电车上的人……一切再也不会像这样自然。再也不会……呵，这个人，这么笨！这么笨！她只要他的生命中的一部分，谁也不希罕的一部分。他白糟蹋了他自己的幸福。多么愚蠢的浪费！她哭了，可是那不是斯斯文文的，淑女式的哭。她简直把她的眼泪唾到他脸上。他是个好人——世界上的好人又多了一个！

向他解释有什么用？如果一个女人必须倚仗着她的言语来打动一个男人，她也就太可怜了。

宗桢一急，竟说不出话来，连连用手去摇撼她手里的阳伞。她不理他。他又去摇撼她的手，道："我说——我说——这儿有人哪！别！别这样！待会儿我们在电话上仔细谈。你告诉我你的电话。"翠远不答。他逼着问道："你无论如何得给我一个电话号码。"翠远飞快的说了一遍道："七五三六九。"宗桢道："七五三六九?"她又不做声了。宗桢嘴里喃喃重复着："七五三六九。"伸手在上下的口袋里掏摸自来水笔，越忙越摸不着。翠远皮包里有红铅笔，但是她有意的不拿出来。她的电话号码，他理该记得。记不得，他是不爱她，他们也就用不着往下谈了。

封锁开放了。"吓玲玲玲玲玲玲"摇着铃，每一个"玲"字是冷冷的一点，一点一点连成一条虚线，切断时间与空间。

一阵欢呼的风刮过大城市。电车当当当往前开了。宗桢突然站起身来，挤到人丛中，不见了。翠远偏过头去，只做不理会。他走了。对于她，他等于死了。电车加足了速力前进，黄昏的人行道上，卖臭豆腐干的歇下了担子，一个人捧着文王神卦的匣子，闭着眼霍霍的摇。一个大个子的金发女人，背上背着大草帽，露出大牙齿来向一个意大利水兵一笑，说了句玩笑话。翠远的眼睛看到了他们，他们就活了，只活那么一刹那。车往前当当的跑，他们一个一个的死去了。

翠远烦恼地合上了眼。他如果打电话给她，她一定管不住她自己的声音，对他分外的热烈，因为他是一个死了又活过来的人。

电车里点上了灯，她一睁眼望见他遥遥坐在他原先的位子上。她震了一震——原来他并没有下车去! 她明白他的意思了：封锁期间的一切，等于没有发生。整个的上海打了个盹，做了个不近情理的梦。

开电车的放声唱道："可怜啊可怜! 一个人啊没钱! 可怜啊可——"一个穷婆子慌里慌张掠过车头，横穿过马路。开电车的大喝道："猪猡!"

1943 年 8 月

烦恼人生（节选）

池　莉

早晨是从半夜开始的。

昏蒙蒙的半夜里"咕咚"一声惊天动地，紧接着是一声恐怖的嚎叫。印家厚一个惊悸，醒了，全身绷得硬直，一时间竟以为是在噩梦里。待他反应过来，知道是儿子掉到了地上时，他老婆已经赤着脚下了床，颤颤地唤着儿子。母子俩在窄狭壅塞的空间撞翻了几件家什，跌跌撞撞抱成一团。

他该做的本能的第一件事是开灯，他知道，一个家庭里半夜发生意外，丈夫应该保持镇定。可是灯绳却怎么也摸不着! 印家厚哧哧喘着粗气，一双胳膊在墙壁上大幅度摸来摸去。老婆恨恨地咬了一个字"灯"便哭出声来。急火攻心，印家厚跳起身，踩在床头柜上，一把捉住灯绳的根部用劲一扯：灯亮了，灯绳却也断了。印家厚将掌中的断绳一把甩了出去，负疚地对着儿子，叫道："雷雷!"

儿子打着干噎，小绿豆眼瞪得溜圆，十分陌生地望着他。他伸开臂膀，心虚地说："怎么啦? 雷雷，我是爸爸哟!"老婆挡开了他，说："呸!"

儿子忽然说："我出血了。"

儿子的左腿有一处擦伤，血从伤口不断沁出。夫妻见了血，都发怔了。总算印家厚先摆脱了怔忡状态，从抽屉里找来了碘酒、棉签和消炎粉。老婆却还在发怔，眼里蓄了一包泪。印家厚完全清醒了，内疚感也渐渐地消失了。是他给儿子止的血，不是别人。印家厚用脚把地上摔倒的家什归拢到一处，床前便开辟出一小块空地，他把儿子放在空地上，摸了摸儿子的头，说："好了。快睡觉。"

"不行，雷雷得洗一洗。"老婆口气犟直。

"洗醒了还能睡吗?"印家厚软声地说。

"孩子早给摔醒了!"老婆终于能流畅地说话了，"请你走出去访一访，看哪个工作了十七年还没有分到房子。这是人住的地方?猪狗窝!这猪狗窝还是我给你搞来的!是男子汉，要老婆儿子，就该有个地方养老婆儿子!窝囊巴叽的，八棍子打不出一个屁来，算什么男人!"

印家厚头一垂，怀着一腔辛酸，呆呆地坐在床沿上。

其实房子和儿子摔下床有什么联系呢?老婆不过是借机发泄罢了。谈恋爱时的印家厚就是厂里够资格分房的工人之一，当初他的确对老婆说过只要结了婚，就会分到房子的。他夸下的海口，现在只好让她任意鄙薄。其实当初是厂长答应了他的，他才敢夸那海口。如今她可以任意鄙薄他，他却不能同样去对付厂长。

印家厚等待着时机，要制止老婆的话闸必须是儿子。趁老婆换气的当口，印家厚立即插了话:"雷雷，乖儿子，告诉爸爸，你怎么摔下来了?"

儿子说:"我要屙尿。"

老婆说:"雷雷，说拉尿，不要说屙尿。你拉尿不是要叫我的吗?"

"今天我想自己起来……"

"看看!"老婆目光炯炯，说，"他才四岁!四岁!谁家四岁的孩子会这么灵敏!"

"就是!"印家厚抬起头来，掩饰着自己的高兴。并不是每个丈夫都会巧妙地在老婆发脾气时，去平息风波的。他说:"我家雷雷是真了不起!"

"嘿，我的儿子!"老婆说。

儿子得意地仰起红扑扑的小脸，说:"爸爸，我今天轮到跟你跑月票了吧?"

"今天?"印家厚这才注意到已是凌晨四点缺十分了。"对。"他对儿子说:"还有一个多小时咱们就得起床。快睡个回笼觉吧。"

"什么是——回笼觉?爸爸。"

"就是醒了之后又睡它一觉。"

"早晨醒了中午又睡也是回笼觉吗?"

印家厚笑了。只有和儿子谈话他才不自觉地笑。儿子是他的避风港。他回答儿子说:"大概也可以这么说。"

"那幼儿园阿姨说是午觉，她错了。"

"她也没错。雷雷，你看你洗了脸，清醒得过分了。"

老婆斩钉截铁地说:"摔清醒的!"话里依然含着寻衅的意味。

印家厚不想一大早就和她发生什么利害冲突。一天还长着呢，有求于她的事还多着。他妥协地说:"好吧，摔的，不管这个了，都抓紧时间睡吧。"

老婆半天坐着不动，等印家厚刚躺下，她又突然委屈地叫道:"睡!电灯亮刺刺的怎么睡?"

印家厚忍无可忍了，正要恶声恶气地回敬她一下，却想起灯绳让自己扯断了。他大大咽了一口唾沫，爬起来……

在电灯黑灭的一刹那，印家厚看见手中的起子寒光一闪，一个念头稍纵即逝。他再不敢去看老婆，他被自己的念头吓坏了。

当眼睛适应了黑暗之后，发现黑暗原来并不怎么黑。曙色已朦胧地透过窗帘；大街上已有忽隆隆开过的公共汽车。印家厚异常清楚地看到，所谓家，就是架平衡木，他和老婆摇摇晃晃在平衡木上保持平衡。你首先下地抱住了儿了，可我为儿子包扎了伤口。我扯断了开关我修理，你借的房子你骄傲。印家厚异常地酸楚，又壮着胆子去瞅起子。后来天大亮了，印家厚觉得自己做过一个关于家庭的梦，但内容却实在记不得了。

还是起得晚了一点。

八点上班，印家厚必须赶上六点五十分那班轮渡才不会迟到。而坐轮渡之前还要乘四站公共汽车，上车之前下车之后还有各走十分钟的路程。万一车不顺利呢？万一车顺利人却挤不上呢？不带儿子当然就不存在挤不上车的问题，可今天轮到他带儿子。印家厚打了一个短短的呵欠后，一边飞快地穿衣服一边用脚摇动儿子。"雷雷！雷雷！快起床！"

老婆将毛巾被扯过头顶。闷在里头说："小点声不行吗？"

"实在来不及了。"印家厚说，"雷雷叫不醒。"

印家厚见老婆没有丝毫动静，只得一把拎起儿子。"嗨，你醒醒！快！"

"爸爸，你别揉我。"

"雷雷，不能睡了，爸爸要迟到了，爸爸还要给你煮牛奶。"印家厚急了。

公共的卫生间有两个水池，十户人家共用。早晨是最紧张的时刻，大家排着队按顺序洗漱。印家厚一眼就量出自己前面有五六个人，估计去一趟厕所回来正好轮到。他对前面的妇女说："小金，我的脸盆在你后边，我去一下就来。"小金表情淡漠地点了点头，然后用脚勾住地上的脸盆，准备随时往前移。

厕所又是满员。四个蹲位蹲了四个退休的老头。他们都点着烟，合着眼皮悠着。印家厚鼻孔里出的气一声比一声粗。一个老头嘎嘎笑了："小印，等不及了？"

印家厚勉强吭了一声，望着窗格子上的半面蛛网。老头又嘎嘎笑："人老了什么都慢，再慢也得蹲出来，要形成按时解大便的习惯。你也真老实到家了，有厂子的人不留到厂里去解呀。"

屁！印家厚极想说这个字可他又不想得罪邻居，邻居是好得罪的么？印家厚憋得慌，提着双拳正要出去，后边响起了草纸的揉搓声，他的腿都软了。

返回卫生间，印家厚的脸盆刚好轮到，但后边一位已经跨过他的脸盆在刷牙了。印家厚不顾一切地挤到水池前洗漱起来。他没工夫讲谦让了。被挤在一边的妇女含着满口牙膏泡沫瞅了印家厚一眼，然后在他离卫生间时扬声说："这种人，好没教养！"

印家厚听见了，可他希望他老婆没听见，他老婆听见了可不饶人，她准会认为这是一句恶毒的骂人话。

糟糕的是儿子又睡着了。

印家厚一迭声叫"雷雷"，一面点着煤油炉煮牛奶，一面抽空给儿子的屁股一巴掌。

"爸爸，别打我，我只睡一会儿。"

"不能了。爸爸要迟到了。"

"迟到怕什么。爸爸，我求求你。我刚刚出了好多的血。"

"好吧，你睡，爸爸抱着你走。"印家厚的嗓子沙哑了。

老婆掀开毛巾被坐起来，眼睛红红的。"来，雷雷，妈妈给你穿新衣服。海军衫，背上冲锋枪，在船上和海军一模一样。"

儿子来兴趣了："大盖帽上有飘带才好。"

"那当然。"

印家厚向老婆投去感激的一瞥，老婆却没理会他。趁老婆哄儿子的机会，他将牛奶灌进了保温瓶，拿了月票、钱包、香烟、钥匙和梁羽生的《风雷震九州》。

老婆拿过一筒柠檬夹心饼干塞进他的挎包里，嘱咐和往常同样的话："雷雷得先吃几块饼干再喝牛奶，空肚子喝牛奶不行。"说罢又扯住挎包塞进一个苹果，"午饭后吃。"接着又来了一条手帕。

印家厚生怕还有什么名堂，赶紧抱起儿子："当兵的，咱们快走吧，战舰要启航了。"

儿子说："妈妈再见。"

老婆说："雷雷再见！"

儿子挥动小手，老婆也扬起了手。印家厚头也不回，大步流星汇入了滚滚的人流之中。他背后不长眼睛，但却知道，那排破旧老朽的平房窗户前，有个烫了鸡窝般发式的女人，她披了件衣服，没穿袜子，趿着鞋，憔悴的脸上雾一样灰暗。她在目送他们父子。这就是他的老婆。你遗憾老婆为什么不鲜亮一点呢？然而这世界上就只她一个人在送你和等你回来。

……

印家厚上床时，时针指向十一点三十六分。

他往床架上一靠，深吸了一口香烟，全身的筋骨都咯吧咯吧松开了。一股说不出的麻麻的滋味从骨头缝里弥漫出来，他坠入了昏昏沉沉的空冥之中。

只亮着一盏朦胧的台灯。

他在灯晕里吐着烟，杂乱地回想着所有难办的事，想得坐卧不宁，头昏眼花，而他的躯体又这么沉，他拖不动它，翻不动它，它累散骨架。真苦，他开始怜悯自己。真苦！

老婆摊平身子，发出细碎的鼾声。印家厚拿眼睛斜睬着老婆的脸。这脸竟然有了变化，变得洁白，光滑，娇美，变成了雅丽的，又变成了晓芬的。他的胸膛呼地一热，他想，一个男人就不能有点儿野心么？这么一点破，心中顿时涌出一团邪火，血液像野马一样奔腾起来。他暗暗想着雅丽和晓芬，粗鲁地拍了拍老婆的脸。老婆勉强睁开眼皮觑了他一下，讷讷说："困死了。"

他火气旺盛地低声吼道："明天你他妈的表弟就睡在这房里了！"他"嚓"地又点了一支烟，把火柴盒啪地扔到地上。

老婆抹走了他唇上的香烟。异常顺从地说："好吧，我不睡了，反正也睡不了多久了。"她连连打呵欠，扭动四肢，神情漠然地去解衣扣。

印家厚突然按住老婆的手，凝视着她皮肤粗糙的脸说："算了。睡吧。"

"不，只有半小时了，我怕睡过头。"

"不要紧，到时候我叫醒你。"

"家厚！家厚，你真好……"

他含讥带讽地笑了笑。平静得像退了潮的沙滩。

老婆忽然眼睛湿润，接着抽泣起来，说："我实在不忍心告诉你，这房子马上就要拆了……通知书已经送来了……"

"哦。我也早知道了。"他说，"明天我拼命也得想办法！"

"你也别太着急，退路也不是完全没有。我打听了，有私房出租，十五平方每月五十块钱，水电费另加。……西餐是吃不成的了。可笑的是……我们还像小孩子一样，嘴馋……"

　　印家厚关了台灯，趁黑暗的瞬间抹去了涌出的泪水，他捏了捏老婆的手，说："睡吧。车到山前必有路，船到桥头自会直。"

　　老婆，我一定要让你吃一次西餐，就在这个星期天，无论如何！——他没有把这话说出口，他还是怕万一做不到，他不可能主宰生活中的一切。但他将竭尽全力去做！

　　雅丽怎么能够懂得他和他老婆是分不开的呢？普通人的老婆就得粗粗糙糙，泼泼辣辣，没有半点身份架子，尽管做丈夫的不无遗憾，可那又怎么样呢？

　　印家厚拧灭了烟头，溜进被子里。在睡着的前一刻他脑子里闪出早晨在渡船上说出的一个字："梦"，接着他看见自己在空中对躺着的自己说："你现在所经历的一切都是梦，你在做一个很长的梦，醒来之后其实一切都不是这样的。"他非常相信自己的话，于是就安心入睡了。

　　　　　　　　　　　　　　　　　　　　一九八七年二月，二稿

第十二章　一花一世界　一戏一乾坤
——现当代戏剧

　　悲剧将人生有价值的东西毁灭给人看，喜剧将那无价值的撕破给人看。

——鲁　迅

　　一个戏是一个社会的缩影，通过一出戏要能大体上看到一个社会。这也叫"一花一世界，一叶一如来"。

——田　汉

　　中国戏剧的现代化是从话剧的传入开始的。传统戏剧以戏曲为主，集说唱舞蹈动作为一体，并以着妆的脸谱化而显示出写意性。话剧来自西方，它强调对生活的描摹写实，长于对人的精神世界的探索，在文明的演进中，它一直充当新思想的前锋。19世纪中后期，话剧随西方文化不断传入。1907年，中国第一个话剧团体春柳社成立，并将话剧《茶花女》第二幕搬上舞台，引发了规模空前的话剧运动，话剧的演出和创作一度繁荣。但是，此时的话剧不仅艺术上粗糙，而且一味迎合市民趣味，因此被称为"文明戏"的话剧终而融入末流文化。真正使话剧成为戏剧革命标志的是"五四"时期。

　　出于文化启蒙的要求，新文学的倡导者们不断鼓吹文学革命，戏剧革命也被提上日程。传统戏剧受到了怀疑和否定。1917年至1918年，《新青年》设立了"旧剧评议"专栏，对传统的旧戏进行了猛烈的抨击，锋芒直指旧戏包含的儒道思想和迷信色彩以及趣味主义和非写实倾向。新的戏剧观被提了出来。他们要求戏剧成为传播新思想的工具，摈弃"大团圆"式的浪漫主义，以写实的精神去描绘普通人的生活，揭示生活的本来面目，加上人们对白话文的强调，话剧便成了戏剧革命的首选形式。

　　为了"建设西洋式的新剧"，新文学的倡导者们进行了坚实的努力。他们广泛译介西洋戏剧，各种流派蜂拥而入，给话剧的发展带来丰富的精神资源。话剧社团也纷纷成立。民众戏剧社、上海戏剧协社以及后来由田汉组织的南国社，都为话剧发展推波助澜。民众戏剧社和上海戏剧社积极将话剧推向民间大众。他们提倡"爱美剧"（业余戏剧），反对戏剧商业化，并将戏剧作为"社会前进的轮子"。"民众的戏剧"成了话剧运动的旗帜。"小剧场"演出不断发展，话剧空前地普及了。话剧创作也进入了自觉状态。与"文明戏"不同的是，"五四"时期的话剧坚持"为人生"的原则，将个性解放及人道主义精神作为话剧的基本主题。新的戏剧结构方式和表现方法也被引入话剧。1919年胡适的独幕剧《终身大事》，是现代文学史上的第一部话剧。其艺术上的简单化倾向十分明显，但它却开启了风行一时的"社会问题剧"创作热潮。"问题剧"探讨解决问题的途径，带有极强的社会参与热情，但解决问题的迫切心情也影响了人物性格与情节的自然性。继"问题剧"以后，田汉、洪深、丁西林等人以自己的创作实践将话剧创作提高到新的水平。田汉受西方新浪漫主义、唯美主义的影响，描写爱与美的幻灭与毁灭，他长于写人物心灵的裂变，并多用暗示象征手法，使剧作充满抒情意味。洪深的《赵阎王》将现实世界和虚幻世界相结合，将好人"犯罪"的恐惧心理进行了立体化的描绘。丁西林虽以趣味为旨归，但他的喜剧短小精致，幽默轻松，一扫以往"文明戏"以闹剧为喜剧的恶习。他往往以善意的微笑去写好人的残缺，在由此形成的冲突与误会中制造喜剧气氛。他的《一只马蜂》、《压迫》等都堪称现代喜剧精品。

"五四"时期的话剧运动无疑为现代话剧的发展奠定了基础。但是它也带有起步时期的局限，主题单一、情节冲突简单是共同的特点。到了 30 年代，中国话剧的发展才进入成熟期。

20 世纪 30 年代正值民族危机加剧的关头，救亡的呼声使话剧充满了社会关怀。以田汉为代表的戏剧家们纷纷"转向"，致力于为民族解放呼风唤雨。田汉的话剧带有明显的政治鼓动性。夏衍则先从历史剧中张扬爱国精神，继而将目光转向普通人，在平民生活中展开社会批判表达民族情感。《上海屋檐下》打破了情节剧的模式，在散点透视中以小见大，将屋檐下的惨淡风景和整个社会联系起来，表现了独特的戏剧结构能力。但最能代表 30 年代话剧水平的当属曹禺。曹禺避开了与社会的近距离接触，这使他能从容地从他熟知的家庭世界和都市生活中找到了艺术感觉。他较严格地遵守了话剧的结构规则，并在普通生活中展开了对人的精神的探索，将一般的社会批判主题提高到存在论的高度，这使他的话剧主题避免了单一化和平面化。《雷雨》、《日出》、《北京人》、《原野》，既是写实的，同时又是诗性的和象征的。曹禺的贡献在于，他不仅使话剧做到了结构上的完美，而且在戏剧冲突中突出了性格的力量。他的出现使现代话剧走向了成熟。

抗日战争爆发后，中国戏剧主题越来越贴近现实生活，除沦陷区戏剧多关顾市民趣味外，整个中国戏剧几乎都徘徊于战争与政治之间。抗战初期，广场剧成了流行一时的戏剧形式。《放下你的鞭子》等戏剧在街头演出几乎弄假成真。在国统区，话剧依然是戏剧的重要形式。郭沫若的历史剧《屈原》等借历史表达呼唤抗战反对投降的主题。他借古人骸骨注入现代精神的创作原则，为历史剧创作开辟了新的园地。陈白尘的讽刺剧讽刺官场的阴暗，他的《升官图》以寓言化的结构影射了现实，笔调隐晦但锋芒毕露。解放区戏剧则在对传统的更新上显示了实绩。歌剧《白毛女》集中国传统戏剧艺术与西洋歌剧艺术之长，以传奇的笔法表达了阶级解放的主题。但从总体上看，这一时期的戏剧创作成就不及 30 年代。

新中国成立后，戏剧创作承袭了解放区的传统。话剧创作多在新旧社会或新旧思想的二元对立中表达明确的革命意图，其中也不乏传世佳作。老舍致力于话剧创作，他的《龙须沟》、《茶馆》等因对北京风俗的真切描绘充满了生活气息。尤其是《茶馆》以开放式的结构涵盖了从晚清到抗战以后几十年的历史变迁，其中对人物命运的沉浮的真实描写，使剧作除了政治色彩外多了一层沧桑感。这是继《雷雨》之后中国话剧的又一部力作。传统戏剧也曾受到重视，但旧戏的演出因被指斥为替"帝王将相、才子佳人"立传，最后归于沉寂。对京剧的现代改造虽有政治动机，但也属推陈出新。《智取威虎山》、《沙家浜》等现代京剧在剧情与表演上都不逊于传统旧戏。但后来在"文革"十年中让八大样板戏一统天下，却是中国戏剧的悲哀。

粉碎"四人帮"以后，中国戏剧进入了新的时期。就创作而言，话剧依然是戏剧发展的晴雨表。粉碎"四人帮"后，话剧曾轰动一时。《于无声处》将压抑已久的反"文革"情绪倾泻出来，赢得举国喝彩。以后一系列的控诉反思型话剧也产生过巨大影响。不过，这些话剧因其过于强烈的平反意识和善恶观念，不同程度地存在着观念化倾向，宣传效应的强化掩饰了艺术上的不足，因而在轰动之后便没有声息了。

20世纪80年代以后，由于小说诗歌在先的活跃，继而影视空间的扩张，使戏剧的生存面临着危机。尽管这样，仍有优秀的剧作问世。与以前的话剧相比，此时的话剧模仿性小了，探索性加强了，政治色彩淡化了，民间色彩加强了。何冀平的《天下第一楼》写烤鸭店的世纪变迁，内中渗入了世事沧桑的感慨。《狗儿爷涅槃》则将同一社会平面上的人放在同一空间，演述着人与人之间共生共存对立又同一的平淡如水的故事。《荒原与人》写人与环境的冲突，从中写出沉浮不定的命运。《桑树坪纪事》则在封闭的空间中写出了善良生命的无声磨损。这些话剧在表层上对生活进行平面化显示，但对人的存在的认识的深度加强了，在对群体生活的展示中也深深地流露出个体的焦虑。总而言之，话剧在世纪末的时刻，正带着一种孤单与失落走向新世纪。也许它预示着一个探索时代的来临。

第一节　曹禺：在命运剧与社会剧之间
——曹禺的早期话剧

"第九个人物"是命运——《雷雨》：谁之罪？——《日出》：金钱的宿命——《原野》：复仇者永无归期

曹禺（1910～1996）是中国话剧艺术的集大成者。他的出现使中国话剧艺术走向了近乎完美的成熟。20世纪20年代，中国话剧创作蔚成风气，并有田汉、洪深、丁西林等名家出现。但这一时期的话剧大多情节单一，缺少内涵上的丰富性。曹禺的话剧则从日常生活中开拓丰富的线索。在规范的制作中，多方面地展开戏剧冲突，并以对人类精神世界的探索和对人的存在的思考获得了丰富的意蕴与深度，从而使他的话剧成为迄今为止中国话剧不可跨越的高峰。

曹禺话剧艺术的成功应得益于他丰富复杂的人生体验和戏剧艺术修养。曹禺原名万家宝，1910 年出生在天津的一个没落官僚家庭。父亲是一个留过学的旧式官僚，宦海沉浮使这位旧官僚最终心灰意冷，在天津做起了寓公。他意志消沉，一方面对染上烟瘾的大儿子横眉冷对，另一方面自己也久卧烟榻不能自拔，家庭沉闷阴冷。曹禺出生三日后，母亲染病而死。母爱的缺乏使曹禺产生了强大的孤独感，也常对人生、命运产生出种种迷茫。这一切都给他的童年蒙上阴影，却为后来的创作提供了丰富的资源。中国戏剧和西方话剧家诸如易卜生等人的作品也使他对话剧创作产生了迷恋。苦难的人生体验与越来越成熟的艺术感受，激发了创作热情。1931 年，曹禺写出了第一部话剧《雷雨》。在三年沉寂后，《雷雨》终于在舞台上引起轰动，并成为经久不衰的精品。

除《雷雨》外，曹禺还创作了《日出》、《北京人》、《原野》、《家》、《晴朗的天》等十几部话剧。而最能代表其风格和水平的依然是早期的作品。

以往许多人将曹禺早期的话剧仅仅归结为社会剧，只关注剧作展示的社会生活场景，但事实上，曹禺话剧的动人之处也在于其隐藏于社会场景背后的神秘力量，这种神秘力量就是曹禺在审视人生现象时对人的境遇与命运的思考。曹禺的话剧是社会剧，同时也是命运剧。曹禺正是在对人生与命运的双重思考中，由形而下走向形而上，使剧作在对人的精神拷问中将社会与人生的悲剧引向命运与人生的玄妙关系，诗化了戏剧情节。

命运是人类在无力摆脱外力的支配和无法逃避灾难时对自身存在的感受。古希腊悲剧曾多次重复这一主题。俄狄浦斯王为逃避杀父娶母的灾难远走他乡，但是他最终还是落入了他要逃避的那个陷阱。古希腊人用这种震撼人心的伦理悲剧说明命运的残酷和生命的渺小。曹禺也有过类似的感受。在谈到《雷雨》的创作动机时，曹禺说："《雷雨》所显示的并不是因果，并不是报应，而是我觉得的天地间的'残忍'。如若读者肯细心体会这番心意，这篇戏虽然有时为几段较紧张的场面或一两个性格吸引了注意，但连绵不断地若有若无地闪示这一点隐秘——这种宇宙斗争里的'残忍'和'冷酷'。这斗争背后或有一个主宰来使用它的管辖。"因而在他看来，《雷雨》的世界是一口"残酷的井"、"黑暗的坑"，是一种拼命的突围和无法抗拒的失败，是一种保存自己的努力和难以逃脱的毁灭。曹禺正是在这里找到了他对话剧的切入点。

于是，人们看到了一系列挣扎与毁灭的悲惨事件。每一个人不论拥有多大的力量，怀着怎样的动机，都无一例外地走向了毁灭。这是一出家庭剧。家，是人类最后的归宿地，但在《雷雨》中，家被无情地毁掉了。在这个家庭中，一家之长周朴园是最有实力的人物。他有显赫的地位与财产，他又是能够决定家庭成员命运的家长。他代表着生存法则，代表着无可争议的支配权。但这个"社会上的好人物"却有着魔鬼一样的品性。他可以在迎娶新妻时赶走情人，他可以规定儿子做什么或不做什么，他也可以决定刚烈的妻子该喝药还是不该喝药。在家中，他的惟一动作就是命令，他的惟一需要是别人的"服从"，他的目标是要确保他作为家长的尊严和家庭的体面。然而，他的一切在"自然法则"面前显得十分脆弱，一夜之间便化为乌有。就在这个沉闷的雷雨之夜，所有的一切都暴露了。他的儿子和他的妻子正为摆脱乱伦关系斗得你死我活，被他抛弃了三十年的情人鬼使神差地出现在他面前，这一切又使新的乱伦成为事实：周萍和四凤这对情人居然是兄妹。当一切真相大白之后，周家的体面荡然无存。繁漪疯了，周萍自杀了，周冲与四凤也双双身亡。周朴园这个现实法则的拥有者终于在自然法则面前失去了所有的体面与尊严。

完整在双重对立中被消解。维持同时意味着解体，寻找同时也意味着失去。在周朴园的全力维持失败的同时。周家内部所有的人都没有逃避命运之神的捉弄。繁漪，这个极具个性对自我格外看重的女人，渴望自由和幸福，但她却嫁给了比她长二十岁的冷漠无情的周朴园，她除了做"服从的榜样"外，没有得到任何欢乐。周公馆像一只黑暗的笼子，压抑了她对自由与幸福的向往。为了找到幸福，她困兽犹斗，毅然在情感上背叛了周朴园。但是，繁漪的反抗一开始就走向毁灭，因为她将自己的幸福寄托在周萍的身上，由此也将他们双方送入乱伦的魔圈。周萍的醒悟决定了他的逃离，但繁漪却将周萍当成最后的希望。为了留住周萍，她哀求、报复直至破坏。但是，当她试图完成对周萍与四凤关系的破坏，当着周朴园的面揭开他们的关系时，实际上也将一场乱伦的苦恋揭穿，家破人亡的结局便由此产生。她不顾一切地寻找，最后也以发疯告终。而周萍，这个乱伦禁地的逃离者，在意识到与繁漪"母亲不母亲，情妇不情妇"的尴尬关系时，他受到了乱伦恐怖的煎熬，他想出走，他想通过与四凤的相爱来获得平衡，却不曾想又由一个乱伦的陷阱走进另一个乱伦的陷阱，终于无法面对人生。有罪的人失去了赎罪的权力，这当然也可以被理解为命运。

在这场悲剧中，无辜者也不能幸免。四凤是一个天真无邪的纯真少女，她像所有的纯情少女一样向往爱情。她不顾仆人的身份，勇敢地接受了周公子周萍的爱，却不知道爱的背后深藏的是乱伦的危机。周冲是一个透明如玻璃的少年，他生活在梦中，相信一切都很美好。但是，生活的现实却无情地击碎了他的美梦，亲人的悲剧成了他梦想的绝地。侍萍则是这出悲剧最大的无辜者。她三十年前被周朴园抛弃。三十年后，她为了寻找女儿不巧走进了周家，不仅没带走女儿，而且还发现自己的亲生儿女正在演出乱伦的悲剧，当厄运连续重创一个无辜者或让无罪者无端地承担罪过时，人们所能想到的也许只有命运了。

由此，我们不能不想到曹禺所说的"第九个人物"。曹禺说过："我常纳闷何以我每次写戏总将主要人物漏掉。《雷雨》里原有第九个角色，而且是最重要的，我没有写进去，那就是称为'雷雨'的好汉。他几乎总是在场，他手下操纵其余八个傀儡。而我总不能明显地添上这个人，于是导演们也仿佛忘掉他。"其实，在人物面对厄运不能自主时，那个"第九个人物"已经抽象地存在于剧情的背后，摆布着所有人的命运，无论是生活中支配他人的人还是被他人支配的人，都无法摆脱它的捉弄。第九个人物是命运。第九个人物由此也将剧作主题推向了神秘之境。

最能表达命运残酷的是有关乱伦情节的设计，它也是剧作充满戏剧动作的动因。无疑，曹禺在剧作中借用了"俄狄浦斯情结"，用杀父娶母的伦理禁忌来震动读者。周萍与繁漪私通，是典型的杀父娶母的案例。当他与继母私通时，实际也就否定了周朴园作为父亲的角色在精神上杀死了父亲。而与四凤的爱情则使剧情出现了双重乱伦情境。乱伦禁忌是人类最基本的禁忌，是人与动物的区别的重要标志。几千年来，人类一直坚守着伦理的防线。因为乱伦恐怖给人类带来的震荡远远胜过死亡，如果真相一旦揭破，造成伤害的就不只是当事人，还有与当事人相关的所有的亲人都会面临精神上的打击。曹禺在剧作中揭示了这种伤害，它不仅使人物最终都精神崩溃，也使读者以紧张的心情关注乱伦揭穿后将发生的可怕结局。可以说，这种乱伦效应强化了命运的残酷性，作者同时将炎热夏季的"闷热"与沉闷雷雨声作为背景，并让三十年的悲欢离合的故事浓缩于雷雨之夜的有限时空中，使情节在浓缩的长度和受挤压的空间中产生一种即将引爆的力量，个体生命在受挤压的氛围中也变得更加孤立无援，命运主题不断被提示。

此间的乱伦禁忌尽管与俄狄浦斯情节相似，但又有所不同。俄狄浦斯王是在逃避乱伦中莫名其妙地走进乱伦陷阱的，而《雷雨》中的周萍与繁漪的乱伦是在他们完全知情的情况下开始的，只有在周萍逃避而不得，无辜地演出了与四凤的乱伦悲剧，命运的色彩才开始强化。但是，人们还可以设想，如果没有周朴园当年对侍萍的抛弃，如果没有周朴园对繁漪的专横，如果没有旧家庭对人的精神窒息，这一切还会发生吗？于是，一切都变成了对现实生活原则合理性的追问与怀疑。命运剧也开始变成了社会剧。《雷雨》因此也可以理解为对一个没落的专制社会的批判。但这并不影响人们由此产生的命运感。其实，没有永恒不变的命运。命运总是和有限的生活时空联系在一起的。命运实际上就是人们在无力摆脱生活挫折时对生活的悲剧性体验。这样，命运剧与社会剧不再冲突，而是互为动力了。命运是体验，社会是实情。

这或许也是曹禺"命运剧"的特征。即一方面从主观上将现实人生的悲剧引申至命运，从而强化了悲剧的力量，另一方面则从客观上以批判的姿态审视现实，这样"命运"的力量不单是代表一种恒久不变的自然法则，同时也代表着特定现实中左右人们的现实力量，由此也加深了对现存生活方式的否定。

这种情景在《日出》中更为明显。"第九个人物"金八在幕后隐而不现，人人都知道有个金八，但谁也没有见过金八，这个金八是操纵所有人命运的神秘人物。《日出》的主题是批判"损不足而奉有余"的社会，社会批判色彩极其明显。剧作显然受了易卜生的《群鬼》的影响，描绘了金钱社会的残酷。曹禺在高级宾馆和下等妓院两个空间展示了上层社会的堕落与下层社会的不幸。潘月亭仗着有钱占有妙龄女子的青春，金八身在幕后，但从众人的畏惧中，足以显示出他利用金钱进行生杀予夺的本性。顾八奶奶人老珠黄，但凭着有钱去雇用面首，面首张乔治则以其男色变成了依附于贵妇人身上的寄生虫。他们生活在浮华中，但是精神却腐烂了。与之相对应的是"小人物"们的不幸。小东西被逼身亡，黄省三无力还债服毒自杀。在两类生活景观的比照中，金钱社会的黑暗暴露无遗。金钱不仅制造了不幸，而且使道德沦丧。剧作的主人公陈白露就是金钱制度的牺牲品。她有纯洁的心灵，曾是一个纯洁天真的书香小姐，但无力抵御金钱的诱惑，堕落到人间最丑恶的地方做起了高级娼妓，以出卖肉体来换取物质上的享受。在她的心灵中，魔鬼与天使始终在搏斗，一方面她为堕落而痛苦，在逢场作戏的同时也为出卖自我而疯狂地诅咒和忏悔；另一方面，她却无力摆脱金钱筑成的人间地狱，继续和"群鬼"们纠缠。当过去的朋友方达生带她出去时，她断然拒绝。她一直生活在她仇视的生活里，为金钱而死亡。最后，当她负债累累，身临绝境时，原先捧场的人全都散尽，金钱的世界从来都是无情无义的。陈白露最终带着对这个世界的绝望而走向死亡。陈白露的悲剧写出了金钱对女性从精神到肉体的双重戕害。

此间，第九个人物金八显然已不同于《雷雨》中的命运，而演变为金钱力量的化身。没有出场的金八又像影子一样无所不在地跟随着人们，导演出一幕幕人生丑剧和悲剧。他是具体的，因为他是金钱的化身。他也是抽象的，这是因为他对生活在金钱时代来说，是一种宿命。金钱的宿命显然更深刻地表现了金钱罪恶的深广程度。它是笼罩于人间的一片黑暗。这种黑暗甚至让人们忽略了作者有关向往光明的情节设计而沉浸在对人物悲剧命运的思考中。

《原野》在精神上实际上仍保持着同《雷雨》、《日出》的某种同一性。它展示的是一种复仇的宿命。有人责怪《原野》是失败的。因为它在艺术表现上打破写实的惯例，将现实场景与幻觉世界连接在一起，缺少衔接的自然性。同时，在第三幕以后，人物之间的外在冲突也让位于心灵冲突，大量的独白性呼喊淡化了情节因而也淡化了戏剧性。这些评论不无道理。但是曹禺在对复仇精神的把握上还是十分成功的。复仇文学古而有之，如果简单地重复，就不会有新的魅力。曹禺在这里从单纯的过程展示转向对复仇心理的揭示，并从人物内心的悖论中写出复仇精神的宿命。在曹禺的笔下，复仇精神显示出原始的野性与激情。在这种激情的驱使下，复仇的冲动不可阻挡。主人公仇虎被仇人焦阎王逼得家破人亡。焦阎王用他们的土地活埋了他的父亲，并将他的妹妹卖进妓院，连他心爱的恋人金子也被夺去做了焦家的儿媳妇。仇虎本人也被抛入大牢。八年后，仇虎从狱中逃出。监狱将他折磨得像鬼，而变成鬼的遭遇使他复仇的野性达到极致。他眼中闪着怒火、凶狠、憎恶和仇恨。但是他来到焦家时，真正的仇人焦阎王死了。按父仇子报的传统原则，仇虎杀了焦大星。但是，焦大星是他儿时的好朋友。于是，复仇的快感在友情的良知驱使下变成了心理的痛苦。逃进森林的仇虎陷入了巨大的心理恐惧中。他从现实的炼狱里逃出，又走入精神的炼狱。复仇后的恐惧如同幻觉中的牛头马面、阎王小鬼构成的世界，如同荒坟鬼唱的原野。原野成了心灵无法安定的漂泊地。的确，人类的复仇决非是一种简单的冤冤相报。当一个生命去剥夺另一个生命时，人们对生命的珍视之心总会使复仇者在完成复仇后产生对惩罚的恐惧和不安，而错位的复仇更易唤起良知对行为的质疑，于是，精神的震荡在所难免。在仇虎身上，同时也展示了中国化的心态：一方面出于伦理需要去复仇，另一方面，复仇的错位使他无法安宁。牛头马面和阎王的幻觉实际上就是畏惧惩罚的心理表现，复仇无法补偿原有的缺失，反而使心灵变得更加痛苦。

在这一惨烈的复仇过程中，曹禺安排了一个同样水深火热的爱情故事。仇虎在复仇的同时也找回了爱情，他与昔日的恋人花金子在焦家重逢。花氏被逼嫁入焦家之后，始终处在被压抑的状态。她是一个充满野性与活力的女人，但是在焦家，她遇上的是一个阴毒专制的恶婆婆和窝囊软弱的丈夫。仇虎的归来燃起了她生命的激情。虽然她出于同情反对仇虎复仇，但是她却欣赏他身上的野性与力量。为此，她不顾一切地与他重新相爱，并愿随他走遍天涯海角。她与仇虎同时出逃，目的是为了到一个光明的"铺着金子的地方去"，过"人的日子"。但诗意和善良的灵魂并没有被现实同情。仇虎已无法走出复仇的恐惧，即使是没有追兵，那死者的阴魂以及对惩罚的畏惧一如无边的原野和走不完的黑森林，精神在自我拷打中趋于崩溃。爱情也将随着精神的破碎而中止。有关复仇的宿命在这里加深了。复仇未能保存复仇者自身，也没能呵护健康的充满生命力的爱情。当然，这里并不存在着对复仇行为的价值批判，它所表达的是一种对复仇精神的困惑以及人们抵抗罪恶与苦难时精神突围的艰难。剧名《原野》因而也是有象征性的。

第二节　田汉：爱与死之间的浪漫情怀

"波西米亚"式的流浪与"青春的哀伤"——从美的幻灭到救亡热情——
《回春之曲》：《牡丹亭》的现代演绎

田汉（1898～1968）字寿昌，湖南长沙人，我国杰出的革命戏剧家、现代话剧运动的先驱者、戏曲改革的开拓者，同时也是一位著名的歌词作家和诗人。他的剧作，不论是题材的选择、主题的揭示、人物的刻画以及艺术的表现，都显示出离奇曲折、情感激越和浓郁抒情的浪漫主义独特风格，但在不同阶段又呈现出不同的格调和韵味。

1930年前，是田汉生平创作的前期阶段。1916年，长沙师范毕业后，田汉负笈远游，东渡日本。"五四"后，参加少年中国学会，并与郭沫若等人发起组织创造社。1921年以后，与欧阳予倩、洪深等人创办南国剧社、南国艺术学院、南国电影剧社，主编《南国周刊》、《南国月刊》等杂志，为中国话剧运动的发展开辟了道路。1919年起，他开始了话剧创作，写了《环娥玲与蔷薇》、《咖啡店之一夜》、《获虎之夜》等剧本，在主持南国社时期，写了《江村小景》、《苏州夜话》、《南归》、《名优之死》等许多剧本。它们在题材、情调、趣味等方面不尽相同，但都存留着作者早期的"唯美的残梦"和"青春的哀伤",① 基本体现出田汉早期戏剧的基本风格：演示"波希米亚"式流浪、漂泊的罗曼司，用浪漫的故事、感伤的情绪、抒情的语言与优美静温的环境来营造浓郁的抒情氛围。"波西米亚"在近代法国艺术上指的是那些在生活上豪放不羁、漂泊流浪，在艺术上不守常规、自由任性的艺术家。由于田汉对流浪的辛酸有着切身的体验，故而对主人公流浪和漂泊的惨状都有相当的渲染，但在表现现实生活、思考社会问题方面，显然是很单薄的。

独幕剧《咖啡店之一夜》写于 1920 年，在早期话剧运动中产生过较大影响。它体现了以漂泊流浪为基本旨归的"波希米亚"式风格特点，也体现了田汉最初的创作意图："以咖啡店情调为背景，写由颓废向奋斗之曙光。"剧中人咖啡店女招待白秋英是流浪到城里来的乡下女子，本与富商之子李乾卿猝然相遇，但终于遭到遗弃。在咖啡店中，李乾卿另换新欢，竟厚颜无耻地向白秋英索要旧时写的满是甜言蜜语的情书，索要两人的合影，声称为了他家庭的荣誉体面不应与出身卑微的人有联系而受损，他愿出高价赎金。白秋英怒斥了这个负心郎的卑下情操，将李乾卿强递过去的钞票连同她珍藏的照片一齐投入火中焚毁，以示决绝。她的刚直行为感染了座中为颓废情绪笼罩、借酒浇愁的大学生林泽奇，使他重新意识到"要深刻地活下去"。白秋英艰难的流浪生活可以说是一种血和泪的控诉，但她为的是寻找爱情、争取自由，并终于换得了相对的自言自立，于是这番流浪的酸辛与甘甜在她身上得到了统一，她与林泽奇"在悲哀的洗礼"中得到了同志，获得了勇气，最后毅然走出漂泊者的歇脚处——咖啡店，奔向了外面的生活。较之以前的作品，《咖啡店之一夜》少了点诗意，多了点悲剧色彩，感伤依旧存在，但并未令人沮丧，而是让人从绝望中奋志，于感伤之余觉到理解与同情的温婉，是一个向旧的告别、向新的追求的新生之夜。在创作手法上，作者自己的主观感受直接投射到白秋英等人物形象上，以直抒胸臆的方式抨击了市侩主义，感情充沛，笔力旺健，浪漫主义的抒情特色在这个作品中已表现了出来。

创作于 1929 年的《名优之死》是田汉由唯美倾向转向现实主义的标志。从 1930 年起，田汉的思想和创作进入新发展时期，艺术风格发生了很大转变。他作品的风格也随之发生变化。田汉"转向"后的创作追求是以寻找政治与艺术的结合的道路为主的，这就意味着他必须摈弃以前创作上的那一味以抒发小知识分子感伤与苦闷的浪漫情调，代之以工农大众的思想感情。他先后加入中国自由运动大同盟、"左联"、"剧联"，并担任"剧联"领导工作。他为"剧联"领导的剧团写了《洪水》、《乱钟》、《暴风雨中的七个女性》等许多剧本，它们大多取材于现实斗争，渗透了作者强烈的政治热情，在观众和读者中产生了积极的影响。但不得不承认，其中有些作品的政治说教严重，对于人物的性格也缺乏深入的开掘和生动的表现。

《回春之曲》的问世使田汉开始摆脱政治概念对话剧完整性肢解的倾向，可谓田汉

---

① 见《田汉戏曲集自序》。

"转向"后艺术创作的新起点。首先，该剧克服了"转向"之初作品中的政治说教，完全是以艺术的描写表达了主题。剧中描写青年学生参加抗战的坚定信念与勇敢的行动，同时也表现他们在爱情方面的矛盾与纠葛。但是，它既没有生硬感，也没有苦闷与感伤，而是通过人物的行动及内心的活动体现了作者的创作意图。其次，作品比较成功地塑造了高维汉、梅娘、黄碧如、洪思训等人物形象。他们已不再是某种观念的化身，而是现实生活中有血有肉的人。其中梅娘形象最动人。她是一个热情美丽的南洋姑娘，深深地爱着高维汉，在祖国遭受危难之际，她把对恋人的爱与对祖国的爱统一起来，表现出一种坚贞不渝的奉献精神。高维汉在抗击日寇的战斗中，因头部受重伤失去记忆，梅娘瞒着爹娘从南洋赶来，辛辛苦苦地看护着高维汉。陈三水想当"顺民"，劝梅娘不要守着一个"活尸"，梅娘气恨至极，泪痕满面地回答他："痴子也罢，'活尸'也罢，我敬他，我爱他，我守他一辈子！"她的爱不仅唤醒了高维汉的记忆，而且也鼓舞了同志们的抗战决心。其三，田汉在创作时充分发挥他善于写抒情剧的优势，在作品追求一种诗意化境界，用诗一般的语言表现人物的喜怒哀乐。剧中人物悲慨时之呼号，激越时之高亢，前进时之奋励，成功时之鼓舞，全通过那雄浑壮丽、缠绵悱恻的语言表达出来了。其四，运用歌曲烘托剧本的主题，表达人物的情感，增强全剧的艺术魅力。其中的《告别南洋》既表达了主人公高维汉告别南洋、远离恋人的难舍之情，也唱出了为"要去争取这一线光明的希望"而共赴国难的决心。《春国来了》唱出了祖国山河的秀丽，表达了对侵略者践踏美好家园的愤怒——"中华民族再不怒吼将如何！"第三幕的《梅娘曲》是梅娘听了陈三水侮辱高维汉的话后含着眼泪唱的：

　　　　哥哥，你别忘了我呀，
　　　　我是你亲爱的梅娘。
　　　　我为你违背了我的爹娘，
　　　　离开了那遥远的南洋，
　　　　我预备用我的眼泪，
　　　　搽好你的创伤，
　　　　……

　　歌声情真意切，如泣如诉。梅娘把对恋人的爱，对流氓的恨交织在一起，痛苦中充满着祈盼，泪水里蕴藏着信念，令人下泪，却不使人感伤。这些歌曲不仅表达了人物的心境，突出了全剧的主题，而且也使全剧充满了诗意，增添了艺术感染力。

　　尽管《回春之曲》使田汉的戏剧创作达到一个新的水平，但他此后的创作艺术水平是参差不齐的。抗日战争时期，比较成功的作品有《卢沟桥》、《秋声赋》等剧作，而抗战胜利后的作品，最优秀的当推《丽人行》。

　　《丽人行》创作于1947年，它的成功，一是剧本所具有的深远的现实意义；二是该剧新颖的艺术形式。田汉创作《丽人行》是直接受到发生在北平的"沈崇案"和上海的"摊贩案"的触动，剧作通过生活在日本强盗统治下的上海的三个女性——纱厂女工刘金妹、知识妇女梁若英、革命女性李新群悲欢离合的故事，展现了抗战胜利前夕，沦陷区的民众所受到的苦难和在苦难中挣扎、奋斗的事实。朴实善良的纱厂女工刘金妹，是挣扎在社会底层的被侮辱与被损害的女性。她受过日寇凌辱，丈夫被流氓毒瞎眼睛，生活的重担靠她一人挑起，全家处在极度贫困之中。在一切生路断绝之后，她被迫出卖肉体，但仍不能改变这个悲惨的处境。她在绝望中走向黄浦江边，终于经革命者救助而得到新生。女知识青年梁若英有正义感和爱国心，但又脆弱动摇，抗战前同革命者章玉良结了婚，生了孩子，在战争离乱中经历曲折的遭遇。李新群是留在敌后的坚持斗争的地下工作者，同她的丈夫孟南一起，日夜艰辛地为革命而工作，满怀信心地迎接胜利。在艺术形式上，剧本打破了话剧通常分幕的结构形式，吸取中国戏曲的经验，根据剧情需要，将全剧分为长短不一的二十一场次，穿插交错地展示了三个青年女性截然不同的命运，又以抗日斗争为主线把她们连贯在一起，因而全剧场次虽多，但浑然一体，有条不紊。

学术界有一个共识，"田汉就是一部中国现代戏剧史"，综上可以看出，"五四"以来，在我国现代戏剧发展的每一个主要阶段上，包括20年代"多元"自由时期，30年代的左翼激进时期，40年代的弘扬民族精神时期等，都有着田汉作为"先驱者"和"探求者"领导着一批人团结奋进的业绩。不仅如此，田汉从事艺术创造的领域非常广阔，话剧、戏曲、电影、新诗歌词、旧体诗词、音乐书法等，他无不涉足。他的《义勇军进行曲》、《毕业歌》充满革命激情，具有广泛的社会影响。田汉不愧是一位杰出的人民歌手和人民艺术家。

第三节　夏衍：从历史到上海屋檐下

为中国电影奠基——历史剧："国防戏剧"之样板——屋檐下的控诉

夏衍(1900～1997)原名沈端先，是中国现代文坛上一位富有传奇色彩的人物，1900年出生于浙江杭州一个没落的官宦之家，书香门第，生于动乱而长于忧患，险些因家贫而不能上学读书，因此十分珍惜获得的学习机会，从私塾到中学到留学日本，始终学业优秀。在日本就积极参加革命活动，1924年由孙中山亲自关怀下加入国民党，"四·一二"反革命政变后，为躲避追捕回到国内，在白色恐怖最严重的1927年6月加入中国共产党，开始了他漫长而又富有传奇色彩的人生。他是"左联"的发起人和主要领导者之一，也是地下党的领导者之一，与瞿秋白、潘汉年等并肩战斗，为左翼文化的发展立下不朽的功勋。夏衍与其他作家的不同之处在于，他首先是一位革命家，然后才是个文学家，革命是他的理想，文学是革命的需要，是革命的手段，他用他那饱蘸激情而又才华横溢、挥洒自如的笔，真实地记录了历史与时代的风貌，在中国现代文学史上写下了浓墨重彩的一笔：20 年代后期的文坛上，以外国文学翻译家沈端先而闻名，留下了大量的文学理论及文学作品的译著，以翻译高尔基的《母亲》而名噪一时；30 年代初，以电影剧作家黄子布而享有盛名，留下轰动影坛的《狂流》、《春蚕》、《风云儿女》等优秀影片；同时还以夏衍的笔名享誉话剧界，写出了《赛金花》、《自由魂》(后改名《秋瑾传》)、《上海屋檐下》等优秀剧作，他的报告文学《包身工》不仅是中国报告文学的里程碑式的作品，而且在今天仍不失为一部典范之作；抗战八年中，除了十几部剧作外，还写了五六百万字的消息、通讯、杂文，完成了长篇小说《春寒》。在这期间，尤其以《法西斯细菌》、《芳草天涯》为其代表作。

夏衍的第一部话剧是 30 年代在躲避白色恐怖时写的大型历史讽喻剧《赛金花》，剧作欲借赛金花的题材，揭露清王朝丧权辱国，讽刺国民党当局的卖国投降政策。此剧一公演，便创造了连续二十多场客满的记录。从此，夏衍之名蜚声剧坛，此剧被认为是中国提出建立"国防戏剧"口号后"第一次收获到的伟大剧作"。此后，夏衍还写了独幕剧《都会的一角》和《中秋月》也产生了一定的影响。1936 年 12 月夏衍完成了歌颂中国第一位为革命献出生命的女性秋瑾的历史剧《自由魂》。

该剧描述了辛亥革命先烈秋瑾女士艰苦奋斗的一生，歌颂了她不畏艰险的爱国主义精神和视死如归的崇高的革命气节。作品撷取了秋瑾一生中的几个片断，着重表现了她献身革命以身殉志的悲壮历程。"序幕"中把秋瑾放在与中国广大民众的休戚与共的紧密联系中，显示了国家和人民的灾难是形成秋瑾英雄性格和行为的动力。第一幕写秋瑾为爱国热情所鼓舞，忧心于国家民族的命运，毅然离开她的官僚丈夫，冲出封建家庭的牢笼，到日本去留学。"我要把革命看成一团烈火，我要跳进火里去，我想，我一定会跟着更猛烈地烧起来。"第二幕写秋瑾从日本归来，参加实际革命斗争，要"打一个惊天动地的雷，放一把惊天动地的火，使整个的中国都改变。"第三幕写秋瑾准备武装起义，因内奸出卖而泄密，但秋瑾坚决不肯离开，被捕后从容就义。"我的头不会白断，我的血不会白流，全中国的同志，一定会继承我的遗志，中国妇女的自由平等，中国民众的解放独立，一定会实现的！"剧本将秋瑾的英雄性格和事迹很饱满很形象地凸现出来，极富号召力。《自由魂》演出之时，正逢"西安事变"和"七君子事件"震惊全国，日本帝国主义正加紧侵略中国，国民党反动政府执行投降卖国政策，激起全国人民的不满之时，此剧的公演，激发了民众对日本帝国主义及反动派的仇恨。

此剧在艺术上也是很成功的，"先将时代背景绘出，此后不再多用笔墨，直奔人物性格和生平"[1]，秋瑾的形象，个性鲜明，有血有肉，既写了她的思想行动放射着生命的光辉和热力，不妥协的反抗精神及以身殉志的崇高气节，也写了她对内奸缺乏

---

① 《夏衍研究资料》，514 页，北京，中国戏剧出版社，1983。

警惕和固执冒进缺乏策略的弱点：本可避免殉难，却为了个人意气而坚持赴难，杀身成仁。从而使这一英雄人物显得更真实可信。

写于1937年的《上海屋檐下》（三幕剧），是夏衍的代表作之一，是一幅上海小市民灰色生活的"横断面"的画图。夏衍把故事的背景安排在黄梅时节的低沉的绵绵细雨中，阴沉的天气，是剧中人物生活的象征性说明，也形成了整个剧本的主要色彩和情调。

《上海屋檐下》的主题是要"反映一下上海这个畸形的社会中的一群小人物，反映一下他们的喜怒哀乐，从小人物的生活中反映出一个即将来临的伟大的时代，让当时的观众听到一些将要到来的时代的脚步声音。"①此剧的主要情节主线为林志成、杨彩玉、匡复三人之间复杂的爱情关系。十年前，革命者匡复被捕入狱，林志成受挚友匡复所托，担负起照管其妻（杨彩玉）女（葆珍）的重任。由于匡复久无音讯，生死不明，林志成与杨彩玉在患难中结为夫妇。十年后，匡复出狱寻妻女，三个人都陷入了极度痛苦之中，在描绘这三个人的矛盾痛苦时，作家笔力简洁准确，深沉细腻。匡复是三方矛盾的中心，在短短的一天中，经历了最激烈、最复杂的感情变化，在戏剧冲突中充分揭示了他心灵深处的震荡：从寻找妻女的急切及找到亲人后的喜悦，得知真情后的痛苦、颓唐、焦躁，冷静之后，在葆珍与孩子们天真的歌声"跌倒了我会自己爬，钉子越碰越胆大，我们都是勇敢的小娃娃，大家联合起来救国家！"的启迪下，重新振作起来，毅然离去，踏上新的革命征程。匡复坚定的革命信念，博大的胸怀以及牺牲自己的幸福成人之美的崇高品德，使他成为全剧的灵魂，林志成的真诚善良软弱，杨彩玉的痛苦无奈、辛酸悲苦，都被剧作家展现得曲折跌宕，感人肺腑。除三个主角外，作者还写了一批善良的被侮辱被损害的小人物，被迫出卖色相而痛苦无奈的施小宝；无依无靠、终日梦想自己儿子当司令的老报贩"李陵碑"；失业职员黄家楣的狼狈处境，典衣孝敬父亲的悲喜剧；安分守己，善良乐观而又庸俗的小学教员赵振宇及其爱唠叨、爱计较的妻子。在作家笔下，他们复杂的内心世界与独特的性格特征，都得到很好的体现，因此被著名评论家李健吾誉为"个个角色都有戏的好戏"。

全剧在艺术上结构严谨，布局匀称，情节发展跌宕起伏。善于运用环境气氛渲染人物的心境。剧中故事以匡、林、杨三人为中心，其余四家是陪衬，情节的发展环环相扣，虽错综复杂却又有条不紊。三幕戏，中心线索突出，全剧始于林家，终于林家，五家人的生活非常巧妙地互相勾连。每一场重头戏都在匡、林、杨三人身上，又时时兼顾其他。剧情发展脉络清晰，组织严密，构成了一幅完整和谐的社会风俗画。故事始于梅雨，终于梅雨，从而使全剧有了阴郁浓重的氛围，既象征着黑暗的沉重与广阔，又暗示着梅雨终有过去的时候，而葆珍等少年儿童吟唱的抗日歌曲则暗示着人民的觉醒和新一代的崛起，带给观众以希冀和信心。

---

① 夏衍：《谈〈上海屋檐下〉的创作》，《夏衍研究资料》，184页，北京，中国戏剧出版社，1983。

抗战全面爆发后，夏衍在进行紧张的抗战宣传的同时，还写下了《一年间》（1938）、《娼妇》（1939）、《心防》（1940）、《愁城记》（1940）、《冬夜》（1941）、《水乡吟》（1942）、《法西斯细菌》（1942）、《离离草》（1944）、《芳草天涯》（1945）等剧本，其中《法西斯细菌》、《芳草天涯》为其最有代表性的作品。

《法西斯细菌》是夏衍抗战时期最优秀的剧本之一，也是中国话剧史上的典范作品之一，是夏衍剧作中篇幅最长，场景最多，跨越年代最久的一部力作。全剧以一向标榜不问政治，只对科学研究感兴趣的医学博士俞实夫为主角，通过他较长的时间跨度（1931～1942）和不同地区（东京、上海、香港、桂林）的曲折经历，通过生活的变迁及亲身的观察、体验、思考，他最后否定了"不问政治"的道路，深刻揭露了日本帝国主义的残虐与暴戾，得出了"法西斯与科学不两立"的结论，坚定不移地投身于抗战事业中去，从而深刻批判了超阶级、超政治的"为科学而科学"的糊涂思想，写出了俞实夫逐渐觉醒的过程，揭示了法西斯主义是人类一切进步事业的死敌的主题。

《法西斯细菌》在艺术上也是十分成功的，它没有十分激烈的外在的戏剧冲突，主要是在日常的生活中挖掘出人物内心感情的激荡，灵魂深处的搏斗，从而产生震撼人心的艺术力量。如第三幕，在全国同仇敌忾的环境气氛中，寿珍（寿美子）受到邻居孩子们的羞辱，天真的寿珍，将受辱的原因归罪于妈妈而拒绝妈妈的爱抚，俞实夫受到灵魂的震撼，但夏衍没有用惯常的戏剧冲突借此掀起轩然大波，甚至没有一句激烈的言辞，但从俞实夫猛然站起来又颓然坐下的无言的动作里，从静子茫然的眼泪和几乎听不出的声音里，令人感到他们善良的内心世界里已经展开了多么尖锐的理智与情感、现实与理想的搏斗，"于无声处听惊雷"从而增强了全剧的抒情气氛。

1945年，夏衍完成了他解放前的最后一部剧作《芳草天涯》，这是夏衍惟一的一部以爱情为题材的作品，着重描写了在战乱离难中知识分子的爱情纠葛，将丰富的社会生活凝聚于一条线索，在平淡的生活里发掘出内在的戏剧冲突，具有感人的力量。全剧以主人公大学教授尚志恢家庭生活的痛苦与烦恼为中心线索展开故事，夏衍让自己笔下的人物在琐碎的家庭生活中争吵，通过家庭矛盾折射出社会矛盾，曲折地反映那个动荡的年代。它是夏衍剧作中人物最少，情节最集中，戏剧冲突内在而又激烈的一部作品，比较突出地体现了夏衍剧作戏剧情节单纯集中，表面恬淡，意境深远而回味隽永，布局严谨而匀称的独特风格，夏衍写的是自己最熟悉的生活，是夏衍艺术成熟期的代表作。

夏衍的全部剧作，都具有他所特有的艺术风格，都取材于现实生活，紧密配合现实的斗争需要，具有鲜明的政治性和强烈的时代气息、生活气息。从《赛金花》到《芳草天涯》，他的剧作大多写于抗战时期，因此，他的剧作无论是历史题材还是现实题材的，无一不与抗战有关，无一不贯穿着全民团结抗日的时代氛围。他总是艺术地再现生活，绝少政治的说教，而是通过人物自身的言行，自然而然地反映出作者的倾向性，剧中人物都像现实中的人一样地生活着，按着自己的个性在活动着，性格的发展与人物的个性是一致的，所以他戏剧中的人物，既来源于现实生活，却又是经过作者的提炼与概括，既真实生动又凝炼深刻，在平淡无奇中蕴含着深沉的内容。

第四节 《茶馆》：生活真实的胜利

老舍：创作的转向——关注底层人民的生存境遇——《茶馆》的人物——"京味"话剧

话剧在解放后的十七年里基本呈现出政治化倾向。由于对政治的过分依附，话剧大多都失去独立的艺术品格而变成了政治宣传品。但是老舍却创造了当代话剧的奇迹。他的话剧《茶馆》没有摆脱政治话语的支配，但却出人意料地取得了一般政治剧难以企及的艺术效果，成了继《雷雨》之后，中国话剧的又一经典之作。

解放后，老舍的创作发生了明显的转向，由小说转向戏剧。他创作了《龙须沟》、《茶馆》、《女店员》、《神拳》等10多部话剧，还有许多曲艺作品。老舍的戏剧创作有明显的政治动机。他当初转向戏剧就是为了"为新社会服务"。《茶馆》也是如此。但是，当老舍的多数政治剧随着时间的流逝已被人遗忘时，《茶馆》却一直受到人们的喜爱，久演不衰。"文革"之后《茶馆》在欧洲各国演出，引起巨大轰动，盛况空前，被誉为"东方舞台上的奇迹"。

《茶馆》的奇迹是生活真实的胜利。老舍从小在旧社会饱经忧患，建国后巨大的社会变革将他变成了新社会的主人翁。1956年，我国制定颁布了第一部宪法，并实行了中国第一次普选，作为人民代表的老舍感慨万千，产生了强烈的创作冲动，写出了《秦氏三兄弟》。后来老舍将它的第二幕第二场的茶馆戏改成了今天的《茶馆》。

《茶馆》通过北京老裕泰大茶馆的生活变迁，反映了巨大的社会变迁，凸现了埋葬三个旧时代的题旨。话剧选择了北京三教九流汇集的大茶馆作为背景，通过各种人物半个世纪在茶馆中的各种活动，反映了三个令人诅咒的时代：戊戌变法失败后的晚清，军阀混战的民国初年，解放战争爆发前的国民党统治时期。剧作通过对剧中人物痛苦遭遇和悲惨命运的叙写真实地揭露了半封建半殖民地社会的腐朽和黑暗，猛烈地抨击了清王朝以及新旧军阀鱼肉百姓的反动统治，对过去的三个时代发出了振聋发聩的诅咒。

《茶馆》既没有悲欢离合的故事，又没有离奇曲折的情节，更没有激动人心的冲突。如果它仅仅是以茶客的变迁反映了旧社会的黑暗与历史的趋势，它是不可能有很好的艺术效果的。但是事实上《茶馆》产生了震撼人心的力量，其中奥妙何在？关键是《茶馆》让我们看到了别具风韵的老北京的各色人物以及那些一去不返的时代的特殊风貌，再加上剧作在表现上的高度艺术性，使剧作历久弥新，在今天仍有巨大的生命力。

《茶馆》的艺术性首先表现在它的结构上。它不讲究起承转合，不围绕戏剧冲突展开，而是采用横断面的方法，以人带戏，以茶馆作为舞台，通过这舞台上活动的各色人物展现复杂的时代和人生。三幕剧就是三个横断面，写了三个时代，贯穿了50年的历史。比如第一幕中庞太监讲："圣旨下来，谭嗣同问斩！告诉您，谁敢改祖宗的章程，谁就掉脑袋！"通过庞太监的台词透露了戊戌变法的血腥气。之后，又通过阴阳怪气的庞太监和春风得意的秦仲义的斗嘴展示了保守势力和维新势力此消彼长的风云际会。剧作的高明之处在于仅仅通过几个人物的几句简短的台词就勾勒出了时代风貌。

《茶馆》的横断面结构法在文学欣赏中暗合了西方戏剧创作对于"陌生化"的追求。戏剧大师布莱希特追求"陌生化"效果，常以歌队、旁白等外界因素的加入，提醒观众是在看戏，激发观众的思考。《茶馆》中的三幕戏，无情节联系，每幕结束，观众自然"出戏"，在欣赏中更多地加入了"陌生化"之后的思考判断，激发了更多的审美享受。

老舍一向主张文学创作的关键是人物的塑造。必须有成功的人物站起来，作品才站得住脚。老舍的长处也在人物塑造，因此《茶馆》的人物处理别具一格：主要人物，自壮到老，贯穿全剧；次要人物父子相承；每个角色说自己的事，同时又和时代结合起来；无关紧要的人物招之即来，挥之即去。

老舍对三个主要人物的塑造颇具功力。王利发是茶馆掌柜，他精明能干，圆滑世故，处世为人八面玲珑，左右逢源，但同时又忠厚善良，逆来顺受。为了生存，王利发一直奉行顺民哲学，他见谁都请安，鞠躬，作揖。他善于适应形势，在各大茶馆都关门倒闭的情况下，苦心孤诣地改换经营方式：卖茶不行开公寓，开公寓不行添评书，添评书不行请女招待。但最后还是每况愈下，直至被迫上吊自杀。在最后的绝望中王利发痛苦发问："我可没做过缺德的事，伤天害理的事，为什么不叫我活着呢？我得罪了谁？"王利发的问话和上吊既是他顺民性格的完成，又是对旧社会的有力控诉。

常四爷，开始是个有铁杆庄稼的"旗人"，随着清朝的覆灭，他成了自食其力的劳动者。他又倔又硬，有忧国忧民的爱国之心，有敢作敢为的浩然正气。他曾因为对清朝腐败的不满被关进监狱，他曾在民族危难之际参加义和团抵抗入侵。他一生爱国殷殷切切，只盼国家像个样子，可是盼了一辈子，国家越来越不像样。最终他沦为孤苦老人，发出惨痛呼号："我爱咱们的国呀，可是谁爱我呢？"最后由他倡议的"祭奠"是由活人自己为自己祭奠，可谓旷世奇观，然而那凄凉悲切的祭奠的喊声带给我们的不是欣赏的惊奇，而是透骨的悲凉和无限的同情。

秦仲义是一个深受维新思想影响的"实业救国"论者。他变卖家产兴办工业，但在军阀和帝国主义的压迫之下，由一个财大气粗的资本家变成了一个牢骚满腹、一腔悲愤的穷光蛋。最后他得出结论："应当劝告大家，有钱哪，就该吃喝嫖赌，胡作非为，可千万别干好事！"秦仲义的沦落和他人生信念的改变是对那个时代的有力控诉。

以上三个主要人物，按照自己的人生信念挣扎或追求了一生，道路虽不同，结局却一样，都成了旧社会的殉葬品。他们最后穷途末路时的自我祭奠，既是出于人生的无奈和激愤，又是对自己一生所为的自嘲，同时完成了剧作埋葬三个旧时代的主旨传达。

此外，剧中的其他人物也都各具特征，栩栩如生。

《茶馆》的成功不只得力于人物的塑造，更重要的是老舍借人物写历史的高度艺术概括力。老舍在剧中将他所认识的小人物，诸如小官吏、实业家、老太监、农民、小贩、艺人、特务、逃兵、女招待、算命的、打群架的……一群人集合到一个茶馆里，在一个局促的舞台框架里通过一些小人物的生活命运展现了半个世纪的历史风云。这种艺术概括非大手笔不敢问津。

《茶馆》的魅力还在于它那浓厚醇正的"京味儿"。翻开《茶馆》，人们看到的是，满台跑着端茶倒水、送烂肉面的跑堂儿；坐着喝茶的闲聊者，遛鸟的爷子，长袍马褂、腰间挂满饰物的旗人……人们听到的是茶客们的高谈阔论、跑堂的吆喝，后边厨房的炒菜声，当然中间还夹杂着各式各样的打招呼的，叫卖的，哼戏女的声音……在茶馆里喝茶的都是地道的北京人，地道的"京油子"。从第一幕开场到裕泰茶馆那种熙熙攘攘、热热闹闹的气氛，到剧终时三个老头撒纸钱都带着浓郁的北京地方色彩。那茶馆内的种种形象、打扮、礼仪、做派更是北京茶馆文化独家所有。纵观全剧，这种北京地方风情——"京味儿"——贯穿全剧，为《茶馆》增加了一种无形的魅力。时至今日，观众在欣赏《茶馆》时，可能忽略它埋葬旧时代的主旨，却绝难避开那扑面而来的浓郁醇厚的京味儿，而且也必定会被它那古老纯正的魅力所吸引。

[作品选读]

田汉
　　获虎之夜（存目）
　　名优之死（存目）
　　回春之曲（存目）

洪深
　　赵阎王（存目）

丁西林
　　一只马蜂（存目）
　　三块钱国币（存目）

曹禺
　　雷雨（存目）
　　日出（存目）
　　北京人（存目）
　　原野（存目）

夏衍

　　上海屋檐下（存目）

郭沫若

　　屈原（存目）

陈白尘

　　升官图（存目）

老舍

　　龙须沟（存目）

　　茶馆（存目）

陈仁鉴

　　团圆之后（存目）

魏明伦

　　潘金莲（存目）

何冀平

　　天下第一楼（存目）

第十三章 火点燃火 心走向心

——现当代散文

　　散文就不同了，选材与表现，比较可随便些；所谓"闲话"，在一种意义里，便是它的很好的解释。

——朱自清

　　那些最好的散文，有的使人想起了银光闪闪的匕首，有的使人想起了余音袅袅的洞箫，有的像明净无尘的水晶，有的像色彩鲜明的玛瑙……一切散文形式都应该提倡，各种形式都应该尽量具有丰富多彩的内容。

——秦　牧

　　散文是一个极为宽泛的概念。它曾用来指称一切具有文学特点的非情节和非诗歌性文体。"五四"时期，人们对散文的辨析开始清晰起来，他们创作了大量的艺术性散文并将其称作"美文"。"美文"实际上是对散文较为确切的界定。它一方面说明了认识上的科学化，另一方面也反映了一种文体的自觉。

　　现当代散文就是在"五四"时期的这种文体自觉的基础上催生和发展的。而散文也是"五四"时期最有成就的文学门类。鲁迅说："散文小品的成功几乎在小说戏曲诗歌之上。"的确，这一时期的散文，文体成熟，思想活跃。受时代精神的影响，散文不再代圣贤立言，而是自由地表达民主科学精神和自我感受。一批散文名家相继登场。朱自清写自然与亲情，或含蓄细密，或亲切朴实；冰心则将抒情与风景相结合，贯穿"童心""母爱"，清纯美丽，被人称赞为"冰心体"；许地山的散文充满哲理意味和宗教气息，境界高远；以徐志摩为代表的"新月派"散文色彩纤秾不乏空灵，处处闪动着灵性之美。值得一提的是周氏兄弟。周作人曾将散文归结为"言情"与"言志"两派。如果这种看法准确的话，那么鲁迅应属"言情"派的代表，周作人则是"言志"派的典型。鲁迅"言情"，是一种内在情感深沉和自然的流露。他的散文集《野草》和《朝花夕拾》堪称抒情散文之典范。《野草》以阴冷的色调，梦幻般的意象表达了精神界之战士的精神自审，在"绝望"与"希望"之间体现了一种悲壮美。《朝花夕拾》则以旧事重提的方式回望童年故乡，在亲切的叙事中表达了对清纯的"民间生活"的向往。周作人的散文或浮躁凌厉，或平和冲淡，都以轻松谈话的风姿引经据典，包罗万象，将情趣和理趣有机结合，构成了庄谐合一的艺术境界。以上各家风格不一，但是由于他们都有扎实的国学根底，谙熟六朝及明清散文的风致，再加上对西方随笔艺术的主动借鉴，他们的散文都显示出结构上的精致和表达上的自然，为现代散文发展奠定了成熟的基础。

杂文实际上是美文的变种。它的特点是文学性与社会批判性的统一。杂文是最先进入新文学的文体。早在1918年，《新青年》就开设"随感录"专栏，用杂文为新时代呐喊。鲁迅则是杂文创作的领头人物，杂文是他一生进行文化批判与文化反思的武器。他先后出版了15部杂文集。20年代，他的杂文偏于文化批判和现实批判，以敏锐的目光穿透古今，将"国民性"的认识推到前无古人的高度。30年代后，鲁迅更注重现实批判，他以简练而凝重的语言指斥时弊，"嬉笑怒骂，皆成文章"，如投枪匕首，显示了鲁迅特有的批判个性。

30年代，作家的政治分化随着政治变动和民族危机加剧。散文也以政治为轴心大致沿着两个走向发展。一些作家表现出较强的政治热情和左翼倾向，另一些作家则有意地疏远政治。左翼作家长于社会批判，因而其散文多显杂文气息或完全以杂文为主。唐弢、徐懋庸等受鲁迅影响，锋芒毕露，文笔简练，被时人称作"鲁迅风"。以林语堂、周作人为代表的自由主义文人，此时倡导幽默，闲适和独抒性灵的写作。他们创办的《论语》吸引了一大批超逸派作家，皆以对现实冷静超远的旁观，表达内心的感受。周作人的散文似屋檐下的清谈，林语堂则居高临下以戏谑的口吻谈论东西方文化，丰子恺则以佛教精神感受人生，其《缘缘堂随笔》在淡泊的情调中显出机智。京派作家也高蹈于政治之外，但他们和论语派相比，更注意意境的营造。何其芳以自觉的文体意识为抒情散文寻找新的园地。他的散文集《画梦录》因其在体裁上的独创获得了《大公报》文艺奖金。何其芳散文常采用"独白"的语调，以黄昏灯光下的独吟与寂寞，探索内心的矛盾。他多用绵密的意象、朦胧的色调和绚丽的文字集，晚唐五代词和法国印象派艺术之美为一体，虽有人工痕迹，但也诗化了散文的意境。这对于散文日益向着"叙事化"和"说理化"发展的30年代，无疑具有独创意义。此外，李广田的《画廊集》以风情写人生，一如素朴的诗。沈从文则以湘西世界为背景，用乡村中国眼光写质朴自然与人生。丽尼的散文带有一种忧郁的美丽，其散文集《黄昏之献》多写青春之梦消失后的淡淡感伤，其文字精美及象征手法的妙用显示了文体之美。

40年代散文创作相对沉寂，抗战的热潮将人们引向了报告文学创作。但也有不少作家在散文创作上显示了自己的特色。巴金出版了大量散文集。他写青春的美好与逝去，也写民族苦难，情感激越。梁实秋则独树一帜。他沿着"论语派"的路子以旁观者的姿态看人生，推崇生活的智慧与艺术。他的《雅舍小品》风行一时。雅舍既是他的生活空间，也是他的艺术空间。他不大关心社会，而专心于从身边的男人、女人、穿衣吃饭等琐事中发现生活趣味。不过因他品味得精细自然，使他的趣味主义至今还有市场。梁实秋无疑将闲适散文推向了极致。

新中国成立后，散文创作也发生了变化；在建国后十七年里，散文的政治教化色彩明显加强。像魏巍的《谁是最可爱的人》等政治抒情散文依然真诚感人。但模式化倾向也十分突出。杨朔在追求散文的诗化境界上不懈努力，但他那一一对应式的托物言志的抒情方式显得过于机械和封闭。秦牧和刘白羽的散文也表现出过强的政治色彩。不过秦牧的海阔天空的议论和刘白羽色彩瑰丽的文笔多少弥补了政治声音单一化的不足，可以称作十七年散文的亮点。

"文革"以后，散文较之小说诗歌显得有些沉寂。杨朔模式曾延续一时。但作家对文革的反思也给散文带来了生气。巴金的《随想录》、杨绛的《干校六记》、丁玲的《牛棚"小品"》虽带有政治痕迹，但文本的亲历性也使散文变得率真起来。散文的焦点正是在说真话的过程中由社会向自我位移。到了90年代，散文出现了根本性的转型。主体色彩加强了，散文以率真的姿态完成着自我与自我、自我与历史的对话。这一切又引来了人们对既往散文的重温，散文热持续不退。散文创作也以其风格的多样化呈示着魅力。赵玫等人充满女性色彩的朦胧散文，以积极的情绪和潜意识的随意流动，代替了以往先验性的理性框架和清晰的意义表达，不仅是文体上的自觉探索，也是对精神的真实剖白。余秋雨的文化散文以理性的目光穿行于历史的空间，在感受历史的同时也感受着自我。史铁生的散文在淡远的忧郁中贯穿着对生命终极的理解，张承志则以英雄主义姿态弘扬着阳刚之气。当然，散文在追求诗性和理性的同时，也在向世俗生活靠近，不少的散文关注着日常的人间情感，在近乎絮语式的言说中将散文变成了市井话语的一部分。总之，在这个跨世纪的时代，散文因其轻巧将会越来越呈现出难以分类的多元化特色。

第一节　鲁迅："历史中间物"的灵魂拷问

"闲话"与"独语"——《朝花夕拾》：往事中的温情——《野草》：径自逼视自我灵魂

散文在"五四"初期经历了一个幼稚的过程。强烈的启蒙热情使作家们往往将散文当作布道的工具，散文多少带上了教化色彩。鲁迅、周作人、朱自清和冰心等人的散文创作则使散文摆脱了"五四"初期的简单幼稚而走向成熟。其标志是，散文已从对理念的依附中走向个人空间，形成了"闲话"与"独语"两种不同风格。

"闲话"的特点是以轻松的心态任性而谈，率直、质朴而随意，没有对他人强制灌输思想，由此形成一种平等开放的文本。"独语"则努力排除与他人的交流，将目光转向主体的心灵深处与自我进行精神对话。独语是内向的和沉思的。

鲁迅创作的散文先后被辑为两集，一为《朝花夕拾》，一为《野草》。《朝花夕拾》属于"闲话"。这部总题为"旧事重提"的散文集写的都是童年及青年时期的生活，大概是时间的距离以及对往事特有的珍重，童年时期平淡的甚至是荒诞的经历如今变得天真而又美丽。连《山海经》名字都说不准的长妈妈略带粗俗，但这位"我的保姆"却充满了温情与爱心（《阿长和〈山海经〉》）。百草园的野草和蟋蟀，三味书屋中先生的严厉之中的温情，都显得亲切自然。就连先生沉醉于晦涩古书中的迂腐，如今也变成了有趣的回忆（《从百草园到三味书屋》）。而阴间的鬼魂无常在此时也被抹去了恐怖的阴影（《无常》）。而在《父亲的病》中，又充满对亲情的追忆与对生命的祈祷。鲁迅在《朝花夕拾》中多以成年人的宽厚将"过去"诗化，并从中表达对人间情感和生命的珍重，也由此表现出鲁迅文学世界中少有的雍容与柔和。

但鲁迅轻松和从容的背后也隐藏着一份苦涩与悲凉。和周作人的平淡，林语堂的闲适不同的是，鲁迅的轻松只是在"纷扰中寻出一点闲静"。"纷扰"是鲁迅写作《朝花夕拾》时的真实处境。这种纷扰既有家庭因素，比如与周作人兄弟失和带来的烦恼，更有自我的和社会的原因。20年代中期，鲁迅处在一种强烈的精神危机中，此时新文化运动已硝烟散去，当年的战士有的退隐，有的投降，惟鲁迅仍不肯放弃，独自前行，深感负载独彷徨的孤独与寂寞。尤为困惑的是，他曾历尽呐喊的艰辛，但一不见回音，二不见对手，如入无物之阵，奋斗的意义正面临着现实的消解。鲁迅感受到了一个精神界之战士的疲惫与孤独。与此同时，对自我角色的质疑也越来越强烈。鲁迅曾自称是历史的"中间物"，一脚踏着过去，一脚迈向未来。他自认为身上有诸多传统文化的"鬼气"，但他依然寄希望于未来。尽管身负传统的因袭，但也愿意肩起黑暗的闸门，让新一代走向光明。然而，他既不属于过去，也不属于未来，因为他决不会退回过去，但是又自以为不能摆脱身上的"鬼气"而轻松地走向未来，这样便只能做一个带有双重角色特征的中间物。鲁迅因此对自我存在的意义和价值产生了怀疑，他对自我的拷问也空前严厉，于是便有了散文集《野草》。

《朝花夕拾》只是鲁迅在内心紧张与痛苦时为寻求松弛而得到的片刻逍遥，鲁迅试图通过美化旧时的记忆来释放当前的压抑。《野草》才是鲁迅内心的真实剖白和心灵的另一面。

《野草》是一种独语，因为它是与自我灵魂的对话。《野草》是忧郁的，因为它包含了"历史中间物"自我拷问的沉重。鲁迅曾劝青年人不要读《野草》，因为它太"黑暗"了。

黑暗的确是《野草》的底色。《野草》里的大多数散文都将时间锁定在黑夜，将空间锁定于梦境。鲁迅就是在这夜与梦中展开思索。在许多篇章中，他写出了现实的"阴暗"，以及个体与他者的紧张关系。《狗的驳诘》中"我"无法驳倒"势利的狗"，是因为狗认为它的势利"愧不如人"，于是有了"我"的落荒而逃。《立论》则写出当面撒谎的市侩品性何以会变为最佳的生存策略。面对这样的世界便有了个体与他者的对立关系，有了从他人痛苦中取乐的看客（《复仇》），有了"老女人"用无语的言辞和颓败身躯的颤动为不平发出的抗争。因为"老女人"曾为自己的亲人付出一切，甚至牺牲了尊严，但她得到的却是被冷落、鄙视和放逐（《颓败线的颤动》）。而在《死后》中，更让人看出生前被利用和死后也被利用的残酷。鲁迅由此再次展示出个体的荒原性存在。因而，他在另一些篇章中加强了对自我的拷问以及对自我存在困境的思考。《影的告别》说：
"有我所不乐意的在天堂里，我不愿意去；有我所不乐意的在地狱里，我不愿意去。"
这里包含着对所有的"不乐意"的拒绝，但是"我"到底属于什么呢？"我不过是一个影，
要别你而沉没在黑暗里了。然而黑暗又会吞没我，然而光明又会使我消失。"这里有的
是对自我角色的深刻怀疑，因为"我不过是一个影"，这里也有历史"中间物"特有的悬
浮感与漂泊感，于是便"彷徨于无地"，终而决定让黑暗吞没，走向悲壮的牺牲。鲁迅
常因此表现出空虚和绝望，甚至将希望与绝望混淆（《希望》），但是他又执着于在绝望
中搏杀，执着于在荒原中远行。"过客"因此谢绝了老年人的劝解，谢绝了小姑娘的安
慰，明知前面是坟场，依然向前走去。"过客"没有切实的目标，对未来也无法确知，
因为这是不知道"怎么称呼，从哪里来，到哪里去"，即便是走出坟场也未必就有鲜
花，但仍然选择了"走"。"过客"的意义是双重的，一方面体认到自我注定要做荒原中
的过客，所有的努力挣扎都徒劳，一如老人的劝告，而所有的馈赠与安慰也都不能弥
补虚空。另一方面，又不甘心于停顿休息，只能以"走"来证明自己的存在（《过客》）。
因而，《野草》既充满绝望，又不甘于绝望，这也是"中间物"状态的鲁迅的精神自白。
于是，人们也从中看到对坚韧人生的向往。这里有对"在无边的旷野上，在凛冽的天
宇下，闪闪地旋转着"的"孤独的雪"、"雨的精魂"的礼赞（《雪》），也有对黑暗夜空下
与夜空独战的枣树的敬意（《秋夜》）。总而言之，《野草》就是在这种严厉的自审中展示
了一个精神界之战士的灵魂的丰富与坚韧。

　　与《朝花夕拾》相比，《野草》向人们展示了一个陌生化的艺术世界。它创造了一个
与现实对立的非现实语境，梦境与幻想，神话与传说，象征与变形是《野草》中经常出
现的意象。这一切都给《野草》带来了朦胧和虚幻的境界。但在意象的迷乱中，意象间
二元对立的冲突还是清晰可辨的。寒冷与温暖，光明与黑暗，黑夜与白天，个体与他
人，都以不相容的态势出现在《野草》中，灵魂拷问与心灵分裂也都意在其中了。

第二节　朱自清：丰腴与朴实中的人生关怀

　　将心灵隐蔽于自然——亲情的家园——内敛与舒展合一的叙述风格

　　朱自清（1898～1948），祖籍浙江绍兴，长于扬州。原名自华，号耿实，后改为自
清，字佩弦，笔名有拍香、白水、知白等。

　　朱自清是"五四"以来最有影响的散文作家，代表作有：《踪迹》（诗歌散文合集，
其中散文四篇）、《背影》、《欧游杂记》、《你我》、《伦敦杂记》。

　　朱自清早期散文大致分为三类：写社会生活的；写个人家庭的；写风光景物的。
后两类写得最为精彩，其中《背影》、《匆匆》、《荷塘月色》等流传甚广，被称为"白话
美文的模范"。朱自清的文风属于清雕型的，缜密细腻，有一种委婉的语调与特殊的

风彩，犹如月下品箫，幽隽温雅而满蕴诗意，故而有人将他的散文概括为"月下人生"。在语言上他采用提纯过的口语，颇见功力，因此杨振声评述他的艺术风格是"腴厚从平淡中来"。

朱自清的作品数量众多，题材广泛。但从总的方面来说，有如下几个鲜明特征：

一、敏锐独特的感受、细腻动人的景物描写

《荷塘月色》、《桨声灯影里的秦淮河》、《温州的踪迹》及《春》等，都是朱自清写景抒情的名篇，它们或体现出作家对自然景物的敏锐感受，对声音、色彩作细致独特的描写，或通过千姿百态、或动或静的鲜明形象，融入自己的感情色彩，从而构成了作家细密、幽远和浑圆的意境。

如朱自清脍炙人口的写景抒情名篇《荷塘月色》，由"这几天心里颇不宁静"起笔，故而欲往月下荷塘去觅求一点安宁。这便很自然地引起了下文。作者先写墙外的寂静，屋里的安静，写"我"在一片宁静的气氛中悄悄出门。接着又写通往荷塘的小路上的幽静，以及荷塘四周翁郁的树木和淡淡的月光，由远及近地烘托了荷塘的静谧、月色的恬淡。一个"静"字，一个"淡"字，奠定了统贯全篇的抒情基调。"曲曲折折的荷塘上面，弥望是田田的叶子。叶子出水很高，像亭亭的舞女的裙。层层的叶子中间，零星地点缀着些白花，有袅娜地开着的，有羞涩地打着朵儿的；正如一粒粒的明珠，又如碧天里的星星，又如刚出浴的美人。"将荷叶的卓然风姿、荷花的晶莹美丽，描绘得活灵活现。接着，又捕捉微风过处叶动花颤的情状："像闪电般，霎时传过荷塘的那边去了。叶子本是肩并肩密密地挨着，这便宛然有了一道凝碧的波痕。"落笔化静为动，形象地传递出月下荷塘精致微妙的美感。"月光如流水一般，静静地泻在这一片叶子和花上。薄薄的轻雾浮起在荷塘里"，这是实写；"叶子和花仿佛在牛乳中洗过一样；又像笼着轻纱的梦"，则为虚拟。实实虚虚，朦朦胧胧，有一种浓淡相宜的美。更妙的是写"塘中的月色并不均匀；但光与影有着和谐的旋律，如梵婀玲上奏着的名曲"，此句和上段"微风过处，送来缕缕清香，仿佛远处高楼上渺茫的歌声似的"。这两句都是用幻觉表现实感，使听觉与视觉、味觉相通，是一种独特飘逸的神来之笔。面对如此的良辰美景，作者一时间似乎超脱了现实，可又分明意识到"热闹是它们的，我什么也没有"。于是，不能不在一种怅然若失的感怀中信步而归。"猛一抬头，不觉已是自己的门前；轻轻地推门进去，什么声息也没有，妻已睡熟好久了。"全文便在这一片静谧的气氛中轻轻结束。类似《荷塘月色》这类的美文，还有其散文名篇《绿》，作者运用多种艺术手法，紧扣重，集中笔力，描写温州梅雨潭的绿波，先用博喻，说是"像少妇拖着的裙幅"，"像跳动的初恋的处女的心"，像"最嫩的皮肤"，像"温润的碧玉"；然后又多方比较，说是：北京什刹海的绿杨太淡了，杭州虎跑寺近旁的碧草和绿叶太浓了，"西湖的波太明了，秦淮河的也太暗了"。经过这样广泛的渲染，梅雨潭的绿波于是成了世界上最宜人的景色，从而教读者跟作者一道，"不禁惊诧于梅雨潭

的绿了"。《春》的情意绵绵，气韵生动、《桨声灯影里的秦淮河》那"灯月交辉、笙歌彻夜"的绮丽夜景和作者的"美梦"、"愁梦"交叠，也是一篇动静浑然一体、情景有机交融的散文名篇。

二、紧贴现实，抒写人生、生活中的片断感受

二三十年代的抒情小品园地，有一个很突出的特点，那就是与现实生活的紧密联系。作家们大都从各自的生活感受出发，率真地表达自己的喜怒哀乐，深入剖析内心的感情纠葛，大胆袒露个人的志趣意向，像朱自清的《背影》、《匆匆》、《儿女》以及一系列怀念旧友之作，都是此类作品的优秀典范。

《背影》是朱自清的委婉细腻风格的代表作。作品主要通过对父亲的背影的描绘，来揭示潜存的、无微不至的父子至情。以"我与父亲不相见已二年余了，我最不能忘记的是他的背影"破题之后，作者并不急于宕开去，却采用反衬的手法，先写祖母去世和丢了差使的父亲，怎样在"祸不单行"的沉重中安慰"我"；其次又写父亲在奔波谋食的繁忙中，怎样苦口婆心地托茶房送"我"去北京念书；再次又写父亲终于改变主意，在百忙中"决定还是自己送我去"。在反复曲折地写完了父亲对"我"的关心之后，才把那高度集中地体现父亲爱子之情的最动人的"背影"送到读者面前：父亲要去给"我"买桔子，而中间必须经过有栏杆的月台，父亲是个胖子，月台又高，他"蹒跚地走到铁道边，慢慢地探身下去"，"用两手攀着上面，两脚再向上缩；他肥胖的身子向左微倾，显出努力的样子。这时我看见他的背影，我的泪很快地流下来了。"所有这些细节刻画，都显示了父亲不辞辛劳的舐犊深情。作者在刻画父亲背影的同时，又多次描述了作为儿子的"我"的感动的眼泪，从而烘托了父亲的背影形象，加强了背影的感染力量。

"燕子去了，有再来的时候；杨柳枯了，有再青的时候；桃花谢了，有再开的时候。但是，聪明的，你告诉我，我们的日子为什么一去不复返呢？"(《匆匆》)《匆匆》全篇的调子统一于一个"轻"字，时间这个抽象的概念，在作者的笔下被诗化了，在日常生活中处处感到它"逃去如飞"，吃饭、洗手、上床，都觉得时间匆匆溜过。伤时又惜时，叹息之中包含着不甘虚度年华之情。全篇轻轻俏俏，字数五百，结构只转半个弯；大部分句子五六个字，简短伶俐；一连串疑问不求答，飘忽即过，那一种和谐统一的"轻灵"美，又是跟当时知识阶层青年的情绪相一致的。

第三节　周作人：无言的悲剧

从叛徒到隐士——屋檐下品尝苦茶——可悲的投敌者

1885 年 1 月 16 日，绍兴东昌坊口新台门周家，又诞生了一个婴儿。他便是在此后几十年的岁月里，一直被人们以各种形式关注的周作人。

中国现代文学史上，"二周"可谓是当之无愧的中心人物，他们从不同的角度给后人留下了无尽的话题。早在日本留学期间，周作人便与鲁迅一起合作翻译了《域外小说集》。周作人的散文成就也与其兄不相上下，以至于郁达夫在编选《中国新文学大系·散文卷》时，虽然极力割舍，"二周"的文章仍然占到了十之六七。而且，周作人还是"五四"新文学运动中"人的文学"理论的贡献者，是中国自由主义思潮在文学领域内最早的理论家、实践者和推动者。

富有戏剧性的是，周作人在日本占领北京期间，担任了汪伪政府的要职，成为"汉奸文人"之首，留下了一片骂名。虽然站在不同的角度，对历史可以作出不同的评价，但事实是不能抹杀的。近年来，人们又渐渐想起了他，《知堂书话》、《知堂杂诗抄》也相继出版。一生寂寞的周作人身后并不寂寞。在他身上，人们看到了一个自由知识分子的悲剧。

一、"五四"新文化运动的参与者

"五四"运动前夕，周作人与鲁迅一起回到了北京。经蔡元培先生邀请，他担任北大欧洲文学史和罗马文学史教授，兼任国史编撰处撰辑员，因此结识了当时文化界的名流陈独秀、胡适，并与刘半农、钱玄同成为终身的好友。

张勋复辟事件后，陈独秀深感改革《新青年》迫在眉睫，决心将文体改革上升为思想革命，这与鲁迅、周作人的意见不谋而合，陈独秀也颇器重周氏兄弟。于是，周作人在《新青年》4卷2号上发表了用白话翻译的古希腊牧歌《古诗今译》。三个月后，鲁迅著名的白话小说《狂人日记》发表于《新青年》4卷5号上。周作人翻译的《贞操论》，也在一时之间轰动了中国思想界、舆论界、文化教育界。"五四"期间，妇女的发现与儿童的发现、下层人民的发现，几乎是同时的。这也反映出周作人是从启蒙的角度和活生生的生活状态出发来看待人的。

1918年8月，北大内部及社会上新旧两派的斗争日趋白热化，以发表译作、创作为主的《新青年》已不足以担任攻击旧文学、旧思想，同时建设新文学理论的重任。于是《每周评论》应运而生。李大钊、陈独秀、胡适、周氏兄弟都成为此刊的创办者。周作人在这个时刻充当了"先锋"，由此确立了他在"五四"新文化运动中的历史地位。

1918年底和1919年初，周作人陆续发表了《人的文学》、《思想革命》、《新文学的要求》、《平民文学》等文章，将文学理论建设推进了一步。胡适在《中国新文学大系·建设理论集·导言》里，称周作人的《人的文学》是"当时关于改革文学内容的一篇最重要的宣言"。

在此之前，陈独秀的"三大主义"论，李大钊的"宏深的主义、艰深的学理"论，胡适的"言之有物"论、"国语的文学"论等提法都较空洞，缺乏一个明确的指向。当文学改革初见成效，白话文蔚然成风之时，文学该如何前进的问题摆在了人们面前。周作人开门见山地亮起了旗帜："我们现在应该提倡的文学，简单说一句，是'人的文学'。应该排斥的，便是非人的文学。"所谓人的文学，其实质是人道主义的文学。"人的文学"的理论依据就是建立在自然人性基础上的人道主义。周作人所表达的是一种精英主义的对人的理解方式。"人是一种动物"，"进化的动物"。"个人爱人类，就只为人类中有了我，与我相关的缘故"。从这种理解出发，周作人在《新文学的要求》中再次概括了"人的文学"的含义："一，这文学是人性的，不是兽性的，也不是神性的"；"二，这文学是人类的，也是个人的，却不是种族的、国家的、乡土的及家族的"。这种对"人的文学"，对"人"，对"人道主义"的信仰，具有极为浓厚的理想主义色彩，富有浪漫的激情。而且，他还开列了一个应该排斥的"书单"，《西游记》、《水浒传》都赫然在目。对旧戏剧的全盘否定，周作人也是一位始作俑者。他的《论黑幕》、《再论黑幕》以及《中国小说里的男女问题》，对黑幕小说及鸳鸯蝴蝶派小说进行了尖锐的批评，被认为是体现"五四"新文学的批判战斗精神的典范之作，为新文学的发展开辟了道路。周作人在人们尤其是青年心目中的"五四"先驱和战士形象，正是由此树立起来的。而且，与启蒙思想家从思想内容和艺术形式角度去建立新文学相比较，周作人从文学本体价值的角度论述了新文学之"新"在人的觉醒，在个性解放，这是周作人对"五四"文坛的贡献。

二、隐士与闲适散文

周作人的散文，以其简约亲切、平和冲淡的闲适风格，在现代散文史上独树一帜、别具风韵。陈思和在《关于周作人的传记》中认为："他在拒绝了政治力量后，奇迹般地在自己的专业——散文创作上建立起独创的价值标准——美文。"由于周作人对闲适达观、"微妙而美"的生活方式的追求，包含着超越于那个时代对于理想生活环境的认识，他的散文在渊博和优美两个方面达到了中国现代散文的一个顶峰。

周作人认为："中国的隐逸都是社会的，或政治的，他有一肚子的理想，却看得社会浑浊无可实施，便只安分去做农工，不再多管，见了那知其不可为而为之的人，却是所谓惺惺惜惺惺，好汉惜好汉，想了办法要留住他。"从中可以看出，周作人心目中的隐士，是一些胸怀理想和抱负，在经历了浩劫动荡之后，对社会和理想产生了悲观绝望情绪，而后消极遁世的人。这也正是周作人性格的根本方面。即使在"五四"时期，他的散文较之于鲁迅的锋利泼辣的文风，要显得平淡朴实而舒缓。"五四"落潮以后，他引证了历代野史中残杀和吃人的资料，梳理了近百年来以至国民党"清党"等无数事件，这时他再造国民精神的理想破灭了。1928 年以后，他不再写那些自称得罪人、得罪社会的文章，代之以那些与朋友闲谈式的散文。他后期在苦雨斋中苟全性命，散文创作也就选择了平和冲淡的风格。

他之所以着力于描写花草虫鱼、喝茶饮酒，除了是在追求贵族阶级的闲适淡泊，还表现出他对"趣味"的看重。他强调："我很看重趣味，以为这是美也是善，而没有趣味乃是一件坏事，这所谓趣味里包含着好些东西，如雅，朴，涩，重厚，清朗，通达，中庸，有别择等，反是者，都是没趣味。"具体而言，则必须"以口语为基本，再加欧化语，古语，方言等分子杂糅调和适宜地或吝啬地安排起来，有知识与趣味的两重统制。"可见，周作人在散文中追求的雅致是知识性与趣味性两重统制的内容与自然大方的语言形式的完美结合。

周作人的人格倾向是传统士大夫型的。虽然他学贯中西，但他基本上以儒学体系为学问根基。他在儒家众多经典中最感兴趣的便是《论语》，而《论语》中最让他刻骨铭心、身体力行的便是持身接物的中庸之道。对中庸之道的追求，促成了他"平和冲淡"的散文风格。

三、可悲的投敌者

周作人在日本占领北平时出任伪职，不仅让当时的人们吃惊，还给后代留下了不解之谜。其中，原因也许有很多，周作人对于日本文化的欣赏和民族情感的淡漠，则是他陷入这种历史的尴尬的主要原因。

周作人《日本的衣食住》一文，明显表现出了他对日本文化的偏爱。"我喜欢的还是那房子的适用，特别便于简易生活。""去年夏间，我往东京去，特地到大震灾时没有毁坏的日本乡村去寄寓，晚上穿了和服，木屐，一杖，往帝国大学面前一带去散步，看看旧书摊和地摊，很是自在，一点也没有穿着洋服的拘束感。"他对于日本人更是非常佩服。"中日同是黄色的蒙古人种，日本文化古来又取资中土，然而，其结果却或同或异。唐时不取太监，宋时不取缠足，明时不取八股，清时不取鸦片……我这样说似是有阴沉的宿命观，但我因深钦日本之善于别择。"

可以说，对日本文化的亲和促使周作人上了日本人的贼船，变成了国难时刻的文化汉奸。周作人也付出了惨重的代价。但是，他对他过去的行为始终保持沉默。不管这种沉默是否包含了对自我历史的忏悔，周作人都是可悲的。因为，在国难当头丧失了民族气节已属可悲，而在事后又不能勇敢地站起来承担责任则无异于加深自身的耻辱。

第四节　梁实秋：在雅舍中品味世态人情

时代的局外人——雅舍内外的风景——贵族气与古典情调

散文作家梁实秋，由于众所周知的原因，我们现在通行的文学史很少提到他。但要客观地描述现代散文的创作概貌，他的散文是不得不提及的。

梁实秋(1902～1990)原名梁治华，笔名秋郎，祖籍浙江钱塘，生于北京。14岁进入清华学校，四年以后升入清华高等科，与闻一多、朱湘、孙大雨等组织清华文学社，还和闻一多一起合著了《冬夜草儿评论》，开始了文艺评论的写作。1923 年 6 月，毕业于清华学校，同年 8 月，赴美留学，1926 年回国，曾参加"新月社"，是"新月派"的主要成员之一。1949 年去台湾，在台湾师范大学担任外文系主任、文学院院长等职。他长期致力于文学评论、文学翻译和散文的创作。著作颇丰，有《雅舍小品》、《雅舍小品续集》、《秋室杂忆》、《槐园梦忆》等。

《雅舍小品》初集收 1940～1947 年的小品文，共计 34 篇。《雅舍小品》续集、三集和四集，共收小品 109 篇，于 1986 年 5 月出合订本《雅舍小品全集》。其代表性的作品有《雅舍》、《中年》、《女人》、《窗外》、《过年》、《北平的冬天》等等。"雅舍"是梁实秋的住所，也是他观察世态人情的地方。他用雅舍将自己与时代风云隔离开来，从而以高蹈的姿态去品味生活，评论人生。他的作品的内容主要有以下几类：

一是抒写爱国情思和乡愁。梁实秋的散文无论是忆旧怀人还是写景状物，都常常流转着动人的爱国情思。例如，《唐人自何处来》，这篇只有几百字的短文，写他 22 岁留学美国时，去科罗拉多的途中，在一个叫夏安的小站上吃饭，遇到一位开餐馆的老华侨的事。老华侨是广东台山人，不会说国语，也不肯用英语与同胞交谈，便用纸笔来交流感情，最后，竟不肯收他们的餐费，还奉送每人一包雪茄烟，因为"统统是唐人呀"。寥寥几笔，写出了一个老华侨的思乡之情，同胞之爱。在《过年》、《北平》、《吸烟》等文中都充盈着浓郁的怀乡情感。

二是描摹世态人情，以一个公正人的态度，温和地批判人性弱点。在梁实秋的散文中，有相当数量的作品是对人性弱点的温和批判。梁实秋认为，写人性应该是文学的重要内容，"人性的探讨与写照，便是文学的领域，其间的资料好像是很简单，不过是一些喜、怒、哀、乐、悲、欢、离、合，但其实是无穷的宝藏"。他的散文比较充分地挖掘了这一宝藏。有许多篇目，都是以对人性的描摹和温和批判为内容的。例如《女人》、《男人》、《握手》、《脸谱》、《汽车》、《信》、《讲价》、《旁若无人》等等。在这些作品当中，他对人性的弱点进行了善意的讽刺。他写到男人和女人的缺点，比如说女人的虚荣、善变、善哭、胆小，男人的脏、懒、馋、自私等等，对这样一些一般意义的人性弱点进行了温和的讽刺，读来饶有趣味。在《脸谱》当中，他则比较深入地批判了人性的虚伪，揭示出脸后面丑恶的心灵。他认为，有的人有两张脸，一张脸是常态的，健康的，令人愉快的，而另一张脸是善变的。不涂脂粉的男人的脸，也有"卷帘"一格，外面摆着一副面孔，在适当的时候又另外露出一副面孔。他写道："误入仕途的人往往养成这一套本领。对下司道貌岸然，或是面部无表情，像一张白纸似的，使你无从观色，莫测高深，或是面皮绷得像一张皮鼓，脸拉得驴般长，使你在他面前觉得矮好几尺！但是他一旦见到上司，驴脸得立刻缩短，再往瘪里一缩，马上变成柿饼脸，堆下笑容，直线条全变成曲线条，如果见到更高的上司，连笑容都凝结得堆不下来，未开言嘴唇要抖上好大一阵，脸上作出十足的诚惶诚恐之状。帘子脸是傲下媚上的主要工具，对于某一种人是少不得的"他对人性的观察不可谓不细，他在这种人们司空见惯的生活现象当中，挖出了生活现象掩盖下的人性弱点。但其批判的力度是相当温和的，这符合他从他的导师白璧德那里接受来的以理制欲、稳健中庸的人性观。但这也妨碍了他批判的深刻性。

三是抒写自己淡泊名利，达观进取的处世态度。梁实秋提倡生活的艺术化。他总是能"超脱地把生活作为审美对象，以欣赏的态度来看待它，并借以丰富自己的精神、情趣，从中获得心境上的愉悦。"在《雅舍》一文中，他如实地描写了雅舍的简陋和困扰，但不怨不怒，超脱地把它当作审美对象来把玩，于是他笔下的雅舍便别有情趣了。不仅雅舍的月夜清幽，细雨迷蒙、陈设不俗，令人心旷神怡，就是鼠子瞰灯、聚蚊成雷、风来则洞若凉亭、雨来则渗如滴漏，都别有风味。结尾处写道："'雅舍'非我所有，我仅是房客之一。但思'天地者万物之逆旅'，人生本来如寄，我住'雅舍'一日，'雅舍'即一日为我所有。即使此一日亦不能算是我有，至少此一日'雅舍'所能给予之苦辣酸甜，我实躬受亲尝。刘克庄词：'客里似家家似寄。'我此时此刻卜居'雅舍'，'雅舍'即似我家。其实似家似寄，我亦分辨不清。""人生如寄"，只好随遇而安，顺时处世、旷达随缘的心境跃然纸上。

在艺术上梁实秋深受西方古典主义的影响，标举简洁典雅的审美原则，他认为"简短乃机智之灵魂"，主张"文章要深，要远，就是不要长"。强调写文章要懂得"割爱"，要多加剪裁，避免枝蔓，达到删繁就简，由博返约。因此，简洁典雅是他散文的第一个特点。他的散文都不长，大多数只有两千字左右，像《新年献词》、《萝卜汤的启示》不过七八百字，然言简意赅，隽永耐读。他的长文章如《槐园梦忆》等，则采用若干生活片段连缀，读起来并不觉长，但回味无穷。特别是他写的传记怀人之作，更是简洁雅致，别具一格。例如《我的一位国文老师》是回忆绰号叫"徐老虎"的徐锦澄先生的，作者选取了自己记忆很深的几个生活片断来描述：酒后上课；"怒骂"捣乱的学生；朗读课文，有腔有调，声震屋瓦；批改作文，大勾大抹，足见其文章功夫。寥寥几笔，画出了一位忠于职守的严师形象。

除了简洁典雅而外，梁实秋的散文还具有丰富的知识性。他作为一名学者，中西文化的修养都很深厚，因此在散文中常引经据典，穿插各种掌故轶事、民俗风情、诗文俚语等等，旁征博引，学识深宏。如《衣裳》开篇就引用莎士比亚的名言"衣裳常常显示人品"，说明人与人之间的不同多半是衣裳的作用，然后写到中国士子出而问世必须具备的四个条件，"一团和气，两句歪诗，三斤黄酒，四季衣裳"，可见衣裳是很重要的。再谈到衣裳要穿得得体并非易事。还比较说明中装与西装的优劣，男装与女装的不同；最后引用法朗士的话，说明衣裳的文化含量。短短一篇文章忽中忽西，忽古忽今，纵横捭阖，舒卷自如，充分地体现出作者丰富的知识和开阔的眼界。

第三，幽默风趣也是梁实秋散文的特色。他的散文中处处闪烁着智慧的火花，造语行文，机趣横生，让人忍俊不禁。香港学者司马长风评价说："在现代散文作家中，论幽默的才能，首推梁实秋，其次是钱钟书。"对他的幽默才能评价甚高。如《女人》一文中，他谈到女性善变时写道："女人不仅在决断上善变，即便是一个小小的别针位置也常变，午前在领扣上，午后就许移到头发上。三张沙发，能摆出若干阵势；几根头发，能梳出无数花头。讲到服装，其变化之多，常达到荒谬的程度。外国女人的帽子，可以是一根鸡毛，可以是半只铁锅，或是一个畚箕。中国女人的袍子，变化也就够多，领子高的时候可以使她像一只长颈鹿，袖子短的时候恨不得使两腋生风，至于钮扣盘花，滚边镶绣，则更是变幻莫测。"他对女人的观察深入细致，把他看到的细节进行漫画式的夸张，不瘟不火而幽默自出。行文风趣轻松，又耐人寻味。

梁实秋的散文语言清新流畅，古朴典雅，还化入了方言俚语的平白晓畅。他说："我的散文在思想方面、形式方面受英国文学影响不少，但是文字方面如何遣词造句等等是受中国文学影响。我反对欧化的写法。"他的散文遣词造句处处透出古典文学的神韵，决无欧化的痕迹。例如《音乐》："最令人难忘的还有所谓天籁。秋风起时，树叶飒飒的声音，一阵阵袭来，如潮涌，如急雨，如万马奔腾，如衔枚疾走；风定之后，细听还有枯干的树叶一声声地打在阶上。秋雨落时，初起如蚕食桑叶，窸窸索索，继而淅淅沥沥，打在蕉叶上清脆可听。风声雨声，再加上虫声鸟声，都是自然的音乐，都能使我发生好感，都能驱除我的寂寞……"这段文字有欧阳修《秋声赋》的韵味，双声词、重叠词、象声词的运用，使文章读起来琅琅上口。连用博喻，又使文章气势雄壮。抑扬顿挫中透着典雅与古朴。正如柯灵先生的评价"文白交融，流转圆熟"，"显示白话文的成熟程度"。总之，梁实秋以《雅舍小品》为代表的散文创作，充分地体现了学者散文的知识性、趣味性；具有凝炼含蓄、清雅质朴、温和稳健与轻松幽默相结合的特色；其语言清新流畅，古朴典雅，显示白话文已臻成熟。

第五节　林语堂：在东西方文化之间寻找闲适与幽默

从西方到东方——英气逼人的时光——闲适与幽默——平民姿态与牛油气

20 世纪 30 年代前期，幽默闲适的小品曾一度在文坛上形成一个创作的高潮，提倡并推动这一风气的是林语堂。

林语堂（1895～1976），福建龙溪人，出生于一个基督教牧师家庭，从小就在教会学校受教育，17 岁时考入上海圣约翰大学读文科，毕业后在清华任教三年。1919 年，带着新婚的妻子到美国哈佛大学比较文学研究所学习，后转入德国的耶律大学，在那里获得了硕士学位。再进莱比锡大学，并获得了博士学位。回国以后曾在北京大学、北京师范大学、厦门大学等学校任教。教书的同时，他开始散文创作，著作颇丰，出版有《翦拂集》、《大荒集》、《无所不谈合集》等等。1936 年去美国，以后辗转在各国谋生，1966 年到台湾定居，1976 年 2 月去世。

　　他的散文创作大致分为三个时期：《语丝》时期、《论语》时期和台湾时期。《语丝》时期：这是林语堂散文创作"发芽吐叶"的时期，"沾到了时代雨露底润泽，吸收了社会生活底营养"，因此生机勃勃，英气逼人。他撰文批判军阀统治。呼吁民主自由，赞颂民众的力量，支持学生反压迫、反卖国的风潮，文风则"浮躁凌厉"，热烈明快，古今并谈，庄谐杂出。

　　《论语》时期：指 30 年代，林语堂在上海主编《论语》的时期。1932 年 9 月，林语堂创办《论语》半月刊，1932 年和 1934 年，他又分别创办了《人间世》和《宇宙风》两刊。这一时期他的思想比较复杂，对当时的统治者不满，又找不到出路，因此选择了一条自由知识分子的中间道路。"不谈政治"，也不"吟花弄草"，大力提倡幽默、闲适的小品文。文风由早年的浮躁凌厉，渐渐变得冲淡平和、幽默含蓄。

　　台湾时期：指林语堂晚年回台后所写的散文。林语堂 1936 年去美国以后，大量用英语写作，1964 年台湾"中央社"约他作为特邀撰稿人后，才又用中文写作。1966 年回台定居以后，又写了许多散文，1974 年出版《无所不谈合集》。他晚年的散文大多取材于儿时的回忆，故乡的山水，各地的风土民情等等，充满了忆旧和怀乡之情。风格则更加平实朴素，清丽自然。

　　幽默与闲适是林语堂散文的重要特色。早在 20 年代，他就把英语中的 humour 译成"幽默"，并加以提倡，但应者寥寥。30 年代《论语》发刊以后，他又重新加以强调，引起了文艺界的重视。一开始，他只是把"幽默"当作一种语言风格来提倡。后来在《幽默》、《论幽默》等文中提出，"幽默是一种心理状态，进而言之是一种观点，一种对人生的看法。"他还认为"幽默"是一个民族文明程度的标志，"一个民族在其发展过程中，只要才能与理智横溢到足以痛斥自己的理想，幽默之花就会盛开。""幽默是人类心灵舒展的花朵，它是心灵的放纵或者是放纵的心灵。"这样，他的幽默，就不仅仅是对文章的美学要求，而是一种观察世界的态度。运用这样的观察点，他发现了中国人生活中的"幽默"，在《幽默》一文中，大谈中国人闹剧式的幽默，葬礼与婚礼一样地热闹，吹吹打打，吃吃喝喝。国民党政府下令"禁止其下属机关在上海的分部把办事机构设在外国租界内"，那些在上海办公的部长们，既不愿撤出租界，也不敢顶撞政府的命令，于是想了一个极聪明的办法，把所有在租界里的政府办事处都换成了贸易管理局的牌子，花二十美金换一块招牌，使南京政府满意，也使下面的部长们满意，真是了不起的幽默。林语堂对这种中国式的"幽默"，观察得极为仔细，并反映在文章里。因此，在他的小品文中，处处弥漫淡淡的幽默，读到他那机智的话，人们忍不住会心一笑。

　　闲适则是用平淡的话语来制造美文，表现出一种心境的超脱与悠闲，与他提倡"性灵"，表现"自我"的美学观一致。他的"闲适"在内容上表现为冷静超远，旁观世态人情，面对现实，但不干预和批判现实。在形式上则表现为"娓语式"的小品文笔调。写文章如与老友良朋在风雨之夕围炉谈天，"善拉扯，带情感，亦庄亦谐，深入浅出，如与高僧谈禅，如与名士谈心，似连贯而未尝有痕迹，似散漫而未尝无伏线，欲罢不能，欲删不得，读其文如闻其声，听其语如见其人"。行于所当行，止于所不得不止。"幽默"与"闲适"融为一体，共同构成一种真实坦率、轻松自然、潇洒自在的散文风格。与同样提倡闲适小品的周作人比较起来，他的散文更为温厚超脱，周作人的散文则雍容而略带苦涩。丰富的知识和饱满的文化含量，是林语堂散文又一重要特色。他的散文内容十分丰富，"宇宙之大，苍蝇之微，皆可取材"，大到中西文化，古代名人，小到穿衣吃饭，钓鱼打鼾，无不一一写来，趣味盎然。他一生致力于东西方文化的交流，加上他早年深受西方文化的浸染，国学底子又很深厚，所以他常常运用东西文化比较的方法来观察事物，见解独到。他的小品文中有大量谈比较文化的文章，如《英国人与中国人》、《论中西文化》、《论中西文化的幽默》、《论中西画》等等。就连一些纯粹谈中国国民性的文字，他也能运用东西文化比较视角来谈。例如《无可无不可》一文，一开始从中国母亲和英国母亲临终时对儿子的遗言不同写起，比较东西方不同的处世态度，由不同的处世态度，写到东西方政治制度的差别，然后批评中国社会人权得不到保障的现状，最后得出结论，只要中国的公民权利得到法律的保障，冷漠的国民性有望得到改善。这样写来对国民的劣根性及其根源，就看得比较清楚了。林语堂自诩为"两脚踏中西文化，一心评宇宙文章"，他所有的作品都围绕着一个中心，即立足于中西文化的比较、交流和阐述来写。由于文化本身的丰富，这就使得他的散文不但知识丰富，别有情趣，而且具有较为饱满的文化含量，深得中国传统文化与西方文化的双重滋养。

"五四"以后的散文分为"言志"和"载道"两派。周作人在 20 年代提出了美文的概念，并且用创作实践来提倡平淡冲和的言志派散文。而言志散文真正的高潮时期，是 30 年代林语堂在《论语》、《人间世》与《宇宙风》等刊物上大力提倡幽默和独抒性灵的时候。加上因为他的刊物团结了一批有同样审美倾向的散文作家，如废名、俞平伯、丰子恺、老舍、郁达夫等等，从而在 30 年代形成了一个闲适小品创作的高潮，一时间幽默闲适的言志派散文在文坛上引起了广泛的注意。因此，林语堂的第一个贡献就是推动和发展了"言志"派散文，使之进入高潮。第二，是他自觉在小品文中追求幽默闲适，提倡个人化笔调，使小品散文在文体方面的地位得到了提高，同时也拓展了散文的审美领域。第三，他倡导"语录体"，主张将古汉语、现代汉语、欧化语及方言融为一体，他提出的"白话的文言"减少了文言与白话之间的断层现象，加深了白话文历史的纵深度和对文言的联系，使小品文维持了它的可读性和普遍性。总之，以"幽默大师"著称的林语堂，他的散文创作在质量上和数量上都取得了极大的成功，他是为数不多的能用双语写作的作家之一，堪称现代散文言志一派的宗师。他的散文以幽默闲适、轻松明快和丰富的文化含量受到读者的喜爱，对当时和后来的创作都有一定的影响。但是其散文缺乏左翼作家批判现实的力度，他的幽默也带有"牛油气"，这是不足为训的。

第六节　杨朔：一种抒情模式的开始与终结

诗化散文——杨朔模式——过犹不及的艺术原则

杨朔（1913~1968），原名杨毓晋，山东蓬莱人。参加过抗日战争、解放战争、抗美援朝。在血与火的战斗中，他和战士们"一起生活、一起战斗、经历着共同的痛苦和欢乐"，并写下了许多优秀的文学作品，如：散文集《万古青春》、《鸭绿江南北》，短篇小说集《潼关之夜》、《月黑夜》、《分水岭》等，报告文学作品《征尘》、《火并》、《铁骑兵》，中篇小说《锦绣山河》和长篇小说《三千里江山》。1954 年，他结束了长期的戎马生活，从朝鲜回到祖国，又写下了大量优秀散文，收在《亚洲日出》、《海市》、《东风第一枝》、《生命泉》等集子里。

杨朔的文学创作，以散文成就最高。

作为我国当代出类拔萃的散文家，杨朔先后出版了九部散文集和一部文选。从不同角度、用不同的笔调描写了抗日战争的漫天烽火、解放战争的历史决战、抗美援朝战争的浴血拼搏、社会主义建设的壮丽图景以及国际上反帝反殖的怒涛风云，显示了时代的风貌。

1955~1968 年是杨朔散文创作的成熟期，从步入文学创作之路开始，到 50 年代中期，杨朔已有近 20 年的散文创作实践。这一时期形成他以浓郁诗意为主要特色的风格，1956 年发表的《香山红叶》被公认为是他成熟时期散文创作的最高标志。他这一时期的散文创作努力追求"诗的意境"、"拿散文当诗一样写"、"再三剪裁材料、安排布局、推敲字句、然后写成文章"（杨朔《〈东风第一枝〉小序》）。《荔枝蜜》、《茶花赋》、《雪浪花》、《画山绣水》、《樱花雨》、《蚁山》等脍炙人口的名篇展示了杨朔成熟期散文的动人风貌，构成了杨朔诗化散文体的基本格局。杨朔这一时期的散文在思想方面的突出特色是：撷取生活激流中的小浪花，映现时代的侧影，反映社会生活的新变化，追求新的立意、新的思想；赞美普通劳动者，发掘他们的美好心灵。

在当代散文创作领域里，杨朔是倡导和实践散文读者化的代表作家。他的散文清新隽永、俊逸秀丽、富有诗的气质。然而，杨朔的散文艺术最富有特色的还是他独特的抒情结构。

他的游记体散文大都从写景入手，然后引出风景中活动的平凡人物，最后通过比兴象征，将景物和人物联系起来，升华出"人民精神"的颂歌这一抒情主题。

《香山红叶》是"杨朔模式"的早期作品，描写了抒情主人公游历北京香山的经历和感觉。"我"在登山过程中结识了一个老向导，听他讲了一些传说故事，风景与故事都十分平淡，但作者却在篇末推出了抒情主题——

也有人觉得没有看见一片好红叶，未免美中不足。我却摘到一片更宝贵的红叶，藏到我心里去。这不是一般的红叶，这是一片曾在人生中经过风吹雨打的红叶，越到老秋，越红得可爱，不用说，我指的是那位老向导。

可归入这种抒情模式的作品大都与此类似，《雪浪花》、《茶花赋》、《蚁山》、《画山绣水》、《樱花雨》等都具有这种"避直求曲、起伏变化、从容入题、卒章显志"的特点。杨朔散文往往在小中见大，他将笔端指向活生生的现实生活，抓住了"小"，而其主旨却在"大"，这样就有可能在不经意之处，把普通生活中蕴蓄着的"人民精神"挖掘出来。相比之下，同时代另一位与之齐名的散文家秦牧的抒情风格则较为直露，他直接以作为整体的"人民精神"本身作为抒情对象。而杨朔的抒情却把叙事包括进来，从平凡的生活中看出"人民精神"，实际上也就是对生活进行的又一次组织。这种组织不同于一般叙事的归纳法——通过人或景物的成长获得本质，而是采用演绎法——将已形成的整体投射到平凡的生活中去，使生活具有新意。比如《荔枝蜜》最后一段：

> 我不禁一颤：多可爱的小生灵啊，对人无所求，给人的却是极好的东西。蜜蜂是在酿蜜，又在酿造生活；不是为自己，而是在为人类酿造最甜的生活。蜜蜂是渺小的；蜜蜂却又是多么高尚啊！
> 透过荔枝树林，我沉吟地望着远远的田野，那儿正有农民立在水里，辛辛勤勤地分秧插秧。他们正用劳动建设自己的生活，实际也是在酿蜜——为自己，为别人，也为后世子孙酿造着生活的蜜。

蜜蜂酿蜜，农民种田，这平凡普通、世代如此的现象被杨朔抽象化、诗化了。蜜蜂在酿蜜之时，绝对不会想到自己还在酿造"生活"，并且"不是为自己，而是在为人类酿造最甜的生活"，农民世代劳作，如果没有人告诉他们，绝不可能意识到这是一种"劳动"，是在"为自己"、"为别人"酿造生活的蜜。显然，是作为叙述者的作家而不是蜜蜂与农民在酿造生活。

杨朔这种将"人民性"具体化、诗化的方法使他与秦牧绝然不同，若将秦牧的散文比作诗，然而它却少了"诗化"过程。但若要把抽象的诗与普通生活结合起来，则不免要露出些人为的痕迹；杨朔散文由于有时过分追求诗化效果，在人物设置与情节安排上，常给人以过分做作的感觉，反而不如秦牧散文的直白那样自然。在结构上，杨朔亦受到"形散神不散"的散文本体观念的影响，主题鲜明却单薄甚至单一，集中却拘谨甚至浅露。由于其散文主题都没有超过当时的政治宣传，故千篇一律，读者往往看了开头就能想到结尾。这些都是杨朔散文抒情结构形式的不足之处。

杨朔的这一抒情姿态，如今已受到批评家们越来越多的指责。然而这亦并非杨朔个人的抒情姿态，而是抒情本身的姿态。在当时的历史背景下，每个人都曾以抒情的眼光打量这个世界。正如同历史的向前发展曾导致从叙事发展出抒情，同样亦会从抒情发展出象征。正如同抒情意味着否定叙事，同样象征也必然会否定抒情，历史（包括文学史）的发展就是这样一个不断否定和整理的发展过程。这也正是到了象征时期——"文革"之后，类似的抒情话语都遭到扬弃的原因。

第七节　秦牧：开放境界中游走的情思

学者气度——政治情结——美文与杂文兼备的文体——开放的文本与封闭的主题

秦牧（1919～1994），原名林觉夫，广东澄海人，生于香港，3岁时随父母迁居新加坡，1932年回国读书，并以杂文为武器，在文化战线上参与抗日救亡运动和革命宣传活动，曾有《秦牧杂文集》出版。

在秦牧的整个文学生涯中，他的精力主要集中在散文创作上，"文革"前结集的散文集有《星下集》、《贝壳集》、《潮汐和船》、《花城》。"文革"后新作不断，有《长街漫语》、《花蜜和蜂刺》、《晴窗晨笔》、《秋林红果》、《北京漫笔》、《翡翠路》、《大洋两岸集》、《和年轻人聊天》、《访龙的家乡》等集子为其代表。

另有文艺散论《艺海拾贝》、长篇小说《愤怒的海》、中篇小说《黄金海岸》、童话故事集《巨手》。

秦牧的抒情散文也是一种生活抒情散文，不过他的抒情模式不同于杨朔。

一、学者气度的超然

他没有从军的经历，即使在那个动荡的年代，他也只是以编辑和写作参与抗战救亡运动。他奔忙于文化战线，始终保持着文人心态，以文人学者的身份参与生活，也以文人学者的身份观察和体验生活。这就决定了他不可能像杨朔那样置身于生活基层设身处地感受和表现平凡，而是更多地用自然和社会知识作为构建散文艺术大厦的材料，即使笔涉工农兵生活，也与之保持距离，以"局外人"的身份叙写"局内人"，以旁观者的口吻冷静超然地叙谈所见所闻。

二、文学创作追求的宽泛性

首先是散文内容的宽泛性。他说，散文是海阔天空的领域，除了记叙抒情状物写景之外，还应有谈天说地谈得远一点的，如三言两语的偶感录、知识小品、私人日记、书简之类；他不像杨朔那样调和诗学与政治学，他所重视的是思想性，这是一个远比政治思想宽泛得多的概念。另外他对艺术风格也有他的宽泛性理解。杨朔像写诗那样苦心经营，刻意求美，颇多拘谨。而秦牧则自由地驰骋在美与善的无限空间。他重视创造，执意要突破题材的限界，开拓新的表现领域；突破体裁的规范，尝试新的形式。他还提出强化散文的趣味性，"给人以愉快和休息"，不要一味地"庄严"，他甚至提出，不要回避自我，要由着自己的心性创作，表现出自己的个性来。

三、开放性的题材、立意、布局

早年在东南亚的生活，使秦牧自幼浸润了西方重开拓重自由重创造重过程的思维方式特点，这使秦牧的思维方式带有明显的外向型发展的特点。这不仅表现在他的大散文观念，他的宽泛的功利意识，他把题材看作海阔天空的领域，他对创造性的强调，而且表现在创作过程中，他的思路不囿于某事某地某人，而是在无限广阔的时空中展开：上下五千年，纵横八万里，复杂的人类社会，神奇的自然界，浩瀚的书海，沸腾的生活，都是他思想驰骋的天地。正像《社稷坛抒情》中所说，他凭着思想和感情的羽翼，拜会"古代的诗人、农民、思想家、志士，看他们的举动，听他们的声音，然后又穿过历史的隧道，回到阳光灿烂的现实"，抒发作为一个历史悠久的民族子孙的自豪。正是这样的思维方式，使他的散文在立意、题材、布局、结构……方面表现出开放性的特点。

相比之下，杨朔作为传统的知识分子，封闭的思维方式导致了他的散文创作，具有明显的强化焦点、封闭性结构布局的特点。

四、通过议论进行抒情、具有杂文性的特征

秦牧散文表达的是一种舒缓、宽厚、丰富的"人民性"，他很少用夸张、拟人、排比这类文学手法，而是直接对"人民"、"科学"、"生活"这些抽象的概念发议论，这种兼容议论抒情的散文，在当时的文坛上独树一帜，这大概与秦牧由杂文改写散文有关。

杂文写作所形成的创作定势制约着他的散文写作，这使其散文常常带有杂文性。秦牧的散文大都有一个明确的论点，即他所说的思想，是他散文作品的灵魂。论点（思想）一经确定，他便用若干知识——自然知识和社会知识说明这个思想，行文过程实际上就是论证的过程。众多的知识也就是论据。《艺海拾贝》固然如是，即使叙事散文也常在叙述中说明中心论点，如《赞渔猎能手》。在抒情散文如《土地》中，他写了十余个关于土地的故事，实际上是用这些材料证明一个论点：土地是伟大的，地母是神圣的，要珍惜土地，美化土地。因为他的作品文笔优美，叙述描写杂糅且伴以激情挥洒，故不给人以论证感。但从整体构成看，他的散文是用众多的知识论述基本论点的。

而杨朔的散文则与之不同，明显注重人物的塑造、情节的组织，这亦是其小说创作的长期艺术经验积累使然。

五、串珠式的结构体式，理性美的美学风格

不同于杨朔"避直求曲、起伏变化、从容入题、卒章显志"，类似于"苏州园林式"的结构特点，秦牧的散文结构则是一种挥洒自如的态势。他在人类知识的海滩上徜徉，聆听着时代激流的涛声浪语，却又遵从着理智的驱使不停地捡拾知识的贝壳，拾得愉快，雕琢得勤奋。生活的浪涛召唤着他，他也时或感到现实的压迫，但他只是向那呼唤投去一瞥，随后又端坐书桌，自由地思想，勤奋地雕琢。每有收获，便用思想的红线串起来，分送给那些精神贫困的人们，从而形成一种"串珠式"的散文结构。

独特的创作特性和结构模式体现在美学风格上，则表现为一种诚实的理性美，而不同于杨朔的诗意美，他无意创造诗的意境，也不绘制美的图画，他只用众多的知识作论据，阐明和表达作品的思想内涵，使读者获得深刻的启迪。

杨朔善于从生活的激流里攫取具有诗意的生活片断，提炼加工，在精心发掘其中诗意美的同时，努力将某些政治色彩灌注其中，在美化过程中发挥社会教育作用；秦牧立足思想启蒙，他勤于思考，努力捕捉闪光的思想，旁征博引，铺陈成章，通过思想哲理的阐述开发民智，以促进社会进步。且以《日出》、《赌赛》为例。《日出》是写景状物之作，作者显然受毛泽东关于"早晨八九点钟太阳"的启示，而赋予新中国以相同的意义，这足以显示出作品的时代性和政治性，而那瑰丽的画面，豪放的风格，则出色地传达出社会主义的气魄；《赌赛》并不是秦牧的代表作，但艺术结构的倾斜却反映出秦牧散文的追求，也颇能说明上述差异，作品选择农民与少爷打赌，似乎是要表现阶级对立——这是那时代作品的基本内容和构成模式，但实际上却在于说明"力气的事情，深深无底的，练久也就行了"这样一个道理。正是这该浓却淡、似是却非的内容意向，显示出秦牧异于他人的创作个性。

第八节　余秋雨：穿行于历史的文化苦旅

寻找散文的文化语境——在废墟上反思文明——启蒙者的言说

生活在躁动与匆忙的现代节奏中的人们，常常感受到生命之重的不堪承受。人们忙于生存，却往往忽略了向内心审视，喧嚣与躁动之后，当匆忙的人们终于有片刻的间隙来沉思，并以淡雅沉静的态度来静观和体味人生的时候，梁实秋、林语堂、冰心等人的散文被重新发现，并把这些人的散文冠之以"淡泊人生"、"雅致人生"等名目而推崇备至。然而人们很快就发现，这些散文只能暂时缓解人们过于紧张和干枯的神经，却很难解决人们内心深处的焦灼与空虚。

余秋雨（1946～　　），以文化散文特有的精神承载和审美风度，构成了当代中国文坛乃至当代中国文化领域的一道风景。

一、对当代散文的超越

首先表现在思想文化境界上。在当代，相对于其他文体，散文艺术特质是最容易失落的。五六十年代的散文，建立在对历史的主观判断基础之上，多是对既定政治观念的附会图解，对现实生活的轻浅歌颂。70年代末、80年代初某些被泪水和谴责浸泡的散文，把罪责全部推诿给别人和历史，虽比五六十年代的散文多了几分真诚，却仍然回避向内心的审视。80年代前期，人们急于补回失去的生活，在散文中急切表现"生活"，表现"自我"，其结果多是使"生活"丧失，"自我"沉落。而余秋雨的散文，则在百年乃至千年的文化走向上立定，重拾困扰着若干代人的重大课题，避开庸俗社会学、政治学的羁绊，直指民族心灵的深处。他的散文以对传统文化的深情眷恋为基调，又以冷峻的理性为主导，对传统文化内在的生命力进行了苦心孤诣的梳理和显扬，并以富有感召力的形式宣示：文化传统中蕴含着合理因素，要完成民族文化的创造性转化以及民族文化人格的重塑，不能脱离深厚的民族文化传统。

在主体意识方面，余秋雨把自己鲜活的文化生命带入笔端，而这个具体的文化生命又是由深厚而沉重的现实历史积淀而成的。现实历史的重压，使作家的文化生命如"万斛源泉，不择地而出"（苏轼：《文说》），于是，一处处人文景观便成了历史的浓缩，再由历史显现出文化，最终由文化而透显出民族的存在状态，就这样，余秋雨的散文终于摆脱了以往40年散文的樊篱，从"小体会"、"小摆设"、"小哲理"等小家子气的审美规范中走出来，树立起了一座高大的主体形象。真正纯净的主体意识，需要对历史的洞察、对现实的忧患、对未来的执着、对人生的定力以及对整个人类文化的感悟。余秋雨散文中鲜明的主体意识，不仅来自作家渊博的文史知识和良好的文学天赋，而且从更高的层次上对现实历史进行深切的眷顾，其中的欢愉、忧思、欣慰、苦恼都与历史、现实和未来紧密契合，与当前处境中的高尚与卑微、深刻与虚浮息息相关，由此构成了散文的多维结构和立体化的主体意识，这种主体意识以其丰富、高大和纯净的特质把当代散文推向了一个新的里程。

二、对文化人格的追问与探询

在散文集《文化苦旅》的自序中，作者重提了那个千古一贯而又常提常新的课题："如果精神和体魄总是矛盾，深邃和青春总是无缘，学识和游戏总是对立，那么，何时才能问津人类自古至今一直苦苦企盼的自身健全？"这显然是一个具有人类文化普遍性的问题，余秋雨希望通过对中国传统文化人格的探寻，来找寻一条对于中国现代文化人格的选择和塑造之路。

在余秋雨看来，中国传统文化人格的集中体现是传统文人的品格，余秋雨把身在仕途的传统文人划作两类，一是甘于平庸的"无生命的棋子"，一是到处遭受撞击的有生命的"弃子"，中国文人的绝大部分价值是集中在后者身上的。也正是不断被抛弃，才显示出文人的社会价值和生命意义。传统文人的文化生命因贬官而受到了猛烈的挤压，由挤压而得到了生命的激扬，在被贬的处境中，传统文人才能摆脱喧嚣与虚浮的生命状态，才能有足够的时间与自然相晤，与自我对话。余秋雨以深沉的理性之光照见了传统文人由入仕而致平庸的无奈与悲哀，照见了官格与文格的严重背离，同时也以无限的深情歌颂了那些因遭贬而创造出丰富的精神价值的文化名人。可以说，贬官文化是中国传统文人品格的最好表现形式。余秋雨希望撷取其内在的精髓，做着矫正当前普遍流行的"曲学阿世"的"自弃"之风的努力。其实，余秋雨本人就已经在贬官文化传统中获得了滋养，即使在今天这个充满了各种诱惑的年代，他一直固守着他作为文化人的防线，并以生命之旅的方式做了一次文化苦旅。

传统文人的历史文化处境不外乎"出处辞受"四字，因此，隐逸人格也就成为余秋雨散文所探讨的重要内容，其中，《沙漠隐泉》、《庐山》、《江南小镇》、《寂寞天柱山》、《藏书忧》等篇什都塑造了高标出世的隐者形象或是表现了浓厚隐逸倾向。中国传统文人的品格只有在出、处、辞、受的巨大张力中才显示出其高大纯净，闪烁夺目的光辉，而余秋雨万里独行、苦修苦旅的重要目的之一就是要为自己卜居一个归隐之所，这正象征着中国现代知识分子构建高大纯净品格的祈求。

余秋雨同样也创作了现当代散文中难得的佳作《酒公墓》，足可与鲁迅先生的《孔乙己》先后辉映，其主人公张先生是一位经过洋包装的孔乙己，他一直停留在孔乙己的时代，虽出国受教育，却并未转换传统文人的品格。这位状元公的后代，一直没有觉醒，一生都是一枚"无生命的棋子"。《家住龙华》一文很短，但因放在系列散文中成为链条中的一扣而陡然增加了分量。我们除了替其中的知识分子掬一捧同情之泪以外，还要思考其悲剧的外在和内在的原因：像传统文人一样，过多的"原罪意识"，过多的单向的奉献，过分地追崇"孔颜乐处"，看似强大崇高，实则是懦弱与自戕的表现。正如《笔墨祭》中所说："本该健全而响亮的文化人格越来越趋向于群体性的互渗和耗散。"传统文人一直是强固的道德传统的代表，但知识一直未与道德取得平衡，知识一直未能成为一个自足的领域。大哲学家戴震讲得极为清楚，道德如果失去了知识的支撑和限定，就会走入歧途，所以，传统文人尽管经过苦行苦修并不一定能得到建立高大品格的可靠保证。余秋雨散文对传统文人的所有叹惋几乎都与此有关，这也正是对传统进行创造性的转化时所必须加倍注意的地方。

三、对传统文化的体认和汰选

在《笔墨祭》中，作者明晰地表述了他的观点："健全的人生须不断立美逐丑，然而，有时我们还不得不告别一些美，张罗一个个酸楚的祭奠。世间最让人消受不住的，就是对美的祭奠。"余秋雨散文就是抱着"对美的祭奠"的态度，以冷峻的理性精神对传统文化进行汰选。

民族文化伟力的精髓在于它的凝聚力，余秋雨的散文处处显示着对这种凝聚力的追询。《乡关何处》一文从古人充满宇宙意识的超验之问起笔，落脚在散文的抒情主体对故乡——人和归途的探询，以吞古纳今之势、领殊启一之方对民族的"故乡情结"进行了一次充满感情的梳理，但这民族的"乡关"既不在哪一座名山大川，更不在哪一座城镇宫殿，而是落在了以河姆渡人、王阳明、朱舜水、黄宗羲为代表的中国文化中。在王阳明那里，中国文化已汇聚成了伦理本体型的文化，事实上，余秋雨散文中的王维、柳宗元、苏东坡、朱熹等文化名人和哲学巨子以及古往今来的芸芸众生都在为这一伦理本体而毕生修炼。人生于天地之间，只有经过伦理价值的自觉，才能找到自己的精神家园。然而这种自觉又是漫无极限的，人们很难获得进入伦理本体的可靠保证，因此，人们总是处于一种无家可归的空荡荡的感觉之中，"乡关何处"之问便由此产生。余秋雨散文中所举出的那些文化名人，无一不是因对伦理本体的激扬追寻而名垂史册，但又无一人敢于宣布自己已完全进入了伦理本体，每个人都离不开那个遥远又切近、既身在其中而又无法完全进入的"乡关"。

对于中国文化的复杂性、包容性、多样性，余秋雨散文也给予了极大的关注。《千年庭院》与《庐山》、《狼山脚下》、《寂寞天柱山》等众多的篇什一起汇成了这样一个命题：在传统中国，真正富有活力的文化尤其是真正的学术往往是非官方性的。余秋雨散文通过对朱熹类型的传统文人的赞扬，肯定了具有人类普遍意义的文化运作机理的合理成分，并进而为困窘的现代文人寻找心理支点。《上海人》可谓是一篇奇文，它以典型的散文特质容载了丰富深邃的学术思想，且以一种终极设定的气魄为上海文化寻找现实和未来的不可替代的位置。《抱愧山西》一文第一次以散文的形式寻找中国的传统商业精神。再加上《都江堰》等篇什，余秋雨散文就形成了在文化传统中察访实业精神的一面。

余秋雨散文毫不避讳地以开放的态度，敞开自己的情怀，把对优秀传统的眷恋抒写个痛快淋漓。《笔墨祭》是一篇不可多得的好文章，作者借祭奠毛笔而对传统文化的表现方式进行了吟咏。毛笔书法是一种超纯超净的心灵外化形式，人们很难找出比毛笔书法更能够直接而又真纯地与人的生命沟通对话的艺术形式了，毛笔文化的失落，使人类文明失去了一块芳草地。《江南小镇》则表现了对传统生活方式的无限向往，认为隐居江南小镇，"几乎已成为一种人生范式"，而"小桥流水，莼鲈之思，都是一种人生哲学的生态意象"。在这里余秋雨在对传统文化的表现方式、感受方式和生活方式进行"美的祭奠"从而在某种程度上对于现实的异化做了一次矫正。

同时，他还以冷峻的理性告诉读者，传统文化的整体性的暗昧色彩是阻碍民族进步的重要因素，于是，余秋雨把中国文化的进程比作"夜航船"。在《夜航船》中，余秋雨说中国传统文人"谈知识，无关眼下；谈历史，拒绝反思。十年寒窗，竟在谈笑争胜间消耗。……"在《笔墨祭》中也指出传统文化人格总是趋向互渗与耗散，在《庐山》等篇中同样认识到传统文人的个人道德提升往往使文化陷入了整体的不道德。其实，这不仅是传统文人的品格，更是传统文化的品格，余秋雨散文始终贯穿着这种警惕的意识，以免陷入感性的盲目。

［作品选读］

鲁迅
　　朝花夕拾（存目）
　　影的告别
　　雪
　　过客（存目）
　　希望（存目）

周作人
　　北京的茶食（节选）
　　故乡的野菜（存目）
　　苦雨

冰心
　　寄小读者（存目）
　　往事（存目）

朱自清
　　荷塘月色（存目）
　　背影（存目）
　　儿女（存目）

郁达夫
　　故都的秋（存目）
　　钓台的春昼（存目）

何其芳
　　画梦录（存目）

李广田
　　画廊集（存目）

林语堂
　　论西装与中装（节选）

梁实秋
　　雅舍

刘白羽
　　平明小札（存目）

巴金
　　随想录（存目）

余秋雨
　　文化苦旅（存目）

北京的茶食（节选）

周作人

　　在东安市场的旧书摊上买到一本文章家五十岚力的《我的书翰》，中间说起东京的茶食店的点心都不好吃了，只有几家如上野山下的空也，还做得好点心，吃起来馅和糖及果实浑然融合，在舌头上分不出各自的味来。想起德川时代江户的二百五十年的繁华，当然有这一种享乐的流风余韵留传到今日，虽然比起京都来自然有点不及。北京建都已有五百余年之久，论理于衣食住方面应有多少精微的造就，但实际似乎并不如此，即以茶食而论，就不曾知道有什么特殊的有滋味的东西。固然我们对于北京情形不甚熟悉，只是随便撞进一家饽饽铺里去买一点来吃，但是就撞过的经验来说，总没有很好吃的点心买到过。难道北京竟是没有好的茶食，还是有而我们不知道呢？这也未必全是为贪口腹之欲，总觉得住在古老的京城里吃不到包含历史的精炼的或颓废的点心是一个很大的缺陷。北方的朋友们，能够告诉我两三家做得上好点心的饽饽铺么？

　　我对于20世纪的中国货色，有点不大喜欢，粗恶的模仿品，美其名曰国货，要卖得比外国货更贵些。新房子里卖的东西，便不免都有点怀疑，虽然这样说好像遗老的口吻，但总之关于风流享乐的事我是颇迷信传统的。我在西四牌楼以南走过，望着异馥斋的丈许高的独木招牌，不禁神往，因为这不但表示他是义和团以前的老店，那模糊阴暗的字迹又引起我一种焚香静坐的安闲而丰腴的生活的幻想。我不曾焚过什么香，却对于这件事很有趣味，然而终于不敢进香店去，因为怕他们在香合上已放着花露水与日光皂了。我们于日用必需的东西以外，必须还有一点无用的游戏与享乐，生活才觉得有意思。我们看夕阳，看秋河，看花，听雨，闻香，喝不求解渴的酒，吃不求饱的点心，都是生活上必要的——虽然是无用的装点，而且是愈精炼愈好。可怜现在的中国生活，却是极端地干燥粗鄙，别的不说，我在北京彷徨了十年，终未曾吃到好点心。

十三年二月

苦　雨

周作人

伏园兄：

　　北京近日多雨，你在长安道上不知也遇到否，想必能增你旅行的许多佳趣。雨中旅行不一定是很愉快的，我以前在杭沪车上时常遇雨，每感困难，所以我于火车的雨不能感到什么兴味，但卧在乌篷船里，静听打篷的雨声，加上欸乃的橹声以及"靠塘来，靠下去"的呼声，却是一种梦似的诗境。倘若更大胆一点，仰卧在脚划小船内，冒雨夜行，更显出水乡住民的风趣，虽然较为危险，一不小心，拙劣地转一个身，便要使船底朝天。二十多年前往东浦吊先父的保姆之丧，归途遇暴风雨，一叶扁舟在白鹅似的波浪中间滚过大树港，危险极了也愉快极了。我大约还有好些"为鱼"时候——至少也是断发文身时候的脾气，对于水颇感亲近，不过北京的泥塘似的许多"海"实在不很满意，这样的水没有也并不怎么可惜。你往"陕半天"去似乎要走好两天的准沙漠路，在那时候倘若遇见风雨，大约是很舒服的，遥想你胡坐骡车中，在大漠之上，大雨之下，喝着四打之内的汽水，悠然进行，可以算是"不亦快哉"之一。但这只是我的空想，如诗人的理想一样的靠不住。或者你在骡车中遇雨，很感困难，正在叫苦连天也未可知，这须等你回京后问你再说了。

　　我住在北京，遇见这几天的雨，却叫我十分难过。北京向来少雨，所以不但雨具不很完全，便是家屋构造，于防雨亦欠周密。除了真正富翁之外，很少用实垛砖墙，大抵只用泥墙抹灰敷衍了事。近来天气转变，南方酷寒而北方淫雨，因此两方面的建筑上都露出缺陷。一星期前的雨把后园的西墙淋坍，第二天就有"梁上君子"来摸索北房的铁丝窗，从次日起赶紧邀了七八位匠人，费两天工夫，从头改筑，已经成功十分八九，总算可以高枕而卧，前夜的雨却又将门口的南墙冲倒二三丈之谱。这回受惊的可不是我了，乃是川岛君"伣们"俩，因为"梁上君子"如再见光顾，一定是去躲在"伣们"的窗下窃听的了。为消除"伣们"的不安起见，一等天气晴正，急须大举地修筑，希望日子不至于很久，这几天只好暂时拜托川岛君的老弟费神代为警护罢了。

　　前天十足下了一夜的雨，使我夜里不知醒了几遍。北京除了偶然有人高兴放几个爆杖以外，夜里总安静，那样哗喇哗喇的雨声在我的耳朵已经很不听惯，所以时常被它惊醒，就是睡着也仿佛觉得耳边粘着面条似的东西，睡的很不痛快，还有一层，前天晚间据小孩们报告，前面院子里的积水已经离台阶不及一寸，夜里听着雨声，心里胡里胡涂地总是想水已上了台阶，浸入西边的书房里了。好容易到了早上五点钟，赤脚撑伞，跑到西屋一看，果然不出所料，水浸满了全屋，约有一寸深浅，这才叹了一口气，觉得放心了；倘若这样兴高采烈地跑去，一看却没有水，恐怕那时反觉得失望，没有现在那样的满足也说不定。幸而书籍都没有湿，虽然是没有什么价值的东西，但是湿成一饼一饼的纸糕，也很是不愉快。现今水虽已退，还留一种涨过大水后的普通的臭味，固然不能留客坐谈，就是自己也不能在那里写字，所以这封信是在里边炕桌上写的。

　　这回大雨，只有两种人最喜欢。第一是小孩们。他们喜欢水，却极不容易得到，现在看见院子里成了河，便成群结队的去"淌河"去。赤了足伸到水里去，实在很有点冷，但他们不怕，下到水里还不肯上来。大人们见小孩玩的有趣，也一个两个地加入，但是成绩却不甚佳，那一天里滑倒了三个人，其中两个都是大人，——其一为我的兄弟，其一是川岛君。第二种喜欢下雨的则为蛤蟆。从前同小孩们往高亮桥去钓鱼钓不着，只捉了好些蛤蟆，有绿的，有花条的，拿回来都放在院子里，平常偶叫几声，在这几天里便整日叫唤，或者是荒年之兆，却极有田村的风味。有许多耳朵皮嫩的人，很恶喧嚣，如麻雀蛤蟆或蝉的叫声，凡足以妨碍他们的甜睡者，无一不痛恶而深绝之，大有欲灭此而午睡之意，我觉得大可以不必如此，随便听听都是很有趣味的，不但是这些久成诗料的东西，一切鸣声其实都可以听。蛤蟆在水田里群叫，深夜静听，往往变成一种金属音，很是特别，又有时仿佛是狗叫，古人常称蛙蛤为吠，大约也是从实验而来。我们院子里的蛤蟆现在只见花条的一种，它的叫声更不漂亮，只是格格格这个叫法，可以说是革音，平常自一声至三声，不会更多，唯在下雨的早晨，听它一口气叫上十二三声，可见它是实在喜欢极了。

这一场大雨恐怕在乡下的穷朋友是很大的一个不幸，但是我不曾亲见，单靠想象是不中用的，所以我不去虚伪地代为悲叹了。倘若有人说这所记的只是个人的事情，于人生无益，我也承认，我本来只想说个人的私事，此外别无意思。今天太阳已经出来，傍晚可以出外去游嬉，这封信也就不再写下去了。

我本等着看你的秦游记，现在却由我先写给你看，这也可以算是"意表之外"的事罢。

十三年七月十七日在京城书

影的告别

鲁　迅

人睡到不知道时候的时候，就会有影来告别，说出那些话——

有我所不乐意的在天堂里，我不愿去；有我所不乐意的在地狱里，我不愿去；有我所不乐意的在你们将来的黄金世界里，我不愿去。

然而你就是我所不乐意的。

朋友，我不想跟随你了，我不愿住。

我不愿意！

呜乎呜乎，我不愿意，我不如彷徨于无地。

我不过一个影，要别你而沉没在黑暗里了。然而黑暗又会吞并我，然而光明又会使我消失。

然而我不愿彷徨于明暗之间，我不如在黑暗里沉没。

然而我终于彷徨于明暗之间，我不知道是黄昏还是黎明。我姑且举灰黑的手装作喝干一杯酒，我将在不知道时候的时候独自远行。

呜乎呜乎，倘若黄昏，黑夜自然会来沉没我，否则我要被白天消失，如果现是黎明。

朋友，时候近了。

我将向黑暗里彷徨于无地。

你还想我的赠品。我能献你甚么呢？无已，则仍是黑暗和虚空而已。但是，我愿意只是黑暗，或者会消失于你的白天；我愿意只是虚空，决不占你的心地。

我愿意这样，朋友——

我独自远行，不但没有你，并且再没有别的影在黑暗里。只有我被黑暗沉没，那世界全属于我自己。

一九二四年九月二十四日

雪

鲁　迅

暖国的雨，向来没有变过冰冷的坚硬的灿烂的雪花。博识的人们觉得他单调，他自己也以为不幸否耶？江南的雪，可是滋润美艳之至了；那是还在隐约着青春的消息，是极壮健的处子的皮肤。雪野中有血红的宝珠山茶，白中隐青的单瓣梅花，深黄的磬口的腊梅花；雪下面还有冷绿的杂草。蝴蝶确乎没有，蜜蜂是否来采茶花和梅花的蜜，我可记不真切了。但我的眼前仿佛看见冬花开在雪野中，有许多蜜蜂们忙碌地飞着，也听得他们嗡嗡地闹着。

　　孩子们呵着冻得通红，像紫芽姜一般的小手，七八个一齐来塑雪罗汉。因为不成功，谁的父亲也来帮忙了。罗汉就塑得比孩子们高得多，虽然不过是上小下大的一堆，终于分不清是壶卢还是罗汉；然而很洁白，很明艳，以自身的滋润相粘结，整个地闪闪地生光。孩子们用龙眼核给他做眼珠，又从谁的母亲的脂粉奁中偷得胭脂来涂在嘴唇上。这回确是一个大阿罗汉了。他也就目光灼灼地嘴唇通红地坐在雪地里。

　　第二天还有几个孩子来访问他；对了他拍手，点头，嘻笑。但他终于独自坐着了。晴天又来消释他的皮肤，寒夜又使他结一层冰，化作不透明的水晶模样；连续的晴天又使他成为不知道算什么，而嘴上的胭脂也褪尽了。

　　但是，朔方的雪花在纷飞之后，却永远如粉，如沙，他们决不粘连，撒在屋上，地上，枯草上，就是这样。屋上的雪是早已就有消化了的，因为屋里居人的火的温热。别的，在晴天之下，旋风忽来，便蓬勃地奋飞，在日光中灿灿地生光，如包藏火焰的大雾，旋转而且升腾，弥漫太空，使太空旋转而且升腾地闪烁。

　　在无边的旷野上，在凛冽的天宇下，闪闪地旋转升腾着的是雨的精魂……

　　是的，那是孤独的雪，是死掉的雨，是雨的精魂。

一九二五年一月十八日

论西装与中装（节选）

林语堂

　　许多朋友问我为何不穿西装。这问题虽小，却已经可以看出一人的贤愚与雅俗了。倘是一人不是俗人，又能用点天赋的聪明，兼又不染季常癖，总没有肯穿西装的，我想。在一般青年，穿西装是可以原谅的，尤其是在追逐异性之时期，因为穿西装虽有种种不便，却能处处受女子之青睐，风俗所趋，佳人所好，才子也未能免俗。至于已成婚而子女成群的人，尚穿西装，那必定是他仍旧屈服于异性的徽记了。人非昏聩，又非惧内，决不肯整日价挂那条狗领而自豪。在要人中，惧内者好穿西装，这是很鲜明彰著的事实。也不是女子仅喜欢作弄男子，令其受苦，不过多半的女子似乎觉得西装的确较为摩登一等。况且即使有点不便，为伊受苦，也是爱之表记。古代英雄豪杰，为着女子赴汤蹈火，杀妖斩蛇，历尽苦辛以表示心迹者正复不少。这种女子的心理的遗留，多少还是存在于今日，所以也不必见怪。西装只可当为男子变相的献殷勤罢了。不过平心而论，西装之所以成为一时风气而为摩登士女所乐从者，惟一的理由是，一般人士震于西洋文物之名而好为效颦；在伦理上、美感上、卫生上是决无立足根据的。

　　不知怎样，中装中服，暗中是与中国人之性格相合的，有时也从此可以看出一人中文进步。满口英语，中文说得不通的人必西装，或是外国骗得洋博士，羽毛未干，念了三两本文学批评，到处横冲直撞，谈文学，盯女人者，亦必西装。然一人的年事渐长，素养渐深，事理渐达，心气渐平，也必然弃其洋装，还我初服无疑。或是社会上已经取得相当身分，事业上已经有相当成就的人，不必再服洋装以掩饰其不通英语及其童骏之气时，也必断然卸了他的一身洋服。所有例外，除有季常癖者，也就容易数得出来。洋行职员、青年会服务员及西崽为一类，这本不足深责，因为他们不但中文不会好，并且名字就是取了约翰、保罗、彼得、Jimmy 等，让西洋大班叫起来方便。再一类便是月薪百元的书记，未得差事的留学生，不得志之小政客等。华侨子弟、党部青年、寓公子侄、暴富商贾及剃头师父等又为一类，其穿西装心理虽各有不同，总不外趋俗两字而已，如乡下妇女好镶金齿一般见识，但决说不上什么理由。在这一种俗人中，我们可以举溥仪为最明显的例子。我猜疑者，像溥仪或其妻妾一辈人必有镶过金齿，虽然在照片上看不出。你看那一对蓝（黑）眼镜、厚嘴唇及他的英文名字"亨利"，也就可想而知了。所以溥仪在日本天皇羽翼之下，尽可称皇称帝。到了中国关内想要复辟，就有点困难。单那一套洋服及那英文名字就叫人灰心。你想"亨利亨利"，还像个中国天子之称吗？

大约中西服装之不同，在于西装意在表人身形体，而中装意在遮盖身体。然而人身到底像猴狲，脱得精光，大半是不甚美感，所以与其表扬，毋宁遮盖。像甘地及印度罗汉之半露体，大半是不能引人生起什么美感的。只有没有美感的社会，才可以容得住西装。谁不相信这话，可以到纽约ConeyIsland 海岸，看看那些海浴的男女老少的身体是怎样一回事。裸体美多半是画家挑出几位身材得中的美女画出来的，然而在中国之画家，已经深深觉得身段匀美的模特儿之不易得了。所以二十至三十五岁以内的女子服西装，我还赞成，因为西装确实可以表扬其身体美，身材轻盈，肥瘦停匀的女子服西装，的确占了便宜。然而我们不能不为大多数的人着想，像纽约终日无所事事髀肉复生的四十余岁贵妇，穿起衣服，露其胸背，才叫人触目惊心。这种妇人穿起中服便可以藏拙，占了不少便宜。因为中国服装是比较一视同仁，自由平等，美者固然不能尽量表扬其身体美于大庭广众之前，而丑者也较便于藏拙，不至于太露形迹了，所以中服很合于德谟克拉西的精神。

以上是关于美感方面。至于卫生方面，更无足为西装置辩之余地。狗不喜欢带狗领，人也不喜欢带上那西装的领子，凡是稍微明理的人都承认这中古时代 Sir Walrer Raleigh, Cardinal Richelieu 等传下来的遗物的变相是不合卫生的。西方就常有人立会宣言，要取消这条狗领。西洋女装在三十年来的确已经解放不少，但是男子服装还是率由旧章，未能改进，男子的颈子，社会总还认为不美观不道德，非用领子扣带起来不可。带这领子，冬天妨碍御寒，夏天妨碍通气，而四季都是妨碍思想，令人自由不得。文士居家为文，总是先把这条领子脱下，居家而尚不敢脱领，那便是惧内之徒，另有苦衷了。

自领以下，西装更是毫无是处。西人能发明无线电、飞机，却不能了悟他们身体只有头面一部尚算自由。穿西装者，必穿紧封皮肉的卫生里衣，叫人身皮肤之毛孔作用失其效能。中国衣服之好处，正在不但能通毛孔呼吸，并且无论冬夏皆宽适如意，四通八达，何部痒处，皆搔得着。西人则在冬天尤非穿刺身之羊毛里衣不可。卫生里衣之衣裤不能无褶，以致每堆积于腹部，起了反抗，由是不能不改为上下通身一片之 unionsuit。里衣之外，必加以衬衫，衬衫之外，必束以紧硬的皮带，使之就范，然就范不就范就常成了问题。穿礼服硬衬衫之人就知道其中之苦处。衬衫之外，又必加以背心。这背心最无道理，宽又不是，紧又不是，须由背后活动钩带求得适宜之中点，否则不是宽时空悬肚下，但是紧时妨及呼吸。凡稍微用脑的人，都明白人身除非立正之时，胸部与背后之直线总有不同，俯前则胸屈而背伸，仰后则胸伸而背屈。然而西洋背心偏偏是假定胸背长短相称，不容人俯仰于其际。惟人即不能整日挺直，结果非于俯前时，背心不得自由而褶成数段，压迫呼吸，便是于仰后时，背心尽处露出，不能与裤带相衔接。其在体材胖重的人，腹部高起之曲线既无从隐藏，背心之底下尽处遂成为那弧形之最向外点，由此点起，才由裤腰收敛下去，长此暴露于人世，而裤带也时时刻刻岌岌可危了。人身这样的束缚法，难怪西人为卫生起见，要提倡裸体运动，屏弃一切束缚了。

但是如果人类还是爬行动物，那裤带也不至于成为岌岌可危之势。只消像马鞍的腹带，绑上便不成问题，决不上下于其间。但人类虽然已经演化到竖行地步，西洋裤带却仍就假定我们是爬行动物。妇人堕胎常就是吃这竖行之亏，因为人类的行走虽然已取立势，而吾人腹部的肌肉还未演化改造过来，以致本为爬行载重于横脊骨上之极稳重设置，遂发生时有堕胎之危险。现在立势既成，妇人腹部肌肉却仍是横纹，不是载重于肩旁。而男人之裤带也一样的有时时不得把握之势而受地心吸力所影响。惟一补救的办法，就是将裤带拼命扣紧，致使妨碍一切脏腑之循环运动，而间接影响于呼吸之自由。

单这一层，我们就可以看出一切重量载于肩上令衣服自然下垂的中服是惟一的合理的人类服装。至于冬夏四时之变易，中服得以随时增减，西装却很少商量之余地，至少非一层里衣一层衬衫一层外衣不可。天炎既不可减，天凉也无从加。这种非人的衣服，非欲讨好女子的人是决不肯穿来受罪的。

中西服装之利弊如此显然，不过时俗所趋，大家未曾着想，所以我想人之智愚贤不肖，大概可以从此窥出吧？

雅　　舍

梁实秋

到四川来，觉得此地人建造房屋最是经济。火烧过的砖，常常用来做柱子，孤零零的砌起四根砖柱，上面盖上一个木头架子，看上去瘦骨嶙嶙，单薄得可怜；但是顶上铺了瓦，四面编了竹篦墙，墙上敷了泥灰，远远看过去，没有人能说不像是座房子。我现在住的"雅舍"正是这样一座典型的房子。不消说，这房子有砖柱，有竹篦墙；一切特点都应有尽有。讲到住房，我的经验不算少，什么"上支下摘"，"前廊后厦"，"一楼一底"，"三上三下"，"亭子间"，"茅草棚"，"琼楼玉宇"和"摩天大厦"，各式各样，我都尝试过。我不论住在哪里，只要住得稍久，对那房子便发生感情，非不得已我还舍不得搬。这"雅舍"，我初来时仅求其能蔽风雨，并不敢存奢望，现在住了两个多月，我的好感油然而生。虽然我已渐渐感觉它是并不能蔽风雨，因为有窗而无玻璃，风来则洞若凉亭，有瓦而空隙不少，雨来则渗如滴漏。纵然不能蔽风雨，"雅舍"还是自有它的个性。有个性就可爱。

"雅舍"的位置在半山腰，下距马路约有七八十层的土阶。前面是阡陌螺旋的稻田。再远望过去是几抹葱翠的远山，旁边有高粱地，有竹林，有水池，有粪坑，后面是荒僻的榛莽未除的土山坡，若说地点荒凉，则月明之夕，或风雨之日，亦常有客到，大抵好友不嫌路远，路远乃见情谊。客来则先爬几十级的土阶，进得屋来仍须上坡，因为屋内地板乃依山势而铺，一面高，一面低，坡度甚大，客来无不惊叹，我则久而安之，每日由书房走到饭厅是上坡，饭后鼓腹而出是下坡，亦不觉有大不便处。

"雅舍"共是六间，我居其二。篦墙不固，门窗不严，故我与邻人彼此均可互通声息。邻人轰饮作乐，咿唔诗章，喁喁细语，以及鼾声，喷嚏声，吮汤声，撕纸声，脱皮鞋声，均随时由门窗户壁的隙处荡漾而来，破我岑寂。入夜则鼠子瞰灯，才一合眼，鼠子便自由行动，或搬核桃在地板上顺坡而下，或吸灯油而推翻烛台，或攀援而上帐顶，或在门框桌脚上磨牙，使得人不得安枕。但是对于鼠子，我很惭愧的承认，我"没有法子"。"没有法子"一语是被外国人常常引用着的，以为这话最足代表中国人的懒惰隐忍的态度。其实我的对付鼠子并不懒惰。窗上糊纸，纸一戳就破；门户关紧，而相鼠有牙，一阵咬便是一个洞洞。试问还有什么法子？洋鬼子住到"雅舍"里，不也是"没有法子"？比鼠子更骚扰的是蚊子。"雅舍"的蚊风之盛，是我前所未见。"聚蚊成雷"真有其事！每当黄昏时候，满屋里磕头碰脑的全是蚊子，又黑又大，骨骼都像是硬的。在别处蚊子早已肃清的时候，在"雅舍"则格外猖獗，来客偶不留心，则两腿伤处累累隆起如玉蜀黍，但是我仍安之。冬天一到，蚊子自然绝迹。明年夏天——谁知道我还是否住在"雅舍"！

"雅舍"最宜月夜——地势较高，得月较先。看山头吐月，红盘乍涌，一霎间，清光四射，天空皎洁，四野无声，微闻犬吠，坐客无不悄然！舍前有两株梨树，等到月升中天，清光从树间筛洒而下，地上阴影斑斓，此时尤为幽绝。直到兴阑人散，归房就寝，月光仍然逼进窗来，助我凄凉。细雨濛濛之际，"雅舍"亦复有趣。推窗展望，俨然米氏章法，若云若雾，一片弥漫。但若大雨滂沱，我就又惶悚不安了，屋顶湿印到处都有，起初如碗大，俄而扩大如盆，继则滴水乃不绝，终乃屋顶灰泥突然崩裂，如奇葩初绽，砉然一声而泥水下注，此刻满室狼藉，抢救无及。此种经验，已数见不鲜。

"雅舍"之陈设，只当得简朴二字，但洒扫拂拭，不使有纤尘。我非显要，故名公巨卿之照片不得入我室；我非牙医，故无博士文凭张挂壁间；我不业理发，故丝织西湖十景以及电影明星之照片亦均不能张我四壁。我有一几一椅一榻，酣睡写读，均已有着，我亦不复他求。但是陈设虽简，我却喜欢翻新布置。西人常常讥笑妇人喜欢变更桌椅位置，以为这是妇人天性喜变之一征。诬否且不论，我是喜欢改变的。中国旧式家庭，陈设千篇一律，正厅上是一条案，前面一张八仙桌，一边一把靠椅，两旁是两把靠椅夹一只茶几。我以为陈设宜求疏落参差之致，最忌排偶。"雅舍"所有，毫无新奇，但一物一事之安排布置俱不从俗，人入我室，即知此是我室。笠翁《闲情偶寄》之所论，正合我意。

"雅舍"非我所有，我仅是房客之一。但思"天地者万物之逆旅"，人生本来如寄，我住"雅舍"一日，"雅舍"即一日为我所有。即使此一日亦不能算是我有，至少此一日"雅舍"所能给予之苦辣酸甜我实躬受亲尝。刘克庄词云："客里似家家似寄"。我此时此刻卜居"雅舍"，"雅舍"即似我家。其实似家似寄，我亦分辨不清。

长日无俚，写作自遣，随想随写，不拘篇章，冠以"雅舍小品"四字，以示写作所在，且志因缘。

阳关雪

余秋雨

中国古代，一为文人，便无足观。文官之显赫，在官而不在文，他们作为文人的一面，在官场也是无足观的。但是事情又很怪异，当峨冠博带早已零落成泥之后，一杆竹管笔偶尔涂划的诗文，竟能镂刻山河，雕镂人心，永不漫漶。

我曾有缘，在黄昏的江船上仰望过白帝城，顶着浓冽的秋霜登临过黄鹤楼，还在一个冬夜摸到了寒山寺。我的周围，人头济济，差不多绝大多数人的心头，都回荡着那几首不必引述的诗。人们来寻景，更来寻诗。这些诗，他们在孩提时代就能背诵。孩子们的想象，诚恳而逼真。因此，这些城，这些楼，这些寺，早在心头自行搭建。待到年长，当他们刚刚意识到有足够脚力的时候，也就给自己负上了一笔沉重的宿债，焦渴地企盼着对诗境实地的踏访。为童年，为历史，为许多无言传的原因。有时候，这种焦渴，简直就像对失落的故乡的寻找，对离散的亲人的查访。

　　文人的魔力，竟能把偌大一个世界的生僻角落，变成人人心中的故乡。他们褪色的青衫里，究竟藏着什么法术呢？

　　今天，我冲着王维的那首《渭城曲》，去寻阳关了。出发前曾在下榻的县城向老者打听，回答是："路又远，也没什么好看的，倒是有一些文人辛辛苦苦找去。"老者抬头看天，又说："这雪一时下不停，别去受这个苦了。"我向他鞠了一躬，转身钻进雪里。

　　一走出小小的县城，便是沙漠。除了茫茫一片雪白，什么也没有，连一个皱折也找不到。在别地赶路，总要每一段为自己找一个目标，盯着一棵树，赶过去，然后再盯着一块石头，赶过去。在这里，睁疼了眼也看不见一个目标，哪怕是一片枯叶，一个黑点。于是，只好抬起头来看天。从未见过这样完整的天，一点儿也没有被吞食，边沿全是挺展展的，紧扎扎地把大地罩了个严实。有这样的地，天才叫天。有这样的天，地才叫地。在这样的天地中独个儿行走，侏儒也变成了巨人。在这样的天地中独个儿行走，巨人也变成了侏儒。

　　天竟晴了，风也停了，阳光很好。没想到沙漠中的雪化得这样快，才片刻，地上已见斑斑沙底，却不见湿痕。天边渐渐飘出几缕烟迹，并不动，却在加深，疑惑半晌，才发现，那是刚刚化雪的山脊。

　　地上的凹凸已成了一种令人惊骇的铺陈，只可能有一种理解：那全是远年的坟堆。

　　这里离县城已经很远，不大会成为城里人的丧葬之地。这些坟堆被风雪所蚀，因年岁而坍，枯瘦萧条，显然从未有人祭扫。它们为什么会有那么多，排列得又那么密呢？只可能有一种理解：这里是古战场。

　　我在望不到边际的坟堆中茫然前行，心中浮现出艾略特的《荒原》。这里正是中华历史的荒原：如雨的马蹄，如雷的呐喊，如注的热血。中原慈母的白发，江南春闺的遥望，湖湘稚儿的夜哭。故乡柳荫下的诀别，将军圆睁的怒目，猎猎于朔风中的军旗。随着一阵烟尘，又一阵烟尘，都飘散远去。我相信，死者临亡时都是面向朔北敌阵的；我相信，他们又很想在最后一刻回过头来，给熟悉的土地投注一个目光。于是，他们扭曲地倒下了，化作沙堆一座。

　　这繁星般的沙堆，不知有没有换来史官们的半行墨迹？史官们把卷帙一片片翻过，于是，这块土地也有了一层层的沉埋。堆积如山的二十五史，写在这个荒原上的篇页还算是比较光彩的，因为这儿毕竟是历代王国的边远地带，长久担负着保卫华夏疆域的使命。所以，这些沙堆还站立得较为自在，这些篇页也还能哗哗作响。就像干寒单调的土地一样，出现在西北边陲的历史命题也比较单纯。在中原内地就不同了，山重水复、花草掩荫，岁月的迷宫会让最清醒的头脑胀得发昏，晨钟暮鼓的音响总是那样的诡秘和乖戾。那儿，没有这么大大咧咧铺张开的沙堆，一切都在重重美景中发闷，无数不知为何而死的怨魂，只能悲愤懊丧地深潜地底。不像这儿，能够袒露出一帧风干的青史，让我用20世纪的脚步去匆匆抚摩。

　　远处已有树影。急步赶去，树下有水流，沙地也有了高低坡斜。登上一个坡，猛一抬头，看见不远的山峰上有荒落的土墩一座，我凭直觉确信，这便是阳关了。

　　树愈来愈多，开始有房舍出现。这是对的，重要关隘所在，屯扎兵马之地，不能没有这一些。

转几个弯，再直上一道沙坡，爬到土墩底下，四处寻找，近旁正有一碑，上刻"阳关古址"四字。

这是一个俯瞰四野的制高点。西北风浩荡万里，直扑而来，踉跄几步，方才站住。脚是站住了，却分明听到自己牙齿打战的声音，鼻子一定是立即冻红了的。呵一口热气到手掌，捂住双耳用力蹦跳几下，才定下心来睁眼。这儿的雪没有化，当然不会化。所谓古址，已经没有什么故迹，只有近处的烽火台还在，这就是刚才在下面看到的土墩。土墩已坍了大半，可以看见一层层泥沙，一层层苇草，苇草飘扬出来，在千年之后的寒风中抖动。眼下是西北的群山，都积着雪，层层叠叠，直伸天际。任何站在这儿的人，都会感觉到自己是站在大海边的礁石上，那些山，全是冰海冻浪。

王维实在是温厚到了极点。对于这么一个阳关，他的笔底仍然不露凌厉惊骇之色，而只是缠绵淡雅地写道："劝君更尽一杯酒，西出阳关无故人。"他瞟了一眼渭城客舍窗外青青的柳色，看了看友人已打点好的行囊，微笑着举起了酒壶。再来一杯吧，阳关之外，就找不到可以这样对饮畅谈的老朋友了。这杯酒，友人一定是毫不推却，一饮而尽的。

这便是唐人风范。他们多半不会洒泪悲叹，执袂劝阻。他们的目光放得很远，他们的人生道路铺展得很广。告别是经常的，步履是放达的。这种风范，在李白、高适、岑参那里，焕发得越加豪迈。在南北各地的古代造像中，唐人造像一看便可识认，形体那么健美，目光那么平静，神采那么自信。在欧洲看蒙娜丽莎微笑，你立即就能感受，这种恬然的自信只属于那些真正从中世纪的梦魇中苏醒、对前途挺有把握的艺术家们。唐人造像中的微笑，只会更沉着、更安详。在欧洲，这些艺术家们翻天覆地地闹腾了好一阵子，固执地要把微笑输送进历史的魂魄。谁都能计算，他们的事情发生在唐代之后多少年。而唐代，却没有把它的属于艺术家的自信延续久远。阳关的风雪，竟愈见凄迷。

王维诗画皆称一绝，莱辛等西方哲人反复讨论过的诗与画的界线，在他是可以随脚出入的。但是，长安的宫殿，只为艺术家们开了一个狭小的边门，允许他们以卑怯侍从的身份躬身而入，去制造一点娱乐。历史老人凛然肃然，扭过头去，颤巍巍地重又迈向三皇五帝的宗谱。这里，不需要艺术闹出太大的局面，不需要对美有太深的寄托。

于是，九州的画风随之黯然。阳关，再也难于享用温醇的诗句。西出阳关的文人还是有的，只是大多成了谪官逐臣。

即便是土墩、是石城，也受不住这么多叹息的吹拂，阳关坍弛了，坍弛在一个民族的精神疆域中。它终成废墟，终成荒原。身后，沙坟如潮，身前，寒峰如浪。谁也不能想象，这儿，一千多年之前，曾经验证过人生的壮美，艺术情怀的弘广。

这儿应该有几声胡笳和羌笛的，音色极美，与自然浑和，夺人心魄。可惜它们后来都成了兵士们心头的哀音。既然一个民族都不忍听闻，它们也就消失在朔风之中。

回去罢，时间已经不早。怕还要下雪。

第十四章　中西叠璧　交融会通
——中国文学与世界

　　诗是人类的共同财产。诗随时随地由成百上千的人创作出来……民族文学在现代算不了很大的一回事，世界文学的时代已快来临了。

——歌　德

　　存在就意味着进行对话的交际。对话结束之时，也是一切终结之日。因此，实际上对话不可能，也不应该结束。

——巴赫金

第一节　中外文学审美特征的差异

　　中外文学源远流长，优秀作家灿若群星，精美作品层出不穷。那宏博壮丽的古希腊史诗，那仪态万千的西方小说，那意境深远的唐诗宋词，都以其璀璨夺目的光辉和绚丽多姿的风采令人如醉如痴，或荡气回肠，或神清气爽，或涕泪满襟。然而，文学作为一个民族审美意识的结晶，它必然遵循着一定的建构方式，而不同的建构方式必然体现着不同的建构理想。中国、印度、希伯来、希腊是世界文化的四大派别。中国、印度是东方诗学的一极。希伯来、希腊——"二希"文化是欧洲文化的渊源。因此，在探究中外文学审美特征时，我们姑且以中国文学与欧洲文学作为两极来进行考察。美国当代著名文艺批评家艾伯拉姆斯在他的《镜与灯》一书中提出了文学涉及的四要素：作品、作者、宇宙和读者。阿伯拉姆斯考察了自古希腊到现代为止的欧洲文艺的历史发展，认为全部文艺理论都逃不出这四种要素的相互制约。不同国家不同民族由于各自的审美角度不同，侧重不同，便形成了不同的文艺理论体系。欧洲人侧重作品与宇宙的关系，认为文艺是对自然的摹仿，故偏重摹仿、再现、写实，属摹仿论；中国人侧重作品与作者的关系，认为作品是作者思想感情的外化，故偏重表现、抒情、言志，属表现论。在这两大文艺理论体系中，不同的文学形式表现着各自不同的审美理想和审美特性。

一、中西诗歌比较

　　诗歌在中外文学中是出现最早的文学形式，有叙事诗、抒情诗；格律诗、自由诗；有韵诗无韵诗之分。中外诗歌在要求强烈的思想感情和丰富的想象及诗歌语言高度精炼集中、富有音乐节奏感等方面是一样的。但是，中国和欧洲在语言文字、历史传统、文化背景等众多方面有较大的差异，因而中西诗歌也有诸多不同。

就其传统而言，西方诗歌的传统是叙事诗。欧洲最古老的文学——古希腊的荷马史诗就是以诗的语言叙述特洛伊战争的英雄传说。在中世纪有著名的史诗《贝奥武甫》叙述盎格鲁·撒克逊人的英雄武功，有《伊戈尔远征记》叙述俄罗斯民族英雄的业绩。叙事诗在欧洲诗歌史上一直处于主要地位。而中国诗歌的传统则是抒情诗。中国文学的光辉起点《诗经》就是以"含蓄蕴藉"的写实抒情而著称的。中国第一部文人创作的诗集《楚辞》是祭悼诗和倾诉诗，它充满了强烈的抒情性。此后的汉乐府民歌、唐诗、宋词、元曲等等都以其抒情性而引起世界瞩目。应该说这些差异是相对而言的。欧洲诗歌虽以叙述为主导方式但也不乏抒情性。中世纪欧洲的骑士抒情诗《破晓歌》就具有浓烈的抒情性，但其侧重点仍在于对骑士和贵妇人在偷情之夜黎明时分依依惜别的情景的描述，即抒情中包孕着叙述。中国诗歌虽以抒情性作为传统，但也不乏叙述性因素。《陌上桑》、《孔雀东南飞》等汉乐府民歌就确有叙述性，但究其实，是以情景为依托，意在长歌，发其心声。

就其题材而言，在中外写爱情人伦的诗中（因此类诗居多），西方诗大半以爱情为中心。因为西方人侧重个人主义，爱情在个人生命中最关痛痒。说尽一个诗人的爱情史往往就已说尽他的生命史。再则，西方受中世纪骑士风尚的影响，女子地位较高，所受教育也较完善，在学问和情趣上往往可以与男子契合，所以男人的乐趣往往可以得之于妇人女子，因此西方有"恋爱至上"的口号。而中国，爱情诗虽然很多，但中国诗中忠君爱国爱民的情感和关于友朋交谊的诗作比男女恋爱的诗作要多。建安七子、李白、杜甫等人的交谊古今传为美谈；在西方，歌德和席勒、华兹华斯和柯勒律治、济慈和雪莱、魏尔兰和兰波等人虽过从甚密，而他们叙朋友乐趣的诗却极少。这是因为中国人侧重兼善主义，文人以仕宦羁旅为荣，"老妻寄异县"是常事；同时中国人受儒家思想影响，女子地位低，难得受教育，所以男女志同道合的乐趣颇不易得，夫妇恩爱常起于伦理观念，中国人是重婚姻而轻恋爱的。鉴于上述原因，西方诗以婚前恋的题材多见。"莎士比亚就是写婚前恋的里手，他的诗剧中许多片断都颂扬了少男少女可歌可泣的恋情，他写的喜剧性好合和悲剧性的离散殉情的篇章，无不惊心动魄"。普希金的抒情诗是写婚前恋的瑰宝。拜伦的《忆昔两分手》，歌德的《绿蒂与维特》等则是发离散之悲音的名篇。而中国诗则以写婚后之情者多见，且最佳者往往是惜别祭悼的诗。如北宋林逋在《长相思》中写道"君泪盈，妾泪盈，罗带同心结未成"，这种痛苦的呻吟深深打动着读者的心弦。

就其表现手法而言，西方诗善于详尽的描述，人物的容貌、体态、风采、服装都做客观描绘，重在形似，故多见长篇，给人一览无余之感；中国诗篇简洁含蓄，只写要点，寥寥勾勒，体貌自现，重在神似，给读者留下想象的空间，故以短诗见长。西方诗热情奔放，直率大胆，富含文思哲理，幻想奇特，境界开阔；中国诗人因遵循"发乎情止乎礼义"的传统，故中国诗含蓄深沉，若隐若现，鲜为哲理，境界狭窄，富阴柔之美。朱光潜先生在比较中西诗歌的不同情趣时曾说："西方爱情诗最长于慕，指称赞容貌诉申爱慕者"，"中国爱情诗最善于怨"，"西方诗以直率胜，中诗以委婉胜；西诗以深刻胜，中诗以微妙胜；西诗以铺陈胜，中诗以简隽胜。"朱先生十分精辟地揭示了中西诗歌审美特征的差异。

二、中西小说比较

小说在中外各民族文学发展中是最重要的叙事类文体，也是发展和成熟最晚的文学形式。它不像戏剧可以表演，也不像诗歌可以吟唱，而必须诉诸视觉阅读。中国小说最早见于魏晋南北朝时的志怪小说。欧洲的故事小说大约出现在中世纪后期的 13 世纪。中外小说产生的时间虽然不同，但它们都和城市的出现、市民阶级的兴起相联系。由于中西城市经济发展迟早程度的差别，市民意识也有很大不同。在欧洲，市民阶级是资产阶级的前身，市民意识就是早期资产阶级思想的表现，其特点是尊重个性，有强烈的批判精神。他们以极其乐观的态度肯定现实生活的幸福，认为追求个性解放，追求生活享乐是人的天性，是大自然赋予的权利。在他们看来，限制或反对人们对世俗幸福和享乐的追求，就是违反人性，违反自然。因此，在欧洲小说中作家总是通过多种艺术形象，极力证明教会和封建制度是违反人性违反自然的，人性论及人道主义是西方小说的主要思想武器。而在中国，由于城市兴起时并未形成资本主义的生产关系，城市市民并非资产阶级的前身，即使在小说成熟的明代中叶，资本主义也只是处于萌芽阶段，比起自然经济还显得十分微弱，因此反映这种萌芽的思想既没有西方那样有一个思想体系，又不像西方文人表现出鲜明的战斗姿态。

就小说结构而言，中国小说不论长篇短篇大半是把生活中发生的错综复杂之事件整理为头绪分明的线索，脉络清晰，层次井然，不管情节如何复杂，结构如直线式纵横交织成一个个独立事件，钩挂起来成为一个封闭的连锁结构。著名古典长篇小说《红楼梦》，看上去结构布局很不简单，但无数独立的矛盾，大部分不相纠葛，即使有些丝绪相连，也不影响自己的完整。这种结构形式使细密交织着的生活矛盾线索仍一清二楚地呈现出来。直至今天中国的影视文学依然保留着结构上的这一特点。所以中国小说，不以"局势疑阵见长，其深味在事之始末，人之丰富，文笔之生动也"。西方小说的结构特点是以情节曲折取胜，满足读者的好奇心，吸引读者对主题进行思考和想象，线索交错，忽隐忽现。结构的手段不是使矛盾显明而是使之隐藏，读者必须一个一个挖掘，方能弄明白主题的全部内涵。如菲尔丁的《汤姆·琼斯》，结构布局精巧缜密。作品中众多的事件、场面、人物都有条不紊地组织在汤姆的身世之谜和汤姆、索菲亚的经历之中。汤姆的身世之谜一直作为悬念，成为作品情节的推进力。而这个谜又是读者最感兴趣、最渴望知道的，所以它会引起种种猜想、推测，紧紧吸引着读者。然而直到作品的结尾，主人公命运陷入绝境，情节发展到高潮时，作家才说破这个谜，使读者无不感到惊奇，收到强烈的艺术效果。中外小说在结构上的审美差异正如《小说丛话》所云："读中国小说，如游西式花园，一入门，则园中全景，尽在目前矣。读外国小说，如游中国名园，非遍历其境，不能领略个中滋味也。盖以中国小说，往往开宗明义，先定宗旨，或叙明主人翁来历，使阅者不必遍读其书，已能料其事迹之半。而外国小说，则往往一个闷葫芦，曲曲折折，直须阅至末页，方能打破也。"

就人物塑造而言。中国小说侧重从细节、语言、动作去挖掘人物内在心理的外化，注重准确地抓住它外化的形态。这就要求读者要有与作者同样的会心，而不被外化形态所迷惑。如鲁迅对阿Q的肖像描写，寥寥几笔便勾勒出一幅栩栩传神的轮廓画。从"赤着膊，懒洋洋，瘦伶仃的"到"癞疮疤"、"黄辫子"、"厚嘴唇"，和人吵架时常是弱者又时常失败，挨了赵太爷的打，他便说："现在世界太不像话，儿子打老子……"发怒时，头上的癞疮疤变得"块块通红"。上城回来得意时，"穿的是新夹袄，看去腰间还挂着一个大搭连"，说明阿Q的中兴。而后来革命党进城后他模仿秀才"将辫子盘在顶上"。这一切真实地表现了他的要求革命和愚昧麻木之间的矛盾。鲁迅用阿Q的外在特征揭示了阿Q的心理性格。中国小说描写人物注重从外部动作着墨，这是中国小说描写人物的优秀传统。而西方小说则注重对内心的挖掘，而且要直接表现人物的思想感情，西方小说的发展过程正是不断探索人物内心的过程。古罗马史诗《埃涅俄斯纪》已显露出西方小说注重心理描写的端倪。维吉尔把狄多为埃涅俄斯殉情的全部细微心理过程作了描绘，从如疯如狂到产生杀身之念到设下祭坛到生死关头的内心搏斗直至决心一死举剑自刎，都写得细致入微，感人肺腑。18世纪卢梭的《新爱洛漪丝》使西方小说在揭示人物的内心感情世界上进入一个新阶段。此后，司汤达的心理描写，陀思妥耶夫斯基对人物病态心理的刻画，托尔斯泰的"心灵辩证法"，直到20世纪西方小说的意识流、内心独白、心理象征、"心理时空错位"等等都可体现西方小说在人物塑造上的心理描写传统的延续和发展。

三、中西戏剧比较

戏剧是一种非常特殊的文学样式，从它一产生就是一门综合艺术，就与其他艺术有着明显的差别。不论西方还是东方，戏剧都是叙事文学与抒情文学的结合。在欧洲，早在公元前5世纪就出现了古希腊戏剧的繁荣期，涌现出埃斯库罗斯、索福克勒斯、欧里庇得斯三大著名悲剧家和喜剧家阿里斯托芬，并且由亚里士多德创建了戏剧美学的"摹仿说"。亚里士多德在《诗学》中有一段相当著名的论断："悲剧是对于一个严肃、完整、有一定长度的行动的摹仿；它的媒介是语言，具有各种悦耳之音，分别在剧的各部分使用；摹仿方式是借人物的动作来表达而不是采用叙述法；借引起怜悯与恐惧来使这种情感得到陶冶。"可见他的"摹仿说"立足于"真"，是把"美"和"真"联系起来的一种美学思想。亚里士多德的戏剧美学在西方一直居于正统地位，直到易卜生、契诃夫的时代，仍把戏剧看作是对生活的摹仿，所谓"四面墙拆掉了一面墙"、"钥匙孔里看生活"，都是根据"摹仿说"设想在舞台与观众之间存在着一堵看不见的墙，力求使戏剧演出成为正在进行的生活。

中国戏剧的最早形式是戏曲，戏曲的形成比西方戏剧晚一千多年。尽管戏剧在中国的历史较短，但由于中国深厚的民族文化传统，中国戏曲美学也具有与西方戏剧美学不同的独特体系。中国戏曲认为艺术不能摹仿自然，戏是生活的虚拟。明代王骥德在《曲律·杂论第三十九·下》中说："戏剧之道，出之贵实，而用之贵虚……以实而用实也易，以虚而用实也难。"清代李渔也说过类似的话，他在《闲情偶寄》中论及戏曲结构时说："此理甚难，非可言传，止堪意会。想入云霄之际，作者神魂飞越，如在梦中，不至终篇，不能返魂、收魂。谈真则易，说梦为难，非不欲传不能传也。"李渔所说的"梦"与王骥德所说的"虚"都是有别于摹仿的"真"的一种"美"，这种美正是中国戏曲艺术所追求的"美"，是深含着一种难以言传的"虚拟"之美。所以，中国之戏曲美学是"虚拟说"。有人把这种"虚拟说"概括为"写意"，而把西方的"摹仿说"概括为"写实"，以标明中国和西方戏剧美学的不同体系和不同特征。由此而产生了戏剧艺术技法的诸多差异。戏剧艺术无论中外都要受舞台的局限，但欧洲的戏剧因恪守真实再现生活的法则，故舞台所见均符合现实生活的时空逻辑，在有限的空间中来处理时间。比如：在舞台设置上，欧洲戏剧必用真实道具以在演出时造成真实感，莎士比亚的戏剧舞台上的布景就有森林、居室、街道、山头、城堡、阳台等等；在剧情的时间和地点上，17世纪古典主义戏剧还规定了"三一律"，18世纪莱辛提出的戏剧崇尚自然，追求真实，"注意体现我们情感和心灵力量中的自然"的看法，对后世产生很大影响。到19世纪浪漫主义戏剧及19世纪末易卜生的社会问题剧都表明欧洲戏剧在物质条件不断改善下逐渐走向严格的现实主义道路。

而中国戏曲舞台的生活实感较为淡薄，它以表演为主，戏曲舞台上的景、情全要依仗演员的表演。演《抬花轿》，抬轿人与坐轿人全凭动作表现，动作是虚拟的，并无真轿子上台，可是抬轿过桥，就真的给人以过桥之感。京剧中人物的开门关门，上楼下楼，亦无实景，而演员的动作却使观众实实在在感受到了。中国戏曲的时空观念比较自由，它不像欧洲戏剧那样以空间存在来反映时间，而是按照时间顺序决定空间地位，在现实舞台上按时间顺序活动的人物可以随意改变空间地位。所以，在我国传统戏剧里，地点是流动的，同一个舞台一会儿是莺莺的西厢宅子，一会儿是张生赶考的路上，一会儿又是普救寺，在一折之内，观众随着演员的唱词可遍历许多地方。演员只在舞台上迈几步，便倏忽千里之外了。因此中国戏剧舞台犹如一个转动的立体，每一面都可转向观众。

从布局风格来看，以悲剧为例，中国悲剧与欧洲悲剧就有鲜明的不同。中国悲剧是苦乐相错，悲喜相间的布局方法。这种对立情感因素的交融汇合是中国悲剧情节布局的独特之处。较早采用这种方法的《琵琶记》全剧剧情就有一苦一乐，一悲一喜的两条线交错地发展。《琵琶记》共 42 出，从第 16 出到第 30 出基本上是写一出蔡伯喈在牛府享尽荣华富贵，再写一出陈留郡赵五娘在大荒之年侍奉公婆的艰难困苦和公婆相继去世。这种对照的结构方式形象地展示了"朱门酒肉臭，路有冻死骨"的生活画面，而且这种一苦一乐，一悲一喜的相承对比，越发显示出悲苦滋味的深重浓郁。当然并不是中国悲剧都用这种方式，有的剧在折与折之间交替悲喜的描写，有的在一折中穿插诙谐戏谑的场面，尽管呈现出不同形态，但悲喜结合在中国传统戏剧中是一种普遍现象。而欧洲悲剧则表现出一种庄严的风格。亚里士多德曾指出，古希腊悲剧起源于民间歌舞酒神颂，最初具有生动活泼的形式，但后来它"抛弃了简略的情节和滑稽的词句，经过很久才获得庄严的风格"。因此从古希腊悲剧定型之日起，就以"庄严的风格"作为自己的鲜明特点。这种庄严风格包含两方面内容，一方面是指悲剧的主角具有高贵的身份，如《普罗米修斯》的主角是天神，《俄狄浦斯王》的主角是国王，《美狄亚》的主角是公主，《特洛伊妇女》的主角是皇后。这些具有高贵身份的主人公串演着古希腊英雄时代的重大历史事件。然而中国悲剧自诞生之日起就没有这种限制，而且是以描写下层人民的悲剧揭开戏剧序幕的。欧洲戏剧的庄严风格包含的另一方面内容，就是题材的严肃性、悲壮性。它严格地排斥喜剧因素的掺和，排斥那种一张一弛，一悲一喜交错并进的布局方法，体现出一种一悲到底的西方悲剧风格。但这种一悲到底的特点，只是西方悲剧具有较大影响的一种类型。到了文艺复兴时期，莎士比亚就把喜剧因素引入悲剧，形成悲喜交错的新格局。

在中西悲剧的结尾问题上，也表现出中国和西方反差较大的审美趣味。中国悲剧喜欢以大团圆作结，西方悲剧正好相反，往往在悲剧冲突尖锐激烈的高潮之中，在悲壮激越的气氛中戛然而止，一悲到底。当然这只是从总的倾向上加以区分，如果在对悲剧广泛涉猎的基础上再进一步认识，就会发现：中国既有大量以"团圆"结尾的悲剧，也有一悲到底的悲剧；西方悲剧以悲壮的收尾为正统，间或也有喜剧性收场。

中外文学之所以产生这些差异，是具有其深刻的民族文化根由的。因为每个民族的文学都是在历史的长河中沉淀下来、积累起来的，都和本民族的文化传统分不开。

中国文化形态是伦理型文化。我们的祖先是带着原始民族社会血缘关系的纽带走进奴隶社会的，人与人之间的关系是一种以血缘关系为基础的上下尊卑的伦理关系。中国社会又是一种农业性社会，中华民族世代繁衍生息的地域是山川与平原构成的内陆地带。人们日出而作，日落而息，"晨起理荒秽，带月荷锄归"，整日与田园山水相处，缺乏海上的冒险和离奇古怪的遭遇，人与大自然是和谐交融的，所以在情景交融中自然产生了以感物抒情为主的文学艺术传统。再则，中国的经济是一种自给自足的农业型经济，手工业、商业都不很发达。中国的这种农业性社会又产生了与之相适应的宗法制度，在这种封闭、保守的宗法制度长期压抑下，它塑造出中华民族不同于西方的民族品格。宗法政治反对个人的自由，反对贪图私利、越礼享乐，而极力强调天子的尊严、国家的统一、血亲家族的融洽、尊卑等级的神圣、品德修养的重要，人们的个性自由不得发展，个人的命运和价值不是取决于个人的膂力、智慧、勇敢和才能，而是取决于个人在宗法网络中的关系，取决于对君主的忠诚程度，所以只有忠心耿耿的臣民、精忠报国的将士、循规蹈矩的谦谦君子才值得效法和歌颂。因此，中国文学反对越礼纵欲，主张"乐而不淫，哀而不伤"，要"发乎情，止乎礼义"，在文学表现中便体现出以理节情、情理和谐统一的审美特点。

西方文化形态是科学型文化。西方人是比较彻底地摧垮了氏族血缘关系的纽带而走进奴隶社会的。人与人之间的关系由每一个公民占有财产的多少来决定，是一种政治法律关系，而不是靠血缘的纽带来维系的伦理关系。西方古代文明滥觞之地是爱琴海区域，这里海陆交错，山峦重叠，小岛星罗棋布。这块地域为古希腊人提供了极好的海上交通条件，造就了西方高度发达的手工业和航海业，使西方成为商业性社会。西方人在爱琴海区域繁衍生息，经常要在茫茫的大海中战胜狂风恶浪去从事海外贸易，途中多遇巨蟒怪兽的威胁，商船随时都可能被巨浪掀翻，被暗礁触沉，被巨鲨吞没。这种人与大自然的对立，这种海上生活的历险与奇遇给文学提供了大量的题材，从而形成了叙述这些社会生活与人物的史诗、悲剧等叙事性文学。"自由竞争需要民主制"（列宁），古希腊的商业性社会又产生了与之相适应的民主政权，执政官由抽签产生，并且向所有公民开放，公民会议上所有成年公民都可参加讨论议案。古希腊的商业经济和民主政治使西方人崇尚个人的自由平等和个性的发展，崇尚个人的发财、个人的爱情，崇尚个人冒险、个人奋斗。古希腊商业经济和民主政治中陶冶出来的民族特征是以自我为核心，以私利为基础，以享乐为目标的敢于冒险、敢于进取的开放性民族品格。这种民族品格一直延续到现代的西方人。这种民族品格在西方文学中都有鲜明的体现。

中外文学审美特征的差异，还有思维方式上的不同缘由。西方思维趋向思辨与实证，思辨体现着一种穷天究地的求知精神，实证则体现着对外在物景大小、比例、色彩的认真态度。这两点恰好形成了西方文学以叙述写实为主导的思维基础。而中国的思维更趋向于直觉与顿悟，直觉体现为一种整体性的情感体验，顿悟则体现为一种主观思想对外物的投射和照彻，这两点恰好形成了中国文学以抒情写意为主导的思维基础。

第二节　中国文学对西方文学的影响

中西文学不同的审美特征，决定了中西文学之间具有相互参照、取长补短的巨大空间。事实上，中西文学的彼此影响从来就没有间断过。不过，近代以来西学东渐的中西文化交流历程，使人们更多地感受到了西方文学对中国文学的影响，而对中国文学如何影响西方文学则了解不多。

　　早在 1298 年马可·波罗的《东方旅行记》就引起了西方人对东方异国文化的极大兴趣和无尽遐想，而且在 17～18 世纪欧洲启蒙运动时期，出于对理性的追求和建立新社会的需要，西方人发现了中国正统儒家重理性、重实践、重教化、讲仁爱、讲伦理道德、追求人类大同理想等等思想，把中国奉为文明之邦、礼仪之邦和智慧之邦来学习，甚至出现了"中国的月亮比欧洲圆"，以效仿中国为时髦的热潮。在持续近两个世纪的"中国热"中，文学家们翻译介绍了不少中国文学作品，并在自己的创作中或多或少留下了中国文学影响的痕迹。1735 年，法国耶稣会会员杜哈德在巴黎出版有关中国风土人情和历史文化的巨著《中国详志》，书中收入了译成法文的元曲《赵氏孤儿》和《今古奇观》的四个短篇小说以及《诗经》中的十几首诗。1740 年前后，此书又译成英文、德文和俄文，使中国文学在西方产生了更广泛的影响。1761 年，英国文人潘塞出版英国商人魏金森 1719 年翻译的中国小说《风月好逑传》，这第一部英译中国小说也相继被译成法文和德文。英国作家哥尔斯密在 1760 年创作的名著《世界公民——中国哲学家从伦敦写给他的东方朋友的信札》中，选录了很多孔孟老墨等诸子百家的散文。到了 19 世纪初，还有英国托马斯翻译的《花笺记》、法国锐慕萨翻译的《玉娇梨》等等中国小说在欧洲流行。总之，中国的戏剧、小说、诗歌和散文作品在西方文学界都有传播。

　　就这些翻译介绍的影响来看，中国元代纪君祥的《赵氏孤儿大报仇》在西方先后被改编过数次：1741 年英国作家哈切特根据《中国详志》中的原剧改编，并配以中国式歌曲，创作了诗剧《赵氏孤儿》，意在传达一种浪漫的东方情调。1755 年，法国文豪伏尔泰根据《赵氏孤儿》改写的《中国孤儿》在巴黎上演，此剧改两家世代冤仇为两个朝代的更替，变"忠"的题旨为"爱"的主题，宣扬两个民族的精神融汇与和解，赞颂了中华民族巨大的凝聚力。1759 年，英国舞台上又出现了与元曲更接近的墨菲编剧的《中国孤儿》，该剧在布景、道具和服装等方面都尽量突出了东方色彩。此外，潘塞 1762 年出版的《中国诗文杂著》等等，也是中国文学影响的结果。

　　在这个时期，除了直接模仿或改写中国作品以外，西方文学家们还十分关注与中国有关的物质和精神内容，致使欧洲文坛相继出现了大批以中国为题材或假托中国人之名写的各种文学作品。如英国散文家艾迪生和斯梯尔于 1711 年创办《旁观者》杂志，发表了不少背景或素材涉及中国的作品，艾迪生自己创作的《一篇洪水时代以前的故事》就是取材于中国古代神话；又如法国启蒙运动思想家孟德斯鸠 1721 年出版的《波斯人信札》中，常常借中国旅行者之口对本国的弊政进行讽刺批评，并由此引出了一系列类似的讽喻性"旅行书简"：法国作家达雄 1739 年出版的《中国通信集》、德国法斯曼的《奉钦命周游世界的中国人》、普鲁士腓特烈二世的《费费胡游欧书简》等都是其代表。与此同时，德国还出现了"道德小品"、"道德故事"和"国事小说"。菲费尔的《寓言与故事集》、塞肯道夫的《命运之轮》、哈勒尔的《乌松》等均以作者所理解的中国伦理道德、典章制度教育老百姓、劝谏统治者；魏兰受《中国详志》里介绍的《赵氏孤儿》等作品的影响，于 1772 年创作的"国事小说"《金镜》，假托小说出自一位不知名的中国作家"祥夫子"之手，通篇充满了富于中国哲理的对话，着力宣传孔子的"礼"的巨大作用以及重实践、讲恕道的理性哲学。在法国，伏尔泰 1749 年出版的东方小说《查第格》中，把"庄周鼓盆而歌"的故事加以改头换面，以抨击当时欧洲宗教和社会的恶势力；基勒脱采用《天方夜谭》的格式创作了中国题材的《中国故事》。

　　欧洲启蒙运动时期"中国热"的余波所及，跨越德国文学狂飙突进时期和古典时期的歌德和席勒都受到过中国文学的明显影响。席勒于 1795 年和 1799 年先后创作过两首名为《孔夫子的箴言》的诗歌；歌德则对中国文化有过长久的注意和研究。歌德不仅欣赏中国的书籍，翻译中国诗歌，而且练习过中国书法。他通过儒家经典《大学》、《中庸》、《论语》、《孟子》和元杂剧《赵氏孤儿》、《散家财天赐老生儿》以及明清小说《好逑传》、《花笺记》、《玉娇梨》等作品，与儒学的"礼"、"义"、"仁"、"孝"等思想产生了共鸣，对"孔夫子的中国"赞颂备至。当然，歌德对中国文化和文学的理解是理想化的，而正是这种理想化的接受，直接影响了他晚年的文学创作活动。从他 1827 年创作的《威廉·麦斯特的漫游时代》里的中篇小说《五十岁的男人》，可以看出《好逑传》的影响；1828 年他写作与《赵氏孤儿》情节近似的悲剧《哀兰伯诺》(完成两幕)；1830年又发表著名的组诗《中德四季晨昏杂咏》，在这组刻意模仿中国古诗格调的诗歌中，形式的简约严整、诗情的委婉含蓄和诗兴的飞腾灵动，使它堪称德国古典诗歌的佳构名篇，并成为中德文学交流的美好象征。

　　继中国文学对欧洲文坛产生持续影响之后不久，就在西学东渐大潮来势凶猛的20 世纪初叶，西方诗人又对中国诗歌发生了前所未有的兴趣，并掀起了一个"意象派诗歌运动"。其创始人美国诗人埃兹拉·庞德对前一辈英国诗人的诗作不满，立志改革，并通过美国东方学者费诺罗萨发现了中国古典诗歌中时间艺术与造型艺术相结合、音乐和绘画与文学熔为一炉的新精神，于是致力于中国诗的翻译。他 1915 年出版的《汉诗译卷》，引起了英美人对中国诗歌的极大关注。后来，美国女诗人艾米·洛厄尔加盟，他们与英国诗人奥登、休姆、弗林特，美国诗人杜利特尔、弗莱彻、弗罗斯特等一起从事汉诗翻译和"意象派"诗歌创作，维持了近十年之久。作为这场运动的成果，除了《汉诗译卷》之外，还有艾米·洛厄尔与埃斯考孚夫人 1917～1921 年合译的《松花笺》、庞德的毕生力作《诗章》(1915～1969)、艾米·洛厄尔 1915～1917 年编辑出版的 3 册《几个意象派诗人》、奥登 1930 年编辑出版的《意象派诗集》等诗集。中国诗歌的生动形象、辞约义丰等特点被他们吸取来创造"意象"，他们的创作实践还直接影响了后来英美现代主义诗歌的一大批诗人和新批评派的诗歌理论。

　　自"意象派运动"以来，中国诗歌对西方诗坛的影响一直未断。有趣的是，正当中国的现代诗歌在西方文学思潮影响下发生着巨变，白话新诗运动蓬勃发展的时候，中国古典诗歌却在西方文学界大受欢迎，特别是唐宋时期的诗人诗作备受青睐。1996年美国诗人加里·斯奈德教授出版了诗集《江山无际》，在诗人这部四十年诗歌创作生涯总结与回顾的集子中，处处都刻印着中国诗歌影响的痕迹，唐代诗人寒山的影响尤为明显。正是唐代诗歌那种诗画一体、情景交融的艺术风格为一代又一代西方诗人提供了丰富的艺术营养，启发了他们的创作灵感。

随着中西文化交流的发展，东方文明的价值越来越受到西方世界的重视，中国文学对西方文学的影响正在不断地扩大。除古典诗歌和戏剧以外，《红楼梦》、《三国演义》、《西游记》等等古典小说、先秦诸子散文，乃至现当代各种文学文本也都成为西方文学家关注的对象，并对他们的创作产生越来越广泛的影响。

第三节　中国文学在世界文学中的地位

中华民族几千年的文化长河浇灌了灿烂的中国文学之花，而中国文学与源远流长的西方文学（欧美文学）有着不同的历史面貌。早在神话和史诗繁荣的西方文学初期，中国就出现了以洗练精审为特点的记叙、论说文集《尚书》和自然优美、风格多样的第一部诗歌总集《诗经》，由此奠定了中国古代文学散文和诗歌发达的传统。在希腊悲剧和喜剧兴盛的"古典时期"，中国正处于历史散文、诸子散文和楚辞等创作丰盛的百家争鸣的战国时代，《左传》、《战国策》、《论语》、《孟子》、《庄子》、《老子》等著作，或情感激越、辞采富丽，或逻辑严密、言简意赅，或形象具体、比喻生动，为后世散文技巧的发展提供了足资借鉴的经验；而屈原的《离骚》等辞赋想象丰富、夸张奇特、热情充沛，成为后代作家不朽的典范。当西方文学进入仅以维吉尔等人的诗歌为最高成就的罗马时期，中国正是两汉和魏晋南北朝时代。在两汉，诞生了被称为"史家之绝唱"的司马迁的传记文学《史记》；汉乐府民歌则以精彩的叙事、生动的对话和朴实的风格，标志着古代叙事诗的成熟；此时，铺张闳丽的辞赋、五言民歌等也得到发展。在汉末建安时期和魏晋南北朝，文人五言诗与七言诗产生，出现了以"建安风骨"著称的"三曹"和"七子"，还有"不为五斗米折腰"，追求平淡醇美、清峻自然诗风的陶渊明。这时期，在道教和外来佛教影响下产生了志怪小说和轶事小说，文学理论也开始成熟，出现了刘勰的《文心雕龙》、钟嵘的《诗品》等文学理论著作。

西方文学在由教会文学统治的漫长的中世纪时期，除了流传于民间的英雄史诗和骑士文学外，只有意大利诗人但丁的《神曲》这部被称为中古时代的百科全书的巨著，还显露了一线文学的生机。中国文学却在这近千年的岁月中，经历了唐、宋、元等几个名家辈出、文体大备的文学高峰，成为中国文学史上有名的黄金时代。群星璀璨的唐代诗坛上，以雄浑豪放的边塞诗著名的高适、岑参和王昌龄，以诗画交融的山水田园诗闻名的王维、孟浩然，超逸不群、浪漫豪迈的"诗仙"李白，忧国忧民、诚挚峻健的"诗圣"杜甫，以及白居易、韩愈、李贺、李商隐、杜牧等等诗人，各自以独特的诗风争奇斗美，交相辉映。唐散文也有大的发展，韩愈的论述、叙事、抒情兼长的散文，柳宗元的山水小品，以及苏轼豪放旷达的散文，都丰富了中国散文的表现方法和文学语言。唐代传奇兼收散文、诗歌及外来文化的瑰丽想象而成，元稹的《莺莺传》等传奇在人物形象塑造上堪称绝妙。到了宋代，诗歌创作余兴未断，有留下了近万首诗作的大诗人陆游，还有苏轼、欧阳修、黄庭坚、杨万里、范成大等名家成就斐然。而更突出的是词的兴盛，柳永、晏殊、欧阳修、李清照等婉约派词人，以细腻柔美的抒情写景见长；苏轼、辛弃疾等豪放派词人，则以慷慨纵横的壮志豪情感人心魄。元代兴起了杂剧和抒情诗的新样式散曲，关汉卿、白朴、马致远等均二者兼善。关汉卿的《窦娥冤》、白朴的《墙头马上》、马致远的《汉宫秋》以及王实甫的《西厢记》都是元杂剧中的优秀之作，它们以新的手法和新的时代特征，给文坛带来勃勃生气，标志着中国戏剧创作高峰的到来。

　　从 14 世纪起，沉寂的西方文学被文艺复兴的狂飙刮醒而重新开始崛起，近代欧洲文学中的许多体裁都在此时奠定了基础：抒情诗中的十四行诗体，如意大利诗人彼特拉克的《歌集》；具有近代特点的短篇小说，如意大利薄伽丘的《十日谈》；围绕一个或几个主人公的经历并以广阔的现实社会为背景的长篇小说，如法国拉伯雷的《巨人传》、西班牙塞万提斯的《堂·吉诃德》等等；打破悲剧和喜剧界限的戏剧，如莎士比亚的《亨利四世》、《理查二世》等历史剧，《罗密欧与朱丽叶》、《哈姆莱特》、《奥赛罗》、《李尔王》等悲喜剧。西方文艺复兴时期正值中国的明代社会，这也是一个叙事文学获得大丰收的时期，《三国演义》、《水浒传》、《西游记》、《金瓶梅》等著名的长篇小说的繁荣，以及短篇白话小说《古今小说》、《拍案惊奇》和其他拟话本的兴盛，标志着中国叙事文学已走向成熟。

　　西方文学在 17 世纪产生了以古希腊罗马为典范的古典主义潮流，在法国出现了悲剧家高乃依和拉辛，喜剧家莫里哀。此后，西方文学一个又一个的思想和文学运动不断，并且各国互相呼应，此起彼伏，哺育了一批又一批文学巨人和巨著。18 世纪全欧范围的启蒙运动时期，文学带有鲜明的政治倾向和民主性，英国的笛福、斯威夫特、菲尔丁，法国的孟德斯鸠、伏尔泰、狄德罗，德国的歌德、席勒等等都是这个时期活跃的文学家。18 世纪末至 19 世纪 30 年代，浪漫主义思潮和流派在西方各国相继出现，在重主观感情、重个人理想和重自然的共同艺术追求中，英国"湖畔派"诗人华兹华斯、柯勒律治和骚塞，以及拜伦、雪莱、济慈和司各特，法国的夏多布里昂、雨果和乔治·桑，俄国的普希金、莱蒙托夫等等，都创作了大量优秀的作品。从 19 世纪 30 年代至 20 世纪以前，西方文学的主潮是现实主义，主要成就是长篇小说。从司汤达的《红与黑》到巴尔扎克的《人间喜剧》，从狄更斯的《艰难时世》到果戈理的《死魂灵》，从托尔斯泰的《安娜·卡列尼娜》到罗曼·罗兰的《约翰·克里斯朵夫》，都继承了文艺复兴时期的人文主义传统，以批判黑暗、否定丑恶、同情弱小和讴歌人性为主要特征。到 19～20 世纪之交，西方现代主义开始崛起，并迅速风靡整个西方。近一百年来，从象征主义、表现主义、未来主义、意识流、超现实主义到被称为后现代主义的存在主义、荒诞派戏剧、黑色幽默和魔幻现实主义等各种流派交相更替，跨国发展，已形成一股巨大的文学潮流，影响着世界文学的走向。中国文学从17世纪进入清代以后，就随着整个社会政治、经济和文化的转型，经历了曲折的变化和发展。清代的小说继明代以后又收获了蒲松龄的短篇小说集《聊斋志异》、吴敬梓的《儒林外史》和曹雪芹的《红楼梦》两部长篇白话小说。此后，小说这个中国文学中的后起之秀，一直兴旺不衰，延及现当代文坛。从19世纪末期至20世纪初期的文学改良运动和"五四"新文学运动起，中国文学在引进西方小说、话剧等等新品种的基础上，兴起了白话新诗、白话小说与白话散文小品的创作，并迅速取代了文言文一统天下的局面，开始了中西方文学大融会的现代文学新历程。

由于各国古代社会文化传统的多源性和各民族各地区之间交流与影响的频繁，东方形成了既有联系又有区别的几大文学圈，即以中国为中心，以日本、朝鲜、越南等东亚北亚国家为主的文学圈；以印度为中心，以巴基斯坦、缅甸、泰国、印度尼西亚、菲律宾等东南亚国家为主的文学圈；以阿拉伯半岛为中心，包括阿拉伯世界和北非洲的文学圈。除中国以灿烂辉煌的古代文学著称于世以外，东方其他国家和民族也都曾以卓越的文学成就雄踞古代世界文学的高峰。比如，苏美尔人创造了人类最早的神话与传说；巴比伦人用楔形文字刻在泥版上的《吉尔伽美什》是比荷马史诗还早1000年的英雄史诗；埃及人写在纸草卷上保存至今的劳动歌谣是世界最早的世俗文学；印度的《梨俱吠陀》是已知最早的诗集。到中古时期，日本、印度、阿拉伯、波斯、朝鲜、越南、缅甸、印度尼西亚等国家和地区都出现了文学发展高潮。日本女作家紫式部创作了世界上第一部长篇小说《源氏物语》，阿拉伯故事集《一千零一夜》规模宏大，对东西方文学都产生过广泛影响，波斯作家萨迪的故事诗、箴言集《蔷薇园》，菲尔杜西的长诗《列王纪》，朝鲜古典小说《春香传》，越南诗人阮攸的长诗《金云翘传》，印度尼西亚的历史传奇小说《杭·杜亚传》等等，都是世界文学史上的重要作品。随着民族解放运动的发展和全球化进程的推进，东方文学在现当代又有新的发展。在东方文学的历代发展中，中国文学一直以其独特的风格和强大的生命力发挥着积极的作用。如日本的《源氏物语》大量使用了《诗经》、《汉书》等作品中的典故与成语，还引用陶渊明、白居易等人的诗句；朝鲜的《春香传》运用了孟贲、苏秦、张仪、伯夷、叔齐等历史人物的典故，同时引用陶渊明、柳宗元、王维、李白、杜甫、白居易、杜牧等人的诗句；由于文化交流的频繁，除了文学作品的直接影响外，中国的儒、道思想以及由印度传入的佛教思想也对周边国家的文学思想发生着影响，如中国文学中的"意境"，由唐代日本僧人遍照金刚带入日本，从此对日本文学影响很深。

无论从中西文学的历史发展和相互关系还是从东方文学范围内部来看，中国文学都是世界文学极为重要的组成部分。首先，中国文学具有深厚的文化根基和历史传统。她是世界上起源最早的文学之一，在几千年的发展历程中，形成了诗歌、散文、小说和戏剧等多种样式并存共荣的面貌，并积累了极为丰富的文学遗产。中国文学悠久的历史及其完整性、成果的多样性等等都是其他民族文学难以比拟的。其次，中国文学具有独特的民族个性。从前面中西文学审美特征的分析和世界文学历史的简单回顾，我们已经了解到，中国文学与西方文学，乃至其他东方文学之间有着显著的差异，就具体创作而言，比如古典诗词追求诗画一体的形象性和物我交融的意境，古代散文讲究辞简义赡、情文并茂等等，都具有其他任何文学不可替代的独特价值。正是这种独特性，使中国文学能够屹立于世界文学之林，并对其他民族文学产生了巨大的吸引力。第三，中国文学具有旺盛的生命活力。一方面，她在不断的发展中形成了自我创生和自我更新的机制。从《诗经》到唐诗宋词，从先秦散文到唐宋古文以至现代散文，从宋代戏曲到元代杂剧，从唐代志怪小说到明清长篇巨制，再到现当代小说，每一种文学样式都经历了由简单到复杂，由单调到繁多的逐步发达的过程。中国文学从古代的一棵幼苗长成了今天繁花满枝的参天大树。另一方面，她有强大的兼容其他文学的能力。从魏晋南北朝开始，佛教艺术进入中国，经过唐代至宋代的长期渗透，印度佛教文学因素已融入中国文学之中，难分彼此。近代以来西方文学各种门类都对中国文学产生过很大影响，但它们都被纳入中国本土文化的结构当中，经过了一个中国化的过程，最终变成了中国的新诗、新小说、新话剧等等。当代中国文学仍然保持着这种旺盛的生命活力，这正是中国文学在未来世界文学的发展中永远占有一席之地的重要保证。

由于中国文学在世界文学中占有举足轻重的重要地位，因此任何人在任何时候离开中国文学来谈论东方文学或世界文学都是不完整的。西方文学界也都越来越意识到这一点，因此，美国学者克劳迪奥·纪延在谈到文学理论问题时明确声称"只有当世界把中国和欧美（包括英国）这两种伟大的文学结合起来理解和思考时，我们才能充分面对文学的重大理论问题。"①这正是对中国文学之世界地位的最好说明。

第四节　中西文学的比较、对话和交流

早在 1827 年，歌德就以少有的远见卓识和博大胸怀预言了"世界文学"的到来，他说："我愈来愈深信，诗是人类的共同财产。诗随时随地由成百上千的人创作出来……民族文学在现代算不了很大的一回事，世界文学的时代已快来临了。现在每个人都应该出力促使它早日来临。"②值得注意的是，这一"世界文学"的构想，是歌德在对西方各国文学、东方阿拉伯文学、印度文学和中国文学等世界上最主要的文学有了相当了解后提出的。它包括各民族间通过文学交流以达到互相理解、互相尊重和互相容忍；只有被全人类理解和接受的文学才有真正的价值；不同的个人和不同的民族应保持自己的特点等等思想。正如朱光潜所言："他所理解的'世界文学'不是把某一'优

---

①　曹顺庆：《中外比较文论史》，8 页，济南，山东教育出版社，1998。

②　歌德：《歌德谈话录》，中文版，113 页，北京，人民文学出版社，1985。

选'民族的文学强加于世界，把各被统治的民族的文学全压下去……世界文学是由各民族文学互相交流，互相借鉴而形成的；各民族对它都有所贡献，也都从它有所吸收，所以它和民族文学不是对立的，也不是在各民族文学之外别树一帜。歌德对于世界文学的主张是辩证的：他一方面欢迎世界文学的到来。另一方面又强调"各民族文学必须保存它的特点……世界文学愈能吸收各民族文学的特点，它也就会愈丰富，不应为一般而牺牲特殊。"①就歌德谈论"世界文学"的背景和他主张不同民族用文学来交流其独特的精神财富，用文学来进行对话，共同创造一体多元的世界文学的思想而言，歌德实际上已在提倡跨越国家、民族乃至文化界限的比较文学，正是在此意义上，人们把他称为比较文学的奠基者。

对不同语言和民族的文学进行比较古已有之，但丁在《论俗语》中就曾将自己的诗同法国诗人的作品作比较，此后，彼特拉克、塞万提斯、弥尔顿等等都有过类似的比较尝试；中国的文学比较远在春秋战国时代就有了萌芽，而最早将不同国家的文学加以比较的是司马迁《史记》中的《大宛列传》，唐代则出现了段成式的《酉阳杂俎》、玄奘的《大唐西域记》等有较多比较文学因素的著作。然而，比较文学作为一门独立的学科，则是随近代资本主义的发展，世界各民族之间政治、经济和文化的联系日益加强应运而生的，它在一百多年的时间里迅速发展起来。尤其是在 20 世纪内，比较文学从 20 年代"法国学派"注重两国文学相互影响的实证研究，发展到 50 年代"美国学派"强调无事实影响的跨国跨学科的平行研究，再到近年来"中国学派"倡导跨越异质文化的双向阐发研究，都一步步向着各民族文学间平等对话、多元互补的"世界文学"方向迈进。"中国学派"强调中西文学间的双向交流与对话，就是要使中西文学各自的民族特点在比较中被对方所认识，比如，为什么中西文学具有不同的审美特征？为什么西方文学早期史诗发达而中国独无？为什么中国叙事类文学的成熟晚于西方？通过比较其异同，彰显各自的民族个性，为相互间进一步的交流和借鉴打下基础。各国各民族文学的比较研究正方兴未艾，随着比较文学研究向纵深的拓展，它会对"世界文学"做出更多的贡献。

人类社会物质和精神的高度发展，必然使各国各民族之间文学上的交流和影响迅速发展成国际性潮流，这是不可逆转的大趋势。自 20 世纪中叶以来，世界在科技的带动下进入了信息时代，高速发展的电脑电讯、多媒体、互联网，信息高速公路等等，正在给人类生活带来巨大变化，也深刻改变着人们的思维方式和生存方式。从爱因斯坦的相对论到弗洛伊德的精神分析学，从逻辑学到现象学，人类认识世界的能力在不断提高，并开辟了前所未有的新视野。另一方面，统治世界三百多年的殖民体系瓦解，冷战结束，世界获得一段时间的相对和平，人们以相互友善代替相互仇视，发达国家和发展中国家之间形成相互依赖、渗透的新经济体制。这些都为世界各国各民

---

① 朱光潜：《西方美学史》下卷，434～435 页，北京，人民文学出版社，1979。

族文化的交流创造了新的条件，促使一个全新的对话时代的到来，中西文学的交流也获得了前所未有的大好时机。中西文学的交流曾积累了一些历史的经验，中国文学与欧洲启蒙时期文学之间的联系，西方近现代文学与中国现当代文学之间的频繁接触等等，都是对话的尝试。如果说，由于历史条件的限制，这种对话有时还不完全是双声道的或平等的，那么，按照哈贝马斯"互为主体"的交往新思维，今天的对话将会不再是一方对另一方的仰视，双方将越来越会建立互为"伙伴"的对话关系，开展平等的、双向的交流，通过对话增进相互了解，通过对话共同促进"世界文学"的新发展。

从全球范围看，世界各国各民族文学的交流是 20 世纪最明显的事实之一。这不仅仅是比较文学学科发展和世界物质与精神生产发展推动的结果，而且是东西方各民族从自身发展的需要出发而作出的必然选择：西方当代文化危机迫使西方向东方寻求新的文化价值，东方的发展则需要在世界文化语境中获得新的生机。正是东西方文化互证和互补等需要，决定了东西方文学交流在 20 世纪的迅速发展。因为"文学涉及人类的感情和心灵，较少功利打算，而在不同的文化中有着较多的共同层面，最容易相互沟通和理解"，[①] 所以，文学最适合担当沟通异质文化，改善人类文化生态和人文环境的重任。各民族文学的交流，必然会促进"世界文学"时代的早日到来。如果说 20 世纪是"世界文学"初步形成的时代，那么，随着全球性对话和交流的推进，21 世纪必将是"世界文学"走向成熟的时代。中西方文学都将在相互的比较、对话、交流和对比中，使自身的特点得到进一步彰显和发展，不断为"世界文学"的丰富性提供新的证明。

---

　① 乐黛云等：《比较文学原理新编》，18 页，北京，北京大学出版社，1998。

后 记

本书是集体协作的结果，具体分工如下：

绪　论	金元浦
第一章	郭纪金　刘登阁
第二章	郭纪金　牟玉亭　徐玉如
第三章	郭纪金　莫道才　范必显　冯建国　张幼平
第四章	郭纪金　张似梅　林　岩
第五章	郭纪金　马宝山　张海玲　杨玉华　周秉山
	沈文凡　林　岩
第六章	张幼平　潘裕民　韩冬冰
第七章	常　华　刘登阁
第八章	赵有声　赵泽洪　罗　章　淳于森泠　高宏存
第九章	张富贵　杨茂义
第十章	魏　建　赵　群　刘　藩　汪玉川
第十一章	杨茂义　王海燕　刘殊瑾　于　静
第十二章	杨茂义　阎　伟　肖向东　郝　兰
第十三章	于　静　罗兴萍　刘殊瑾
第十四章	张承举　张良村　邓时中

全书由金元浦拟订编写体例，古代部分由郭纪金、赵有声、刘登阁统稿，现代部分由郭纪金、杨茂义统稿，徐顺平、阳海洲、王咏枫等同志审阅了部分稿件，金元浦、郭纪金、高楠、赵有声、杨茂义最后定稿。

感谢首都师范大学出版社的总编宋焕起、总编室主任俞斌的支持。

本书编委会
1999 年 9 月